ÜBER TONY PARK

Tony Park wurde 1964 geboren und wuchs in den westlichen Vorstädten von Sydney, Australien, auf. Er arbeitete als Journalist, Berater für Öffentlichkeitsarbeit und Pressesekretär. Ausserdem diente er 34 Jahre lang in der australischen Armeereserve, einschliesslich eines Einsatzes in Afghanistan im Jahr 2002. Er ist der Autor von zahlreichen weiteren Thriller-Romanen, die alle in Afrika spielen. Tony und seine Frau Nicola leben zu gleichen Teilen in Australien und in Südafrika.

www.tonypark.net

MENSCHENJAGD

TONY PARK

Übersetzt von
MAYA VON DACH

Ingwe
PUBLISHING

Erstmals erschienen bei Pan Macmillan Australia im Jahr 2014 unter dem Titel 'The Hunter'
Diese Ausgabe erscheint 2021 bei Ingwe Publishing
Copyright © Tony Park 2014

Menschenjagd
EPUB: 9781922825254
POD: 9781922825247
Umschlaggestaltung von Leandra Wicks

Für Nicola

PROLOG

Polizei-Captain Sannie Van Rensburg betrachtete schaudernd die Geier in den Bäumen. *Das gibt es nur in Afrika*, dachte sie, nahm ein Paar Gummihandschuhe aus der Packung im Kofferraum ihres Mercedes und streifte sie über.

Zwei Beamte in den blaugrauen Uniformen der südafrikanischen Polizei, ein Mann und eine Frau, standen über der Leiche. Die Polizistin blickte, die rechte Hand auf der Z88-Pistole, die in einem Holster an ihrer runden Hüfte steckte, immer wieder zu den Geiern hinauf. Sannie grüsste sie.

Ihre neue Partnerin, Mavis Sibongile, tauschte mit der Beamtin einen stummen, aber zurückhaltenden Gruss aus. Sannie schritt über den felsigen Boden, schlängelte sich vorsichtig zwischen den dichten Dornenbüschen hindurch und erreichte schliesslich das in schwarzen Bauplastik eingewickelte Bündel, das zu Füssen der Beamten lag. »Wer hat sie gefunden?«

»Ein Holzschnitzer«, erklärte die Beamtin, deren Zöpfe Sannie mochte. Die Beamtin zeigte auf einen zwanzig Meter entfernt hockenden Mann. Der Alte schaute nicht zu ihr hin. »Er schnitzt

Giraffen, Löwen und Vögel für die Touristen. Er fand sie, als er auf der Suche nach einem Baum, den er fällen könnte, im *Veld*, in der Savanne unterwegs war.

Für den Moment ignorierte Sannie den Zeugen und kniete sich neben das Bündel. Eine Hand, oder besser gesagt, die Überreste einer Hand, ragte aus einem Riss im Plastik. Sannie sah die Spur der Hyänen im Sand. »Waren die Hyänen noch hier, als der Mann die Leiche fand?«

Der Beamte richtete die Frage an den Holzschnitzer, der in Tsonga antwortete. Sannie brauchte keinen Übersetzer. »Ja, sie waren noch da«, sagte der Mann. »Bis ich ein paar Steine nach ihnen geworfen habe, um sie zu verscheuchen.«

»Wann war das?« Sie schälte noch etwas mehr Folie weg.

»Kurz nach Sonnenaufgang.«

Die Hyänen als nachtaktive Tiere konnten nicht lange hier gewesen sein, dachte sie, denn sonst hätten die Tiere mit dem Plastik und der darin eingewickelten Frau kurzen Prozess gemacht. Auf der Hauptstrasse bremste ein Fahrzeug, das einen Wohnwagen zog. Die darinsitzende Familie starrte auf den geparkten Polizeiwagen und die Menschen im Busch. Nur vierhundert Meter weiter befand sich das Phabeni-Tor, einer der Eingänge zum Krüger-Nationalpark. »Ich möchte, dass dieses Gebiet abgesperrt wird«, sagte Sannie zu den Uniformierten. »Hier darf man nicht mehr herumlaufen und wir müssen nach Fussabdrücken suchen.« Sie sah ihre neue Partnerin an, die sich immer etwas abseits hielt. »Mavis, komm hilf mir«, forderte Sannie ihre Kollegin auf.

Mavis war halb so alt wie sie, hatte einen Universitätsabschluss in Kriminologie und war im Rahmen eines unterstützten Praktikums zur SAPS, der südafrikanischen Polizei, gekommen. Sannie war kurz vor ihrem vierzigsten Lebensjahr aus dem Polizeidienst ausgeschieden, dann aber als Polizeireservistin zurückgekehrt, um zu helfen, den Personalmangel in der Abteilung für Schwer- und Gewaltverbrechen in Nelspruit zu vermindern. Egal wie zerstörerisch diese Arbeit auch sein mochte, konnte sie den Job wie eine Süchtige nicht ganz aufgeben und hatte sich überreden lassen, wieder Vollzeit als Detective Captain, Kriminalkommissarin, zu arbeiten und eine Rolle als Mentorin für neue Beamte zu übernehmen. Ihr Mann Tom, ein Engländer, war früher ebenfalls Polizist gewesen, leitete nun aber die Bananenfarm der Familie mit dem Elan und Optimismus eines Mannes, der in der Stadt aufgewachsen war und sein ganzes Leben dort verbracht hatte. Er war dagegen gewesen, dass sie wieder arbeiten ging, seine Liebe ging aber so weit, dass er aufgab, es ihr auszureden.

Sannie betrachtete Mavis' hochhackige Stiefel. Sie würde sich noch einmal in Ruhe mit ihr über für diesen Job und die dafür angemessene Kleidung unterhalten müssen. »Hilf mir, sie weiter auszupacken.«

Fliegen schwirrten und kreisten brummend um das Paket. Mavis sank zögernd auf ein Knie und die beiden Frauen begannen, den Körper auszurollen. Mavis schnappte nach Luft. *Armes Mädchen*, dachte Sannie. *Ihr wird bestimmt schlecht.* »Wenn du dich übergeben musst, tu es nicht in der Nähe des Tatorts.«

Mavis schluckte heftig und nickte. Aus dem Plastik tauchte, die Augen weit aufgerissen, ein Gesicht auf und um den Hals wurden sofort Erdrosselungsspuren sichtbar. Es war eine hübsche junge Frau, vielleicht neunzehn, zwanzig oder einundzwanzig Jahre alt. Sie trug lila Lidschatten und ihr lockiges Haar war kurz geschnitten. Die goldenen Ohrringe steckten noch an ihrem Platz.

»Ihre ...« Mavis schluckte erneut, »ihre Handgelenke sind ebenfalls gefesselt.« Mavis hielt den geschundenen, blutigen Arm hoch und zeigte Sannie die Spuren auf der Haut der jungen Frau.

»Sie ist nackt ...«, sagte Sannie, als sie sie weiter entblössten und mehr Haut zum Vorschein kam. »Oh je, und sie hat Brandwunden von Zigaretten auf den Brüsten.«

»Wer macht denn so etwas?«, fragte Mavis.

Der Schnitzer blickte zu ihnen hinüber. »Freunde, Ehemänner, Väter, Bandenmitglieder, zufällige Vergewaltiger. Es ist unsere Aufgabe, herauszufinden, wer.«

Die Brüste zeigten weitere Wunden und blaue Flecken, als wäre die Frau gefesselt und mit etwas geschlagen worden. Sannie schüttelte den Kopf. Als sie den Plastik weiter wegzerrte, sah sie Verletzungen von Schnitten und getrocknetes Blut. Mavis stand neben ihr und wippte auf ihren Stöckelschuhen.

»Es tut mir leid ...«, nuschelte sie, hielt sich die Hand vor den Mund, drehte sich um und lief davon. Sannie fasste sich ein Herz und legte den Unterkörper der Frau frei. Die Innenseiten ihrer Oberschenkel waren voll von getrocknetem Blut. Sie sah tiefe Schnitte und ihr wurde klar, dass dies mehr als eine Vergewaltigung gewesen war. Derjenige, der dies getan hatte, hatte das arme Mädchen gefoltert und, wie es aussah, ein Messer zwischen ihren Beinen in ihren Körper getrieben. Sie kämpfte gegen die aufsteigende Galle an. Sie wäre Moment am liebsten zu Hause gewesen, bei ihrem Mann und ihren drei Kindern, aber nicht auf diesem Feld voller Gestrüpp, Dornen und dem Tod. Doch so sehr sie sich manchmal wünschte, von all dem Furchtbaren in diesem oft deprimierenden Job wegzukommen, war ihr bewusst, dass sie nicht in ihre Heimat in den Bergen zurückkehren und das Leben einer Bäuerin führen könnte. Egal, wie viele schreckliche Dinge sie zu sehen bekam, Gott hatte sie auf die Erde geschickt, um ihre Kinder in Sicherheit aufzuziehen und ihren Mann zu lieben.

Das Grauen bei ihrer Arbeit und die Politik des neuen Südafrika bestürzten sie täglich, und in gewisser Weise hätte sie dem Ganzen am liebsten ›zur Hölle damit‹ gesagt und allem den Rücken gekehrt. Aber als sie in die grossen, schmerzerfüllten Augen der toten Frau blickte und sich ihre letzten Augenblicke auf Gottes Erde vorstellte, wusste sie, dass sie Südafrika nie verlassen konnte.

»Säubere dein Gesicht, Mavis«, rief sie ihrer Partnerin zu, die doppelt geknickt war. »Wir haben viel zu tun.«

1

———

Krüger Nationalpark, Südafrika, 2014

Hudson Brand sah den Löwen, der über die Leitplanke und auf die Brücke über den Sabie sprang.

»Schiess!«, sagte er.

»Was schiessen?«, fragte ihn der Mann in der Khakiuniform des südafrikanischen Nationalparks hinter der Kasse im Büro beim Paul-Krüger-Tor.

»Nichts. Damit meine ich nur ›Scheisse‹.«

»Ach ihr Amerikaner seid lustig, Hudson, und ...«

Brand hörte den Rest des Satzes, den der Mann sagte, nicht mehr, weil er das Empfangsgebäude bereits verlassen hatte. »Steigen Sie wieder in Ihre Fahrzeuge!«, rief er einigen Touristen, die die grosse, schwarzmähnige Katze, die vom anderen Ende der Brücke auf sie zukam, noch nicht bemerkt hatten, zu.

Die Silhouette des Löwen wurde im Halbdunkel der Morgendämmerung von den Scheinwerfern dreier Autos, die ihm auf der Brücke folgten, angestrahlt. Auf Brands Seite standen Touristen, die in den Krüger-Nationalpark einreisen wollten und pressten ihre Gesichter und Kameras ans Fenster des strohgedeckten Empfangsge-

5

bäude. Sie beobachteten, wie der Löwe das letzte Auto in der langen Wochenendschlange passierte, die sich vom Büro bis zu einem Drittel der Brücke hinunterzog.

Während der Mitarbeiter des Nationalparks seinen Papierkram erledigte, hatte Brand aus dem Fenster geschaut und seine einsame Kundin im Land Rover Safarifahrzeug beobachtet, bis sie den Löwen entdeckte. Der erste Hinweis, dass etwas nicht stimmte, waren die Autos, die am anderen Ende der Brücke angehalten hatten. Am Paul-Krüger-Tor herrschte jeden Tag Gedränge: Mitarbeiter hatten es eilig, zu ihrer Arbeit in Skukuza, dem zwölf Kilometer im Reservat gelegenen Hauptcamp des Parks, zu gelangen und Touristen reisten in Privat- und Safarifahrzeugen wie seinem für einen Tag oder einige Übernachtungen an. Am anderen Ende der Brücke hielt aber niemand ohne guten Grund an. Als Safariführer und Privatdetektiv wusste Brand, dass Veränderungen im natürlichen Ablauf der Dinge oft ein Zeichen dafür waren, dass etwas Interessantes – und möglicherweise Gefährliches – vor sich ging.

Zuerst dachte Brand, die Bewegung im Scheinwerferlicht des vordersten Wagens sei der grosse männliche Leopard, dessen Revier die Brücke, das Tor sowie das 'Sabiepark' genannte, private Naturreservat auf der anderen Seite des Flusses, umfasste. Als er früh morgens Gäste in den Park fuhr, hatte Brand den grossen, muskulösen Leoparden, der massig wie eine Löwin war, schon ein paar Mal auf der Brücke und sogar auf der Hauptstrasse ausserhalb des Parks gesehen. Dieser kam und ging, wie es ihm gefiel, sich einen Dreck um die Regeln oder die Menschen ausserhalb des Krügerparks scherend, von denen einige ihn gerne geschossen hätten, damit er ihre Ziegen oder Hunde oder was auch immer nicht fressen konnte. Dieses Tier hier war jedoch grösser.

»Da kommt ein Löwe auf Sie zu«, sagte Brand zum Touristenpaar, das am nächsten stand und auf der Motorhaube seines gemieteten Corollas über einem Kartenbuch brütete.

»*Leone*?«, fragte der Mann, der ein André-Agassi-Halstuch trug.

»*Si*«, bestätigte Brand.

Als die Nachricht wie ein Lauffeuer durch die geparkten Autos in der Warteschlange ging, wurden Handys gezückt, denn diese Sichtung entsprach einem Sechser im Lotto. Einige Leute sprangen wieder in ihre BMWs und Kombis und knallten die Türen zu, andere stiegen aus. Wie weit entfernte weisse Phosphorraketen, die Ziele im Busch markierten, erhellten Kcamerablitze die Umgebung.

Das Handy summte in Brands Tasche und als er einen Blick darauf warf, sah er eine Nachricht von Bryce Duffy, einem anderen Führer, einem jungen Südafrikaner englischer Abstammung, der ursprünglich aus Durban kam. *Ich stehe in der Schlange – schau nach dem Löwen auf der Brücke.* Brand blickte auf und entdeckte Bryces Land Rover ein paar Autos weiter hinten in der sich langsam bewegenden Prozession, die dem Löwen folgte. Bryce muss Hudsons Fahrzeug, das in der Nähe des Büros geparkt war, gesehen haben.

Brand schaute zu seinem Safarifahrzeug und sah, dass Darlene, an diesem Tag seine einzige Kundin, aus dem Wildtierbeobachtungswagen stieg.

»Zum Heulen«, kommentierte Brand und schritt die Autoschlange hinunter zum Platz, wo sein Safariauto geparkt war.

Der Löwe, der über den Asphalt auf Brand zuhielt, brüllte. Das tiefe, kehlige Brummen ging Brand jedes Mal unter die Haut. Es war, was ihn in Afrika hielt und was diesen Kontinent, wenn auch nicht den Ort, an dem er geboren worden war, zu seiner Heimat machte. Ein Teil dieser Anziehungskraft lag in der Unberechenbarkeit dieses Teils der Welt und in der Tatsache, dass die Gefahr unbemerkt auftauchen konnte und auch tatsächlich auftauchte. So wie gerade jetzt.

»Darlene, steigen Sie bitte wieder in den Wagen«, rief Brand und beschleunigte seinen Schritt.

Die Amateurfotografen drängelten mit ihren Autos, während der König der Tiere an ihnen vorbeischlenderte und sich kaum dazu herabliess, seine lächerlich unbedeutenden Untertanen mit einem Blick zu würdigen. Er hatte andere Dinge im Kopf; wahrscheinlich Essen, vielleicht auch Sex. *Kein Wunder, dass ich Löwen liebe*, dachte Brand.

Darlene hielt ihre winzige Digitalkamera in Armeslänge vor sich.

Der eingebaute Blitz löste immer wieder aus, aber der Löwe, den Brand jetzt als ›Pretty Boy‹, ein Mitglied der Mapogo-Koalition, erkannte, war immer noch zu weit von ihr entfernt, als dass der Blitz von Nutzen gewesen wäre. Pretty Boy war vielleicht hundert Meter von Darlene entfernt, kam aber mit diesem mühelosen, Entfernungen zügig überbrückenden, gleitenden Gang, den Löwen haben, schnell näher.

Darlene sah Brand an. Sie war fünfunddreissig, frisch geschieden, blond und blauäugig, mit kalifornischer Bräune und einem Vorbau, den Brand für vielversprechend, aber natürlich hielt. »Steigen Sie in den Wagen!«, wies er sie an.

Darlene zeigte ihm einen Daumen hoch und ein breites Lächeln, doch verstand sie weder die Dringlichkeit, noch war sie sich bewusst, wie schnell Pretty Boy die Distanz zwischen ihnen beiden überwinden konnte.

Brand deutete auf das Safarifahrzeug und ging, die Autoschlange als Deckung nutzend, weiter auf sie zu. Er wollte nicht, dass Pretty Boy ihn, den einzigen Zweibeiner, der sich noch auf der Brücke bewegte, verfolgte. Brand war sich sicher, dass der Löwe, solange niemand etwas Dummes tat, einfach zügig weitergehen und sich, sobald er die Statue von *Oom* Paul Krüger erreichte, in den Busch verziehen würde. Das grosse, feiste Gesicht des alten Präsidenten mit seinem Löwenbart beherrschte immer noch den Eingang von Südafrikas Vorzeige-Reservat, welches nach wie vor dessen Namen trug, obwohl alle anderen Namen im ganzen Land afrikanisiert worden waren.

Aber das hier war der Krügerpark, und Brand wusste genau, dass Urlauber und sogar diejenigen, die hier arbeiteten, Seite an Seite mit den Big Five lebten und sich immer wieder zu Dummheiten hinreissen liessen, wenn sie sich in falscher Sicherheit wähnten. Wie um ihm Recht zu geben, raste ein Auto, dessen Fahrer scheinbar nichts von dem mitbekam, was vor ihm geschah, auf die Brücke. Es war ein VW Golf mit dunkel getönten Scheiben und selbst vom anderen Ende der Brücke aus konnte Brand das Dröhnen tiefer Basslautsprecher aus dem Inneren hören – und spüren. Brand nahm an, es handle sich um einen Mitarbeiter des Nationalparks, der einen Passierschein besitze, der es ihm erlaubte, die Schlange der Privatfahrzeuge von Touristen und offenen Wildtierbeobachtungsfahrzeugen wie dem von Brand zu überholen.

»Hinein!«, rief Brand.

Darlene griff nach der seitlichen Leiter, um sich wieder ins Safarifahrzeug hochzuziehen, hielt aber immer noch ihre Kamera in einer Hand. Als sie das Geräusch der Lautsprecher und des rasenden Motors hörte, blickte sie zur Brücke und sah, dass Pretty Boy jetzt viel näher war.

Endlich sah der Fahrer des Golfs den Löwen und bremste. Gummi quietschte über die Teerdecke und das kleine Auto geriet ins Schleudern. Pretty Boy schaute über seine Schulter und brüllte wütend.

Als Darlene versuchte, schneller zu klettern, rutschte ihre Gummisandale auf der untersten Sprosse der Leiter aus. Sie hatte aber nur eine Hand auf der Leiter, weil sie in der anderen immer noch ihre Digitalkamera hielt, die nun klappernd auf die Fahrbahn fiel, als sie den Halt verlor. Ihre Füsse trafen wieder auf den Boden.

Der VW war zum Stehen gekommen, doch Pretty Boy hatte beschlossen, es sei Zeit, zu kämpfen, statt zu fliehen. Typisch Löwe, dachte Brand. Wenn man zu Fuss auf sie traf, sahen sie einen in neunundneunzig von hundert Fällen zuerst, standen von ihrem gemütlichen Schläfchen auf und machten sich aus dem Staub. Wenn man jedoch einen Löwen überraschte oder ihn in die Enge trieb, überlagert der Tötungsinstinkt den Drang, sich zurückzuziehen.

Pretty Boy machte seinem Ärger über den unglücklichen Fahrer mit lautem Brüllen Luft und Hudson Brand glaubte zu erkennen, dass der kleine Golf unter dem akustischen Ansturm zitterte.

Brand ertappte sich dabei, dass er rannte, obwohl er genau wusste, dass er dies in der Nähe eines ausgewachsenen Löwen niemals tun sollte. Darlene sah aus, wie Brand sich in seinen schlimmsten Albträumen fühlte. Er träumte oft denselben Traum: Er war wieder in Angola und versuchte, vor einem rauchenden, aus dem Hinterhalt angreifenden Ratel-Panzer zu fliehen, während der mit

Kubanern bemannte T-54-Panzer langsam seinen Turm drehte, um zu visieren und den Todesschuss abzugeben. Seine Beine fühlten sich immer an, als bestünden sie aus Blei und wenn er seinen R5 schliesslich auf den Panzerkommandanten gerichtet hatte, funktionierte der Abzug nicht.

Darlene sah von dem Löwen zurück zu Brand und tat, was er tat – sie rannte.

Brand lief auf den Löwen zu, was schon dumm genug war, aber Darlenes Aktion war selbstmörderisch. Brand sah, dass Pretty Boys Kopf vom Auto zu der Frau hinüberschwenkte. Das grosse Tier legte die Ohren an, spannte seine Muskeln und senkte den ganzen Körper, wie der Pilot eines Flugzeugträgers, der kurz vor das Katapult ihn vom Deck schleudert, seine Triebwerke auf volle Leistung hochschraubt.

Darlene blieb nur die Chance, vier oder fünf Meter zu laufen, bevor sie direkt mit Brand zusammenstossen würde, der zwischen einem Discovery und dem vorderen Rammschutz seines Land Rover Defender Safarifahrzeugs hindurchgerannt war. Einen Moment lang befürchtete Brand, Darlene werfe ihn um, aber er fing sie auf, packte ihren Unterarm und zerrte sie hinter sich her.

Pretty Boy hob ab und Brand hatte das Gefühl, in all den fünfundzwanzig Jahren, in denen er Safariführer war, noch nie so kurz davor gewesen zu sein, die Kontrolle über eine oder mehrere seiner Körperfunktionen zu verlieren. Er hatte im Laufe der Jahre oft genug gesehen, wie Löwen angriffen und töteten, um zu wissen, dass er niemals, wenn er zu Fuss war, eines dieser mähnenbewehrten Geschosse auf sich zufliegen sehen wollte.

Der Drang, zu fliehen, war in Brand genauso stark wie in jedem anderen Wesen, das im Busch auf Beutezug war. Sein Verstand sagte ihm jedoch, dass er nicht vor Pretty Boy fliehen durfte, weil er und höchstwahrscheinlich auch Darlene sonst innerhalb von Sekunden tot wären. Ausserdem würde der Löwe, wenn er einen Menschen tötete, erschossen.

Brand kämpfte gegen den Impuls, wegzulaufen, an. Als der Löwe ihn mit der Geschwindigkeit einer Panzerfaust angriff, hob er die

Arme hoch über den Kopf und brüllte Pretty Boy an. Wie schon bei einigen anderen Gelegenheiten in seinem Leben, dachte Brand, nun sterbe er bestimmt.

Der Golf war zu einem Halt geschlittert und Pretty Boy tat dasselbe. Der Löwe blieb nur einen Meter von dem Paar entfernt stehen. Als er brüllte, spürte Brand, dass die Schallwellen ihn wie einen dürren Schössling in einem Orkan zittern liessen. Er spürte Pretty Boys heissen Atem, der ihn umspülte. Darlene klammerte sich an Brands Rücken und schrie, während er spürte, dass sie ihr Gesicht ins Gewebe seines khakifarbenen Buschhemdes grub. Er hörte undeutlich Stimmen um sie herum und sah das Blinken von Kamerablitzen.

Während er auf den Tod wartete, schoss Brand plötzlich der Gedanke durch den Kopf, er und Darlene gingen wenigstens im Wissen in den Tod, dass ihre letzten Momente im Internet veröffentlicht würden, wenn Pretty Boy sie jetzt tötete. Wenn jemand in der Warteschlange die Geistesgegenwart hätte, seine Videokamera einzuschalten, wären sie auf YouTube als die meistgesehenen und dümmsten Opfer verewigt.

Pretty Boy brüllte erneut und obwohl er wusste, dass er es mit dem König auf dem obersten Thron der Nahrungskette nicht aufnehmen konnte, antwortete Brand ihm, bis er heiser war.

»Na los, geh schon!«, brüllte Brand krächzend und fügte, weil Pretty Boy ein südafrikanischer Löwe war, »*Voetsek*, hau ab!« hinzu.

Pretty Boy schien die Menschenmassen und das Blitzlichtgewitter der Kameras plötzlich zu bemerken. Er schüttelte den Kopf, trottete durch das Gras und verschwand hinter der Statue von Paul Krügers Kopf in den Busch.

Ein Land Rover raste heran und hielt neben Brand. Bryce Duffy grinste. »Mutige Aktion, Hudson. Alles in Ordnung, *Bru*, oder soll ich dir ein Paar Ersatzshorts besorgen?«

Brand atmete aus. »Eine Flasche Bourbon und ein Herzschrittmacher wären bestimmt nicht verkehrt.«

* * *

Wie viele ehemalige Soldaten schlief Brand innert Kürze ein, hatte aber einen leichten Schlaf. Er hatte sich angewöhnt, bei jeder sich bietenden Gelegenheit ein Nickerchen zu machen, sei dies bei strömendem Regen oder in der Hitze eines afrikanischen Tages. Allerdings war er beim kleinsten Geräusch sofort hellwach und suchte manchmal, weil alle seine Sinne darauf programmiert waren, ›Gefahr!‹ zu schreien, nach dem Gewehr, das er nicht mehr bei sich trug.

Als das leise, zögerliche Klopfen an seiner Tür ertönte, waren seine Augen bereits offen. Er stand, nur mit Boxershorts bekleidet, auf und ging zur Tür.

»Hudson«, flüsterte eine Frauenstimme.

Brand hustete. Im Laufe der Jahre hatte er mehrmals versucht, sich das Rauchen abzugewöhnen und war seit vier Wochen tabakfrei, aber einer der Gäste im Camp, ein früherer Landsmann aus Virginia, hatte ihm nach dem Abendessen eine Zigarre angeboten und Brand hatte nicht nein sagen können. Alkohol, Frauen und Tabak waren schon immer seine Schwächen.

»Darf ich reinkommen?«, fragte die Stimme, jetzt etwas lauter, für den Fall, dass er noch schlief.

Einen Moment lang überlegte Brand, ob er Schlummer vortäuschen sollte, die professionelle Vorgehensweise und das Richtige. Aber Darlene war bereits ein törichtes Risiko eingegangen, als sie allein im Dunkeln zu ihm kam.

Er öffnete die Tür. »Sie hätten nicht ohne einen Wachmann hierherkommen sollen. Sie wissen doch, wie gefährlich dieses Land sein kann.«

Darlene war eine Tierliebhaberin und wollte so viel Zeit wie möglich haben, um Afrikas wilde Tiere zu sehen. Brands Aufgabe bestand darin, sie auf eine fünfstündige Pirsch in den Krügerpark zu führen und sie danach zu einer Luxuslodge namens ›Leopard Hills‹ ins benachbarte Sabi Sand Game Reserve zu bringen.

Allerdings hatten sie bereits eine Stunde gebraucht, um sich beim Frühstück im Skukuza Golf Club von der Begegnung mit Pretty Boy zu erholen. Danach hatte Darlene ihren Platz in der ersten Sitzreihe hinter Brand mit dem Beifahrersitz getauscht, um den Rest der Fahrt neben ihm zu erleben. Schliesslich lachten sie über den Löwen und er zeigte ihr, bevor sie den Park verliessen und ins private Reservat fuhren, noch mehr von den Grosskatzen, genau wie Büffel, Nashörner, Zebras, Giraffen und verschiedene Antilopenarten.

Die Leopard Hills Lodge lag inmitten von *Kopjes*, Hügeln aus kugelförmigen Granitsteinen, und bot einen wunderbaren Blick auf ein Wasserloch, an dem ein riesiger Elefantenbulle trank, während Brand und Darlene unter einem Sonnenschirm auf der Aussichtsplattform assen. Am Spätnachmittag und Abend begleitete sie ihn in einem Land Rover der Lodge auf eine Pirschfahrt. Normalerweise hätte er die Fahrt vielleicht geschwänzt und dem Führer der Lodge die Führung überlassen, aber er fühlte sich mit Darlene irgendwie verbunden. Vielleicht waren es das gemeinsam Erlebte und der Nervenkitzel, einen beinahe tödlichen Moment überlebt zu haben, dachte er oder vielleicht ihr Parfüm und ihre Beine.

Beim Abendessen verdrückten sie ein viergängiges Gourmet-Menü mit zu viel Bier, Wein und Amarula-Likör, so dass zu dieser späten Stunde eigentlich beide in Ohnmacht hätten fallen müssen. Aber Brand wusste, dass das Überleben einer unmittelbaren Gefahr seltsame Dinge mit dem menschlichen Körper anstellte, insbesondere mit der Libido. Es verlieh Männern und Frauen über ihre normalen Fähigkeiten hinaus Kraft und Ausdauer und löste, wenn Angehörige des anderen Geschlechts in der Nähe waren, einen starken Drang, sich fortzupflanzen, aus.

»Ich habe solche Angst, allein zu schlafen«, jammerte Darlene.

Nach dem Abendessen war sie beim Eingang zu ihrer eigenen Suite im Dunkeln stehen geblieben, während der Wachmann der Lodge den Busch um sie herum mit einer Taschenlampe nach nächtlichen Raubtieren und Büffeln absuchte und geduldig darauf wartete, dass sie sich gute Nacht sagten. Darlene bedankte sich noch einmal bei Brand, der sie an diesem Morgen gerettet hatte und legte sich schlafen. Wenn er ehrlich war, wusste Brand allerdings, dass sie ihr Überleben nur Pretty Boy Mapogo verdankten. Bevor überhaupt jemand eine Schusswaffe hätte zücken können, um ihn aufzuhalten, hätte der Löwe einen von ihnen oder sogar beide töten können. Pretty Boy hatte ihn angegriffen und Brand hatte sich erfolgreich verteidigt, aber nur, weil Pretty Boy entschieden hatte, für ihn lohne es sich nicht, diese wehrlosen Menschen umzubringen.

Brand glaubte, den Löwen im Krügerpark und anderswo in Afrika sei von ihren Müttern beigebracht worden, was sie fressen dürften und was nicht. Arme, illegale Einwanderer aus Mosambik, die den Park auf der Suche nach einem neuen Leben in Südafrika durchquerten: ja. Reiche weisse ausländische Touristen und schwer bewaffnete Wildhüter: nein. Pretty Boy hatte sie am Leben gelassen, doch jetzt, wo Darlene in sein Zimmer geschlüpft war, wollte er dem Löwen nicht den ganzen Ruhm überlassen.

»Kommen Sie rein«, sagte Brand mit von der Zigarre rauer Stimme. Er glaubte wahrzunehmen, dass sie trotz der Hitze im Mondlicht der Nacht ein wenig zitterte. Sie hatte Shorts und ein T-Shirt angezogen. Brand wusste, dass er den Wachmann rufen und sie zu ihrer Suite zurückbringen lassen sollte, zog sie aber stattdessen hinein. Die Vorhänge standen offen und über die Veranda hinweg sah er einen mit Sternen übersäten Himmel.

Das riesige Bett war mit gestärkter, dichtgewobener weisser Baumwolle bezogen.Als Darlene ihr T-Shirt auszog und sich an seinen vernarbten Rücken schmiegte, bildete deren kühle Frische einen schönen Kontrast zu Hudson Brands Haut und der warmen Weichheit ihrer Brüste.

»Du hast mir das Leben gerettet«, flüsterte sie Brand ins Ohr, als er sie in seine Arme schloss.

»Das war der Löwe«, vertraute Brand Darlene zwischen langsamen, sinnlichen Küssen an. »Er hat das Klügste getan und seinen anfänglichen Drang, uns zu töten, überwunden.«

»Ich habe auch Triebe«, sagte sie neben seinem Nacken und er spürte, dass sich ihre Hand zwischen ihre Körper schob.

Darlene war schlank und kantig, ihre Muskeln fest und ihr Körper fühlte sich trainiert an, wie der eines Surfers oder eines früheren Personal-Trainers der Marine, der die Hausfrauen und Geschiedenen von Orange County ausnutzte. Sie hatte eine gewisse

Härte an sich und Brand erinnerte sich daran, dass sie in irgendeinem IT-Unternehmen als Führungskraft arbeitete. Hudson war sicher, dass sie ihre Arbeit mit der gleichen Zielstrebigkeit und methodischen Effizienz verrichtete, mit der sie jetzt hinter ihm her war.

Zuerst lagen ihre Hände auf ihm, dann ihr Mund und um das Erlebnis zu verlängern, zog Brand ihr Gesicht zu seinem zurück und küsste sie gierig, während er sie mit seinen geübten Fingern öffnete. Im Mondlicht konnte er ihre Augen sehen und die Träne, die sich im Augenwinkel bildete. Ihr sexuelle Angriffigkeit war eine Maske, denn innerlich zitterte sie. Er küsste die Träne weg. »Jetzt bist du in Sicherheit.«

»Es ist nicht der Löwe«, flüsterte sie und drehte ihren Kopf auf dem Kissen zu ihm. Brand hörte auf, sie zu berühren und hob sich auf einem Ellbogen über sie.

»Bin ich dein Erster seit der Scheidung?«

Darlene nickte. »Ich war noch nie mit einem anderen als meinem Ehemann zusammen.« Eine neue Träne bildete sich und kullerte über ihre Wange.

Brand nahm ihr Kinn zwischen Daumen und Zeigefinger und drehte ihr hübsches Gesicht zu sich. »Du bist wunderschön, Darlene und er ein Narr, dich gehen zu lassen.«

Sie wollte etwas sagen, aber Brand liess ihr Kinn los und legte einen Finger auf ihre Lippen. Als er mit der anderen Hand ihrem Körper entlang hinunterfuhr, spürte er, wie sich die angespannten Muskeln ihrer Oberschenkel lockerten. Es wäre für Brand einfacher gewesen, wenn es sich bei ihr nur um einen weiteren Fall von ›Khakifieber‹ gehandelt hätte, doch hier ging es um mehr und er wollte ihr nicht wehtun.

Als er sie erneut küsste, fragte er sich, wie es wohl gewesen wäre, mit nur einer einzigen Frau zusammen gewesen zu sein? Afrikanische Fischadler paarten sich für das ganze Leben, ebenso wie die zierlichen kleinen Steinböcke, also war das Konzept in seiner Welt, dem afrikanischen Buschland, nicht beispiellos.

»Bitte mach weiter«, sagte sie, was alles war, was er hören wollte.

2

———————

»Ich heisse Linley Brown und bin drogenabhängig«, sagte ich in die Gruppe.

»Hi Linley«, kam eine mehrstimmige aber leise Antwort, die in der leeren Kirche in der Nähe von Sandton City, dem Einkaufsmekka von Johannesburg, leicht widerhallte. Die Achtergruppe war im wahrsten Sinne des Wortes bunt gemischt: Männer, Frauen, Schwarze, Weisse, ein Inder und ein Farbiger. Das Spektrum reichte von einem achtzehnjährigen Jungen, der seinen Körper verkauft hatte, um seine Drogensucht zu finanzieren, bis zu einer gut gekleideten, matronenhaften schwarzen Hausfrau. Wir waren Sinnbild für die Regenbogennation der Drogenabhängigen und unser Stoff – Koks, Heroin, verschreibungspflichtige Schmerzmittel (meine bevorzugte Droge), Tik und Crack – widerspiegelten unsere reiche kulturelle Vielfalt.

Ich entdeckte, dass sich in ihren Augen meine widerspiegelten: Manchmal glasig, ab und zu hin- und her schweifend, die Pupillen geweitet oder winzig wie Nadelstiche. Ich sah die Hoffnungslosigkeit und den wahrscheinlich falschen Glauben, es dieses Mal zu schaffen und dieses Mal clean zu werden. Ich schaute auf meine Uhr. Dies war das ›Express-Treffen‹ während der Mittagspause, das es uns Berufstätigen ermöglichte, rechtzeitig wieder bei der Arbeit zu erscheinen, während es den Kaufsüchtigen gewährte, ihre andere Sucht zu befriedigen, nachdem sie sich zumindest eine Stunde lang gereinigt hatten.

»Es ist dreiundsechzig Tage her, seit ich meine letzte Schmerztablette genommen habe«, sagte ich. Ich sah, dass der Gruppenleiter die Augen rollte, als hätte eine weisse Frau Anfang dreissig, die Pillen schluckt, nicht das Recht, hier, unter den Hardcore-Konsumenten, zu sein. Aber alle anderen lächelten und nickten oder murmelten ein, zwei ermutigende Worte.

»Willst du uns erzählen, wie du dich entwickelt hast?«, fragte der Moderator, Mark, ein gutaussehender Mann Ende zwanzig und ehemaliger Kokainabhängiger. Er hatte schöne Augen und ich erkannte in ihnen, dass es ihm gut ging. Die Pupillen waren normal und das Weisse klar. Dennoch lag eine sanfte Traurigkeit in ihnen, als ob er die Last der Sünden, die er begangen hatte, um seine Sucht zu befriedigen, für immer trage, obwohl er jetzt von seinen Dämonen befreit war und anderen half, ihre auszutreiben.

»Ja, ich glaube, ich bin auf gutem Weg. Allerdings habe ich immer noch Albträume von dem Autounfall in Simbabwe, bei dem meine Freundin ums Leben kam. Aber, wie ich schon beim letzten Mal sagte, hat mich das auf eine seltsame Weise dazu gezwungen, mein Leben in die Hand zu nehmen und hierher zu kommen.«

»Ich weiss, dass das für dich schwierig ist, aber erzähl uns ein bisschen mehr von diesem Tag«, bat Mark.

Ich nickte und holte tief Luft. »Ich war zugedröhnt, als das Auto brannte. Wir waren in den Hügeln zwischen Binga und der Abzweigung an der Dete-Kreuzung, auf dem Weg zum Karibasee, um dort ein Hausboot zu mieten.«

Ich schniefte und sah mich in der Gruppe um. Der Gastgeber inspizierte seine Fingernägel, aber die meisten anderen lehnten sich auf ihren Stühlen nach vorne, vielleicht dankbar, eine Geschichte zu hören, die genauso traurig oder vielleicht sogar noch trauriger als ihre eigene war. »Meine beste Freundin, Kate, sass am Steuer meines Autos, denn wir wechselten uns ab. Wir befanden uns auf einer

Brücke, als von der anderen Seite ein Warzenschwein kam. Kate wich aus, verlor in einem Bereich, in dem die Leitplanke fehlte, die Kontrolle und schoss über die Kante. In meinem uralten Auto aus den 1950er Jahren, das früher meiner Grossmutter gehörte, gab es noch keine Sicherheitsgurte. Als wir von der Brücke stürzten, kniete ich auf dem Rücksitz, um uns Getränke aus der Kühlbox zu holen. Kate war hinter dem Lenkrad eingeklemmt und bewusstlos.« Ich holte tief Luft und kniff die Augen zusammen, aber es nützte nichts. »Weil Benzinmangel herrschte, hatten wir unerlaubterweise einen Benzinkanister aus Plastik im Kofferraum. Das Auto fing Feuer. Ich stieg aus, ging zu ihr und versuchte, sie herauszuholen. Aber ich konnte nichts mehr für sie tun.« Ich öffnete die Augen und spürte, dass mir Tränen über die Wangen liefen.

»Erzähl weiter«, forderte Mark mich auf und seine Augen suchten meine, um zu sehen, ob ich unter dem Einfluss irgendeiner Substanz stand. Meine Konzentrationsschwäche, als ich wieder einmal an das brennende Auto zurückdachte, hatte zweifellos Alarmglocken bei ihm läuten lassen.

»Ich sehe ihren Körper immer noch hinter dem Lenkrad des Wagens und rieche nach wie vor, wie sie verbrennt.« Um meine Gedanken zu fokussieren und weil ich nicht mehr in diese dunklen Augen schauen wollte, blickte ich auf meine Fingernägel, die ich an diesem Morgen hatte machen lassen, weil ich direkt nach dem Treffen der ›Anonymen Drogensüchtigen‹ zu einem Job musste. Der Lack war makellos und meine neuen Schuhe drückten ein wenig, waren aber wunderschön. Ich glättete die Seide meines Kleids, das mehr gekostet hatte, als dieser gehässig schauende Gastgeber in einem Jahr verdienen konnte.

»Ich habe immer das Bedürfnis nach den Drogen, spüre dauernd das Verlangen und frage mich, ob es jemals verschwindet.« Ich blickte zu Mark und in die Runde der anderen, die in dem muffig riechenden Gotteshaus auf ihren hart gepolsterten Stühlen sassen. Ich fand keine Ermutigung. Die Muttergottes schaute auf den Boden und der Callboy zur Decke hinauf. Wir waren nicht in Amerika und hier gab es weder ein Loblied auf den Herrn noch ein ›Du schaffst das, Mädchen‹. Dies war das neue Südafrika, Mandelas angeschlagener Traum, der durch uns neun plus Mark verkörpert wurde, die wir uns Tag für Tag neuen Problemen stellten. Ich wollte nicht in Südafrika sein, sondern wäre lieber zu Hause in meinem Heimatland Simbabwe, aber nördlich der Grenze gab es kein Geld. Wie drei Millionen andere Simbabwer hatte ich mich auf den Weg nach Süden gemacht, nach *eGoli*, Johannesburg, der Stadt des Goldes. Hier gab es Geld und Arbeit, während mich in der schrumpfenden weissen Gemeinschaft meines Heimatlands zu viele Menschen kannten, als dass ich dortbleiben und unter ihnen hätte arbeiten können.

»Ich habe nicht nur über den Autounfall nachgedacht, sondern bin in Gedanken auch einige der Dinge durchgegangen, die ich aufgrund meiner Sucht getan habe, oder die passiert sind, wenn ich benebelt war.« Als ich ihn dieses Mal ansah, waren die Augen des Callboys niedergeschlagen und er tat mir leid. Ich hatte dasselbe getan wie er, wenn auch nicht auf der Strasse. Ich hatte ekelhafte Dinge für Drogen getan, Sachen, die ich mir nie hätte vorstellen können und vielleicht waren unsere Leben und unsere Hintergründe in anderer Hinsicht gar nicht so verschieden. Als er aufblickte, schenkte ich ihm ein kleines Lächeln. Wenn er mich schon nicht unterstützte, wollte ich wenigstens versuchen, ihm Mut zu geben. Er nickte im Gegenzug. »Ich hasse mich für einige der Dinge, die ich getan habe. Ich würde diesen Teil meines Lebens am liebsten auslöschen, aber ich weiss, dass mir das nie gelingt.« Ich sah Mark an. »Vielleicht kann ich irgendetwas tun, eine Art Busse, mit der ich mich von meinen Sünden entlasten kann?«

»Ich bin kein Priester und nicht einmal übermässig religiös, aber ich danke der Kirche und dem örtlichen Pfarrer dafür, dass wir diesen Ort für unsere Treffen nutzen dürfen. Ich kann dir nicht sagen, dass du zehn Ave Maria beten sollst, um dein Gewissen zu beruhigen, Linley, aber du musst nach vorne schauen. Das kann ich dir aus eigener Erfahrung sagen. Du hast die Entscheidung getroffen, dein Leben zu ändern und weiterzugehen. Du musst dich über dein zukünftiges Leben und die Entscheidungen, die du ab jetzt triffst, definieren, nicht über deine Vergangenheit.«

Ich nickte. Er hatte leicht reden: Mark war ein Handelsbanker, dessen Arbeitgeber ihn, nachdem er clean geworden war, wieder aufgenommen hatte. Er trug einen teuren Anzug, und ich wusste, dass er das neueste Audi-Modell fuhr. Meine Kleidung dagegen war nur eine Verkleidung, aber kein Spiegelbild meines Lebensstils oder meines Kontostandes. In Wirklichkeit hatte ich kaum einen Rand, ganz zu schweigen von der Versicherungssumme, die noch nicht ausbezahlt war, weil sich die Makler in England für deren Bearbeitung sehr viel Zeit liessen. Wenn das Geld einträfe, könnte ich Südafrika verlassen und irgendwo anders auf dem Kontinent leben – weil ich noch nie dort gewesen war, liebäugelte ich mit Kenia. Dann würde ich dort ein gutes, sauberes, ehrliches Leben, frei von all meinen sowohl chemischen als auch menschlichen Dämonen, führen.

Ich konnte nichts mehr hinzufügen, also schaute ich auf die diamantbesetzte Cartier-Uhr an meinem Handgelenk. Mein Schweigen veranlasste Mark, zu fragen, ob noch jemand etwas zur Sitzung beitragen wolle.

Am Ende, als wir alle zu unserer Arbeit zurückgingen, kam jemand von hinten und berührte meinen Arm. Ich drehte mich um. Es war der Junge, der sich wahrscheinlich immer noch verkaufte. Er zog seine Finger von mir weg. »Entschuldige. Ich wollte nur sagen … na ja, ich meine, ich glaube, ich weiss, wovon du da drin gesprochen hast.«

»Es spielt keine Rolle, ob wir Pillen oder Tik nehmen oder uns eine Nadel in die Vene stecken, wir sind alle aus demselben Grund da drin«, sagte ich. Er blickte wieder nach unten. Jetzt war ich an der Reihe, berührte ihn am Arm und meine Finger lagen auf seinem harten Bizeps. Er hielt sich fit und ich hoffte, er erläge seiner Sucht nicht wieder und riskiere die damit verbundenen Schäden für seine körperliche und geistige Gesundheit. »Wir schaffen es doch, oder?«

Johnny sah zu mir auf, und ich sah, dass seine Augen zu glänzen begannen. Ich sah den Leuten immer zuerst in die Augen, bevor ich irgendetwas anderes an ihnen sah. Ich erkannte sofort, ob eine Person ehrlich oder unehrlich war, aber das hatte ich auf die harte

Tour lernen müssen. »Ja, Linley, wir schaffen es. Und was auch immer du getan hast«, er zwang sich zu einem Lächeln, »es ist bestimmt nicht annähernd so ekelhaft, wie einige der Dinge, die ich tun musste.«

Es war gut, dass er über seine Vergangenheit lachen konnte, obwohl sie vielleicht auch seine Gegenwart war. Ihm zuliebe lächelte ich, aber das, was ich getan hatte und man mir angetan hatte, war zu düster, als dass ich es jemals zum Gegenstand eines Witzes machen könnte. Ich nahm mir vor, nie wieder über ihn oder einen anderen aus der Gruppe zu urteilen. »Du kommst schon klar. Wir werden es alle schaffen!«

Aber das habe ich nicht wirklich geglaubt.

* * *

IN DER TIEFGARAGE von Sandton City drückte ich auf den Alarmknopf am Schlüsselbund, woraufhin die Lichter des neuen Mercedes Cabriolets aufleuchteten und die Türschlösser sich öffneten. Ich schaute hinter mich, um mich zu vergewissern, dass mir niemand folgte, und setzte mich in das tief liegende Statussymbol.

Die vordere Kante des Ledersitzes fühlte sich kühl an, auf der Haut unterhalb des Saums meines Kleides, hinter meinen Knien. Ich mochte dieses Gefühl, aber nicht den Geruch, der zu viele schlechte Erinnerungen zurückbrachte. Es war nicht mein Auto, ein solches konnte ich mir nicht leisten, sondern der Wagen war von Lungiles Bruder geliehen. Ich steckte das Kabel in mein iPhone und wählte Lungiles Nummer.

Als ich rückwärts aus der Parklücke auf die Strasse fuhr, antwortete sie und ich benutzte die Freisprecheinrichtung. »*Howzit?*«

»Hallo, liebe Freundin«, sagte Lungile.

Ich hörte den Verkehr im Hintergrund. »Bist du fertig mit dem Salon?«

»Ja, und ich sehe einfach umwerfend aus, wenn ich das selbst sagen darf.«

Auch wenn Lungile Selbstbewusstsein manchmal nur zur Schau

gestellt war, beneidete ich sie darum. Doch sie hatte ihre eigenen Probleme, insbesondere die Arztrechnungen ihrer schwerkranken Mutter. »Meine Besprechung ist zu Ende und ich hole dich in etwa zehn Minuten vor dem Friseur ab. Okay?«

»*Yebo*, ja.« Lungile legte auf.

Zum ersten Mal an diesem Tag lächelte ich richtig. Lungile war unglaublich und ich liebte sie. Als ich 1986 eingeschult wurde, war Simbabwe bereits seit sechs Jahren unabhängig und wurde von Schwarzen regiert. In den ersten Jahren seiner Amtszeit hatte Präsident Robert Mugabe dem Volk der Matabele Schreckliches angetan und seine politische Opposition ausgelöscht, doch ich war noch zu jung, um davon etwas zu wissen.

Im Gegensatz zu meinen Eltern ging ich mein ganzes Leben lang mit schwarzen Kindern zur Schule. Ich erinnerte mich daran, dass ich Lungile zum ersten Mal sah, als ich auf die High School ins Internat geschickt wurde. Mein Vater war dagegen, dass ich aufs Internat ging, aber meine Mutter setzte sich zum ersten und wahrscheinlich einzigen Mal in ihrem Leben durch. Lungile hatte den erstaunlichsten, perfektesten Afrolook, den ich je gesehen hatte und als der Lehrer alle fragte, was wir machen wollten, wenn wir in sechs Jahren mit der Schule fertig seien, erklärte Lungile, sie wolle zuerst für das Parlament kandidieren und danach Präsidentin werden. Die meisten in der Klasse lachten, doch Lungile lächelte die Spötter nur an, als wollte sie sagen: 'Wartet nur ab'. Ich dagegen war ein schüchternes, ängstliches Kind mit begrenztem Horizont und sagte, mir würde es gefallen, in einer Bank zu arbeiten, wie meine Mutter es getan hatte, bevor sie meinen Vater kennengelernt hatte.

Meine beste weisse Freundin mochte sie genauso gern wie ich und am Ende des ersten Schuljahres waren wir, Linley Brown, Kate Munns und Lungile Phumla als ›die schrecklichen Drillinge‹ bekannt.

Ich hielt an einem ›Roboter‹, wie die Einheimischen in Südafrika Verkehrsampeln nennen, und schaute in den Rückspiegel. Natürlich nicht, um nach potenziellen Autoknackern Ausschau zu halten, sondern um mein Make-up zu prüfen. Wir waren auf dem

Weg zu einem wichtigen Job, Lungile und ich, und beide so gekleidet und geschminkt, dass wir Eindruck machten. In dieser Stadt waren Image, Status und Designerkleider alles, ein absolutes Muss. Mein Hals fühlte sich plötzlich dick an, als ich mein jüngeres Ich ohne die sich ausbreitenden Krähenfüsse sah. In mir stiegen Erinnerungen daran auf, wie wir drei lachten, wenn wir starrsinnigen Mädchen beider Hautfarben, die nicht über die Abkehr von der Vergangenheit hinausblicken konnten, um im neuen Afrika eine, lustige, flippige Zukunft zu erleben, Streiche spielten. Abgesehen von der kurzen Zeit, die ich mit meinem einzigen ernsthaften Freund George verbracht hatte, war ich nur während der Jahre im Internat wirklich glücklich gewesen. Ich blinzelte. Verdammt, Tränen waren das Letzte, was ich jetzt brauchte. Lungile hätte in die Politik gehen sollen – unser Land brauchte jemanden, der so klug und liebevoll war wie sie. Dann wäre sie auch nicht gezwungen gewesen, diese Art von Arbeit zu machen. Aber in Simbabwe gab es keine Arbeit für sie und in Südafrika gab es ausser dem, was wir vorhatten, nichts, womit man die Chemotherapie ihrer Mutter hätte bezahlen können.

Ich wandte meinen Blick vom Spiegel ab und schaute auf den Verkehr. Ein Kerl in einem *Bakkie,* einem Pick-up, versuchte, meinen Blick zu erhaschen, doch ich ignorierte ihn und gab Gas, um meine Erinnerungen hinter mir zu lassen. Aber sie blieben da und sassen mir im Nacken, immer.

»Oh, Kate, du fehlst mir wirklich sehr!«, sagte ich laut.

* * *

Unter den richtigen Umständen hätte Lungile, wenn es mit der Sache, Präsidentin von Simbabwe zu werden, nicht klappte, zum Supermodel aufsteigen können. Sie war gross, schlank und gut gebaut. Die roten Lackschuhe, die sie trug, liessen sie die beiden Männer, die an ihr vorbeigingen und sich für einen zweiten Blick umdrehten, überragen. Ihr Haar war heute geglättet und zu einem perfekt geformten Pony frisiert, ihre Lippen glänzten von dezentem

Lippenstift. Sie bot bis hin zu dem beeindruckenden Stein an ihrem linken Ringfinger das Bild einer erfolgreichen, wohlhabenden Frau.

Ich hielt den Mercedes an und sie stieg in den Sportwagen. Abgesehen von den unverschämten Schuhen, ihrem Markenzeichen, trug Lungile einen schlichten grauen Rock, eine passende Businessjacke und eine weisse Bluse. Sie sah in der Tat umwerfend aus. »*Howzit, sisi?*«

»*Lekker*«, sagte ich, »gut«, obwohl ich mich nicht besonders gut fühlte. Das Treffen hatte mich wie immer tief bewegt und ich fragte mich, ob ich mich, sobald ich etwas mehr Geld in der Tasche hätte, von den Pillen fernhalten könne. Mit dem Geld, das ich mit der täglichen Arbeit verdiente, die Lungile und ich so gut zusammen erledigten, konnte ich nicht wirklich neu anfangen. Dazu brauchte ich die Auszahlung der Versicherungssumme, um wieder auf die Beine zu kommen. Ich war allerdings überrascht, als ich erfuhr, dass es nicht, wie ich gehofft hatte, Wochen, sondern Monate dauerte, bis der Antrag bearbeitet und das Geld ausgezahlt würde. Ich lächelte für Lungile, wusste aber, dass ich mich von meiner Freundin verabschieden musste, sobald ich einen ausreichend grossen Anteil hatte. Wir liebten uns, wie das bei langjährigen Freundinnen üblich ist, aber ich war klug genug, zu wissen, dass es nur eine Frage der Zeit wäre, bis Lungiles ausschweifender Lebensstil und die dazugehörigen Partys mich wieder zu meinen früheren Exzessen zurückführte, wenn wir in engem Kontakt blieben. Sie musste diese Auftritte ebenfalls beenden und ich hoffte, mein Verschwinden zwinge sie dazu, sich etwas Besseres zu suchen.

Rosebank war einer der Vororte ›des alten Geldes‹ in Johannesburg. Hier lebten Wohlhabende in befestigten Villen. Sie bevorzugten hohe Mauern mit Elektrozäunen, grosse Hunde und bewaffnete Sicherheitsdienste gegenüber der relativen Sicherheit eines weitläufigen Quartierteils mit eigenem Tor und Sicherheitskontrolle. Ein Schild an der Strasse wies mich darauf hin, dass auf einen Anruf hin sofort bewaffnete Männer erscheinen würden.

»Hier ist Nummer zweiundzwanzig«, deutete ich. Lungile war

jetzt ruhig. Wenn wir arbeiteten, war sie nicht das aufgedrehte Party-girl, das ich sonst kannte, sondern absolut professionell.

Sie sah auf ihre Uhr. »Es ist ein Uhr dreissig. Der Immobilien-makler hätte schon vor einer halben Stunde einpacken und wegfahren müssen.« Lungile griff auf den nahen Rücksitz des Autos und schnappte sich das rote, mit einem ausgeschnittenen Nashorn aus Vinyl verzierte Kissen, das ich am Morgen bei Mr. Price gekauft hatte. Sie öffnete den einzigen Knopf ihrer Jacke, dann ihre Bluse, legte das Kissen auf ihren Bauch und knöpfte alles wieder zu.

Ich zeigte nach links und fuhr die kurze Auffahrt zum elektri-schen Tor hinauf. Die Gitterstäbe liefen oben in scharfe Spitzen aus, die wiederum mit Drähten versehen waren, die mehrere tausend Volt Strom versprachen. Ein Rhodesian Ridgeback rannte auf das Gitter zu und begann zu bellen.

An der Mauer neben dem Tor prangte ein Schild der Immobili-enagentur Pam-Golding ›zu verkaufen‹, das mit vielversprechenden Bildern die Wunder anpries, die hinter den Festungsmauern lagen. In der unteren rechten Ecke lächelte auf einem Foto der für den Verkauf zuständige Makler. Sein Name war Frikkie. Ich wählte die unter seinem Namen angegebene Handynummer. Er nahm ab und es hörte sich an, als sei er in seinem Auto und habe die Freisprechan-lage eingeschaltet.

Wie die meisten Weissen aus Simbabwe hatte ich Freunde und Verwandte, die in Australien lebten und das Land schon ein paar Mal besucht. Ich glaubte, eine Südafrikanerin, die in der Diaspora lebt, ganz gut imitieren zu können. »Frikkie, *howzit*, ich stehe gerade vor der Nummer zweiundzwanzig in Rosebank. Ich bin aus Australien hier im Urlaub und wirklich daran interessiert, in dieser Gegend etwas zu kaufen. Mein Mann und ich haben genug von Australien – es ist überreguliert und viel zu langweilig.«

»Ach, nein. Aber es tut mir leid«, sagte Frikkie, »ich bin auf dem Weg zu einer anderen Hausbesichtigung. Die von Haus Nummer zweiundzwanzig endete um ein Uhr. Können wir uns vielleicht morgen dort treffen?«

Ich kannte Frikkies Terminkalender bereits, denn er war aus den

Inseraten auf der Website der Immobilienfirma leicht abzuleiten. Er war mindestens die nächsten drei Stunden beschäftigt. »Tut mir leid, aber ich fliege heute Abend mit der Sechs-Uhr-Maschine zurück nach Sydney. Ich war gerade mit einer Freundin einkaufen und auf dem Weg kamen wir an diesem Haus vorbei. Auf den Bildern sieht es ideal aus. Mein Mann hat mir eingetrichtert, Südafrika nicht zu verlassen, ohne ein Kaufangebot gemacht zu haben. Nun gerate ich also in Schwierigkeiten, Frikkie.«

Er machte eine Pause, offensichtlich um zu überlegen. Im stagnierenden südafrikanischen Immobilienmarkt ging nichts über den Klang eines ausländischen Akzents und die Verlockung von Geld aus Übersee, um den Puls eines Immobilienmaklers in die Höhe zu treiben. »Ich rufe den Eigentümer sofort an und wenn er einverstanden ist, kann das Hausmädchen Sie vielleicht reinlassen.«

»Das wäre nett von Ihnen, Frikkie.« Ich gab ihm meine Handynummer und legte auf. Während ich wartete, griff ich aus dem Autofenster und drückte auf den Knopf einer Gegensprechanlage an einem Pfosten.

»Hallo?«, war eine Stimme aus dem Inneren des Hauses zu hören.

»Hallo, ist die gnädige Frau zu Hause?«, fragte ich in die Gegensprechanlage, wohl wissend, dass sie es nicht war.

»Äh, nein. Sie ist nicht vor fünf Uhr zurück.«

»Wir möchten reinkommen und uns das Haus ansehen.«

»Nein, das ist nicht möglich«, sagte das Dienstmädchen mit durch den blechernen Lautsprecher verzerrter Stimme.

Mein Telefon klingelte und Lungile zwinkerte mir zu. »*Howzit,* Frikkie«, sagte ich, weil ich die Nummer erkannte.

»Mir geht's gut, und Ihnen? Also, die Besitzerin, Frau Forsyth, sagt, Sie können reingehen und sich umsehen. Sie ruft gerade das Hausmädchen an.«

Ich bedankte mich bei ihm und versprach, ihn zurückzurufen, um ihm mitzuteilen, was ich von dem Haus hielt.

Eine Frau in einer bunt bedruckten Schürze kam aus dem Haus und die lange, kurvenreiche Auffahrt hinunter. Ihr Akzent klang simbabwisch und sie sah wie eine Shona aus Es wäre nicht ungewöhnlich, wenn Mrs. Forsyths Dienstmädchen aus demselben bankrotten Land käme wie Lungile und ich. Wir taten alle, was wir konnten, um zu überleben. Die Frau ging zum bellenden Hund, packte ihn am Halsband und brachte ihn zum Schweigen. Dann drückte sie auf eine Fernbedienung und das mit Stacheln besetzte Tor ging auf. Ich fuhr die Auffahrt hinauf und während das Hausmädchen das Tor schloss, stiegen wir aus dem Auto. Mein Herz schlug schneller. Das hatte fast so viel Suchtpotential wie die Pillen.

»Guten Tag, ich heisse Patience«, sagte das spindeldürre Dienstmädchen mit einem stechenden Blick. »Die gnädige Frau sagt, ich solle Sie herumführen.«

»*Kanjane*, Schwester«, begrüsste Lungile die Frau und fuhr dann in Shona fort. Lungile war zwar Ndebele, hatte aber die Sprache des politisch dominierenden Stammes in der Schule viel besser gelernt als ich.

Das Gesicht des Dienstmädchens hellte sich ein wenig auf und die Frau lächelte, als sie in derselben Sprache antwortete. Wie ich hatte auch Lungile das präzise, aber mit einem starken Akzent gefärbte Englisch der Frau sofort erkannt. Das erleichterte die Situation für uns alle ein wenig.

Patience führte uns ins Haus und der riesige Hund spürte, dass alles in Ordnung war und kam zu mir. Ich streckte meine Hand aus, liess ihn an mir schnuppern und tätschelte dann seinen Kopf. »Hallo, mein Hübscher«. Als ich ihn streichelte, hechelte er vergnügt.

Das Haus war noch schöner, als es die Bilder auf der Verkaufstafel vermuten liessen. Patience führte uns durch einen grosszügigen Empfangsbereich mit Marmorfussboden in einen von einem Swimmingpool dominierten zentralen Innenhof. Alle Schlafzimmer gingen auf den Pool hinaus. Die Möblierung war typisch für Joburg, alles war gross und überladen. Ich hätte mich für etwas Minimalistischeres entschieden, doch es war interessant, die Häuser so vieler anderer Leute zu besichtigen und etwas über ihren Geschmack und ihre Geheimnisse zu erfahren.

Ich ging durch das Wohnzimmer und liess mir von Patience den Heimkinoraum zeigen. Das Haus sah grösstenteils aus, als wäre es von einem professionellen Designer eingerichtet und dekoriert worden. Es gab nur wenige Familienfotos und nirgends war Unordnung, wie sie in meinem Elternhaus in Bulawayo, in dem ich aufgewachsen war, immer dazugehörte. Hinter einer Bar sah ich jedoch etwas, das mich innehalten liess, nämlich eine Plakette mit dem Malteserkreuz des ›Rhodesia-Regiments‹, das während des Buschkriegs von Soldaten des Nationaldienstes geführt wurde. Mein Vater hatte in diesem Regiment gedient, während Lungiles Vater ein Guerillaführer gewesen war. Das ist die Ironie des Lebens in unserem Land. Ich überlegte mir im Stillen, wie anders mein Leben verlaufen wäre, wenn Lungiles Vater meinen Vater getötet hätte.

»Ist die Hausherrin aus Simbabwe?« »Ja«, sagte Patience.

»Und der Herr?«

»Ah, der ist gestorben, an Lungenkrebs. Erst letzten Monat.«

Lungile und ich tauschten Blicke aus, dann hielt sie sich die Hand vor den Mund. »Oh mein Gott, Entschuldigung«, murmelte sie. »Ich glaube, mir wird schlecht.«

Patience's Augen weiteten sich. Ich klopfte mir auf den Bauch und zeigte auf den von Lungile. »Das ist die Schwangerschaft.«

»Ohje«, sagte Patience.

»Toilette«, gurgelte Lungile.

Das Dienstmädchen nickte und führte sie zügig den Korridor entlang.

»Ich sehe mich einfach ein bisschen um«, sagte ich, als Lungile schon losrannte, während Patience sie zu überholen versuchte und ihr in Shona den Weg zur Toilette erklärte.

Ich fand das Hauptschlafzimmer und machte mich an die Arbeit. Die Schubladen des einen Nachttischs waren leer, also ging ich zum anderen. In der obersten Schublade fand ich eine teure Herrenuhr, die ich, zusammen mit einem älteren BlackBerry, in meine Umhängetasche steckte. Dieser war wohl durch ein neueres Modell ersetzt worden, als Mrs. Forsyths Vertrag zur Verlängerung anstand, oder er gehörte, wie die Uhr, ihrem verstorbenen Mann.

Ich ging zum begehbaren Kleiderschrank und begann, die Schubladen zu durchsuchen. In der zweiten befand sich ihr Schmuckkästchen. Ich kippte den Inhalt in die Tasche. Auf der gegenüberliegenden Seite lagen die Kleider des verstorbenen Mr. Forsyth. Sie war noch nicht dazu gekommen, sie zu spenden, oder konnte es vielleicht nicht ertragen, sich von ihnen zu trennen. Ich fragte mich, ob er mit meinem Vater zusammen gedient habe. Es war eine grosse Einheit, aber dennoch möglich – und nicht zum ersten Mal in letzter Zeit hasste ich mich.

Vielleicht hatten die Forsyths Simbabwe als es 1980 die Unabhängigkeit proklamierte verlassen, oder sogar noch früher, denn sie hatten es sich hier in Johannesburg offensichtlich sehr gut eingerichtet. Es gab keine Bilder von Kindern oder Enkelkindern, also stellte ich mir vor, sie seien kinderlos. Ich zwang mich, nicht mehr an sie zu denken und fragte mich, welche Wirkung das, was ich tat, auf eine kürzlich verwitwete Frau habe.

Ich hörte zuerst eine Toilettenspülung, dann dass Lungile und Patience sich unterhielten.

Neben dem Hauptschlafzimmer befand sich ein Arbeitszimmer, in dem sich ein Ladekabel über einen gläsernen Schreibtisch schlängelte, aber Laptop sah ich keinen. Ich öffnete die oberste Schublade des Schreibtischs und fand das neue MacBook-Modell, das zu der anderen Beute in meine Tasche wanderte.

»*Tatenda*«, sagte Lungile zu Patience und bedankte sich damit bei ihr, als ich zu ihnen ins Wohnzimmer kam.

»Ich glaube, ich habe genug gesehen«, sagte ich. Lungile nickte und wir beide bedankten uns noch einmal bei Patience. Ich verabschiedete mich von dem Hund und kraulte ihn unter dem Kinn. »Pass heute Abend gut auf dein Frauchen auf«, flüsterte ich ihm zu.

»Ich öffne das Tor von hier aus«, erklärte Patience.

Lungile und ich gingen gemessenen, aber zügigen Schrittes hinaus zum Mercedes und stiegen ein. Ich startete den Wagen und wir fuhren zum Tor, das sich langsam vor uns öffnete. Lungile kramte in meiner Umhängetasche und schnappte sich eine Handvoll der Schätze. In ihren Händen glitzerten Diamantohrstecker, Goldketten und andere offensichtlich wertvolle Stücke aus der Schmuckschatulle.

»Bingo!«, jubelte sie und hielt die Juwelen hoch.

Als sie den ganzen Schmuck bis auf ein wunderschönes Stück mit den grössten Steinen, die ich seit langem gesehen hatte, zurück in die Tasche gleiten liess, nahm ich den Fuss vom Gaspedal. »Der Ehering«, sagte ich. Mir war übel, denn die Scham kochte in mir hoch und hätte sich zu gern befreit. Ich schluckte.

Lungile nickte.

»Scheisse. Wahrscheinlich lässt sie ihn, wenn sie einkaufen geht, wegen der verdammten Kriminalität zu Hause.«

»Das war verkehrt.« Lungile lachte, doch ich hatte es nicht als Scherz gemeint. Wir hatten das Tor fast erreicht, als es auf halbem Weg stehen blieb, die Richtung änderte und sich wieder zu schliessen begann. Lungile schaute über ihre Schulter zurück. »Sie ist wohl hinter uns her!«

»Scheisse!« Ich beschleunigte.

Lungile schaute aus dem hinteren Fenster. »Wir schaffen es nicht. Wahrscheinlich ruft das Hausmädchen gerade die bewaffneten Einsatzkräfte an.« Panik stieg in mir auf, aber ich konnte den Wagen nicht anhalten, weil wir sonst in der Falle sässen. Ich hatte eine Pistole in meiner Tasche, eine winzig kleine .32, die zur Selbstverteidigung gegen Autodiebe und andere Kriminelle gedacht war. Welche Ironie. Ich hatte Lungile und mir selbst wiederholt versprochen, niemals bei einem unserer Verbrechen eine Waffe zu benutzen. Ich hasste mich selbst genug für das, was ich tat, und würde lieber verhaftet, als irgendeiner Person oder einem Polizisten Schaden zuzufügen.

»Gib mir die Waffe«, forderte Lungile.

»Nein.« Ich schnappte die Tasche, die zwischen uns lag und stopfte sie unter meine Beine.

Dann wappnete ich mich für den kommenden Aufprall. Die Nase des Mercedes schaffte es hindurch, aber auf meiner Seite des Autos schloss sich das Tor. Die gesamte rechte Seite des Sportwagens glitt an der sich schliessenden Schranke entlang und als Metall auf Metall traf, schrillte ein irrsinniges Kreischen in unseren Ohren. Um für unser Entkommen zu kämpfen, drückte ich das Gaspedal kräftig durch, bis wir uns schliesslich quietschend hindurchquetschten und plötzlich wie ein Sektkorken losgelassen, entkamen. Ich drückte auf die Bremse.

Lungile schaute mich mit grossen Augen an. »Was machst du?«

»Gib mir den Ehering.«

Sie schloss ihre Faust darum und starrte mich an. Aber entweder wurde sie weicher oder sie merkte, dass ich nicht losfahren würde, bevor sie ihn mir gegeben hatte, denn sie öffnete die Finger, so dass ich ihn ihr aus der Hand nehmen konnte.

Durch das zerstörte Tor beobachtete ich, dass Patience die vordere Treppe auf dem Anwesen hinunterlief, um nach dem Rechten zu sehen. Sie hielt das Handy ans Ohr geklemmt und schrie hinein. In der Wand neben der Sprechanlage befand sich ein Briefkastenschlitz. Ich rannte dorthin, steckte den Ehering durch den Schlitz, drehte mich dann um und lief zurück zum Auto.

Ich schnallte mich an, trat auf das Gaspedal und liess das Heck des Wagens in eine Rechtskurve hinausschnellen. Mit aufheulendem Motor raste ich durch die ruhige, begrünte Strasse und liess das Automatikgetriebe jammern, als ich den Wagen auf hundertdreissig beschleunigte. Nach der nächsten Rechtskurve verlangsamte ich ein wenig, denn ich wollte keine unnötige Aufmerksamkeit auf uns lenken. Allerdings war mir natürlich bewusst, dass die blanken Schrammen an der Seite des Wagens sofort auffallen würden, wenn Patience oder die Sicherheitsfirma der Forsyths Alarm geschlagen hätten.

»Taxi«, sagte Lungile.

Vor uns hatte ein Kleinbustaxi angehalten, um einen Gärtner in einem grünen Overall abzuholen, der seine Arbeit im Haus einer reichen Familie beendet hatte. Ich überholte es, hielt an und wir stiegen beide aus. Das Taxi setzte sich wieder in Bewegung, und Lungile trat auf die Strasse und winkte es heran.

Ich schnappte mir die Tasche mit der Beute und stellte mich neben sie. Der Fahrer starrte uns ungläubig an. Es war wohl das erste Mal, dass ein schwarzer Diamant und eine *Kugel* mitfahren wollten.

Er lehnte sich aus dem Fenster und musterte Lungile von Kopf bis Fuss. »Wohin, Schwester?«

»Irgendwohin, einfach weg«, sagte sie.

Er sah sich das verbeulte Auto an und grinste. »Steigen Sie ein in den Liebesbus.«

Lungile und ich quetschten uns zwischen das Hauspersonal und der Fahrer fuhr los. Ich blickte zurück und sah Blinklichter, als der Wagen einer Sicherheitsfirma hinter uns um die Kurve fuhr. Ich reckte meinen Hals weiter und sah, dass das Fahrzeug verlangsamte und neben dem Mercedes anhielte.

Lungile schlug mir auf die Schulter. »Mann, das war knapp«. Sie lachte.

»Zu knapp.«

Aus den Lautsprechern auf dem Dach über uns dröhnte Hip-Hop-Musik, doch deren Takt konnte mit dem Hämmern meines Herzens nicht Schritt halten.

3

Wie immer erwachte Hudson Brand eine Stunde vor Sonnenaufgang. Als Safari-Guide begann sein Arbeitstag in der Regel spätestens mit dem ersten Tageslicht. Das war die Tageszeit, zu der die Raubtiere – Löwe, Leopard, Hyäne und so weiter – am ehesten unterwegs waren, um ihre nächtliche Jagd zu beenden oder die noch kühlen Stunden des Tageslichts zu nutzen, um noch einmal etwas zu erlegen.

Doch bevor die ersten Touristen auftauchten, gab es noch etwas zu tun. In einigen Camps musste er Gäste wecken, als Kellner fungieren und den von den Küchenhilfen zubereiteten Tee oder Kaffee ausliefern. Mehr als einmal hatte er sich aus dem Zelt oder der Hütte eines Gastes geschlichen, um schnell zu duschen und eine frische Uniform anzuziehen, bevor er vor dem Morgengrauen mit der Arbeit begann.

Aber Darlene war in sein Zimmer gekommen, also hob er vorsichtig einen braungebrannten Arm von seiner Brust und rutschte über den Rand des Betts, bis seine Füsse den polierten Zementboden berührten. »Darlene, wach auf. Du musst dich für deine Morgenfahrt fertig machen.«

Sie stöhnte.

Hudson grinste und schüttelte sie. »Komm jetzt, Schlafmütze. Ich gehe duschen.«

Er ging durch sein Badezimmer, genoss die Wärme der Fussbodenheizung an seinen nackten Füssen und trat dann durch eine Schiebetür in die Dusche im Freien, auf der Veranda. Die Aussendusche war ein Geschenk Afrikas an die zivilisierte Welt, dachte er, eine gelungene Verbindung von Sanitäranlagen der ersten Welt mit dem afrikanischen Himmel, der bei Tag und Nacht immer einen Augenschmaus bot. Das heisse Wasser aus einem Duschkopf von der Grösse eines Esstellers umhüllte ihn und schützte ihn vor der Kälte der Morgendämmerung. Wie immer war es eine Herausforderung für ihn, den Wasserhahn zuzudrehen und in die Kühle des Morgens zurückzukehren. Hudson Brand trocknete sich ab und fluchte leise, als er den Ruf eines Eisvogels hörte.

Allerdings dauerte es noch Monate, bis die ersten dieser schönen, leuchtend blau-weissen Zugvögel, die den Winter in Kenia verbrachten, in diesen Teil Afrikas zurückkehrten und den Sommer einläuteten, wenn sie im Krüger ankamen. Dieser Vogel rief jedoch von drinnen.

»Telefon«, murmelte Darlene, als er wieder hereinkam.

Er nahm sein Handy vom Nachttisch, drückte die grüne Antworttaste und der Vogelklingelton verstummte. »Hudson Brand«.

Die Stimme in der Leitung kam verzögert und schwach, aber sobald die Anruferin zu sprechen begann, erkannte er den englischen Akzent. »Hallo Hudson, ich bin's, Dani.«

Während er seine grünen Shorts anzog und den Reissverschluss schloss, hielt Brand das Telefon zwischen der Schulter und dem Kinn eingeklemmt. Darlene drehte sich um und schaute auf ihrem Handy nach der Uhrzeit, als er an ihr vorbei zurück auf die Veranda schlurfte. Irgendwo in der baumbestandenen Ebene weiter unten heulte eine Hyäne.

»Was war das denn?«, fragte Daniela Russo, bevor er überhaupt die Gelegenheit hatte, zu antworten.

»Eine Hyäne. Es ist noch früh, Dani, vor Sonnenaufgang.«

»Ja, ich weiss. Hier ist es sogar früher und noch dunkel. Ich wollte dich aber noch erwischen, falls du zu einer Pirschfahrt aufbrechen wolltest.«

Sie wusste, dass Brand nach seinem letzten Fall zurück nach Südafrika gegangen war, um dort als Berater zu arbeiten. »Genau erraten, Dani, ich muss los. Schönen Tag noch ...«

»Schluss damit. Hör mir zu!« Dani war Anwältin italienisch-britischer Abstammung und hatte den Körper einer Tänzerin und den Tonfall eines Schuldirektors.

Brand sagte sich, er brauche Dani nicht und das, was sie ihm zweifellos vorschlagen wolle, genauso wenig. Er war im Begriff, mit einer Gruppe von Touristen, zu der auch eine besonders attraktive Geschiedene gehörte, die wie eine brünstige Löwin Liebe machte, vier Tage lang in den afrikanischen Busch zu fahren. Von Leopard Hills aus wollte er sie zu einem neuen Camp bringen, das ein befreundeter Afrikaner, Gert Pols, im nördlich gelegenen Timbavati-Wildreservat eingerichtet hatte. Gert betrieb ein Flycamp, ein mobiles Zeltlager, das überall in seinem Konzessionsgebiet aufgestellt werden konnte und der Plan sah vor, dass die Gäste jeden Tag im Busch wandern gingen.

»Ich bin noch da«, sagte er zu Dani, »aber ich muss wirklich gleich los.«

»Ich habe einen weiteren Fall für dich, in Simbabwe.«

»Ich bin nicht interessiert.« Bei der letzten Untersuchung, die Brand für Dani durchgeführt hatte, war er auf die Zehen einiger wichtiger Leute getreten und hatte sich eine Woche lang im Chikurubi-Gefängnis von Harare wiedergefunden – keinem angenehmen Ort. Jetzt war er im Busch, wollte wandern und nirgendwo anders sein, schon gar nicht in Simbabwe. Hudson Brand hörte ein Geräusch hinter sich und drehte sich um. Darlene stand mit zerzaustem Haar an der Tür mit dem Moskitonetz, ein weisses Laken um sich gewickelt, wie eine römische Göttin und für die zweite Runde der Orgie bereit.

»Komm zurück ins Bett, Hudson, es ist noch dunkel.«

»Was war denn das?«, fragte Dani im Telefon.

»Ein einheimischer Vogel«, erklärte Brand.

»Ich brauche dich«, drängte Dani.

Die drei Worte, die normalerweise wie ein Zauber auf ihn wirkten, verfehlten dieses Mal ihr Ziel. »Nein.« Wenn die Wandersafari gut lief, wollte er mehr Arbeit für Gert erledigen. Er bevorzugte es, Tieren statt Menschen zu suchen und wollte den Rest der Trockenzeit nutzen, die beste Zeit für Wanderexkursionen, bevor der Regen kam.

»Ich zahle dir das Doppelte deines normalen Honorars.«

Sein Mund war von der Zigarre, die ihm in jenem Moment wie eine gute Idee erschienen war, trocken und die Stimme rau. Dani arbeitete für Versicherungsgesellschaften und wenn sie sein Honorar verdoppelte, bedeutete dies für sie, einen Verlust zu machen oder so gut wie nichts zu verdienen. Sie leitete ein Team, das Versicherungsbetrüge untersuchte und er arbeitete in Afrika für sie. Seine Neugierde war jedoch geweckt. »Warum verdoppelst du?«

»Diesmal geht es nicht nur um eine Versicherungsgesellschaft, sondern es gibt ausserdem Familienangehörige hier in England, die eine Untersuchung des Todesfalls wünschen«, erklärte sie.

»Aha, du fischst also mit einer doppelten Rute«, stellte Brand fest. Das machte Sinn, schliesslich hatte Dani das grosse Geld nicht damit gemacht, ihren Angestellten gegenüber übermässig grosszügig zu sein.

Tausende von Kilometern entfernt, am anderen Ende der Leitung, gab es eine Pause. Er hatte lediglich eine Anwältin beschuldigt, gekauft worden zu sein und wusste, dass sie nicht nachtragend war. Hier musste also etwas anderes mit im Spiel sein, dachte er. »Zufällig ist eine Freundin von mir darin verwickelt, das ist die Verbindung.«

Brand sah auf seine Armbanduhr. Es war zehn nach fünf. Er hatte Danis Anruf faszinierend gefunden, aber nun rief die Wildnis. Er schaute die Veranda entlang, als das Geräusch der Schiebetür erklang. Darlene war zur Aussendusche hinübergeschlendert, ohne sich die Mühe zu machen, ein Handtuch oder einen Bademantel mitzunehmen. Als sie das Wasser aufdrehte, zwinkerte sie ihm zu,

»Nein, Dani, tut mir leid, aber wie ich schon sagte, ich bin beschäftigt.« Darlene stand ihm gegenüber und seifte ihre Brüste ein.

»Dreifach«.

Brand hatte sich entschieden, ob richtig oder falsch, und er war nicht die Art von Mann, die ihre Meinung aus einer Laune heraus ändert. Ausserdem gefiel es ihm nicht, dass Dani glaubte, man könne ihn kaufen. Natürlich war er käuflich und das, was sie ihm anbot, war etwa fünfmal mehr als was er in den nächsten zwei Wochen, selbst mit gutem Trinkgeld, wahrscheinlich verdienen würde. »Gute Zeit, Dani.«

»Bitte, Hudson. Für mich.«

Dani war einmal nach Südafrika gereist, um sich und der Versicherungsgesellschaft, die sie vertrat, zu versichern, dass er der Richtige sei und sie und die Kunden nicht betrog, wie es so viele ihrer Versicherungsnehmenden taten. Er hatte sie über die Grenze nach Simbabwe auf eine Safari mitgenommen, zu den ›Mana Pools‹ im unteren Sambesi-Tal, einem seiner Lieblingsorte. So interessiert Dani war, es stellte sich heraus, dass sie sich vor Insekten – nicht etwa vor Löwen, die knurrten oder Hyänen, die nachts durch ihr Lager streiften – fürchtete, was dazu führte, dass sie mehrere Abende zu ihrem Schutz in Brands Kuppelzelt verbrachte. Allerdings blieb es eine Urlaubsromanze, denn sie hatte ihm erklärt, sie könne auf keinen Fall in Afrika leben. Brand seinerseits war einmal nach London gereist, hatte aber keine Lust, dies noch einmal zu tun.

Brand seufzte. Darlene drehte schmollend das Wasser ab, ging ins Haus zurück, drehte sich um und lächelte ihm über die Schulter zu, bevor sie einen lila Tanga und grüne Cargo-Shorts anzog. Dani hatte ihn heute Morgen genug Zeit gekostet. Sein Entschluss stand fest. »*Fambai zvakanaka*«, sagte er zu Dani, den Abschiedsgruss, den er ihr beigebracht hatte, bevor sie Simbabwe verliess und der in Shona ›Geh in Frieden‹ bedeutete. Damit beendete er das Gespräch.

»Ich mache mich besser auf den Weg«, sagte Darlene und zog sich ihr T-Shirt an, während Hudson Brand zurück in die Suite trat. »Ich will dich nicht in Schwierigkeiten bringen oder so.«

Er küsste sie. »Das ist gut. Und danke.«

Darlene legte eine Hand auf seine Brust und sah ihm in die Augen. »Nein, ich danke dir. Dass du mich gerettet hast.«

Das liess ihn schmelzen, aber nur ein bisschen. »Also los, Mädchen.« Er strich ihr spielerisch über die Arme. Sie grinste, ging zur Tür, öffnete sie und schaute theatralisch von links nach rechts, bevor sie ihm noch einmal winkte und zu ihrer Suite ging.

Brand rasierte sich, kämmte die Haare und putzte sich die Zähne, während er sich im Spiegel betrachtete. Er dachte noch einmal über Danis Anruf nach. Der Fall war ungewöhnlich, und zwar nicht nur wegen des hohen Geldbetrags, den sie ihm anbot. Die ganze Sache mit der persönlichen Verbindung klang für ihn interessant. Brand lehnte ihr Angebot nicht nur ab, weil er beschäftigt oder bei der letzten Untersuchung eines Versicherungsbetrugs in Simbabwe im Gefängnis gelandet war, sondern weil er die Ermittlungsarbeit aus den falschen Gründen mochte: Sie verschaffte ihm einen ganz anderen Nervenkitzel, als er bei einer Wanderung erlebte, wenn er einem Löwen oder einem tobenden Elefanten gegenüberstand. Hier im Busch war er im Lebensraum gefährlicher Wildtiere unterwegs, aber auf den Strassen Simbabwes oder wo auch immer Danis Fall ihn hingeführt hätte, wäre er in demjenigen von Menschen gewesen – von Geschöpfen, die logen und betrogen, stahlen und mordeten, und zwar meistens für Geld.

In Angola hatte er schon Männer, aber noch nie Tiere gejagt und dem Krieg gerne den Rücken gekehrt, um ein friedliches Leben in den verbliebenen Flecken unberührten Afrikas zu führen. Allerdings vermisste er hier den Nervenkitzel der Jagd. Er genoss diesen Frieden, hatte sich jedoch von Dani dazu verführen lassen, über einen Auftrag, der die Jagd einer Beute beinhaltete, nachzudenken. Es gefiel ihm nicht, dass sie in ihm, wenn auch nur für einen kurzen Moment, Zweifel an der viertägigen Wandersafari weckte. Er blickte einen Moment in seine eigenen Augen, hielt seinen Blick für ein paar Sekunden und schüttelte dann den Kopf. Er hatte die richtige Entscheidung getroffen, als er ihr Angebot ablehnte. Er verliess seine Suite und vertiefte sich in die unvergleichliche Schönheit und Ruhe der afrikanischen Morgendämmerung.

* * *

AUF DER MORGENDLICHEN Pirschfahrt entdeckten sie einen Leoparden, ein junges Weibchen, das auf einem Termitenhügel hockte und nach der Mutter Ausschau hielt, die auf der Jagd war.

Darlene war von der Sichtung überwältigt und umklammerte Brands Hand fest, während sie ihre Augen an der betörenden Katze weidete. Als sie die Leopardin verliessen, küsste sie ihn auf die Wange, worauf ihm der Führer der Leopard Hills Lodge, der genau in diesem Moment zu ihnen schaute, zuzwinkerte. Wenigstens war sie nicht verheiratet, dachte er. Klatsch und Tratsch verbreiteten sich im Sabi-Sand Reservat schneller als ein Buschfeuer.

Nach dem Frühstück in der Lodge fuhr Brand Darlene zu ihrem nächsten Ziel, Zebra Plains, dem Camp von Gert Pols. Es war eine dreistündige Fahrt, die vom Sabi Sand Reservat auf der R40 durch die sich ausbreitende Stadt Bushbuckridge und schliesslich quer durch das Timbavati Game Reserve im Norden, zurück in den Krüger Park führte. Sie erreichten ihr Ziel rechtzeitig zum Mittagessen.

Gerts Unternehmen war eine der kleineren Lodges ohne Luxus, denn er kämpfte immer noch darum, Kapital aufzubauen, das er brauchte, um sich zu vermarkten und seine Einrichtungen zu verbessern. Darlene hatte ihrem Reisebüro in den USA angegeben, sie wolle von einem Zeltlager aus in den afrikanischen Busch wandern und Gerts neue Unterkunft entsprach sowohl ihrem Budget wie auch ihren Bedürfnissen.

Gert war jedoch geschäftlich in Kapstadt, so dass er die Wanderungen, die Darlene und die anderen Gäste des Hauses unternehmen wollten, nicht selbst begleiten konnte. Aus diesem Grund hatte er Hudson Brand gebeten, nicht nur Darlenes Transfer zu übernehmen, sondern auch seinen anderen Führer, Patrick de Villiers, mit einem zweiten Gewehr auf den Pirschgängen zu unterstützen.

In Zebra Plains wurde das Mittagessen in einem alten, aufklappbaren Armeezelt serviert, in dem Brand schon viele Nächte in Namibia und Angola verbracht hatte. Verglichen mit dem klimatisierten Luxus von Leopard Hills war es, gelinde gesagt, ›rustikal‹, aber Darlene schien den Wechsel der Atmosphäre zu geniessen.

Alte Dampferkoffer lagen, wie von einem Schiffswrack aus dem neunzehnten Jahrhundert an Land gespült, verstreut herum und dienten als Beistelltische zu den tief gepolsterten Ledersesseln. Gert hatte sich bei der Einrichtung Mühe gegeben, dem Ort ein koloniales Flair zu verleihen.

Die anderen fünf Gäste in Zebra Plains kannten sich alle. Es waren je ein südafrikanisches und ein australisches Paar, sowie eine alleinstehende Frau, die ebenfalls von der anderen Seite des Indischen Ozeans stammte. Die Südafrikaner waren, wie viele andere, die Hudson Brand im Laufe der Jahre kennen gelernt hatte, nach Australien ausgewandert. »Aber wir lieben den Busch und vermissen den Krüger sehr«, sagte Sunelle, die Frau am anderen Ende des Tisches, zu ihm.

»Und dann setzen sie uns einen Ami vor die Nase, der uns in unserem eigenen Land herumführt«, bemerkte ihr Ehemann Keith, mit einem grossen Lachen, das Brand wissen lassen sollte, dass dies nur ein Scherz sei – jedenfalls teilweise.

Hudson Brand musterte Keith, den er als Börsenmakler erkannt hätte, selbst wenn Gert ihm dessen Beruf nicht schon verraten hätte. Sein südafrikanischer Akzent war fast verschwunden, doch bestimmt hielt er sich immer noch für einen Experten für Wildtiere und den Busch, vermutete Brand. Er hatte eine gute Strategie im Umgang mit Kunden, die dachten, er wisse nichts, weil er nicht in Südafrika geboren worden war: Er stützte sich auf sein enormes Wissen über Bäume, das er sich schon in seinen ersten Jahren als Safariführer angeeignet hatte. Brand studierte jedes Buch über Bäume, das er in die Finger bekam, denn er war der Meinung, neben Tieren, Vögeln, Insekten und Reptilien seien Bäume so ziemlich das Wichtigste, was ein Buschliebhaber wissen müsse.

Die alleinstehende Frau, Sharon, die älter, fülliger und blonder als Darlene war, winkte Keiths Stichelei ab. »Nun, Sunelle hat mir gesagt, alle Safariführer sähen gut aus, also habe ich tatsächlich schon etwas für mein Geld bekommen.«

Brand zwang sich zu einem höflichen Lächeln. Er würde zu allen Gästen freundlich und aufmerksam sein und sein Bestes tun, um weiterhin mit Darlene zu schlafen, ohne dass es für den Rest der Gruppe offensichtlich wäre oder er sie übermässig bevorzugte. Die einzige Person, bei der er sich nicht sicher war, wie er mit ihr umgehen sollte, obwohl er sie gut kannte, war der andere Führer.

Zebra Plains unterschied sich in einigen Punkten von den meisten anderen Lodges im Timbavati und im Sabi Sand. Erstens war sie auf Wandersafaris spezialisiert, anstatt die Gäste auf der Suche nach Wildtieren durch den Busch zu fahren. Als Vorbild dienten die erfolgreichen Wandercamps der Nationalpark-Ranger im Krüger-Park, in denen die Gäste sowohl morgens als auch nachmittags von einem festen, rustikalen Camp im Busch aus zu Fuss unterwegs waren. Die Kundschaft, auf die Gert abzielte, waren erfahrene Safaribesucher, die mehr wollten als nur von einer Tiersichtung zur nächsten zu hetzen.

»Guten Tag, alle miteinander, *howzit*«, sagte Patrick de Villiers. Er war zwanzig Jahre jünger als Brand, hatte die krummen Beine eines Bodybuilders und lüftete mit einer Hand seine Mütze. Er stellte den rechten Fuss auf einen freien Stuhl und stützte den Kolben seines .375-Gewehrs auf sein Knie. »Also, wer ist bereit, ein paar Menschenfresser zu suchen?« Mit der linken Hand, um deren Gelenk sich zum Schmuck Kupfer-, Elefantenhaar- und Plastikarmbänder für den Schutz der Nashörner reihten, zog er eine lange, dicke, mit Messing ummantelte Patrone aus dem Bandolier an seinem Gütel. Er betätigte den Verschluss des Gewehrs und lud diese und vier weitere Patronen. Als er den Verschluss zum letzten Mal schloss, sagte er: »Los geht's, der Land Rover wartet.«

Hudson Brand tupfte sich mit einer Leinenserviette den Mund ab. »Ich gehe kurz auf die Toilette, Patrick, und bin mir sicher, dass auch die Kunden einen letzten Boxenstopp einlegen wollen.«

Patrick schnaubte. »Ja, ich weiss, wie das bei euch alten Hasen läuft. Aber keine Sorge, Leute, auf dieser Wanderung gibt es sicher viele Pausen, um dem Ruf der Natur zu folgen.«

Brand entschuldigte sich bei den Gästen am Tisch und ging mit seinem Gewehr in die Toilette, die sich in der Nähe der Essplattform befand. Er mochte Patrick nicht. Dieser Mann war ein Rassist und ein Tyrann, aber er hatte schon früher mit ihm zusammenarbeiten müssen. Dies war jedoch das erste Mal, dass er mit dem Mann im Busch unterwegs war, und schon jetzt machte er sich in mehrfacher Hinsicht Sorgen.

Zunächst einmal hätte Patrick mit den Kunden zu Mittag essen sollen. Brand wusste nicht, ob der jüngere Mann die Mittagspause zum Schlafen genutzt hatte oder ob er glaubte, vor einer Nachmittagswanderung keine Mahlzeit mehr zu brauchen. Auf jeden Fall war Brand der Meinung, der Safariführer hätte am Tisch sitzen sollen, um seine Gäste kennenzulernen und sie über die bevorstehende Wanderung zu informieren.

Zweitens, und das war noch beunruhigender, hatte Patrick am Tisch eine Show daraus gemacht, sein Gewehr zu laden. Brand vermutete, dies diene nur dem Effekt. Das einfache Laden von Patronen vermittelte den Safarigästen stets die klare Botschaft, dass sie sich auf eine Wanderung begaben, bei der es viel Gefährliches anzutreffen gab, das sie verstümmeln oder töten konnte, weshalb sie unbedingt auf den Mann mit dem Gewehr hören sollten. Was Brand beunruhigte, war, dass Patrick gesagt hatte, das Fahrzeug warte, also fuhren sie vermutlich doch irgendwo hin. Als Patrick damit begonnen hatte, sein Gewehr zu laden, hatte Brand angenommen, sie würden das Lager zu Fuss verlassen. Normalerweise führte man ein Gewehr nämlich beim Fahren aus Sicherheitsgründen nicht geladen mit.

»Gut«, sagte Patrick und richtete sich zu seiner vollen Grösse auf, mit der er aber immer noch um etwa dreissig Zentimeter von Hudson Brand überragt wurde, »wir machen eine kurze Fahrt und gehen von dort zu Fuss weiter. Ich gebe Ihnen an Bord des Fahrzeugs alle notwendigen Anweisungen.«

Sie folgten Patrick von der Plattform zur Vorderseite der Lodge, wo ein offener Land Rover geparkt war. Patrick legte sein Gewehr in eine am Armaturenbrett befestigte Halterung.

»Willst du dein Gewehr nicht laden, oder hast du das schon

getan?«, fragte Darlene Hudson Brand, während die Paare zuerst an Bord gingen.

Brand wandte sich ihr zu. »Nein. Ich muss es zwischen den Knien halten, während wir fahren. Patricks ist in Ordnung, es ist im Gewehrständer sicher untergebracht.« Das war eine Lüge, aber er wollte Darlene nicht beunruhigen oder Patrick vor ihr oder den anderen Gästen in den Rücken fallen. Die Wahrscheinlichkeit, dass Patricks Waffe irgendwie fälschlicherweise zündete, wenn sie aus ihrer Halterung gerissen wurde, war verschwindend klein, nichtsdestotrotz war es keineswegs üblich, mit einer geladenen Waffe vor sich herumzufahren. Das war eine weitere Grundregel, die Patrick entweder vergessen hatte oder missachtete. In Anbetracht von Patricks Alter vermutete Brand, er habe sich eher des Letzteren schuldig gemacht.

Hudson Brand vergewisserte sich, dass alle Gäste auf dem Rücksitz Platz genommen hatten, bevor er auf den Beifahrersitz klettert. Patrick fuhr mit einer Geschwindigkeit, die Brand als für diese Strasse viel zu hoch empfand und erklärte den Gästen gleichzeitig den Ablauf des Tages und die Regeln für die Wanderung. Er informierte sie darüber, dass sie etwa vier Stunden unterwegs seien und danach zum Abendessen zurückkehrten. Er, Patrick, führe die im Gänsemarsch marschierende Gruppe an und Hudson Brand gehe als Zweiter, gebe Erklärungen ab und weise auf alles Interessante hin. Falls sie auf gefährliches Wild stossen sollten, betonte Patrick, dürften sie um keinen Preis davonlaufen.

»Was sagt er?«, hörte Brand Sharon auf dem hinteren Teil des Fahrzeugs fragen. Angesichts des Fahrtwinds und Patricks Neigung, beim Sprechen über die heruntergeklappte Windschutzscheibe geradeaus zu schauen, war es kein Wunder, dass sie einen Grossteil der Informationen verpasst hatte.

Brand drehte sich in seinem Sitz und bekräftigte die Regel, man dürfe unter keinen Umständen weglaufen, wenn man einem gefährlichen Tier begegne, selbst wenn es einen angreifen sollte. Als er sich wieder nach vorn drehte, sah er, dass Patrick ihn anstarrte. Hudson Brand hoffte, Patrick verbessere seine Qualitäten als Führer noch und lerne dazu, aber bis dahin wollte er nicht, dass jemand, am wenigsten er selbst, wegen Patricks schlampiger Anweisungen in Gefahr geriet oder ums Leben kam.

Die Gegend von Zebra Plains war wunderschön, fand Brand, und da keine anderen Fahrzeuge im Gebiet, in dem sie unterwegs waren, herumfahren durften, schien es, als hätten sie den ganzen Kontinent für sich allein. Die Naturstrasse, der sie entlangfuhren, führte durch eine Savanne mit goldenem Gras. Scheue Zebra- und Gnuherden ergriffen beim Anblick und den Geräuschen ihrer rasanten Fahrt die Flucht. Sharon und Darlene, die beiden Afrika-Neulinge, schienen überglücklich zu sein, ein Zebra zu sehen. Weil sie Situationen nicht einschätzen konnten, waren sie allerdings auf einen sicheren und vorausschauenden Führer angewiesen. Brand hörte Sharon fluchen, weil sie die Kamera nicht schnell genug zücken konnte, um das Zebra zu fotografieren, aber falls Patrick sie hörte, ignorierte er es.

Brand fragte sich, warum Patrick das Fahrzeug nicht schon geparkt und die Wanderung begonnen hatte, denn wenn man ehrlich war, war es auf einer Wanderung schwierig, gute Wildbeobachtungen zu machen. Die meisten Tiere bemerkten, wenn sich Menschen näherten, insbesondere eine Gruppe unerfahrener Touristen, die durch den Busch stolperten und rannten lange bevor die Führer die Chance hatten, sie wahrzunehmen oder zu zeigen, weg. Wenn sie aber bereits zu Fuss unterwegs gewesen wären, hätten sie vielleicht näher an die Weidetiere herankommen können, die gerade vor Patricks starkem Aufdrehen des Dieselmotors geflohen waren.

Patrick bog nach links ab und sie fuhren bergab, in Richtung einer Reihe hoher Bäume, von denen Brand wusste, dass sie den Verlauf eines Flusses markierten.

»Im Flussbett haben wir eine grössere Chance, Löwen und Büffel zu sehen, denn sie halten sich gern im dichten Gestrüpp auf, das ihnen Schutz und Schatten bietet«, warf er den Gästen über die Schulter zu.

Brand sah ihn an. Was Patrick gesagt hatte, war im Wesentlichen richtig, und in seinem peripheren Blickfeld sah er, dass die Kunden auf der Rückbank begeistert nickten. Eigentlich konnten sie

Hunderte von Quadratkilometern atemberaubenden offenen Landes durchstreifen, wo sie wahrscheinlich auf Giraffen, Impalas und andere relativ harmlose Tiere stiessen und wenn der Wind günstig für sie stand und die Gäste nicht zu laut waren, sichteten sie vielleicht aus der Ferne ein Löwenrudel, bevor dieses die Menschen entdeckte und sich in den Busch zurückzog. Weshalb suchte Patrick also das Risiko des dichten Busches?

Vielleicht, überlegte sich Brand, war er Patrick gegenüber zu kritisch, doch er hatte den Eindruck, dieser sei darauf aus, aktive Sterbehilfe für sich selbst zu organisieren und den Rest der Gruppe zu ermorden. Er konnte sich nicht mehr zurückhalten, sondern musste etwas sagen.

»Vielleicht wäre das offene Grasland für unsere Gäste angenehmer«, bemerkte Hudson Brand leise, denn er wusste, dass sich im Flussbett vor ihnen möglicherweise gefährliche Kaffernbüffel aufhielten. Wegen dieser durchquerte man Flussbetten bei Pirschwanderungen normalerweise möglichst schnell und verbrachte dort nicht mehr Zeit als unbedingt nötig.

»Habt ihr das gehört?« Patrick blickte nach hinten zu den Gästen. »Hudson meint, ihr seid alle zu alt oder zu schwach, um am Fluss entlangzulaufen. Wer möchte einen Löwen sehen?«

»Ich!«, riefen alle einstimmig zurück.

Patrick warf Brand einen Blick zu und sagte: »Wenn du Angst hast, kann ich dich ins Camp zurückbringen.«

Auf den Wanderungen, die Brand, zumindest in Friedenszeiten, geführt hatte, mied er Gefahren und ging nicht absichtlich in den dichten Busch, um auf jemanden von den ›Big Five‹ zu treffen. Eine Ausnahme bildeten dabei die Breitmaulnashörner, die leicht aufzuspüren und relativ gutmütig waren und in der Regel ohnehin offenes Grasland bevorzugten. Möglicherweise vermarktete sich Zebra Plains anders und versprach den Gästen adrenalingeladenen Nervenkitzel und Nahtoderfahrungen, aber das bezweifelte er. Er beschloss, Gert, wenn sie wieder im Camp waren, anzurufen und ihn auf Patricks Verhalten aufmerksam zu machen. In der Zwischenzeit stellte er sich Patricks kindischer Herausforderung. Patrick schien darauf aus zu sein, seine Kunden in Gefahr zu bringen, und Brand fühlte sich moralisch verpflichtet, dafür zu sorgen, dass sie alle lebend von der Wanderung am Nachmittag zurückkehrten. »Nein, ich komme selbstverständlich mit.«

Patrick hielt das Fahrzeug an und wiederholte die wichtigsten Punkte seiner Einweisung, was Hudson positiv bemerkte. Er lud sein Gewehr. »Bleib an mir dran, Yankee«, sagte Patrick zu Brand, als er losging.

Brand fand es seltsam, dass Patrick, der ebenso wie er selbst ein freiberuflicher Führer war, aber schon öfter mit Gerts Camp zusammengearbeitet hatte, die Gruppe anführen wollte. Hudson war davon ausgegangen, Patrick als verantwortlicher Guide übertrage diese Aufgabe ihm, so dass er die Spuren von Wildtiere suche und verfolge, denn damit hätte Patrick hinter ihm gehen und sich um die Gäste hätte kümmern können. So hätte Hudson die Gruppe jedenfalls eingeteilt. Aber vielleicht befürchtete Patrick zu Recht, Brand würde einen sichereren Weg wählen, was weniger Trinkgeld einbrächte. Auf seinen eigenen geführten Safaris legte Brand immer Wert darauf, den Gästen zu erklären, dass er *nicht* auf der Suche nach Grosswild sei, und weshalb nicht.

Dafür schlüpfte Brand für die Wanderungen jeweils in die Rolle eines Kommentators. »Wir sind hier, um uns neben den grossen Tieren auch die interessantesten kleinen Dinge anzuschauen – Spinnennetze, Spuren, Insekten und Bäume«, sagte er. »Ihre Sicherheit hat für uns oberste Priorität, deshalb begeben wir uns nicht auf die Suche nach gefährlichem Wild.«

Brand spürte, dass Patrick ihn herausforderte, indem er sich entfernte und über einen sandigen Berecih ins dichte Gebüsch und zwischen hoch aufragende Wildfeigen und Fieberbäume hinunterkletterte, die die Ufer des weitgehend ausgetrockneten Flusses säumten. Brand sprach ein kleines Gebet und hielt sein Gewehr schussbereit vor der Brust.

Als Fährtenleser und Führer war Patrick, so stellte Brand fest, recht geschickt. Er bewegte sich vorsichtig und leise, immer wieder den Wind prüfend, indem er eine Handvoll feinen Sand langsam aus seiner geschlossenen Faust rinnen liess. Er führte sie so, dass ihnen der sanfte Wind ins Gesicht blies, und bestand darauf, dass sie ihre Gespräche auf ein Minimum beschränkten. Wenn er sie in eine Begegnung mit einem überraschten und zornigen Büffel oder einer schützenden Löwin und ihren Jungen führen wollte, tat er das auf die richtige Weise.

Brand hielt an, zeigte auf den Panzer einer Leopardenschildkröte und wies mit absichtlich lauter Stimme auf ein Loch, das in den Rücken der unglücklichen Kreatur gepickt worden war. Er erklärte, der südliche Hornrabe mit seinem langen, kräftigen schwarzen Schnabel sei eines der wenigen Lebewesen, die den Panzer einer Schildkröte knacken könnten.

»Können wir weitergehen, wenn du mit der toten Schildkröte fertig bist?«, fragte Patrick ohne seine Ungeduld zu verbergen zu versuchen.

Arschloch, dachte Brand. Doch Patricks geschickte Spurensuche zahlte sich aus, denn er entdeckte eine Elefantenherde, die vor ihnen am Fressen war. Er bedeutete den Gästen, nach vorne zu kommen, ohne dass die Elefanten auf ihre Anwesenheit aufmerksam wurden. Sie kauerten im Schatten eines hoch aufragenden Ebenholzbaums am Flussbett und beobachteten die riesigen Tiere, die friedlich Blätter von den Ästen um sie herum knabberten eine Weile. Die Rüsseltiere beachteten die Menschen nicht, bis der Piepton des Autofokus' von Darlenes Kamera die Matriarchin der Herde alarmierte. Sie wandte sich zu ihnen um, flatterte mit ihren segelartigen Ohren und schüttelte den Kopf. Auf ihr Signal hin, ein Grollen aus ihrem Bauch, sammelte sich die Herde und entfernte sich langsam von den Menschen, weg aus dem Flussbett und tiefer in den umliegenden Busch.

Patrick starrte Darlene an. »Können Sie die Kamera nicht auf lautlos schalten?«

»Entschuldigung.«

Brand war erstaunt, dass Patrick Darlene so anschnauzte.

Darlene fummelte an einigen Knöpfen der Kamera herum. »Ich weiss nicht wie. Vielleicht sollte ich gar nicht fotografieren.«

»Komm, lass mich mal sehen«, bot Brand ihr an. Als Safariführer hatte er schon früh ein Grundverständnis für Kameras und Fotografie entwickelt und als Privatdetektiv stellte er fest, dass sein Wissen über Licht, Verschlusszeiten und Objektive bei der Überwachungsarbeit ein Vorteil war. Er fand das Einstellungsmenü der Kamera und konnte das Piepsgeräusch ausschalten. »Hier, erledigt.«

Darlene legte ihre Hand auf seine und lächelte zu ihm hoch. »Danke, mein Held.«

Patrick war wieder auf den Beinen und Hudson Brand vergewisserte sich, dass es allen gut ging, bevor sie ihren Weg im Schatten der Bäume dem Flussbett entlang fortsetzten. Vor ihnen schlängelte sich der fast ausgetrocknete Flusslauf nach links.

Patrick de Villiers ging etwas nach vorn und blieb, bevor er die Kurve erreichte, stehen. Hudson Brand wartete ein paar Sekunden, vergewisserte sich, dass hinter ihnen nichts auftauchte und forderte Darlene und die anderen dann auf, stehen zu bleiben. Patrick ging in die Knie, und untersuchte den Sand. Brand ging zu De Villiers und fragte ihn, was los sei.

»Menschenspuren«, flüsterte Patrick und leckte sich über die Lippen. »In diesem Teil der Konzession wandert sonst niemand und ich bin seit zwei Wochen nicht mehr hier gewesen. Aber die sind frisch.«

»Wilderer?«.

Patrick nickte. »Hier gibt es viele Nashörner. Wir sehen sie oft im Flussbett. Ich folge den Spuren.«

»Bist du verrückt?« Brand konnte nicht glauben, was er da hörte. »Wir haben Gäste bei uns. Lass uns die Sicherheitsleute des Reservats informieren. Wenn die Spuren, wie du selbst gesagt hast, frisch sind, müssen wir unsere Leute hier wegbringen.«

»Du bist genauso feige, wie ich gedacht habe«, höhnte Patrick.

Es gab mutig und wahnsinnig. Wäre Brand allein oder nur mit Patrick gewesen, wäre er den Spuren wahrscheinlich gefolgt. Er hasste Wilderer und war darüber empört, dass immer noch Nashörner wegen ihres Horns gejagt wurden, damit reiche vietnamesische Geschäftsleute ihre Freunde beeindrucken konnten, indem sie gemahlenes Horn als Partydroge servierten, weil es angeblich einen Kater verhinderte.

»Ich bringe die Gäste zurück zum Wagen, dann kannst du machen was du willst«, sagte Brand.

»Du unterstützt mich also nicht?«

»Wir können später zurückkommen, Patrick.«

Dieser schüttelte den Kopf, stand auf und ging weiter. Brand kehrte wütend zu den Touristen zurück. Seit Patrick De Villiers seine Waffe am Esstisch geladen hatte, war er nichts weiter als eine gefährliche Belastung.

»Was ist eigentlich los?«, fragte Darlene ihn.

»Patrick will noch etwas überprüfen und wir gehen langsam den Weg zurück, den wir gekommen sind.«

»Warum?«, fragte sie. Patrick befand sich hinter der Kurve und damit ausser Sichtweite.

Plötzlich hallte eine Serie von drei mit Automatik abgefeuerten Schüssen durch das Flussbett. Darlene schrie auf. »Alle hinter diesen«, befahl Brand und deutete auf einen einige Meter von ihnen entfernten Felsen. Dann drehte er sich um und schaute, sein Gewehr an der Schulter, flussaufwärts.

»Hilfe!«, hörten sie Patrick schreien, der unvermittelt um die Biegung auftauchte und mit weit aufgerissenen Augen und pumpenden Armen und Beinen auf sie zu rannte. Seine Hände waren leer.

Brand hörte Stimmen von Männern, die etwas auf Portugiesisch riefen. Einer der Männer forderte jemand anderen auf, sich zu beeilen. Es mussten also Mosambikaner sein, die von der anderen Seite des Krügerparks kamen. Dies war die Sprache seiner Jugend, die er von seiner halb portugiesischen, halb angolanischen Mutter gelernt hatte. Ein Mann in einem grünen Hemd und einer kurzen Hose, eine AK-47 im Anschlag, kam in Sicht und zielte mit seinem Gewehr auf Patricks Rücken. Hudson bemerkte die Überraschung des Mannes, als er ihn sah.

Brand hatte keine Zeit zum Nachdenken, doch seine Reaktionen waren, obwohl Jahrzehnte zuvor im Kampf geschärft, immer noch rasiermesserscharf. Er drückte den Abzug. Das schwere Projektil, das dafür vorgesehen war, einen angreifenden Büffel oder Elefanten zur Strecke zu bringen, traf den Wilderer in die Brust und schleuderte ihn nach hinten. Patrick rannte an Brand vorbei.

»Wie viele sind es?«, fragte Brand in die Richtung seines Rückens, doch Patrick antwortete nicht.

»Hudson, was sollen wir tun?«, rief Darlene, als Patrick an ihr und den anderen vorbeistürmte.

»Geht zurück zum Wagen. Folgt Patrick.«

Brand fluchte leise, als er den Verschluss seines Brünner Gewehrs betätigte und einen weiteren Schuss abfeuerte. Er wäre auch am liebsten zurückgelaufen, doch es war ihm anders eingetrichtert worden, so dass er das nicht konnte. Der Wilderer war bestimmt nicht allein. Hudson bewegte sich vorwärts und blieb nahe am Ufer des Flussbetts, wo die Bäume Schatten warfen und ihm etwas Deckung verschafften. Für den Fall, dass noch mehr von ihnen hier waren, musste er den Gästen – und Patrick – Zeit verschaffen. Er umklammerte den Schaft seines Gewehrs. Sein Herz hämmerte. Er war schon einmal hier gewesen und spürte, dass ihn Ruhe überkam, die ihm dabei half, den Drang zu fliehen zu unterdrücken.

Als er um die Biegung kam, wo Patrick törichterweise gestanden hatte, sah er den Kadaver des Nashorns. Zwei Männer knieten auf der anderen Seite des abgeschlachteten grauen Bergs, von denen einer wie wild sägte. »*Foda, foda!*«, fluchte der andere Mann und hob seine Waffe, ein schweres Jagdgewehr mit Repetiervorrichtung, das dem von Brand ähnelte. Doch Brand war schneller und drückte ab. Der Schütze fiel nach hinten, liess sein Gewehr fallen und hielt sich die Schulter. Der Mann mit der Säge stand auf und rannte davon. Falls er bewaffnet gewesen war, hatte er sein Gewehr auf der anderen Seite des toten Nashorns liegen lassen.

»*Pare aí!*«, rief Brand ihm zu, doch der Mann weigerte sich, der Anweisung, stehen zu bleiben, zu folgen. Brand starrte durch das Visier seines Gewehrs und richtete das Fadenkreuz auf die Mitte des Rückens des rennenden Mannes. Er atmete durch die Nase, sein Brustkorb hob und senkte sich. Adrenalin schoss durch seinen

Körper und der Jagdinstinkt, der urwüchsige Killer in ihm, schrie, er solle den Abzug betätigen.

Der Mann am Boden, der auf ihn gezielt hatte, schrie vor Schmerz auf. Der Nebel verzog sich aus Brands Augen und er liess den Lauf seiner Waffe sinken. Er konnte einem unbewaffneten Mann nicht in den Rücken schiessen. Er rannte vorwärts, an Patricks verlassenem Gewehr und an einer langen Schramme im Sand vorbei, die ihm verriet, dass der jüngere Führer wahrscheinlich gestolpert und hingefallen war, als der erste Wilderer auf ihn geschossen hatte. Er erreichte den Kadaver und sah den zweiten Wilderer auf dem Rücken liegen. Sein Gewehr lag neben ihm auf dem Boden. Hudson Brand bückte sich, hob es auf und warf es weiter weg, ausser Reichweite des Verwundeten. Er tastete den verletzten Mann ab, der sich in seinem Schmerz in ihm verkrallte, aber Brand schlug seine Hand weg. Er war sauber. Brand kniete nieder und riss dem Mann das Hemd vom Rücken, knüllte es zusammen und drückte es auf dessen Schulterwunde.

Er legte die Hand des Mannes auf den behelfsmässigen Verband. *»Manter a pressão sobre isto, seu bastardo.«* Der Bastard genannte nickte und drückte weiter auf das Hemd, um den Blutfluss zu stoppen.

4

———————

In der Polizeistation von Skukuza, an der Leopard Street 1, sass Detektivin Captain Sannie Van Rensburg Hudson Brand im kleinen Verhörraum gegenüber. Das Gebäude befand sich in der Nähe des Postamts, auf der Seite des Personaldorfs, das den Verwaltungsbereich vom Skukuza Rest Camp, dem grössten Rastlager im Krügerpark, trennte.

»Sind Sie nervös?«, fragte ihn Sannie.

Er schaute sie an. Sie erinnerte sich an das erste Mal, dass sie ihn befragt hatte. Das war vor vier Jahren, als die Fussballweltmeisterschaft noch in vollem Gange war. Vor lauter Euphorie und Rummel um das Ereignis hatten die Medien damals kaum über den Fall einer vergewaltigten und ermordeten Prostituierten berichtet. Sannie hatte Brand im Krügerpark aufgegabelt, wo er eine Gruppe britischer Fussballfans auf eine Safari gefahren hatte. Als sie im Lower Sabie Rest Camp auftauchte, wo er mit seinen Kunden frühstücken wollte, wurde Brand wütend und versuchte, ihr zu erklären, er könne seine Gäste nicht im Stich lassen.

»Es wurde eine Frau ermordet!«, hatte Mavis ihm zugerufen.

Indem sie ihr die Hand auf den Arm legte, hatte Sannie ihre junge Arbeitspartnerin gebremst und sie im Nachhinein sanft ermahnt, in der Öffentlichkeit keine solchen Aussagen zu machen. Hudson Brands Protest hatte Sannie allerdings weggewischt. Er rief seine Chefin, Tracey Mahoney, an, damit sie einen anderen Führer in den Park schicken konnte. Die Briten schienen zufrieden damit, um elf Uhr morgens auf der Terrasse des Restaurants in Lower Sabie zu sitzen und Bier zu trinken, bis ihr Ersatzführer eintraf, während Sannie und Mavis mit Brand im Auto zur selben Polizeistation fuhren, in welcher sie jetzt sassen.

»Worum geht es?«, hatte er auf dem Polizeirevier gefragt, während sie den abgestandenen Alkohol in seinem Atem über den ganzen Tisch hinweg, an dem er jetzt erneut sass, gerochen hatte. Damals waren seine Augen blutunterlaufen und seine kaffeebraune Haut schien blasser als normal. Sie hatte gedacht, wenn er nicht so verkatert wäre, sähe er gut aus.

»Nandi Mnisi.«

»Bitte? Wer?«

Er schien wirklich verwirrt, aber, so hatte Sannie damals überlegt, ein Mörder brauchte den Namen seines Opfers nicht zu kennen und da Nandi ihren Körper verkauft hatte, benutzte sie wahrscheinlich einen Decknamen.

»Die Prostituierte, mit der man Sie gestern Abend in einer Kneipe in Nelspruit tanzen sah.«

»Welcher?«, hatte Brand gefragt.

»Welche Prostituierte oder welche Kneipe?«, hatte Sannie nachgefragt.

»Im Pub.«

Sie hatte es ihm gesagt und er darauf genickt. »Ja, ich war dort. Ich habe mit vielen Leuten getanzt.«

»Mit einer Frau ganz besonders.«

»Wer sagt das?«, wollte er abwehrend wissen.

Sie hatte ihm nicht gesagt, dass sie Glück gehabt und einen anonymen Hinweis erhalten hatten. Der wichtigste Zeitraum bei Mordermittlungen sind die ersten vierundzwanzig Stunden und Sannie musste ihre Aufregung im Zaum halten. Es war ihr erster Mordfall seit langer Zeit und ihr Adrenalinspiegel schoss in die

Höhe. »Mir liegen Informationen vor, dass Sie gestern Abend gegen Mitternacht mit Miss Nandi Mnisi tanzend gesehen wurden. Heute Morgen gegen fünf Uhr wurde Ihr Fahrzeug auf der Strasse nach Hazyview, drei- bis vierhundert Meter vor der Einfahrt zum Phabeni-Tor des Krügerparks am Strassenrand gesehen.«

Brand rieb sich mit der Hand über das Gesicht. »Wenn ich schuldig wäre, würde ich nach einem Anwalt fragen.«

Sie hatte mit den Schultern gezuckt. »Sie haben das Recht, einen Anwalt hinzuzuziehen, aber es ist einfacher, wenn Sie mir erzählen, was passiert ist.«

»Einfacher für wen?«

Sie hatte nichts gesagt, was bei einem Ermittlungsgespräch oft die beste Vorgehensweise war. Schliesslich seufzte Brand, was eine weitere Alkoholwolke in ihre Richtung wallen liess, dann brach er das Schweigen. »Gestern Abend nach dem Spiel gab es eine grosse Party und ich habe mit ein paar Frauen getanzt, musste aber heute Morgen früh im Park sein. Weil ich die Warteschlangen vermeiden wollte, habe ich beim Tor eine halbe Stunde geschlafen, bevor der Bus mit meinen Kunden für die heutige Pirschfahrt ankam.«

»Und warum haben Sie am Strassenrand angehalten?«

Er rollte seine Augen zur Decke, bevor er sie wieder ansah. »Damit ich mich übergeben konnte.«

»Waren Sie *babelaas* oder haben Sie etwas gesehen oder getan, was Sie krank gemacht hat?«

»Ja, ich war sehr blau und nein, ich habe nichts getan, ausser gekotzt. Was ist denn passiert? Wer wurde getötet? Diese Nandi Mnisi?«, fragte Brand.

»Ja, heute Morgen wurde ihre Leiche gefunden. Läuten da irgendwelche Glocken?«

Er schloss die Augen, dachte einen Moment nach und öffnete sie wieder. »Rotes Kleid, spitz zulaufend, sehr kurz und eng?«

Sannie nickte. »Ja, das Opfer trug ein rotes Kleid.«

»Voller Blut.« hatte Mavis von hinten eingeworfen, bevor Sannie sie mit einem Blick zum Schweigen brachte.

»Ich habe niemanden umgebracht. Aber ja, ich habe mit einem Mädchen in einem roten Kleid getanzt, bis meine Freundin kam.«

»Wie ist ihr Name?«

»Hannah van Wyk. Ich bin zu ihr nach Hause gegangen.«

»Um wie viel Uhr sind Sie angekommen?«

Er hatte erneut die Augen verdreht. »Spät. Um die Wahrheit zu sagen, ich kann mich nicht mehr erinnern.«

»Keine Sorge, Herr Brand, wir werden uns mit Hannah van Wyk in Verbindung setzen.«

»Tun Sie sich keinen Zwang an. Hören Sie, das mit dem Mädchen tut mir leid, wirklich, aber jede Minute, die Sie hier damit verschwenden, mich in die Mangel zu nehmen, ist eine Minute, in der die Spur weiter abkühlt«, hatte er gesagt.

Sein Tonfall hatte sie verärgert, weil es den Eindruck erweckte, er wisse mehr über Ermittlungen als sie. »Sagen Sie mir nicht, wie ich meine Arbeit machen soll.«

Sie und Mavis hatten Hannah van Wyk angerufen und diese bestätigte, dass Hudson Brand die Nacht bei ihr verbracht habe. Er habe sie sogar nach Hause gefahren und ihre Wohnung dann gegen halb fünf Uhr morgens, nach nur zweieinhalb Stunden Schlaf, verlassen, um in den Krügerpark zu fahren. Natürlich hatte der Mann so betrunken keine Gäste in den Park fahren dürfen, weil dies gefährlich war, aber das war für sie weniger wichtig als die Ergreifung eines Mörders. Sie hatte sein Fahrzeug beschlagnahmt und einen Durchsuchungsbefehl vollstreckt, wobei sie die Kleidung mitnahm, die er am Vorabend in der Bar getragen hatte. Sein Safarifahrzeug war sauber und seine Kleidung wies keine Spuren von Nandis DNA auf. Es gab keinerlei physische Beweise, die ihn mit dem Tatort in Verbindung brachten, ausser seinem Erbrochenen am Strassenrand, das er zugegeben hatte. Sie hatten keine Fussspuren in der Nähe des Leichnams gefunden, aber Hudson Brand war Safariführer und kannte sich mit Spuren aus, so dass er jedes Zeichen seiner Anwesenheit hätte beseitigen können. Im Endeffekt hatte sie nicht genügend Beweise, um Brand anzuklagen und liess ihn schliesslich laufen.

Und hier war er nun wieder. Sannie sah Brand, der ihr jetzt, vier Jahre später, gegenübersass, an. Er schwitzte ein wenig.

»Sind Sie nervös?«, fragte Sannie Van Rensburg ihn erneut.

Brand wischte sich über die Stirn. »Es ist heiss.«

Van Rensburg blätterte in der Akte, die vor ihr lag. »Patrick de Villiers sagt, der Wilderer habe zuerst geschossen und Sie seien weggelaufen und hätten ihm den Rücken nicht gestärkt, wie es sich für einen Partner gehöre.«

Brand lehnte sich in seinem Stuhl zurück. »Wir sind nicht Partner. Er hat sich zu weit von der Gruppe entfernt und ist den Spuren der Wilderer auf eigene Faust gefolgt. Ich habe ihn davor gewarnt.«

Van Rensburg nickte. »Ich bin sicher, dass Sie das Vernünftige getan haben, aber war es auch moralisch das Richtige?«

Sie wusste, dass sie ihn provozierte, mit seinem männlichen Ego spielte und hoffte, er falle darauf herein.

»Meine wichtigste Verpflichtung galt den uns anvertrauten Touristen und das hätte auch Patricks oberste Priorität sein müssen.«

»Er sagt, Sie seien weggelaufen und hätten die Gäste sitzen lassen.«

Brand spottete: »Und das glauben Sie?«

Sie zuckte mit den Schultern und schloss die Mappe. »Die anderen Zeugen, insbesondere eine Miss Darlene Jones, sagen aus, dass Sie sich Sorgen um sie gemacht hätten. Miss Jones hat Sie in den höchsten Tönen gelobt.«

Brand sah ihr wieder in die Augen, sagte aber nichts.

»Fürs Protokoll«, sagte er schliesslich, »ich bin nirgendwo hingelaufen. Ich war dabei, die Touristen zum Fahrzeug zurückzubringen, aber als ich den Schuss hörte, ging ich nach vorne, um nach Patrick zu sehen. Er hatte sein Gewehr fallen lassen und rannte direkt an mir und den Gästen vorbei.«

»Er sagt, er habe sie in Sicherheit gebracht.«

Brand zuckte mit den Schultern. »Wollen Sie damit sagen, es sei ein unberechtigter Schuss gewesen?«

Van Rensburg schüttelte den Kopf. »Berechtigt? Nur ein Amerikaner würde einen Mord auf diese Weise beschreiben. Aber nein, weder gegen Sie noch gegen De Villiers wird Anklage erhoben, aber der Nationalpark führt zusätzlich eine eigene Untersuchung durch und bis deren Ergebnisse vorliegen, wird Ihre Lizenz als Fremdenführer in Südafrika ausgesetzt.«

Brand rollte mit den Augen. »Toll.«

»Herr Brand, Sie haben einen Mann getötet und einen anderen verwundet. Das scheint Sie weder sonderlich zu reuen noch zu beunruhigen.«

»Es ist nicht das erste Mal.«

»Ich weiss. Ich beobachte Sie, seit ich Sie zum ersten Mal wegen Nandis Tod befragt habe.«

»Ich fühle mich geschmeichelt«, gab er zurück. »Und ein bisschen beunruhigt. Ich wusste nicht, dass immer noch gegen mich ermittelt wird.«

»Ich bin verwirrt.«

Er hob die Augenbrauen.

»Sie sind halb Amerikaner, halb Afrikaner, Ihr Vater war ein Ölmann und Ihre Mutter eine Einheimische, halb Portugiesin, halb Angolanerin. Als Sie 1990 die südafrikanische Staatsbürgerschaft erhielten, nachdem Sie aus der Armee entlassen worden waren, stufte Sie das alte Regime als ›Farbigen‹ ein. Warum in aller Welt sollte ein, – äh, wie würden Sie sich nennen, ein ›Afroamerikaner‹ oder ein ›amerikanischer Afrikaner‹? – für die Armee eines weissen Apartheidregimes kämpfen?«

»Gute Frage«, lobte Brand.

»Danke, ich weiss. Sie waren im 32. Bataillon, wovon das Büffelkopf-Tattoo auf Ihrem Arm zeugt. Ich kenne ein paar Leute, die in diesem Bataillon, einer gemischtrassigen Einheit, dienten. Es bestand überwiegend aus weissen Offizieren und schwarzen angolanischen Soldaten, dem auch ein paar ausländische Söldner, wie Sie, angehörten.«

»Söldner scheint mir ein sehr hartes Wort dafür.«

Sie lächelte. »Einer der Jungs, mit denen ich gesprochen habe, hat mir erzählt, er erinnere sich an Sie, weil es hiess, Sie seien ein ehemaliger CIA-Mitarbeiter, hätten aber einen Fehler gemacht und seien ohne Job in Afrika gelandet, weshalb Sie sich dem 32. angeschlossen hätten.«

Er zuckte mit den Schultern. »Die Leute lieben gute Spionagegeschichten.«

»Waren Sie bei der CIA, Herr Brand?«

»Meine Vergangenheit hat mit der Erschiessung eines Wilderers im Krügerpark nichts zu tun.«

»Aber Sie waren ein Söldner und zum Killer ausgebildet. Ich habe einige Hintergrundinformationen gesammelt. Die Angolaner nannten das 32. Bataillon ›os terríveis‹, die Schrecklichen. Jemand mit einem solchen Ruf könnte leicht die Grenze zwischen Soldat und Psychopath überschreiten und eine Frau vergewaltigen und ermorden. Fühlen Sie sich nicht wohl, Herr Brand? Hat es etwas mit Ihrem Dienst in Angola zu tun? Haben Sie dort Dinge getan, für die Sie sich schämen? Oder möchten Sie sie insgeheim noch einmal erleben? Als wir Hannah van Wyk vor vier Jahren befragten, erzählte sie uns, Sie hätten ihr anvertraut, Ihre Eltern hätten sich getrennt, nachdem Ihr Vater Ihre Familie von den Ölfeldern in der Provinz Cabinda in Angola nach Amerika zurückgebracht habe, und Ihre Mutter habe Sie allein grossgezogen. Das Leben ist bestimmt hart für Sie gewesen, weil sie doch wohl ein Aussenseiter waren.«

Er sagte nichts, schloss aber für eine Sekunde die Augen und öffnete sie wieder. Er lehnte sich nach vorn und stützte die Ellbogen auf den Tisch. »Mein Vater war ein rechtsgerichteter Republikaner und meine Mutter hasste die Kommunisten. Sie hatte angolanische Cousins, die für Holden Robertos FNLA und später für die Unita, die regierungsfeindlichen, pro-westlichen Rebellen, kämpften. Ich war aus geschäftlichen Gründen in Angola, hatte dann dort aber keine Arbeit mehr. Ich traf meine Cousins und diente eine Zeit lang bei der Unita. Früher war ich in der US-Armee, bei den Rangers und als ich einige hochrangige südafrikanische Militärberater traf, boten sie mir einen Job an. Die Unita konnte mich nicht bezahlen, aber das Apartheid-Regime schon. Ich glaube, ich habe damals den Kommunismus mehr gehasst als die Apartheid.«

»Ich verstehe.« Sie nickte.

»Das war ironisch gemeint. Ich war schlicht dumm.«

»Beide Ideologien sind zusammengebrochen, doch die in ihrem Namen geführten Kriege haben viele Männer körperlich und seelisch gebrochen. Mein verstorbener Mann hat an der Grenze gedient und das hat ihn tief getroffen.« Zwischen den beiden herrschte einen Moment lang Schweigen.

»Woran denken Sie?«, drang Van Rensburg in ihn, »woran erinnern Sie sich?«

Er schüttelte den Kopf. »An nichts. Sie wissen, dass ich die Prostituierte, die Sie damals in der Nähe von Phabeni gefunden haben, nicht tötete.«

»Ich weiss überhaupt nichts, Herr Brand. Nur, dass ein Mörder auf freiem Fuss herumläuft und Sie zur Zeit, als das Verbrechen geschah, am Tatort waren. Nur weil ich nicht genug Beweise hatte, um Sie zu verhaften, heisst das nicht, dass ich Sie nicht für schuldig halte.«

»Sie hatten keine Beweise.« Brand schob seinen Stuhl zurück. »Wenn das alles ist, mache ich mich auf den Weg.«

Mavis ging langsam aus dem Weg und Sannie Van Rensburg blickte, ohne aufzustehen, über die Schulter zu ihm. »Ich melde mich wieder bei Ihnen, Herr Brand. Darauf können Sie sich verlassen.«

Es war ein langer Tag gewesen. Sannie und Mavis waren nach Nelspruit zurückgekehrt, um den Papierkram zu erledigen und als Sannie endlich nach Hause fahren konnte, war es längst dunkel.

Sannie und Toms Bananenfarm lag etwa eine Autostunde von ihrem Arbeitsplatz in Nelspruit entfernt in den Hügeln kurz vor der Kleinstadt Hazyview, an der R40. Sannie war auf einer Farm aufgewachsen und später nach Johannesburg gezogen, wo sie Tom, ihren zweiten Ehemann, kennengelernt hatte. Sie waren mit dem Vorsatz, ein ruhigeres Leben zu führen, aufs Land gezogen.

»Du bist spät dran«, begrüsste Tom sie, als sie das Farmhaus betrat. Jenseits der Veranda funkelten die Lichter von Hazyview in der Dämmerung. In ihrer Kindheit waren diese Hügel und Täler nachts dunkel und bis auf ein paar Farmerfamilien nur dünn besiedelt, aber in Südafrika hatte sich alles geändert. Mit dem Wegfall der

Beschränkungen aus der Zeit der Apartheid waren neue Siedler in die Gegend gekommen, viele von ihnen als illegale Einwanderer über die nahe gelegenen Grenze aus Mosambik, weil sie sich hier eine bessere Zukunft erhofften. Nachdem Südafrika wieder in den internationalen Kreis aufgenommen worden war, zog der nur ein Dutzend Kilometer entfernte Krügerpark Besucher aus aller Welt an und der Fremdenverkehr boomte.

»Ich habe den Mann, der den Nashorn-Wilderer erschossen hat, befragt. Hast du davon gehört?«

»Ich habe alles auf ›Radio Jacaranda FM‹, meinem einzigen Kontakt zur Aussenwelt, gehört. Tom leerte sein Bier, stand auf, ging an ihr vorbei zum Kühlschrank und holte sich ein neues. »Für dich Wein?«, fragte er im Nachhinein.

Sie hatten sich nicht einmal geküsst. »Ja, bitte«, sagte sie ohne Begeisterung. Die Kinder waren im Bett und sie hatte ein weiteres Abendessen mit ihnen verpasst. Sie ärgerte sich daüber, dass Tom so mürrisch war, denn damit trat das, was sie befürchtet hatten, mehr und mehr ein: Ihre Entscheidung, in den Polizeidienst zurückzukehren, forderte ihren Tribut im Familienleben. Sannie hatte es satt, sich zu rechtfertigen und genug von abfälligen Bemerkungen und heftigen Auseinandersetzungen. Sie legte den Aktenordner auf den Küchentisch.

Tom nickte auf den dicken Ordner. »Mehr Arbeit?«

Er war über ihre Entscheidung nie glücklich gewesen, aber sie hatte ihre eigene Meinung. Nach dem Tod ihres ersten Mannes, der ebenfalls Polizist gewesen war, sorgte sie während ein paar Jahren allein für ihre ersten beiden Kinder, bevor Tom zum Mittelpunkt ihres Lebens wurde. Jetzt, da ihr Jüngster, der kleine Tommy, ihr gemeinsamer Sohn mit Tom, eingeschult wurde, war sie nicht mehr an das Farmhaus gebunden. Sannie wusste, dass ihr Mann sich jedes Mal Sorgen um sie machte, wenn er sich von ihr verabschiedete. Doch obwohl nicht völlig ungefährlich, war die Arbeit in Nelspruit längst nicht so gefährlich wie die in Johannesburg.

»Ja. Der Typ, den ich heute befragt habe, war damals, bei der

Mordermittlung während der Zeit der Fussballweltmeisterschaft, ein Verdächtiger.«

Tom hob die Augenbrauen. »Dieser Amerikaner? Wie war sein Name?«

»Hudson Brand.«

Er schob den Wein über den Tisch zu ihr hinüber. »Die Lehrerin hat mich heute angerufen. Christo hatte wieder Ärger, weil er einen anderen Jungen geohrfeigt hat.«

»Und das liegt daran, dass ich so lange arbeite?«

Er ignorierte ihren Sarkasmus. »Nein, ich wollte es dir einfach erzählen. Ich habe kein Problem damit, ihn zur Rede zu stellen, aber es wäre schön gewesen, wenn du heute Abend zu Hause gewesen wärst.«

Sannie hörte laut und deutlich, was Tom ungesagt liess. Christo war nicht sein leiblicher Sohn und Tom offensichtlich der Meinung, sie müsste mehr für ihre älteren Kinder da sein, weil sie in ein schwieriges Alter kamen. Christo war dreizehn und ihre Tochter zwei Jahre jünger. Aber Sannie hätte ihrem Mann am liebsten zugeschrien: ›*Ich muss auch für Nandi Mnisi da sein, die brutal vergewaltigt und ermordet wurde.*‹

»Im Fernsehen kommt nichts Sehenswertes«, sagte Tom.

Sie fragte sich, ob das ein Friedensangebot sei oder die Andeutung einer Aufforderung zur Intimität. Wenn ja, war das eine seltsame Art, damit umzugehen. Die Häufigkeit und Intensität ihres Liebesspiels hatte seit dem ersten Jahr ihrer Ehe und seit ihrer Rückkehr in den Beruf stark nachgelassen.

»Bei der Arbeit habe ich keine Zeit, ungeklärte Fälle zu prüfen. Da gibt es zu viel Alltagskram und nicht genug Leute oder Ressourcen«, erklärte sie.

Er setzte seine Flasche Windhoek Lager an die Lippen und trank ein paar Schlucke. »Ich bin sowieso müde und muss mich noch um die Farm kümmern.«

Männer, dachte sie. Es war, als denke er, sie verbringe ihre Tage am Schreibtisch und male ihre Nägel an und das war so ungerecht. Er wusste, was Polizeiarbeit bedeutete, schien aber zu denken, weil er diese beendet hatte, sollte sie das auch tun. Ja, ihre Familie war ihr das Wichtigste auf der Welt, aber hatte er völlig vergessen, wie es war, sich für eine Gemeinschaft und für ein Land einzusetzen und damit etwas zu bewirken? Verbrechen, sei es ein Mord auf einem Feld in Hazyview oder Korruption auf höchster Regierungsebene, waren das Problem Nummer eins in ihrem Land und sie wollte etwas dagegen tun. Konnte er das nicht verstehen?

»Ich will dich nicht stören«, sagte er und leerte sein Bier. »Ich gehe ins Bett lesen.«

Sannie holte tief Luft und versuchte, ihre Wut zu kontrollieren. Sie stritten sich in letzter Zeit häufig – verdammt, im ersten Jahr hatten sie überhaupt nie Unstimmigkeiten. Sie wollte nicht, dass laute Stimmen die Kinder aufweckten. Sie würde nach ihnen sehen, bevor sie ins Bett ging.

Sannie nahm die Mordakte in die Hand und trug sie durch die Schiebetür nach draussen auf die Holzterrasse. Es war ein schöner und nicht zu kühler Abend. Sie setzte sich an den hölzernen Picknicktisch, nippte an ihrem Wein und schlug den Aktenordner auf. Sie wollte den Tod von Nandi Mnisi noch einmal durchgehen. Zum wievielten Mal?

Sie las die Notizen und Protokolle aus der ersten Befragung von Brand und dem Holzschnitzer. Auch die Aussage von Hannah van Wyk in Bezug auf Brands Alibi war dabei. Vielleicht würde es sich lohnen, sie noch einmal zu besuchen. Sannie wusste, dass die beiden nicht mehr zusammen waren, und die Zeit, seit sie von ihm getrennt war, könnte jede unangebrachte Loyalität vermindert haben, die Hannah Van Wyk gegenüber Brand an den Tag gelegt haben mochte. Da es weder Beweise noch andere Spuren gab, die den amerikanischen Fremdenführer belasteten, war ihre stärkste Theorie, dass die Vergewaltigung und der Mord von einem Ausländer verübt worden seien, denn zur Zeit der FIFA-Fussballweltmeisterschaft wurde Südafrika von Touristen aus aller Welt überschwemmt. Am Tag des Mordes spielte Australien gegen Serbien und sie hatte sich mit den Polizeibehörden dieser Länder in Verbindung gesetzt, um herauszufinden, ob es dort ähnliche Morde gegeben habe. Natürlich gab es auch Fussballfans aus vielen anderen Ländern, aber weder die Internet-Recherchen noch die anderen Nachforschungen, die sie und Mavis bezüglich der letzten Jahre durchgeführt hatten, ergaben ähnliche Verbrechen.

Es war an der Zeit, es noch einmal zu versuchen, dachte sie und notierte sich, morgen eine E-Mail an das Referat für Ermittlungspsychologie zu schicken, um bei jemandem dort über eine Suche nach ähnlichen Verbrechen, die seit ihrer letzten Überprüfung begangen wurden, nachzufragen. Obwohl sie eigentlich keine Zeit dafür hatte, würde sie sich diese nehmen müssen. Sie kannte die Akte in- und auswendig und war sicher, dass sie und Mavis nichts übersehen hatten. Sie brauchte eine Pause, auch wenn diese Unterbrechung die Nachricht war, dass eine andere Frau unter ähnlichen Umständen ums Leben gekommen war. Sannie klappte den Terminkalender zu und trank ihren Wein aus. Tom hatte ihr, vielleicht in der Annahme, sie käme eher früher als später ins Bett, nur ein kleines Glas eingeschenkt. Wenn man die vielen leeren Bierflaschen betrachtete, die auf dem Küchentisch standen, damit das Dienstmädchen morgen aufräumen konnte, musste er halb betrunken sein. Sannie öffnete den Kühlschrank und schenkte sich ein weiteres Glas ein, diesmal etwas mehr.

Sie ging auf die Terrasse zurück, setzte sich hin und vertiefte sich erneut in die Akte, die sie einmal mehr von Anfang an zu lesen begann. Sie hatte bestimmt etwas übersehen, was bedeuten würde, dass sie nicht nur den Tag ihrer Kinder und die Liebe ihres Mannes verpasst hatte.

5

———

Hudson Brand nippte in der ›Pepper Vine‹ Bar in Hazyview an einem Castle Draught. Das Mobiltelefon lag vor ihm auf dem Tisch, neben einer Ausgabe des *Lowvelder*, auf dessen Titelseite ein Bild von ihm zu sehen war, wie er sich über die Leiche des erschossenen Wilderers beugte. Das Foto hatte Keith aufgenommen, der aus Südafrika stammende australische Tourist.

Hannah van Wyk ging hinüber und wechselte den Aschenbecher aus. »Kopf hoch, es hätte schlimmer sein können. Die Wilderer hätten *dich* erschiessen können.«

Brand hob eine Augenbraue. Wenigstens einer von ihnen hat noch einen Job.

Das Leben hatte Hannah in ihren fünfunddreissig Jahren viel abverlangt. Sie war immer noch attraktiv, wenn auch mit den harten, kantigen Zügen einer Frau, die es gewohnt war, ein beinahe so hartes Leben zu führen, wie die Kunden, die sie bediente. Als Van Rensburg ihn 2010 zur Befragung mitgenommen hatte, hatte er sie als seine Freundin bezeichnet und als er dies Hannah nach der Befragung erzählte, war sie über seine Verwendung dieses Wortes überrascht. »Ich habe dich mir nie als Typ für eine Freundin vorgestellt«, hatte sie bemerkt.

64

»Heute hat mich dieselbe Polizistin befragt, wie damals im Mordfall.«

»Oh.« Er sah, dass ihre Hand sich fester um das Tuch schloss.

»Ist schon gut, wir haben nicht über den alten Fall gesprochen – jedenfalls nicht viel – und schon gar nicht über dich.«

Hannah nickte kurz. Ihre Beziehung war im sexuellen Sinne vorbei, aber ihr Geheimnis verband sie für immer, oder bis sie es verriet. Als Sannie Van Rensburg Hannah damals in der Bar anrief, hatte sie ihr erzählt, sie habe Hudson am Abend, an dem Nandi Mnisi ermordet wurde, vom Nachtclub nach Hause gefahren und er sei die ganze Nacht bei ihr gewesen, bis er in den Krügerpark gefahren sei. Das war nicht wahr. Hannah war seines Zechgelages überdrüssig geworden und hatte sich um ein Uhr nach Hause fahren lassen. Gegen drei Uhr morgens war Hudson in ihr Bett gestolpert und anderthalb Stunden später wieder verschwunden. Sie hatte für ihn gelogen. Andere Führer, die gesehen hatten, dass Hudson in Lower Sabie von der Polizei aufgegriffen worden war, hatten bereits getratscht und ihren Freunden SMS geschickt. Es hatte sich im Pepper Vine schnell herumgesprochen, dass Hudson im Zusammenhang mit dem Mord an der Prostituierten befragt worden war. Als Van Rensburg sie nach Hudsons Aufenthaltsort gefragt hatte, hatte sie gelogen, um ihn zu decken. Hinterher hatte sie ihm erklärt, sie wisse, dass er nicht die Art von Mann sei, die ein solches Verbrechen begehen würde. In den Tagen danach hatte sie sich jedoch von ihm ferngehalten. Sie waren immer noch Freunde, schliefen aber nie wieder miteinander.

Dann flackerte eine alte Flamme wieder auf und Brand freute sich für Hannah über ihr neues Glück mit einem früheren Partner. Zu ihrem Leidwesen erwischte ihr Freund allerdings sechs Monate nach der Wiedervereinigung eine Überdosis Heroin. Hannah nahm den schmutzigen Aschenbecher und trug ihn zurück in die Bar.

Brand blickte auf sein Telefon. Er hätte den Anruf lieber nicht getätigt, wusste aber, dass er es tun musste.

Es war zwei Tage her, seit er einen Wilderer getötet und einen zweiten verwundet hatte. Seine Lizenz war immer noch ausgesetzt, aber er hätte auch sonst keine Arbeit gehabt. Das war jedes Mal so, wenn ein Safariführer seine Waffe abfeuerte. Hudson war zuversichtlich, dass er von der Parkbehörde freigesprochen würde, wenn Sannie Van Rensburg ihren Fall in Bezug auf die Schiesserei abschloss und möglicherweise sogar die Akte des Mords während der Weltmeisterschaft endgültig schloss. Ein paar andere Führer hatten ihn darauf hingewiesen, dass auf Facebook falsche Informationen über die Schiesserei verbreitet würden. Patrick erzählte dort seine Version der Ereignisse und behauptete, Brand sei wie ein geköpftes Huhn herumgerannt und habe ihn hängen lassen.

Brand hatte mit Gert Pols über die Geschehnisse in Zebra Plains gesprochen, der von der Kette der Ereignisse nicht übermässig überrascht schien. Voller Sarkasmus bedankte sich Brand bei ihm dafür, dass er ihn nicht davor gewarnt hatte, dass Patrick einen starken Wunsch verspüre, sich und die Gäste bei der Wanderung im Park umzubringen. »Das wird schon wieder gut bei dir«, hatte Gert Brands Bemerkung mit einem Lachen weggewischt. »Die Untersuchung wird dich entlasten. Aber mit Patrick bin ich fertig. Er ist ein Cowboy und hat mich einiges gekostet.«

Die Wandersafari war abgesagt worden, da die Gäste durch den Schusswechsel, den Tod des Wilderers und die Tatsache, so nahe an der tödlichen Gefahr gewesen zu sein, traumatisiert waren. Gert hatte mit ›Tanda Tula‹, einem Zeltcamp im Timbavati Reservat, organisiert, dass Darlene und die anderen mitgenommen und auf Gerts Kosten luxuriös untergebracht wurden. Falls sie trotz dieser Erfahrung immer noch Lust auf eine Wandersafari hatten, konnten sie diese von ›Tanda Tulas‹ Feldcamp aus unternehmen.

Seine Hand zitterte ein wenig, als er das Bier an die Lippen hob und sich an den Moment erinnerte, in dem er den Abzug betätigte. Er fühlte sich nicht annähernd so ruhig, wie er es bei Van Rensburgs Befragung vorgegeben hatte, denn in der Zwischenzeit hatte er Gelegenheit gehabt, darüber nachzudenken, dass er ebenso gut selbst hätte erschossen werden können. Darlene war nach der Schiesserei in Tränen ausgebrochen, hatte ihn aber mit einem Kuss verabschiedet. Obwohl er sicher war, dass er sie nie wieder sehen würde, war er froh, sie in Sicherheit zu wissen. Ausserdem war er jetzt arbeitslos und hatte keine Einnahmen.

Hudson kannte die meisten der wenigen anderen Gäste in der Open-Air-Bar, sass aber allein. Ihm war nicht nach Geselligkeit zumute. Er beschloss, nach dem Austrinken seines dritten Biers, nebenan, in *Oom* Kallie's Metzgerei, ein paar *Boerewors,* Bratwürste, für sein Abendessen zu kaufen und nach Hause zu fahren. Aber vorher musste er diesen Anruf hinter sich bringen.

Die Nachmittagssonne schien schräg in den Innenhof, in dem er unter einem Sonnenschirm an einem Tisch sass. Der grösste Teil des Pepper Vine war dem Wetter ausgesetzt, mit Ausnahme etwa eines Viertels des Trink- und Essbereichs des Pubs. Dazu gehörten auch die Bar und die Küche, sowie der grosse, von einem Blechdach geschützte Flachbildfernseher, auf dem die Rugbyspiele gezeigt wurden. Normalerweise hätte Brand in dieser vertrauten Umgebung angenehme Gelassenheit verspürt, doch stattdessen war sein Magen verkrampft und klammerte sich seine Hand viel zu fest um das Glas. Das Tor zum Innenhof, dem Eingang zum Pub, quietschte.

»Ach, sieh mal, wer da ist. Das grosse weisse Huhn höchstpersönlich. *Howzit*, Hudson.«

Von allen Menschen, die er in diesem Moment am wenigsten treffen wollte, stand Koos, Patrick de Villiers' älterer Bruder, ganz oben auf der Liste. Im Gegensatz zu seinem Bruder war Koos ein Bananenfarmer und hatte den Körperbau, den Verstand und das Temperament eines Büffels, sowie Hände im Umfang eines Elefantenhinterfusses. Brand war Zeuge davon gewesen, dass Koos in anderen Kneipen Männer und Möbel demoliert hatte, und zwar wegen so trivialer Dinge, dass sich am nächsten Tag niemand mehr an den Grund erinnern konnte. Hudson Brand dämmerte die Vorahnung, die Leute würden noch wissen, warum Koos das, was er nun sicherlich tun würde, getan hatte.

Brand leerte sein Bier, legte sechzig Rand auf die Tischplatte, mehr als genug für die Kosten plus Trinkgeld, stand auf und nickte: »Mir geht's gut, Koos und dir?« Nicht, dass es ihn wirklich interessierte.

Koos blieb im Hof, zwischen Brand und dem Ausgang, stehen. Die Gespräche in der Kneipe waren verstummt. »Mir geht's gut, aber meinem Bruder Patrick geht's nicht so, Mann. Er hat seinen Job verloren. Dein *poepholer* Freund Gert, dieses Arschloch, hat ihn gerade gefeuert. Er hat nicht einmal die Ermittlungen abgewartet.«

Brand zuckte mit den Schultern. »Tut mir leid, das zu hören, Koos.« Brand machte einen Schritt auf ihn zu und blieb knapp ausserhalb der Reichweite seines Schwungs stehen, doch Koos wich nicht zur Seite. Brand seufzte.

»Mein Bruder sagt, du hättest ihn nicht unterstützt.«

Brand wollte nicht ins Detail gehen, wie viel Koos' jüngerer Bruder an diesem Tag verbockt hatte, hielt es aber für sinnvoll, all diesen fehlgeleiteten Bauern und Klatschbasen an den umliegenden Tischen etwas von seiner Sicht der Dinge aufzuzeigen.

»Dein Bruder hat sein eigenes Leben und, was noch wichtiger ist, die Leben unserer Gäste in Gefahr gebracht, indem er den Spuren der Wilderer folgte. Wir hätten uns einfach zurückziehen und die Sache melden sollen.«

»Er ist ein mutiger Kerl und du hast ihn in Gefahr gebracht, indem du nicht mit ihm gegangen bist.«

Brand war klar, dass er diesen Streit nicht gewinnen konnte, aber dem Publikum zuliebe machte er trotzdem weiter. »Was er getan hat, war dumm. Er geriet in Panik und als der Wilderer auf ihn schoss, rannte er davon und liess seine Waffe fallen. Er ist nur noch am Leben, weil ich einen Mann getötet habe.«

»Er hat wegen deiner Feigheit seinen Job verloren.«

Brand stellte sich dem grobschlächtigen Bauern gegenüber. »Ich habe keinen Streit mit dir, Koos.« Als Brand versuchte, um ihn herumzugehen, trat Koos zur Seite, um ihn zu blockieren und stiess ihn in die Brust. *So sollte es also ablaufen*, dachte Brand. »Ich will nicht mit dir kämpfen, Koos.«

»Typisch Amerikaner: Zuerst einen Krieg anfangen und dann nicht wissen, wie man ihn beenden soll. Du gehst nicht ohne einen gebrochenen Knochen.«

Brand überlegte, ob er sich auf einen Kampf mit ihm einlassen solle. Der einzige Krieg, an dem er teilgenommen hatte, war der in Angola gewesen, also weitgehend südafrikanisch. Aber er ahnte, dass Koos die Ironie nicht verstünde. Der Farmer war ein Tyrann und Brand hatte im Laufe der Jahre eine ganze Reihe solcher kennengelernt. Koos war grösser und vielleicht zwanzig Jahre jünger als er, aber Brand hatte im Grenzkrieg und seitdem in mehr als ein paar Kneipenschlägereien den einen oder anderen Trick gelernt.

»Lass mich vorbei, Koos«, bat er, dem Mann noch eine Chance gebend.

»Dann musst du dir den Weg schon frei machen, Mann«, forderte Koos ihn heraus.

Brand holte tief Luft und ballte die Fäuste neben sich. »Dann lass uns das draussen regeln.«

Koos ging rückwärts zum Tor, das auf den staubigen Parkplatz hinausführte. Einige der Gäste der Buschbar erhoben sich von ihren Stühlen und folgten den beiden Männern, um das Spektakel mitzuverfolgen.

»Wo steckt dein feiger Bruder?«, fragte Brand Koos, der nun bereit war und Koos' Aggression anfachen wollte. Hoffentlich schlug er mit einem vorhersehbaren Faustschlag zu, dem Brand ausweichen und danach mit einem Tritt in die Eier kontern konnte.

»Hier.«

Brand machte den Kardinalfehler, sich der Stimme zuzuwenden. Währenddessen prallte eine massive Faust gegen seine linke Gesichtshälfte. Hudson entdeckte Patrick im Stürzen nach Koos' Schlag. Er wälzte sich im Staub, um dem bevorstehenden Tritt zu entgehen, und schaufelte eine Handvoll Kies zu einem Haufen. Als Patrick zu ihm herübertanzte, bäumte sich Hudson wie eine schwarze Mamba auf und schleuderte ihm den Kies in die Augen. Dann machte er das Beste aus der Situation und schlug Patrick eine Gerade auf die Nase. So befriedigend das auch war, konnte er nicht an zwei Fronten gleichzeitig kämpfen und schrie auf, als Koos' Faust seine Nieren traf.

Patrick spuckte Blut. Als Brand sich Koos unter Schmerzen entgegenstellte, sah er, dass Patrick etwas aus der Gesässtasche seiner

Shorts zog und hoffte, es sei keine Waffe, da er seine zu Hause gelassen hatte. Koos holte zu einem Haken aus, dem Brand ausweichen konnte, aber genauso entzog er sich Brands Faust. Den nächsten Schlag konnte der Landwirt schneller platzieren als Brand, dessen Kopf wurde zurückgeworfen, als Koos' Faust sein Kinn traf. Er wirbelte herum und zielte mit einem Tritt nach Patrick. Der jüngere Bruder bewegte sich nicht sondern streckte ruhig die Hand aus. Zu spät bemerkte Brand den Taser, den Patrick in der Hand hielt.

Was er sah, liess ihn zögern, so dass Patrick seinen halb ausgeführten Tritt abfangen und ihm einen Stromstoss versetzen konnte. Hudson Brand klappte zusammen und Koos' de Villiers Büffellederstiefel traf ihn seitlich in der Brust.

Ein Land Rover, ein Fahrzeug für Wildtierbeobachtungen, fuhr dicht an das Handgemenge heran und sein plötzliches Anhalten fegte eine Staubwolke über die drei Männer hinweg. Brand stöhnte. Durch einen Schleier von Schmerz registrierte er, dass Bryce Duffy, der Führerkollege, den er zuletzt mit dem Löwen auf der Brücke gesehen hatte, ausstieg. »Hey, runter von ihm!«

»Achtung Taser ...«, krächzte Brand. Doch die Warnung war unnötig. Als Bryce sich Koos näherte, schlug ihm dieser seine massive Faust ins Gesicht, so dass er nach hinten stürzte.

Brand lag immer noch am Boden und die De Villiers-Brüder wollten ihn nicht wieder aufstehen zu lassen. Die Prügel waren schlimm, wenn aber nicht ein Schuss gedonnert hätte, wären sie noch viel schlimmer geworden – für ihn und Bryce.

Mit einem halb zugeschwollenen Auge und dröhnendem Kopf fragte sich Brand, ob einer der De Villiers-Brüder eine Pistole gezogen und, ohne ihn zu treffen, auf ihn geschossen habe. Dann würde der zweite Schuss sein Ziel bestimmt finden. Koos trat erneut hart und schmerzhaft in Brands Bauch, als ein weiterer Knall ertönte. De Villiers wich zurück und Brand rollte sich schmerzgequält auf die Seite. Er sah Hannah van Wyk am Eingang des Pubs stehen und aus dem Lauf ihrer abgesägten Schrotflinte kräuselte sich Rauch.

Die beiden Brüder zogen sich zu Koos' *Bakkie* zurück und fuhren, eine trotzige Staubwolke im Gefolge ihrer durchdrehenden Reifen hinterlassend, davon. Hannah half Bryce und Brand auf die Beine und fragte diesen, ob er sich bei ihr zu Hause erholen wolle.

»Danke, Hannah«, hustete er und spuckte etwas Blut in den Staub des Parkplatzes, »aber ich sollte zurück ins Haus, auf das ich aufpasse. Bryce, bist du okay?«

Bryce befühlte vorsichtig seine Nase. »Ja, ich glaube schon. Du kannst dich einfach nicht aus Schwierigkeiten heraushalten, nicht wahr, Hudson?« Er begann zu lachen, zuckte dann aber vor Schmerz zusammen.

Hannah kümmerte sich um Brand und ignorierte den jüngeren Mann. »Aber ›Hippo Rock‹ ist fünfunddreissig Kilometer entfernt, Hudson. Bist du sicher, dass du das schaffst? Du siehst aus, als würdest du gleich ohnmächtig.«

Er wandte sich von ihr ab und spuckte erneut, dann tastete er mit seiner Zunge einen Zahn ab. Er war locker. »Ich schaffe es.«

Sie sah ihn zweifelnd an. »Ich folge dir und sorge dafür, dass du gut nach Hause kommst.«

Das war ihre Entscheidung. Brand schüttelte Bryce, sich dafür entschuldigend, dass er ihn in das Handgemenge hineingezogen hatte, die Hand. Dann setzte er sich auf den Fahrersitz seines Land Rovers, während Hannah die Schlüssel zu ihrem, *Bakkie,* holte, einem Toyota Pick-up. Sie verliessen Hazyview und fuhren durch die sich immer weiter ausdehnenden und fast ineinander übergehenden Township-Siedlungen zwischen der Stadt und dem Paul Krüger Gate. Es war der Eingang zum Nationalpark, bei dem er die Begegnung mit Darlene und dem Löwen gehabt hatte. Es schien Wochen her zu sein, nicht nur Tage.

Wahrscheinlich litt er unter einer leichten Gehirnerschütterung, denn kurz vor Mkhuhlu nickte er ein. Wie gut, dass Hannah ihm nach Hause folgte, denn als er vom Asphalt auf den Schotterrand der Strasse abdriftete, weckte ihn ihr Hupen.

Aufgrund seiner Arbeit als Ermittler und Safariführer und vielleicht auch, weil Brand schon vor langer Zeit erkannt hatte, dass er nie wirklich sesshaft werden würde, war er so etwas wie ein Nomade. Er wohnte in einem Haus in Hippo Rock, einer Wohnsiedlung im

Wildtiergebiet am Ufer des Sabie mit Blick auf den Krügerpark. Es gab ein paar solcher Anwesen am Rande des Reservats, in welchen Privilegierte lebten oder Ferienhäuser inmitten von Buschland besassen, in denen Wildtiere herumstreiften.

Das Haus, in dem er wohnte, gehörte dem südafrikanischen Manager einer Goldmine, der nach Australien ausgewandert war. Er wollte nicht in sein Geburtsland zurückkehren, sein Haus im Busch aber auch nicht verkaufen. Der Mann war vor ein paar Jahren Brands Kunde gewesen, wobei sich die beiden angefreundet und darauf geeinigt hatten, Brand könne im Haus in Hippo Rock bleiben, wenn er es als Gegenleistung instand halte.

Je nachdem, wo er gerade arbeitete, lebte Brand im Haus oder nicht. Als er ins Anwesen fuhr, hob er den Arm zu einem schmerzhaften Gruss an den Pförtner und meldete sich an. Langsam und ein wenig traurig, weil er wusste, dass er bald wieder abreisen würde, fuhr er, Hannah immer noch im Schlepptau, hinein.

Sie erreichten das Haus und bevor Brand sich von seinen Gurten befreien konnte, war Hannah aus ihrem Fahrzeug ausgestiegen und bei ihm. Sie führte ihn zur Tür und er war froh, sich an ihre knochige Schulter lehnen zu können. »Soll ich reinkommen?« fragte sie.

«Mir geht es gut«, hustete er. »Aber da du den ganzen Weg hierhergekommen bist, lass mich dir wenigstens einen Kaffee oder ein Bier holen.«

»Precious kann sich noch ein Weilchen um die Bar kümmern.« Hannah half ihm durch den mit Steinen gepflasterten Flur ins grosse Schlafzimmer, wo er sich auf den Rücken ins Bett legte und die Augen schloss. Hannah holte ein Becken aus der Küche, füllte es im Bad mit heissem Wasser und brachte es zusammen mit Seife und einem Tuch zurück zu Hudson.

Sie stellte die Schale auf dem Nachttisch ab und öffnete die Vorhänge. Auf der anderen Seite der Holzveranda bot sich Brand der Blick auf den Sabie, den er genoss. Der Wasserlauf war zwar während des langen trockenen Winters geschrumpft, sprudelte aber immer noch wunderschön um rosafarbene Granitfelsen herum. Ein Elefant prustete einen Rüssel voller Wasser vom Rand des anderen

Ufers herüber, doch sein Anblick trug nicht zu Brands Erholung bei. Behutsam öffnete er die Knöpfe seines blutverschmierten Buschhemds, zuckte aber zusammen, als er es auszuziehen versuchte.

»Wart, lass mich das machen.« Hannah kam zum Bett, streifte ihm das Hemd ab und betrachtete kritisch den Flickenteppich blauer Flecken darunter. Ihre Finger, brachten ihn, obwohl sie ihn sanft abtasteten, fast zum Schreien und machten ihm klar, dass ein paar Rippen gebrochene waren. »Du musst zum Arzt, aber erst wenn ich dich ein bisschen gesäubert habe.«

Sie tupfte über seine aufgeplatzte Wange und die gesprungene Lippe, wobei jede Berührung mehr zu schmerzen schien als die Vorherige. »Ihr Männer seid solche Weicheier, wenn es um Schmerzen geht.«

Brand bedauerte seinen Lachversuch. »Was weisst du schon?«

»Was Schmerzen sind, weiss man erst, wenn man geboren hat.«

Ihm wurde klar, wie viel es gab, was er nicht über sie wusste, auch weil sie noch nicht lange genug zusammen waren, als dass er es hätte herausfinden können. »Davon hast du mir nie etwas gesagt.«

»Immer wenn ich dich gefragt habe, ob das, was die Leute sagen, wahr ist, hast du mir erklärt, du wollest nicht über deine Vergangenheit sprechen. Du seist nach Südafrika gekommen, um im Grenzkrieg zu kämpfen, also dachte ich, du wollest auch nichts über meine früheren Leben wissen.«

Frühere Leben. Er nickte. Sie kramte in seinem Badezimmer nach Betadine und Pflastern und widmete sich dann wieder ihrer Pflegeaufgabe, bei der sie ihn quälte. Während einer kurzen Pause stand sie wieder auf und durchwühlte Brands schmutzige Buschkleider, bis sie eine Flasche billigen Scotchs fand und schenkte zwei grosse Gläser ein.

»Danke.« Er stiess mit ihr an. Die Flüssigkeit wärmte ihn schon beim ersten Schluck und beruhigte seine angespannten Nerven.

Sie nippte an ihrem Getränk. »Ich hätte Koos umbringen sollen. Eines Abends, nach Ladenschluss, hat er mir abgepasst, aber ich habe ihm das Knie in die Eier gerammt.«

»Das war mein Plan.«

Hannah wandte den Blick von ihm ab.

»Warst du bei der Polizei?«, fragte Brand sie.

Sie lachte. »Hier? Er hätte sich bei ihnen losgekauft. Ausserdem sind die Cops zu sehr mit Vergewaltigungen und Morden beschäftigt. Ein Bauer, der einen Übergriff auf eine Barbesitzerin begeht, interessiert sie nicht.«

Alle Überlegungen, die Brand angestellt hatte, um sich an Koos de Villiers dafür zu rächen, wie er und Patrick ihn in einen Hinterhalt gelockt hatten, wurden nun von seinem Wunsch überlagert, ihm für das, was er Hannah angetan hatte, richtig weh zu tun. »Danke, dass du mir den Arsch gerettet hast.«

»Was willst du jetzt tun?«

Brand zuckte mit den Schultern, was weh tat. »Ich kann nicht arbeiten, bis die Untersuchung der Parkverwaltung mich von der Erschiessung des Wilderers entlastet.«

Hannah nickte. »Nimm dich vor Koos und Patrick in Acht. Die sind noch nicht mit dir fertig. Ich kenne sie. Sie sind richtig gemein.«

»Das habe ich bemerkt. Ich habe ein Angebot für eine Arbeit in Simbabwe erhalten, es aber abgelehnt, weil ich auf diese Wandersafari gehen wollte.«

Sie runzelte die Stirn. » Simbabwe. Ist es nicht gefährlich da oben?«

Als er lachen musste, wappnete er sich gegen den Schmerz, der kommen musste. »Nicht so gefährlich wie in Hazyview.«

Sie lächelte, und er meinte, zu sehen, dass ihre obsidianfarbigen Augen ein wenig heller wurden. »Ich muss wieder zur Arbeit. Precious ist zwar ein gutes Mädchen, aber solange ich hier bin, bestimmt damit beschäftigt, mich auszurauben.«

Brand streckte seine Hand aus und legte sie auf ihre. Hannah beugte sich näher zu ihm und küsste ihn auf die Wange. Auch das tat weh, aber er gab sich Mühe, nicht zusammenzuzucken.

Sie zog sich von ihm zurück, als hätte sie Zweifel an dem, was sie gerade getan hatte. »Ist es Arbeit als Führer, die du in Simbabwe übernimmst?«, fragte sie schnell.

«Nein. Jagd.«

»Igitt, ich hasse die Jagd.«

»Menschenjagd, nicht Tiere.«

»Oh, dann ist ja alles in Ordnung.« Hannah stand auf und strich ihren kurzen Jeansrock glatt. »Ich muss gehen. Sei vorsichtig, wenn du nach Simbabwe gehst, Hudson. Ich möchte nicht, dass dir etwas Schlimmes zustösst.« Dann ging sie zur Schlafzimmertür und verliess das Zimmer, ohne sich noch einmal umzusehen.

Brand fand sein Handy in der Tasche seines ausrangierten Hemdes. Wie durch ein Wunder hatte es die Schläge und Tritte der Brüder De Villiers überlebt. Er blätterte durch die letzten Nummern und fand die von Dani in London. Er drückte die Anruftaste, liess das Telefon ein paar Mal klingeln und legte dann auf.

Das Telefon neben sich, liess er sich vorsichtig wieder aufs Bett fallen. Das Licht der Nachmittagssonne fiel durch die Glasschiebetür, die zur Terrasse führte. Er wäre in dieser goldenen Stunde lieber im Busch gewandert, als hier zu liegen und sich beschissen zu fühlen.

Brand brauchte nicht lange zu warten, bis das Telefon seinen Eisvogelruf abgab und auf dem Bett vibrierte. Er nahm es ab und hielt es, zu müde und zu sauer, um überhaupt Hallo zu sagen, an sein Ohr.

»Ich nehme an, du hast nicht genug Geld, um nach England anzurufen?«, sagte Dani zur Begrüssung.

Die arme Dani, dachte Brand. Sie war so in ihre Arbeit vertieft, dass sie ihn an einem Samstag sofort zurückrief. Sie hätte im Garten eines sonnigen Pubs sitzen oder in einem Londoner Park spazieren gehen sollen, oder was auch immer die Leute in England zum Spass taten.

»Wie kommst du denn darauf?« Leider war es Tatsache, dass er nicht genug Guthaben auf seinem Telefon hatte, um von sich aus mit ihr zu sprechen und sein derzeitiges Bankguthaben hätte kaum die Kosten für einen Anruf gedeckt.

»Ich weiss, dass du nicht viel vom Internet hältst, aber du bist dort gerade ein Star.«

»Was zum Teufel soll das bedeuten?«, krächzte Brand.

»Ich empfehle dir, dich selbst zu googeln, was dir aber gegen den Strich ginge.«

»Ich mag es, wenn du anzüglich mit mir redest. Dein Akzent macht's aus.« Brand glaubte, ein Kichern zu hören.

»Im Ernst, Hudson, du hast es in den letzten Tagen auf mehreren Kontinenten in die Nachrichten geschafft. Ich habe alles über den Wilderer, den Löwen und die arme Amerikanerin gelesen, die zweimal fast ums Leben gekommen wäre. Sie sah wie dein Typ aus.«

Brand stöhnte auf, innerlich und äusserlich. Noch drei Nächte zuvor war Darlene zwischen die frisch gebügelten Laken geschlüpft, um ihm als persönliche Wärmeflasche zu dienen. »Ich musste den Wilderer erschiessen.«

»Wie auch immer. Ich nehme an, jetzt ist der Moment für dich gekommen, den Auftrag, den ich dir angeboten habe, anzunehmen.«

»Ja, das ist so«, bestätigte er.

»Und du gehst davon aus, dass ich nicht schon jemand anderen gefunden habe.«

»Ich gehe erstens davon aus, dass du länger als drei Tage brauchen würdest, um jemanden zu finden, der in Simbabwe eine Untersuchung zu einem möglicherweise gefälschten Totenschein führen kann. Zweitens denke ich, dass du wusstest, dass ich auf die eine oder andere Weise einlenken und den Fall übernehmen würde, und drittens, dass du wahrscheinlich geahnt hast, dass ich nicht wirklich für zwei Safaris hintereinander gebucht war.«

Wieder das unterdrückte Kichern. »Wir kennen uns gut, Hudson, aber jetzt zur Sache. Ich schicke dir die Akte per E-Mail. Das Wichtigste ist, dass du eine Frau aus Simbabwe suchst, nämlich Katherine ›Kate‹ Elizabeth Munns, geboren am 14. Mai 1980.«

Auf dem Nachttisch lag ein ›Windhoek Lager‹ Untersetzer. Brand zog ihn unter der leeren Flasche gleicher Marke hervor, nahm einen defekten Stift, der aber, wenn er ihn vorsichtig hielt, noch funktionierte und schrieb den Namen auf. »Einen Weisse?«

»Ja. Frag das nicht so überrascht«, sagte Dani. »Das Verbrechen kennt keine Farbskala.«

Brand war das bewusst, aber im Nischengeschäft, das Dani und er sich geschaffen hatten, war es eine Première. Seit die Wirtschaft des Landes 1998 ausser Kontrolle geraten war, hatten mehrere Millionen Simbabwer, Schwarze und Weisse, ihr Land verlassen. Präsident Robert Mugabes Versuch, sich an der Macht zu halten, indem er die Invasion und Konfiszierung von Farmen in weissem Besitz sanktionierte, hatte die Wirtschaft Simbabwes vom relativ wohlhabenden und autarken Staat am oberen Ende der Skala dorthin kippen lassen, wo es kaum mehr dafür reichte, einen Laib Brot zu bezahlen. In der Tat gab es einige Jahre lang kein Brot. Zwar hatte sich die Lage mit dem Eintritt der oppositionellen Bewegung für Demokratischen Wandel (MDC) in die Regierung und der Umstellung vom wertlosen Simbabwe-Dollar auf ihren amerikanischen Namensvetter stabilisiert, doch wurde das Land vor allem durch Geld, welches im Ausland lebende Simbabwer an ihre noch im Land verbliebenen Verwandten überwiesen, über Wasser gehalten.

Und durch Verbrechen. Simbabwer, so hatte Brand herausgefunden, waren ein praktisch veranlagtes Volk, das so ziemlich alles versuchte, auch Diebstahl und Betrug. Allerdings umfasste die Kriminalität in Simbabwe im Allgemeinen keine sinnlose Gewalt, wie etwa die Farmermorde und Autodiebstähle in Südafrika, sondern war eher unblutig und kreativ.

»Ich habe angenommen, es sei nur eine Frage der Zeit, bis auch Weisse auf die Idee kämen, ihren Tod vorzutäuschen, um ihre Versicherungsleistungen zu erhalten«, gab Brand zurück.

»Genau.« Ein solcher Betrug war es gewesen, der Dani und ihn zusammengebracht und ihnen beiden seither ein paar ordentliche Honorare eingespielt hatte. Hauptsächlich von zwei Versicherungsgesellschaften in Grossbritannien, die nun die Dienste ihrer Anwaltskanzlei in Anspruch nahmen, um verdächtige Ansprüche zu untersuchen. Bei den acht Fällen, in denen er bisher Unterstützung geleistet hatte, handelte es sich jeweils um Ansprüche von in Policen Begünstigten, die in Grossbritannien lebende schwarze Simbabwer abgeschlossen hatten. In der Regel machte der Versicherungsnehmer, der alle Prämien voll eingezahlt hatte, in seiner Heimat Simbabwe einen ›Urlaub‹, während dem er, auf dem Papier, ein tragisches Ende nahm. In allen sieben Betrugsfällen, die Hudson Brand aufgedeckt hatte – einer der Anträge stellte sich als echt heraus -, waren zwei betrügerische Ärzte für gefälschte Sterbeurkunden bezahlt und weitere Gelder für Bestechung eingesetzt worden, um falsche Polizeiberichte zu erhalten.

Die Todesursachen waren unterschiedlich: Brand hatte es mit einer ertrunkenen Person, drei Autounfällen, bei denen sowohl immer derselbe Polizeibeamte ermittelte, wie auch immer der selbe Arzt den Tod feststellte und mit einem sehr fantasievollen Kopfstoss durch einen Esel zu tun gehabt. Bei den Begünstigten handelte es sich in der Regel um Ehegatten oder andere enge Verwandte. Der letzte Fall betraf eine Person, die drei Tage nach ihrer Einreise nach Simbabwe an Malaria starb. Allerdings musste man weder Mediziner noch ein Genie sein, um diesen Fall als verdächtig einzustufen, denn falls sich die betreffende Frau nicht irgendwo im Vereinigten Königreich mit Malaria angesteckt hatte, hätte es bis zum Ausbruch der Krankheit und dem Erkennen von Anzeichen mindestens eine Woche gedauert.

»Wie hat Frau Munns angeblich ihr Ende gefunden? War sie übrigens verheiratet?«, fragte Brand Dani.

»Nein, ledig. Schon wieder bei einem Autounfall, auf dem Weg zu einem Ort namens Binga.«

»Das ist am westlichen Ende des Karibasees. Und weshalb hat die Versicherung Verdacht geschöpft?« Trotz allem, was Dani gerade über die Farbzugehörigkeit gesagt hatte, passte Kate Munns nicht ins Profil der Simbabwer, die ihren eigenen Tod vortäuschen.

»Ihre Schwester. Und hier liegt meine persönliche Befangenheit in diesem Fall: Anna Cliff, Kates Schwester, ist ein Kumpel von mir.«

Kumpel. Schon deshalb sprach er gern mit Dani. Obwohl sie eine halbe Welt entfernt war, war sie witzig und charmant und in Natura war sie ausserdem schön, wenn auch sehr pflegeintensiv. »Hast du deine Befangenheit bei der Versicherung deklariert?«

»Natürlich. Aber da ich die Untersuchung nicht selbst durchführe, haben sie kein Problem damit.«

»Wer ist in Kates Police begünstigt? Ich nehme an, es war nicht ihre Schwester?«, wollte Hudson Brand wissen.

»Richtig.«

»Die Eltern?«

»Nein, die sind beide gestorben. Wenn die Forderung beglichen wird, bekommt Linley Brown, eine alte Schulfreundin von Kate, die immer noch in Simbabwe lebt, das Geld.«

Brand dachte einen Moment lang darüber nach. »Da muss es eine engere Verbindung geben als 'alte Schulfreundin'. Kate Munns war vierunddreissig und ledig. Wer in dieser Altersgruppe schliesst eine Lebensversicherung ab und täuscht dann – möglicherweise – seinen Tod vor, damit eine Freundin reich wird? Ich versuche, das Ganze zu verstehen, aber mein Kopf tut weh.«

»Aha, du hast den Nachmittag im Pub verbracht, oder?«, tadelte Dani und klang wie eine missbilligende Lehrerin.

»Stimmt, aber ich habe nicht viel getrunken. Gut, also, die Schwester ...«

»Anna. Versuch, mitzuhalten, Hudson.«

»Stimmt, Anna. Sie ist sauer, dass Kate das Geld ihrer lesbischen Geliebten aus der Schulzeit überlässt und nicht ihr.«

»Ich hatte ähnliche Gedanken.« Dani hielt inne, und Brand glaubte zu hören, dass sie an etwas nippte. Tee, stellte er sich vor und dabei kam ihm die Erinnerung an ihre Lippen, die schmal und weich waren. »Aber Anna und ihr Mann sind sehr wohlhabend. Die Versicherungssumme beträgt zwar zweihunderttausend Pfund, also nicht nur Hühnerfutter, wie ihr Amerikaner sagen würdet, doch Annas Mann, Peter, ist Schönheitschirurg in der Harley Street. Anna muss nicht arbeiten und die beiden zahlen jedes Jahr mehr als diese Summe für ein neues Auto. Nein, Anna glaubt, Kate sei vor etwas oder jemandem davongelaufen und habe ihren Tod eher vorgetäuscht, um zu verschwinden, als um Geld damit zu machen. Und für das Protokoll: Anna sagt, Kate war grundsätzlich ehrlich.«

Brand tat alles weh, er brauchte Bier, Schmerzmittel und Schlaf, aber sein Verstand tickte ordnungsgemäss. Er selbst kannte diese

Leute nicht, aber Dani einige der Figuren in dieser verworrenen Geschichte. »Kennt Anna diese Freundin, Linley?«

»Nur vage. Zwischen den Schwestern besteht ein Altersunterschied von sechs Jahren; Anna ging bereits nach Grossbritannien, als Kate noch in Simbabwe im Internat war. Sie erinnert sich, Linley einmal, als sie in den Ferien zu Hause war, getroffen zu haben, aber das war's auch schon. Sie wusste nicht einmal, dass Kate den Kontakt zu dem Mädchen aufrechterhalten hatte, obwohl wir ein gemeinsames Foto der beiden haben, das aber möglicherweise schon ein paar Jahre alt ist.«

In gewisser Hinsicht war es ein einfacher Fall. Brand kannte das System in Simbabwe inzwischen so gut, dass er die Glaubwürdigkeit der Sterbeurkunde und der Polizeiberichte innerhalb weniger Tage überprüfen konnte. Mit etwas Glück fände er sogar heraus, dass einer der gleichen korrupten Polizisten oder Ärzte involviert war, auf die er bereits bei den letzten Fällen gestossen war. Die Versicherungsgesellschaften, für die er und Dani arbeiteten, verfolgten den Betrug nicht, verweigerten aber die Zahlung, wenn er nachgewiesen wurde. Sie wollten nicht, dass die britische Presse von Betrügereien erfuhr, da dies dem Ruf des Unternehmens schaden könnte. Brand war der Meinung, es wäre für Investoren und Versicherungsnehmer gut, zu sehen, dass ein Unternehmen keinen Betrug duldete, aber die gelehrten Doktoren der Unternehmen in London waren einheitlich der Meinung, jede Publicity sei schlechte Publicity. Brand hatte gehofft, die örtliche Polizei und die Ärztekammern in Simbabwe würden im Anschluss an seine Ermittlungen Massnahmen ergreifen, aber er wusste, dass mindestens einer der Ärzte, die Atteste gefälscht hatten, immer noch praktizierte und der Polizist ebenfalls immer noch im Dienst war. Das simbabwische Justizsystem war das Beste, das man für Geld kaufen konnte.

»Was, wenn ich herausfinde, dass der Totenschein gefälscht ist?«, fragte er Dani.

»Dieser Fall hat zwei Seiten«, begann Dani. »Da ist zum einen das Interesse der Versicherungsgesellschaft, die den Anspruch natürlich ablehnen würde. Zum anderen ist da auch Annas persönliches Interesse am Fall. Sie möchte ihre Schwester unbedingt finden und ergründen, was in ihrem Leben passiert war, das sie dazu gebracht haben könnte, ihren Tod vorzutäuschen – falls es tatsächlich so war.«

»Will sie mich beauftragen, Kate zu finden, falls sie noch lebt?«

»Ich habe ihr deine Angaben gegeben, Hudson. Wenn Kate noch am Leben ist, wird meine Klientin, also die Versicherungsgesellschaft, ihre Hände natürlich in Unschuld waschen und den Anspruch streichen. Aber Anna will nur das Beste für ihre Schwester. Ich überlasse es ihr, dich selbst mit weiteren Anweisungen zu kontaktieren.«

Brand hatte schon viele Momente im Busch erlebt, in denen er instinktiv spürte, wenn Gefahr im Anzug war, bevor sie ihr gehörntes Haupt, die gefletschten Zähne oder ihre gespaltene Zunge erheben konnte. Dieser zusätzliche Sinn hatte nichts Mysteriöses oder Gespenstisches an sich, sondern hatte sich einfach deshalb entwickelt, weil er sich Tag für Tag mitten in den Bedrohungen der Natur befand. Wenn er eine Warnung übersah, hörte oder roch er sie vielleicht. Die Zeichen waren da, man musste nur die vorhandenen Sinne schärfen. Er übte sich stets in dieser Fähigkeit, obwohl er vorsichtig war, aber er genoss das Kribbeln in den Fingerspitzen und die Anspannung in der Brust, wenn die Zeichen erschienen. Ausserdem war es, wie er zugeben musste, ein Teil dessen, was ihn in Afrika hielt.

Manchmal fragten ihn Kunden, ob er als Amerikaner eine Liebesbeziehung zu Afrika habe, aber er antwortete immer, dies sei nicht der Fall. »Man kann nicht«, antwortete er jeweils, »einen Ort lieben, an dem Armut, Verbrechen, Korruption und Krankheit so sehr zum täglichen Leben gehören. Ich bin nicht in Afrika verliebt, sondern süchtig danach.« Jetzt spürte er die Symptome dieser Sucht, die von seinem Herzen bis in die Fingerspitzen strömten, den plötzlichen Schock der Angst, die sich mit Aufregung und Vorfreude mischte und als Adrenalin getarnt war. Es war dasselbe Gefühl wie damals in Angola, als er Männer gejagt hatte.

»Gut, ich übernehme den Fall«, sagte er zu Dani.

»Ich wusste es.«

* * *

AM NÄCHSTEN MORGEN wachte Brand mit einem Kater auf, der den Restschmerz seiner Prügel noch verstärkte. Nachdem Hannah gegangen war, hatten ihm Pillen und Alkohol vorübergehend Erleichterung verschafft, aber mitten in der Nacht folgte er dem Ruf der Natur und erschrak beim Anblick von Blut im Urin.

Er ging, darüber staunend, dass selbst die Sohlen seiner Füsse schmerzten, in die Küche. Er räumte die Abfälle seines vorabendlichen Exzesses auf und registrierte, dass kein Wunder geschehen und im Kühlschrank über Nacht kein Orangensaft aufgetaucht war. Stattdessen standen noch immer seine letzten drei Flaschen Castle Lager und eine Flasche Miller Genuine Draft vor ihm. Er entschied sich für das Miller, da es sich seiner Meinung nach besser als Frühstücksbier eignete. Ausserdem war es, wie er selbst, eine amerikanische Marke, die jetzt zu Südafrika gehörte. Er fischte zwei Panado-Tabletten aus der Küchenschublade, schluckte sie und fand eine Banane, die fast genauso zerquetscht aussah, wie er sich fühlte

Hudson Brand duschte und nippte, während er das heisse Wasser auf seinen schmerzenden Körper prasseln liess, am kühlen Bier. Nachdem er sich abgetrocknet und angezogen hatte, ass er die zweite Hälfte der Banane und machte sich widerwillig daran, alle Vorhänge im Buschhaus seines Freundes zu schliessen, um den Blick auf den Fluss abzuschirmen. Er packte seinen Seesack und schaltete die Gas-Durchlauferhitzer aus. Danach breitete er die Staubtücher einmal mehr über das Bett, die Sitzgarnituren und den Esstisch und schloss schliesslich die Tür hinter sich ab.

Er lud den Seesack in seinen verbeulten Land Rover Defender, ein altes Dieselmodell, das im Vergleich zu moderneren Fahrzeugen langsam, dafür aber äusserst zuverlässig war. Da es mehr zu sehen gab und er sich nicht darüber ärgern musste, von einem ständigen Verkehrsstrom überholt oder von einem der Kamikaze-Minibustaxis in Bushbuckridge abgeschossen zu werden, beschloss er, durch den Krüger-Park nordwärts in Richtung Simbabwe zu fahren.

Das Bier hatte sein Verlangen nach einer Zigarette geweckt, von denen er zum Glück keine dabeihatte. Er fuhr zum Eingangstor des Hippo-Rock-Anwesens und sagte Solly, dem Shangaan-Wachmann, er wisse nicht, wann er zurückkomme. Als er nach rechts auf die R536 in Richtung Paul Krüger Gate abbog, dachte Brand an die letzte Versicherungsuntersuchung, die er für Dani durchgeführt hatte und die ihn ins Gefängnis von Harare gebracht hatte.

Der mutmasslich Verstorbene, zu dem Brands Ermittlungen ihn geführt hatten, war der Sohn eines prominenten Politikers der regierenden ZANU-PF-Partei. Als er den Minister befragte, wurde Brand sofort klar, dass der Mann nicht besonders erfreut darüber war, dass er die Umstände des vorzeitigen Ablebens seines Sohnes untersuchte. Er befürchtete zu Recht, Hudson Brands Aufdeckung des Scheintodes des Jungen werde negativen Einfluss auf sein Leben und seine politischen Ambitionen haben.

Brand war bei Freunden in Borrowdale, einem grünen Vorort von Harare untergebracht, in dem heute vor allem alternde weisse Farmer leben, die von ihrem Land vertrieben worden waren. Er war mit seinen Freunden, einem alten Farmerpaar, zum Abendessen gegangen, hatte sich danach aber in ein Gespräch mit einer geschiedenen Frau in den Dreissigern eingelassen. Nachdem seine Gastgeber nach Hause aufgebrochen waren, war Brand geblieben und hatte bei ein paar ›Dom Pedros‹ mit Amarula sein Glück versucht. All seinen Bemühungen zum Trotz ging die Frau jedoch nach Hause, weil sie einen Anruf erhielt, ihr jüngstes Kind habe sich übergeben müssen. Damit brach ab, was eine schöne Sache hätte werden können.

Es war Februar, also mitten im feuchten Sommer des südlichen Afrika. Durch die späte Stunde, die schwachen Scheinwerfer des Landrovers, den Nieselregen und tiefliegende Nebelschwaden, die über der Strasse hingen, sah Brand auf der Rückfahrt zum Haus seiner Freunde so gut wie nichts.

Er fuhr langsam los, denn die Strassen der Stadt waren nachts wirklich sehr gefährlich. Auf den schlecht beleuchteten Strassen liefen Leute und da die zahlreichen Polizeisperren des Landes nur bei Tageslicht besetzt waren, wurden in kaputten Autos ohne funktionierende Licher illegale Waren transportiert.

Als er an einer toten Ampel abbremste, trat ein Mann aus der Dunkelheit und winkte Brand zu. Er bremste heftig und hielt an, verfehlte ihn aber dennoch nur knapp. Bevor Brand den Mann beschimpfen konnte, stiess ihm dieser durch das offene Fenster eine Waffe an die Schläfe.

»Behalten Sie Ihre Hände dort, wo ich sie sehen kann und steigen Sie sofort aus dem Fahrzeug«, sagte ein zweiter Mann mit einer Sturmhaube.

Der Mann, der wie ein aufgeschrecktes Impala vor das Auto gesprungen war, trat an die Seite des Bewaffneten. »Durchsucht ihn, er ist wahrscheinlich bewaffnet«, sagte der Mann mit der Pistole.

Woher willst du das wissen?, hatte sich Brand gefragt. Während man in Südafrika davon ausgehen konnte, dass ein Weisser, der nachts mit dem Auto unterwegs war, eine Waffe bei sich tug, waren die Vorschriften für den Waffenbesitz in Simbabwe sehr streng, weshalb es auf der Strasse nicht viele Schusswaffen gab- einer der wenigen Vorteile des Lebens unter einem Regime, das von einem paranoiden Diktator geführt wird.

Auf Drängen des Bewaffneten war Brand langsam aus dem Land Rover gestiegen und hatte die geforderte Position eingenommen, die Hände auf das Autodach gelegt und die Beine gespreizt. Der Lockvogel hatte inzwischen auch eine Sturmhaube aufgesetzt, aber Brand meinte, er hätte ihn im Scheinwerferlicht gut genug gesehen, um ihn, falls er bis dahin überlebte, bei einer allfälligen späteren Gegenüberstellung erkennen zu können. Er spürte, dass Hände unter seine Achseln und um seine Taille tasteten. »Er ist sauber«, sagte der Mann.

»Und jetzt?«, fragte Brand. Wie zu dieser Zeit üblich, war in diesem Teil von Harare der Strom ausgefallen, so dass es weder Strassenlaternen noch Durchgangsverkehr gab. »Mein Schlüssel steckt im Zündschloss. Nehmen Sie den Wagen, aber ich warne Sie, die Einspritzdüsen müssen gewartet werden.«

»Witzig, witzig«, sagte der Schütze und schlug Brand mit der

Pistole seitlich an den Kopf. Dieser taumelte, stürzte aber nicht. Der Assistent des Bewaffneten zerrte Brands Hände auf den Rücken und fesselte sie mit Kabelstücken zusammen. Das Plastik biss ins Fleisch seiner Handgelenke. »In den Wagen mit ihm!«

Brand wurde die Strasse hinunter und zu einem glänzenden, neuen, schwarzen Toyota HiLux mit Doppelkabine geführt. Der Helfer öffnete die hintere Tür und stiess ihn hinein, worauf der Bewaffnete neben Brand hineinschlüpfte und ihm seine Pistole, eine russische Tokarev, an die Rippen hielt. Der andere Mann setzte sich auf den Fahrersitz und liess die Kupplung beim Losfahren schleifen.

»Was wissen Sie über den Tod von Tatenda Mbudzi?«, wollte der Pistolenmann von ihm wissen.

»Er starb bei einem Autounfall, richtig?«, fragte Brand zurück.

»Seinem Vater, dem Genossen Minister, haben Sie etwas anderes gesagt.«

Hudson Brand durchzuckten zwei Gedanken, nämlich, dass es sich entweder um einen sehr dummen Verbrecher handelte, der verriet, dass er für den Politiker arbeitete, den Brand befragt hatte, oder dass er keinerlei Absicht hatte, Brand am Leben zu lassen, nachdem er herausgefunden hatte, wie viel er wusste und wem er wahrscheinlich von dem erzählt hatte, was er bereits wusste.

»Ich habe einen vollständigen Bericht an die Versicherungsgesellschaft gemailt, bei der Tatenda versichert war«, bluffte er. In Wirklichkeit war er nicht dazu gekommen, seinen elektronischen Papierkram zu diesem Fall zu erledigen, und in der Woche, die er in Harare verbracht hatte, war es ihm nicht einmal gelungen, mit seinem Laptop eine Verbindung zum Internet herzustellen.

»Blödsinn«, erwiderte der Mann. »Wir haben Ihre E-Mails kontrolliert.« » Jetzt sind Sie es, der Blödsinn redet. Wir sind in Harare, nicht in Houston.«

»Ihr FNB-Scheckkonto ist schon wieder überzogen.«

Das wurde immer schlimmer, ging es Brand durch den Kopf. »Wer sind Sie, Charlie 10?« Die Central Intelligence Organisation Simbabwes, die CIO, für die die Einheimischen den Übernamen

›Charlie 10‹ verwendeten, war das Äquivalent zur amerikanischen CIA.

Der Bewaffnete gluckste. »Spielt es eine Rolle, wer wir sind? Ich bin der Mann mit der Waffe.«

»Und ausserdem habe ich die Versicherungsgesellschaft in England angerufen und ihnen gesagt, sie sollen die Polizei hier kontaktieren, wenn ich mich nicht alle vierundzwanzig Stunden melde.«

Diesmal lachte der Bewaffnete laut auf. »Das Netz ist schon die ganze Zeit überlastet. Wir können nicht einmal die Leute in diesem Land abhören, so schlecht ist der Telefondienst.«

Sie fuhren durch die verdunkelte Stadt und für eine Weile war das gelegentliche Klatschen der Scheibenwischer des *Bakkies* das einzige Geräusch ausser dem leisen Schnurren des Motors. Harare war ein Sammelsurium von Barackensiedlungen, zwischen denen es Vororte mit prächtigen, aber verfallenden Kolonialhäusern und protzigen neuen Villen gab, die von der herrschenden politischen und wirtschaftlichen Elite als Zeichen von Gier und Status gebaut wurden. Sie umfuhren das Stadtzentrum und fuhren auf der südlichen Strasse in Richtung Masvingo und Südafrika, am ›Coke Corner‹ vorbei, der Ecke, die nach der dort ansässigen Getränkefabrik benannt war. Ausserdem fuhren sie an Knäueln durchnässter Menschen vorbei, die verzweifelt nach einer Mitfahrgelegenheit suchten, und näherten sich schliesslich den ausgedehnten Gräberfeldern, die Brand auf seinem Weg in die und aus der verfallenden Stadt oft gesehen hatte.

Als sie durch das Tor im zerstörten Drahtzaun einbogen, nickte ein Wachmann in einem Mantel und mit Wollmütze dem schwarzen Wagen, der die Zufahrtsstrasse entlangfuhr, zu. Brand hatte das bedrückende Gefühl, die beiden Männer seien regelmässige Besucher des Friedhofs. Wie andere Friedhöfe, die er im südlich der Sahara gelegenen Afrika schon gesehen hatte, glich auch dieser den Nachwehen einer schrecklichen Schlacht. Hinter den älteren Steinplatten und Grabsteinen lagen Hektar für Hektar einfacher Erdhügel, die der Tatsache Rechnung trugen, dass Aufgrund von HIV/AIDS und allen anderen Krankheiten, die die Menschheit kennt, die durchschnittliche Lebenserwartung eines erwachsenen Mannes in Simbabwe bei achtunddreissig Jahren lag. An einfache Holzkreuze genagelte Fotos und die Zellophanverpackung von Blumensträussen, waren alles, was es hier als Markierung oder Erinnerung gab.

Sie brauchten einige Zeit, um an den äusseren Rand des Todesfeldes zu fahren, wobei das Heck des Wagens auf der schlüpfrigen, schlammigen Fahrbahn mehr als einmal ins Schlingern geriet. Schliesslich hielt der Fahrer an und stieg aus. Der Bewaffnete rutschte vom neu riechenden Vinylsitz herunter, zerrte Brand aus dem Fahrzeug und hielt ihn fest. »Hol die Schaufel!«

Der Fahrer ging zur Ladefläche des Pick-ups und nahm das Werkzeug herunter. Er kam zu Brand, drehte ihn um und schnitt mit einem Messer die Fessel auf, die Brands Handgelenke zusammenhielt. Dessen Finger pochten vor Schmerz, als das Blut in sie zurückkehrte, so dass es eine Qual war, nach der Schaufel zu greifen. Seine Stiefel quietschten im Schlamm und er spürte, dass der Saum seiner langen Cargohose von der Feuchtigkeit, die er aufsog, durchnässt und schwer war. Hudson Brand trug wohl an dreihundertsechzig Tagen des Jahres eine kurze Hose und hatte nur weil er an einem regnerischen Abend in Harare war, eine lange Hose angezogen.

»Halt Abstand von ihm, falls er versucht, einen von uns mit der Schaufel zu treffen«, sagte der Revolvermann. *Verdammt*, dachte Brand, *hat dieser Mann all die selben Filme gesehen wie ich*? »Graben!«

Brand wählte für sein eigenes Grab einen Platz neben einem, das mit einem Kreuz gekennzeichnet war, an dem das Foto eines lächelnden jungen Mannes im weissen Smoking und mit schwarzer Fliege hing. Er fragte sich, ob das Foto auf einer Hochzeit aufgenommen worden war, vielleicht auf der eigenen. Brand hoffte, die Braut habe sich nicht mit dem Virus infiziert, das den Bräutigam möglicherweise getötet hatte und wegen dem der Friedhof aus allen Nähten platzte. Er begann zu graben, wobei der blutrote Lehm sich an die Schaufel klammerte und sie festhielt.

»Schneller«, befahl der Bewaffnete.

In der Nähe heulte ein Schakal durch die Nacht und Brand

versuchte, sich nicht vorzustellen, was er tat. Er schaufelte weiter feuchte Erde zur Seite und begann in seiner langen Hose und dem langärmeligen T-Shirt zu schwitzen. Er richtete sich einen Moment auf und wischte sich über die Stirn.

»Mach dir keine Sorgen, du hast eine Ewigkeit Zeit, um dich auszuruhen.« Der Mann mit der Waffe rammte Brand seinen Stiefel zwischen die Schulterblätter und er musste sich auf der Schaufel abstützen, um nicht nach vorne zu kippen. Der Revolvermann schien übermütig zu werden und Hudson Brand begann wieder zu graben. Er könnte um Hilfe schreien, doch er war sich fast sicher, dass der Friedhofswärter, falls er überhaupt reagierte, sich viel Zeit liesse. Nein, das musste anders enden. »Tiefer«, sagte der Mann mit der Pistole.

Hudson Brand hörte wieder auf zu graben, liess sich auf die Knie sinken und legte die Hand auf seinen Rücken. »Ich bin nicht mehr so jung, wie ich einmal war«, jammerte er.

Der Mann hinter ihm lachte und stiess ihn, wie Brand das gehofft hatte, erneut mit dem Fuss, und zwar fester. Als Brand nach vorne auf Hände und Knie stürzte, liess er den hölzernen Schaft der Schaufel aus seinem Griff gleiten. Wenn der Bewaffnete schlau war, dachte Brand, würde er die Sache nun mit einem gezielten Schuss in seinen Hinterkopf beenden. Hudson hörte die Schuhe des Mannes im saugenden Schlamm flutschen, als dieser seine Haltung änderte, doch er hatte sich absichtlich auf die Schaufel fallen lassen.

»Willst du die Schaufel nicht zurück?«, fragte Brand, ohne den Kopf zu heben. »Da sind deine Fingerabdrücke drauf.«

»Gib sie hoch, aber bleib auf Händen und Knien«, sagte sein Bewacher.

Brand blickte auf. Der zweite Mann, der den Wagen gefahren hatte, stand am Kopfende auf dem Rand des Grabes. Brand griff unter sich und zerrte die Schaufel mit dem Schaft nach oben, damit der Fahrer sie nehmen konnte. Dieser griff nach dem Holzgriff.

»Nein, er soll sie zur Seite legen«, sagte der Bewaffnete hinter ihm. Aber er war zu langsam. Brand zog an der Schaufel, an dessen Stiel sich der andere instinktiv für einen kurzen Moment festhielt. Er sah den Mann wanken, sprang geschmeidig auf und griff mit der linken Hand nach dem Hosengurt des Taumelnden, den er als Angelpunkt nutzte. Er drehte seinen Körper daran herum und zog den Mann gleichzeitig mit aller Kraft auf sich herunter. Im selben Moment hörte er das leise Bellen der mit einem Schalldämpfer versehenen Tokarev. Die Kugel streifte von Schulter zu Schulter quer über seinen Oberkörper, bevor sie in den Schlamm schlug.

Der nächste Schuss versank irgendwo im Körper des Fahrers, der sich krümmte und gänzlich auf Brand landete. Der Mann schrie und krümmte den Rücken, schmerzgequält aber nicht tot. Brand ignorierte das Treten und Kratzen des Mannes und griff nach seinem rechten Fussgelenk. Der schlammige Saum seiner Hose war hochgerutscht, was Brand das Herausziehen seiner kleinen .32er Halbautomatik aus dem Knöchelholster erleichterte, das er mit Klett an seinem Bein befestigt hatte.

Den verwundeten Fahrer als Schutzschild nutzend, rollte Brand sich herum und gab zwei Schüsse auf den Bewaffneten ab. Dieser feuerte zurück und die Kugel durchschlug die Brust des Fahrers, bevor sie Brand oben in die rechte Schulter fuhr. Der Schuss tötete den Fahrer, doch Brand war dermassen im Adrenalinrausch, dass er den Treffer nicht einmal registrierte. Der Schütze schrie auf und taumelte rückwärts. Brand hatte ihn erwischt, aber er war noch sehr lebendig. Brand wälzte das Gewicht des toten Fahrers von sich, blieb aber in seinem behelfsmässigen Schützengraben liegen. Er hob die Schaufel über den Rand des Grabes, wo sie mit einem plötzlichen Schmerz in seiner Hand klirrte, als eine Kugel vom Metall abprallte. Er schob langsam seine Gewehrhand über den Rand des Lochs und feuerte zweimal blindlings, damit sein Gegner den Kopf eingezogen behielt. Sobald er den zweiten Schuss abgegeben hatte, sprang er auf, katapultierte sich über den Rand des Grabes, das jetzt das des Fahrers war und schlitterte auf dem Bauch durch den Schlamm zum nächsten Grab. Der Regen wurde stärker und prasselte hart auf seinen Rücken, als er über den Hügel aus frischer, feuchter Erde spähte.

Der Schütze hob seinen Kopf über den Grabhügel, hinter dem er sich versteckt hielt und der zu Brands Überraschung nicht mehr als drei Meter entfernt war. Hudson Brand drückte ab. Nachdem er Brand sah, hatte der CIO-Mann den Kopf gesenkt, doch die weiche Erde des Hügels, hinter dem er lag, war nicht annähernd fest genug, um selbst Brands mickriges .32-Kaliber-Projektil aufzuhalten. Brand sah den Einschlag nicht sofort, stellte aber im Nachhinein fest, dass die Kugel durch die Nase in den Kopf des Mannes eingedrungen und dann in seinem Schädel herumgeschwirrt war, was ihn sofort tötete.

Brand wartete eine Weile, von der er nicht hätte sagen können, ob sie dreissig Sekunden oder dreissig Minuten andauerte, darauf, dass das Adrenalin abklang und er sich vergewissern konnte, dass sein Gegner tot war. Die Wunde in seiner Schulter hatte er kaum bemerkt und der Streifschuss in seiner Brust war nicht schlimm, aber nun, als er aufstand und mit der Pistole locker in der rechten Hand zum toten CIO-Agenten hinüberging, pochte sie schmerzhaft. Er wälzte ihn mit seinem Stiefel herum, so dass der Mann an ihm vorbei in den wolkenverhangenen Himmel über ihm starrte. Der Regen wusch die Rinnsale von Blut weg, die den ausgeprägten Konturen seines Gesichts folgten, über die Wangen hinunter und in seinen offenen Mund. Brand durchsuchte ihn und zog ein Handy aus der Innenseite der schwarzen Lackbomberjacke. Ihm fielen die abgewetzten, billigen Schuhe aus Kunstleder auf, die der Mann trug. Er war nur das Werkzeug eines brutalen Regimes gewesen, das sein Land ausbluten liess, um die Taschen der herrschenden Elite zu füllen.

Da er davon ausging, dass der CIO den Anruf zurückverfolgen würde, wählte er Danis englische Nummer, die er auswendig kannte. »Ich bin's«, sagte er, als sie abnahm.

»Hudson?«, fragte sie verschlafen. »Geht es dir gut?«

»Nein.« Brand erzählte ihr, was passiert war, nachdem er die Beweise gesammelt hatte, die er benötigte, um zu beweisen, dass Tatenda Mbudzi seinen Tod vorgetäuscht hatte. »Ich weiss, dass es der Versicherungsgesellschaft nicht gefällt, möchte aber dennoch, dass Sie diesen Fall sofort öffentlich machen. Geben Sie eine Pressemitteilung für die im Ausland ansässigen simbabwischen Online-Nachrichtenmedien heraus, in der steht, dass Tatenda, der Sohn eines Regierungsministers, ein Betrüger ist und lebt.« Es gab eine Reihe simbabwischer Nachrichten-Websites, die von der Regierung und der Opposition gleichermassen beobachtet wurden und die junge unabhängige Presse in Simbabwe versorgte, die nach jahrelanger Unterdrückung durch den Präsidenten ein Comeback erlebte.

»Es verstösst gegen unsere Vereinbarungen, an die Öffentlichkeit zu gehen«, sagte Dani. »Das ist eine Angelegenheit der Versicherungsgesellschaft und ihrer Kunden sowie für die Polizei vor Ort.«

»Das ist mir alles klar und wir wissen beide, dass Mbudzi nichts passieren wird. Aber verdammt, Dani, du musst selbst damit an die Öffentlichkeit gehen, damit jeder weiss, dass wir über Mbudzi Bescheid wissen. Sonst wird mich sein Vater, bevor ich das Land verlassen kann, umbringen lassen. Auch den Arzt, der den gefälschten Totenschein ausgestellt hat, wird er vermutlich beiseiteschaffen lassen, sofern er das nicht schon getan hat.«

Dani hielt inne und dachte über die von ihm vorgeschlagene Strategie nach. »Ich spreche mit der Versicherungsgesellschaft. Was wirst du tun?«

»Ich gehe zur amerikanischen Botschaft, aber ich habe deren Nummer nicht. Ich brauche einen Arzt.«

»Hudson! Du hast mir nicht gesagt, dass du verletzt bist. Wie schlimm ist es?«

Das Telefon piepte, entweder weil das Signal ausgefallen war oder der CIO-Agent kein Guthaben mehr auf dem Handy hatte. Mit diesem Anruf hatte Brand dem Konto des Mannes sicher gerade endgültig den Todesstoss versetzt. Er versuchte es noch einmal bei Dani, doch es kam keine Verbindung mehr zustande, also liess er das Gerät auf den toten Mann fallen, suchte den Autoschlüssel, den er in der Jeans des Fahrers fand und ging zum Friedhofstor. Brand ging davon aus, dass die Freunde des Geheimagenten bei der Überprüfung des Telefons sähen, dass er nach England angerufen hatte und selbst wenn Dani nichts an die Medien lieferte, würden sie daraus schliessen, dass ausser Brand noch jemand über den Minister und seinen betrügerischen Sohn Bescheid wusste.

Er trat das Gaspedal so heftig durch, dass der Wagen auf den schlammigen Friedhofswegen herumrutschte, aber als das Eingangstor in Sicht kam, sah er durch die klatschenden Scheibenwischerblätter die blinkenden Lichter eines Polizeiautos. Es gab keinen anderen Ausweg. Als er anhielt, sah er, dass der Wachmann lächelte, während sich zwei Beamte seinem Auto näherten und Brand herauszerrten. Sie packten seine von den Plastikbändern wundgescheuerten Handgelenke und legten ihn in Handschellen.

»Ich möchte jemanden anrufen«, hatte er zum verantwortlichen Offizier, der die Station in Southerton kommandierte, wohin man ihn brachte. gesagt, aber der leitende Beamte zuckte nur mit den Schultern. »Das Festnetz funktioniert nicht und es gibt kein Zesa, um mein Mobiltelefon aufzuladen, tut mir leid.«

Brand wusste, dass mit Zesa, dem Namen der simbabwischen Stromversorgungsbehörde, der lokale Begriff für Elektrizität verwendet wurde, die in der Stadt allzu oft nicht funktionierte. In einer Zelle wartete er zwei Stunden auf einen Arzt, der sich seine Schulterwunde ansehen sollte. Der Mann war Nigerianer und als er seinen Namen murmelte, befürchtete Brand, dem vom Blutverlust schwindlig war, kurzzeitig, es handle sich um denselben Kurpfuscher, der Tatenda Mbudzis Totenschein ausgestellt hatte.

»Sind Sie hier, um mich umzubringen?«

Der Arzt hatte gelächelt, während er eine Spritze aufzog. »Nein, natürlich um Ihnen zu helfen.«

Der Arzt hatte sein Wort gehalten und Brand so weit zusammengeflickt, dass er ins berüchtigtste Gefängnis des Landes, das Chikurubi-Gefängnis, verlegt und in eine Zelle gesteckt werden konnte, die für fünf Männer gedacht, aber mit zehn belegt war. Nach einer schlaflosen Nacht, die er auf einem Stück Pappe auf dem Boden liegend verbrachte, war er am Morgen mit Läusen übersät.

Ein Beamter des US-Konsulats traf ein und schüttelte den Kopf, als Brand in den Befragungsraum geführt wurde. Der Mann, der sagte, er heisse Peters, schob eine Ausgabe der *Daily News*, einer der unabhängigen Zeitungen in Simbabwe, durch die sie trennenden Gitterstäbe. Das vorgetäuschte Ableben war Thema der Titelseite, ebenso wie die Nachricht, dass das CID, die Kriminalpolizei, ihn gefunden und verhaftet habe.

»Die Polizei sagt, es waren zwei Strassenräuber, die Sie überfallen haben«, erklärte Peters, der etwa halb so alt wie Brand war und einen Blazer und eine leichte Hose trug.

»Blödsinn. Sie waren Charlie 10. Sie wollten wissen, was ich über Mbudzi wisse und wem ich es erzählt hätte.«

»Sie haben keine Lizenz, um in Simbabwe als Privatdetektiv zu arbeiten«, sagte Peters. »Die Behörden hier sehen Menschen, die versuchen, ihre Arbeit für sie zu erledigen, nicht gerne, insbesondere nicht Ausländer.«

Brand hielt den Mund, denn Peters hatte Recht, doch Dani zahlte für ein paar Tage Ermittlungsarbeit mehr Geld als er in einem Monat als Führer verdienen konnte. Er fragte Peters, was er tun solle.

»Sie werden noch heute vor Gericht gestellt. Die lassen die Mordanklage fallen, denn die Polizei mag den CIO nicht und die Opposition freut sich, Mbudzis Kopf auf dem Silbertablett serviert zu bekommen. Bekennen Sie sich schuldig, ohne Lizenz eine Schusswaffe geführt zu haben und Sie bekommen eine Geldstrafe.«

Trotz der Bisse und Beulen, mit denen er übersät war und der Schusswunde, die angemessene Behandlung und einen sauberen Verband benötigte und obwohl es ihn fast das Leben gekostet hatte, fing Brand an, sich selbst und das, was er erreicht hatte, ziemlich gut zu finden.

»Danach verlassen Sie Simbabwe sofort und kommen am besten nie wieder zurück«, hatte Peters empfohlen.

Genau das beabsichtigte Brand aber nun, nur drei Monate später, zu tun. Er überquerte den Sabie auf der Brücke, auf der der Löwe ›Pretty Boy‹ Darlene und ihn fast zum Frühstückt gefressen hätte. Er versuchte, nicht an sie zu denken, als er sich im Empfangsbüro anmeldete und eine Eintrittsgenehmigung einholte.

»Heute keine Gäste, Herr Brand?«, fragte der Mitarbeiter des Nationalparks, der an diesem Tag Dienst hatte.

»Sie haben es doch bestimmt gehört.«

Er nickte und stempelte Brands Genehmigung ab. »Tut mir leid für Sie aber diese Wilderer sind böse.«

Brand schob seine neue Waffe, eine Neun-Millimeter-SIG Sauer – die simbabwische Polizei hatte ihm seine .32er nie zurückgegeben – über den Tresen, füllte die Erklärung über Schusswaffen aus und übergab sie dem Beamten im Gegenzug. Der Mann steckte die Pistole in einen Leinensack, verschloss diesen mit einem Bleisiegel, das erst beim Verlassen des Parks gebrochen werden sollte und gab ihm den Beutel.

Brand ging zu seinem Land Rover zurück und fuhr, nachdem er dem Sicherheitsbeamten an der Schranke seine Genehmigung gezeigt hatte, durch das Tor in den Park.

Auf der zwölf Kilometer langen Fahrt nach Skukuza sah er ein Breitmaulnashorn-Paar und eine Herde von neun Elefanten, darunter ein paar kleine Kälber. Der Anblick der Tiere trug dazu bei, Brand wieder Ruhe zu verschaffen. Sowohl der Elefant als auch das Nashorn wurden gejagt und in einigen Teilen Afrikas bis zur Ausrottung gewildert, obwohl sie, wenn man sie sich selbst überliess, keine Bedrohung für Menschen oder andere Lebewesen darstellten. Die schwerfälligen Riesen hatten etwas Unschuldiges, Einfaches an sich, das in ihm den Wunsch weckte, im Krüger-Park zu bleiben und sich für immer zwischen den Tieren zu verstecken.

Die beiden CIO-Agenten auf dem Friedhof von Harare waren nicht die ersten Männer gewesen, die Brand getötet hatte, doch er hoffte, sie seien die Letzten. Er startete den Land Rover und verliess die Elefanten, denen er nicht länger zusehen konnte. Er spürte, dass die Dunkelheit über ihn kam und ihn zu verschlingen begann. Wie immer, wenn seine Sicht an den Rändern zu verschwimmen schien und er fühlte, wie die schreckliche Last der Dinge, die er in seinem Leben getan hatte, ihn zu erdrücken drohte, als zerquetsche ihn diese unsichtbare Kraft aus seinem Inneren von allen Seiten, kämpfte er dagegen an.

Er blinzelte in die Morgensonne und versuchte, den Schmerz in seinem angeschlagenen und alkoholisierten Gehirn zu ignorieren. *Was tue ich hier, in diesem Paradies?* fragte er sich. *Welches Recht habe ich, am Leben zu sein?* Er hielt den Wagen erneut an und fuhr auf den Randstreifen neben der Strasse. Seine Pistole in der Segeltuchtasche lag neben ihm auf dem Beifahrersitz. Brand betrachtete sie lange, einsame Minuten lang.

»Was sehen Sie?«

Brand blickte vom Bündel mit seiner eingepackten Schusswaffe auf und sah aus dem Fahrerfenster. Auf dem Beifahrersitz eines Hyundai, eines kleinen Mietwagens, blickte von etwas weiter unten eine attraktive braunhaarige Frau von etwa neunzehn Jahren erwartungsvoll zu ihm auf. Der junge Mann, der neben ihr am Steuer sass, schaute durch die winzige Windschutzscheibe zu ihm hoch. »Beobachten Sie ein Tier?«, wollte der Mann wissen.

Der Akzent war möglicherweise holländisch, oder vielleicht deutsch. »Wir möchten ein Zebra sehen«, fügte seine Freundin hinzu.

»Ein Zebra? Nicht einen Löwen oder Leoparden?«, staunte Brand.

»Nein, die haben wir gesehen«, sagte sie, »aber noch kein Zebra. Es ist eines meiner Lieblingstiere und es würde mich freuen, eins zu sehen. Ich suche schon seit neun Tagen und habe noch kein einziges entdeckt.«

Brand widerstand dem Drang, zu frotzeln, ob sie die ganze Zeit die Augen geschlossen gehalten habe, denn so konnte es einem bei der Wildbeobachtung gehen. Er wusste, dass wenn er sich bewusst auf die Suche nach einem bestimmten Tier aufmachte, um es zu sehen oder einem Kunden zu zeigen, er es wahrscheinlich nicht finden konnte. Es war viel besser, sich selbst oder einem zahlenden Kunden zu sagen, dass er die Zukunft nicht vorhersagen oder genau wissen könne, wohin sich ein Tier seinem eigenen Willen entsprechend bewege oder wo es sich wahrscheinlich aufhalte, denn dann würde ihm das Schicksal hoffentlich helfen. Er spürte die Schwärze seiner Stimmung langsam abflauen. Gerade als er darüber nachgedacht hatte, diesen Ort, diese Zeit und dieses Leben zu verlassen, hatte ihn diese grossäugige Touristin an einen jungen Mann erinnert, der auf der Suche nach einem Krieg nach Afrika gekommen und stattdessen vom Frieden und der unschätzbaren Schönheit der Natur verführt worden war.

Brand erinnerte sich daran, wie aufgeregt er vor all den Jahren gewesen war, als er sein erstes Zebra gesehen hatte. Damals war er kampferprobt und hatte, nachdem er seinen ersten Kampf überlebt hatte, die Mischung aus Freude und Schrecken gespürt. Er trank viel, lebte intensiv und liebte oft, um die ersten der vielen Albträume in Schach zu halten, dann fuhr er mit einigen Armeekameraden für ein Wochenende in den Krügerpark. Anstatt sich, wie er es erwartet hatte, mit Alkohol zu betäuben, hypnotisierte ihn der einfache Anblick von Vögeln und Tieren, die so lebten, wie es ihr Schöpfer vorgesehen hatte: Frei von Käfigen und sicher vor den Gewehren der Jäger. Er wurde süchtig danach.

»Folgt mir«, forderte Brand den Fahrer auf. »Ich werde ein Zebra für euch finden.« Tatsächlich hatte er ein paar Kilometer zurück in Richtung Tor eine Zebraherde gesehen, die auf offenem Gelände graste. Gut möglich, dass sie noch da war und das Paar sie mit seinen ungeübten Touristenaugen einfach übersehen hatte.

Er fand die Zebras innert wenigen Minuten und machte das niederländische Paar damit überglücklich. Der Mann reichte ihm ein Sixpack Heineken, das Brand gern annahm. Sobald er seine Lizenz wiedererlangte, könnte er erneut als freiberuflicher Safariführer arbeiten, entweder in Simbabwe oder in Südafrika, allerdings wäre Danis Auftrag besser bezahlt. Ausserdem ging es ihm in jedem Fall, bei dem er wieder Untersuchungen durchführen konnte, um mehr als nur um Geld.

Brand fuhr durch das strohgedeckte Eingangstor von Skukuza, über holprige Wildtierroste und am Hauptempfangsgebäude vorbei. Er folgte der Strasse zum Restaurant und zum Parkladen hinunter, parkte und holte seinen Laptop aus dem Land Rover. Er kannte ein paar andere Reiseführern, deren Kunden den Shop nach Holzgiraffen und weiterer Safarikleidung durchstöberten und nickte ihnen zu. Dann ging er an der Bronzestatue zweier kämpfender Kudus vorbei in Richtung Cafeteria.

Er kaufte sich eine Cola und setzte sich an einen leeren schmiedeeisernen Tisch mit Blick auf den Sabie. Ein *Daggaboy*, ein alter Büffelbulle, suhlte sich im seichten braunen Sumpfwasser auf der anderen Seite des schrumpfenden Flusses und in der grossen alten Platane, die ihren willkommenen Schatten auf ihn warf, flatterten Mausvögel. In der Ferne war die stillgelegte Eisenbahnbrücke zu sehen, über die früher Dampfzüge durch den heutigen Krügerpark und zur Küste des Indischen Ozeans gefahren waren. Die Selati-Strecke war vor Jahrzehnten stillgelegt und die Gleise abgerissen worden, da es immer wieder zu Zusammenstössen mit Wildtieren kam. Es war wohl eines der wenigen Male in der Geschichte, schloss er daraus, dass die Natur im ständigen Kampf um Raum und Vormachtstellung den Sieg über den Menschen davongetragen hatte.

Brand klappte seinen Laptop auf und stellte mit seinem Handy eine Verbindung zum Internet her. Das Signal hier war schneller als in Hippo Rock, wo es zu lange gedauert hätte, Anhänge in Danis Nachrichten herunterzuladen. Er zog seine Lesebrille aus der Tasche des Buschhemds, trank einen Schluck Cola und wartete darauf, dass das Gerät hochfuhr.

Der Büffel sah friedlich aus, eigentlich wie im siebten Himmel. Er war zu alt, um noch mit der Herde mitzulaufen und wahrscheinlich sich selbst in einem erzwungenen Ruhestand überlassen worden. Oft streiften solch alte Bullen in Rudeln umher, eine Handvoll mürrischer alter Männer, die sich damit begnügten, den ganzen Tag zu grübeln und alles und jeden anzugreifen, der sie ärgerte. Brand mochte sie.

Als sich das E-Mail-Programm öffnete und schliesslich alles heruntergeladen war, sah er, dass neben den üblichen Spam-Mails auch die von Dani versprochenen Unterlagen eingegangen waren. Eine E-Mail mit einem angehängten Foto und eine zweite mit der gesamten Korrespondenzkette zwischen Linley Brown und der Versicherungsgesellschaft, sowie Nachrichten von Anna und Peter Cliff, der Schwester und dem Schwager der möglicherweise verstorbenen Kate Munns.

6

───────

Anna Cliff nippte an ihrem Sauvignon blanc und schaute durch das Glasdach des Wintergartens zu den blassgrauen Wolken hinauf. Ein weiterer englischer Sommer, der nicht enttäuscht hatte, war in einen düsteren Herbst übergegangen.

In Simbabwe neigte sich der lange, trockene Winter dem Ende entgegen und die Tage wurden heisser und schwerer, bevor sie mit Regen beschenkt wurden. Den Frühling gab es als Jahreszeit nur dem Namen nach, in Wirklichkeit zeigte er sich lediglich als schwüle Vorstufe zur Regenzeit. Bei Kates Einäscherung in Bulawayo hatte es, für die Jahreszeit untypisch, aber umso ergreifender, zu früh geregnet.

Die alten Leute sagten, Regen im Frühjahr sei ein Vorbote von Dürre und Tod. Anna ging durch den Aufenthaltsraum zur Küchenbank und drückte eine Taste auf der Tastatur des Laptops, um ihn aufzuwecken. Ihr E-Mail-Programm aktualisierte sich, aber es gab keine neuen Nachrichten. Sie fragte sich, ob dieses Warten, dieses Hoffen, etwas für sie sei.

Peter unterstützte sie, doch sie fragte sich, ob er einfach nachsichtig sei und ihr irgendwann sage, sie solle zur Vernunft kommen und die Sache mit der Untersuchung von Kates Tod vergessen.

Ihr alter Hausarzt, Geoffrey Fleming, hatte Anna und Peter am Flughafen getroffen. Vom Totenschein wusste sie, dass Geoffrey Kates Leiche identifiziert hatte. Anna war überrascht gewesen, als Geoffrey sie, als sie noch in London war, angerufen hatte, um ihr mitzuteilen, dass er Linley Brown bei der Organisation der Beerdigung helfe.

Geoffrey hatte ihre Hand in seine beiden genommen. »Es tut mir so leid für deinen Verlust, Anna.«

Fleming fuhr einen rostigen *Bakkie,* einen Pick-up mit Doppelkabine, für dessen Zustand er sich entschuldigt hatte. »Heutzutage haben es hier alle ziemlich schwer. Ich habe mehrere Patienten, vor allem ältere Menschen, die mich nicht bezahlen können. Neulich schenkte mir eine Schwarze ein lebendes Huhn.«

»Danke für alles, was Sie getan haben«, sagte Anna. Er war zwar älter geworden, dachte sie, sah aber mit seinem dichten, silbernen Haar immer noch gut aus.

»Linley hat die meisten Vorkehrungen getroffen und es ist schade, dass sie bei der Trauerfeier nicht dabei sein kann.«

»Ja«, bestätigte Anna. »Sie hat mich per E-Mail kontaktiert. Ich kenne sie nicht wirklich und wusste gar nicht, dass sie und meine Schwester sich so nahestehen. Ich möchte sie gern treffen, Doktor.« Selbst jetzt, in ihrem Alter, hatte sie das Gefühl, ihn nicht bei seinem Vornamen nennen zu können. »Wissen Sie, wo sie ist?«

Er sah sie an und schüttelte den Kopf. »Es tut mir so leid, Anna. Ich kann dir nur sagen, dass sie in Südafrika ist.«

»Ist sie eine Ihrer Patientinnen?«

»Das war sie, aber ich habe keine Ahnung, wo sie im Moment wohnt.«

»Gibt es keine Möglichkeit, meine Schwester zu sehen?«

Fleming schluckte und warf ihr einen Blick zu, während er fuhr. »Es tut mir leid, Anna, aber ihre Leiche wurde ... nun, man kann es nicht anders sagen, sie wurde eingeäschert. Es muss eine Trauerfeier am geschlossenen Sarg sein.«

Anna schwieg einen Moment lang. »Ich kann einfach nicht

verstehen, warum Linley nicht bleiben konnte, zumindest für die Beerdigung?«

Fleming konzentrierte sich wieder auf die Strasse. »Da sie eine Patientin war, kann ich Ihnen nicht allzu viel über sie erzählen, aber sie ist für eine bestimmte Art von Behandlung nach Südafrika gegangen.«

»Hätte die nicht warten können?«

»Ich zögere, von ›Leben und Tod‹ zu sprechen, aber Linley ging es nach dem Unfall seelisch nicht gut. Als sich kurzfristig eine Lücke ergab, musste sie die Chance packen und nach Südafrika fliegen.«

Was der freundliche Arzt ihr da sagte, ärgerte Anna. Diese Frau hatte einen Fehler begangen, dennoch war sie froh, Kates Versicherungsgeld zu erhalten.

Fleming bremste wegen eines Esels, der auf die Strasse gelaufen war und Anna ertappte sich dabei, dass sie mit dem Fuss auf dem Boden nach einer Bremse suchte, weil sie es nicht mehr gewohnt war, auf einer afrikanischen Strasse unterwegs zu sein.

»Wie geht es dir, Anna?«, hatte Fleming gefragt.

»Mir geht es sehr gut. Warum?« Sie hatte versucht, ruhig und sachlich zu antworten, spürte aber, dass sich ihre Nackenhaare aufstellten und Schweiss aus ihren Achselhöhlen zu rinnen begann.

Er hatte sie wieder mit diesen blauen Augen angeschaut, die immer noch so durchdringend und fragend blickten, wie damals, als sie und Kate noch Kinder waren. »Nach Hause zu kommen, zurück nach Simbabwe, meine ich, muss einige Erinnerungen wachrufen.«

»Natürlich.«

»Nun ...«, begann er und blickte zurück auf die sichere Seite der Strasse. »Wenn Sie mal bei einer Tasse Tee plaudern wollen, ich bin ein geübter Zuhörer.«

»Wie ich schon sagte, Herr Doktor, geht es mir sehr gut.«

Ausser etwas Smalltalk nach der Einäscherung, hatte sie auf dieser Reise nicht mehr mit Dr. Fleming gesprochen. Sie verbrachte die drei Tage in Bulawayo wie betäubt und flog dann zurück nach London. Im Nachhinein fragte sie sich, ob sie in der Lage gewesen wäre, irgendetwas zu arrangieren.

Sie hörte das Schnurren von Peters Aston Martin, als er in die Einfahrt fuhr.

»Hallo«, sagte er einige Augenblicke später und legte seine Schlüssel auf den Flurtisch.

Er war zehn Jahre älter als sie und sein Haar inzwischen ergraut, aber immer noch der attraktivste Mann, der sie je mehr als zweimal angesehen hatte. Er kam auf sie zu und sie küsste ihn auf die Wange. »Wie war es bei der Arbeit?«

»In Ordnung, nehme ich an. Ich weiss nicht, ob sie es dir erzählt hat, aber Sam hat Jessica heute zu mir gebracht und gefragt, ob ich bei ihr eine Brustvergrösserung durchführe. Kannst du das glauben?«

Anna schüttelte den Kopf. »Lächerlich.« Samantha war eine Tennisfreundin und Jessica, ihre Tochter, gerade sechzehn Jahre alt. Anna und Peter hatten keine Kinder. Sie hatte nie den Drang verspürt und fragte sich nun, ob ihre Ehe anders oder vielleicht besser verlaufen wäre, wenn sie, als sie frisch verheiratet waren, darauf gedrängt hätte, schwanger zu werden.

Peter ging zum Getränkeschrank und machte sich einen Scotch. »Warum das traurige Gesicht?«

»Ich habe wieder an Kate gedacht.«

»Hast du etwas von dem Privatdetektiv gehört, den Dani dir vermittelt hat?«

Anna schüttelte den Kopf. »Nein, noch nicht. Ich habe den ganzen Tag die E-Mails gecheckt.«

»Anna ...«

»Ich weiss, ich weiss«, sagte sie. »Wahrscheinlich ist das alles nur Zeitverschwendung, aber es fühlt sich einfach nicht richtig an.«

»*Natürlich* fühlt es sich nicht richtig an. Deine kleine Schwester ist bei einem schrecklichen Unfall gestorben, daran kann gar nichts in Ordnung sein.«

Er war so irritierend rational, was sie mehr ärgerte, als wenn er wütend geworden wäre. Wenn sie vernünftig wäre, liesse sie die Sache auf sich beruhen, aber stattdessen war sie von Kates Tod wie besessen. Und sie trank zu viel. Das war alles Danis Schuld, weil sie auf Sams Geburtstagsparty davon erzählt hatte, dass es in Simbabwe Menschen gebe, die ihren Tod vortäuschten.

Nein, schimpfte Anna mit sich selbst, *es ist nicht Danis Schuld.* Zwar hatte sie, als Dani ihr erklärte, wie Simbabwer im Ausland ihre Versicherungspolicen missbrauchten, die Idee aufgegriffen, wie ein gescheiterter Alkoholiker nach einer Flasche greift, doch war es nicht Dani, die wegen des frühen Todes ihrer Schwester ein ungutes Gefühl in ihr geweckt hatte.

»Ich *spürte* es, Peter, und zwar *bevor* Dani etwas sagte. Ich weiss, dass sie am Leben ist.«

Sie machte sich auf eine Standpauke gefasst, aber seine Mundwinkel hingen herunter und er neigte den Kopf ein wenig. »Als Arzt kann ich dir sagen, dass im Operationssaal oder bei Patienten manchmal Dinge geschehen, die wissenschaftlich nicht zu erklären sind. Sowohl ich, wie andere Kollegen, haben gesehen, dass Patienten durchkamen oder in Remission gingen, obwohl weder ihre Chancen noch die Wissenschaft dafür sprachen. Und ich habe von Menschen gehört, die aus keiner anderen Ursache als einem gebrochenen Herzen starben. Ich kann dir also nicht einfach sagen, du sollest aufhören, dich komisch zu verhalten, wenn du an diese Sache glaubst.«

»Wir müssen die Wahrheit herausfinden, Peter.«

Er seufzte. »Ja, das tun wir.«

* * *

WÄHREND ER DIE DATEIEN STUDIERTE, die Dani ihm gemailt hatte, bestellte Brand bei der Kellnerin eine weitere Cola. Er verrückte seinen Stuhl, um im Schatten der strohgedeckten *Lapa* zu bleiben und sah dabei, dass sich der Büffel immer noch am selben Ort suhlte.

Dani hatte sich zu den Gesprächen, die sie mit der Versicherungsgesellschaft und mit ihrer Freundin Anna Cliff geführt hatte, Notizen gemacht, die knapp und präzis waren, genau wie Dani selbst. Dani hatte Anna über die finanziellen Angelegenheiten ihrer Schwester befragt und Ihre Bemerkungen lauteten: Kate hatte Mietwohnung in Islington. Bis drei Monate vor

Reise nach Simbabwe zehn Jahre lang in derselben Position als Personallei-terin bei einer Brauerei gearbeitet. Nach der Fusion mit einem anderen Unternehmen Angebot zur freiwilligen Entlassung angenommen. Hatte Pläne, die Welt zu bereisen. Anna wusste weder von Autokredit noch anderen ausstehenden Schulden.

Das, dachte Brand, war ein ›Nein‹ als Antwort auf seine gedank-liche Frage, ob der Anspruch von der Versicherungsgesellschaft als verdächtig behandelt worden wäre. Kate Munns schuldete niemandem eine grosse Summe Geld – zumindest niemandem, der eine Papierspur hinterlassen hatte – und hätte sich auf eine längere Reise freuen können. Sie wirkte nicht wie eine Person, die vom Erdboden verschwinden musste oder die zweihunderttausend Pfund brauchte, mit denen sie ihr Leben versichert hatte.

Brand rieb sich das Kinn. Er wusste, dass es weitere Gründe gab, warum eine Person, die nach aussen hin finanziell und geistig abge-sichert schien, Geld brauchte, um zu verschwinden. Spieler, die in Schwierigkeiten steckten und, in geringerem Masse, Drogensüch-tige, waren gut darin, ihre Laster vor Familie und Freunden zu verbergen und beide konnten in die Situation kommen, in der sie beträchtliche Mengen Bargeld brauchten. Er wandte sich wieder Danis Notizen zu.

Anna Cliff sagt, als sie Kate das letzte Mal vor der Reise nach Simbabwe gesehen habe, sei diese in ›relativ guter Stimmung‹ gewesen. Kate hatte Rückflugticket nach Simbabwe, aber keine Pläne für weitere Reise.

Dies war also nicht der Beginn der Weltreise. Brand holte ein gebundenes Notizbuch aus der Tasche seines Buschhemds und machte unter der Überschrift ›Kate Munns‹ seine erste Notiz, mit der Frage, wie lange Kate vorhatte, in Simbabwe zu bleiben.

Er setzte das Studium von Danis Akte fort: Auf die Frage, was ›relativ gute Laune‹ bedeute, sagte Anna, Kate habe, als ihre Schwester sie in Heathrow am Flughafen absetzte, abgelenkt und etwas ängstlich gewirkt. Anna fragte Kate, weshalb, und erhielt die Antwort, sie überdenke ihre Reisepläne und sogar die Reise nach Simbabwe. Sie vermisse ihren Job stär-ker, als sie erwartet habe und sollte in der gegenwärtigen unsicheren Wirt-

schaftslage eher versuchen, einen neuen Job zu finden, als ins Ausland zu gehen und ihre Abfindung auszugeben.

Brand, der sein Leben lang nie richtig sesshaft gewesen war, verstand nicht, warum jemand, der endlich vom Schreibtischjob erlöst worden war und sogar noch Geld bekommen hatte, so schnell einen neuen finden wollte, vor allem, wenn die betreffende Person finanziell abgesichert war. Aber er hatte weder mit der Unternehmenswelt viel Erfahrung noch mit finanzieller Sicherheit.

Während er las, packte ihn die Lust auf eine Zigarette und er griff instinktiv an seine Brusttasche, bevor ihm einfiel, dass dort nichts zu finden war und er das Rauchen sowieso wieder aufgeben sollte.

Was er hier las, passte irgendwie nicht zusammen – war es möglich, guter Laune und gleichzeitig unsicher und nervös zu sein? Versuchte Anna Cliff, zu viel in die Stimmung ihrer Schwester hineinzuinterpretieren, um ihren Verdacht zu untermauern, dass Kate nicht tot sei, sondern sich eher verstecke oder vor etwas davonlaufe? Wovor musste Kate weglaufen?

Anna sagte, ihre Schwester habe drei kurz- bis mittelfristige Beziehungen gehabt, alle mit Männern. Sie gab an, ihre Schwester sei heterosexuell und war sicher, dass sie es gewusst hätte, wenn es in ihrem Sexualleben eine andere Seite gegeben hätte.

Typisch Dani, dachte Brand. Sie ging direkt zur Sache, doch er traute den Notizen der Anwältin nicht, da er nicht glauben konnte, dass sie diesen Aspekt ihrer Befragung sauber abgeschlossen hatte. Niemand wusste alles über das Sexleben eines anderen. Als er in Harare gelebt hatte, hatte er ein wenig in diese Richtung ermittelt, als er die Ehepartner von Klienten beschattete, die vermuteten, dass ihre Partnern sie betrogen. Es war miese und schmutzige Arbeit und nach Brand's Meinung das Geld nicht wert. Er fragte sich, ob Kates ›kurz- bis mittelfristige Beziehungen‹ bedeuteten, dass sie Schwierigkeiten hatte, sich zu binden, oder sich einfach die falschen Männer für ein dauerhafteres Zusammensein ausgesucht hatte.

Brand schrieb einen zweiten Eintrag in sein Notizbuch: *Beziehung zu Linley Brown.* Sein anfängliches Bauchgefühl, dass zwischen Kate und Linley mehr war, als Anna dachte oder zugeben wollte, war immer noch seine stärkste Theorie. Warum machte Kate ihre Freundin zur Nutzniesserin? Vielleicht war sie ja sogar der Grund, weshalb sie aus ihrem normalen Leben in London verschwinden wollte.

Er streckte sich, wobei seine angeknacksten Rippen die Bewegung einschränkten. Das reichte immer noch nicht aus. Es war das einundzwanzigste Jahrhundert und Leute täuschten ihren Tod nicht vor, um ihre sexuelle Ausrichtung zu verbergen. Wenn Kate mit ihrer lesbischen Geliebten aus dem Internat hätte durchbrennen wollen, wäre das Geld dafür vorhanden gewesen, zumindest für eine Weile, bis ihre Abfindung verbraucht war.

Brand tippte mit seinem Stift auf die Seite des Notizbuchs.

Im Anhang der E-Mail fand er die eingescannte PDF-Datei über Linley Browns Anspruch auf Kates Versicherungspolice sowie eine Kopie von Kates Testament, in welchem Linley als ihre Testamentsvollstreckerin genannt war. Brand las zuerst das Testament. Es schien, Kate hatte nur wenige Besitztümer. Es gab kein Auto und Brand vermutete, sie habe vielleicht einen Firmenwagen gehabt, bis sie ihren Job verlor. Dann war da ihre Katze ›Ingwe‹, was in verschiedenen afrikanischen Sprachen Leopard bedeutet, die sie ihrer Schwester Anna vermachte. Linley erbte die Erlöse ihrer Giro- und Sparkonten. *Wie viel?* schrieb Brand auf die nächste Zeile seines Notizbuchs.

Als Linley Browns Adresse war eine Strasse in Burnside, Bulawayo, angegeben. Brand kannte die Gegend nur vage. Er hatte Anfang der neunziger Jahre, nachdem der angolanische Grenzkrieg abgeklungen war, in Simbabwe gelebt und als Reiseführer gearbeitet, bevor er als Ermittler begonnen hatte. Obwohl er für das Apartheidsregime gekämpft hatte, wollte er nicht in Südafrika und unter dessen Rassengesetzen leben. Bis zur Machtübernahme Mandelas im Jahr 1994 war Simbabwe der Mittelpunkt des Tourismusmarkts ausländischer Besucher im südlichen Afrika gewesen. Bevor er nach Australien auswanderte, hatte er eine Freundin, die in Hillside lebte und die er alle paar Wochen besuchte, wenn er ein paar Tage Urlaub von seiner Arbeit in ›The Hide‹, einer privaten Wildtierlodge am Rande des Hwange-Nationalparks, hatte. In Hillside lebten früher viele junge weisse Familien mit viel Geld, doch mittlerweile waren die meisten Bewohner weisse Rentner mit wenig Geld. Die Bankverbindung von Linley Brown für die Überweisung der Versicherungssumme befand sich jedoch in Südafrika. Brand notierte sich sowohl die Kontonummer wie auch Linleys Adresse und Telefonnummer in Simbabwe.

Er schloss die gescannten PDF-Dateien und öffnete das nächste Dokument, eine gespeicherte E-Mail-Konversation zwischen Linley Brown und der Versicherungsgesellschaft, bei der Kate ihre Police abgeschlossen hatte. In der ersten E-Mail fragte Linley, warum es so lange daure, bis die Police ausgezahlt werde. Ein bisschen kalt, dachte er, aber vielleicht bedeuten zweihunderttausend Pfund für eine Frau in Simbabwe viel mehr als für Kates Schwester, die zu Hause und bei ihrem reichen Arztgatten blieb. In der Antwort versicherte man Linley Brown, ihr Antrag sei noch in Bearbeitung und unterliege der normalen Sorgfaltspflicht und Überprüfung. Das Verfahren, so der Absender, könne bis zu drei Monate dauern.

Die zweite E-Mail von Linley war noch knapper. Sie wies darauf hin, dass sie sich in extremen finanziellen Schwierigkeiten befinde und teilte der Versicherungsgesellschaft ausserdem ihre neue Kontaktnummer mit. Diese begann mit +27 und Brand wusste sofort, dass es eine südafrikanische Nummer war. Brand kopierte sie in sein Notizbuch, dann klopfte er sich mit der Spitze seines Stifts gegen das Kinn.

Er wollte sich auf den Weg nach Simbabwe machen und dort versuchen, Kates Tod zu beweisen oder zu widerlegen. Es war ungewöhnlich, aber nicht erstmalig, dass er jemanden begünstigten eines Versicherungsanspruchs befragen musste. Meistens lebten sie in Grossbritannien, wo die Police auch abgeschlossen worden war. Die Unterlagen würden wahrscheinlich beweisen, ob Kate ihren eigenen Tod vorgetäuscht hatte oder nicht – das war normalerweise der Fall -, aber in diesem Fall kam hinzu, dass die Familie, egal ob Kate Munns tot oder lebendig war, Linley Brown höchstwahrscheinlich kontaktieren wollte.

Brand trennte sein Telefon vom Laptop und tippte die Nummer aus der E-Mail ein. Es klingelte, dann ging es direkt zur Sprachaufnahme:

Howzit, Sie rufen Linley an. Tut mir leid, ich kann Ihren Anruf nicht entgegennehmen, aber wenn Sie Ihre Nummer hinterlassen, rufe ich so bald wie möglich zurück.

»Guten Morgen, Ma'am, mein Name ist Hudson Brand, ich bin der südafrikanische Gutachter der Gesellschaft vor Ort, die die Lebensversicherung von Kate Munns hält. Der Verlust Ihrer Freundin tut mir leid, aber ich habe einige Papiere, die Sie unterschreiben müssen, damit wir die Bearbeitung Ihres Anspruchs beschleunigen können und wäre Ihnen sehr dankbar, wenn Sie mich zurückrufen könnten.«

Brand hinterliess seine Nummer und beendete den Anruf. Sich selbst als Gutachter zu bezeichnen, war eine ziemlich grosszügige Auslegung der Wahrheit, aber er würde eine eidesstattliche Erklärung entwerfen und ausdrucken, die Linley unterschreiben sollte, um die Lügen, die er gerade in der Sprachnachricht hinterlassen hatte, zu decken.

Er widmete seine Aufmerksamkeit wieder den übrigen Nachrichten und Anhängen, die vollständig heruntergeladen worden waren, bevor er die Verbindung unterbrochen hatte. Zu den anderen Dokumenten gehörten eine Sterbeurkunde, die, wie Brand feststellte, von einem Dr. Geoffrey Fleming aus Bulawayo unterzeichnet worden war, sowie ein Polizeibericht über den tödlichen Unfall, der Kate Munns das Leben gekostet hatte. Dieser war von einem Sergeant G. Khumalo von der Verkehrsabteilung der Polizei in Bulawayo ausgefüllt worden, der die Ermittlungen führte.

Brand las die ordentliche und ein wenig mädchenhafte Handschrift auf dem eingescannten Dokument. Er fragte sich, ob G. Khumalo ein Mann oder eine Frau sei, doch es gab keine Möglichkeit, dies festzustellen.

Um 11.43 Uhr erreichte ich die 23,5 Kilometer von der Dete Kreuzung entfernt auf der Strasse nach Binga liegende Unfallstelle. Auf einer Seite der Strasse war ein mit Maismehl beladener Lastwagen in Richtung Westen geparkt und das brennende Wrack eines Austin A40, Modell 1956, lag auf der Nordseite der Brücke in der Schlucht im Flussbett. Eine weisse Frau, die sich später als Miss Linley Louise Brown identifizierte, sass, den Kopf in den Händen, im Gras und weinte. Miss Brown, wie ich sie jetzt kenne, sagte zu mir: »Meine Freundin ist tot, sie ist noch im Auto.« Der Fahrer des Lastwagens, der sich als Herr Goodluck Nyati auswies, sass neben seinem Fahrzeug und rauchte eine Zigarette. Ich ging über die Brücke und die Böschung hinunter zum immer noch rauchenden Auto und stellte fest, dass sich auf dem Fahrersitz die stark verbrannte Leiche einer Person befand. Die Person war eindeutig tot. Der Krankenwagen war bereits vor Ort und ich wies den Fahrer an, die Leiche zu bergen. Ich ging zu Miss Brown, um sie zu befragen. Sie war verzweifelt.

Brand stellte sich die Szene vor. In den Jahren, in denen er in Afrika gelebt hatte, war er zur Überzeugung gelangt, dass die gefährlichste Tätigkeit, die ein Mensch auf diesem Kontinent ausüben konnte, nicht darin bestand, in einem der immerwährenden Kriege zu kämpfen, zu Fuss zwischen Grosswild herumzuwandern oder gar nachts in Johannesburg auszugehen, sondern einfach darin, sich hinter das Steuer eines Fahrzeugs zu setzen und den Zündschlüssel zu drehen. Während Südafrika und andere afrikanische Länder hin und wieder wegen Kriminalität und Konflikten in die Schlagzeilen gerieten, war neben der Todesursache Nummer eins, Malaria, schlechtes Fahren. der heimliche Massenmörder in Afrika Er hatte auf Simbabwe Strassen alte Autos wie etwa diese kleinen Austins mit ihren runden Karosserien gesehen, die noch unterwegs waren und schätzte die Chance, in einem solchen Auto einen Unfall zu überleben, als viel geringer ein als in einem modernen Fahrzeug.

Obwohl er beinahe das zweite Todesopfer geworden wäre, war Goodluck Nyati gemäss dem Bericht des Polizeibeamten, nicht der Verursacher des Unfalls. Er fuhr aus Richtung Binga den Hügel hinunter, als er in einer Kurve sah, dass der Austin unter ihm in Flammen aufging. Als das Auto in einem Feuerball explodierte, der über sein Fahrerhaus zog, war er instinktiv ausgewichen und hatte dabei überkorrigiert.

Herr Nyati kam wieder zu sich und rannte zur Leitplanke, von der ein

Teil fehlte, weil das andere Auto über die Kante gefahren war, aber der grösste Teil des Geländers auf der Nordseite war bei einer Überschwemmung Anfang des Jahres weggespült worden. Er sah Miss Brown, die zwar benommen, aber am Leben war, schreiend und um Hilfe winkend im Flussbett. Er ging zum Fluss hinunter, aber die Hitze und die Flammen machten es für Herrn Nyati und Miss Brown unmöglich, Miss Munns zu befreien.

Linley Brown hatte Sergeant Khumalo erzählt, ihre Freundin Kate habe die Kontrolle über das Auto verloren, als sie einem Warzenschwein ausweichen wollte, das auf die Brücke gelaufen war.

Miss Brown sagte, sie habe sich auf dem Rücksitz des Wagens befunden, weil sie Getränke aus einer Kühlbox holen wollte. Ihre Freundin, Miss Munns, sei nicht angeschnallt gewesen, da das Fahrzeug aufgrund seines Alters weder Sicherheitsgurte noch Airbags hatte.

Im Bericht wurde festgestellt, Linley Brown habe dort, wo sie mit dem Innenraum des Wagens in Berührung gekommen sei, einige Schürfwunden und am Kopf leichte Blutungen erlitten.

Brand schloss den Polizeibericht – er würde ihn später noch einmal lesen – und ging zum Posteingang seines Computers zurück. Er öffnete die nächste Nachricht, die von Anna Cliff stammte.

Sehr geehrter Herr Brand,

Meine Freundin Dani Russo, die Sie, wie ich glaube, kennen, hat mir gesagt, Sie würden den Versicherungsanspruch von Linley Brown, einer Freundin meiner verstorbenen Schwester Kate Munns, untersuchen. Ich habe in letzter Zeit im Internet viel über Menschen in Simbabwe gelesen, die ihren Tod vortäuschten und gefälschte Versicherungsansprüche stellten. Ich habe keine Ahnung, warum meine Schwester ihren eigenen Tod vortäuschen oder warum sie den Erlös einer Versicherungspolice ihrer Schulfreundin vermachen wollte. Wahrscheinlich halten Sie mich für verrückt oder für eine trauernde Person, die sich weigert, den Tod ihrer Schwester zu akzeptieren und es gibt wenig, was ich hier sagen kann, um Sie vom Gegenteil zu überzeugen. Ich glaube jedoch nicht, dass ich diese Angelegenheit zu den Akten legen kann, bevor ich nicht weiss, was beim Unfall, bei dem meine Schwester angeblich ums Leben kam, wirklich passiert ist.

Linley Brown war bei der Beerdigung meiner Schwester nicht anwesend, so dass ich sie nie kennenlernen konnte. Ich lebe in der (wenn auch lächerlichen) Hoffnung, dass die Leiche meiner Schwester nicht in dem Sarg war, der in Bulawayo eingeäschert wurde, sondern sie irgendwo am Leben ist und ihre Privatsphäre aus irgendeinem Grund mit einer neuen Identität schützt. Ich habe gelesen, dass Ärzte und Polizisten in Simbabwe bestochen werden können, um irgendetwas zu sagen, und ich weiss von Dani, dass Ihre Ermittlungen in diese Richtung gehen könnten. Wenn Sie herausfinden, dass meine Schwester noch lebt, möchte ich sie natürlich finden – ich hoffe, dass Sie sie finden – und wenn sie tatsächlich tot ist, dann möchte ich mit Ihnen auch die Möglichkeit besprechen, dass Sie Linley Brown für mich aufspüren, damit ich zumindest mit der letzten Person sprechen kann, die meine Schwester lebend gesehen hat. Ich weiss, Sie halten mich vielleicht für verrückt, aber ich brauche Ihre Hilfe, Herr Brand, und Sie wurden mir wärmstens empfohlen.

Mit freundlichen Grüssen,

Anna Cliff

Brand hielt sie nicht für verrückt. Er verstand den Schmerz des Verlustes und den Unwillen zu glauben. Er hatte die Leichen der meisten seiner Freunde gesehen, die im Kampf gefallen waren, was es in gewisser Weise einfacher machte, den Verlust zu akzeptieren. Seine Mutter war jedoch gestorben, während er in Afrika war. Sie war einer der Gründe gewesen, warum er sich freiwillig nach Angola gemeldet hatte, und es schmerzte ihn, zu erfahren, dass sie gestorben und begraben worden war, während er dort, in ihrem Geburtsland, war.

Linley Brown dürfte unschwer zu finden sein, dachte er. Wenn ihre E-Mails ein echtes Indiz waren, brauchte sie die Auszahlung dringend. Er würde sie finden und ihr sagen, wie sehr Anna Cliff mit ihr reden wollte.

Linleys Abwesenheit bei der Beerdigung war nicht nachvollziehbar, dachte Brand. Es musste schon wichtige Gründe geben, wenn eine Frau, die ihrer Freundin so nahestand, dass sie bei ihrem Tod begünstigt wurde, nicht einmal an der Trauerfeier teilnahm. Als Überlebende würde Linley während des ganzen Lebens unter der besonders schmerzhaften Wunde leiden, die sie erlebt hatte, weil ihre Freundin beim gemeinsamen Unfall gestorben war. Brand kannte diesen Schmerz, vor dem er weggelaufen war und Zuflucht in Alkohol und bei Frauen gesucht hatte. Er hatte gelernt, dass nichts half, ausser der Art von Konfrontation und Vergebung, nach der Anna Cliff suchte.

Er würde Anna nicht antworten, beschloss er. Er wollte warten, bis Linley Brown ihn zurückrief und es gab keinen besseren Ort als den afrikanischen Busch, um ein paar Stunden oder Tage zu verbringen.

Es gab noch eine weitere E-Mail von Dani zu öffnen, bei der in der Betreffzeile einfach ›Bild‹ stand. Als er sie öffnete, sah er, dass es eine weitergeleitete Nachricht von Peter Cliff an Dani war. Dieser teilte Dani in seinem kurzen Text mit, er habe das angehängte Foto bei Kate zu Hause an ihrer Kühlschranktür gefunden. Dem Absender zufolge handelte es sich um einen Abzug, der *vielleicht ein paar Jahre alt* war. Er hatte das Bild eingescannt, um es per E-Mail zu versenden. *Das auf der linken Seite* ist *Linley,* so die Nachricht.

Brand betrachtete die beiden Frauen. Beide waren blond, attraktiv und lächelten, aber damit endete die Ähnlichkeit auch schon.

Er beendete die E-Mail und das Programm, fuhr seinen Laptop herunter und berührte mit dem Finger den Rand seiner Texas Longhorns-Mütze, um dem alten Büffel zu huldigen, der sich im Schlamm suhlte. Er stellte sich kurz vor, wie Kate Munns Körper im Auto verbrannte, während ihre beste Freundin hilflos zusehen musste.

Brand hoffte, sein Ende käme schnell und es wären keine Freunde in der Nähe, die zusehen müssten. Es war Zeit für ihn, sich wieder auf den Weg zu machen, wenn auch nur, bis Linley Brown anrief.

7

———

Als ich das Telefon wieder einschaltete, um zu sehen, ob Lungile beim Kauf der Kleider Glück gehabt habe, piepte es, um mir mitzuteilen, dass ich eine Nachricht erhalten hätte. Ich bestellte bei der Shona-Kellnerin im Mugg & Bean im Broadacres-Einkaufszentrum, direkt neben der ummauerten Wohnsiedlung Cedar Lakes, wo Lungile und ihr Bruder ein Haus gemietet hatten, einen weiteren Milchkaffee.

Ich erkannte die Nummer des entgangenen Anrufs nicht, sah aber, dass sie südafrikanisch war.

»Guten Morgen, Ma'am, mein Name ist Hudson Brand«, begann ein Mann mit einem Akzent, in welchem eine Mischung aus südafrikanischem und amerikanischem Englisch mitklang. Ich hörte mir den Rest der Nachricht an, schaltete dann das Telefon aber wieder aus, nachdem ich sah, dass von Lungile nichts gekommen war. Die Polizei ortet Menschen über ihre Handys, und obwohl ich keinen Grund hatte, zu vermuten, dass sie meine Nummer hatten, wollte ich so sicher gehen wie möglich. Wenn Lungile wegen einer Dummheit verhaftet worden wäre, hätte sie die Nummer vielleicht an die Abteilung für schwere und gewalttätige Verbrechen weitergegeben.

»*Tatenda, Sisi*«, sagte ich zur Kellnerin und sie lächelte breit. Es war schön, jemanden aus meinem Land zu sehen – vor allem jemanden, den ich nicht ausraubte – auch wenn ich im Moment nicht dort sein konnte. Ich fragte mich, ob Beauty, so stand es auf ihrem Namensschild, genauso verzweifelt nach Hause wollte, um ein neues Leben zu beginnen, wie ich.

Ich dachte über die Nachricht auf dem Telefonbeantworter nach und über den Akzent dieses Hudson Brand. Sein Name klang wie eine Kreuzung zwischen einem Kampfflugzeug und einer Waschmaschine.

»Ist bei Ihnen noch alles in Ordnung?«, fragte Beauty, die keine Minute, nachdem sie mir den Kaffee gebracht hatte, bereits wieder nach mir sah.

»Ja, ja, alles gut, danke.« Ich faltete das Exemplar des ›Citizen‹ in der Hälfte, so dass das körnige Bild der Überwachungskamera auf der Titelseite nicht mehr zu sehen war und die Kellnerin nicht bemerkte, dass ich die Nachricht seit meiner Ankunft im Café mehrmals gelesen hatte.

Die Glamour-Girls schlagen wieder zu, lautete die Schlagzeile der Boulevardzeitungen. Der Diebstahl des Schmucks der Witwe war erst unser dritter Job in Johannesburg, aber die Polizei und die Medien hatten bereits ein Muster ausgemacht. Das war der Grund, warum Lungile einkaufen ging und weshalb wir unseren Modus Operandi ändern mussten. Die Geschichte auf der Titelseite handelte von den ›attraktiven und gutgekleideten‹ Frauen, die sich unter dem Vorwand, sie kaufen zu wollen, schon wieder in eine Villa in Joburg geschlichen und die Besitzerin bestohlen hatten. Die Dame, deren Ring ich wieder in den Briefkasten gesteckt hatte, war mit einem Foto ihres kürzlich verstorbenen Mannes abgebildet, daneben das Foto von Lungile und mir, die zum Auto gingen – die Augen absichtlich niedergeschlagen, für den Fall, dass so etwas passiert. Über meine gute Tat, die Rückgabe des Eherings, stand nichts im Artikel.

Hudson Brand und sein rauer Akzent, der mich ein wenig an Denzel Washington erinnerte, kamen mir wieder in den Sinn, ich öffnete mein Netbook, verband mich mit dem kostenlosen W-LAN und googelte ihn.

Der einzige Hudson Brand, den ich finden konnte, schien ein Safariführer zu sein, kein Versicherungsgutachter, und es gab eine ganze Sammlung von Zeitungsausschnitten über ihn, beginnend mit: *Safariführer tötet Nashorn-Wilderer.* Ich fand mehrere Versionen derselben Geschichte, die erst vor ein paar Tagen erschienen waren. In einem der Artikel war vermerkt, Hudson Brand sei in Amerika geboren, was möglicherweise zum südländischen Akzent passte, den ich in meiner Sprachnachricht gehört hatte, dagegen passte das Geschriebene überhaupt nicht zu seiner Aufgabe, wie er sie mir erklärt hatte. Es gab ein Foto von ihm, in Busch-Khaki gekleidet und mit einer schweissnassen Mütze. Er hatte ein nettes Lächeln und die perfekten, ebenmässigen Zähne eines Amerikaners. Entweder war er stark gebräunt oder er hatte irgendeinen afrikanischen Hintergrund. Er war zwar alt, sah aber wirklich immer noch gut aus.

Ich drückte den Zurück-Pfeil und scrollte an den Geschichten vorbei nach unten, wobei ich auf einen anderen Eintrag stiess, der mehr Sinn ergab: *Ministersohn täuscht eigenen Tod vor – Versicherungs-gesellschaft verzichtet auf Anzeige.*

»Aha«, kommentierte ich laut.

Beauty sah zu mir herüber.

»Bei mir ist alles in Ordnung«, sagte ich ihr.

Dann las ich in der simbabwischen *Daily News*, dass ein Mann namens Tatenda Mbudzi seinen Tod vorgetäuscht hatte und von einem Privatdetektiv namens Hudson Brand entlarvt worden war, der bei einem versuchten Autoüberfall verletzt wurde. Bestimmt gab es in Afrika keine zwei Männer mit demselben absurden Namen. Entführungen mit Fahrzeugen waren in Simbabwe sehr selten, so dass ich mich fragte, ob Mbudzi versucht hatte, Brands Ermittlungen zu behindern. In einem weiteren Artikel einer südafrikanischen Zeitung aus dem Jahr 2010 hiess es, die Polizei habe den *lokalen Safariführer und Privatdetektiv Hudson Brand* im Zusammenhang mit der Vergewaltigung und Ermordung einer Frau in der Nähe des Krüger-parks befragt.

Brand war also ein Ermittler, kein Gutachter, und möglicherweise sogar selbst ein Mordverdächtiger. Aber von Brand hatte ich nichts zu befürchten, denn Kate Munns war tot und eingeäschert. Wenn ich daran dachte, wie furchtbar es war, mich nicht von einer Frau , die ich liebte, verabschieden zu können, weinte ich nachts immer noch. Ich fragte mich, ob Anna hinter dieser scheinbaren Untersuchung steckte, weil sie nicht akzeptieren konnte, dass Kate tot war. Der gesamte Papierkram für den Anspruch war nämlich vollkommen in Ordnung.

Mein Kaffee war kalt geworden, während ich dasass und überlegte, was ich als Nächstes tun sollte. Ich wollte Brand weder treffen noch seine Fragen beantworten und das musste ich auch nicht. Das Geld stand mir zu und ich wollte nicht noch einmal die Tortur durchmachen, jemandem zu erzählen, wie ich mir die Hände am geschlossenen Fenster verbrannt hatte, während ich zusehen musste, wie drinnen ein Mensch wie eine römische Kerze in Flammen aufging und dass der Geruch von gebratenem Fleisch für immer in mir bliebe.

Ich ärgerte mich über Annas Einmischung, falls sie es war, oder über ihren herrschsüchtigen Ehemann Peter, wenn er es war, der den Anspruch in Frage stellte. Ich beschloss, eine E-Mail an die Versicherungsgesellschaft zu senden und ihr darin mitzuteilen, dass ich von ihrem Ermittler, Brand, gehört hätte und sie aufforderte, mir alle zusätzlichen Papiere, die ich unterschreiben sollte, zu schicken.

Beauty kam, nahm die Tasse und fragte, ob ich noch etwas wolle. »Nur die Rechnung, bitte«, antwortete ich.

In der Mittagszeit füllte sich das Mugg & Bean und man war bestimmt dankbar für meinen Tisch. Ich beschloss, die Zeitung mitzunehmen, für den Fall, dass Beauty noch einmal einen Blick auf die Blondine auf dem Titelblatt werfen wollte, die ich angestarrt hatte, bevor sie mir mein Getränk brachte.

Mein Telefon piepte und vibrierte mit einer Nachricht.

Hallo Freundin, habe im ›Oriental Plaza‹ die TOLLSTEN Outfits für uns gefunden. Wir sehen uns zu Hause. Ich bezahlte die Rechnung, beschloss aber, bevor ich ging, noch einen Anruf zu erledigen. Ich wählte eine Nummer in Simbabwe.

»Praxis Doktor Fleming, guten Morgen«, sagte eine Frau am Ende der statisch knackenden Leitung.

»Hier ist Linley Brown, eine von Dr. Flemings Patientinnen, *howzit*, wie geht es Ihnen?«

»Gut, und Ihnen?«, kam es zurück.

»Gut. Kann ich bitte mit dem Doktor sprechen?«

»Hm, er ist gerade auf dem Weg nach draussen.«

Ich hörte eine leise Stimme im Hintergrund, die fragte, wer es sei. Die Empfangsdame, die es nicht schaffte, ihre Stimme zu dämpfen, sagte: »Linley Brown«.

»Linley«, sagte Geoffrey Fleming eine Sekunde später. »Sie haben mich gerade noch am Empfang erwischt – ich bin gerade auf dem Weg zu einem Hausbesuch. Wie geht es Ihnen, meine Liebe?«

Er war so altmodisch, mich so anzusprechen, aber ich mochte ihn und er war gut zu mir gewesen. Er hatte sich um mich gekümmert, als andere nichts getan hatten. »Gut, Doktor, gut. Nur mache ich mir ehrlich gesagt gerade ein wenig Sorgen.«

»Wirklich?« Ich stellte mir sein freundliches, vom Leben gezeichnetes Gesicht mit immer noch dichtem, silbernem Haar und einer veralteten Hornbrille vor. So schlecht es mir auch ging, so tief ich auch gesunken war, ich fühlte mich immer besser, wenn ich ihn vor mir sah. »Haben Sie an dem Programm teilgenommen, an das ich Sie verwiesen habe?«

»Ja, das habe ich.« Ich spürte einen kleinen Anflug von Stolz, als ich das sagte und hörte die Überzeugung in meiner Stimme. »Und ...«, ich sprach leiser, damit die Geschäftsleute und Hausfrauen, die um mich herum sassen, es nicht hören konnten, »ich bin, wie Sie es vorgeschlagen haben, zu den Treffen der ›Anonymen Betäubungs-mittelsüchtigen‹ gegangen.«

»Gut, gut. Aber was ist los?«

»Doc, sind Sie wegen des Versicherungsanspruchs von einem Ermittler kontaktiert worden?«

Er hustete und räusperte sich. »Nein. Warum fragen Sie?«

»Es gibt hier in Südafrika einen Mann, einen Amerikaner namens Brand, Hudson Brand, der sagt, er sei ein Gutachter der Versicherungsgesellschaft, möchte sich mit mir treffen und mich bitten, einige Papiere auszufüllen. Hört sich das normal an?«

Wieder eine Pause, in der er die Informationen und meine Frage verarbeitete. »Ich weiss es nicht. Um die Wahrheit zu sagen, ich hatte noch nicht viel mit ausländischen Versicherungsgesellschaften zu tun, aber Sie kennen doch diese Betrügereien von Leuten, die ihren Tod vortäuschten, Linley.«

»Doc, ich will das, was passiert ist, nicht noch einmal durchmachen, mit niemandem. Ich weiss nicht, ob ich das ertragen könnte. Aber ich brauche das Geld, ich muss sogar sagen, ich brauche es dringend, und ich will einfach, dass das alles vorbei ist.«

»Ich weiss nicht, was ich Ihnen sagen soll«, sagte er. »Wenn er mich anruft, werde ich ihm sagen, was passiert ist und zwar die Wahrheit: Als ich das letzte Mal mit Ihnen gesprochen habe, waren Sie in Südafrika. Offensichtlich hat er Ihre Nummer, also liegt es wirklich an Ihnen, ob Sie sich mit ihm treffen oder nicht. Es tut mir leid, aber ich muss jetzt wirklich gehen. Ich freue mich, dass Sie Ihr Programm beendet haben, und gehen Sie bitte weiterhin zu den Treffen. Sie mögen anfangs unangenehm erscheinen, werden Ihnen aber auf Dauer helfen.«

Ich war mir nicht so sicher wie er, aber er hatte mir anvertraut, er sei vor etwa zwanzig Jahren bei den Anonymen Alkoholikern gewesen und habe seitdem keinen Tropfen Alkohol mehr angerührt. Das war in Simbabwe, wo Alkohol billiger als Wasser in Flaschen und Leitungswasser in der Regel nicht trinkbar war, eine grossartige Leistung.

Als Doc Fleming den Anruf beendete, fühlte ich mich, als wäre ich auf einer einsamen Insel. Aber ich hatte ja noch Lungile, die in der Schule in unserer Clique immer wie die dritte Schwester gewesen war. Ich liebte sie über alles, obwohl ich mir nicht sicher war, ob Doc Fleming oder Mark, mein Unterstützter bei den Anonymen Betäubungsmittelsüchtigen, es guthiesse, wenn ich mit ihr oder ihrem schäbigen Bruder zusammen war. Ich verliess das Restaurant, machte einen Stop bei Woolworths, um Nudeln für das Abendessen zu kaufen und ging dann aus Broadacres hinaus auf die belebte Cedar Road.

Als ich den kurzen Weg zum Eingang des Wohnkomplexes zurücklegte, hupte ein Auto und ein Typ rief mir etwas Unverständliches, aber zweifellos Schmutziges zu.

»Guten Tag, Madam«, sagte der malawische Sicherheitsbeamte, der mich mittlerweile vom Sehen her kannte und wusste, dass ich bei Lungile und ihrem Bruder wohnte. »Wissen Sie, Madam, es ist nicht immer sicher, hier herumzulaufen, selbst bei Tageslicht.«

Ich zuckte mit den Schultern und schob mir die Sonnenbrille auf den Scheitel. »Was soll ich nur tun? Der Porsche ist zur Inspektion.«

»Madame?«

»Schon gut, Benjamin, aber danke für den guten Rat.«

Ich hätte Lungile bitten können, mich vom Mugg & Bean abzuholen, aber der Spaziergang, so kurz er auch war, hatte mir Zeit gegeben, meine Gedanken zu sammeln. Schon als Kind war ich in Bulawayo überall zu Fuss unterwegs gewesen und das übersteigerte Sicherheitsbewusstsein in Johannesburg, ob angebracht oder nicht, war eine weitere Sache, die ich an der Stadt nicht mochte.

Als ich durch das Tor trat, war ich erneut erstaunt, wie geordnet und ruhig die Wohnsiedlung war. Die Häuser waren in Sackgassen und Alleen um weite, gepflegte Grünflächen mit Wasserspielen und einem Clubhaus herum angeordnet. Die Häuser waren meist toskanisch, balinesisch oder sonst irgendwie imitiert. Eine Frau in Shorts und T-Shirt, die einen Kinderwagen schob, grüsste mich, als ich an ihr vorbeiging, auf Afrikaans. Der ganze Ort erinnerte mich an ein Modelleisenbahndorf, mit Mauern, die mit Stacheldraht und einem Elektrozaun versehen waren. Ich hätte um die Siedlung herumgehen oder -laufen können, aber bei den wenigen Versuchen, die ich unternommen hatte, fühlte ich mich wie ein eingesperrtes Tier oder wie die Insassin eines Gefängnisses, wenn auch eines schönen, toskanischen Lungile hatte mir gesagt, die Sicherheitsvorkehrungen seien hier gut und tatsächlich gab es keine Einbrüche. Die einzigen Verbrechen in der Siedlung waren Jugendliche aus der Nachbarschaft, die zum Spass oder um etwas Geld für Gras oder Schnaps zu erbeuten, aus den Häusern klauten.

Kriminalität gab es überall und es spielte keine Rolle, ob man in Johannesburg, Harare oder London war. Ich überlegte mir, wie ich wohl in einem Gefängnis zurechtkäme, wenn ich mich schon innerhalb der Mauern von Cedar Lakes unwohl fühlte. Ich musste im wahrsten Sinne des Wortes mit mir ins Reine kommen, aber gleichzeitig brauchte ich Geld um zu essen.

Als ich die Auffahrt hinaufging, hörte ich das tiefe Dröhnen eines langsamen Basses, das durch die senffarben verputzten Wände von Lungiles und Fortunes gemietetem Haus drang. Lungile musste auf mich gewartet haben, denn sie öffnete die Tür, um mich zu begrüssen.

»Schau mal!«, kreischte sie und hielt ein langes, schwarzes Kleid hoch.

»Es sieht super aus! Wie geht es dir?«

»Mir geht es gut, liebe Freundin, gut, gut, gut.«

Der süssliche Geruch von Marihuana folgte ihr auf die Veranda hinaus. Ich hatte das Zeug nie gemocht. Ich war in einem konservativen Elternhaus aufgewachsen und als Lungile es in die Schule schmuggelte, stellte ich fest, dass es mir nicht viel brachte, ausser mich paranoid zu machen. Das war eine unangenehme Nebenwirkung und ich genoss den Rausch, den ich von meinen verschreibungspflichtigen Pillen bekam, viel mehr.

Das Kleid immer noch vor sich haltend, schritt Lungile mit wackelndem Hintern vor mir in den marmorgefliesten Empfangsbereich. Ihr Bruder Fortune erschien in einem glänzenden Trainingsanzug und mit viel Klunker behängt aus der Küche, eine Packung *Salticrax*-Crackers in der einen Hand und ein *Zol* im Mund.

»*Kanjane*, Schwester«, murmelte er durch den Dope-Rauch.

»Gut.« Ich war weder seine Schwester noch mochte ich es, wie er mich manchmal ansah, so wie jetzt, als begutachte er mich von Kopf bis Fuss. Er war einige Jahre älter als Lungile und immer noch ledig, ein Spieler und Möchtegern-Gangster. Ich kannte ihn nicht aus der

Schulzeit, sondern lernte ihn erst kennen, nachdem ich nach Johannesburg kam.

Während Lungile auf der Suche nach Kleidern war, hatte ich im Einkaufszentrum nebenan ein Vorstellungsgespräch für eine Stelle als Sekretärin eines Immobilienmaklers. Das wäre für mich perfekt gewesen, denn ich hätte zu Fuss zum Laden gehen können. Selbst wenn Benjamin, der Wachmann, meine Meinung darüber nicht teilte, fand ich den Weg dorthin immer noch sicherer als meine derzeitige Beschäftigung.

Lungile legte das Kleidungsstück auf die lila Ledercouch, die ihr Bruder gekauft hatte und die ich hasste. Als ich mich auf das Ungetüm fallen liess und seufzte, klebten meine Kniekehlen sofort an den Kissen.

»Wie ist das Vorstellungsgespräch verlaufen, oder willst du mir das nicht erzählen?«, fragte Lungile.

Sie war einfühlsam und ich erkannte in ihrer Stimme bereits Mitleid. »Mein Afrikaans ist, wie es scheint, nicht so *lekker*.«

»Dagegen sollte es ein Gesetz geben – dass man keinen Job bekommt, weil man die nicht mehr offizielle Sprache dieses Landes nicht so gut spricht.«

Ich zuckte mit den Schultern. »Tja, ich weiss einfach nicht, was ich tun soll.«

Fortune beugte sich über die Rückenlehne der Couch und wedelte mit dem Joint, den er vor mir geraucht hatte. »Wie wäre es mit einem Zug davon, um den Ärger über die Absage zu verdauen?«

Ich hustete. »Nein danke.« Sein Eau de Cologne roch noch schlimmer als das Gras. Was ich wollte, gab es in einer kleinen Plastikflasche mit einem kindersicheren Deckel. Fortune kannte bestimmt einen Arzt, den man bestechen könnte, damit er mir ein Rezept ausstellte und wenn ich ihn darum bitten würde, sagte er es seiner Schwester sicher nicht.

Nein, schimpfte ich mit mir selbst. *Dafür würde er einen Gefallen verlangen.* Ich ballte meine Hände an den Seiten zu Fäusten.

»Sauvignon blanc?«, schlug Lungile vor.

Ich nickte. Ich hätte einen kalten Entzug machen sollen, aber das schaffte ich nicht. Nicht nach dem Anruf des Safari-Führers und Privatdetektivs. Lungile holte ein Glas aus der Küche und goss, während ich es festhielt, etwas von der blassgoldenen Flüssigkeit hinein. Ich nahm einen grossen Schluck, das war sicher nicht schlimm. Ich sah zu ihr auf. »Hast du heute *The Citizen* gesehen?«

»Glamour Girls!« Fortune fing an, auf dem Marmor einen improvisierten Tanz zu vollführen. »Glam, glam, glam, glamour girls.«

»Es reicht!«, befahl Lungile. »Ja, ich habe es gesehen. Machst du dir Sorgen?«

Ich nahm noch einen Schluck. »Ein wenig. Aber man kann unsere Gesichter nicht wirklich sehen und ich bin froh, dass du mir den Tipp gegeben hast, immer diese grosse Paris-Hilton-Sonnenbrille zu tragen. Aber heute hatte ich das Gefühl, dass die Leute überall, wo ich hinging, diese verdammte Zeitung lasen und mich anstarrten.«

Lungile setzte sich neben mich und legte ihre Hand auf mein Knie. »Na ja, nach dem nächsten Job wird dich niemand mehr ansehen. Komm, probiere dein neues Outfit an.«

So verrückt es auch klingen mag, ich fühlte mich bei Lungile sicher. Ich wusste jedoch, dass das, was wir taten, falsch war und dass ich ein verwerfliches Leben führte. Ich wünschte mir nichts sehnlicher, als ehrlich zu werden, hatte aber das Gefühl, in einer Abwärtsspirale gefangen zu sein. Ich war verflucht, mir wurden Unschuld, Freiheit und Wahlmöglichkeiten verwehrt, die für so viele andere Menschen selbstverständlich waren. *Sobald mein Geld kommt*, sagte ich mir zum tausendsten Mal, *entschädige ich die Opfer meiner Verbrechen und werde ein guter Mensch.* Doch vorerst liess ich Lungile mein leeres Glas auffüllen und betete im Stillen, dass es die richtige Entscheidung war, mich nicht mit Hudson Brand zu treffen, und dass meine Forderung abgesegnet würde, sobald er herausfand, dass sowohl Kates Sterbeurkunde wie auch die Berichte über den Unfall alle echt waren.

8

_____

Der Elefantenbulle trompetete und schüttelte seinen massiven Kopf, so dass er eine Staubwolke aufwirbelte, die ihn wie eine rauchige Aura einhüllte.

Der Elefant machte ein paar Schritte auf Brands Land Rover zu, doch Brand blieb mit seinem Land Rover am Wasserloch von Klopperfontein, im hohen Norden des Krüger-Nationalparks, beharrlich stehen, obwohl der Bulle die Ohren nach vorn und hinten schlenkerte. Die vorderen Reihen einer riesigen Herde durstiger Kaffernbüffel verwandelten das bereits schlammige Wasser in klebrigen Brei, während der Elefant seine Aufmerksamkeit auf das Fahrzeug gerichtet hielt.

Der Frühregen war gekommen und gegangen, und während kurzer Zeit war die Landschaft von hellgrünem Gras und frischen Blättern überzogen gewesen. Mittlerweile war alles wieder zu Gold und Braun verdorrt. Der frühe Regen war eine Illusion, ein leeres Versprechen von guten Zeiten und solche waren, das hatte Brand schon vor langer Zeit gelernt, etwas, das zu schön schien, um wahr zu sein.

Auch die Tatsache, dass Linley Brown ein südafrikanisches Mobiltelefon besass, war nur ein kleiner Hoffnungsschimmer gewesen. In den zwei Tagen, die er damit verbracht hatte, sich gemächlich von Skukuza in den Norden des Parks zu schlängeln, hatte er Linleys Nummer sechsmal angerufen und dreimal eine SMS geschickt. Trotzdem hatte er keine Antwort von ihr erhalten. Das kann vieles bedeuten, dachte er, während er beobachtete, wie sich der Elefant wieder in die Büffelherde hineinschlich. Der Bulle dachte, dies sei sein Wasserloch, und war fest entschlossen, jeden zu verscheuchen, der Anspruch darauf erhob. Brand hatte den Scheinangriff auf seinen Land Rover als solchen erkannt, genauso wie die Büffel auch. Sie muhten ein paarmal leise und bewegten sich ein wenig, schoben aber ihre Anführer weiter in den Schlamm und ignorierten die stürmischen Tiraden des temperamentvollen jungen Bullen.

Brand nahm eine Stange Chilirindfleisch-Biltong und biss hinein. Er spülte sich die Schärfe des Trockenfleischs mit einem Schluck Windhoek Lager aus dem Mund, während er die Büffel und den herrschsüchtigen Elefantenbullen beobachtete, die sich gegenüberstanden. Linley konnte irgendwo sein, wo es keinen Handyempfang gab. Solche Orte wurden in Südafrika zwar immer seltener, aber es gab sie. Wenn sie eine Prepaid-SIM-Karte benutzte, konnte es auch sein, dass ihr Guthaben aufgebraucht war. Das war ihm auch schon oft passiert.

Aber das ergab keinen Sinn, denn er war der Rettungsanker für ihre zweihunderttausend Pfund, und dafür brauchte sie ihn nur anzurufen. Wenn sie der kreativen Wortwahl misstraute, die er in seiner Sprachnachricht verwendet hatte, indem er sich als Gutachter und nicht als Ermittler vorstellte, konnte dies bedeuten, dass sie etwas zu verbergen hatte.

Brand leerte sein ohnehin schon warmes Bier und warf die leere Flasche zu all den anderen in den Fussraum des Beifahrersitzes. Wenn es sich um einen Betrug handelte, war er ausgeklügelter als die anderen, die er untersucht hatte. Weder im Fall von Tatenda Mbudzi noch bei den anderen hatte es eine Scheinbestattung gegeben, aber laut Danis Akte waren Anna Cliff und ihr Mann aus Grossbritannien eingeflogen, um einer Feuerbestattung beizuwohnen und hatten Kates Asche mit nach Hause genommen – oder die Asche von irgendjemandem. *So etwas*, sagte sich Brand, *ist schwieriger zu fälschen, aber nicht unmöglich*. Könnte ein Krematorium beteiligt sein? Es war schliesslich Afrika und er stellte sich vor, dass im Rest der Welt noch seltsamere Dinge passierten, wenn es darum ging, Leichen loszuwerden oder Menschen verschwinden zu lassen.

Etwas, das definitiv spurlos verschwunden war, war sein Bankguthaben. Brand hatte mit dem Honorar für die Wandersafari und hoffentlich guten Trinkgeldern gerechnet. In gewisser Weise war Linley Browns Weigerung oder Unfähigkeit, seine Anrufe zu beantworten, eine gute Nachricht für ihn. Er hatte aus Gründen der Zweckmässigkeit und um Kates Schwester Annas willen gehofft, er könne Linley treffen und den Fall in Südafrika abschliessen, ohne eine Grenze überschreiten zu müssen. In diesem Fall hätte er Dani nur einen Tag Arbeit guten Gewissens in Rechnung stellen können, aber je länger Linley ihn aufhielt, desto wichtiger wurde es, dass er nach Norden reiste, nach Simbabwe. Dadurch würde er einige Stunden und Tage anhäufen, die er Dani in Rechnung stellen könnte, um die fehlenden Mittel auszugleichen.

Brand trennte sein Telefon vom Ladegerät des Zigarettenanzünders und wählte auf der Liste die zuletzt gewählte Nummer.

»Howzit, Sie rufen Linley an ...«

Er beendete den Anruf, ohne sich die Mühe zu machen, eine weitere Nachricht zu hinterlassen. Zum Teufel damit, dachte er, es war Zeit für ihn, nach Simbabwe zu gehen und etwas von Danis Geld zu verdienen.

* * *

»Danke, Dani, bis bald«, sagte Anna. Sie band den Gürtel ihres Bademantels, der sich gelöst hatte, wieder zu.

Peter blickte von seiner Ausgabe der *Times* auf, die gefaltet neben seinem Morgentee und dem Toast lag. »Ermutigende Neuigkeiten?«

Anna setzte sich und nahm ihre Tasse Tee in die Hand. Er war kalt geworden. »Ich weiss es nicht. Sie sagte, Brand, ihr Ermittler, habe ihr eine E-Mail aus Südafrika geschickt, in der er ihr mitteilte, er sei im Begriff, die Grenze nach Simbabwe zu überqueren und treffe heute Abend oder morgen Morgen in Bulawayo ein. Sie sagt, dort sei sein E-Mail-Zugang eingeschränkt, aber das hätte ich ihr auch sagen können.«

»Mach dir keine Sorgen. Von hier aus können wir nichts tun. Übrigens, als ich gestern Abend, nachdem du ins Bett gegangen bist, im Internet noch ein paar Zeitungen gelesen habe, habe ich mir deinen Hudson Brand angesehen. Anscheinend ist er nicht nur Privatdetektiv, sondern auch Safari-Führer.«

»Wirklich? Nun, es wäre schön gewesen, wenn er auf meine E-Mail geantwortet hätte, aber vielleicht war er zu sehr damit beschäftigt, Touristen im Busch Zebrawitze zu erzählen.«

Peter lächelte und trank einen Schluck seines Tees. »Er kam in die Schlagzeilen, weil er einen Wilderer erschossen hat.«

»Ach, ich wünschte einfach, ich könnte mehr tun. Aber ich nehme an, dieser Brand will nichts mit uns zu tun haben, bis er mittels seiner eigenen Quellen herausgefunden hat, ob wir auf dem Holzweg sind.«

»Hmmm, vielleicht.« Peter nippte an seinem Tee. »Weisst du, eigentlich war es schade, dass wir für die Beerdigung nur so wenig Zeit in Simbabwe verbringen konnten.«

Zu jener Zeit hatte Peter einen vollen Operations-Plan und selbst indem sie einige der Termine verschoben, konnten sie einschliesslich der Reisezeit nur vier Tage weg. »Du meinst, wir hätten selbst etwas nachforschen können?«

Er schüttelte den Kopf. »Nein, das sage ich nicht, aber es war alles so schrecklich. Es muss für dich schlimm gewesen sein, so überstürzt an den Ort zurückzukehren, an dem du aufgewachsen bist, aber keine Zeit zu haben, dich noch einmal umzusehen.«

Peter hatte Recht. Die Reise war in ihrer Erinnerung verschwommen. Sie hatte sich immer vorgestellt, wenn sie nach Afrika zurückkehre, gehe sie wieder in den Busch und übernachte in einer Safari-Lodge oder reise an ein neues exotisches Ziel. Sie hätte sich nie träumen lassen, zurückzukehren, um ihre Schwester einäschern zu müssen.

Jetzt wäre es dort heiss und trocken. Sie schloss die Augen und Ohren, um das Trommeln des Regens auf dem Glasdach des Wintergartens auszusperren und versuchte, die Gerüche ihrer Kindheit heraufzubeschwören: wilder Salbei, Staub und den muffigen Geruch von Elefantendung, der vom heissen Wind mitgetragen wurde.

»Ich frage mich, ob es helfen würde«, sagte Peter und holte sie in die Realität des verregneten London zurück.

»Eine Reise zurück nach Simbabwe?«

Er nahm seine Lesebrille ab und steckte sie in die obere Tasche, klappte seine Zeitung zu und stand vom Tisch auf. »Vielleicht nicht nur Simbabwe. Wie wäre es ausserdem mit Botswana oder Südafrika? Wo auch immer du hinmöchtest. Eine richtige Safari.«

Sie sah zu ihm auf. »»Es geht nichts über den Busch, um zu lindern, was schmerzt‹, pflegte meine Oma zu sagen.«

Peter nahm seine Anzugsjacke von der Lehne des Stuhls und zog sie an.

»Kommst du heute Abend spät nach Hause?«

»Ich versuche, nicht zu spät zu sein«, gab er zurück.

Sie winkte ihm zum Abschied nach und versuchte, sich darauf einzustellen, einen weiteren Tag auf Nachrichten zu warten, die dank der unzuverlässigen Telefon- und Internetverbindungen in ihrem Geburtsland wahrscheinlich nicht so bald kämen.

Ihr Laptop lag auf der Küchenbank. Anna klappte ihn auf und setzte den Wasserkocher auf, um sich, während der Computer hochfuhr, eine Tasse frischen Tee aufzubrühen. Sie goss das Wasser auf und nahm das Getränk mit zum Tresen, wo sie sich auf einen Hocker setzte und die Wörter "hudson brand safari guide" in Google eingab.

Anna fand die von Peter erwähnten Geschichten über Brand, der auf einer Wildtierwanderung einen Wilderer getötet hatte. Danach las sie mit grösserem Interesse, dass es ihm gelungen war, zu beweisen, dass in Simbabwe der Sohn eines Ministers seinen Tod vorgetäuscht hatte. Er schien zu wissen, was er als Ermittler tat. Als nächstes klickte sie auf einen Treffer von etwas, das wie Brands eigene Webseite aussah, ›Brand Safaris‹.

Das Laden ging langsam, also öffnete Anna die unterste Küchenschublade, wo sie unter den Geschirrtüchern ihre versteckte Zigarettenschachtel und das Feuerzeug fand – an einem Ort, wo Peter sie niemals fände. Sie öffnete ein Fenster und spürte den kalten, feuchten Luftzug. Er würde es wahrscheinlich noch riechen, wenn er nach Hause kam, aber das war ihr egal. Sie brauchte nun einen Nikotinkick. Auf dem Bildschirm erschien ein Bild von Brand. Er stand, einen Fuss lässig auf der Stossstange eines offenen Land Rovers, mit Stoppeln am Kinn und einer Pistole im Holster am Gürtel seiner khakifarbenen kurzen Hose, die dunkelbraune Beine sehen liess.

Sie stiess den Rauch zum Fenster hinaus und winkte mit der Hand, als der Wind den Rauch zurück ins Haus wehte. Auf seiner Website warb Brand einerseits für Tagesausflüge in den Krüger-Nationalpark von seiner Basis in der Stadt Hazyview aus, wie auch für individuelle begleitete Safaris im südlichen und östlichen Afrika. In seiner Biografie hiess es, Brand habe bereits in Simbabwe, Botswana und Südafrika als Reiseleiter gearbeitet und auf besondere Vereinbarung hin ausserdem in Ostafrika, nämlich in Kenia und Tansania. Über seine Arbeit als Privatdetektiv war auf der Website nichts zu finden.

Anna dachte über das, was Peter beim Frühstück vorgeschlagen hatte, nach. Sie wollte wirklich nach Afrika zurück. Sie begann sich zu fragen, was der mokkahäutige Mann mit den blauen Augen und dem schiefen Grinsen von ihr denken würde. Selbst wenn er herausfand, dass Kate bei dem Autounfall gestorben war – was am wahrscheinlichsten war –, wollte sie, dass jemand Linley Brown für sie fand, damit sie mit Kates Freundin sprechen konnte. Das Geld kümmerte Anna nicht, aber sie konnte nicht verstehen, dass eine medizinische Behandlung, ausser vielleicht die absolute Notwendigkeit einer Operation am offenen Herzen, eine Frau von der Beerdigung ihrer besten Freundin fernhalten konnte. Nein. Irgendetwas stimmte nicht mit Linley Brown und Anna wollte, nein musste sie damit konfrontieren.

Sie ging zum Kühlschrank und nahm den gemeinsamen Terminkalender von seinem magnetischen Haken, dann öffnete sie ihre Kopie von Peters Operationsplan, den er für sie von seinem Arbeitslaptop aus regelmässig aktualisierte. Für den unwahrscheinlichen Fall, dass Kate noch lebte und untergetaucht war, wollte Anna, dass Brand sie fand und für den Fall, dass sie tot war, brauchte sie Brand, um Linley zu finden. Brand war Safariführer und konnte, was auch immer seine Ermittlungen ergaben, wahrscheinlich eine private Tour für sie und Peter zusammenstellen. Mit etwas Glück konnten sie und Peter sogar zur selben Zeit in Afrika sein, in der Brand etwas herausfand. Sie bezahlte den Mann schliesslich, indirekt über Dani und direkt, wenn er sich bereit erklärte, die Nachforschungen für sie zu übernehmen, also dachte sie, sie könne ihr Geld genauso gut wieder aus ihm herausholen.

Anna rauchte ihre Zigarette zu Ende und trank ihren Tee aus, stellte die Tasse in die Spüle und ging ins Bad. Sie drehte die Dusche an, um das Wasser warm werden zu lassen, schlüpfte dann aus ihrem Bademantel und trat unter die Dusche, wo sie das Wasser etwas kälter stellte und ihr Gesicht zur Duschbrause neigte.

Sie drückte Shampoo aus der Flasche in ihre Hand und während sie es in ihr Haar massierte, schloss sie die Augen und dachte über den Plan für eine Safari nach. Es würde Spass machen und was auch immer bei Brands Schnüffelei herauskam, Peter hatte wahrscheinlich recht – es würde ihr gut tun.

Durch das beschlagene Glas der Duschtür betrachtete Anna ihr Spiegelbild. Sie hielt sich gut in Form, ging drei Tage in der Woche ins Fitnessstudio und achtete auf ihr Gewicht, aber wozu? Sie und Peter hatten kein Sexleben.

Anna wusch sich die Brüste und die Achselhöhlen, dann tastete sie ihre Brüste ab, wie sie es regelmässig tat, um allfällige Knoten frühzeitig zu finden. Sie ertappte sich jedoch dabei, dass sie mit ihren Fingern ein paar Mal öfter als nötig über ihre Brustwarzen strich. Sie reagierten auf die Berührung und ihre Gedanken und begannen, sich zu verhärten.

Sie wandte den Blick vom Spiegel ab, um nicht zu sehen, wie sich ihre Wangen verfärbten, und überlegte, was sie eigentlich wollte.

Sie und Peter hatten nach der Hochzeit in Bulawayo ihre afrikanischen Flitterwochen in einem luxuriösen Safari-Camp auf einer

Insel im Kariba-See in Simbabwe verbracht. Anna verdrängte die Erinnerung an Kate als ihre jugendliche Trauzeugin und erinnerte sich an die heissen, dampfenden Oktobernachmittage, an denen sie und Peter die den Elementen ausgesetzte Aussendusche an der Rückseite ihres Safarizeltes benutzt hatten. Es war wie Nacktbaden hinter verschlossenen Türen – befreiend und erregend, aber ohne das Risiko, dass jemand sie sah. Peter war ein rücksichtsvoller, geschickter Liebhaber, der es zu geniessen schien, ihr Vergnügen über das seine zu stellen. Eine Zeit lang war, zum ersten Mal in ihrem Leben, alles perfekt. Doch vom Tag an, als sie herausfand, wie er wirklich war, gab es keine Intimität mehr zwischen ihnen.

Sie versetzte sich nun in diese afrikanische Umgebung, hörte die Geräusche und roch die Gerüche des Buschs, die sie zusammen mit dem Wasser einhüllten, und stellte sich einen Mann vor, der die Tür der Aussendusche öffnete. Annas Hände wanderten über ihren Bauch hinunter zum Haarwirrwarr am Scheitelpunkt ihrer Beine, ein Finger schob sich zwischen die Hautfalten und fand diesen anderen Teil ihres Köpers, der sich, zum ersten Mal seit Langem, genussvoll verhärtete. Sie schaute, die Augen geschlossen, über ihre Schulter und stellte sich den Mann dort vor. Nicht etwa ihren Gatten, sondern einen grossen Mann mit einer Haut im satten Braun von Mopaneholz, der ein Buschhemd aufknöpfte und einen Gewehrgürtel abschnallte, wobei seine Shorts auf den Steinboden rutschten.

Sie stand in einer falschen und vergeblichen Demonstration von Bescheidenheit mit dem Rücken zu ihm, als sein linker Arm sich um sie schlängelte und sie kraftvoll zu sich zog. Er drückte sie gegen seinen muskulösen Bauch und sie spürte sein hartes Glied. Sein schwieliger Finger ersetzte den ihren und bereitete sie mit der einen Hand vor, während er mit der anderen ihr nasses Haar zu einem Pferdeschwanz zusammenfasste und kräftig nach hinten zerrte. Er küsste ihren nackten Hals, knabberte an ihrer Haut und flüsterte ihr schliesslich etwas Schmutziges ins Ohr, nämlich was er gleich mit ihr tun werde.

Wie in der Fantasie, die sich hinter ihren geschlossenen Augenlidern abgespielt hatte, stützte sie sich jetzt mit einer Hand an der

Wand der Dusche ab. Sie spürte, wie sein Knie ihre Beine spreizte und streckte ihm ihren Hintern entgegen, krümmte ihren Rücken und präsentierte sich ihm wie ein wildes, läufiges Tier, bereit, bestiegen zu werden.

Anna spürte, wie er mit einem einzigen Stoss in sie eindrang. Er ergriff rücksichtslos und sie beherrschend von dem, was sie ihm anbot, Besitz. Sie spürte, wie die groben Stoppeln auf ihren Wangen brannten, während er ihr wollüstig zuredete, bis sie zum Höhepunkt kam.

Plötzlich zitterte sie, verunsichert von den Wellen der schuldhaften Lust, die durch ihren Körper rollten und vom heissen Dampf, der sie verschlang und ihr den Atem noch gänzlich raubte. Die Seife rutschte ihr aus der Hand und sie ging in die Knie, um sie aufzuheben und das Zittern abklingen zu lassen. Schliesslich öffnete sie die Augen wieder, um die verlorene Seife zu finden, wobei ihr Blick wieder auf ihr jämmerliches Spiegelbild fiel. Eine einsame, reiche Hausfrau, die das letzte Blutsmitglied ihrer Familie verloren hatte, ihre kleine Schwester, die sie nie richtig gekannt hatte. Tränen stiegen ihr in die Augen und sie hustete von der Zigarette, die sie nicht hätte rauchen sollen.

Wenn sie ehrlich war, wusste Anna Cliff nicht, was sie im Leben brauchte, ausser dass sie mit dem, was sie war, wo sie war und was sie im Moment tat, nicht glücklich war. Möglicherweise hatte ihr rücksichtsvoller, wenn auch in Bezug auf die romantische Seite des Lebens unaufmerksamer Ehemann recht: Vielleicht lag die Antwort in Afrika.

* * *

»Oh, ich weiss es nicht. Ich kann mich einfach nicht entscheiden«, sagte die junge Frau mit dem Künstlernamen Bambi, die eigentlich Emily hiess, zu Peter Cliff, während er sich in seiner Praxis die Hände wusch. »Ich weiss, dass ich, wenn ich grössere Brüste habe, mehr verdiene. Aber ich habe Angst.«

»Natürlich besteht bei jeder Operation ein geringes Risiko, aber

Sie haben keinen Grund, *Angst zu* haben«, sagte Peter. Er knöpfte seine Manschetten zu und setzte sich hinter seinen Schreibtisch. Emily, die von einem Kollegen an ihn verwiesen worden war, gab als Beruf ›Tänzerin‹ an, wobei sie ›Schoss‹ wegliess. Es war ihr vierter Beratungstermin und sie war sich immer noch nicht schlüssig, ob sie sich einer Brustvergrösserung unterziehen solle oder nicht.

»Giles hat mir gesagt, Sie seien der Beste«, sagte Emily, steckte ihre Bluse ein und setzte sich wieder auf den Stuhl auf der ihm gegenüberliegenden Seite seines Schreibtischs.

Peters Zeit war nicht billig, doch Giles, ein Orthopäde, hatte viel Geld und so tröstete sich Peter damit, dass sein Kollege bestimmt gerne für die Unentschlossenheit seiner Gespielin bezahle.

»Giles will, dass ich mich operieren lasse«, sagte sie.

»Mag sein, aber die wichtige, nein, die einzige Frage ist: Wollen Sie es?«

Sie zwang ihre übervollen Lippen zu einem kleinen Lächeln. »Ich möchte, dass er glücklich ist. Und er ist immer so gut zu mir. Aber manchmal ...«

Peter schlug die Beine übereinander und wartete.

»Wissen Sie, manchmal wünschte ich, er wäre ein bisschen mehr wie Sie. Er sollte sich mehr darum kümmern, was ich will.«

»Lesen Sie bitte das hier«, sagte Peter und schob eine Broschüre über den Schreibtisch, in der die Einzelheiten des von Emily in Betracht gezogenen chirurgischen Eingriffs beschrieben waren. Sie streckte den Arm aus, um sie zu nehmen, legte aber stattdessen ihre Finger mit den glänzenden roten Nägeln auf seine.

»Giles wies mich an, mich bei Ihnen zu bedanken, richtig.«

Peter entriss ihm die Hand. »Das ist sehr nett von Ihnen, Emily, aber Sie haben sich bereits bedankt und tun dies ausserdem, indem Sie Ihre Rechnung bezahlen.«

Sie schien plötzlich mutiger zu werden und ihre Verlegenheit war verschwunden. Peter nahm an, sie wisse genau, wie sie Männer dazu bringen könne, das zu tun, was sie wollte. Trotz ihrer Jugend verfügte sie zweifellos über einen reichen Erfahrungsschatz, wenn es darum ging, Männer dazu zu bewegen, im Stripclub, in dem sie arbeitete, reichlich Trinkgeld zu geben.

Emily stand auf, legte die Handflächen auf beide Seiten des Werbeprospekts eines Arzneimittelherstellers und beugte sich vor. Ihre Brüste waren nun ganz nah und er roch ihr süsses, mädchenhaftes Parfüm. Ihr langes, geglättetes Haar streifte seine Wangen und er blieb, unfähig, sich zu bewegen, sitzen, als sie ihren Mund zu seinem linken Ohr bewegte und das Ohrläppchen sanft in den Mund nahm. »Er hat mir gesagt, ich solle mich dir hingeben, aber ich will dich sowieso«, flüsterte sie.

Peter stützte sich mit den Händen von der Schreibtischkante ab und schob sich auf den Rollen seines Bürostuhls nach hinten, aus ihrer Reichweite. »Ich bin verheiratet, Emily und lasse mich unter keinen Umständen mit einer meiner Patientinnen ein. Tut mir leid.«

Sie schmollte und legte den Kopf schief. Neben dem Ausdruck des verwöhnten Kindes glaubte er, einen Anflug von Wut in ihren braunen Augen zu sehen. Sie war es gewohnt, Männer abzuweisen, aber nicht, zurückgewiesen zu werden. Peter fragte sich, ob es stimme, dass Giles sie angewiesen habe, Sex mit ihm zu haben – wenn ja, musste er sich mit ihm unterhalten. Oder ob sie Giles satthatte und sich einen neuen ärztlichen Sugardaddy suchte? »Das ist schön.« Sie richtete sich auf und nahm ihren Mantel von der Rückenlehne des Stuhls. »Auch von mir eine Entschuldigung.« Sie drehte sich um und ging zur Tür des Sprechzimmers. Als sie die Hand auf den Knauf legte, blickte sie über die Schulter zurück. »Aber ich meine den Teil mit dem ›Wollen‹.«

Als Emily die Tür schloss, zog sich Peter hinter seinen Schreibtisch zurück und atmete tief durch. Er hatte wichtigere Dinge zu tun als sich um geile Stripperinnen zu kümmern.

Er sah auf die Uhr. Trotz des Flirts hatte er Emilys Termin in zehn Minuten hinter sich gebracht. Er zog die Computertastatur zu sich und wechselte von der Software für die Patientenakten zum Internetbrowser. Er googelte Hudson Brand und scrollte die Treffer bis zur Webseite des Mannes herunter.

Er musterte den Fremdenführer und Privatdetektiv auf seinem

Foto. »Arrogantes Arschloch«, murmelte er, klickte aber auf die Registerkarte mit der Aufschrift ›Safari buchen‹. Auf der daraufhin angezeigten Seite waren die Daten eines grossen Reiseanbieters aufgeführt, der die Buchungen für Brand's Touren in Afrika übernahm und dessen Niederlassungen in Grossbritannien, Amerika, Australien, Deutschland, Frankreich, Portugal und Spanien verteilt waren.

Peter klickte auf den Kontaktlink zur E-Mail-Adresse des britischen Reiseveranstalters und tippte eine kurze Nachricht, in der um er ein Angebot für eine dreiwöchige Safari unter der Leitung von Hudson Brand durch Simbabwe, Botswana und Südafrika bat. Er fügte eine Zeile hinzu, in der er behauptete, Brand sei von Freunden, die seine Dienste als Reiseführer in Anspruch genommen hatten, wärmstens empfohlen worden, so dass er niemand anderen wolle. Er stellte sicher, dass er die E-Mail als ›Dr. Peter Cliff‹ unterzeichnete, denn er hatte die Erfahrung gemacht, dass dies bei den meisten Menschen das Bild eines Mannes hervorruft, der viel Geld hat, was wiederum eine prompte Antwort garantierte.

Sobald er auf ›senden‹ drückte, stand Peter auf und ging hinaus zum Empfang. Emily stand am Tresen und bezahlte ihre Rechnung. Sie schaute zu ihm herüber, zwinkerte ihm zu und er spürte, dass er es nicht schaffte, zu verhindern, dass er errötete. Er sah sich im Wartezimmer um und erkannte seine nächste Patientin. »Frau Hyland. Kommen Sie bitte mit mir ins Sprechzimmer.«

9

———————

Ich tippte auf meinem iPhone eine E-Mail, während Lungile unser neues Auto, eine BMW-Limousine, durch die begrünten Strassen von Houghton Estate, einem der exklusivsten Viertel Johannesburgs, fuhr. Nelson Mandela hatte hier in seinen letzten Lebensjahren gewohnt. Das Auto, Fortune's Werk, war heiss, obwohl es nur neu lackiert war und die Kennzeichen von einem Wrack stammten.

Meine E-Mail war an die Person bei der Versicherungsgesellschaft in England gerichtet, die den Antrag angeblich bearbeitete:

Liebe Miss Johnson,

Ich wurde hier in Südafrika, wo ich mich derzeit geschäftlich aufhalte, von einem Herrn Hudson Brand kontaktiert, der behauptete, Abklärungen für Ihr Unternehmen zu machen und sich mit mir treffen zu müssen, damit ich einige Papiere unterzeichnen könne. Angesichts der hohen Kriminalitätsrate in diesem Land war ich sofort misstrauisch und ich habe mich bei Ihrer hiesigen Tochtergesellschaft erkundigt, wo mir gesagt wurde, dass es keinen solchen Prüfer gebe. Aus weiteren Kontakten mit anderen Leuten aus der Versicherungsbranche habe ich ausserdem erfahren, dass das Ansinnen von Herrn Brand keineswegs regulär war. Können Sie bitte klären, wer dieser Mann ist und warum es so lange dauert, den Antrag meiner verstorbenen Freundin zu bearbeiten und ihre Wünsche so, wie sie sie in ihrem Testament festgelegt hat, zu erfüllen. Falls ich zusätzliche Erklärungen unterschreiben muss, bitte ich Sie, mir diese per E-Mail zuzusenden.

Mit freundlichen Grüssen, Linley Brown

Der mit Maschen versehene Schlitz, durch den ich schaute, war lästig, und ich musste immer wieder daran ziehen, um sicherzugehen, dass ich die richtige Taste zum Senden der Nachricht drückte.

»Du siehst gut aus in Schwarz«, lachte Lungile unter ihrer eigenen Burka gedämpft. Sie hatte solche gekauft, die uns vollständig verdeckten und uns sogar Handschuhe besorgt, damit niemand erkennen konnte, ob die Frauen unter den Kleidern schwarz, weiss oder braun waren.

»Ich schwitze wie ein Schwein in diesem Ding«, sagte ich. »Dreh die Klimaanlage auf.«

Wir mussten Johannesburg verlassen, vor allem nach dem Aufsehen, welches unser letzter Auftrag auf den Titelseiten erregt hatte, aber bevor wir unsere Tätigkeit verlagerten, wollte Lungile es noch einmal in der Grossstadt versuchen. Ich hatte gelacht, als ich die speziellen Kleider sah, die sie für unseren nächsten Auftrag gekauft hatte, denn das war wirklich ein Geniestreich.

Ich fragte mich, ob dies eine einmalige Sache würde. Wenn die Hausbesitzer, die wir ausrauben wollten, die beiden Frauen in Burkas mit dem Verlust ihres Eigentums in Verbindung brächten, würden die Medien und die Polizei wahrscheinlich innerhalb von wenigen Minuten einen Zusammenhang mit den ›Glamour Girls‹ vermuten. Vielleicht würden muslimische Frauen in traditioneller Kleidung daraufhin von Hausbesichtigungen ausgeschlossen und wir könnten es sicher nicht riskieren, denselben Trick zweimal zu versuchen.

Das war für mich in Ordnung, denn ich wollte unbedingt, dass dies mein letzter Job bei Lungile war. Ich war sicher, dass ich mein Geld, ungeachtet dessen, was dieser Brand-Typ in Simbabwe herausgefunden hatte, bald bekäme. Ich hatte weder einen Grund, etwas anderes anzunehmen, noch wollte ich ihn sonst persönlich treffen. Lungiles Bruder Fortune hatte die Beute, die natürlich kleiner war, als Lungile es sich erhofft hatte – das war sie immer –, aus dem Haus der Witwe in Sicherheit gebracht. Ich war mir sicher, dass Fortune mehr als die fünfundzwanzig Prozent Provision kassierte, die er angeblich abgeschöpft hatte , aber jetzt lag wenigstens genug Geld auf meinem Konto, um Lebensmittel und ein paar neue Kleider zu kaufen sowie einen Beitrag an Lungiles Miete zu leisten. Wenn wir umziehen wollten, brauchten wir jedoch mehr Geld, da wir für ein neues Haus Vorabzahlungen leisten mussten.

Ich fühlte mich immer noch schuldig wegen der Qualen, die wir der Witwe bei unserem letzten Auftrag bereitet hatten. Vielleicht hatte das Telefon, das ich gestohlen hatte, ihrem Mann gehört und dessen Verlust ihren Kummer wieder an die Oberfläche geschwemmt. Ich nahm mir vor, meine Opfer, sobald ich mein Geld hatte, ausfindig zu machen und zu versuchen, für alle etwas zu tun, um ihnen ihren Ärger und Schmerz, den ich ihnen bereitet hatte, irgendwie zu vergelten. Ich war nicht dazu bestimmt, eine Berufsverbrecherin zu sein und das Gefühl von Scham und Schande frass mich von innen heraus auf, so dass ich damit aufhören wollte.

Ich fragte mich, wie es für muslimische Frauen sei, diese Kleidung täglich zu tragen. Was trugen sie darunter? Ich hatte ein rosafarbenes Lycra-Laufshirt und kurze schwarze Sporthosen angezogen und kochte. Oder hatten sie vielleicht überhaupt nichts an? Ich war geschminkt, doch mein Make-up fühlte sich in der Hitze wie Teig an und das Haar klebte mir im Gesicht.

»Denkst du immer noch daran, mich zu verlassen und nach Kenia oder sonst wohin zu fliegen, wenn du dein Geld bekommst?«, fragte mich Lungile.

»Ja.« Ich war froh, dass ich ihr Gesicht nicht sehen konnte. Ich hoffte, dass sie ihre Diebstähle ohne mich aufgäbe, nahm aber an, dass sie sie fortsetzen würde. Mit dem Lohn einer Hausangestellten oder Kellnerin, und das wären so ziemlich die einzigen Arbeiten, die sie als illegale Eingewanderte bekäme, konnte sie die Krankenhausrechnungen ihrer Mutter nicht bezahlen.

Ich entdeckte unter den Falten von Lungiles Burka ein Achselzucken. »Ich werde dich vermissen.«

Alles, was ich wirklich wollte, war, ein Leben frei von Betäubungsmitteln und Ärger zu führen und, zumindest für eine Weile, ohne Männer. Ich wollte nicht lesbisch werden – obwohl das Leben vielleicht einfacher wäre, wenn ich es könnte -, aber nach meiner letzten Beziehung musste ich weg, und ein neues Land war ein guter Anfang. Nach vier Gläsern Wein am Vorabend hatte ich damit aufgehört, und war stolz auf mich und meine neu gefundene Willenskraft. Lungile hatte weitergetrunken und vor dem Fernseher getanzt. Eine Zeit lang war ich nervös, ja sogar wütend, dass ich nicht denselben Punkt der Befreiung erreicht hatte. Ich wollte unbedingt ein paar Pillen in meinen Drink mischen, hielt mich aber zurück, machte mir einen schwarzen Kaffee und ging danach ins Bett.

Ich fragte mich erneut, was ich hier tat, schwitzte und wischte mir die Hände nervös am Stoff meiner Verkleidung ab, bevor ich die Handschuhe anziehen musste. Ich redete mir ein, die Versicherungszahlung komme bald und dann könne ich, wenn ich mich von Nudeln und Griessbrei ernähre, ohne weitere Diebstähle überleben. Aber Lungile hatte mich gebeten, mitzukommen und ich war wegen der Neuheit ihres dreisten Plans, wieder einmal die Millionäre von Johannesburg zu überfallen, aufgeregt. Ich hatte nicht das Gefühl, wir seien weibliche Robin Hoods, tröstete mich aber mit der Tatsache, dass die Versicherungen der Besitzer, wenn sie vernünftig waren, alles, was wir stahlen, ersetzen würden und so niemand durch unsere Raubzüge zu Schaden komme. Ausserdem brauchte Lungiles Mutter ihre Krebsbehandlung.

Ich wusste, dass es eine dünne Rechtfertigung war, aber trotz meiner Schuldgefühle und der Überzeugung, aufhören zu müssen, war ich fast genauso süchtig nach dem Kitzel des Stehlens, wie nach verschreibungspflichtigen Medikamenten. Meine prekäre psychische Verfassung beruhte auf solchen Rechtfertigungen. In den letzten Jahren hatte ich zu viele Grenzen verwischt und glaubte, den Unterschied zwischen richtig und falsch nicht mehr zu kennen. Weil so viel von dem, was ich tat, rechtlich oder moralisch nicht zu rechtfertigen war, hatte ich mir ein ausgeklügeltes Netz von Entschuldigungen für meine Handlungen zurechtgelegt – Liebe, Lust, Sucht,

Drogen, Adrenalin, Lungile, er – es war immer die Schuld einer anderen Person oder einer Substanz oder eines Zustands, niemals ich. Das würde sich alles ändern, sagte ich mir wieder, wenn mein Geld da war. Aber bis dahin brauchte ich zu Essen.

»Da ist das Haus«, sagte Lungile.

Ich sah das überdimensionale Schild eines Immobilienmaklers vor dem Sicherheitstor und musste an den letzten Auftrag denken. Ein Teil von mir wollte Lungile in diesem Moment sagen, sie solle weiterfahren und das alles vergessen. Ich würde mir einen Job als Telefonsex-Vermittlerin oder Parkwächterin suchen, irgendetwas, um nicht wieder gegen das Gesetz zu verstossen. Aber aus irgendeinem Grund konnte ich es nicht tun, also hielt ich den Mund.

Als Lungile in die Einfahrt bog, sah ich, dass auf der anderen Strassenseite ein *Eskom-Bakkie* geparkt war. Ich vermutete, dass Stromausfälle und der Diebstahl von Kupferkabeln nicht nur in den Townships und ärmeren Vororten von Johannesburg vorkommen.

Der Immobilienmakler, der uns begrüsste, war von kräftiger Statur und hatte einen stacheligen grauen Bürstenschnitt, der hinten zu einem Spitz auslief. Sein bis zuoberst zugeknöpftes Jackett spannte sich über einem Bierbauch und als wir ausstiegen, fuhr er sich mit einem Finger in den Kragen. Ich fragte mich, ob er neu im Job war.

»Guten Morgen, meine Damen«, lächelte er, als wir unbeholfen aus dem Auto kletterten.

»Guten Morgen«, sagte ich mit einem, wie ich hoffte, passablen nahöstlichen Akzent.

»Willkommen.« In der einen Hand hielt er ein Klemmbrett und mit der anderen zog er einen Plastikstift aus seiner Hemdtasche. Ich blickte nach unten und sah, dass seine schwarzen Schuhe unter den leicht ausgefransten kohlegrauen Säumen spiegelblank aussahen. Ich erkannte allerdings, dass es sich um Spucke und Politur und nicht um Lackleder handelte, denn die Schuhe schimmerten an den Seiten nur, anstatt zu glänzen. »Wenn es Ihnen nichts ausmacht, meine Damen, würde ich gern Ihre Namen und Handynummern aufschreiben.«

Das war bei den Agenten, mit denen wir zu tun hatten, üblich und Lungile oder ich kauften vor jedem Auftrag neue Prepaid-SIM-Karten, damit wir, falls uns jemand nach der Besichtigung anrufen wollte, antworten und so nachweisen konnten, dass wir keine falschen Nummern angegeben hatten.

»Fatima el-Khouri«, sagte ich.

Lungile wartete, während ich dem Agenten den Namen buchstabierte und tat dann dasselbe, als sie ihren Namen nannte.

Der Mann räusperte sich. »Meine Damen, ich möchte nicht unhöflich klingen, aber Sie haben nicht zufällig einen Ausweis dabei, oder? Ich verstehe und respektiere Ihre traditionelle Kleidung, aber man kann in diesen Tagen nicht vorsichtig genug sein.«

»Sie meinen diese Frauen, die die Häuser ausrauben?«, fragte ich, enttäuscht, dass er meine theatralisch hochgezogenen Augenbrauen nicht sehen konnte.

»Es ist nur das Standardverfahren«, sagte er schnell.

Blödsinn, dachte ich, griff aber in meine echte Gucci-Handtasche und holte Fatima el-Khouris Ausweis heraus. »Reicht einer oder brauchen Sie beide?«

»Nein, nein«, sagte er und kritzelte Fatimas Ausweisnummer auf sein Papier. »Die eine reicht schon.«

Ich zwang mich, langsam zu atmen und war sehr froh, dass er nicht sehen konnte, dass mir der Schweiss das Gesicht herunterlief und sich meine Brust hob und senkte. Als Lungile ihren Plan erläutert hatte, dass wir uns als muslimische Frauen verkleiden sollten, hatte ich darauf bestanden, durch die Einkaufszentren von Johannesburg zu bummeln, bis wir die Handtasche einer geeigneten Zielperson fanden, die wir stehlen konnten. Als ich diese in einem Café am Sandton Square entdeckte, trug Fatima in der Tat keine Burka, sondern einen recht ansehnlichen Prada-Anzug, zu welchem ich ihr sogar ein Kompliment machte. Ich stülpte meine Einkaufstasche mit offenem Boden über die neben ihr stehende Gucci-Tasche, hob dann beide Taschen auf und ging weg, wobei ich alle vier Griffe festhielt. Nachdem ich ihren Ausweis in ihrer Tasche gefunden hatte, kaufte ich damit eine neue SIM-Karte und registrierte sie im Rahmen der

RICA-Verordnung, die kriminelle Aktivitäten mit Hilfe von Mobiltelefonen verhindern soll, auf ihren Namen. Darüber musste ich sehr lachen.

Lungile und ich machten uns auf den Weg und schlossen uns einem halben Dutzend anderer Frauen an, die das Haus mit sechs Schlafzimmern und sechs Bädern inspizierten. Wenn der Diebstahl bemerkt würde, gäbe der Makler der Polizei eine Liste mit Namen und Nummern. Meine Nummer würde klingeln, aber selbst der faulste Detektiv fände mit ein bisschen an der Oberfläche Kratzen die Diebstahlsanzeige, die die echte Fatima el-Khouri zweifellos bereits eingereicht hatte. Damit wären die Damen in den Burkas die offensichtlich ersten Verdächtigen.

Bleib ruhig! sagte ich mir, als ich das erste der Schlafzimmer betrat. Wenn man vom Bikinimodell an der Wand und dem Kricketschläger in der Ecke ausging, musste es das Zimmer eines Teenagers sein. Auf dem Schreibtisch standen ein Apple MacBook, ein iPad und ein iPhone.

Ich sah mich im Zimmer und dem angrenzenden Bad um und steckte dann meinen Kopf wieder auf den Korridor hinaus. Lungile fragte den Agenten etwas, wobei sie mich über seine Schulter anschaute. Ich konnte ihr Gesicht nicht sehen, wusste aber, dass sie dachte: ›*Mach weiter*‹, während ich ihren leeren Blick erwiderte.

Unter der Burka hatte ich meine voluminöse Strandtasche über den Oberkörper geschlungen. Ich ging zurück ins Zimmer des Jungen und begann, den Saum meiner Verkleidung anzuheben, hielt aber inne und legte den Kopf schief. Ich hörte nichts, doch in meinem Kopf schrillte eine Alarmglocke. Anstatt nach der Beute zu greifen, liess ich den Saum wieder herunter und ging ins Wohnzimmer.

Lungile tat, als bewundere sie die Sofas und ein paar Kunstwerke an der Wand, während der Makler mit einer Frau über die Unkosten und die voraussichtlichen Mieteinnahmen sprach. Er machte keine Anstalten, über die Schulter zu schauen, um zu sehen, was Lungile oder ich im Schilde führten. Ich wusste, dass Lungile mich anstarrte, konnte aber ihr Gesicht nicht lesen. Ich schüttelte den Kopf und ging in das grosse Schlafzimmer.

Auf einem der Nachttische lag eine goldene Herrenuhr.

»Sag mal, wen wollen die verarschen?«, flüsterte ich mir in meinem Schleier zu.

Schnell ging ich die anderen Zimmer durch. Wie ich vermutet hatte, befanden sich drei weitere Laptops auf den Schreibtischen in den Schlafzimmern und im Arbeitszimmer, ausserdem ein neuer BlackBerry und ein paar iPods. Als ich die Schublade des Schreibtisches im Arbeitszimmer aufschob, fand ich dort ein Bündel von zweihundert Rand Scheinen.

»Was machst du da?«, zischte Lungile mir zu. Ich hatte sie weder gesehen noch gehört, als sie hinter mir auftauchte, denn die Burka nahm mir mein peripheres Sichtfeld. In meinem Kopf läuteten inzwischen ein Dutzend Alarmglocken und ich schwitzte unter dem schwarzen Kleidungsstück stark. »Hast du schon etwas gefunden? Hier liegen doch überall Sachen herum«, beharrte sie.

In diesem Haus gab es in der Tat eine ganze Reihe von sehr wertvollen tragbaren, Konsumgütern zu sehen, die nur darauf warteten, mitgenommen zu werden. »Lass uns gehen«, sagte ich zu ihr.

»Was ist los mit dir? Lass mich wenigstens den Laptop mitnehmen. Dafür kriegen wir locker ein paar tausend Rand.«

»Nein. Wir gehen.«

Ich hörte sie in ihrer Burka stöhnen. »Du bekommst kalte Füsse.«

Ich ergriff ihren Arm und zog sie zur Tür des Arbeitszimmers. »Ich schlage vor, dass du *sofort* mit mir kommst, wenn du nicht als Partygast in Sun City enden willst.« Damit meinte ich nicht, dass Lungile und ich im Casino landen würden, sondern benutzte den Spitznamen für das Frauengefängnis in Johannesburg.

Draussen im Wohnzimmer zerrte der stämmige Immobilienmakler wieder an seinem Kragen und ging uns eifrig aus dem Weg, wie er es immer getan hatte, seit er sich meine gefälschten Ausweisdaten notiert hatte. Ich fragte mich, ob sie gerade jetzt überprüft wurden.

»Auf Wiedersehen«, sagte ich zu ihm und lenkte seine Aufmerksamkeit von einer potenziellen Käuferin ab. »Das Haus ist schön, aber nicht gross genug für unsere Familie.«

»Wirklich?« Er hob die Augenbrauen, als er versuchte, durch die Gaze zu sehen, die meine Augen verdeckte.

»Wir sind eine grosse Familie.«

Ich zwang mich, langsam zur Eingangstür zu gehen. Wenn er uns bereits überprüft hatte, würde in etwa dreissig Sekunden ein *Polizei-Bakkie das* Tor blockieren. Als Lungile und ich in den BMW stiegen, sah es jedoch gut aus.

»Kannst du mir sagen, was hier los ist?«, fragte mich Lungile. »Hast du die ganzen Sachen gesehen, die hier herumliegen und nur darauf warten, mitgenommen zu werden?«

»Fahr einfach.«

»Ja, klar, aber was ist los?«

Während wir das Sicherheitstor passierten und in die Strasse einbogen ignorierte ich sie für den Moment und beobachtete den *Eskom*-Pick-up, den ich bei der Ankunft bemerkt hatte. In der Kabine sassen zwei Männer und ich war mir sicher, dass es nur einer gewesen war, als wir ankamen. Vielleicht hatte der andere hinten gesessen, oder wenn es wirklich Eskom-Arbeiter waren, hatte einer in einem der Häuser gearbeitet. Das *Bakkie* blinkte und im Aussen-spiegel sah ich, wie es hinter uns auf die Strasse hinausfuhr.

»Scheisse.«

»Was ist, um Himmels willen?«

»Vielleicht werden wir verfolgt.«

Lungile neigte den Kopf, um in den Rückspiegel zu schauen. »Die Eskom-Leute?«

»Ja.« Der Wagen der Elektrizitätswerke war uns auf den Fersen und schloss die Lücke.

»*Eisch*! Glaubst du, das sind verdeckte Polizisten?« Sie versuchte, cool zu klingen, aber es gelang ihr nicht.

»Ja.«

»Wie kommst du darauf?«

Ich ärgerte mich, dass sie die Falle nicht selbst entdeckt hatte und erklärte ihr: »Du hast selbst gesagt, dass in diesem Haus überall

Geräte herumliegen. Zeig mir einen Teenager, der das Haus ohne sein Telefon und iPad verlässt und ich zeige dir eine Polizeiaktion.«

»*Eisch*«, sagte sie wieder.

Es war zu offensichtlich. Natürlich liessen dumme Leute in den Häusern, die wir besuchten, manchmal einen Laptop auf dem Schreibtisch stehen, damit die Käufer, die das Haus besichtigten, wussten, dass der Raum als Arbeitszimmer gedacht war, aber im Allgemeinen mussten wir, wenn wir Telefone und Computer entwendeten, die Schreibtischschubladen durchwühlen. Die meisten Telefone, die wir gestohlen hatten, waren Modelle des letzten Jahres oder älter, die von ihren Besitzern in eine Schublade gelegt wurden, als sie ihre Handytarife aktualisierten und das neueste BlackBerry, Samsung oder iPhone erhielten. Niemand lässt ein funktionierendes neues Telefon zu Hause auf einer Bank oder einem Schreibtisch liegen. Die Falle war gestellt, und fast hätten wir den Köder geschluckt.

»Hast du dir diesen *Neandertaler-Immobilienmakler* angeschaut?«, fragte ich.

Lungile nickte in ihrer Burka. »Ein Stiernacken und nicht gewohnt, eine Krawatte zu tragen. Jetzt passt alles.«

»Ja, Polizei. Und ich habe ihm einen gestohlenen Ausweis gezeigt.«

»Was sollen wir tun?«, fragte sie mich.

Verdammt gute Frage. Ich schaute wieder in den Aussenspiegel. Einer der Elektrizitätswerker telefonierte gerade. »Biege links ab. Sofort!«

Lungile trat auf die Bremse, riss, ohne zu blinken, das Lenkrad herum und beschleunigte dann. Hinter uns gab der Fahrer des *Bakkies*, der sich überrumpelt fühlte, Gummi, als er über die Abzweigung fuhr, und geriet ins Schleudern. Ich konnte sehen, dass der Beifahrer gestikulierte und sprach, während der Fahrer rückwärtsfuhr, um die Kurve zu erwischen. »Los, los, los!«

Lungile legte den Gang ein und drückte mit ihrem billigen Schuh aus Leinen und Gummi auf das Pedal. Wie ein dankbares Rennpferd, das aus der Startbox gelassen wurde, brauste der BMW vorwärts. Wir fuhren über eine Bodenwelle und mein Kopf prallte gegen das niedrige Dach, doch ich ignorierte den Schmerz und schaute über meine Schulter. Der Wagen des Elektrizitätswerks stiess schwarzen Rauch aus, als er uns einzuholen versuchte. Es waren eindeutig Polizisten.

»Bieg da vorne nach links, das Einkaufszentrum ist gleich um die Ecke.«

Ihre schwarze Kutte nickte. Lungile bog, eine rote Ampel überfahrend, ab, was einen Autofahrer, der gerade anfuhr, empörte. Die nächste Abzweigung war der Eingang zum Einkaufszentrum, unter dem Schild eines grossen Geschäfts. »Komm schon, komm schon«, sagte sie, als sie auf den Knopf drückte, um uns einen Parkschein zu besorgen. Als die Schranke sich öffnete, sah ich das *Eskom-Bakkie*, das über die Ampel fuhr.

Lungile drückte auf das Gaspedal, wich Einkäufern und Einkaufswagen aus und fuhr mit hoher Geschwindigkeit um eine Kurve. Sie raste auf die nächsthöhere Ebene, zog die Handbremse, driftete in eine weitere Kurve und hielt erst an, als sie den BMW gekonnt in eine Lücke schob. Sie war wirklich eine verdammt gute Fahrerin. Als wir aus dem Auto kletterten, zogen wir unsere Verkleidungen aus. Ich ging nach hinten und öffnete den Kofferraum. Ich hob den Kinderwagen an und klappte ihn auf. Als ich fertig war, rollte und bündelte ich unsere Burkas in den Kinderwagen und wir setzten beide Hüte auf, die wir ebenfalls im Kofferraum verstaut hatten. Ich zog meinen tief über die Augen.

»Komm, wir gehen vom Auto weg. Schnell«, sagte Lungile. Ich zog den Sonnenschirm und das Fliegennetz vor den Kinderwagen und schloss die Reissverschlüsse.

»Komm, Precious, wir müssen einkaufen gehen«, sagte ich mit meiner königlichsten Stimme, die für die Johannesburger Pferderennen würdig gewesen wäre.

Lungile lächelte, wobei es ihr viel besser gelang, ihre Nervosität zu verbergen als mir, und sagte: »*Yebo*, Madam.«

Ich hörte quietschende Reifen und traf eine schnelle Entscheidung, als das *Bakkie* in Sichtweite kam. Anstatt ins Einkaufszentrum zu gehen, schritt ich an der Reihe der geparkten Autos vorbei auf das

Eskom-Fahrzeug zu, wobei ich meine Arme wie eine Power Walkerin vor meinem Körper bewegte. Ich dachte, die Polizisten würden, wenn sie uns vom Auto weggehen sahen, versuchen, uns anzuhalten und zu befragen. Bestimmt rechneten sie aber nicht damit, dass wir auf sie zugingen. Hinter mir schob Lungile, in eine leichte Dienstmädchenuniform von Pick 'n' Pay gekleidet, den Kinderwagen. Nach unserem letzten Zwischenfall hatten wir beschlossen, für alle Fälle unter unseren Kostümen zusätzliche andere Verkleidungen anzuziehen. Die Polizisten im *Bakkie* kamen neben dem BMW zum Stehen.

Ich hörte, wie sich Türen öffneten. »Hey, entschuldigen Sie bitte! *Mevrou*?«

Ich verlangsamte und schaute über die Schulter. »Ja?«

»Haben Sie gerade zwei Frauen gesehen, die ganz in Schwarz gekleidet waren, wie Muslima?«

»Mit Burkas?«

»Ja, ich glaube, so heissen sie«, sagte der Mann, der eine Eskom-Uniform trug.

»Warum, haben sie ihre Stromrechnung nicht bezahlt?«, plapperte ich.

Mein Dienstmädchen kicherte hinter mir.

»Wir sind von der Polizei. Wo sind sie hin?«

»Sie gingen ins Einkaufszentrum. Sie sind gerannt. Aber bitte, hören Sie jetzt auf zu schreien, sonst wecken Sie mein Baby.«

»Oh, entschuldigen Sie, es tut mir leid«, sagte der Polizist und berührte mit einer Hand seine Eskom-Baseballmütze.

Der andere Polizist war jetzt draussen und versuchte, die Fahrertür des BMW zu öffnen. Lungile hatte zwar die Schlüssel, das Auto aber nicht abgeschlossen. Er griff hinein und betätigte die Entriegelung für den Kofferraum. Derjenige, der mit mir gesprochen hatte, kontrollierte den Kofferraum und als er sah, dass sich darin keine Burkas befanden, joggten er und sein Partner ins Einkaufszentrum.

»Puuh, das war knapp«, kommentierte Lungile, als sie neben mir auftauchte. Ich erhöhte das Tempo meines Power Walkings und sie schob den Kinderwagen, bis wir in unseren Verkleidungen keuchten.

»Zu knapp«, sagte ich. »Die Polizei war uns auf der Spur und versuchte, uns mit einer verdeckten Operation zu erwischen. Wir müssen sofort aufhören oder an einen anderen Ort ziehen, zum Beispiel nach Spanien.«

»Knapp, aber lustig. Können wir das noch einmal machen?«, grinste Lungile.

Einen Moment später, als wir durch den Ausgang des Parkplatzes in den Sonnenschein traten, fingen wir gleichzeitig an zu lachen. Wir waren arm, aber frei.

10

———

In dieser Ecke Simbabwes hatte es nicht so früh geregnet, wie im Busch im Süden des Krügerparks, in dessen Nähe Hudson Brand gewohnt hatte und es war noch nicht wieder grün geworden.

Die nicht mit Gras bedeckte Erde war unter dem klaren Himmel und der brennenden Sonne rot gebacken und die Bäume trugen kein Blatt. Hitzeschleier schimmerten über der schmalen, kürzlich geflickten Strasse und Ziegen knabberten an Abfällen, die aus vorbeifahrenden Autos weggeworfen worden waren. Brand hoffte, dass der Regen, wenn er denn kam, stark und anhaltend sei. Dieses Land brauchte die Kraft des Wassers mehr als andere.

Er hatte den Limpopo überquert und den Grenzübergang in Beitbridge nach zwei Stunden Schlangestehen auf beiden Seiten geschafft - keine schlechte Zeit für einen der berüchtigtsten und chaotischsten Grenzübergänge Afrikas. Sein Land Rover war in Südafrika zugelassen, was noch vor ein paar Jahren bedeutet hätte, dass jeder Polizist an allen fünfzehn Strassensperren zwischen der Grenze und Bulawayo, also im Durchschnitt jeweils alle zwanzig Kilometer, versucht hätte, ihn mit einer falschen Busse, einer Bitte um Zigaretten oder einer einfachen Forderung nach Bargeld aus dem

147

Konzept zu bringen, aber dieses Mal nicht. Brand hatte gelächelt, mit allen Polizisten ein paar Worte gewechselt und sie hatten nichts anderes verlangt, als seinen Führerschein oder die vorübergehende Einfuhrgenehmigung für sein Fahrzeug zu sehen. Er hoffte, dies sei ein Zeichen dafür, dass die Behörden angewiesen worden seien, Touristen nicht mehr zu schikanieren. Wenn Simbabwe jemals wieder auf die Beine kommen wollte, dann brauchte es Urlauber, allen voran Südafrikaner.

In den kleinen Städten, durch die er fuhr, West Nicholson, Colleen Bawn und Gwanda, gab es sowohl Geschäfte mit Waren in den Schaufenstern wie auch kaufwillige Menschen auf den Strassen. Als die Wirtschaft dagegen in den Jahren der Hyperinflation fast zusammengebrochen war, gab es nichts mehr zu kaufen.

Der alte Dieselmotor des Land Rovers schob das Fahrzeug langsam und knatternd durch Esigodini bergauf. Das Erreichen der Hochebene, auf der Bulawayo lag, brachte der alten Dame schliesslich eine gewisse Erleichterung. Brand hielt an einer weiteren Strassensperre und schaute auf die Uhr. »Guten Tag, wie geht es Ihnen?«, fragte er den jungen Polizisten.

»Danke, mir geht es gut. Darf ich Ihren Führerschein sehen?«

»Sicher.« Brand hielt seine Brieftasche auf dem Sitz neben sich bereit und händigte den Führerschein aus. »Sagen Sie, Sie wissen nicht zufällig, wo ich Dr. Fleming finde, oder?«

Der Polizist blickte von seinem Führerschein auf. »Dr. Fleming? Er ist in Hillside. Er hat mein zweites Kind entbunden. Es war eine schwierige Geburt. Sind Sie krank?«

Brand nickte. »*Yebo*. Ich habe Bauchschmerzen. In welcher Strasse ist er?«

»Er ist ein guter Arzt. Sie finden ihn in der Weir Avenue und er kann Ihnen bestimmt helfen, dass es Ihnen bald besser geht.«

Brand bedankte sich bei dem Polizisten, nahm eine Dose Cola aus der Kühlbox auf dem Rücksitz und reichte sie ihm. Nach dem Passieren der Strassensperre, hielt er an und gab die Strasse in sein GPS ein. Er befand sich noch etwa zwanzig Kilometer ausserhalb der Stadt. Sein Magen knurrte, aber er war der Meinung, diesen Auftrag eher früher als später abschliessen zu können. Da er sich in Simbabwe befand, weit entfernt von den Kontroversen um seinen letzten Auftrag in Südafrika, kam ihm der Gedanke, sich hier als freiberuflicher Fremdenführer zu betätigen. Er konnte sich mit den Besitzern von ›The Hide‹, der Lodge am Rande des Hwange-Nationalparks, in der er schon einmal gearbeitet hatte, in Verbindung setzen, und sie fragen, ob sie ihn für eine gewisse Zeit einstellen könnten.

Brand kannte Bulawayo gut, denn er hatte dort bereits in der Vergangenheit Nachforschungen angestellt und war jeweils während seines Urlaubs von der Arbeit in Hwange in der Stadt gewesen. Ihm gefiel das System des rechteckigen Strassennetzes der Stadt, bei welchem alle Strassen, die in eine Richtung führten, nummeriert waren, die sie kreuzenden Strassen jedoch die Namen von Helden der Revolution trugen: Robert Mugabe, Herbert Chitepo, Josiah Tongarara und so weiter, was die Orientierung erleichterte.

Trotz der wirtschaftlichen und politischen Probleme Simbabwes strahlte Bulawayo für Brand immer ein gewisses Mass an Bürgerstolz aus. Die Menschen, die hier lebten, waren Ndebele, früher Matabele genannt, und hatten sich immer gegen Mugabes regierende Shona gestellt. In der Bevölkerung herrschte ein Gefühl hartnäckigen Trotzes.

Er fuhr zuerst an der Abzweigung nach Hillside vorbei und ging stattdessen zum Regierungsgebäude im Stadtzentrum. Jacaranda-Blüten standen in voller lila Blüte und entschädigten für die verblassenden Farben und das heruntergekommene Aussehen einiger der einst stattlichen Gebäude. Bulawayo war eine Mischung aus alter Kolonialarchitektur, Hotels mit grossen überdachten Veranden sowie nüchternen Wohn- und Bürogebäuden aus den 1960er Jahren. Die Strassen, die früher breit genug waren, um einen Ochsenkarren zu wenden, hatten heute einen mit parkenden Autos vollgestopften Mittelstreifen. Viele der Modelle waren uralt und was herumfuhr, stiess Rauch aus. In diesem Land, in dem nichts verschwendet wurde, entsorgte man auch kein Auto, bevor es gänzlich totgefahren war. Dass Kate Munns und Linley Brown in einem Auto unterwegs gewesen waren, das anderswo auf der Welt ein Sammlerstück gewesen wäre, war nicht ungewöhnlich, denn hier war es einfach ein immer noch vollkommen brauchbares und legales Transportmittel, das auch nicht mit Sicherheitsgurten ausgestattet sein musste.

Brand bog in die 10th Avenue und fand an der Ecke zur Lobengula einen Parkplatz. Das Gebäude, das er suchte, das Bulawayo Provincial Registry, lag vor ihm. Es war Teil einer Ansammlung von Regierungsbüros auf dem Gelände der alten ›Drill Hall‹, einem imposanten weissen viktorianischen Gebäude, das für die frühere britische Polizei von Südafrika gebaut worden war. Hinter den Gebäuden ragten die Türme des Elektrizitätswerks der Stadt auf. Ein Junge, der einen blinden Mann in einem fadenscheinigen Anzug mit einem Zinnbecher und einem Stock in der Hand führte, richtete seinen Blick auf ihn, als er aus dem Land Rover stieg.

»Hallo, mein Herr. Ich passe auf Ihr Auto auf«, sagte der Jugendliche.

»Prima«, sagte Brand. In Südafrika hatte er sich nie Sorgen gemacht, dass jemand sein altes Lasttier stehlen könnte – dort bevorzugten Diebe Toyota *Bakkies* gegenüber Land Rovern, aber hier, in Simbabwe waren Räder eben Räder und wertvoll. Er nahm seinen Rucksack mit Kamera, Reisepass und anderen Wertsachen mit und liess die andere Tasche im Wagen. Als er sich dem Regierungsviertel näherte, sah er eine Menschenschlange, die sich aus dem Gelände heraus und die 10th Avenue entlang zog.

»Worauf warten diese Leute?«, fragte er den Jungen mit dem blinden Mann.

Der Jugendliche wischte sich mit dem Finger über die rotzige Nase und putzte sie anschliessend am bereits fleckigen Hemd ab. »Ausweise, Geburtsurkunden und so weiter.«

»Sie stehen vor dem Standesamt Schlange?«, fragte Brand ungläubig.

»Ja, Sir.«

Es war also genau, wie er befürchtet hatte, doch beim letzten Mal hatte es nicht annähernd so viele Leute. »Ist der ältere Herr dein ...?«

»Sein Grossvater«, unterbrach der blinde Mann. »Sein Vater starb, an Tuberkulose.«

»Möchten Sie sich fünfzig Yusa verdienen, Vater?«, fragte Brand und benutzte dabei den lokalen Slang für US-Dollars.

Der alte Mann runzelte die Stirn. »Was wollen Sie? Nicht meinen Enkel.«

»Nein, natürlich nicht. Ich brauche Sie.«

Der alte Mann nickte. »Ich verstehe.«

Zusammen mit dem Mann, der Isaac hiess, und seinem Enkel Joshua, ging Brand der Warteschlange entlang, durch die Tore auf das Gelände der Exerzierhalle und schliesslich hinüber zu den Stufen des Standesamtes.

»Was machen Sie da?«, fragte ein grosser Mann in der Warteschlange unwirsch. Er trug eine Baseballmütze in den knalligen Farben der Regierungspartei ZANU-PF.

»Dieser Mann ist alt und blind«, erklärte Brand. »Er braucht eine Kopie der Sterbeurkunde seines Sohnes, dem Vater dieses Jungen.«

Der grosse Mann brummte. »Lasst ihn durch«, forderte eine Frau, die in der Schlange stand.

»Danke.« Brand nahm Isaacs Arm und Joshua folgte ihm zu einer gemauerten Kabine am Anfang der Warteschlange. Auf dem Weg dorthin wiederholte Brand die Ausrede zwei weiteren Personen gegenüber.

Die Frau, die in der Kabine hinter einem Tisch sass, füllte ein Formular aus und machte sich nicht die Mühe, aufzuschauen.

»Cecelia, stimmts?«

Sie hob ihren Blick und brauchte einen Moment, um ihn zu erkennen. »Ah, der Amerikaner.«

»Guten Tag, wie geht es Ihnen?«, fragte er in Ndebele.

»Mir geht es gut, und Ihnen?«

»Ich kann mich nicht beklagen.«

Sie legte ihren Stift weg. »Wer ist dieser alte Mann?«

»Ein Freund. Ich helfe ihm. Er muss eine Sterbeurkunde prüfen.«

Cecelia sah Brand skeptisch an. »Habe ich nicht gelesen, dass Sie in Harare in Schwierigkeiten geraten sind?«

Brand zuckte mit den Schultern. »Man darf nicht alles glauben, was in den Zeitungen steht, vor allem nicht in diesem Land.« Er wollte nicht, dass sie kalte Füsse bekam. »Wegen der Sterbeurkunde für meinen blinden, älteren Freund ...«

»Sie waren im Gefängnis eingesperrt, nicht wahr? Irgendetwas wegen der Entlarvung des Sohnes eines korrupten Mashona-Regierungsministers?« Cecelia Ndlovu lehnte sich über den Tresen und nahm eine verschwörerische Haltung ein. »Sie wissen, dass wir die Regierung oder den Präsidenten nie kritisieren, das ist eine Straftat.«

»Natürlich«, flüsterte Brand.

»Aber, gut gemacht.«

Der Blinde lächelte und Brand war erleichtert. »Cecelia, ich habe den Namen des Verstorbenen hier auf ein Stück Papier geschrieben.«

Wie schon beim letzten Mal schob er ihr ein gefaltetes DIN-A4-Blatt über den Tresen. Darauf standen nicht nur Kate Munns' vollständiger Name und ihr Geburtsdatum, sondern ein frischer, neuer Fünfzig-Dollar-Schein lag zusammengefaltet darin. Cecelia tat, als sehe sie das Geld nicht, schob es aber unter die Tischplatte und in eine kleine Tasche am Bund ihres blauen Rocks. Sie studierte den Namen. »Ist dieser Munns ein Freund des alten Mannes?«

»Natürlich«, sagte Brand. Der blinde Mann sass ruhig da, die Hände im Schoss gefaltet, den Stock zwischen den Knien und den Zinnbecher neben dem rechten Fuss. Der Junge schaute sich um und beobachtete die Menschen, die in der Schlange standen, um die verschiedenen quälenden Rituale der Beamten zu absolvieren.

»Ich erinnere mich an diesen. Autounfall.«

Brand hob die Augenbrauen. »Sie kannten sie?«

Cecelia schüttelte den Kopf. »Nicht persönlich, aber ich erinnere mich, als es passierte. Ich komme ursprünglich aus Binga. Meine Mutter sass in einem Bus und kam am Tatort vorbei. Sie sah das brennende Auto. Ein paar Tage später stand in der Zeitung, die weisse Frau sei gestorben.«

Damit, dachte Brand, wusste er von einer potenziellen Zeugin für die Folgen des Absturzes, der offenbar tatsächlich stattgefunden hatte. »Kann ich bitte den Totenschein sehen?«

»Natürlich. Cecelia ging durch eine Tür und kam mit einem Hauptbuch zurück. Sie blätterte durch die Urkunden und hielt an, als sie die Seite fand. »Hier haben wir es: Kate Munns, gestorben am 19. Mai.«

Sie drehte die Mappe um und Brand überprüfte die Bescheinigung. »Kann ich eine Kopie davon bekommen?« Es war dasselbe Datum, das auch in Sergeant Khumalos Akte über den plötzlichen Tod und im Untersuchungsbericht angegeben war.

»Tut mir leid, aber der Fotokopierer ist kaputt.«

Brand war nicht überrascht. Falls es nicht so wäre, wäre der Strom ausgefallen. Er nahm sein Handy heraus und schaltete die Kamera ein. »Macht es Ihnen etwas aus?«

Sie zuckte mit den Schultern, also konzentrierte Hudson sich auf die Bescheinigung und machte ein Foto davon. Das Dokument war von Dr. Geoffrey Fleming unterzeichnet und auf den Tag nach dem Unfall datiert. Der Fall entwickelte sich zu einem Volltreffer, vorausgesetzt, Sergeant Khumalo und Dr. Fleming wurden überprüft. »Danke, Cecelia. Sagen Sie mal, Sie wissen doch, was ich hier untersuche, oder?«

»Sie suchen nicht nach der Sterbeurkunde des Freundes dieses blinden Mannes. Sie suchen nach Menschen, die ihren Tod vortäuschen«, sagte sie sachlich.

»Kennen Sie noch andere Personen, die aus demselben Grund Zertifikate überprüfen?«

Sie nickte und schloss den schweren Ordner. »Ja. Es gab einen anderen Mann, einen Einheimischen, der die gleiche Arbeit für eine Versicherungsgesellschaft in Australien machte. Er deckte einen Arzt auf, der gefälschte Atteste verkaufte, genau wie Sie in Harare.«

»Dr. Fleming?«

»Nein, nein, nein. Nicht er. Dr. Fleming ist in Bulawayo sehr bekannt. Meine Mutter geht auch zu ihm, obwohl er viel Geld verlangt. Er ist ein sehr ehrlicher Mann.«

»Erinnern Sie sich an den Namen des anderen Arztes, der die Zertifikate verkauft hat? Was ist mit ihm passiert?«

»Es war eine Sie«, berichtigte Cecelia. »Es gab eine Untersuchung und die Polizei kam und nahm die Bescheinigung als Beweismittel mit. Aber sonst ist nichts passiert und sie praktiziert immer noch.«

»Wie kommt das?«, fragte Brand.

Cecelia lächelte. »Wenn man in Simbabwe genug Geld hat, kann man alles kaufen, sogar seine Freiheit. Die Polizei wird bezahlt und Akten und Beweismittel verschwinden auf mysteriöse Weise. Das passiert andauernd.«

Brand wusste, dass so etwas passiert und war nicht sonderlich überrascht. Er musste darüber schmunzeln, dass Cecelia über Bestechung schimpfte, obwohl sie doch gerade einen Fünfziger genommen hatte, um ihm die Akte mit dem Totenschein zu zeigen. »Erinnern Sie sich an den Namen der Ärztin?«

Cecelia starrte einen Moment lang an die Decke und versuchte, sich zu erinnern. »Nein, ich kann mich nicht erinnern. Es war etwas Fremdes, etwas Europäisches, glaube ich.«

»Hier.« Brand riss eine Seite aus seinem Notizbuch und schrieb etwas auf. »Dies ist meine simbabwische Telefonnummer. Wenn Ihnen der Name dieser Ärztin einfällt oder Sie ihn finden, rufen Sie mich bitte an. Sie können einfach auflegen, sobald es klingelt, damit Sie nicht für den Anruf bezahlen müssen und ich rufe Sie gleich zurück.«

»Ich schaue, was ich tun kann. «

»Das würde ich wirklich zu schätzen wissen«, sagte Brand. Es wäre weitere fünfzig wert, den Namen eines betrügerischen Arztes in Bulawayo zu bekommen, falls er in Zukunft weitere Nachforschungen anstellen würde. Er könnte den Namen des Arztes auch an Dani weitergeben, die ihre Versicherungsgesellschaften wiederum veranlassen könnte, eine Überprüfung der jüngsten verdächtigen Lebensversicherungsansprüche vorzunehmen.

Brand, der alte Mann und sein Enkel verliessen das Gebäude und gingen nach draussen zum Land Rover. Brand bedankte sich bei seinen Komplizen und gab dem Jungen etwas Bargeld. »Seien Sie vorsichtig. Wenn Sie nach Toten suchen, könnten Sie sie finden«, sagte der alte Mann, als Brand ihm sanft die Hand schüttelte.

Er fuhr los, weg von den Warteschlangen und fand ein Café, in welchem er Kaffee und ein getoastetes Schinken-Käse-Sandwich mit Senf bestellte. Während er auf sein Mittagessen wartete, wählte er die

Nummer von Dr. Geoffrey Flemings Praxis in Hillside, sprach mit einer Empfangsdame und war erfreut, zu hören, dass der Arzt ihm in einer Stunde einen Termin für eine Konsultation geben könne. Seiner Erfahrung nach war dies der beste Weg, um einen Arzt zu befragen: in dessen Arbeitszeit und gegen Bezahlung. Hätte er angerufen und erklärt, wer er war und warum er den Arzt sehen wolle, hätte man ihn wohl abgewimmelt.

Brand verweilte bei seiner Mahlzeit. Während er ass, erinnerte er sich an die Zeit in nicht allzu ferner Vergangenheit, als in Simbabwe keine dieser Zutaten erhältlich war. Obwohl der Dollar eine gewisse Stabilität gebracht hatte, waren die Zeiten immer noch hart. Nur wenige der Menschen, die er am Glasfenster vorbeilaufen sah, wirkten wohlhabend oder gut gekleidet. Das Leben der Menschen hier in Simbabwe hing immer noch am seidenen Faden und alle hofften auf eine wirkliche Veränderung, aber die Regierung unternahm nur wenig, um die Wirtschaft anzukurbeln. Ein kürzlich erlassenes Gesetz, das vorschrieb, alle ausländischen Unternehmen, die in Simbabwe investierten, müssten zu einundfünfzig Prozent in lokalem Besitz sein, sorgte dafür, dass nur sehr wenige ausländische Unternehmen in das Land investieren wollten. Die Arbeitslosigkeit war immer noch hoch. Selbst für Ärzte war es so schwierig, dass sie Bestechungsgelder annahmen, oder vielleicht war es auch einfach nur die altmodische Gier.

Brand las eine Zeitung mit weiteren Geschichten über Korruption in der Regierung und vermutlich letzte Rängeleien von Politikern und Parteigängern um die wenigen verbliebenen Farmen im Besitz von Weissen, bezahlte dann seine Rechnung und ging hinaus.

Er wendete den rauchenden Land Rover und fuhr auf derselben Route durch Bulawayo zurück nach Hillside. Das GPS leitete ihn, aber Brand fand, er erinnere sich recht gut an den Weg. Seine Freundin hatte in der Percy Avenue gewohnt, die von der Weir Avenue abging. Er bog in die Strasse ein und machte sich auf die Suche nach einer Tafel oder einem Schild, das auf die Arztpraxis hinwies. Die Häuser waren grösstenteils von Mauern umschlossen, doch obwohl einige zusätzlich einen Elektrozaun mit einem oder zwei Strängen aufwiesen, lag das Sicherheitsniveau weit unter jenem von Johannesburg. Durch die Tore hindurch erspähte er japanische Geländewagen und neuere BMW. In Simbabwe gab es trotz allem noch Geld und die Weir Avenue sah relativ wohlhabend aus.

Er fuhr bis ans Ende der Strasse und wieder zurück, konnte aber nirgends einen Hinweis auf die Arztpraxis finden. Die Adresse, die die Versicherungsgesellschaft ihm gegeben hatte, war nur für ein Postfach. Er überlegte, was er als Nächstes tun sollte, als er eine Frau in grüner Dienstmädchenuniform mit einem Kopftuch und einer Einkaufstasche aus Plastik am Strassenrand entlanggehen sah. Brand hielt an und grüsste sie. »Welches ist Doktor Flemings Haus?«, fragte er, nachdem Austausch der in der afrikanischen Kultur üblichen rituellen Höflichkeiten.

Sie schaute über die Schulter und zeigte auf eine weiss getünchte Mauer an der Ecke einer Querstrasse. »Da war er, aber jetzt wohnt er im Häuschen hinter dem grossen Haus. Biegen Sie dort ab«, sagte sie und deutete mit einer Handbewegung an, dass er die Querstrasse hinuntergehen solle.

»Ich danke Ihnen.«

Brand wendete den Land Rover, bog in die Querstrasse und kam zu einem grünen Metalltor in der weiss getünchten Mauer, neben dem auf einer Messingplakette *Dr. med. G. Fleming,* eingraviert war. Hudson Brand drückte auf den Knopf der an einem Pfosten neben dem Tor angebrachten Gegensprechanlage.

»Praxis Doktor Fleming«, sagte eine blecherne Stimme.

»Hudson Brand, ich bin für meinen Arzttermin hier.«

»Kommen Sie bitte hinein.« Das Tor begann sich brummend zu öffnen.

In einem engen Innenhof waren vier Autos dicht nebeneinander geparkt. Brand sah jetzt, dass ein Zaun auf dem Grundstück ein kleines, beige gestrichenes Backsteinhaus von einem älteren, grösseren Haus trennte, das auf die Weir Avenue hinausging. Er parkte den Land Rover und betrat das Haus.

»Herr Brand? Guten Tag.«

Die Sprechstundenhilfe reichte ihm einen Stift und ein Formular zum Ausfüllen und er setzte sich neben eine hochschwangere Frau und kreuzte die Kästchen an. Wenn er den Arzt nicht erschrecken wollte, war das eine notwendige Formalität. Als er damit fertig war, blätterte er in einer abgenutzten Ausgabe von *National Geographic*, während die schwangere Frau in die Sprechstunde ging. Schliesslich kam ein Mann zu ihm heraus, der älter war als Brand erwartet hatte und stellte sich vor.

Brand ergriff die Hand des Arztes und spürte einen festen Griff. Die wachen blauen Augen des Mannes suchten die seinen, als er sagte: »Guten Tag, Herr Brand, ich habe Sie erwartet.«

Brand folgte ihm in das Sprechzimmer und merkte, dass er das Überraschungsmoment verloren hatte. »Ich nehme an, Linley Brown hat sich mit Ihnen in Verbindung gesetzt.«

Der Arzt winkte ihn zu einem Stuhl und setzte sich hinter seinen Schreibtisch. »Ich spreche nicht über meine Patienten, habe aber gehört, dass Sie sich wahrscheinlich wegen Kates Tod an mich wenden würden. Warum haben Sie einen Termin gebucht?«

Brand lehnte sich in seinem Stuhl zurück. »Was hätten Sie getan, wenn ich Sie angerufen und Ihnen gesagt hätte, ich sei ein Ermittler?«

»Ich nehme an, das Gleiche, was ich jetzt auch tue.« Der Arzt schaute auf die Uhr. Er sah gut aus, war grauhaarig und hielt sich sehr aufrecht. Brand sah sich um. An der Wand hingen ein Bild mit einem Boot, die schöne Aufnahme eines Wildhundes und ein ausgestopfter orange-schwarz gestreifter Tigerfisch mit gefährlich aussehenden Zähnen.

»Sie wissen, dass es eine Reihe von Fällen gegeben hat, in denen Menschen ihren Tod vorgetäuscht haben, um Ansprüche auf Versicherungspolicen im Ausland, insbesondere in Grossbritannien, geltend zu machen?«

Dr. Fleming nickte. »Und Sie vermuten, ich sei der Typ Mensch, der gefälschte Sterbeurkunden verkaufe?«

»Nehmen Sie es mir bitte nicht übel, Herr Doktor, aber meiner Erfahrung nach gibt es keinen ›Typ‹, wenn es um Verbrechen geht.«

»Ja, das kann ich nachvollziehen. Nun, Sie wissen, dass ich

Kate Munns Totenschein unterschrieben habe. Ich habe die Leiche anhand eines Nagels in ihrem Becken eindeutig identifiziert. Ich hatte von Linley erfahren, dass Kate in England einen Autounfall hatte und kontaktiere ihren Chirurgen per E-Mail, um die Einzelheiten zu erfahren. Kates Zahnarzt aus der Zeit als sie ein Kind war, hat Simbabwe schon vor langer Zeit verlassen, so dass ich keine zahnärztlichen Unterlagen einsehen konnte. Also, was macht diesen Fall zu einem verdächtigen Fall?«

Brand überlegte, wie viel er dem Mann sagen sollte, aber da Fleming ihm dank Linley Brown bereits einen Schritt voraus war, hielt Brand es für das Beste, die Wahrheit zu sagen. »Kates Schwester hat bei der Versicherung eine rote Fahne gehisst. Sie fand es seltsam, dass Kate eine alte Schulfreundin als Begünstigte ihrer Versicherungspolice nannte.«

Fleming trank einen Schluck aus seiner Teetasse. »Ich habe schon seltsamere Sachen gehört. Nach dem, was ich von Anna und ihrem Mann gesehen und über ihr Leben erfahren habe, als sie zur Beerdigung hier waren, scheinen sie finanziell gut gestellt zu sein. Ich hätte nicht gedacht, dass sie übermässig besorgt darüber seien, Kates Versicherungsgeld nicht zu bekommen.«

»Soweit ich weiss, haben Sie recht und sie sind nicht am Geld interessiert. Was können Sie mir über Linley Brown sagen?«

»Sie scheinen mir ein kluger Mann zu sein, Mr. Brand. Ausserdem glauben alle Amerikaner, die ich kennengelernt habe, dank all der Fernsehsendungen ein gutes Grundwissen über Recht und Medizin zu haben. Dementsprechend sollten Sie wissen, dass ich an die ärztliche Schweigepflicht gebunden bin.«

»Sie ist also eine Patientin?«

»Sehr witzig, Herr Brand. Sie wissen, dass sie mit mir gesprochen hat, weshalb ich wusste, wer Sie sind und warum Sie zu mir kommen.«

Brand hatte nicht das Gefühl, der Arzt sei streitlustig, sondern eher, er spiele mit ihm etwas wie eine Schachpartie und warte auf seinen nächsten Zug. »Lassen Sie mich die Frage auf eine andere Art stellen. Was wissen Sie über die Beziehung zwischen Linley Brown und Kate Munns?«

Fleming strich sich erneut über das Kinn. »Ich war bei beiden Geburten dabei und, habe sie aufwachsen sehen. Sie waren ein ganzes Stück jünger als Anna und gute Freundinnen. Linley ist ein Einzelkind. Sie standen sich sehr nahe, aber ich spekuliere genauso wenig mit einem Fremden über das Privatleben meiner Patienten, wie ich Details über ihre medizinischen Probleme preisgebe.«

»Sie halten es also nicht für ungewöhnlich, dass Kate Linley zur Begünstigten ihrer Police gemacht hat?«

Der Arzt zuckte mit den Schultern. »Vielleicht dachte Kate, Linley brauche das Geld notwendiger als ihre Schwester.«

Es passte immer noch nicht zusammen, dachte Brand. Er schlug sein Notizbuch auf und blätterte ein paar Seiten zurück. »Kate Munns war ... vierunddreissig Jahre alt. Sie sollte theoretisch noch lange nicht sterben, warum sollte sie sich also um die finanzielle Lage ihrer besten Freundin in, sagen wir, vierzig Jahren oder so kümmern? Ist Linley jetzt in finanziellen Schwierigkeiten?«

»Das weiss ich nicht.«

»Kate macht ihre Freundin zur Begünstigten, weil sie in Simbabwe lebt, und vielleicht mittellos ist oder gerade so über die Runden kommt, wie viele Leute hier. Aber wenn sie ein normales Alter erreicht, sieht Linley, bis sie siebzig ist, kein Geld.«

Fleming sagte nichts.

Es gab noch etwas, das Brand ansprechen wollte, bei dem er aber vermutete, dass der Arzt nicht antworten würde. »Was meinen Sie, wieviele alleinstehende Vierunddreissigjährige sich überhaupt die Mühe machen würden, eine Lebensversicherung abzuschliessen?«

»Ich habe keine Ahnung.«

»Kate hatte weder Ehepartner, Kinder, noch Angehörige, für die sie im Falle ihres Todes hätte sorgen müssen.«

Fleming nahm seine Brille ab und zog ein Taschentuch aus der Schachtel auf seiner Schreibunterlage. Während er die Brille putzte, sah er Brand an und wippte in seinem Bürostuhl nach hinten. »Alles, was ich Ihnen sagen kann, Herr Brand, ist, dass Kate, aus welchem

Grund auch immer, eine Police abgeschlossen hat und dass es ihr Wunsch war, dass Linley, dieses Geld erhalten soll. Ausserdem kann ich Ihnen mit Bestimmtheit sagen, dass Kate Munns bei einem Autounfall auf der Binga Road ums Leben gekommen ist.«

Brand schaute wieder in sein Notizbuch. »Und sie wurde eingeäschert.«

»Wie von ihr gewünscht.«

Fleming seufzte und setzte seine Brille wieder auf. »Ich weiss, dass Anna annimmt, ihre kleine Schwester sei noch am Leben, habe ihren Tod nur vorgetäuscht und lebe mit Linley auf Mauritius, den Seychellen oder so irgendwo.«

Jetzt war es an Brand, zu schweigen.

»Aber das ist nicht wahr. Ich habe das arme Mädchen für tot erklärt und Linley nach dem Unfall gesehen.« Fleming nahm zwei weitere Taschentücher und putzte sich die Nase. Er wandte seinen Blick von Brand ab. »Wenn Sie mich jetzt entschuldigen.«

Brand zögerte, aufzustehen, aber es kam ihm vor, als kämpfe der alte Arzt darum, seine Empfindungen unter Kontrolle zu halten. Brand nahm an, der Tod sei ihm nach vielleicht vierzig Jahren als Arzt nicht fremd, aber offensichtlich hatte ihn dieser Fall erschüttert. »Eine Frage noch, wenn ich darf, Doktor.«

Fleming schnäuzte sich erneut und schaute Brand mit rotgeränderten Augen an. »Fahren Sie fort«, sagte er mit sanfter Stimme.

»Haben Sie Kate Munns vor ihrem Tod, also bei ihrem letzten Besuch in Simbabwe, überhaupt gesehen?«

Der Arzt dachte einen Moment lang über die Frage nach. »Die ärztliche Schweigepflicht gilt bis ins Grab, Herr Brand.«

Brand nickte. »Das stimmt natürlich. Aber warum jemand, der keine Angehörigen hat und sich auf den Rest seines Lebens freuen kann, eine Versicherung abschliesst und darin eine Freundin als Begünstigte angibt, die in Schwierigkeiten steckt, ist mir immer noch ein Rätsel. Keine britische Versicherung würde jemandem mit einer Vorerkrankung keine Police ausstellen. Vielleicht könnte aber jemand, bei dem ein altbekannter Hausarzt in Simbabwe eine unheilbare Krankheit feststellt, einen Selbstmord in Erwägung ziehen und diesen als Verkehrstod zu tarnen versuchen, um so der begünstigten Freundin zu helfen.«

Flemings Augen weiteten sich. »Indem sie sich von einer Brücke stürzte? Ich könnte mir effizientere Wege vorstellen, um Selbstmord zu begehen und es wie einen Unfall aussehen zu lassen. Ausserdem wage ich, zu behaupten, dass eine kluge junge Frau wie Kate das auch könnte.«

Trotz seiner Frage dachte Brand dasselbe. Eine weitere Theorie formte sich in seinem Kopf. Es war ein weit hergeholtes Szenario, eine Kombination aus mehreren einfachen ›was-wäre-wenn-Theorien‹, die er mit Dr. Fleming und Dani durchgespielt hatte. Der Arzt schaute auf die Uhr. Es schien keinen Hinweis auf ein Problem in Kates Leben in letzter Zeit zu geben, das sie hätte zwingen können, ihr Leben in Grossbritannien aufzugeben, doch Brand kam ein Gedanke. »Sie kannten Kate Munns und ihre Schwester von deren Geburt an. Wie sind sie aufgewachsen? Hatten Sie ein glückliches Daheim?«

Für einen Augenblick versteifte sich Fleming sichtlich in seinem Stuhl. Anstatt Brand anzusehen, öffnete er die Agenda, die auf seinem Schreibtisch lag und blätterte darin. Ein paar Sekunden später blickte er wieder auf. »Mein nächster Termin ist überfällig. Natürlich werde ich alle Papiere unterschreiben, die Sie wünschen, um Ihre Untersuchung abzuschliessen«, sagte der Arzt.

»Sie haben meine Frage nicht beantwortet.«

»Sie sagten bei der vorigen Frage, es sei Ihre letzte«, gab Fleming zurück. »Und wie ich bereits sagte, gilt die Schweigepflicht bezüglich Patienten bis über das Grab hinaus. Wenn Sie etwas über die Kindheit der Munns-Mädchen wissen wollen, müssen Sie diese Frage Anna stellen, obwohl ich bezweifle, dass sie viel dazu sagen wird.« Der Arzt schob seinen Stuhl zurück und stand auf. »Wenn Sie so freundlich wären, Herr Brand.«

»Vielen Dank«, sagte Brand. »Ich melde mich, wenn ich noch etwas brauche.« Er stand auf und verliess die Praxis, wobei er seine Mütze auf dem Weg nach draussen aufsetzte. Hinter sich hörte er, dass Dr. Fleming schniefte und sich erneut die Nase schnäuzte.

11

Hudson Brand fuhr mit seinem Land Rover zurück nach Bulawayo, diesmal zur Verkehrsabteilung der Polizei. Auch diese befand sich auf dem Gelände der Drill Hall, im selben Gebäudekomplex wie das Provinzregisteramt. Er ging im Hauptbüro zum Schalter, begrüsste die diensthabende Polizistin und fragte, ob er Sergeant G. Khumalo von der Verkehrsabteilung sprechen könne.

»Tut mir leid, die ist draussen und macht polizeiliche Bestätigungen für die Ausfuhr von Fahrzeugen.« Die Wachtmeisterin wandte sich wieder ihrer Ausgabe des *Bulawayo Chronicle* zu, der von der Regierung kontrollierten Lokalzeitung.

Damit war also klar, dass der Feldwebel eine Frau war. Brand ging wieder nach draussen und schaute in den Himmel. Es bildeten sich graue Wolken, aber noch nicht genug, um die Sonne zu verdecken, die kraftvoll auf ihn hinunterbrannte. Wie Johannesburg im südafrikanischen Hochland, lag auch Bulawayo hoch oben und es schien ihm oft, dass der kleine Unterschied in der Höhe einen grossen Unterschied in der Wirkung der Sonnenstrahlen ausmachte. Näher an der Sonne, näher an den Regenwolken, vielleicht auch näher an Gott.

Seine Mutter war eine überzeugte Katholikin, ein Erbe ihres portugiesischen Vaters. Brand hatte sich als Kind immer darüber geärgert, jeden Sonntag zur Messe gehen zu müssen. Der Krieg in Angola hatte auch den kleinsten Rest des Glaubens, den er mit ins Erwachsenenalter gerettet hatte , zunichte gemacht.

Hatte sich Kate Munns wirklich umgebracht, um einer Freundin in Not zu helfen? Vielleicht kannte ihre Schwester Anna Kates Ansichten über Euthanasie. Selbstmord machte ihre Police wahrscheinlich ungültig, doch das müsste er im Kleingedruckten nachlesen. Falls sie ihren eigenen Tod inszeniert hätte, wäre Dr. Fleming, sofern er einen Verdacht hatte, vielleicht dazu überredet worden, ein Auge zuzudrücken. Möglicherweise hatte Kate sich auf eine traditionellere Weise umgebracht, beispielsweise, indem sie sich in ihrem Auto vergast oder die Pulsadern aufgeschnitten hatte und die Beweise dafür waren von Linley in einem Unfall mit Feuerfolge vernichtet worden, nachdem sie ihr Fahrzeug von der Brücke geschoben hatte. Auch wenn Hollywood das anders sah, gingen Autos normalerweise nicht in Flammen auf, doch das Mitführen von Plastikkanistern mit Benzin im Kofferraum erhöhte die Wahrscheinlichkeit dafür. Brand hatte an den Tankstellen in Simbabwe Schilder gesehen, auf denen gewarnt wurde, dies sei illegal. Aber da in Simbabwe in der Vergangenheit alle schon einmal eine Benzinknappheit erlebt hatten, führten immer noch viele Leute, ob legal oder nicht, einen Kanister mit sich herum. Einfach für den Fall.

Während Dr. Fleming sich nicht in die Karten blicken liess, zweifelte Brand keinen Moment daran, dass der Arzt und Linley Brown in Kontakt gestanden hatten. Wenn man zwischen den Zeilen las, steckte diese Frau in irgendwelchen Schwierigkeiten.

Auf einem Parkplatz auf dem Polizeigelände standen etwa zwanzig Menschen Schlange, um in eine der kleinen Holzhütten zu gelangen, die in der Gegend, weil die vorgefertigten Häuschen an Spielhäuser für Kinder erinnerten, als ›Wendy House‹ bekannt waren. Es gab kaum Schatten, so dass sich die Wartenden, um die Sonnenstrahlen abzuwehren, an die Wände unter den Asbestdach-

vorsprüngen der Baracken drückten, oder sich Zeitungen und Ruck-
säcke auf den Kopf legten.

Brand ging zur Bürotür, an der ein Schild mit der Aufschrift *CID
– police clearances* – hing. Um ein Kraftfahrzeug aus Simbabwe
ausführen zu können, mussten die Fahrer von ihrer örtlichen Polizeistation eine Unbedenklichkeitsbescheinigung erhalten, in der bestätigt wurde, dass sie der rechtmässige Eigentümer des Fahrzeugs
waren oder die Erlaubnis hatten, es zu fahren. Theoretisch überprüfte ein Polizeibeamter die Fahrgestell- und Motornummer des
Fahrzeugs anhand der Zulassungspapiere und des Führerscheins des
Fahrers oder Eigentümers, um sicherzustellen, dass keine gestohlenen Fahrzeuge aus dem Land gebracht wurden. In der Praxis hatte
sich diese Regelung auf eine Übung im Anstehen und Bezahlen
reduziert. Wie bei den meisten Unternehmen in Simbabwe war auch
dies für clevere Unternehmer eine Möglichkeit, Geld zu verdienen. In
einigen Werkstätten konnte man jemanden dafür bezahlen, die
Papiere entgegenzunehmen und sich für einen anzustellen.

Brand beugte sich vor einem wartenden Mann durch, klopfte an
die Wand und sagte zu dem Polizisten, der hinter einem Schreibtisch
sass: »Entschuldigen Sie, guten Tag.«

Der Beamte in Zivil sah sichtlich verärgert auf. »Stellen Sie sich
ans Ende der Warteschlange.«

»Tut mir leid, ich brauche keine polizeiliche Bestätigung, ich
suche Sergeant Khumalo.«

Der Mann warf den Kopf hin und her. »Sie ist hinten draussen
beim Mittagessen.«

Brand bedankte sich, nickte dem Fahrer, dessen Abfertigung er
unterbrochen hatte, entschuldigend zu und ging hinter das Wendy
House. Unter einem Baum sassen drei Männer und eine Frau um
einen improvisierten, aus einem umgestürzten Ölfass gebauten Holz-
kohlegrill. Auf dem Gitter des Grills blubberte ein Topf mit *Sadza*.
Die Polizistin rührte mit einem Holzlöffel im Topf herum, während
die Männer rauchten und sich unterhielten.

»Sergeant Khumalo?«

Die Frau sah zu ihm auf. »Die Polizeibestätigungen sind auf der anderen Seite des Büros. Sie müssen sich anstellen.«

»Nein, ich suche nach Ihnen. Ich habe ein paar Fragen zu einem Verkehrsunfall, den Sie vor etwas mehr als zwei Monaten bearbeitet haben.«

Khumalo warf einen Blick auf den Topf. »Es ist Mittagszeit und ich möchte gleich essen.«

»Es ist wichtig. Vielleicht können wir fünf Minuten unter vier Augen miteinander sprechen? Oder darf ich Sie zum Mittagessen einladen?«

Einer ihrer männlichen Kollegen sagte etwas in Ndebele. Brand verstand ein paar Brocken dieser Sprache, einer Ableitung von Zulu. Für ihn hörte es sich an, als hätte der Mann gesagt: »Bestell dir ein Steak« und Khumalo lächelte.

»Ich nehme weder Geschenke noch Bestechungsgelder an«, sagte sie so laut, dass die anderen es hörten.

Brand zuckte mit den Schultern. Er hatte keinen Grund, daran zu zweifeln. In Simbabwe und anderen afrikanischen Ländern hatte er die Erfahrung gemacht, dass weibliche Polizisten weitaus effizienter waren und sich seltener bestechen liessen als ihre männlichen Kollegen. Das war natürlich keine feste Regel, aber Khumalo sah nicht wie eine überernährte Polizistin aus, deren Essen durch Bestechungsgelder subventioniert wurde.

»Dann erstreckt sich Ihr persönlicher Ehrenkodex vielleicht auch soweit, die Sorgen einer Familie zu vermindern, die bei einem schrecklichen Autounfall einen geliebten Menschen verloren hat«, sagte Brand.

Khumalo schürzte ihre vollen Lippen. »Fünf Minuten.« Sie stand auf und streckte sich. »Auf der anderen Strassenseite gibt es einen Imbissladen, vielleicht können Sie mir eine Cola bezahlen.«

So viel dazu, keine Bestechungsgelder anzunehmen, dachte Brand, obwohl es schien, als käme er bei Khumalo billiger davon als bei Cecelia, der Standesbeamtin. »Abgemacht.« Sie traten aus dem Tor. »Erinnern Sie sich an den Tod einer Frau namens Kate Munns, die mit ihrem Auto von einer Brücke auf der Strasse zwischen der Dete-Kreuzung und Binga gestürzt ist?«

Sergeant Khumalo nickte. »Ja, ein schlimmer Fall. Aber das sind sie ja alle. Die Fahrerin, Miss Munns, war nicht angeschnallt, weil sie in einem alten Auto sass. Sie war hinter dem Lenkrad eingeklemmt und bewusstlos, als das Feuer ausbrach. Ihre Freundin musste zusehen, wie sie verbrannte. Es war dumm von ihr, hinten im Auto in Plastikbehältern Benzin zu transportieren.«

Brand nickte. Das erklärte das Feuer. Sie überquerten die Strasse und Brand fragte die Polizistin, was sie wolle.

»Coca-Cola.«

Er bestellte für beide von ihnen eine und der Verkäufer erinnerte ihn daran, dass sie sie vor Ort trinken müssten, da Glasflaschen in Simbabwe gegen Pfand abgegeben wurden und man sie zurückgeben musste. Brand nahm einen Schluck. Das Zeug schmeckte aus einer leicht zerkratzten, kurvigen Flasche besser und der Geschmack und das Glas erinnerten ihn an seine Kindheit in Amerika. Kalte Cola war so ziemlich das Beste daran.

»Ich untersuche den Anspruch auf die Versicherungsgelder der toten Frau.«

Khumalo nickte und trank einen Schluck aus ihrer Flasche. »Es ist in Simbabwe nicht unüblich, dass Leute gefälschte Anträge einreichen. Manche Polizisten verkaufen echte Formulare, die in betrügerischer Absicht ausgefüllt werden, aber ich nicht. Und ich nehme keine Bestechungsgelder an, um falsche Berichte zu schreiben.«

Nein, nur Cola im Tausch gegen Informationen, aber da gab es einen Unterschied.

»Das will ich damit auch nicht sagen«, sagte Brand. »Ich bin mehr an den Umständen des Absturzes interessiert.«

»Die Versicherungsgesellschaft bat um eine Kopie meines Berichts. Diese wurde geschickt, also gehe ich davon aus, dass Sie ihn gelesen haben«, sagte Khumalo. Ihr Tonfall war jetzt etwas hochmütig und leicht verstimmt darüber, dass Brand ihre Integrität in Frage stellte. Obwohl Brand bemerkte, dass ihr Rock am Saum ausfranste, waren ihre blaue Uniform sauber gebügelt und die flachen Schnürschuhe so poliert, dass die Kappen glänzten.

Sie setzten sich vor dem kleinen Café auf Plastikstühle. Büroangestellte und Polizisten strömten ein und aus und kamen mit Styroporbehältern mit *Sadza y Nyama*, Griessbrei mit Fleischsosse oder gebratenen Hühnerköpfen und -füssen heraus, von denen Brand wusste, dass sie in Südafrika ›Walkie Talkies‹ genannt wurden. Als er in Texas aufwuchs, kochte seine Mutter manchmal traditionelles afrikanisches Essen für ihn, aber nur, wenn niemand anderes dabei war. »Das tat ich. Er ist sehr gründlich und Sie haben die Beifahrerin des Wagens, Linley Brown, befragt.«

»Ja, sie war verständlicherweise sehr durcheinander. Ich arbeitete damals in Binga, weil ich einen anderen Wachtmeister vertreten musste, dessen Frau gestorben war. Ich hatte etwa zehn Kilometer weiter eine Radarfalle aufgestellt und war auf dem Rückweg zum Revier. Deshalb war ich als Erste vor Ort, noch vor dem Krankenwagen.«

»Wo war Linley Brown, die Beifahrerin?«

»Sie sass neben dem Auto. Ich erinnere mich, dass ihre Hände verbrannt waren und sie sie pflegte. Sie hatte gegen das Fenster der Tür ihrer Freundin gehämmert. Diese war verklemmt und über die hintere Beifahrerseite, wo sie wegen des Feuers ausgestiegen war, konnte sie nicht wieder einsteigen.« Khumalo blickte auf ihre Hände hinunter und schien den abgeplatzten Lack auf ihren abgebissenen Nägeln zu begutachten.«

»Haben Sie ihre Identität geprüft, als Sie ihre Aussage aufnahmen?« Brand holte sein Notizbuch und seinen Stift heraus.

Sie sah wieder zu ihm auf. »Ja.«

»Wie?«

»Ich habe ihren Führerschein kontrolliert. Danach wollte ich einen zusätzlichen Ausweis sehen und sie zeigte mir ihren Reisepass.«

»Sie zweifeln also nicht daran, dass sie diejenige ist, die sie zu sein vorgibt.«

Khumalo nickte. »Der Führerschein war alt – das Mädchen auf

dem Bild war viel jünger -, aber der Pass war ganz sicher ihrer. Er war erst kürzlich ausgestellt worden und das Bild zeigte zweifellos sie. Als ich mich später im Leichenschauhaus erkundigte, sagte man mir, der Arzt, Doktor Fleming, habe die Überreste untersucht. Er fand im Becken der toten Frau einen Nagel, die zu einer Operation passte, die Miss Munns hinter sich hatte. Ausserdem haben wir ihre Handtasche im Auto gefunden. Alles war stark verbrannt, doch der britische Pass von Kate Munns war darin. Angekohlt zwar, aber der Name war noch lesbar. Ich holte ihn ab und wir schickten ihn später an die Familie in Grossbritannien.«

»Was für einen Reisepass hatte Linley Brown dabei?«

»Eine ›grüne Mamba‹ – den von Simbabwe.« Khumalo leerte ihre Cola und schaute auf die Uhr. »Ich muss gehen, wenn ich mein *Sadza* essen und pünktlich zur Arbeit kommen will.«

»Nur noch eine Frage.«

»In Ordnung.«

»Ich sehe, dass Sie bei Ihren Ermittlungen sehr sorgfältig waren, aber ich frage mich, ob der Pass vielleicht gefälscht sein könnte.«

Sie schaute ihn an und er konnte sehen, dass ihr der Kopf schwirrte. Sie war jung für einen Sergeant, vielleicht Mitte zwanzig, und hübsch, mit ihrem sorgfältig geflochtenen Haar, das sie hochgesteckt hatte, damit es nicht im Weg war. Er fragte sich, ob sie Parteimitglied sei oder ihren Rang einfach dadurch erreicht habe, dass sie ihren Job so gut ausführte. Sein Kompliment über die Gründlichkeit ihrer Ermittlungen war ehrlich, sie hatte sich die Zeit genommen, Linleys Ausweisdokumente zu überprüfen.

Goodness Khumalo zuckte mit den Schultern. »Ich nehme an, das wäre möglich. Ich sah keinen Grund, die Nummer zu überprüfen.«

»Im damaligen Moment war das sicher genau richtig«, sagte Brand schnell, »Sie haben ja ihren Ausweis überprüft. Aber ich muss alle Bereiche abdecken und die Familie von Miss Munns möchte Linley Brown kontaktieren, um damit abschliessen zu können.«

Die Polizistin nickte. »Das ist so ein amerikanischer Begriff. Das kommt hier nicht sehr oft vor, abschliessen.« Sie schaute sich um, als wolle sie sich vergewissern, dass niemand in Hörweite war. »Unsere Probleme hören nie auf.«

Brand schwieg. Er wusste, dass sie schwankte und wollte sie nicht drängen. Sie wollte buchstabengetreu und gründlich sein. Er hatte ihr einen Vorschlag unterbreitet, aber die Entscheidung lag bei ihr. Vielleicht könnte er sonst jemanden in der Einwanderungsbehörde in Bulawayo dafür bezahlen, eine Passnummer zu überprüfen, aber es wäre schneller und einfacher, wenn eine Polizeibeamtin dies für ihn erledigte.

Sie stand auf. »In Ordnung, Herr Brand. Ich überprüfe die Passnummer für Sie.«

»Das weiss ich sehr zu schätzen, Ma'am.« Er griff in seine Tasche.

Khumalo hob eine Hand. »Damit tun Sie mir keinen Gefallen, ich will Ihr Geld nicht. Aber wenn es sich um irgendeinen Betrug handelt, gehe ich der Sache nach. Ich würde mich freuen, richtige Detektivarbeit leisten zu können.«

»Hier, ich gebe Ihnen gern meine Karte.« Er reichte sie ihr. »Danke, wenn ich in diesem Fall noch etwas finde, das verdächtig aussieht, melde ich mich und ich gebe Ihnen alle Informationen weiter, die ich bekomme.«

Sie sah ihn an und lächelte. »Hudson Brand, Safariführer und Privatdetektiv. Sie jagen also nicht nur Grosswild, sondern auch Verbrecher?«

»Genau das ist der Grundgedanke, Madam.«

»Gut. Ich habe Hunger. Ich rufe Sie an, vielleicht morgen.«

Er berührte mit der Hand die Mütze und beobachtete, wie sie über die Strasse zurück zum Polizeigelände ging. Sie schien ihm klug und fleissig.

Brands Telefon klingelte, doch bevor er es aus der Tasche nehmen konnte, verstummte es. Die Nummer war von einem simbabwischen Mobiltelefon. Er rief zurück, worauf Cecelia vom Standesamt der Provinz abnahm.

»Cecelia, ich bin's, Hudson Brand. Wie geht es Ihnen?«

»Gut. Ich habe den Namen des Arztes gefunden, den Sie gesucht haben.« Ihre Stimme war nur ein Flüstern.

»Wer war es?«

»Können Sie in einer halben Stunde kommen? Ich muss Ihnen etwas zeigen, über das ich nicht am Telefon sprechen möchte.«

Er hörte eine Männerstimme und vermutete, es befände sich noch jemand in der Kabine, vielleicht ein Vorgesetzter. »Gut. Ich bin in dreissig Minuten bei Ihnen.« Er beendete das Gespräch.

Brand wollte seinen Laptop nicht in der Öffentlichkeit, in seinem Land Rover, benutzen, also ging er die Strasse hinunter zu einem Internetcafé und bezahlte dem jungen Mann, der hinter dem Tresen sass, fünfzehn Minuten. Dieser setzte seine Kopfhörer nach dem Einkassieren wieder auf und widmete sich erneut seinem Spiel.

Brand loggte sich in sein E-Mail-Programm und öffnete eine neue Nachricht mit der Betreffzeile »Gute Nachrichten« von Wayne Hamilton, der ein Ein-Mann-Reisebüro in Grossbritannien hatte.

Hallo Hudson, gute Nachrichten. Ich habe gerade die Buchung für eine dreiwöchige Safari durch Simbabwe, Botswana und Südafrika für ein Paar aus London erhalten. Der Mann ist Arzt, also können Sie mit einem grossen Trinkgeld oder einer kostenlosen Prostatauntersuchung rechnen. Details und Termine folgen, aber nachdem ich von Ihren Heldentaten mit dem Wilderer im Krüger gelesen habe, nehme ich an, dass Sie nächste Woche frei sind. Mit freundlichen Grüssen, Wayne.

Klugscheisser, dachte Brand. Er hatte einen Verdacht, wer der Arzt und seine Frau sein könnten, also tippte er eine kurze E-Mail an Hamilton, in der er sich nach den Namen der Kunden erkundigte.

Während dem Warten googelte er nach Linley Brown und Kate Munns. Für Linley fand er weder in Simbabwe noch Südafrika Treffer, aber immerhin gab es ein paar Berichte in der Firmenzeitschrift einer Wirtschaftsprüfungsgesellschaft, in denen Kate als Personalleiterin genannt wurde und einige Nachrichten über ihren Tod bei einem Autounfall. Von beiden Frauen gab es keine Fotos. Er versuchte es auf Facebook, aber die einzigen Kate Munns und Linley Browns im richtigen Alter, die er finden konnte, lebten beide in Australien, die erste in Melbourne und die zweite in Perth. Keine von beiden passte.

Der Computer piepte und Brand ging zurück zu seinem

Webmail-Programm. Es war eine Antwort von Wayne Hamilton. *Teilnehmende sind Dr. Peter und Mrs. Anna Cliff*, lautete seine Nachricht.

Brand war leicht verärgert. Er hatte seine Ermittlungen noch nicht abgeschlossen und die Cliffs waren praktisch schon auf dem Weg nach Afrika. Wenn Kate tatsächlich tot war, wollten sie bestimmt, dass er Linley Brown aufspürte. Der Nachweis der Rechtmässigkeit des Anspruchs würde Linleys Versicherungszahlung beschleunigen, was eine von zwei Möglichkeiten bedeutete: Entweder konnte er die Nachricht, dass sie ihr Geld erhalte, als Mittel nutzen, um sie dazu zu bringen, ihn persönlich zu kontaktieren, oder sie bekäme ihr Geld und verschwände. Da sie beim ersten Mal nicht auf seine Notlügen hereingefallen war, wäre Letzteres der Fall, vermutete er.

Er geriete wahrscheinlich in eine Zwickmühle, die Dani zu entscheiden hätte, da er ihr und nicht der Versicherungsgesellschaft gegenüber verantwortlich war. Falls Kate tot war und Linley die rechtmässige Begünstigte ihrer Police, hatte er die Pflicht, Dani so schnell wie möglich über diese Feststellung zu informieren. Wenn sie die Meldung an die Gesellschaft hinauszögerte, um ihrer Freundin und deren Mann mehr Zeit zu verschaffen, um nach Afrika zu reisen und Linley aufzuspüren, war das Danis Entscheidung.

Brands Telefon klingelte erneut. Er kannte die Nummer nicht, aber es war ein Ortsgespräch. »Brand.«

»Hier ist Sergeant Khumalo.«

»Das ging aber schnell. Ich hätte vermutet, Sie seien noch beim Mittagessen.«

»Ich habe mein Essen vor mir auf dem Schreibtisch. Sie haben meine Neugierde geweckt, aber ich fürchte, ich habe nichts Interessantes zu berichten. Der Reisepass ist echt und wurde vor drei Monaten auf Linley Brown ausgestellt. Mein Kontakt bei der Einwanderungsbehörde sagt, es handle sich um einen Ersatzpass, da das Original gestohlen wurde.«

»Und Sie sind sicher, dass die Frau auf dem Foto die Frau ist, die Sie am Unfallort befragt haben?«

»Ja, das habe ich Ihnen bereits gesagt.«

»Richtig, Entschuldigung«, sagte er.

»Es tut mir auch leid«, sagte sie, und ihr Ton wurde sanfter. »Ich hatte gehofft, ich könnte in diesem Fall ermitteln.«

»Nun, ich habe es so gemeint, wie ich es vorhin gesagt habe. Wenn ich etwas Ungewöhnliches feststelle, lasse ich es Sie wissen. Sollte es Beweise für einen Betrug geben, ist das Sache der simbabwischen Polizei.«

»Das würde ich sehr schätzen, Herr Brand. Auf Wiedersehen.«

Er schaute auf die Uhr und meldete sich aus dem Internet ab. Es war Zeit, bei Cecelia vorbeizuschauen.

Brand fuhr mit seinem Land Rover zum Standesamt zurück, nickte demselben Jungen und seinem blinden Grossvater zu und fragte sie, ob sie diesmal tatsächlich auf das Fahrzeug aufpassen könnten. Er notierte sich, dass er nicht vergessen sollte, Dani die Kosten für Parkwächter und Bestechungsgelder in Rechnung zu stellen.

Er betrat den muffig riechenden Raum und sah Cecelia. Zu dieser Tageszeit war die Warteschlange kürzer. Sie sah von einem Formular auf, das sie gerade überprüfte, entdeckte ihn und winkte ihm, nach vorn zu kommen.

»Hey, Sie sind noch gar nicht fertig mit mir«, empörte sich eine Frau, die ein Baby mit einem Tuch auf dem Rücken festgebunden hatte.

»Sie müssen zuerst die Lücken in diesem Formular ausfüllen. Wenn Sie damit fertig sind, kommen Sie wieder zu mir. Dieser Mann war schon einmal hier und wir haben etwas zu erledigen.«

Ja, und ich zahle gutes Geld, um vor dir dranzukommen, dachte Brand bei sich. Die junge Mutter sah ärgerlich aus, nahm aber ihr Formular und ging zu einem Schreibtisch am Rande des Raums. Cecelia nahm das gleiche Buch, das sie ihm schon einmal gezeigt hatte, von der Seite ihres Schreibtischs und schaute hinter sich, ob sich dort eine Aufsichtsperson aufhielte. Sie schlug das Buch auf und blätterte es durch, bis sie die gesuchte Akte fand. » Der Name der Ärztin ist Elena Rodriguez.«

»Kubanerin?«

Cecelia nickte, während sie in den Unterlagen blätterte. »Ja. Kubanische Ärzte kommen hierher, weil sie nirgendwo anders praktizieren können. Ich habe eine Tochter, aber ich bringe sie nicht zu einem Kubaner, sondern zu Dr. Fleming. Hier, das wollte ich Ihnen zeigen.«

Brand holte seine Lesebrille aus der Tasche des Safarihemdes. Cecelia blickte sich wieder um, während er auf die Stelle schaute, auf die ihr Finger zeigte. Es war eine Sterbeurkunde, wie die anderen in der Akte, und unter einer unleserlich hingekritzelten Unterschrift stand *Dr. Elena Rodriguez* gedruckt.

»Schauen Sie sich den Namen der Verstorbenen an.«

Er wandte seinen Blick ab und pfiff leise durch die Zähne, als er den Namen las: *Katherine Elizabeth Munns.*

»Auch das Geburtsdatum stimmt überein«, erklärte Cecelia. »Aber sehen Sie hier, diese Bescheinigung ist vom 16. Mai, drei Tage vor dem Tod beim Autounfall und darauf steht ›*Todesursache: Hirnblutung*‹.«

Brand verarbeitete die Informationen. Die Wahrscheinlichkeit, dass es zwei Frauen mit demselben Namen gab, die am selben Tag geboren worden waren und im Abstand von drei Tagen in derselben Stadt in Simbabwe starben, war verschwindend klein. »Haben Sie diese Bescheinigung ausgefüllt?«

»Nein, das war während meines Urlaubs. Ich bin erst am Tag vor der Ausstellung der anderen Bescheinigung zurückgekommen.«

Brand rieb sich die Bartstoppeln am Kinn. »Was wissen Sie über diese Frau Doktor Rodriguez?«

Cecelia zuckte mit den Schultern. »Sie ist die Ärztin, gegen die Polizei ermittelte, aber wie ich schon sagte, wurde der Fall nicht weiterverfolgt. Ich habe sie nie getroffen. Die Polizei hat auch mich und einige meiner damaligen Kollegen befragt. Doktor Rodriguez muss hier im Amt einen Kontakt haben, aber ich weiss nicht, wer es ist.«

»Zwei Totenscheine«, sagte er laut und dachte über die neuen Informationen nach.

»Soll ich die Polizei rufen?«, fragte Cecelia.

Er vermutete, sie habe ihrem Vorgesetzten nichts von ihrer Entdeckung erzählt, für den Fall, dass man sie fragen würde, warum sie die Unterlagen durchsah. Brand sah die Mischung aus Sorge und Schuldgefühlen auf ihrem Gesicht. Als Privatdetektiv hatte er diesen Blick schon oft gesehen, wenn Leute ertappt wurden.

»Ich will Sie natürlich nicht in Schwierigkeiten bringen, Cecelia«, sagte er, mit ihren Ängsten spielend. Sie nickte. »Ich habe eine Kontaktperson bei der örtlichen Polizei, an die ich diese Informationen anonym weitergeben kann. Sie wird wahrscheinlich kommen und Sie nach der Bescheinigung fragen, aber Sie müssen nicht sagen, wie Sie darauf gekommen sind.«

»Ich danke Ihnen. Aber was hat das zu bedeuten? Wie kann diese Frau zweimal sterben?«

»Das ist eine sehr gute Frage.«

* * *

DIE PRAXIS von Dr. Elena Rodriquez befand sich im Erdgeschoss eines heruntergekommenen, ungesicherten vierstöckigen Wohnblocks in der Fife Street am Rande von Bulawayo. In den Wohnungen darüber dienten vor zerbrochenen Fensterscheiben alte Bettlaken als Vorhänge. Ihre Praxis sah von aussen nicht viel besser aus.

Als er eintrat, blickte am Empfangstresen eine Frau von ihrer Zeitungslektüre auf und zog die Augenbrauen hoch. Ein halbes Dutzend Patienten sass auf alten Küchenstühlen um einen mit zerrissenen Zeitschriften beladenen Couchtisch.

Hinter einer geschlossenen Tür ertönte ein hoher Schrei. Ein Mädchen von nicht mehr als sechs Jahren blickte mit grossen dunklen Augen zu seiner Mutter, die ihm den Arm tätschelte. Das Mädchen sah nicht gerade beruhigt aus, erst recht nicht, als erneutes Kreischen ertönte, diesmal lauter.

»Kann ich Ihnen helfen?«, fragte die Empfangsdame.

»Ich würde gern zu Dr. Rodriguez gehen, wenn möglich.«

Wieder hob die Frau die Augenbrauen. »Sie sind kein regelmässiger Patient hier.«

»Ich weiss.«

Sie seufzte, griff nach einem Klemmbrett und übergab ihm ein Formular. »Füllen Sie das aus.«

Brand füllte das Formular aus, wozu er seinen eigenen Stift benutzte, da ihm keiner angeboten wurde. Dann griff er in seine Hosentasche und tastete nach dem Zwanzig-Dollar-Schein, den er dort hineingesteckt hatte. Vorsichtig, damit die anderen Patienten es nicht sehen, schob er ihn unter das Formular, so dass nur der Rand des Scheins sichtbar war, als er der Empfangsdame das Klemmbrett zurückgab. »Ich fühle mich wirklich sehr unwohl und muss so schnell wie möglich zur Ärztin.«

Die Frau sagte nichts. Brand setzte sich und nahm die gleiche *National Geographic* zur Hand, in der er bereits in Dr. Flemings Praxis zu lesen vorgegeben hatte. Zehn Minuten später blickten alle im Wartezimmer auf, als von der anderen Seite der Tür hinter der Empfangsdame laute Stimmen zu hören waren. Einen Moment später wurde sie aufgerissen und ein Mann, der ein schluchzendes Kind trug, kam heraus. Das Mädchen war etwa im gleichen Alter wie das, das wartete. Eine Frau, die Mutter, vermutete Brand, drehte sich um, als sie das Wartezimmer betrat. »Kein Betäubungsmittel. Ich kann es einfach nicht glauben.« Brand sah den frischen Verband am Fuss des Mädchens.

Eine Frau in einem schmutzigen weissen Kittel kam heraus und steckte sich eine dunkle Haarsträhne hinters Ohr. »Ich mache doch was ich kann, Frau Hall, und ich habe Sie vor dem Eingriff gewarnt.«

Die Mutter stemmte die Hände in die Hüften. »Ja, nur, woher sollte ich wissen, welche Schmerzen dieser meiner Tochter bereiten würde?«

»Wie fühlen Sie sich denn, wenn Sie sich eine Nadel in den Fuss stechen und nähen?«

Brand unterdrückte sein Schmunzeln. Die Ärztin reichte der Sprechstundenhilfe einen Zettel, den diese der Mutter weiterreichte und dazu sagte: »Fünfzig Dollar«.

Die Mutter sah den Vater an, der wiederum mit den Schultern zuckte. »Ich bekomme mein Geld erst nächste Woche, Schatz.«

Die Mutter wandte sich wieder an die Ärztin. »Es tut mir leid, Frau Doktor, ich finde, eigentlich sollten wir Sie nicht bezahlen, wenn Sie unser Kind mit wirkungslosen Betäubungsmitteln operieren. Ausserdem haben wir im Moment auch keine fünfzig Dollar. Schicken Sie uns eine Rechnung und wir bezahlen nächste Woche.«

Die Ärztin zuckte mit den Schultern. Brand bemerkte, dass der Kittel an ihrer schlanken Gestalt herunterhing. Sie sah fast wie ein Kind aus, das mit aufgekrempelten Ärmeln Verkleiden spielt. Ihr dunkles Haar war zu einem Pferdeschwanz zurückgebunden und ihre Augen waren zwar dunkel umrandet, aber dennoch schön gross und das Weisse bildete einen interessanten Kontrast zu ihrer olivfarbenen Haut. »Möchten Sie wissen, warum ich keine richtigen Betäubungsmittel habe?« Sie schaute auf die verzweifelten Menschen in ihren schäbigen Kleidern, die im Wartezimmer sassen, »weil die meisten Leute hier mich wie Sie nicht bezahlen wollen. Guten Tag, Frau Hall. Wechseln Sie den Verband Ihrer Tochter täglich, aber kommen Sie nicht zu mir, wenn Sie eine neue Binde brauchen, denn das war meine fast letzte.«

Als das Paar mit seiner Tochter ging, reichte die Sprechstundenhilfe der Ärztin das Klemmbrett und hob dabei das von Brand ausgefüllte Formular hoch. »Herr Brand? Kommen Sie bitte hier entlang.«

Brand spürte die Blicke der anderen Patienten auf seinem Rücken, als er der zierlichen Ärztin durch die Tür folgte.

Die Farbe an den Wänden des Flurs, dem sie folgten, war abgeblättert und Brand roch den unverkennbaren Geruch von Mäusen. Der Raum, in den die Ärztin ihn führte, war jedoch frisch gestrichen. Sie ging zu einem fleckigen Waschbecken in der Ecke, wusch sich die Hände und trocknete sie ab. » Nehmen Sie bitte Platz«, sagte sie über die Schulter.

Er sass auf einem ähnlichen Stuhl wie im Wartezimmer, dessen Schaumstoffpolsterung aus einem Schnitt in der Vinylbespannung herausquoll. Die Ärztin setzte sich hinter ihren Schreibtisch und schlug ein Bein über das andere, so dass er einen Blick auf den Jeansrock und die Gummi-Flip-Flops erhaschen konnte. Das Bein war dünn, aber die Wade wohlgeformt.

»Danke, dass Sie mich so kurzfristig empfangen«, sagte er.

»Zwanzig Dollar reichen aus, um sich das zu erkaufen. Sie haben gehört, was ich da draussen gesagt habe.«

Er nickte. »Wie können Sie praktizieren, wenn Ihre Patienten Sie nicht bezahlen?«

»Zu mir kommen nur die Ärmsten der Armen, Herr Brand. Alle, die Geld haben, gehen zu einem anderen Arzt. Wie kann ich Ihnen helfen, was ist los?«

»Ich bin in einer schlechten finanziellen Lage«, sagte Brand, um zu sehen, wie sie reagierte.

Dr. Rodriguez strich sich eine Strähne ihres schwarzen Haares hinter das Ohr. »Es tut mir leid, ich verstehe Sie nicht. Mein Englisch ist nicht so gut. Sie zahlen Geld, um die Warteschlange zu überspringen und jetzt sagen Sie, Sie haben kein Geld? Was geht mich das an?«

Er mochte ihren Akzent und die Art und Weise, wie sie Worte verdrehte. »Ich habe in Südafrika eine voll eingezahlte Lebensversicherung und eine Tochter, die bei meiner Ex-Frau in Durban lebt«, log er. »Ich möchte meine Tochter gern studieren lassen, aber weder ich noch meine Ex-Frau haben das Geld dafür.«

»Ich weiss immer noch nicht, wie ich Ihnen helfen kann.« Sie sah auf ihre Uhr.

»Ich glaube, das tun Sie, Dr. Rodriguez. Ich muss sterben, oder genauer gesagt, Sie müssen mir einen Totenschein ausstellen.«

Elena schaute über ihre Schulter zur Tür des Zimmers, als ob sie erwartete, dass jemand hereinstürme, sobald sie etwas sage. »Ich habe keine Ahnung, wovon Sie sprechen. Bitte gehen Sie, Mister Brand. Eine Sterbeurkunde für jemanden auszustellen, der noch lebt, ist ein Verbrechen.«

»Behalten Sie Ihren Hut auf, Doktor. Sie haben für Kate Munns, eine Freundin von mir, einen gefälschten Totenschein ausgestellt.«

»Ich tue nichts dergleichen.«

»Ich habe den Totenschein gesehen.«

Sie lehnte sich in ihrem alternden Bürostuhl, der quietschend protestierte, zurück. »Kate ist bei einem Autounfall gestorben, aber ich habe keine Sterbeurkunde unterschrieben.« Brand griff in seine Hemdtasche und holte sein Handy heraus. Er klickte auf das Kamerasymbol, ging zur Galerie und öffnete das Bild, das er vor dem Verlassen des Standesamtes geschossen hatte. Brand reichte der Ärztin das Telefon, und sie vergrösserte das Bild der Sterbeurkunde.

Ihr Gesicht wurde um eine Nuance blasser. »Woher haben Sie dieses Foto?«

»Im Standesamt der Provinz gemacht. Heute.«

»Mein Gott. Das ist nicht möglich.«

»Doch, ist es. Wenn Sie jemanden angewiesen haben, die gefälschte Bescheinigung zu vernichten, Doktor, haben Sie die falsche Person bezahlt.« Brand erinnerte sich, dass Cecelia gesagt hatte, sie sei in dieser Woche nicht bei der Arbeit gewesen. Vielleicht war ihr korrupter Kollege auch einfach ungeschickt gewesen.

»Wer sind Sie?«, fragte sie ihn.

»Ich bin der Ermittler der Versicherungsgesellschaft, bei der Kate versichert war.«

»Bitte gehen Sie.« Dr. Rodriguez begann aufzustehen, doch Brand legte ihr eine Hand auf den Unterarm. Sie schüttelte ihn ab und setzte sich wieder hin. »Haben Sie die Polizei informiert?«

»Noch nicht. Vielleicht können Sie mir erzählen, was alles passiert ist, dann sehen wir weiter.«

Sie sah noch einmal auf die Uhr. »Nicht hier und nicht jetzt. Ich muss wirklich kranke Menschen behandeln. Sie müssen mich die Leute im Wartezimmer anschauen lassen und danach können wir reden, vielleicht heute Abend.

Brand wusste, dass Dr. Rodriguez innerhalb von einer Stunde die Grenze nach Botswana überqueren konnte, wenn er sie aus den Augen liess und er sie dann wahrscheinlich nie wiedersehen würde. Er dachte an die Polizistin, Sergeant Khumalo, die darauf brannte, als angehende Detektivin die erste Kerbe ins Holz zu schlagen. Doch dann griff Dr. Rodriguez zu ihm hinüber, legte ihre Hand auf seine und drückte sie. »Bitte, geben Sie mir diesen Nachmittag. Diese Leute haben niemanden, und danach bin ich von fünf bis sieben in einer Klinik für Mütter und Babys. Wo wohnen Sie denn?«

Brand hatte noch kein Zimmer gebucht, aber wenn er in Simbabwes zweitgrösste Stadt kam, übernachtete er gewöhnlich am selben Ort. »Im ›Bulawayo Club‹.«

Sie nickte. »Ich kenne ihn. Ich komme und erkläre Ihnen alles. Ich sage Ihnen, was passiert ist und warum. Eines müssen Sie jedoch von Anfang an wissen: Kate ist wirklich tot. Dr. Fleming hat den Totenschein unterschrieben und im Gegensatz zu mir ist er ein guter Mensch.«

Brand schwankte. Er hatte das Foto des von Elena Rodriguez unterzeichneten Totenscheins, auf dem stand, Kate Munns sei an einer Hirnblutung gestorben und der vor dem von Fleming unterzeichneten Totenschein datiert war, den die Versicherungsgesellschaft besass.

Die Ärztin sackte in ihrem Stuhl zusammen. »Sie können jetzt die Polizei rufen, wenn Sie wollen, dann wird niemand diese Leute im Wartezimmer behandeln. Oder Sie können warten, bis ich Ihnen sage, was Sie wissen wollen. Danach können Sie entscheiden, was Sie der Polizei sagen wollen. Aber bitte, geben Sie mir die Chance, es Ihnen zu erklären.«

Er sah ihr in die dunklen Augen und versuchte, sich von ihrem flehenden Blick nicht beeindrucken zu lassen. »Was wissen Sie über Linley Brown?«

Ein Lächeln breitete sich auf ihren Lippen aus. Er hatte geglaubt, er hätte sie, aber jetzt drehte sie den Spiess um. »Ich weiss alles über sie. Ich sage es Ihnen heute Abend. Vielleicht laden Sie mich zum Abendessen ein – mein letztes, bevor die Polizei kommt und mich abholt oder zurück nach Kuba schickt.«

Diesmal konnte er sich ein Lächeln nicht verkneifen. Sie würde wahrscheinlich nicht aufkreuzen, aber schliesslich war er nicht die Polizei. Elena Rodriguez legte ihre Hand wieder auf seine, hob dann einen Fuss und fuhr mit den Zehen der Innenseite seines Wadenmuskels entlang. »Bitte!«, flüsterte sie und damit war die Sache beschlossen.

12

An der langen Bar des Bulawayo Club nippte Brand an einem Brandy mit Cola und sah zum dritten Mal auf die Uhr. Er fragte sich, ob Elena Rodriguez inzwischen in einem anderen Land sei.

»Tut mir leid, dass ich so spät komme.«

Als er den Akzent hörte, drehte er sich auf seinem Stuhl und war überrascht darüber, was er sah. Sie trug ein schwarzes ärmelloses Cocktailkleid, das nur bis zur Mitte des Oberschenkels reichte und hohe, schwarze Lederstiefel mit hohen Absätzen. Sie passten zwar nicht zum schwülen Wetter, aber Brand fand, die Ärztin sehe damit verdammt sexy aus.

Ihr Haar war zerzaust und wie sie es am Nachmittag in der Praxis getan hatte, strich sie sich eine Strähne hinters Ohr. »Wollten Sie etwas sagen?«

»Sie sehen anders aus.«

»Ich fasse das als Kompliment auf.« Sie öffnete ihre schwarze Lacklederhandtasche und nahm eine Schachtel simbabwischer Newbury-Zigaretten aus heraus. »Wollen Sie auch eine? Hier drin darf man rauchen, aber ich weiss nicht, wie lange das noch erlaubt ist. Vor zwei Jahren durften Frauen noch nicht einmal in diese Bar, also ändern sich die Regeln und manchmal sogar zum Besseren.

»Ich versuche, das Rauchen aufzugeben.« Als er sah, wie sie weiter in ihrer Tasche kramte, nahm er das Zippo aus seiner Tasche, drehte das Rad auf dem Stoff seiner Hose und hielt ihr die Flamme hin. Sie beugte sich vor, um ihre Zigarette anzuzünden und er roch ihr Parfüm. Er rauchte nicht mehr, trug aber sein Feuerzeug immer noch bei sich. Er hatte es seit seiner Zeit in Angola und ging nie ohne es aus.

»Gracias.« Sie blies einen Rauchschwall nach oben, dessen Ranken sich um den sich langsam bewegenden Deckenventilator schlängelten. »Sie sehen immer noch überrascht aus. Haben Sie nicht damit gerechnet, dass ich komme?«

»Ich dachte, Sie kämen in Ihrem weiten Arztkittel.«

Sie lachte und zupfte ein Stückchen Tabak von ihren glatten, gleichmässigen weissen Zähnen. Als sie die Zigarette im schweren steinernen Aschenbecher ausdrückte, huschte der Barkeeper zu ihr hinüber. »Wollen Sie mir einen Drink bestellen?«, fragte sie Hudson.

»Natürlich. Was möchten Sie?«

»Zuckerrohrschnaps und Cola. Kommt hier dem kubanischen Rum am nächsten, ist billig und stark. Waren Sie schon mal auf Kuba, Mr. Brand?«

Er bestellte ihren Drink und einen weiteren für sich selbst. »Bitte, nennen Sie mich Hudson. Nein, war ich nicht, aber ich habe schon einmal kubanischen Rum probiert, in Angola.«

Sie nickte. »Aha. Haben Sie dort im Krieg gekämpft?«

»Ja. In der südafrikanischen Armee.«

»Lassen Sie mich raten.« Sie zog wieder an ihrer Zigarette und als sie sie auf den Rand des Aschenbechers legte, sah er den frischen Lippenstift am Filter, der denselben Farbton hatte wie ihre Nägel. »Bataillon Drei-zwei? Büffelsoldaten.«

Er nahm dem Barkeeper die Getränke ab und reichte ihr den Schnaps und die Cola. Sie stiessen mit den Gläsern an. »Wie haben Sie das erraten?«

»Sie sprechen wie ein Amerikaner, sehen aber aus, als hätten Sie etwas Portugiesisches, vielleicht sogar Schwarzafrikanisches in sich. Drei-zwei war ein südafrikanisches Söldnerbataillon mit portugiesisch sprechenden Offizieren und schwarzen angolanischen Revolutionsverrätern.«

Brand lächelte. »Woher wissen Sie so viel über die südafrikanische Militärgeschichte?«

»Ich war als Krankenschwester dort. Die Angolaner hatten zu wenig Ärzte, also schickte Kuba Unterstützung. Ich half bei einigen Operationen vor Ort und beschloss, Ärztin werden zu wollen, wenn ich meinen Militärdienst beendet hätte.«

»Sie sehen nicht alt genug aus, um in Angola gedient zu haben.«

Sie lachte. »Jetzt flirten Sie. Ich war neunzehn.«

»Ich war nicht viel älter. Ich kann mir beim besten Willen nicht mehr vorstellen, warum ich mich unbedingt irgendwo auf der Welt an einem Krieg beteiligen wollte.«

Elena lehnte sich dicht an ihn heran und er konnte wieder ihr Parfüm riechen, während sie ihre Stimme theatralisch senkte. »Ich kann mir beim besten Willen nicht mehr vorstellen, warum ich meinen sozialistischen Brüdern und Schwestern in diesem Drecksloch helfen wollte.«

Er lachte. »Darauf trinken wir«, sagte er und sie stiessen erneut an. »Wir haben beide für längst vergessene Ziele gekämpft. Sie wollten in Afrika eine sozialistische Utopie schaffen, und ich habe als Afroamerikaner ein System verteidigt, das die Schwarzen unterdrückt hat und das es heute nicht mehr gibt. Kürzlich habe ich gelesen, dass Luanda, Angolas Hauptstadt, dank des Interesses der Führungskräfte von Öl- und Gasunternehmen, die sich um eine anständige Unterkunft streiten, die teuersten Hotelzimmer der Welt hat.«

»In Luanda kann man nirgendwo anständig wohnen. Es ist wie in Simbabwe, nur schlimmer.«

Sie leerte ihr Glas und rauchte ihre Zigarette zu Ende. Er bestellte ihr eine frische Coca-Cola und zündete ihr die zweite Zigarette an. Er roch den Rauch und spürte das Verlangen. »Wollen Sie wirklich keine?« Sie nahm ihre Beine voneinander und schlug sie anders übereinander, so dass er einen Blick auf ihre glatten Schenkel werfen konnte.

»Sie wollten mir von Kate Munns erzählen. «

Sie drückte ihre Zigarette nach ein paar Zügen aus. »Sie haben gesagt, dass was ich Ihnen erzähle, was die Polizei anbelangt, inoffiziell ist, ja?«

Er zuckte mit den Schultern. Er war nicht in Simbabwe, um die Arbeit von Sergeant Khumalo für sie zu erledigen. »Es wäre ungewöhnlich, Frau Doktor, wenn die Polizei zur Versicherungsgesellschaft ginge und meinen Bericht einziehen würde, könnte aber natürlich passieren. Die Gesellschaft ihrerseits erhebt selten Anklage, wenn ein Betrug aufgedeckt wird.«

Dr. Rodriguez schürzte die Lippen. Selbst wenn sie verletzlich schien, war sie sexy, dachte er. »Nennen Sie mich bitte Elena. Um die Wahrheit zu sagen, kann ich mich wahrscheinlich von einer Strafverfolgung freikaufen. Es gibt in Simbabwe nicht genug Ärzte. Machen Sie ihnen die Arbeit nicht schwerer, als sie sein muss. Auf jeden Fall wurde diesmal kein Verbrechen begangen.«

»Was meinen Sie mit ›kein Verbrechen‹? Sie haben Kate Munns einen gefälschten Totenschein verkauft.«

Elena sah einen Moment lang reumütig auf den Boden und dann wieder zu ihm. »Sie haben meine Operation gesehen und gehört, wie sich die Familie darüber beschwert hat, dass ich keine Medikamente bekomme.«

Er nickte.

»Ich muss Ihnen etwas zeigen. Sie öffnete wieder ihre Handtasche und zog ein Blatt Papier heraus.«

Elena reichte es Brand und er sah, dass es sich um die Rechnung eines südafrikanischen Pharmaunternehmens handelte. Die Gesamtsumme am Ende der Liste verschiedener Heilmittel, von denen Brand einige als Schmerzmittel und Antibiotika erkannte, belief sich auf zwanzigtausend Rand, also etwa zweitausend US-Dollar.

»Kate zahlte mir zweitausend Dollar für meine Dienste.«

Er brauchte nicht zu fragen, was das für Dienstleistungen waren. Sie sagte ihm damit also, dass sie das ganze dafür Geld verwendet hatte, Medikamente für ihre Patienten zu kaufen. In den Augen des Gesetzes entschuldigte Robin Hood zu spielen kein Verbrechen, aber Brand hatte ein wenig Mitleid mit ihr.

»Ich bereue nichts, was ich im Leben tue«, sagte sie.

Er sah Trotz in ihren Augen und noch etwas anderes. Sie war, genau wie er, im Krieg gewesen und hatte die Schrecken eines Kampfes gesehen, der in den unwichtigen Teil der Geschichte eingegangen war. Sie liess sich weder von ihm noch von seinen Ermittlungen einschüchtern. »Erzählen Sie mir von Kate. Wovor ist sie weggelaufen?«

Elena nippte an ihrem Getränk und zuckte mit den Schultern. »Ich weiss es nicht. Ich weiss nur, dass sie das Geld nicht für sich wollte. Sie hat eine Freundin mit Drogenproblemen, die nach Schmerzmitteln süchtig ist.«

»Linley Brown?«

»Ja, die. Sie kam mit Kate in meine Praxis. Linley hängt, wie viele Menschen in Simbabwe, einfach durch, wissen Sie?«

Er nickte.

»Ausserdem muss sie für eine Reha nach Südafrika und das kostet viel Geld.«

Es war interessant, aus dem Mund einer sinnlichen Kubanerin afrikanischen Slang zu hören, dachte er, zwang sich dann aber, bei der Sache zu bleiben. »Okay, aber warum musste Kate für immer aus ihrem Leben in Grossbritannien verschwinden? Es kann nicht nur um eine Freundin in Schwierigkeiten gegangen sein, sondern darum, dass sie ihr eigenes Leben für immer ändern wollte.«

Elena rührte ihr Getränk mit dem Finger um und leckte ihn ab. »Ich weiss es nicht. Ich fragte sie, denn ich hatte denselben Verdacht wie Sie. Aber bei dieser Art von Service stellt man nicht zu viele Fragen, wissen Sie?«

Er konnte es sich vorstellen. »Sie haben also für Kate eine falsche Sterbeurkunde ausgestellt, in der stand, dass sie an einer Hirnblutung gestorben sei, und diese wurde beim Standesamt hinterlegt.«

Sie nippte wieder an ihrem Getränk, sagte aber nichts.

»Und dann gab es drei Tage später einen Autounfall, bei dem Kate wirklich ums Leben kam.«

Diesmal nickte Elena. »Ich war erstaunt, als ich es in der Lokalzeitung, dem *Chronicle*, las. Wissen Sie, es ist traurig, dass diese junge Frau wirklich ums Leben kam. Ich fragte herum und fand heraus, dass Dr. Fleming ein Freund der Familie ist. Ich rief ihn an – der alte Mann ist nicht wie ich – und frage ihn, ob er den Totenschein unterschrieben habe. Er fragte mich, warum ich das wissen wolle, und sagte ja, er habe Kate anhand des Stifts in ihren Knochen eindeutig identifiziert, wissen Sie? Er ist sehr ehrlich dieser Mann.« Sie sah auf ihren Drink hinunter und fügte leise hinzu: »Nicht wie ich.«

Brand nickte. Es war ein tragischer Zufall, dass Kate nur wenige Tage nach Erhalt ihrer Sterbeurkunde tödlich verunfallt war. Vielleicht, spekulierte Brand, hatten die beiden jungen Frauen ihr Glück gefeiert und Pläne geschmiedet, wie Linley die Lebensversicherung in Anspruch nehmen könnte, sobald Kates Testament verlesen worden war.

»Werden Sie der Polizei von mir erzählen?«

Brand dachte über seine Antwort nach. So attraktiv Elena Rodriguez auch war, sie hatte ein Verbrechen begangen und er hatte Sergeant Khumalo versporchen, sie über seine Ermittlungen auf dem Laufenden zu halten. Indem sie die gefälschte Bescheinigung verkaufte, hatte Elena in Simbabwe gegen das Gesetz verstossen, aber das war noch nicht das ganze Verbrechen. Wenn Linley das gefälschte Dokument nicht für die Anmeldung des Anspruchs verwendet hätte, könnte die Auszahlung, auf die sie jetzt wartete, immer noch genehmigt werden. Andererseits wusste Brand, dass Versicherungsgesellschaften immer nach einem Vorwand suchen, um nicht zu zahlen. Das moralische Dilemma, in dem er sich befand, ob er Elena an Sergeant Khumalo ausliefern solle, wurde durch Elenas Parfüm und die Art und Weise, wie sie ab und zu mit der Zunge über ihre Zähne fuhr, noch verstärkt. Er wusste, dass die Versicherungsgesellschaft keine Anzeige erstatten wollte, was für Elena sprach. Seargent Khumalo hingegen sähe die gute Ärztin gern in Handschellen und vor Gericht.

Elena streckte die Hand aus und legte sie auf die Theke. »Bitte, machen Sie es mir nicht schwerer oder der Polizei leichter. Wie gesagt, ich kann mich von der Strafverfolgung freikaufen, aber ich habe nur wenig Geld und dieses brauche ich, um Medikamente und Material für die medizinische Versorgung zu kaufen. Jeder, der in Simbabwe lebt und sagt, er habe kein einziges Gesetz gebrochen, ist ein Lügner. Bitte ... Hudson.«

Er sah in diese traurigen, aber auch etwas hinterhältigen Augen und fragte sich, wie viele gefälschte Bescheinigungen sie ausgestellt und für wie viele Hunderttausende von Pfund sie Menschen geholfen hatte, Versicherungsgesellschaften in Übersee zu betrügen. Laut Cecelia hatte es mindestens einen Versuch gegeben, Elena strafrechtlich zu verfolgen. Möglicherweise gab sie den gesamten Erlös aus ihren kriminellen Unternehmungen aus, um Hilfsmittel für ihre Patienten zu kaufen, oder sie war einfach eine gute Lügnerin. Er zog seine Hand unter ihrer weg.

Sie legte ihre Hand zurück unter die Theke, in den Schoss und sah ihn schmollend an. »Ich kann Sie bezahlen.«

»Ich brauche Ihr Geld nicht.« Natürlich brauchte er es, denn dieser Fall benötigte jetzt, da er sich dem Ende zuneigte, kaum noch abrechenbare Stunden. Aber immerhin hatte er die, wenn auch eher unangenehme, Aussicht auf eine Safari mit Kates Schwester und Schwager, die seinen Kontostand im knapp grünen Bereich hielte.

»Ich wollte Sie nicht beleidigen.«

»Ich bin nicht beleidigt, denn schliesslich sind wir in Afrika.«

Sie lächelte. Er verurteilte sie nicht, beschloss aber, auch kein Geld dafür zu nehmen, ihren Namen aus den Ermittlungen herauszuhalten. Er könnte einen guten Kontakt zur Polizei in Simbabwe gebrauchen, beispielsweise eine aufstrebende Detektivin wie Goodness Khumalo. Aber brachte er es übers Herz, ihr die Ärztin ans Messer zu liefern? »Stehen Sie mit Linley Brown noch in Kontakt?«

»Nein.«

»Was hielten Sie von Kate?«

Sie runzelte die Stirn. »Ich verstehe nicht.«

»Wie hat sie sich verhalten? War sie nervös, schien sie Angst zu haben? Hatte sie irgendwelche echten medizinischen Probleme?«

»Wir haben etwas, das sich ärztliche Schweigepflicht nennt. Vielleicht haben Sie davon gehört?«

»Elena, Sie sind kaum die Richtige, Ihre moralische Autorität gegen mich auszuspielen.«

Sie schaute weg, der Bar entlang, und als sie sich wieder zu ihm drehte, sah er, dass sich ihre Wangen aus einer Mischung von Ärger und Verlegenheit gerötet hatten. Natürlich war sie nervös, schliesslich standen sie und ich kurz davor, das Gesetz zu brechen. »Ich fragte sie, ob sie darüber reden möchte, warum sie verschwinden wolle, worauf sie sagte, das gehe mich nichts an. Sie erklärte, ihre Freundin Linley habe ein Drogenproblem, und diese Linley nickte, sagte aber nur wenig. Kate fragte mich, ob ich ihrer Freundin ein paar Schmerzmittel, OxyContin, geben könne, damit sie durchhalte, bis sie einen Entzug machen könne, aber darüber musste ich einfach lachen. Sie wissen ja, dass ich keine Medikamente abgeben kann.«

Brand nickte. Er konnte immer noch nicht nachvollziehen, warum Kate meinte, aus ihrem Leben in Grossbritannien verschwinden zu müssen, um die Genesung ihrer Freundin zu finanzieren. Sie hatte jedenfalls nicht nur Geld gebraucht, sondern auch ein neues Leben. Er wusste, dass die einzige Person, die die Lücken in dieser Geschichte füllen konnte, Linley Brown war.

»Ich würde Sie auf einen Drink einladen, aber ich habe kein Geld. Wenn Sie keine weiteren Fragen an mich haben, gehe ich jetzt vielleicht.«

»Wie wollen Sie sich aus einem Polizeiverfahren herauskaufen, wenn Sie sich keinen Drink leisten können?«, fragte er sie.

Sie öffnete ihre Zigaretten – für die sie offensichtlich Geld hatte – und schüttelte eine heraus. Brand zündete sie für sie an. »Wenn ich kein Geld habe, gibt es andere Wege, die Meinung von Männern zu ändern.«

»Ich weiss zufällig, dass die Ermittlungen höchstwahrscheinlich von einer Frau geführt werden.«

Elena inhalierte Rauch, zwinkerte ihm zu und liess den Rauch zum Deckenventilator aufsteigen. »Ich glaube, ich kann auch die Meinung einer Frau ändern.«

»Barkeeper, noch einmal dasselbe, bitte«, bestellte Brand.

* * *

»ICH KOMME, ICH KOMME«, krächzte Brand. Das Hämmern an der Tür seines Zimmers im Bulawayo Club hallte in seinem Schädel wider. Er hustete und schaute auf seine Uhr auf dem Nachttisch. Es war neun Uhr.

Er öffnete die Tür und sah das Hausmädchen mit seinem Putzwagen. »Tut mir leid, ich habe verschlafen. Ich bin in zehn Minuten fertig.«

Brand fand den Schalter und knipste das Licht an, um das Chaos der vergangenen Nacht zu beleuchten. Die schweren Vorhänge hielten das Tageslicht ab und dämpften die Geräusche des Verkehrs draussen auf der Strasse, aber er schlief selten so lange. Er setzte sich schwer auf das Bett.

Die Laken waren zerknittert und verworren und gaben den Blick auf die Matratze frei. Sein Safarihemd und seine leichte Freizeithose lagen neben der Tür. Er brauchte Wasser, aber das Glas neben dem Bett war leer. Elena hatte ihm Wasser gebracht, so gegen drei Uhr morgens, erinnerte er sich. Er konnte sie riechen, auf dem Bett und an sich. Er hustete erneut, als sich die Ereignisse der Nacht auf dem Bildschirm seiner fest geschlossenen Augenlider wiederholten.

Er hatte sie zum Essen eingeladen, obwohl er sich das nicht leisten konnte, und zwar in den Freiluftbereich des Restaurants im Innenhof des Clubs. Dani würde bezahlen, hatte er sich gesagt. Sie hatten weitergetrunken, während sie auf ihr Essen warteten, und sich dann zum Essen zwei Flaschen Wein geteilt. Danach war Elena wieder zu Zuckerrohrschnaps und Cola übergegangen, und er hatte es ihr gleichgetan. Ein Drink folgte dem andern.

Als der Kellner, der den Speisesaal schliessen wollte, sie fragte, ob sie Kaffee oder Nachtisch wollten, hatte Elena gesagt: »Den Kaffee trinken wir in Deinem Zimmer.«

Er war nicht naiv. Sie hatten sich beim Abendessen gut verstanden, erzählten sich Geschichten aus der gemeinsamen Zeit in Angola, wo sie auf verschiedenen Seiten des Kriegs gedient hatten. Bei drei oder vier Gelegenheiten hatte Elena sich über den Tisch gelehnt und wieder einen Punkt unterstrichen, indem sie ihre Hand auf seine legte und sein Bein mit der Spitze ihres Stiefels berührte.

Sie hatte mit ihrem Haar gespielt und einige ihrer Witze und Geschichten über ihre Arbeit waren unverhohlen anrüchig gewesen. Er mochte ihr Lachen und flirtete mit ihr. Am Ende des Hauptgangs duzten sie sich, die Wade ihres linken Beins lag an seinem rechten und er wurde durch das Kerzenlicht in diese dunklen, traurigen Augen gezogen.

Sie hatten den Speisesaal verlassen und waren an Gemälden längst verstorbener Mitglieder des rhodesischen Kolonialadels vorbei die geschwungene Treppe hinaufgestiegen. Er liebte die hohen Decken, die luftigen Räume und die polierten Böden dieser anachronistischen Männerhöhle, aber in diesem Moment war er auf Elena fixiert, die, ihren Po auf seiner Augenhöhe schwenkend, vor ihm die Treppe hinaufging. Auf dem ersten Treppenabsatz griff er impulsiv nach oben und nahm ihren schwarzen Pferdeschwanz in eine Hand, um ihren Schritt kontrollieren zu können. Elena warf ihren Kopf zurück, stöhnte und drehte sich langsam um. Brand küsste sie hungrig, fordernd und erregt. Atemlos unterbrach sie den Kuss und führte ihn die Treppe hinauf. »Welches Zimmer?«

»Vier.«

»Beeil dich«, flüsterte sie ihm heiser ins Ohr.

Während er mit dem Schlüssel die Tür zu öffnen versuchte, krallte Sie ihre Fingernägel in seinen Rücken und küsste seinen Hals. Drinnen presste er sie gegen die Wand und senkte seinen Mund auf eine ihrer kleinen Brüste, die sie für ihn aus dem Cocktailkleid befreit hatte. Seine Hand wanderte zwischen ihre Schenkel und schob ihr Höschen beiseite. Er teilte das glitschige, geschwollene Fleisch und rieb mit dem Finger immer wieder mit unterschiedlich starkem Druck über die harte kleine Perle darin. Elena hatte ihn in die Schulter gebissen. Er fuhr sich über die Stelle, als er im Zimmer die Augen öffnete und sah den roten Abdruck, den ihre Zähne hinterlassen hatten.

Brand fand in seinem Seesack ein Paar Shorts und hüpfte einbeinig hinein. Er musste bis zehn Uhr aus dem Zimmer sein. An der Wand bemerkte er einen Schminkfleck an der Stelle, wo Elena ihr Gesicht zur Wand gedreht und ihre Wange den weissen Putz berührt hatte, als er ihren Hals küsste, sie hochhob und in sie eindrang. Er hatte sich während des Abendessens in der Herrentoilette des Clubs eine kostenlose Packung Kondome aus der bereitstehenden Schachtel genommen. Das erste Mal war schnell, fast brutal gewesen. Sie schlang ihre Beine um ihn und griff unter sein aufgeknöpftes Hemd, und kratzte ihm mit ihren roten Nägeln über den Rücken. Als er sich umdrehte, konnte er die Kratzspuren im Spiegel erkennen.

Als sie kam, hatte sie ihm in die Innenseite der Lippe gebissen und er blutete. Als er den metallischen Geschmack erkannte, gab er ein animalisches Stöhnen von sich und hob sie an der Wand hoch. Sie erinnerte ihn an eine Löwin, die fauchte und kämpfte, als er sie nahm. Dann huschte sie an ihm vorbei, zog sich das Kleid über den Kopf, ging zum Bett und verführte ihn erneut. Er blieb einen Moment gegen die Tür gelehnt stehen, um durchzuatmen, während sie sich nach vorne beugte, sich aus dem winzigen Spitzenhöschen schlängelte, ihre gestiefelten Füsse auseinander stellte, die Hände auf die Matratze legte und über die Schulter zu ihm zurückschaute. »Nochmals«, hatte sie gesagt.

Sie hatte ihn, nur mit ihren Stiefeln bekleidet, geritten und danach war er schliesslich eingeschlafen. Bald weckte ihn Elena jedoch, indem sie ihn leckte und seine Erregung damit zurückbrachte. Er schaute hinunter und legte seine Hände in ihr dunkles Haar.

Ihre Körper waren schweissnass und glitschig, als er sie umdrehte, küsste und in sie eindrang. Diesmal langsamer und genussvoller, so dass er am Ende jedes Stosses einen Moment tief in ihr ruhte. Sie kratzte ihn noch mehr, drängte ihn, schneller zu werden und er gab sich ihrer scheinbar unstillbaren Leidenschaft hin.

Als er von den Strapazen der Reise erschöpft und immer noch wund von den Schlägen, die er von den De Villiers-Jungs erhalten hatte, eingeschlafen war, hatte sie neben ihm gelegen und sich an seine Brust gekuschelt. Jetzt erinnerte er sich daran, dass sie aufgestanden war, als es noch dunkel war. Nur wenig fahles Licht der Morgendämmerung war durch die Vorhänge gedrungen, als sie vor dem Spiegel gestanden und ihr Kleid zugeknöpft hatte. Sie schauten sich schweigend an. Schliesslich setzte sie sich aufs Bett, um ihre Füsse und Beine in die Stiefel, die sie nach der zweiten Runde ausgezogen hatte, zu zwängen. Dann war sie aus dem Zimmer verschwunden und er wieder eingeschlafen.

Brand öffnete die Vorhänge, um mehr Licht hereinzulassen, knöpfte sein Hemd zu und nahm sein Handy aus der Brusttasche. Er wählte die Nummer von Elenas Praxis und begrüsste die Empfangsdame. »Guten Morgen, ist Dr. Rodriguez frei, bitte? Ich bin ein Freund von ihr.«

Er hörte im Hintergrund Stimmen, vermutlich ein überfülltes Wartezimmer. Ein Kind jammerte. »Es tut mir leid, aber Dr. Rodriguez ist heute nicht zur Arbeit erschienen und ich habe viele Leute, die behandelt werden wollen.«

»Danke.« Brand beendete das Gespräch.

Sie musste die Grenze schon hinter sich gelassen haben. Möglicherweise hatte sie nicht genug Geld oder war nicht listig genug, um die Polizei in Simbabwe zu bestechen. Oder sie wollte, wie die verstorbene Kate Munns, einfach nur aus ihrem erbärmlichen Leben verschwinden.

Und er hatte sich rumkriegen lassen, zwar nicht schlecht, aber immerhin. Er nahm sein Telefon wieder in die Hand und scrollte durch die Nummern, bis er die von Sergeant Goodness Khumalo fand. Er wählte sie.

»Hier ist Hudson Brand, Sergeant, wie geht es Ihnen an diesem schönen Morgen?« Er hustete.

»Danke, gut. Besser als Ihnen, denke ich?«

»Nein, nein, bei mir ist alles gut.« Er hustete wieder in seine Hand und blickte auf Elenas leere Zigarettenschachtel neben dem Bett. Er hatte nachgegeben und zwischen den Liebesspielen ein paar Glimmstengel mit ihr geraucht, was das Raspeln in seiner Stimme und den fauligen Geschmack in seinem Mund erklärte. Der Stummel einer ihrer Zigaretten lag im Aschenbecher, der rote Ring ihrer Lippen noch sichtbar.

»Wie kann ich Ihnen helfen, Herr Brand? Haben Sie eine Information für mich?«

»Ich habe bestätigt bekommen, dass Kate Munns wirklich tot ist, aber vielleicht sollten Sie zum Standesamt gehen und sich die von einer Frau Dr. Elena Rodriguez ausgestellte Sterbeurkunde besorgen.«

»Der Name kommt mir bekannt vor.«

»Sagen wir einfach, dass die gute Ärztin der Polizei von Bulawayo in der Vergangenheit aufgefallen ist. Sie verkauft gefälschte Totenscheine.«

»Aber Sie haben gesagt, Kate sei wirklich tot?«

»Das habe ich. Aber drei Tage, bevor sie unerwartet ein echtes Zertifikat brauchte, hat sie ein gefälschtes gekauft.«

Goodness Khumalo hielt einen Moment inne. »Die Frau hat ihren Tod vorgetäuscht und ist dann bei dem Unfall gestorben? Ernsthaft?«

»Ich nehme an, wenn Sie einige andere von Dr. Rodriguez unterzeichnete Sterbeurkunden heraussuchen, werden Sie weitere interessante Angaben finden. Falls Sie Unregelmässigkeiten aufdecken, wäre ich Ihnen dankbar, wenn Sie mir einen Gefallen tun und sich bei mir melden könnten. Dann könnte ich bei den Versicherungsgesellschaften im Ausland nachhaken.«

»Ich glaube, wir arbeiten in Zukunft zusammen, Herr Brand«, sagte Sergeant Khumalo. »Ich freue mich auf das Gespräch mit der Ärztin.«

»Prima, dann bis zum nächsten Mal.« Brand wollte nicht, dass die Polizistin erfuhr, dass Elena inzwischen die Grenze höchstwahrscheinlich überquert hatte und genauso wenig wollte er ihr erklären, wie sie die Zeit gehabt hatte, ihre Flucht zu bewerkstelligen. Aber für

Khumalo konnte es ein Sprung auf die erste Sprosse der Karriereleiter sein.

Brand putzte sich die Zähne, packte seine Tasche, verliess das Zimmer und ging zum Büro des Clubs im Erdgeschoss, um seine Rechnung zu bezahlen.

Nun brauchte er etwas Fettiges, um den Kater zu betäuben. Er bog auf den Parkplatz des Holiday Inn, liess den Land Rover stehen und ging ins dortige ›Spur‹-Steakhouse. Die Vertrautheit der im Wild-West-Thema eingerichteten Restaurantkette und das Wissen, dass die Speisekarte überall in Afrika gleich war, schaffte einen willkommenen, ruhigen Kontrast zum Chaos der realen Welt da draussen.

Er bestellte bei der Kellnerin einen Cheeseburger und checkte, während er wartete, seine E-Mails. Die erste war von Wayne Hamilton, seinem britischen Reisekontakt und informierte ihn darüber, dass Peter und Anna Cliff auf dem Weg nach Simbabwe waren.

13

*E*s ist ein schönes Haus, dachte Polizei-Captain Sannie Van Rensburg, *ein Haus, in dem ich gern leben würde, wenn Tom und ich uns jemals entschliessen sollten, die Farm zu verkaufen, oder falls die Regierung sie uns abkaufen würde.*

Sannie schaute aus den Glasfenstern des Hauses in Steiltes, einem Vorort in den Hügeln hoch über Nelspruit, und nahm sich noch einen Moment Zeit, um die Aussicht auf die Stadt und das Tal darunter zu bewundern.

»Ein netter Ort«, sagte Mavis.

»Ja. Und hübsch gekleidete Damen, die ihn ausgeraubt haben.«

»Glauben Sie, es ist dasselbe Paar, das die Diebstähle in Sandton und Houghton verübt hat? Die Glamour Girls? Salz und Pfeffer?«

Sannie mochte die Angewohnheit der Medien nicht, Kriminellen Spitznamen zu geben. ›Salz und Pfeffer‹ war der neuste. Sie war der Meinung, dadurch würden Verbrechen in den Augen beeinflussbarer junger Menschen trivialisiert oder gar verherrlicht. Aber mittlerweile war Mavis zu einer erfahrenen Detektivin herangereift. Sie las jeden Tag die Zeitungen und informierte sich im Internet über die Kriminalität nicht nur in der Region, sondern auch auf nationaler Ebene. Sannie teilte ihre Gedanken über die gut gekleideten Banditinnen.

»Könnte sein. Oder vielleicht Trittbrettfahrerinnen, Nachahmerinnen«, sagte Sannie. »Raubüberfälle auf zur Besichtigung offenstehende Häuser, sind keine neue Art von Verbrechen, doch die Vorgehensweise ist ähnlich wie bei den anderen, und es sind wiederum zwei Täterinnen.« In der Küche schimpfte die Besitzerin des Hauses, eine matronenhafte Frau mit Dauerwelle, weissem Hosenanzug und goldenen Sandalen über den Makler, weil dieser die Leute, die das zum Verkauf stehende Haus besichtigten, nicht im Auge behielt.

»Hast du eine vollständige Liste der fehlenden Dinge bekommen?«, fragte Sannie ihre Partnerin.

Mavis öffnete ihr Notizbuch. »Zwei Laptops, ein Mobiltelefon, etwas Bargeld aus einer Nachttischschublade und eine Rolex-Uhr.«

»Keine schlechte Ausbeute. Wenn es sich um dasselbe Paar handelt, hat es seine Aktivitäten vielleicht einfach von Joburg ins Lowveld verlegt, weil die Polizei ihnen auf den Fersen war.«

Sowohl Sannie als auch Mavis hatten am Wochenende zuvor in der *Sunday Times* einen Bericht über zwei Frauen in Burkas gelesen, die versucht hatten, ein Haus in Houghton auszurauben. Der Journalist hatte Insiderinformationen, dass die Polizei eine verdeckte Operation durchgeführt hatte, aber die Frauen entkamen, nachdem sie einen gestohlenen Ausweis vorgelegt hatten.

»Mavis, du musst herausfinden, wer die früheren Fälle bearbeitet hat, wenn wir wieder im Büro sind. Schau, was wir über die beiden herausfinden können: Beschreibungen, Überwachungskameras und ähnliches.«

Mavis' Augen weiteten sich. »Vielleicht können wir selbst zuschlagen?«

»Vielleicht.« Sannie dachte, wenn es dieselben beiden Frauen seien, liessen sie sich nicht so leicht fassen. Die Besitzerin dieses Hauses hatte ihnen erzählt, sie habe ihren Mann und die Söhne angewiesen, alle Wertsachen zu verstecken. Der Agent sagte, die weisse Frau des Paares habe ihn in ein ausführliches Gespräch über das Haus verwickelt, und er nahm an, ihre Partnerin habe währenddessen die Suche und den Diebstahl durchgeführt. Wie in den anderen Fällen, von denen sie gelesen hatte, war eine der beiden für die Ablenkung, die andere für den Diebstahl zuständig. Sannie hatte den Agenten gefragt, ob die Frau mit ihm geflirtet habe und er war rot geworden, was ihr einen genaueren Hinweis auf die Art ihres ›ausführlichen Gesprächs‹ gab. Er konnte ihnen eine gute, nein, sogar eine sehr gute Beschreibung von ihr geben. Aber jetzt müssen wir erst einmal eine Warnung an alle Immobilienmakler in Nelspruit durchgeben.

»*Yebo*«, bestätigte Mavis.

Sannies BlackBerry surrte und sie überprüfte ihre E-Mails. »Interessant.«

»Was?«, fragte Mavis.

»Du weisst, dass ich mich wegen der Frau, die während der Fussballweltmeisterschaft ermordet wurde, an die Abteilung für Ermittlungspsychologie gewandt habe?«

»Ja, in unserem ersten gemeinsamen Fall. Ich werde ihn nie vergessen und finde es toll, dass du ihn auch nicht einfach sein lassen willst.«

Sannie war unzufrieden damit, dass es ihnen nicht gelungen war, den Mörder zu fassen. »Vor sechs Monaten haben Sie in Kapstadt eine weitere Prostituierte tot aufgefunden, identische Vorgehensweise.«

»Das schliesst Ihren Hauptverdächtigen aber irgendwie aus, oder?«

Sannie blickte über das Tal hinweg auf den White River und die dunstbedeckten Hügel dahinter. »Ich weiss es nicht. Das hängt davon ab, ob Hudson Brand zum Zeitpunkt des Todes der Frau, im Februar letzten Jahres, in Kapstadt war oder nicht.«

* * *

Mavis und Sannie arbeiteten an einem Flugblatt, das ein Phantombild der beiden Frauen enthielt, die die Häuser in Johannesburg ausgeraubt hatten und von denen sie annahmen, sie könnten genauso für den Diebstahl in Steiltes verantwortlich sein und Mavis schickte es per E-Mail an alle Agenten in Nelspruit.

Um fünf Uhr verliess Sannie das Büro und Mavis ging mit einem der uniformierten Wachtmeister, Vusi Baloyi, etwas trinken. Sannie wusste nicht, wie ernst es zwischen ihnen war, aber Vusi war alleinstehend, ein attraktiver Mann und soweit Sannie wusste, ein guter Polizist. Sie hoffte nur, Mavis, die mittlerweile nicht mehr nur eine Arbeitskollegin, sondern eine Freundin geworden war, finde jemanden, der ihr intellektuell ebenbürtig war.

Sannie verliess Nelspruit auf der R40 und fuhr nach White River hinauf und durch die dahinterliegenden bewaldeten Hügeln. Die Eukalyptusbäume und Kiefern wichen Bananen, und mit einer Mischung aus Schuldgefühlen und Aufregung fuhr sie an ihrem Zuhause vorbei. Eigentlich sollte sie jetzt mit Tom und den drei Kindern auf der Veranda des Farmhauses sitzen, einen Savanna-Apfelmost trinken und sich anhören, wie ihr Tag verlaufen war. Stattdessen fuhr sie weiter in Richtung der Stadt Hazyview. Sie beabsichtigte nicht, Mavis von den Ermittlungen im Fall der toten Prostituierten auszuschliessen, aber da die Person, mit der sie sprechen musste, so nahe bei ihrem eigenen Haus wohnte, hatte sie beschlossen, einfach unangemeldet vorbeizuschauen.

Sie fragte sich, wo Hudson Brand jetzt war. Sie hatte nicht gehört, ob seine Suspendierung vom Führen nach der Erschiessung des Wilderers aufgehoben worden war, aber Tracey Mahoney würde es wissen. Sie setzte ihn oft als freiberuflichen Führer in ihrem örtlichen Safari-Geschäft ein und hatte ihn auch während der FIFA-Fussballweltmeisterschaft 2010 engagiert.

Hinter einem Minenlaster verlangsamte Sannie und wartete an der Drei-Wege-Kreuzung der R40 und der R538, dann bog sie links ab. Sie fuhr am ›Rendezvous‹-Einkaufszentrum vorbei und wartete an der Ampel, um beim ›Blue Haze‹-Einkaufszentrum nach rechts auf die Portia Shabangu abzubiegen. Um sie herum hupten und fuhren Minibustaxis, die Arbeiter in die Townships und informellen Siedlungen zurückbrachten, es war ein Kommen und Gehen. In ihrer Kindheit war Hazyview eine Ein-Laden-Stadt gewesen, in der nachts

Nilpferde durch die Strassen streiften, doch jetzt war es ein geschäftiges, überfülltes Zentrum der Safari- und Agrarindustrie.

Sannie bog auf die R536 ein.

Sie hielt an einer weiteren Kreuzung, bei der ein Mann Warzenschweine aus Metall und eine Menagerie anderer handgefertigter Souvenirtiere verkaufte und blickte an *Oom Kallies* Metzgerei vorbei zur Kneipe, in der Brands ehemalige Freundin arbeitete. Wenn sie nicht herausfinden konnte, wo sich der Fremdenführer im Moment aufhielt, würde sie Hannah Van Wyk einen Besuch abstatten. Sie hatte in der Stadt gehört, dass Brand trotz der Trennung der beiden nach den Mordermittlungen im ›Pepper Vine‹, das Van Wyk leitete, immer noch Stammgast war. Sannie überlegte erneut, ob es sich lohne, die Frau noch einmal zum Alibi zu befragen, das sie Brand gegeben hatte.

Sannie bog vor der Brücke links ab, dann rechts in die Tarentaal Street und wieder links in die Goshawk Ridge. Vor einem schwarzen Stahltor hupte sie und hörte von der anderen Seite Hundegebell. Ein Gärtner schob das Tor auf und als Sannie sah, dass der kleine Hof vor dem Haus mit Safari-Fahrzeugen und Umzugswagen vollgestopft war, stellte sie den Motor in der Einfahrt ab, schloss ihr Auto und ging hinein.

Tracey Mahoney trat an die vergitterte Sicherheitstür. »Captain Van Rensburg? Hallo, kann ich Ihnen helfen?«, fragte sie mit dem Londoner Akzent, den sie, obwohl sie bereits zwanzig Jahre in Südafrika lebte, nicht verloren hatte.

»Guten Tag, Misses Mahoney. Wie geht es Ihnen?«, sagte Sannie.

»Danke, gut.«

Sannie erinnerte sich, dass Tracey bei ihren früheren Ermittlungen sehr für Brand eingestanden war. Sie wusste nicht, ob Tracey den Amerikaner wirklich schätzte oder ob sie es ihm übelnahm, dass er, als einer ihrer Auftragnehmer, in eine Mordermittlung verwickelt war. Die Publicity in diesem Fall konnte ihrem Geschäft nicht zuträglich gewesen sein. »Vielleicht darf ich hineinkommen?«

Tracey bewegte sich zunächst nicht. Ein Jack Russell stand

wachsam und knurrend neben ihr und ein grosser schwarzer Hund unbestimmter Herkunft bellte hinter ihr.

»Dufus, halt die Klappe!« Der schwarze Hund drehte sich um und trottete weg. »Oh, na gut. Kommen Sie rein. Aber ich muss in einer Viertelstunde die Kinder bei ihren Freunden abholen.«

»Wir brauchen bestimmt nicht so lange«, sagte Sannie. Sie folgte Tracey nach drinnen, in einen Raum rechts von der Eingangstür, der zu einem Büro umgebaut worden war.

Tracey setzte sich in ihren Bürostuhl hinter dem Computerschreibtisch. »Es geht wieder um Brand, nehme ich an?«

»Ja«, sagte Sannie. »Wissen Sie, wo er im Moment ist?«

»In Simbabwe. Die Parkbehörde hat die Untersuchung zur Erschiessung des Wilderers noch nicht abgeschlossen. Sie haben bestimmt im *Lowvelder* davon gelesen.«

Sannie nickte. »Ja, ich habe ihn befragt.« Sie erinnerte sich, sein Bild auf der Titelseite gesehen zu haben. Eines der vielen Dinge, die sie an dem Amerikaner störten, war, dass er ihr sehr gefiel. Sie war Tom sehr zugetan, aber Brand hatte etwas an sich, das Frauen dazu brachte, stehen zu bleiben und ihn ansprechen zu wollen. Vielleicht war es gerade die Arroganz und Selbstsicherheit des Mannes, die sie so irritierte, weil sie unbewusst auch Teil seines Charmes ausmachte. »Ja, ich habe es gesehen. Was macht er denn in Sim?«

»Ich bin nicht seine Aufpasserin und im Moment auch nicht seine Arbeitgeberin«, sagte Tracey.

»Nein, aber vor sechs Monaten hat er für Sie gearbeitet, nicht wahr?«

Tracey schaute auf ihren Computer und prüfte scheinbar eine E-Mail, die sich mit einem Ping ankündigte. »Hat er?«

»Um Sie das zu fragen bin ich hier.«

Tracey nahm ihre Zigarette aus dem Aschenbecher, nahm einen Zug und stiess den Rauch zwar nicht direkt in Richtung Sannie aus, aber auch nicht von ihr weg. »Ja, das ist gut möglich.«

»Können Sie überprüfen, wo er am 12. Februar gearbeitet hat?«

Tracey seufzte und drehte sich in ihrem Stuhl so, dass sie wieder vor dem Computer sass. »Natürlich, ich führe alle meine Buchungen in einer Liste hier auf.« Ihre Finger bewegten sich über die Tastatur und als Tracey auf die Buchungen für Februar klickte, beugte sich Sannie vor, um den Bildschirm zu sehen.

»Nun, er war nicht hier, wenn Sie das wissen und ihm allenfalls einen weiteren Mord anhängen wollen. Schauen Sie mal.« Tracey bewegte den Flachbildschirm so, dass Sannie einen besseren Blick darauf werfen konnte. »Da, sehen Sie, er war auf einer Tour. Am Vierten führte er eine deutsche Familie durch den Krüger, am Sechsten fuhren sie über die Schlachtfelder des Zulukrieges und übernachteten in Fugitives' Drift, am Achten fuhren sie weiter nach Durban, dann ein paar Tage lang über die Gardenroute und schliesslich nach Kapstadt.«

»Er war also in der Nacht des Zwölften in Kapstadt?«

»Ja, so steht es hier. Ich hoffe, Sie sind zufrieden.«

Sannie spürte, dass sich ihr Herzschlag erhöhte und ein Adrenalinstoss durch ihre Nerven schoss, als sie die Details der Reiseroute in ihr Notizbuch schrieb. Wenn sie ehrlich war, hatte sie herauszufinden gehofft, Hudson Brand sei in der Nacht, in der eine zweite Prostituierte vergewaltigt und ermordet worden war, nicht in Kapstadt, sondern im Krügerpark auf Safari gewesen.

* * *

BRAND BEOBACHTETE, wie die Elefantenherde in Trab verfiel, als sie Wasser roch. Eine weisse Staubwolke stieg hinter ihnen auf, als sie durch den schimmernden Hitzedunst auf ihn zuhielten.

Das Strohdach über der Aussichtsplattform am Nyamandlovu-Wasserloch schützte ihn und die drei anderen Besucher vor der Sonne, und die Tatsache, dass das Versteck auf Stelzen einige Meter über dem Boden stand, ermöglichte es ihnen, die Brise zu nutzen, obwohl es dort genauso heiss und trocken war, wie im übrigen Hwange-Nationalpark.

»Ein Löwe«, sagte Brand.

»Wo?«, wollte der Mann, der auf dem klapprigen Holzstuhl neben ihm sass, wissen.

Es waren Australier, zwei junge Männer und eine Frau. Brand vermutete, sie seien von einer Nichtregierungsorganisation oder von der Botschaft in Harare, denn sie hatten diesen ernsthaften, wichtigen Blick. Brand deutete auf die grosse Akazie auf der anderen Seite der Pfanne, des kleinen Sees, die die jahrzehntelange Verwüstung durch Elefanten irgendwie überlebt hatte und ihre Äste nun weit in den Himmel streckte. Manchmal trotzte das Leben allen Härten, selbst in diesem rauen, durstigen Sanddünengebiet der Kalahari.

Die Australier entdeckten den Löwen endlich und Brand hob sein Fernglas, um ihn erneut zu betrachten. Es war ein schönes Exemplar, ein Männchen in seiner späten Blütezeit, etwa zehn Jahre alt, vermutete er. Die Matriarchin der Elefantenherde hob ihren Rüssel, als sie den Geruch des Löwen wahrnahm, aber selbst als sie ihn sah, brachte dies sie und ihre Familie nicht vom verzweifelten Vorhaben ab, das Wasser zu erreichen.

Das Wasserloch war schmierig und grau, ein Gemisch aus Wasser und Schlamm, das von unzähligen Elefantenfüssen und den Hufen und Pfoten zahlreicher anderer Tiere aufgewühlt worden war. Einige nervöse Zebras mit schlammbepflasterten Beinen erschraken und galoppierten davon. Der Löwe schritt weiter, wobei er sowohl die Pflanzenfresser wie auch die Elefanten ignorierte.

Das war es, wofür Brand lebte, nicht für die zahlenden Touristen oder den gelegentlichen Nervenkitzel bei einer Ermittlung. Es waren der Friede und das Paradies, im Schatten zu sitzen und Afrikas Wildtiere bei ihrem täglichen Kreislauf von Leben und Tod zu beobachten. Das war besser als Fernsehen oder Kino und das Ende war genauso wenig vorhersehbar, wie das eines guten Buches.

Brand hatte Dani aus Bulawayo gemailt und ihr mitgeteilt, Kate Munns sei nach Angaben sowohl der Polizei wie auch ihres Arztes definitiv verstorben.

Er hatte noch einen letzten Tag Zeit, bevor die Cliffs eintrafen. Sein Land Rover war langsam und laut, so dass er beschlossen hatte, die Reise nach Victoria Falls zu unterbrechen und eine Nacht im Hwange-Nationalpark zu zelten. Er war am Nachmittag im Park angekommen, hatte sich angemeldet und war dann die zehn Kilometer zur Nymandlovu-Plattform gefahren.

Als die Sonne in den Staubgürtel über dem Horizont sank, tauchte sie die Landschaft in ein unirdisches, unwirkliches Rotgold.

Der Löwe befand sich nun am Wasserloch und bewegte sich vorsichtig an den Rand des Beckens heran. Offensichtlich mochte er das Gefühl, seine desserttellergrossen Pfoten nass zu machen, nicht. Er sah fast komisch aus, wenn er seine Vorderpfoten schüttelte, bevor er sich schliesslich mit eingezogenem Schwanz hinhockte, um leckend Wasser zu trinken.

Die Elefanten hatten es direkt auf die Wasserquelle abgesehen, ein Rohr, durch das Wasser in einen Betontrog tropfte, von dem es in einen grösseren Topf übergelaufen wäre, wenn die Dickhäuter nicht so versessen darauf gewesen wären, es direkt aus dem Auslass zu saugen. Irgendwo in der Nähe tuckerte ein alternder Lister-Dieselmotor vor sich hin und saugte das Wasser, die lebensspendende Flüssigkeit, aus den Tiefen des trockenen Sandbodens an.

Brand öffnete die billige Plastikkühlbox neben sich und nahm ein weiteres Sambesi Lager heraus. Das Eis war längst geschmolzen, aber das Wasser gab dem Bier einen Anschein von Kühle. Er nahm einen langen Zug und wischte sich dann mit dem Handrücken den Mund ab.

Die Elefantenmatriarchin trompetete, hob ihren Rüssel erneut und verliess ihre Familiengruppe, die das Wasser aus der Leitung abzweigte. Inmitten des Waldes grauer Beine stand ein winziges Kalb und die alte Kuh war wegen der Anwesenheit des Löwen, der eigentlich für keines der Tiere eine Gefahr darstellte, sichtlich nervös. Sie ging ein paar Schritte auf den Löwen zu und als sie sich ihm näherte, blickte er auf.

Einen Moment lang starrte er sie trotzig an, doch als sie sich ihm am Rande des Wasserlochs näherte, wich er von der Suhle zurück und begann zu traben. Ermutigt jagte die Kuh mit abstehendem Schwanz und angelegt Ohren, erneut trompetend, hinter ihm her. Der Löwe begann zu rennen und steuerte auf die Baumgrenze zu.

»So viel zum König der Tiere«, kommentierte einer der Australier.

Brand hatte diese Szene schon unzählige Male beobachtet. Elefanten und Büffel hassten Löwen gleichermassen und beide stürzten sich auf sie, um sie von ihren Jungen wegzujagen. In Wirklichkeit war es nicht einfach, König zu sein. Männliche Löwen wurden bei Erreichen der Geschlechtsreife aus ihren Rudeln verjagt und verbrachten dann lange, oft einsame Jahre im Busch, wo sie für sich selbst sorgen mussten. Wenn sie Glück hatten, überlebten sie und forderten, wenn sie sich stark genug fühlten, ein Männchen oder ein Brüderpaar heraus, das die Vorherrschaft in einem Rudel einnahm. Falls sie gewannen, genossen sie ein oder zwei Jahre lang die zahlreichen Möglichkeiten zur Paarung, den Schutz der Familie und dass ihre Löwinnen den Grossteil der Jagd erledigten. Doch allzu bald wurden auch sie herausgefordert und wenn sie nicht von den jungen Usurpatoren getötet wurden, schickte man sie zurück in den Busch, wo sie verhungerten, wenn sie nicht vorher an den Wunden starben, die sie sich beim Verteidigen ihrer Vorherrschaft zugezogen hatten.

Brand konnte sich mit dem alten Mann identifizieren. Die De Villiers-Brüder hatten ihn auf den Weg geschickt und er hatte weder eine Frau noch eine Familie. Er war über das mittlere Alter hinaus, hatte kaum einen Dollar in der Tasche, niemanden, der ihn ernährte, und niemanden, den er beschützen musste. Doch auf seine Weise war er glücklich.

Der männliche Löwe begann zu rufen und sein tiefes, grollendes Brüllen hallte über die von Tausenden von Elefanten plattgewalzte Ebene. *Er hat also doch jemanden*, dachte Brand, *vielleicht einen Bruder oder vielleicht doch ein Rudel. Er ist nicht allein.*

Brand trank sein Bier aus, als die Elefanten die Tränke verliessen und sich um das schlammige Wasserloch verteilten. Nachdem sie ihren Durst gestillt hatten, schnaubten sie rüsselweise den Schlamm auf, um ihn sich auf den Rücken und unter den Bauch zu sprühen. Nach dem Trocknen schützte sie die schwarze Kruste vor der Sonneneinstrahlung und dem Juckreiz von Zecken und anderen

Parasiten. Brand nahm seine Kühlbox und ging die Holztreppe zu seinem Land Rover hinunter, kletterte hinein und startete den Motor.

Er öffnete ein weiteres Bier und fuhr langsam zum Camp zurück. Die Sonne färbte sich rot, als sie sich den Baumkronen näherte und er hielt an, um zu beobachten, wie sie den langen Hals einer Giraffe, die an einer Schirmakazie knabberte, perfekt umriss. Es war ein typisch afrikanisches Bild und erinnerte ihn daran, warum er hier war.

Er würde sich morgen mit Anna und Peter Cliff treffen und sie durch das südliche Afrika fahren. Einerseits auf eine Safari andererseits auf eine höchstwahrscheinlich erfolglose Suche nach Linley Brown. Er fragte sich, ob Dani der Schwester und dem Schwager erzählt habe, was er über Kate erfahren hatte, oder ob sie ihm das überliess.

Brand erhob sein Bier auf die Giraffe und auf eine junge Frau, die geglaubt hatte, dem Tod ein Schnippchen schlagen zu können.

»Auf Wiedersehen, Kate Munns, wer auch immer du warst.«

14

─────────

Zu Brands Überraschung piepte sein Handy in der Tasche, als die Rangerin das grün-gelb gestreifte Gittertor öffnete und er zurück ins Main Camp fuhr, dem, Haupt-Rastlager im Hwange-Nationalpark, wie es der Name schon sagt.

Er trudelte an grün gestrichenen Bungalows vorbei zum sandigen, praktisch leeren Campingplatz. Ein Trio von Land Cruisern mit südafrikanischen Kontrollschildern und Dachzelten, Markisen und allem erdenklichen Campingzubehör ausgestattet, stand rund um ein Feuer und Brand roch den verlockenden Duft brutzelnder *Boerewors,* südafrikanischen Bratwürsten.

Als er einen Platz unter einem Mopane-Baum gefunden hatte, nahm er sein Handy heraus und sah auf das Display. Er hatte zwei verpasste Anrufe. Bei seinen früheren Besuchen hatte er im Park nie Handyempfang gehabt und das Telefon nur eingeschaltet gelassen, um es als Uhr zu benutzen.

Es gab auch andere Zeichen des Fortschritts im Camp, kleine Anzeichen dafür, dass Simbabwe sich langsam aus dem wirtschaftlichen und politischen Chaos befreite, das das Land seit Jahren geplagt hatte. Beim Einchecken hatte er im Garten der Bar und des Restaurants ›Waterbuck's Head‹, das in den letzten zehn Jahren aufgrund der katastrophalen Wirtschaftslage in Simbabwe und des Mangels an Besuchern im Park geschlossen gewesen war, Leute bemerkt. Es schien, als kehrten die Touristen nach Hwange zurück.

Während er seine Mailbox abhörte, stieg Brand aus dem Land Rover und öffnete die hintere Tür. Die erste Nachricht war von Sergeant Goodness Khumalo.

Hallo, Herr Brand. Ich habe in der Praxis von Dr. Rodriquez nachgefragt und ihre Sprechstundenhilfe sagte, sie habe dringend das Land verlassen müssen. Ich hoffe, das lag nicht daran, dass Sie Ihr mit Ihren Ermittlungen einen Tipp gegeben haben. Auf Wiedersehen.

Elena war entkommen und hatte ihn wahrscheinlich einen guten Kontakt zur Polizei in Bulawayo gekostet, aber Brand vermutete, wahrscheinlich keine der beiden Frauen wiederzusehen. Die zweite Nachricht kam von Dani.

Hallo Hudson, Ich habe das Geld auf dein Bankkonto überwiesen und du solltest morgen darüber verfügen können. Ich habe mit Anna Cliff gesprochen. Wie du dir dachtest, wird sie dich anheuern, um Linley Brown aufzuspüren. Ich wünsche dir viel Glück dabei. Ich habe die Versicherung darüber informiert, dass Kate Munns gemäss deinen Erkenntnissen tot und die von Dr. Fleming ausgestellte Sterbeurkunde gültig ist. Ich habe die Gesellschaft auf die zweite gefälschte Bescheinigung hingewiesen, worauf sie mich um Rechtsberatung zu ihrer Position gebeten haben. Es ist nicht einfach, denn dass sie die Polizei einschalten wollen, ist unwahrscheinlich, wenn sie es aber nicht tun, sind sie praktisch gezwungen, zu zahlen. Ich werde mich zu gegebener Zeit äussern. Dass sich die Versicherung um Klarheit bemüht, führt aber unweigerlich zu einer Verzögerung der Zahlung an Linley Brown. Oh, ich hatte noch keine Gelegenheit, Anna deine Neuigkeiten über den gefälschten Totenschein mitzuteilen. Ich dachte, ich überlasse es dir, ihr diesen Teil zu erzählen. Dürfte eine interessante erste Nacht am Lagerfeuer werden. Ciao.

Brand seufzte und steckte sein Handy zurück in die Tasche. Er zog eine mit Segeltuch bespannte Matratze von der Ladefläche des Land Rovers, löste den Ledergurt, mit dem sie zusammengerollt war und warf sie auf das Dach des Wagens. Dann nahm er ein kompaktes Moskitonetz und kletterte über die vordere Stossstange und die

Motorhaube aufs Dach. Er schüttelte das Netz aus, knüpfte es mit einem Stück Schnur an die Spitze eines tiefhängenden Astes und stopfte es unter der Matratze fest.

Er kletterte wieder hinunter und öffnete eine weitere Flasche ›Sambesi‹. Mit dem Bier in der einen Hand schleppte er ein Bündel frisch gehacktes Mopaneholz zu einer Feuerstelle. Hudson Brand stellte sein Bier widerwillig auf dem aus Backsteinen und Zement gemauerten Grillplatz ab und stopfte trockenes gelbes Gras und Anzündholz in die Vertiefung, die er in der Mitte des Feuerholzes gemacht hatte. Dann zündete er es mit seinem Zippo an. Der ausgedörrte Brennstoff fing sofort an zu brennen und noch bevor er sein Bier ausgetrunken hatte, war das Feuer entfacht und loderte das Holz.

Neben seiner Kühlbox hatte er einen vierzig Liter fassenden Campingkühlschrank, der von einer zusätzlichen Autobatterie gespiesen wurde. Er nahm ein Stück Rumpsteak heraus, das er vor seiner Abreise aus Bulawayo gekauft hatte. Danach waren seine Lebensmittel aufgebraucht. Am Morgen musste er in Victoria Falls für die Safari, auf die er Peter und Anna Cliff führte, einkaufen, bevor ihr Flugzeug ankam. Ausserdem musste er bei einem Mann, der in Victoria Falls ein Reiseunternehmen betrieb und mit dem er in der Vergangenheit schon öfter zusammengearbeitet hatte, ein grösseres Fahrzeug abholen. Es gab viel zu tun.

Für den Moment holte er jedoch einen ausklappbaren Campingstuhl aus dem Kofferraum seines Wagens und setzte sich mit seinem Bier hin, um zuzuschauen, wie die Flammen das Holz in glühende Kohle verwandelten, auf denen er kochen konnte. Manche Leute nannten ein Lagerfeuer Buschfernsehen und das genügte Brand, selbst wenn er sich richtiges Fernsehen hätte leisten können.

Für den Moment verdrängte er den Gedanken an die Nachricht, die er Anna Cliff überbringen musste, nämlich dass Kate aus irgendeinem Grund auf betrügerische Weise verschwinden und für ihre Freundin, sich selbst oder für beide eine Menge Geld erlangen wollte. Er fragte sich, ob die Schwester eine Antwort auf all die Fragen hatte. Bestimmt wollte sie Linley auf jeden Fall aufspüren und dieser Safari-Urlaub würde in eine Menschenjagd ausarten, auf der ihn zwei Amateure begleiteten. Er hatte das Gefühl, es werde keine angenehme Reise.

Jenseits des rostigen, verfallenen Lagerzauns heulte ein Schakal hoch und schrill. Aus weiter Entfernung hörte man das Brüllen eines Löwen, vielleicht des Männchens, das Brand in Nyamandlovu gesehen hatte. In den Schatten jenseits des Feuers bewegte sich eine Gestalt und als Brand sich die Hand über die Augen hielt, um sie vor dem blendenden Licht abzuschirmen, erkannte er die schräge Silhouette einer Tüpfelhyäne, die dem Zaun entlang patrouillierte. Der Geruch seines Steaks hatte wohl ihre Neugierde geweckt.

Brand hatte keine Angst vor Hyänen. Sie waren dreist, aber wenn man ihnen gegenüberstand, feige. Eine Zweite gab ihren unheimlichen Ruf von sich und die am Zaun antwortete darauf. Dies waren die Geräusche, die er liebte, nicht das Hupen und Tuten des Stadtverkehrs oder das Grollen der Düsenflugzeuge über ihm. Der Mond ging auf und eine Sternschnuppe zog eine helle Spur über den dunkelvioletten Himmel.

Er dachte wieder an Kate Munns. *Wer war sie?* fragte er die Flammen, während er ein Holzscheit zurück in den Rachen des Feuers stiess. *Warum wollte sie ihr Leben hinter sich lassen?*

Geld, Liebe, Sex und Drogen waren seiner Meinung nach die Triebfedern für den Grossteil schlechten Verhaltens von Menschen. Kates Freundin Linley hatte anscheinend ein Drogenproblem, aber Brand glaubte nicht, dass eine Person einen so bizarren Aufwand betreiben würde, um einer Freundin zu helfen. Es gab andere, bessere Möglichkeiten, an Geld zu kommen. Nein, hinter Kates versuchtem Verschwinden und vielleicht sogar hinter ihrem Tod musste mehr stecken.

Vielleicht hatte Linley Brown beschlossen, das gesamte Versicherungsgeld zu wollen anstatt nur den Anteil, den Kate ihr geben wollte – falls das tatsächlich ihr Plan gewesen war. Für ihre Familie und Freunde in Grossbritannien wäre Kate somit tot, obwohl sie ein neues Leben hatte, das sie weiterführen konnte. *Vielleicht*, überlegte Brand, *hat Kate den Autounfall überlebt, aber Linley hat spontan beschlossen, für sie wäre es besser, wenn ihre Freundin tatsächlich gestorben wäre.* Das hätte jedenfalls erklärt, warum Linley weder bei der Beerdigung anwesend war, noch dazu bereit, sich mit jemandem auseinanderzusetzen, der Kate kannte oder ihren Tod untersuchte. Falls es ihm in Annas bezahltem Auftrag also gelänge, Linley aufzuspüren, stände er statt einer traurigen jungen Frau geradewegs einer kaltblütigen Mörderin gegenüber, die Geld zu verteidigen hätte und der er dabei in die Quere käme. In die Enge getrieben wäre sie so gefährlich wie jedes verwundete Tier, dem Brand je begegnet war.

Die Hyäne heulte erneut.

* * *

AM NÄCHSTEN MORGEN holte Peter Cliff seine Tasche und die seiner Frau am internationalen Flughafen von Victoria Falls ab und lud sie auf einen Trolley mit einem schiefen Rad.

Sie hatten einen Nachtflug von Heathrow zum O.R. Tambo Airport in Johannesburg in Südafrika genommen und waren von dort mit einem Anschlussflug nach Simbabwe weitergereist. Obwohl sie mit British Airways in der Clubklasse flogen, hatte er in seinem Bett in der Business Class nicht schlafen können und war erst auf dem zweiten Flugabschnitt eingenickt.

Annas Freundin, die Anwältin Dani, hatte ihr während der Nacht eine SMS geschickt, sodass sie bei ihrer Ankunft die Nachricht erhielten, ihr Safari-Führer, Hudson Brand habe ›Neuigkeiten‹ über Kate, wobei Dani betonte, es gäbe tatsächlich Beweise dafür, dass sie verstorben sei.

Unfähig, ihre Neugier zu zügeln, rief Anna Dani, während Peter das Gepäck holte, vom Terminal aus an. Als er den Gepäckwagen zu ihr schob, beendete sie gerade das Gespräch. »Und?«, wollte er wissen.

»Sie will es mir nicht sagen und das ärgert mich, Peter. Ich wünschte, sie würde die Katze aus dem Sack lassen, aber sie sagt, es sei besser, wenn dieser Mann, Brand, uns die Neuigkeiten erzähle und sie in den richtigen Zusammenhang stelle.« Anna seufzte verzweifelt.

»Wir sehen ihn doch bald.«

Anna überprüfte die kleinen Vorhängeschlösser an den Taschen. »Immerhin sind die Taschen nicht aufgebrochen worden.« Auf ihrer Reise zur Beerdigung nach Simbabwe war ihr Gepäck geöffnet worden und Annas Kamera kam abhanden. Die simbabwische Polizei hatte den Leuten von der Gepäckabfertigung am Flughafen von Johannesburg die Schuld in die Schuhe geschoben. Alle afrikanischen Länder gaben die Schuld für Verbrechen gerne den Einwanderern und Bürgern der Nachbarländer.

Peter wusste, dass nicht der Verlust der Kompakt-Nikon sie am meisten schmerzte, sondern die Tatsache, dass sich darauf einige Fotos von Kate befanden, die Anna noch nicht auf ihren Computer geladen hatte. Dadurch waren ihre aktuellsten Bilder von ihrer Schwester für immer verloren. Auch er vermisste Kate und obwohl er Bedenken hatte, diese Linley Brown ausfindig zu machen, wusste er, dass dies notwendig war, sowohl um Annas, wie auch um seinetwillen.

Hudson Brand trug ein Safarihemd und Shorts. Er war gross, sogar etwa zehn Zentimeter grösser als Peter und seine Arme und Beine waren kaffeefarben und muskulös.

»Hallo, ich bin Anna«, sagte seine Frau und Peter hatte den Eindruck, sie flirte fast mit dem Mann.

Brand berührte die Krempe seines Hutes. »Ihr Verlust tut mir leid, Ma'am.«

»Peter Cliff.« Er schüttelte dem Amerikaner die Hand und drückte sie so fest wie möglich. Trotz der Grösse der Hand des anderen Mannes war dessen Griff zwar fest, aber nicht so erdrückend, wie Peter erwartet hatte.

Brand sah ihm in die Augen. »Schön, Sie kennenzulernen, Peter.« Die Stimme war tief und rau, so dass Peter vermutete, Brand rauche. Er war neugierig auf den Mann, aber nicht eingeschüchtert von ihm.

»Das gilt auch für mich. Es war ein langer Flug.«

Brand nickte. »Es sind ein paar Stunden Fahrt bis zur Wildhüterhütte, in der Sie heute Nacht übernachten, aber wenn Sie wollen, können Sie dort ein Nickerchen machen.«

»Ich sagte, es sei ein langer Flug, nicht, wir seien Rentner.«

»Das war auch nicht böse gemeint.«

Brand machte Anstalten, den Gepäckwagen zu übernehmen und Peter beschloss, ihn gewähren zu lassen. »Kein Problem.« Brand ging voran und führte sie durch das einstöckige Gebäude des Terminals.

»Mister Brand, Hudson. Dani sagte, Sie hätten Neuigkeiten für uns, über Kate.«

Der Amerikaner nickte, um zu signalisieren, dass er die Frage gehört hatte, sagte aber nichts. Er führte sie nach draussen und Peter spürte das unbarmherzige Brennen der afrikanischen Sonne auf seinem kahlen Scheitel. Sein Hut befand sich im Rucksack zuoberst auf dem Gepäck. »Hudson, können Sie mir bitte meinen Hut aus meinem Rucksack geben?«, bat Peter.

Der Safariführer blieb stehen, blickte aber nicht zurück. »Aus dem Blauen?«

»Ja, genau aus diesem.«

Brand griff über die Stange des Wagens, hob den Rucksack hoch, schwenkte ihn und reichte ihn Peter. Dieser hatte nicht wirklich erwartet, dass Brand den Reissverschluss seiner Tasche öffne und nach seinem Hut krame, wollte aber sehen, welche Reaktion die Bitte hervorriefe. Manche Leute himmelten Peter an, weil er Arzt war und andere taten alles, um ihn wie einen gewöhnlichen Menschen zu behandeln, vielleicht weil sie dachten, er wolle genau das. In Wirklichkeit wollte er nicht danach beurteilt werden, was er tat, sondern wer er war. Er wusste, dass er sich kindisch verhielt, aber dieser Mann missfiel ihm vom Moment an, als er ihn kennengelernt hatte und obwohl Peter den Grund dafür kannte, ärgerte es ihn.

Er bedauerte seine absichtliche Arroganz, als er in der Tasche herumkramte. Hudson Brand trat aus dem Gebäude, beschleunigte seinen Schritt und erhöhte das Tempo, als er auf einen beigen Land Cruiser zusteuerte. Um mit ihm Schritt zu halten, war Anna gezwungen, in Trab zu verfallen. Peter gab auf, blieb stehen, nahm seinen

Schlapphut ab und sah zu, wie seine Frau dem langbeinigen Fremdenführer hinterherlief.

Der Parkplatz war voll von Minivans und Safarifahrzeugen, die dem von Brand ähnelten. Das Fahrzeug hatte ein speziell angefertigtes, gestrecktes Fahrerhaus und hatte auf der ihnen näheren Seite drei Türen.

Als er eine Tür öffnete und eine ausklappbare Stufe, die den Zugang zu drei Sitzen hinter dem Fahrer- und Beifahrersitz ermöglichte, herunterliess, legte Anna ihre Hand auf Brands Arm. Peter spürte einen Stich von Ärger und eilte zu ihnen hinüber.

»Hudson, bitte, was meinte Dani, würden Sie uns über meine Schwester erzählen? Das kann wirklich nicht länger warten«, bettete Anna.

Brand zog die Krempe seines Hutes ein wenig nach unten und beschattete seine Augen, bevor er zu Anna hinunterblickte. »Ich würde gern damit warten, bis wir in der Hütte sind und Sie vielleicht einen Drink vor sich haben.«

»Ich brauche keinen doppelten Gin, um schlechte Nachrichten zu hören.«

Ein Schnauben blieb Peter in der Kehle stecken, aber der Amerikaner bemerkte es nicht. Peter war genauso neugierig auf die Neuigkeiten des Führers wie Anna. »Ja, wegen uns brauchen Sie nichts zu beschönigen.«

Brand drehte sich zu ihm um, sah ihn an, nahm dann seinen Hut ab und richtete seinen dunkeläugigen Blick wieder auf Anna. »Aber vielleicht möchten Sie das am liebsten gar nicht hören.«

Sie stemmte die Hände in die Hüften und blickte zu ihm auf. »Um Himmels willen, raus damit!«

Er atmete langsam aus. »Ihre Schwester wollte ihren Tod vortäuschen und hat einem Arzt in Bulawayo zweitausend Dollar für eine falsche Sterbeurkunde bezahlt.«

Peter sah, dass sich Annas Augen vor Schreck weiteten und ihr Mund sich verzog, während er spürte, dass sein eigenes Herz schneller zu schlagen anfing. »Also, ist sie ...«

Brand hob seine grossen Hände, die Handflächen nach oben

gerichtet. »Ma'am, sie *ist* tot. Ich habe mich sowohl bei der Polizei wie auch bei einem Arzt, dem ich glaube, davon überzeugt. Ihrem alten Hausarzt, Doktor Fleming.«

»Doktor Fleming hat uns beide als Babys entbunden«, sagte Anna mit ruhiger Stimme. »Sind Sie sicher?«

Brand setzte seinen Hut wieder auf. »Wir können hier in der Sonne stehen bleiben, Ma'am, oder zur Hütte fahren und das alles dort besprechen.«

Anna sah ihn an und Peter atmete etwas leichter. Sich an die Vorstellung zu klammern, Kate sei noch am Leben, war verlockend gewesen, dachte er. Anna hatte ihre Hoffnungen mit wenigen Worten geweckt und zerstört. Sie streckte die Hand aus und legte sie auf einen Seitenpfeiler des Wagens, um sich zu stützen.

»Ma'am ...«

Sie zuckte mit dem Kopf. »Hören Sie auf, mich so zu nennen. Ich heisse Anna, und wir werden die nächsten drei Wochen zusammen verbringen.«

»Ich kann mir vorstellen, dass das ein Schock ist.« Er nahm ihren Ellbogen und Peter ging zu seiner Frau und hielt ihren anderen Arm, um sie von dem gutaussehenden Safariführer wegzuziehen. Um sie herum stiegen andere Touristen in ihre Fahrzeuge und Eltern luden die Taschen ihrer Kinder, die aus dem Internat zurückkamen, in Allradfahrzeuge. Brand hob ihre Taschen ins Fahrzeug.

Sie kletterten in den Wagen und Brand schloss hinter ihnen die Tür, bevor er selbst einstieg und sich hinter das Lenkrad setzte. Peter und Anna hatten die Plätze direkt hinter ihm eingenommen. Er schlug seine Tür zu, ein bisschen zu fest, dachte Peter. Der Mann war wahrscheinlich darüber verärgert, dass Dani die Nachricht offensichtlich für sich behalten und es ihm überlassen hatte, diese zu überbringen. Peter nahm seinen Hut ab und wischte sich damit über die Stirn. Die Luft war klebrig und die Klimaanlage ratterte zwar, hatte aber Mühe, die feuchte Hitze zu bekämpfen.

∗ ∗ ∗

»Sagen Sie es uns, Hudson, bitte.«

Brand warf einen Blick nach hinten zum Engländer. Er hatte eine randlose Brille und sein Gesicht schien nie Sonne zu sehen. Auch er spürte die Hitze deutlich, nahm ein Taschentuch aus der Tasche seiner Cargohose und wischte sich die Stirn damit ab. Peter Cliff hatte, als sie sich kennenlernten, versucht, seine Hand zu zerquetschen, doch Brand, dem dieser Impuls des Messens von Männlichkeit nicht fremd war, umso lockerer zugegriffen.

Und ausserdem war da noch die Sache mit dem Hut. Brand liess seine Kunden gerne, sobald sich die Gelegenheit dazu bot, wissen, dass er ihr Führer, aber nicht ihr Sklave war. Allerdings geschah dies selten so schnell und so klar, wie bei Peters Aufforderung, ihm seinen Hut aus der Tasche zu geben. Er wünschte, Dani hätte ihnen von Kate erzählt und sie wäre so vernünftig gewesen, zu warten, bis sie in der Hütte waren, bevor sie ihn zur Rede stellten. Vielleicht brauchte Anna Cliff keinen Drink, um die Nachricht zu hören, aber er hätte sicher einen brauchen können, um sie seinen Kunden zu überbringen.

Er blickte zu ihr nach hinten. Sie war knallhart. Kleine Frauen waren oft so, sachlich und mit einer klaren Haltung, aber gleichzeitig schüchtern und verletzlich. Sie war wütend und verärgert und schien kurz davor, auf die Sitzlehne zu schlagen oder in Tränen auszubrechen. Er als Mann konnte nicht sagen, was davon.

Brand verliess den Parkplatz und bog nach rechts auf die Hauptstrasse, die zurück nach Bulawayo und weiter nach Südafrika führte. Gewohnheitsmässig schweifte sein Blick während der Fahrt nach links und rechts, um nach einem Kudu Ausschau zu halten, das aus den Bäumen springen könnte, oder nach einem Elefanten, den er dem Paar zeigen könnte, um sie von der unvermeidlichen Nachricht über Kates doppelten Tod abzulenken. »Leider kenne ich nicht die ganze Geschichte und schon gar nicht das Warum.«

»Das ist schon in Ordnung. Berichten Sie uns einfach, was Sie wissen«, sagte Anna.

Irgendwann würde sie es hören müssen. Er erzählte ihr von der gefälschten Sterbeurkunde, die er in Bulawayo auf dem Standesamt gefunden hatte. Als Anna ihn über die Ärztin ausfragte, erzählte er ihr von seinem Gespräch mit Elena, bis zur Szene, an der sie sich gegenseitig die Kleider vom Leib gerissen hatten.

»Hat diese Doktor Rodriquez gesagt, *warum* Kate ihren Tod vortäuschen wollte?«, fragte Peter Cliff.

»Nein.« Brand drehte sich um, um wieder nach hinten zu Peter zu sehen. Dabei bemerkte er aus dem Augenwinkel von links einen grauen Blitz. Ein Warzenschwein sauste, den Schwanz wie eine Antenne in den Himmel gerichtet, direkt vor den Land Cruiser. Brand bremste und die beiden Passagiere streckten die Hände aus, um nicht gegen die Sitze vor ihnen zu prallen.

»Oh, tut mir leid.« Er schaltete, gab wieder Gas und fuhr an den Polizisten mit dem Blitzer vorbei, von denen er wusste, dass sie neben der Strasse warteten. »Wie es scheint hatten Ihre Schwester und ihre Freundin Linley nur drei Tage, nachdem sie ihre gefälschte Sterbeurkunde gekauft hatte, einen echten Autounfall, bei dem Kate leider tatsächlich ums Leben kam.«

»Traurigerweise«, bestätigte Anna.

Brand winkte einem anderen Führer, den er kannte, in einem Land Cruiser, der ihnen entgegenkam. Er kannte die Fragen, die Anna Cliff ihm stellen würde, hatte aber keine weiteren Antworten für sie, nur ein paar halbausgegorene Theorien. Er sagte noch einmal: »Mein Beileid zu Ihrem Verlust.«

»Ich habe sie nicht einfach verloren. Sie ist weggelaufen, hat ihren Tod vorgetäuscht und ist dann offenbar wirklich gestorben.« Sie begann zu weinen.

»Anna ...«, beschwichtigte Peter.

Eigentlich kam es Brand eher vor, als ermahne Peter sie, weil sie sich in der Öffentlichkeit schnäuzte und ihre steife Oberlippe zitterte. Er mochte Peter nicht und musste viel Zeit mit ihm in einem Fahrzeug mit schlechter Klimaanlage verbringen. Er fragte sich, ob Dani Anna von der gefälschten Sterbeurkunde erzählt hätte, wenn Anna in England geblieben wäre.

»Welchen Grund hat meine Schwester Doktor Rodriguez dafür genannt, dass sie ihren Tod vortäuschen wollte?«, fragte Anna erneut.

»Doktor Rodriguez legte grossen Wert auf die ärztliche Schweigepflicht, die es verbietet, über Patienten zu sprechen, sogar über den Tod hinaus. Wahrscheinlich ist das in dieser Branche klug. Sogar wenn sie es wüsste, würde sie es mir nicht sagen.« Hudson Brand wollte Anna ganz subtil daran erinnern, dass ihre Schwester einen Betrug begangen hatte, um Geld von einer Versicherungsgesellschaft zu erschwindeln.

»Ich möchte mit ihr sprechen.«

»Sie hat Simbabwe verlassen. Sie war besorgt darüber, dass ich mich an die örtliche Polizei wenden würde«, erklärte Brand.

»Und haben Sie?«

»Ja. Sie suchen nach ihr, aber ich glaube nicht, dass sie in nächster Zeit nach Simbabwe zurückkehrt. Wenn die Polizei Nachforschungen anstellt, stellt sie sicher fest, dass Elena nicht zum ersten Mal eine gefälschte Sterbeurkunde ausgestellt hat.«

»Elena?«

Brand hustete. »Doktor Elena Rodriguez. Wir fahren nun durch Waldgebiet. Die Bäume mit der blassgrauen Rinde, die wie ein Tarnanstrich aussieht, sind simbabwische Teakbäume, aus denen sich wunderschöne Möbel bauen und gute Grillkohle herstellen lassen.« Im Rückspiegel sah er, dass Anna die Arme verschränkte und sich mit finsterer Miene in ihrem Sitz zurücklehnte. Sie interessierte sich weder für die Bäume Simbabwes noch für seine Versuche, das Gesprächsthema zu wechseln. Er fühlte sich wegen Elena schuldig, bezweifelte aber, dass sie ihnen mehr über Kates Motive hätte erzählen können.

»Ich will Linley Brown finden, jetzt mehr denn je«, forderte Anna.

»Ja«, bekräftigte ihr Mann.

Brand nickte. Er hatte das kommen sehen und fragte sich, ob Dani Anna die Nachricht von der gefälschten Sterbeurkunde für den Fall vorenthalten hatte, dass Anna es sich anders überlegt und beschlossen hätte, in England zu bleiben.

Mehr konnte Brand dem Paar vorerst nicht sagen und so fuhren sie schweigend weiter, während Anna und Peter die Neuigkeiten verdauten und vermutlich über Kates Beweggründe brüteten. Als sie die Bergbaustadt Hwange erreichten, hielt Brand an einer Tankstelle, damit sich die beiden die Beine vertreten konnten. Eine alte Dampflokomotive, ein Relikt aus einer anderen Zeit und einem anderen Land, als Simbabwe noch Rhodesien war, rostete auf einem Sockel langsam vor sich hin.

»Auf Ihrem Reiseplan steht für den Nachmittag eine Pirschfahrt im Nationalpark, aber ich würde natürlich verstehen, wenn Sie lieber darauf verzichten möchten«, sagte Brand.

»Nein«, sagte Peter, »wir halten uns an das Reiseprogramm. Anna hat sich schon darauf gefreut, den Hwange-Nationalpark wiederzusehen, nicht wahr, Liebes?«

»Ja, sehr.«

Sie stiegen wieder in den Wagen und Brand wandte sich an das Paar. »Wenn Sie mich fragen: Wenn ich niedergeschlagen bin, hilft mir etwas Zeit im Busch.«

Anna schniefte und tupfte sich die Augen mit einem Taschentuch ab. »Entschuldigung. Ja, ich nehme an, Sie haben Recht, Hudson. Der Busch ist das Einzige, was ich an diesem Land vermisse, wenn wir wieder in England sind.«

Anna tat ihm leid. Sie war eine hübsche Frau, die mit den schockierenden Enthüllungen über ihre Schwester fertig werden musste und ihr Mann war ein Arschloch. Brand schob seine Gefühle jedoch beiseite und machte sich wieder an die Arbeit. Er fuhr ein kurzes Stück die Hauptstrasse hinunter und bog dann bei einem Schild mit der Aufschrift *Hwange National Park, Sinamatella Camp* rechts ab.

»Wie Sie wahrscheinlich wissen, war die Stadt Hwange schon immer mit dem Kohleabbau verbunden, aber Sie werden sehen, dass es hier eine neue Mine gibt, die von den Chinesen im Tagbau betrieben wird. Das ist kein schöner Anblick.«

Die Teerstrasse ging in Schotter über, dessen Oberfläche mit verdichtetem Kohleabfall bedeckt war. Ein Wassertankwagen fuhr auf sie zu und sprühte Wasser, um den Staub einzudämmen. Brand wusste, dass dadurch ein klebriger schwarzer Schlamm entstand, der an die Seite des Toyotas hinaufspritzte. Vor ihnen huschte eine grüne

Meerkatze, ein kleiner Affe, vorbei und Brand verlangsamte das Tempo, damit die Cliffs den Rest der Truppe sehen konnten.

»Die armen kleinen Dinger sollten eigentlich grau sein, sehen aber vor lauter Russ fast schwarz aus«, kommentierte Anna.

Brand fuhr nicht gern so, war aber der Meinung, es schade nicht, den Touristen zu zeigen, dass Simbabwes Machthaber die alten Tage des weissen Kolonialismus durch neue Herren aus Asiens boomenden Volkswirtschaften abgelöst hatten. Die Strasse führte sie mitten durch den Tagbaubetrieb. Ein Hügel wurde abgetragen und aus Rissen in der Kohle quoll Dampf. Arbeiter in schwarz gefärbten Overalls schwitzten im Dunst der Mittagshitze.

»Mein Gott, das kommt mir vor wie eine Szene aus der Hölle«, sagte Anna.

»Ja«, stimmte ihr ihr Mann zu.

Bald jedoch, nachdem sie die Aussengrenze des Nationalparks überquert hatten, fuhren sie wieder durch den Busch. Brand hoffte, der unstillbare Bedarf der Bergleute an Kohle und der kurzfristige Bedarf des Landes an Devisen führe nicht dazu, dass sich die Mine ausbreite, aber er war nicht sehr zuversichtlich. Nach etwa dreissig Kilometern Fahrt über hartgebackene, gewellte Strassenoberfläche, erreichten sie das Sinamatella Camp. Brand liess die Cliffs im Wagen zurück, ging ins Empfangsbüro und bezahlte der Frau am Schalter die Eintrittsgelder für das Fahrzeug und die drei Personen, dann stieg er wieder ein und fuhr ein kurzes Stück, bis sie das Restaurant des Camps erreichten. Sie fuhren an einer Reihe grün gestrichener Unterkunfsthäuschen vorbei, vor denen jedoch keine Autos geparkt waren. Aufgrund der wirtschaftlichen und politischen Probleme des Landes waren Besucher in Hwange immer noch spärlich.

Anna kletterte aus dem Land Cruiser. »Es tut mir leid, dass ich so hart und übertrieben klang, als wir ankamen.«

»Es ist okay«, sagte Brand. »Ich kann mir vorstellen, wie schwer das für Sie sein muss. Aber ich suche nach Linley Brown und nach weiteren Antworten. Die Frage ist, wollen Sie immer noch auf Safari gehen oder direkt nach Südafrika zurückfahren?«

Peter stieg aus dem Fahrzeug und die drei gingen zu einer überdachten Veranda. Das Lager befand sich auf einem flachen Plateau, von dem aus man eine weite Ebene mit goldenem Gras und blattlosen Akazien überblicken konnte. Der Fluss Sinamatella schlängelte sich unter ihnen wie eine Schlange von links nach rechts. Das Restaurant hinter ihnen war schon seit Jahren geschlossen.

Sie genossen die Aussicht und die Cliffs dachten über ihre Optionen nach. »Was denkst du, Liebes?«, fragte Peter seine Frau. Der Mann hatte darauf bestanden, auf die Pirschfahrt zu gehen, aber vielleicht hatte er dennoch Vorbehalte.

»Ich weiss es nicht. Ich kenne diesen Ort noch aus meiner Kindheit; hier war immer so viel los, aber nichts ist mehr so wie früher, nicht wahr?« Sie blickte von der Aussicht zu Brand, wobei ihr Gesicht einen niedergeschlagen Ausdruck zeigte. »Was meinen Sie, Hudson?«

»Ich habe in Südafrika bereits Erkundigungen eingeholt, aber ich kann das alles nicht beschleunigen. Ob wir dort sind oder nicht, die Räder werden sich nicht schneller drehen. Wenn es Neuigkeiten gibt, können wir, wenn wir uns beeilen, innerhalb eines Tages in Südafrika sein, egal, wo auf der Tour wir uns befinden. Oder, falls Sie sich entscheiden, zu fliegen, sogar noch schneller. In der Zwischenzeit gibt es viel von Afrika zu sehen.«

Anna sah Peter an, der ihr eine Hand auf die Schulter legte und sie sanft drückte. »Ich habe es nicht eilig, nach Südafrika zurückzukehren. Ich denke, Hudson hat recht, wir sollten die Safari fortsetzen und wenn Linley auftaucht, beamen wir uns zu ihr runter. Wer weiss, vielleicht kommt sie ja nach Simbabwe zurück, wenn sie ihr Geld hat.«

»Oder fliegt irgendwo nach Übersee.« Anna sah traurig aus.

»Dann fahren wir also weiter?«, sagte Brand und führte sie zum Fahrzeug zurück.

Die Route führte sie durch den etwa einhundertzwanzig Kilometer langen Nationalpark in Richtung Main Camp. Dort verliessen sie den Park, um zur Lodge zu fahren, in der sie in dieser Nacht übernachten würden. »Trotz der Probleme, die Simbabwe hat, hat der Park- und Wildtierdienst seine Nationalparks am Laufen gehalten und der Hwange-Nationalpark bietet immer noch Weltklasse-Wildtierbeobachtungen.«

Am Mandavu-Damm hielten sie an und Brand begleitete die Cliffs zu einem strohgedeckten Versteck mit Blick auf eine weite Wasserfläche. Er hob sein Fernglas an die Augen und zeigte auf eine Herde Rappenantilopen, die auf einem grasbewachsenen Uferstreifen in der Ferne grasten.

»Haben Sie Linley Brown jemals getroffen?«, fragte Brand Anna.

»Nur ein einziges Mal, als sie und Kate etwa sechzehn waren, glaube ich. Ich lebte damals schon in England und war für einen Urlaub nach Hause geflogen, als die beiden Mädchen aus dem Internat kamen. Ich erinnere mich aber nicht wirklich an viel über sie. Ich erinnere mich, dass meine Mutter damals mit Kate Probleme hatte, aber soweit ich weiss, war es nichts weiter als der übliche Teenager-Unfug: Zu langes Ausgehen, Trinken und Rauchen. Mom trank allerdings jeden Abend Bols Brandy und rauchte wie ein Schlot, so dass es kaum verwunderlich ist, dass Kate und Linley dem Beispiel folgten.«

»War Linley je in Grossbritannien bei Kate zu Besuch?«, wollte Brand wissen.

»Nicht dass wir wüssten«, antwortete Peter.

Sie fuhren zum nächsten Picknickplatz am Masuma-Stausee, wo ein weiteres Versteck mit Blick auf ein Wasserloch lag. Ein HiLux mit südafrikanischer Zulassung und einer Wohnkabine auf der Ladefläche war oberhalb des Verstecks geparkt. Brand wusste, dass Masuma einer der besten Plätze für Wildtierbeobachtungen in Simbabwe, wenn nicht sogar im gesamten südlichen Afrika war. In der Kühle des Verstecks kam Brand mit dem Paar aus dem Wohnmobil ins Gespräch. Sie waren Serben, die ihre Heimat während der Kämpfe nach dem Zerfall Jugoslawiens in den 1990er Jahren verlassen hatten. Es war eine Ironie des Schicksals, dachte Brand, dass er auf der Suche nach einem Krieg nach Afrika gekommen war, während andere Menschen hierhin geflohen waren, um einem Krieg zu entgehen. Viele Südafrikaner verliessen Johannesburg, um der

Kriminalität zu entkommen, aber dieses Paar fühlte sich dort sicher. Wovor, fragte er sich, war Kate Munns geflohen und wohin?

»Heute Morgen haben hier am Zaun des Camps drei Wildhunde ein Impala erlegt«, erzählte die kleine blonde Frau, in deren Englisch der Akzent ihres Geburtslands nach wie vor gut zu hören war.

Sie zeigte auf eine Löwin, die in der Ferne unter einem Baum schlief, und Brand gab die Sichtung an die Cliffs weiter, die seiner Beschreibung folgten und die Katze schliesslich mit dem Fernglas entdeckten. Brand bedankte sich bei der serbischen Frau und sie zogen weiter.

Auf der Fahrt durch den langen, heissen Nachmittag entdeckten sie kurz vor der Hauptaussichtsplattform von Nyamandlovu ein Rudel von neun Löwen, aber die Aufregung, die ein solches Ereignis normalerweise begleitet, blieb aus. Anna war in Simbabwe aufgewachsen und Peter, entnahm Brand einigen der Kommentare, die das Paar während der Fahrt zueinander gemacht hatte, war offenbar in den Flitterwochen und mindestens ein weiteres Mal vor Kates Beerdigung in Afrika gewesen. Vielleicht waren die beiden noch dabei, die neuen Entwicklungen zu verarbeiten, denn es war ihnen recht, sich nach wenigen Minuten von den Löwen zu entfernen.

Brand wurde nie müde, sich grosse Katzen anzusehen, auch wenn sie, wie diese hier, die meiste Zeit des Tages schlafend im Schatten eines Baumes verbrachten. Er bewunderte ihre kräftigen Hälse, ihre goldenen Augen und riesigen Pfoten. Doch er startete den Motor und fuhr weiter.

Sie verliessen den Park beim Main Camp, überquerten die Eisenbahnlinie, die nach Victoria Falls führte und bogen links in Richtung der kleinen Stadt Dete ab. Bevor sie diese erreichten, bog Brand rechts zur Lodge ab, in der sie die Nacht verbringen wollten. Sie hiess ›Elephant's Eye‹ und befand sich in einer Konzession, die von der simbabwischen Forstbehörde verpachtet war, die das Land am Rande des Nationalparks verwaltete.

Die Wälder dienten als Pufferzone zwischen dem Nationalpark und den umliegenden Gemeinden, und obwohl sie ausserhalb des eigentlichen Parks lagen, gab es keinen Zaun zwischen ihnen und dem Reservat, was dazu führte, dass in diesem Gebiet viele Wildtiere lebten und sich dort bewegten.

Der Name der Lodge war treffend gewählt, denn die Safarizelte standen auf Plattformen auf Stelzen, so dass sich die Gäste ziemlich genau auf Augenhöhe der Elefanten befanden. Brand hatte schon einmal dort übernachtet und erzählte den Cliffs, dass sie damit rechnen konnten, Herden der riesigen Dickhäuter zu sehen, die das Wasserloch vor den Zelten besuchten und möglicherweise Äste von den Bäumen zwischen den Unterkünften herunterrissen, um das Grünzeug zu essen.

Zusammen mit einem Gepäckträger begleitete er die Cliffs zu ihrem Zelt und bat sie, sich in einer halben Stunde in der Bar beim Essbereich wieder mit ihm zu treffen. Dann ging er zu seinem eigenen Zelt hinüber, das direkt neben ihrem lag. Die Sonne stand tief und rot im Band aus Staub und Rauch, das über der Baumgrenze lag. Brand stieg die Treppe hinauf, liess seine Safaritasche aufs Bett fallen und nahm seinen Laptop heraus. Er verband sich mit dem Internet und als sich sein Mailprogramm öffnete, tippte er eine Nachricht an Dani. *Cliffs sind angekommen. Vielen Dank für nichts.*

In seinem Posteingang befand sich eine E-Mail von Hauptmann Sannie Van Rensburg vom südafrikanischen Polizeidienst.

»Scheisse.« Er öffnete sie. Sie wollte wissen, wo er sich vor sechs Monaten aufgehalten habe und fragte, ob er dann in Kapstadt gewesen sei. Es gehe um den Mord an einer zweiten Prostituierten. Er schüttelte den Kopf. Van Rensburg war eine kluge Frau und sah ausserdem gut aus, aber die Dienststelle, für die sie arbeitete, war isoliert, unterbesetzt und mit dem täglichen Kampf gegen die Strassenkriminalität überfordert. Es überraschte ihn nicht, dass sie die Verbindung zwischen dem Mord an der Frau, deren Leiche in Hazyview, in der Nähe des Krügerparks gefunden worden war, und der Frau, die in Sea Point umgebracht worden war, als er mit einer Gruppe ausländischer Touristen in Kapstadt war, erst jetzt bemerkt hatte.

Er schrieb ihr eine E-Mail, in der er bestätigte, dass er zu den von ihr erfragten Terminen in Kapstadt gewesen sei. *Aber ich nehme an, das wissen Sie bereits. Wann wollen Sie mich befragen?* Sein Finger schwebte über dem Sendeknopf. Er hatte keine Angst vor ihr oder vor ihrer Befragung, wollte aber nicht wegen eines Indizienbeweises in einem südafrikanischen Gefängnis landen. Wenn er verhaftet und angeklagt würde, könnte er sich nicht einmal einen Anwalt leisten, der ihn vor Gericht verteidigen könnte. Er hatte keine Ahnung, ob er nach Hazyview und zum Haus am Sabie River zurückkehren würde, wollte aber auch nicht, dass sie den Eindruck bekam, er sei auf der Flucht. *Ich weiss noch nicht, wann ich nach Südafrika zurückkehre, werde Sie aber benachrichtigen, wenn ich wieder im Lowveld bin,* tippte er. Wenn sie ihn früher erwischen wollte, konnte sie einen Haftbefehl erwirken. In der Zwischenzeit musste er seine eigenen Ermittlungen und eine Safaritour führen.

»Hallo?«, rief Anna von ausserhalb seines Zeltes.

Brand seufzte, als er nach draussen auf die Terrasse ging und zu ihr hinunterblickte. »Ist alles in Ordnung?«

»Ja, schon, nur ist Peters Magen ein bisschen unruhig. Er sagt, er wird das Abendessen ausfallen lassen. Begleiten Sie mich hinüber? Es wird schon dunkel.«

»Ich wollte gerade duschen.«

»Ich verspreche, nicht zu schimpfen«, sagte sie. »Es ist nur so, dass, nun ja, Ihre Nachricht, meine Schwester habe vor ihrem Tod ein Verbrechen geplant, mich erschüttert hat. Mein Gott, um die Wahrheit zu sagen, ich brauche einfach einen Drink.«

Sie klang verzweifelt, als dürste sie nicht nur nach einem Drink sondern auch nach Gesellschaft. Irgendwann würde er ihr sowieso weitere Fragen über Kate stellen müsse, also schien ihm jetzt ein guter Zeitpunkt dafür zu sein. Wahrscheinlich war es sogar von Vorteil, dachte er, wenn der überhebliche Peter nicht dabei war, wenn er mit ihr sprach.

»Natürlich.«

15

Ich beendete das Telefongespräch und Lungile kam aus dem Wohnzimmer zu mir in die Küche des bescheidenen Drei-Zimmer-Hauses, das wir in White River mieteten.

»Du siehst besorgt aus, Schwester, wer war das?«, fragte sie.

»Ich habe wieder mit Doktor Fleming gesprochen. Er hat berichtet, Hudson Brand, der Ermittler, von dem ich dir erzählt habe, sei bei ihm gewesen.«

»Was hat der Doktor ihm gesagt?«

»Dass er Kates Leiche anhand des Nagels in ihrem Becken identifiziert habe.«

Lungile zuckte mit den Schultern. »Dann gibt es also kein Problem. Du wirst dein Geld bekommen, ja?«

»Ich wusste nicht genau, wie das funktioniert. Als Brand mir mehrmals Nachrichten hinterliess, sagte er, er müsse mich sehen, weil ich einige Dinge unterschreiben solle. Ich wollte das nicht, aber jetzt frage ich mich, ob ich voreilig gehandelt habe. Es ist alles in Ordnung, Lungile, ich glaube nur, dass ich es nicht ertragen kann, wieder über den Unfall ausgequetscht zu werden.«

Sie legte ihre Hand auf meinen Arm. »Keine Sorge, es wird alles wieder gut.«

Wir gingen zurück in die Lounge. Fortune ignorierte uns und tötete weiter virtuelle Menschen. Er spielte auf der gestohlenen Xbox und dem Flachbildfernseher, die er mit einem Teil des Erlöses unserer letzten Raubzüge erworben hatte ›Medal of Honour‹.

Lungile hatte mich nie um Geld gebeten, aber ich hatte mich bereits entschlossen, ihr, wenn die Forderung beglichen war, zwanzigtausend Pfund zu geben. Sie war gut zu mir gewesen und hatte mir nach dem Absturz sowohl finanziell wie auch emotional zu überleben geholfen, selbst wenn ihre Arbeitsplanung und ihre Therapie mich noch krimineller gemacht hatten, als ich ohnehin schon war.

Eine Explosion und ein Schimpfwort kündigten Fortunes Tod an. Er stand auf und streckte sich. »Habt ihr beide über Geld gesprochen?«

»Das geht dich nichts an«, sagte ich.

»Hey, sei doch nicht so. Sobald deine Forderung durch ist, wird es Zeit für eine Party. Aber lasst uns doch jetzt schon damit anfangen.« Er ging in die Küche, wobei seine nackten Füsse auf den weissen Kachelboden klatschten, als er mit drei Flaschen, einem Carling Black Label und zwei Savannas, ins Wohnzimmer zurückkehrte. Als er sich dem Wohnzimmer näherte, stolperte er über irgendetwas, fluchte und konnte gerade noch vermeiden, die Getränke fallen zu lassen. »*Eisch*, heb die leere Doom-Dose auf!«

Ich sah ihn stirnrunzelnd an. Er konnte weder anständig sprechen, noch wusste er, dass man selbst etwas tun konnte. Als wir einzogen, war das Haus voller Kakerlaken gewesen, und ich hatte das Wohnzimmer über Nacht mit einer Kakerlakenbombe ›gesäubert‹. Das Zeug war tödlich und die andere Dose aus dem Doppelpack stand auf dem Esstisch und wartete auf den heutigen Angriff auf die Küche. Fortune beugte sich über mich und ich nahm die taufrische Flasche, die er bereits geöffnet hatte. Der kalte, alkoholhaltige Apfelmost schmeckte süsser als sonst. Ich spürte, wie die Anspannung der letzten Wochen in meiner Brust ein wenig nachliess. Lungile hatte Recht, alles würde gut.

»Fortune hat ausnahmsweise recht. Lasst uns feiern«, sagte Lungile.

Wir hatten die Stadt in den Hügeln oberhalb von Nelspruit gewählt, weil sie ruhig war und wir nach unserem ersten Job in Nelspruit eine Weile unter dem Radar der Polizei fliegen wollten.

»Wir können in Casterbridge ins Pub gehen«, sagte Fortune. »Ich habe heute Morgen noch etwas von der Beute verkauft. Die Drinks gehen auf mich.«

Ich war leicht zu beeinflussen. Da wir noch nicht zu Mittag gegessen hatten, war ich hungrig und der alkoholische Apfelwein stieg mir zu Kopf. Da ich, während ich meine Tablettensucht überwand, clean und nüchtern geblieben war, war meine Toleranz dramatisch gesunken. »Okay, aber ich will meinen Anteil auch.«

Ich ging ins Bad und frischte mein Make-up auf. Seit dem Autounfall hatte ich nicht mehr an Männer gedacht und schminkte mich nur, wenn Lungile und ich bei einer Hausbesichtigung reiche Hausfrauen oder Geschäftsfrauen spielten. Die Person, die mir aus dem Spiegel entgegensah, war eine Fremde. Wer war ich nur geworden. Hatte ich wirklich all diese schrecklichen Dinge getan? In diesem Moment vermisste ich Kate Munns so sehr, dass meine Unterlippe zu zittern begann und ich wie gebannt zusah, wie sich erste Tränen in meinen Augen sammelten. Ich schniefte, drehte mich um und griff nach der Klopapierrolle, fand aber nur nackten Karton. So ein Pech. Die Klobrille war hochgeklappt und es roch nach Pisse. Ich blickte zurück in den Spiegel und zuckte zusammen. Die Tränen liefen mir in Kaskaden über die Wangen und schwemmten die frisch aufgetragene Wimperntusche in schlammigen schwarzen Rinnsalen mit.

Es klopft an der Badezimmertür. »Ist alles in Ordnung da drin, *Sisi*?«

Ich stöhnte und schniefte dann. »Ja, alles okay.«

Die Tür wurde geöffnet. »Nein, bist du nicht.« Durch den Nebel der Tränen sah ich Fortune hinter Lungile. »Geh weg. Lass uns für eine Minute allein.«

»Gut, ich hole den Wagen aus der Garage und warte draussen.«

»Es ist alles in Ordnung, Baby.« Lungile kniete sich neben mich, legte einen Arm um mich und zog mich an ihren grossen Busen. »Pst, pst, das wird schon wieder.«

Ich konnte nicht aufhören zu weinen und musste nach Luft schnappen, um zu Atem zu kommen. Ich hatte solche Angst. »Ich habe sie brennen sehen! Es war so schrecklich.« Sie wiegte mich wie ein Kind und während ich in ihr Kleid schluchzte, roch ich ihr Parfüm und den süsslichen Geruch von *Dagga*, der in ihrem Haar hing,

»Aber du hättest doch nichts tun können, es war ein Unfall. Jetzt hat sie ihren Frieden.« Lungile küsste mir die Tränen von der Wange. Das war lieb, so wie es eine richtige Schwester getan hätte. »Ihr Leben war nicht gut, aber sie ist jetzt im Himmel und ich vermisse sie genauso wie du.«

Ich schaute ihr in die Augen und wischte meine mit dem Handrücken ab. »Was haben wir alles falsch gemacht, Lungile?«

Sie zuckte mit den Schultern. »Mein Problem waren Männer und der Krebs meiner Mutter. Deins waren Männer und Drogen. Bei ihr waren es Männer und das Leben. Ausserdem ist unser Land ein Chaos. Alles war so vielversprechend, doch dann wurden wir alle zur Seite geschoben. Früher dachte ich, in Simbabwe seien alle gut, aber wir sind es nicht mehr. Die Regierung hat uns zu Ratten gemacht, die sich auf einem sinkenden Schiff herumtreiben.«

»Hey, Linley, ist bei euch alles in Ordnung?«, rief Fortune.

»Ich dachte, du machst das Auto fertig?«, rief Lungile ihrem Bruder zu.

»Das habe ich gemacht. Es steht vor der Tür. Kommt ihr oder nicht?«

Sie hielt mich von ihrem Körper weg und hob fragend die Augenbrauen.

Ich nickte. »Ich brauche nur noch einen Moment, um mich wieder in Ordnung zu bringen.«

Lungile half mir auf die Beine, liess die Wasserhähne laufen und befeuchtete ein Gesichtstuch. »Das ist nur der Stress, der deinen Körper verlässt, *Sisi*. Du wirst bald wieder auf dem Trockenen sitzen.«

Ich wischte mir das Gesicht ab und fing schnell an, mein Make-up wieder aufzutragen. Sie stand mit verschränkten Armen da und beobachtete mich, als würde ich gleich wieder zusammenbrechen.

Ich wandte meinen Blick von meinem Eyeliner ab und zu ihr. »Ich werde mich um dich kümmern.«

»Ich brauche nichts.«

»Ich möchte es aber. Sie hätte es gewollt.«

Lungile schaute weg, ins Wohnzimmer hinaus und zur offenen Haustür dahinter. Das Röhren von Fortunes neuestem heissem BMW, der auf Hochtouren lief, war der nicht allzu subtile Hinweis ihres Bruders, dass er bereit war, loszufahren. »Okay.« Sie ging hinaus.

Sie und sogar Fortune in seiner unausstehlichen Art hatten sich um mich gekümmert, und ich wollte Lungile etwas geben, aber in diesem Moment wollte ich auch aus dem Haus und aus diesem Leben fliehen. Aber ohne Auto käme ich nicht weit, konnte nicht weit kommen. Südafrika war nicht England oder Australien und ich konnte nicht einfach in einen vorbeifahrenden Bus oder ein Auto springen und sicher zum Flughafen von Johannesburg gelangen. Es gab zwar täglich Shuttlebusse von White River und Nelspruit, aber ich wusste nicht einmal, von wo aus sie fuhren. Ausserdem hatte ich nicht genug Geld für ein Flugticket.

Der Apfelwein hatte so gut geschmeckt, dass ich nach einem weiteren verlangte. Ich hatte das Gefühl, meine Sucht gut genug unter Kontrolle zu haben, um zu wissen, dass ich bei Alkohol bleiben und mich von Pillen fernhalten konnte. Ich hatte sowohl mein altes Leben wie auch den Autounfall überlebt. Ich blickte in den Spiegel und blinzelte ein paar Mal.

Ich steckte die Puderdose, den Lippenstift und den Lipgloss in meine Handtasche und ging zur Haustür, die Lungile auf dem Weg nach draussen wohl hinter sich geschlossen hatte. Ich wollte sie gerade öffnen, als ich aus dem Augenwinkel die Dose ›Doom‹ Insektenspray auf dem Tisch sah. Ich entschied, es wäre besser, die Insektenbombe jetzt zu zünden, während wir unterwegs waren. Gestern musste Lungile wegen des anhaltende Geruchs des Insektizids im Wohnzimmer dauernd husten und speien, nachdem sie aufwachte, weil die Wirkung des Sprühmittels so stark war. Als wir die Packungsbeilage lasen, wurde uns klar, dass wir bei der Verwendung des Mittels nicht einmal in unseren Schlafzimmern hätten sein dürfen, auch wenn Lungile zu bekifft war, um die Anleitung vor dem Schlafengehen zu lesen.

Ich öffnete den Sicherheitsverschluss der Dose, stellte sie auf den Boden und drückte den Kolben. Er rastete ein und ein giftiger Sprühstrahl schoss zur Decke. Ich hob meine Handtasche auf, griff nach dem Türgriff und drehte ihn, doch als ich zu ziehen begann, wurde mir die Tür ins Gesicht gepresst und Lungile stürzte mit so viel Wucht hinein und auf mich zu, dass ich nach hinten geschleudert wurde. Sie griff nach mir, aber ich fiel zu Boden. »Was zum Teufel ...«

»Komm, steh auf. Komm, schnell! Hinten raus, da ist die Polizei.«

»Was?«

»Sie haben Fortune am Boden und halten ihm eine Waffe an den Kopf.«

»Wer?«

»Die Bullen.« Lungile packte mich am Handgelenk und zerrte mich auf die Beine. Ich hustete, als mein Kopf durch die Wolke aus Insektengift flog. »Komm schon!«

Hustend wischte ich mir über die brennenden Augen. »Scheisse, Scheisse, Scheisse!«

»Halt, Polizei!«

Lungile stiess mich in den Rücken und beugte sich hinunter. Ich drehte mich mit brennenden Augen um und sah, dass sie die Dose in die Hand nahm. Eine junge Polizistin mit einer winzigen Pistole in der Hand schob sich durch die Tür. Lungile hielt die Dose Doom in Armeslänge vor sich und richtete den Sprühstrahl direkt auf die Augen der Polizistin. Diese schrie auf.

»Lauf!«

Nein, ich hätte am liebsten geweint. Das konnte doch nicht wahr sein. *Was zum Teufel*, dachte ich, als wir durch das Haus und zur Hintertür hinausliefen. Zum Glück waren die Besitzer des Hauses zu geizig oder zu vertrauensvoll, um oben auf der Ziegelmauer, die das Haus umgab, einen Elektrozaun zu installieren. Lungile verschränkte ihre Hände zu einer Räuberleiter, ich warf mir meine Tasche um den Hals und setzte einen Fuss in ihre Handflächen, so dass sie mich hochheben konnte. Ich setzte mich mit gespreizten Beinen auf die Mauer und griff zu ihr nach unten.

»Gib mir deine Hand.«

Lungile griff nach oben, ich packte sie und begann damit, sie hochzuziehen. Sie war jedoch schwer und ich spürte, dass mein Arm beinahe aus dem Schultergelenk gerissen wurde, als ich versuchte, sie die Mauer hinaufzuziehen. Ihre Füsse suchten auf der mit Zement verputzten Mauer nach Halt, wobei einer ihrer Stilettos in den ungepflegten, unkrautbewachsenen Garten, den wir vernachlässigt hatten, rutschte. »Du musst etwas suchen, auf das du dich stellen kannst.«

Lungile drehte sich um, als unvermittelt das Fliegengitter der hinteren Tür des Hauses aufflog und gegen die Rückwand schlug. Sie liess meine Hand los, liess sich in die Geranien fallen und sank auf ein Knie. Dann sah sie zu mir auf. »Verschwinde!«

»Sie, auf der Mauer, bleiben Sie wo Sie sind!«, rief die Polizistin.

Ich wollte Lungile erneut packen, aber die Polizistin richtete ihre Pistole auf uns. Diese hüpfte in ihrer Hand und eine Kugel bohrte sich neben meiner Freundin in die Wand, wodurch eine Staubwolke ausgelöst wurde und Bruchstücke des Mauerwerks in Lungiles Haar flogen. Sie schrie auf und hielt sich die Hände vors Gesicht. Ich legte beide Handflächen auf die Oberseite des Mauerwerks und stiess mich ab.

Ich landete unsanft und fand mich im Hinterhof des Hauses hinter uns wieder. Ich stand auf und lief an einer Kinderschaukel vorbei. Die Hintertür des Hauses öffnete sich und eine ältere Frau mit Lockenwicklern im Haar hielt sich die Hand vor den Mund, liess sie dann fallen und sagte: »*Wat doen jy*?«

»Tut mir leid, *Tannie*!« Ich hatte keine Zeit, ihr zu erklären, was ich tat. Ich schob sie stattdessen zur Seite, lief in ihr Haus und rannte den Flur entlang zur Haustür.

»Halt!«

Ich ignorierte sie, fummelte an den beiden Schlössern der Tür herum und konnte schliesslich hinausrennen. Ich rannte die gepflasterte Auffahrt hinunter, wurde dann aber von einem Eisentor aufgehalten. Ich griff nach dem senkrechten Geländer und rüttelte, wie eine Gefangene in einer Zelle, daran. »Nein!«

Der vordere Teil des Zauns war mit Stacheln und einem dreidrahtigen Elektrozaun versehen. Die Bewohner gingen wohl davon aus, niemand breche in unser Haus ein und danach in ihres. Ich blickte zum Haus zurück und sah die Frau, die mich hinter der halb geschlossenen Haustür anschaute. Ich starrte sie an und versuchte, so verrückt wie möglich auszusehen. »Lassen Sie mich raus!«

Ein Arm ragte aus dem Türspalt und ich sah die Fernbedienung in ihrer Hand. Sie drückte auf den Knopf, wahrscheinlich weil sie dachte, es sei gefährlicher, mich auf ihrem Grundstück zu haben, als darauf zu warten, dass die Person, die die Waffe hinter ihrem Haus abgefeuert hatte, mich erwischte. Ich wich zurück, als sich das Tor nach innen zu öffnen begann. Sobald der Spalt breit genug dafür war, schlüpfte ich, den Körper zur Seite gedreht, hinaus,

Zum Glück hatte ich meine Laufschuhe noch nicht ausgezogen Durch das Heulen einer Polizeisirene in der Nähe angespornt, sprintete ich die Strasse hinunter. Es war so ungerecht, dachte ich, während ich rannte. Bald sollte ich mein Geld bekommen und konnte die Verbrechen aufgeben. Aber wenn ich geblieben wäre und die Polizei herausgefunden hätte, dass Fortune das Auto gestohlen hatte, wäre ich hineinverwickelt worden. Ich betete, dass die Polizei Lungile nicht zu sehr in die Mangel nehmen und dass Fortune, der Widerling, seine Schwester und mich nicht im Rahmen eines Strafnachlasses verraten würde.

Ich rannte die Strasse entlang und bog dann rechts in die nächste ein, die mich den Hügel hinauf zur Danie Joubert Street führte. Ich hatte keine Ahnung, wo ich hinwollte oder wie lange ich zu laufen vermochte. Ich musste von White River und Nelspruit weg, hatte aber kein Auto und nur wenig Geld.

Die Danie Joubert war eine Umfahrungsstrasse, die die Innenstadt von White River vom Verkehr entlastete und ihn zur R40 und von dort nach Nelspruit in die eine und zum Krüger-Nationalpark in die andere Richtung führte. Ich kam zu einer Ampel und wartete darauf, dass sie rot wurde. Ich keuchte heftig, als ich, immer noch mit um den Hals gehängter Handtasche, den Strom der zum Stehen gekommenen Fahrzeuge überprüfte. Ich zog die Handtasche nach vorn auf die Schulter und griff hinein, wobei ich das Gewicht der Pistole spürte, von der ich mir geschworen hatte, sie niemals bei der Begehung eines Verbrechens zu benutzen.

Wohin sollte ich gehen? Nelspruit war für Provinzverhältnisse eine grosse Stadt und theoretisch konnte man sich in einem grösseren Ort leichter verstecken, aber dort hatte ich meine letzten Verbrechen verübt. Ich fühlte mich wie ein Tier auf der Flucht vor Raubtieren. Vielleicht war der Busch der beste Ort, um mich für ein paar Tage zu verstecken. Ich hatte eine Waffe, ein paar hundert Rand und meinen gutaussehenden Körper. Ich strich mir die Haare aus dem Gesicht, öffnete einen weiteren Knopf der einfachen weissen Bluse, die ich trug und überquerte die Strasse in Richtung des zweiten Fahrzeugs der Warteschlange vor der Ampel, einem grünen Land Rover Safarifahrzeug mit einem Planenverdeck auf dem Dach. Das Fahrzeug zog einen geschlossenen Anhänger und der Safariführer hinter dem Steuer, den ich auf Ende zwanzig, schätzte, war breitschultrig und hatte dunkles, gewelltes Haar. Er sah gut aus. Ich lächelte ihn an und suchte seinen Blick, als ich mich zwischen sein Fahrzeug und den Audi vor ihm schob. Er zwinkerte mir zu.

Ich schlenderte vor ihm vorbei, hielt am Bordstein an und ging, als wäre es ein spontaner, nachträglicher Gedanke, zu seiner Beifahrertür zurück. Seine Augen weiteten sich vor Überraschung, als ich die Tür öffnete.

»Hey, was machen Sie denn da?«

»Ich brauche eine Mitfahrgelegenheit in den Busch.«

»Was brauchen Sie?«

Die Ampel schaltete auf Grün, der Fahrer hinter uns begann zu hupen und der Verkehr rund um uns floss weiter.

Er schaute hinter sich, dann zu mir. »Das geht nicht. Mein Chef lässt mich ausser Kunden keine Fahrgäste mitnehmen und ...«

Ich zog den Revolver aus meiner Handtasche und richtete ihn mit gesenktem Kopf auf ihn. »Fahr los, Hübscher.«

»Scheisse.«

Er legte den Gang ein und fuhr los, wobei er die anderen Hupen, die sich hinter uns zum Chor gesellt hatten, zum Schweigen brachte. Wir schafften es gerade noch an der Ampel vorbei, bevor sie wieder rot wurde und die anderen wütenden Autofahrer in unserem Kielwasser zurückliess.

»Wie heisst du?«

Er leckte sich über die Lippen. »Bryce Duffy. Ich kann nicht glauben, dass ich von einer Tussi entführt werde.«

»Sei nicht sexistisch. Fahr einfach.« Ich schaute zurück, um zu sehen, ob hinter uns Polizeiautos seien, doch dem war nicht so. »Nicht zu schnell.«

»Ha, mit diesem Ding? Wohin gehen wir?«

Ich wusste es nicht. »Wohin fährst du?«

»Ich muss in einem Hotel in Hazyview einige Gäste abholen und sie für drei Nächte in den Krügerpark bringen. Ich kann dich nicht mitnehmen.«

»Äh, Bryce, ich denke, solange ich die Waffe habe, sage ich dir, was du tun kannst und was nicht.«

Er nickte. »Gut. Willst du den Wagen? Ich meine, wenn du ihn willst, ist das in Ordnung. Ich fahre einfach rechts ran und du kannst ihn haben. Das sagt mir mein Boss immer: kein Fahrzeug ist ein Leben wert.«

»Ich will dein Safarifahrzeug nicht, Bryce, ich muss einfach für ein paar Tage verschwinden.«

Er sah mich an, sein Gesicht war blass und er wischte sich die Schweissperlen von der Oberlippe. »Willst du *mitkommen*?«

Ich wägte meine Optionen ab. Ich wollte seinen Land Rover nicht stehlen, denn damit käme ich nicht weit. Wenn die Polizei, sobald ich Bryce losgelassen hatte, nach mir suchte, könnte der Wagen einem entschlossenen Beamten auf einem Motorrad nicht entkommen. Ich könnte ihn in Hazyview, der nächsten Stadt, durch die er auf dem Weg zum Park fahren würde, zurücklassen, aber dort würde er mich der Polizei melden und wenn ich nichts Schnelleres stehlen konnte, fänden sie mich bald. »Gib mir dein Handy, Bryce.«

»Was?«

»Dein Handy, Bryce.«

»Ich habe keins.«

Der Verkehr hatte sich jetzt, da wir den White River hinter uns gelassen hatten, auf die mit Kiefern bewachsenen Hügel verteilt. Ich hob die Waffe, bis sie auf der Höhe von Bryces Ohr war, und spannte sie. »Alle haben ein Handy.«

Er schüttelte den Kopf, griff in die linke obere Tasche seines Safarihemdes und zog ein billiges Nokia heraus.

»Wirf es mir zu.« Ich fing es auf und steckte es in meine Handtasche. Ich hielt die Waffe auf ihn gerichtet und beugte mich näher zu ihm. Er wich vor mir zurück. »Ganz ruhig.« In der Mitte des Armaturenbretts, wo sich normalerweise eine Stereoanlage befand, war ein Funkgerät eingebaut. Ich packte den Hörer nahe der Stelle, wo er mit dem Gerät verbunden war, am Kabel, riss ihn heraus und warf ihn über die Seite der Tür auf das Feld neben uns.

»Scheisse, dafür wird er mich büssen lassen«, schimpfte Bryce.

Ich schnaubte. »Ich bringe dich um, wenn du mich auszutricksen versuchst.«

Bryce sah mich an und grinste. Langsam schien er den ersten Schock zu überwinden und ich erkannte, wie das Alphamännchen, das in allen Safari-Führern lebt, seine Eier zwischen den Beinen wieder in die richtige Position brachte. Ich musste Bryce zeigen, dass ich es ernst meinte. Es kam uns niemand entgegen, und der VW Golf, der hinter uns gewesen war, hatte die Pause im Gegenverkehr genutzt, um uns zu überholen. Ich zielte und gab einen einzigen Schuss ab.

Der Knall und der Rückschlag der Pistole in meiner Hand erschreckten mich, aber nicht so sehr wie Bryce. Die Kugel war nur ein paar Zentimeter vor seiner wachsenthaarten Brust, die ich durch die Falten seines Hemdes sehen konnte, durch die Luft gesirrt.

»Scheisse!«

»Wenn du denkst, ich scherze oder sei nicht verzweifelt genug, um dir wehzutun, Bryce, dann versuch einfach, mich noch einmal so anzusehen.«

»Schon gut, schon gut ... Das ist Wahnsinn, du bist verrückt.«

»Nein, aber ich muss mich einfach irgendwo verstecken, Bryce. Ich möchte dir nicht wehtun, kann aber nicht zulassen, dass du deinen Chef oder die Polizei anrufst. Wohin gehst du auf deiner Safari?«

»Nach Balule.«

Es war eines der rustikalen Camps im Krüger-Nationalpark, an die ich mich noch aus den Ferien meiner Kindertage erinnerte, die wir manchmal im Wildreservat verbracht hatten. Im Vergleich zu den Nationalparks in meinem Geburtsland war der Krüger-Nationalpark überfüllt, aber man sah viel und der Artenreichtum und die Anzahl der Wildtiere liess die Einheimischen und internationalen Touristen immer wieder kommen. Es war kein schlechter Ort für mich, um mich zu verstecken, solange ich Bryce ruhig halten konnte. Allerdings wäre ich, wenn die Polizei in eines dieser Camps kam, in denen ich nirgends hin fliehen konnte, wie ein in die Enge getriebenes Tier. Trotz der Wirkung, die der einzige Schuss auf Bryce gehabt hatte, gefiel mir der Gedanke nicht, die Pistole jemals wieder abzufeuern.

»Wohnt ihr in Chalets?«

Er schüttelte den Kopf. »Ich habe im Anhänger Zelte. Wir campen.«

»Wer kocht?«

»Ich koche selbst.«

Ich hob meine Augenbrauen.

»Ich bin ein ganz guter Koch.«

»Das bezweifle ich nicht«, gab ich zurück. »Aber du musst den Leuten, die du abholst, sagen, ich sei die Köchin. *Eigentlich* kann ich nicht wirklich kochen, aber das wird eines unserer vielen kleinen Geheimnisse sein. Ich schäle die Kartoffeln.«

»Wenn mein Chef das herausfindet ...«

»Bryce, wenn dein Chef das erfährt, schiesse ich dir den Penis ab.« Er schluckte und blickte auf die Pistole hinunter.

* * *

BRYCE BOG von der R40 nach links auf eine unbefestigte Zufahrtsstrasse ab und folgte einem Schild mit der Aufschrift *Rissington Inn.*

Während der Wagen auf seinen Spiralfedern über die zerfurchte Strasse schwankte, hielt ich mich mit der linken Hand am oberen Rand der Tür des Land Rovers fest, aber die Pistole hielt ich immer noch auf Bryce gerichtet in der rechten Hand. »Wenn wir im Hotel ankommen, werde ich die Pistole in meine Jeans stecken, aber du bleibst in meinem Blickfeld. Wenn du irgendetwas Dummes anstellst, fülle ich diese Rostkiste und ihren Motor mit Löchern und du kannst dann versuchen, es deinem Chef und deinen Kunden zu erklären.«

»Es ist ein Land Rover und aus Aluminium, damit er nicht rostet.«

Es gefiel mir, dass er sich wieder beruhigt hatte, aber er leckte sich immer wieder über die Oberlippe, was zeigte, dass er immer noch ein wenig nervös war. Das Hotel kam in Sicht, ein niedriges, weiss getünchtes Gebäude im Kolonialstil, mit Blick auf ein grasbewachsenes Feld, das in der Ferne in Buschwerk überging. Die Landschaft dahinter war hügelig und malerisch. Die Zufahrtsstrasse zum Hotel und die Wege waren mit klaren Linien aus weiss bemalten Steinen markiert, die einen schönen Kontrast zum blutroten afrikanischen Boden bildeten.

Bryce hielt auf einem Schotterparkplatz am Fusse einer Treppe, die zum Swimmingpool und dem dahinter liegenden Restaurant und der Bar hinaufführte, an. Ein junger Mann mit roten Haaren und weiten Shorts kam herunter, um uns zu begrüssen.

»*Howzit*, Bryce.«

»Hallo Ben«, nickte der Safariführer.

Der andere Mann sprach südafrikanisch, aber mit einem plumpen englischen Akzent. Er kam enthusiastisch auf mich zu. »Hallo, ich bin Benjamin.« Ich hatte gerade noch Zeit, die Pistole in den Hosenbund meiner Jeans zu stecken, als er mir die Tür öffnete.

»Naomi«, stellte ich mich, da ich keinem von ihnen meinen richtigen Namen nennen wollte, vor.

Ben schüttelte mir die Hand. »Freut mich, Sie kennenzulernen.

Nehmen Sie auch an der Safari teil?« Er sah zu Bryce, während ich versuchte, eine Antwort zu formulieren.

»Naomi ist unsere neue Köchin. Wenn du Greg und Tracey das nächste Mal siehst, erzählen sie dir bestimmt alles über sie und welch gute Köchin sie ist.«

»Prima«, sagte Ben. »Deine Gäste sind in der Bar. Ich werde Canaan bitten, ihr Gepäck in den Anhänger zu laden, ja«?

»Ja, das ist in Ordnung.«

Ich folgte Ben die Treppe hinauf und hielt mich an seinem Ellbogen fest. »Ähm, Ben?«

»Ja?«

Ich senkte meine Stimme. »Wissen Sie, Ben, Bryce hat es mit der Wahrheit nicht sehr genau genommen. Wir haben uns auf einer Party kennengelernt und er nimmt mich als, na ja, als eine Art Assistentin auf die Safari mit. Seine Chefs, Greg und Tracey, wissen nichts davon, dass ich mitgehe, also wären wir beide sehr dankbar, wenn Sie ihnen nichts davon erzählen, dass ich auch dabei bin, okay?«

»Aber sicher, alles klar.« Er berührte seine Nase und sprang mit dem Enthusiasmus eines jungen Engländers, der im Ausland arbeitet und mitten in afrikanischen Intrigen steckt, die Treppe hinauf.

Bryce war direkt hinter mir, also griff ich an meinen Rücken, hob meine Bluse etwas an und zeigte ihm die Pistole, um ihn an sie zu erinnern. Als er neben mir war, sagte ich aus dem Mundwinkel: »Vielleicht durchlöchere ich dich und nehme den Land Rover mit.«

»Du kämst nicht weit.«

»Es wäre dumm von dir.«

»Unvorsichtig mutig, würde ich es nennen.« Bryce grinste mich an.

»Nein.« Ich schüttelte den Kopf und blieb auf der Steinterrasse am Pool stehen. Er hielt neben mir, als die Touristen aus der Bar strömten. »Nein, einfach dumm. Ich will weder dir noch deinen Kunden etwas antun, Bryce. Ich brauche Hilfe.«

Er schaute mir in die Augen und ich blinzelte ein paar Mal. Ich redete Klartext und tat, als hätte ich mich unter Kontrolle, aber das war nicht so. Ich sah, dass sein Adamsapfel wippte, als er meine

Schwäche erkannte und schluckte. Obwohl ich mich nicht erinnern konnte, in all meinen Jahren in Afrika jemals einen hässlichen Safariführer gesehen zu haben, war er wirklich ein gutaussehender Kerl.

»In Ordnung«, flüsterte er schnell. »Aber ich möchte, dass du mir später erzählst, was hier wirklich los ist.«

Er legte mir seine Hand auf die Schulter und ich spürte, dass ich keinen Atem mehr bekam, weil mich Tränen zu ersticken drohten. Er drückte mich ein wenig. »Und tue nichts, was meine Gäste verärgert«, wies er mich an und schenkte mir wieder sein albernes Grinsen.

Ich wischte mir über die Augen. »Bestimmt nicht, versprochen. Aber ich werde dich einfach erschiessen, wenn du mich auszutricksen versuchst.«

»Okay, *lekker,* gut. Dann ist ja alles klar. Ich muss mich um die Kunden kümmern. Bitte erschiess keinen von ihnen.«

»Solange keiner von ihnen Amerikaner ist.«

Er schmunzelte und lächelte, dann ging er die Treppe hinauf, um seine Gäste zu begrüssen.

Ein dickbäuchiger, grauhaariger Mann in Designer-Safarikleidung watschelte auf mich zu und streckte mir die Hand entgegen. »Hallo, ich bin Herb Lipschitz aus New York.«

16

Als Hudson Brand von der Terrasse seines erhöhten Safarizeltes nach unten ging, bemerkte er, dass Anna geduscht hatte. Ihr feuchtes Haar war zu einem Pferdeschwanz zusammengebunden und sie hatte ein ärmelloses, geblümtes Sommerkleid angezogen. Ihre orangefarbenen Sandalen hatten einen leichten Absatz.

Sie gingen miteinander durch den grauen Sand, den für Hwange typischen Boden, zur strohgedeckten und mit Segeltuch verkleideten Bar und dem Essbereich von ›Elephant's Eye‹.

»Was darf ich Ihnen bringen, Anna?«

»Einen Gin Tonic, bitte, mit Eis und Zitrone. Doppelt.«

Brand ging zur Bar und bat die hübsche Lodge-Managerin um Annas Drink und um ein Sambesi-Lager für sich selbst. Er nahm die Getränke und führte Anna in die Bibliothek der Lodge, die einen Blick auf den Swimmingpool bot. Das Flutlicht war eingeschaltet und beleuchtete das dahinterliegende Wasserloch.

Sie setzten sich auf ein Sofa und Brand stellte Annas Getränk vor ihr ab.

Brand nippte an seinem Bier. Sie sah gut aus, aber da sie gerade aus England gekommen war, vermutete er, die Bräune auf ihren nackten Armen und Beinen sei aufgesprüht. Ihre Muskeln waren straff, keine ›Bingo Wings‹, wie die Briten schlaffe Arme nennen, und ihre Beine waren glatt und schön geformt. »Also, was wollen Sie wissen, Misses Cliff?«

»Oh, ich dachte, das hätten wir hinter uns. Nennen Sie mich bitte Anna. Aber hier geht es ja ums Geschäft, nicht ums Vergnügen, nicht wahr?«

Er sagte nichts.

»Erzählen Sie mir alles, was Sie über Kate wissen. Sie sagten, Sie könnten den Tod meiner Schwester bestätigen.«

»Jawohl.«

»Ja? Kann ich bitte mehr Informationen dazu bekommen? Sie sagten, sie habe *geplant*, ihren Tod vorzutäuschen.«

»Misses Cliff, Anna, ich weiss, dass das nicht leicht für Sie ist, denn Ihr Bauchgefühl war in gewisser Weise richtig. Kate hat tatsächlich versucht, ihren Tod vorzutäuschen. Sie ging sogar so weit, von einer korrupten kubanischen Ärztin einen gefälschten Totenschein zu kaufen. Als Todesursache wurde eine Hirnblutung angegeben. Meiner Erfahrung nach ist ein plötzliches medizinisches Problem als vorgetäuschte Todesursache in dieser Art von Fällen nicht ungewöhnlich, da die Polizei nicht eingeschaltet werden muss. Der Plan Ihrer Schwester ging jedoch schief.«

Er trank noch etwas Bier und bemerkte, dass Anna ihr Gin-Tonic schon fast zur Hälfte ausgetrunken hatte. Sie schaute eine Minute oder länger gedankenverloren auf das Wasserloch hinaus, bevor sie sich wieder an Brand wandte. »Warum sollte sie so etwas tun?«

»Nun, wenn ich die Ermittlungen weiterführen würde, müsste ich Ihnen wahrscheinlich die gleiche Frage stellen.«

»Was meinen Sie mit, *wenn* Sie die Ermittlungen fortsetzen würden?«

Er zuckte die Achseln. »Jetzt, wo wir wissen, dass Ihre Schwester tot ist, scheint es keinen Sinn mehr zu machen, tiefer zu graben. Ich habe die Erfahrung gemacht, dass man manche Geheimnisse am besten mit ins Grab nimmt. Sobald ich meinen Abschlussbericht eingereicht habe, entscheidet die Versicherung, ob sie die Summe an Linley Brown auszahlt oder nicht. Ich habe Dani Russo eine E-Mail geschickt und vorgeschlagen, sie solle die Versicherung dazu auffordern, alle Kontakte, die sie mit Linley Brown hatte, durchzugehen. Wir wissen, dass sie und Kate das gefälschte Dokument erhalten haben, aber wenn es keinen Hinweis darauf gibt, dass sie etwas unlauteres damit gemacht haben, spricht das für Linley. Das Unternehmen wird jedoch besorgt sein, dass eine Betrugsabsicht vorlag.«

Anna schüttelte den Kopf und winkte der Frau hinter der Bar, die sofort zu ihr herüberkam. »Könnte ich bitte noch einen Gin Tonic haben? Einen Doppelten.« Sie sah zuerst Brand an und blickte dann auf sein Bier hinunter. Er schüttelte den Kopf, denn er hatte noch kaum ein Drittel der grünen Flasche ausgetrunken.

»Trinken Sie noch einen mit mir.«

»Ich bin noch im Dienst«, sagte er.

»Betrachten Sie sich als dienstfrei. Peter ist munter und Sie müssen mich heute Abend nirgendwo hinfahren oder mir irgendetwas über die Bäume in Simbabwe erzählen. Sie haben morgen im Auto mit Peter wieder Dienst, glauben Sie mir.«

»Okay, einen Bell's Whiskey mit Cola«, sagte Brand zur Frau, hob sein Bier an die Lippen und kippte es hinunter. *Was soll's*, dachte er. »Doppelt.«

Anna strich sich eine verirrte Haarsträhne aus dem Gesicht und lehnte sich, die Ellbogen auf den nackten Knien, zu ihm. »Ich möchte, dass Sie Ihre Ermittlungen fortsetzen.«

»Wonach soll ich suchen?«

»Nach dieser Freundin, Linley. Was, wenn das alles ein ausgeklügelter Schwindel war: Linley weinte sich bei Kate aus, spielte vielleicht mit irgendwelchen Unsicherheiten, von denen ich nichts weiss, lockte sie zurück nach Simbabwe und tötete sie?«

Brand hatte zwar von hinterhältigeren Verbrechen gehört, aber das schien ihm doch zu unwahrscheinlich. »Ich habe die Polizeibeamtin befragt, die kurz nach dem Autounfall dort war. Ihr Bericht war sorgfältig gemacht und ich glaube, sie hat die Wahrheit gesagt. Ein Auto von der Strasse zu drängen und auf den Kopf zu stellen, ist eine riskante Art, jemanden umzubringen, wenn man selbst Beifahrerin ist.«

Anna lehnte sich in ihrem Stuhl zurück. »Aber irgendetwas stimmt an all dem nicht. Ich habe keine Ahnung, warum meine Schwester kriminell werden sollte. Sie hatte einen guten Job, eine eigene Wohnung ...« Sie schniefte.

Brand nahm eine Cocktailserviette in die Hand und reichte sie ihr. »Standen Sie sich nahe?«

Anna tupfte sich vorsichtig die Augen ab und Brand bemerkte, dass sie Make-up aufgetragen hatte. Er konnte sich nicht daran erinnern, dass ihre Augen geschminkt waren, als er das Paar vom Flughafen abgeholt hatte. »Wir waren Schwestern, aber Sie wissen ja, wie Familien sind.«

»Mein Vater war ein Ölmann in Afrika. Er heiratete meine Mutter, die halb Angolanerin und halb Portugiesin war, als er in Luanda lebte. Als sie in die USA zurückkehrten, liess er sie allein, um mich aufzuziehen. Mein Familienleben war nicht grossartig.«

»Das tut mir leid, aber welche Familie ist schon perfekt?« »Unsere war ganz in Ordnung, finde ich. Kate und ich haben oft miteinander geredet, aber dennoch nicht aneinandergeklebt. Ich würde nicht behaupten, sie habe mir jede Kleinigkeit erzählt, die in ihrem Leben schiefgelaufen ist, bin mir aber ziemlich sicher, dass sie zu mir gekommen wäre, wenn sie in Schwierigkeiten gewesen wäre. Es ist eine Ironie des Schicksals, dass sie vor einem Jahr einen Autounfall hatte, einen ziemlich schweren sogar.«

»Dr. Fleming erwähnte, Kate habe einen Stift im Becken gehabt, der von einem früheren Unfall stammte. Ein weiterer Beweis dafür, dass es sich bei der von ihm untersuchten Leiche um ihre handelte.«

»Ja. Ihr Becken war zertrümmert und nach ihrer Entlassung aus dem Krankenhaus lebte sie etwa einen Monat lang bei Peter und mir.«

»Und wie ist das gelaufen? Habt ihr drei euch alle verstanden?«, fragte Brand.

Die Kellnerin brachte ihnen die Getränke. Brand schmeckte die Schärfe des Alkohols durch die Cola hindurch. Anna nahm zwei grosse Schlucke von ihrem Gin Tonic, bevor sie ihn auf dem Tisch abstellte. »Ja, recht gut. Und als es ihr besser ging, zog sie zurück in ihre Wohnung in der Stadt.«

»Hatte sie einen Freund?«

Anna schürzte die Lippen und blickte auf, als suche sie in ihrem Gedächtnis. »Nichts Festes, soweit ich weiss. Es gab einen Mann, doch ich habe seinen Namen vergessen. Doch er hatte eine Affäre mit einer anderen Frau und sie haben sich getrennt.«

»Wie hat sie das aufgenommen?«

Anna sah ihn an. »Was meinen Sie?«

»Stand sie danach nicht mehr mit ihm in Kontakt?«

»Nein, nicht dass ich wüsste. Wie ich schon Dani gegenüber erwähnte, hatte Kate nur ein paar andere kurze Beziehungen. Sie blieb meistens für sich.«

Brand dachte an seine erste Reaktion, als Dani ihn über den Fall unterrichtet hatte. »Glauben Sie, dass sie und Linley mehr als nur alte Schulfreundinnen waren?«

»Darüber habe ich auch schon nachgedacht. Ich nehme an, dass Menschen ihre sexuellen Vorlieben geschickt verbergen können, aber ich hatte trotzdem nie Grund zur Annahme, dass Kate lesbisch sei. Wir hatten eine Tante mütterlicherseits, die lesbisch war. Sie war Dozentin in Cambridge, ziemlich aufgeschlossen und unsere Lieblingstante, also gab es in unserer Familie in dieser Hinsicht nie ein Stigma oder Tabu. Ich wüsste nicht, warum Kate versucht hätte, es vor mir zu verbergen, wenn sie in eine andere Frau verliebt gewesen wäre.«

»Und Ihre Eltern?«

»Die sind beide verstorben. Aber sie haben Tante Lavinia akzeptiert, so dass ich bezweifle, dass sie schockiert gewesen wären, wenn Kate sich als lesbisch entpuppt hätte.«

Brand hörte ein leises Grollen und hob eine Hand vor die Augen, um sie vor dem grellen Scheinwerferlicht zu schützen.

»Was ist es?«, fragte Anna.

Von der Baumgrenze, jenseits des Rings um das Wasserloch, wo der Boden von den vielen massiven, runden Füssen zu Sand und

Staub zermalmt worden war, war ein Knacken zu hören. »Elefanten kommen. Man hört, wie sie miteinander kommunizieren, dieses Rumpeln in den Bäuchen und der Lärm, wenn sie Äste abbrechen. Sie kommen bestimmt gleich gleich.«

»*Gleich gleich*? Sie klingen wie ein Simbabwer. Sind Sie Amerikaner oder Afrikaner, Hudson?«

Er zuckte die Achseln. »Beides oder das eine oder andere, je nachdem, wie es mir passt, manchmal auch keins. Hatte Kate eine Vorgeschichte mit Glücksspiel oder Drogenmissbrauch? Sie sagten, sie war eine problematische Jugendliche.«

»Ich habe aber auch gesagt, sie und Linley hätten anscheinend den üblichen Teenagerkram gemacht. Aber nein, nichts anderes, von dem ich wüsste. Dani hätte es Ihnen sagen können. Es war jedenfalls Geld auf ihrem Bankkonto. Zwar kein Vermögen, aber etwa zweitausend Pfund und sehr geringe Kreditkartenschulden.«

Brand dachte einen Moment darüber nach. Er wusste, dass die Lebenshaltungskosten in Grossbritannien viel höher waren als in Afrika. »Wie sieht es mit ihren Ausgaben aus? Hat sie viel für Kleidung, Reisen und dergleichen ausgegeben?«

Anna wiegte ihren Kopf hin und her, während sie über die Frage nachdachte. »Nein, eigentlich nicht.«

Brand nahm einen weiteren Schluck. Eine winzige Zwergohreule rief von einem Baum in der Nähe und von irgendwo jenseits des Wasserlochs antwortete eine zweite. Er hatte genug Fälle untersucht, um Menschen recht gut lesen zu können, und soweit er es beurteilen konnte, sagte Anna Cliff die Wahrheit. Ihre britische Gelassenheit schmolz dahin und sie schien wirklich ratlos, was die Handlungen ihrer Schwester betraf. »Keine psychischen Erkrankungen in der Familie?«

»Nein.«

Brand hatte das Gefühl, der Arzt Geoffrey Fleming habe, als er ihn befragte, etwas über Kates und Annas frühes Familienleben verschwiegen. Doktor Fleming hatte ihm gesagt, er müsse Anna danach fragen. Jetzt schien der richtige Zeitpunkt dafür. »Wie würden Sie Ihre und Kates Kindheit beschreiben?«

Sie rührte in ihrem Getränk und sah dann zu ihm auf. »Überaus glücklich.«

»Wirklich?«

»Ja, warum auch nicht? Wir sind in einem liebevollen Elternhaus aufgewachsen.« Sie hielt seinem Blick stand, aber da war weder Wärme noch Nostalgie in ihren Augen. »Es geht nicht um unsere *Familie*, Hudson, es geht um meine Schwester und ihre mysteriöse Freundin.«

Nach Brand's Erfahrung gab es keine perfekte, liebevolle Familie, aber er spürte, dass Anna nichts weiter preisgeben wollte. »Sie möchten also, dass ich Linley für Sie finde?«

»Das erscheint uns die beste Möglichkeit, meinen Sie nicht auch?«

Er nickte. »Ja, das denke ich auch. Aber ich muss Sie warnen: Wenn Menschen so weit gehen, um etwas zu vermeiden, steckt selten eine schöne Geschichte dahinter. Sind Sie sicher, dass Sie wissen wollen, was Ihre Schwester wirklich vorhatte?«

Sie trank ihren Gin Tonic bereits aus, während Brand sein Getränk erst zur Hälfte ausgetrunken hatte. Anna gab der Frau an der Bar erneut ein Zeichen. »Um die Wahrheit zu sagen: Ich weiss es nicht, aber all diese ungelösten Fragen nagen an mir. Ich kann nicht schlafen, weil es mich aufwühlt ... Nun, sagen wir einfach, es macht die Dinge zu Hause nicht besser.«

Brand wollte nicht weiter auf diesen Punkt eingehen. »Ich habe eine südafrikanische Handynummer von Linley und rief sie, bevor ich Südafrika verliess, mehrmals an, aber sie hat mich nie zurückgerufen. Ich denke, sie will nicht gefunden werden.«

»Man kann Tiere im Busch aufspüren, nicht wahr?«

»Sie ist aber kein Tier. «

»Nein, aber auch Menschen hinterlassen Spuren, ja?«

Brand nickte. »Das stimmt.«

Anna beugte sich wieder vor und schloss die Lücke zwischen ihnen. Sie legte eine Hand auf sein Knie und ihre Berührung fühlte sich durch seine khakifarbene Hose heisser an, als die Sonne sich den ganzen Tag angefühlt hatte. »Können Sie sie für mich finden, Hudson? Spüren Sie sie bitte für mich auf!«

»Ich werde mein Bestes für Sie tun, Ma'am.« Obwohl er zustimmte, spürte er, dass er das Falsche tat. Er fühlte mit Anna, und vielleicht war das auch der Grund, warum ihn der Fall beunruhigte. Meistens arbeitete er aus der Distanz, etwa durch E-Mails von Dani, in denen er gebeten wurde, Leute aufzuspüren, die er nie persönlich traf. Das letzte Mal, als er mit einer Familie zu tun hatte, von der jemand versucht hatte, seinen Tod vorzutäuschen, war dies beim Mbudzi-Clan gewesen. Dieser hatte es beinahe geschafft, ihn in einem nicht gekennzeichneten Grab auf dem Stadtfriedhof von Harare zu beerdigen. Hinter Linley Browns Geschichte musste viel mehr verborgen sein, als Anna wusste oder sich anmerken liess, und Brand war sich nicht sicher, ob er es herausfinden wollte. Aber da war ja noch das Geld, das für ihn eine wichtige Rolle spielte.

»Ich bezahle Sie natürlich«, sagte Anna. »Uns fehlt nicht viel, Peter und mir. Er verdient gut und wir haben keine Kinder. Sie nennen Ihren Preis und wir bezahlen ihn. Wir finden in Simbabwe wohl kaum kurzfristig einen anderen Privatdetektiv.«

»Ich würde mein normales Tageshonorar verlangen, nichts Zusätzliches«, sagte er und fragte sich gleichzeitig: *Warum?* Vor allem angesichts seiner Vorbehalte.

Anna legte ihre Hand wieder auf seinen Oberschenkel und er tat nichts, um sie davon abzuhalten. »Danke, Hudson, ich danke Ihnen sehr.«

Die Lodge-Managerin hatte einen Kellner geschickt, der Annas Getränk brachte, was sie dazu zwang, den Körperkontakt mit ihm zu unterbrechen. Er erkannte Sehnsucht in ihren Augen. Als der Mann einen frischen Gin Tonic vor Anna abstellte, hielt sie den Blickkontakt zu ihm. Ihre Wangen färbten sich bereits ein wenig. Er griff nach seinem Glas, trank es aus und sagte wider besseres Wissen: »Ich glaube, ich nehme noch einen solchen.«

* * *

PETER CLIFF BEWEGTE sich auf dem Bett und blinzelte. Einen Moment lang konnte er sich nicht orientieren und wusste nicht, wo er war.

Er schaute auf die Uhr. Es war nach sieben und bereits dunkel. Sein Mund war trocken. Er griff nach dem Lichtschalter auf seinem Nachttisch neben den khakifarbenen Zeltwänden. Er befand sich in der Elephant's Eye Lodge, doch in seinem Traum war er an einem anderen Ort und in einer anderen Zeit gewesen. Sein Glied war steif.

Eigentlich hatte Peter mit Anna zu Abend essen wollen, um zu hören, was Brand über Kate und Linley Brown zu sagen hatte. Aber dann hatte ihn die Müdigkeit von der Reise übermannt und ausserdem wurde er, wie er Anna erzählt hatte, von Durchfall geplagt. Peter setzte sich hin, stand auf und ging zum Schreibtisch im Zimmer, wo er sich aus einer Flasche ein Glas Wasser einschenkte und es trank. Er schnüffelte unter seinen Armen und entschied sich, eine Dusche zu nehmen.

Als er sich im Badezimmer auszog, sah er Annas Kosmetiktasche und roch den anhaltenden Duft ihres Parfüms. Ihr Koffer stand offen auf der Gepäckablage im Zimmer und die Kleider, die sie im Flugzeug getragen hatte, lagen gefaltet neben ihrer Tasche. Er nahm an, sie habe sich mit dem Amerikaner getroffen und spürte einen Anflug von Eifersucht.

Peter öffnete die Fliegengittertür, die zu einer Aussendusche auf der Holzveranda führte, welche an der des Zeltes entlanglief und von der man auf das Wasserloch sah. Er drehte den Wasserhahn auf und testete die Temperatur mit der Hand. Er fragte sich, ob seine Frau auf den Safariführer stand. Ihr gemeinsames Sexualleben war längst inexistent, denn sie konnte und wollte Peter nicht geben, was er sich wünschte.

Seine Sicht auf den Hauptbereich des Camps mit dem Restaurant und der Bar war versperrt, aber das Wasserloch sah er. Eine Elefantenherde war lautlos angekommen und watete durchs seichte Wasser. Als er unter die Dusche trat, beobachtete er, wie die durstigen Tiere ihre Rüssel voll Wasser saugten und tranken. Seine Gedanken schweiften von den Tieren zum Thema seines Traums, einer Wiederholung des letzten Mals, als er richtig guten Sex gehabt hatte. Es war nicht mit seiner Frau gewesen, sondern auf einer medizinischen Konferenz in São Paulo, in Brasilien. Sie war kaffeefarben, mit grossen braunen Augen und einem verschmitzten Augenzwinkern, und hatte an der Hotelbar gesessen. Peter hatte mit einigen Ärztekollegen zu Abend gegessen, die beschlossen hatten, nach ihrer Rückkehr ins Hotel ins Bett zu gehen. Er war mit ihnen zu den Aufzügen gegangen, hatte aber einer müde aussehenden vierköpfigen Familie, die gerade mit einem verspäteten Flug angekommen war und ihre Rollkoffer mit sich herumzog, den Vortritt gelassen. Anstatt den nächsten Aufzug zu nehmen, war er zur Bar hinübergeschlendert und hatte bereits auf dem Weg dorthin die junge Frau entdeckt.

Als er sie fragte, ob er sich neben sie setzen dürfe, hatte sie in Englisch mit starkem Akzent gesagt: »Natürlich, kein Problem. Wie könnte ich zu einem so attraktiven Mann nein sagen?«

Er war kein Idiot und weit genug gereist, um an der Anmache des Mädchens und dem verschmitzten Lächeln des Barkeepers zu erkennen, was sie spielte. Er fragte sich, ob der Mann ein Schmiergeld dafür bekam, dass er sie auf ihrem Drink sitzen liess. Er bestellte ihr einen weiteren Drink, einen Cosmopolitan, wie sie erklärte und für sich selbst einen Johnny Walker Blue auf Eis.

Sie nickte und bedankte sich für das Getränk. »Sie sind geschäftlich hier?«

»Ja. Ölförderung.« Je weniger sie über seinen wirklichen Beruf wusste, desto besser. Ausserdem war es unmöglich, mit Leuten Smalltalk zu machen, sobald sie erfuhren, dass er Schönheitschirurg war. Er verabscheute die Nippelwitze und hatte sie schon tausendmal gehört. Wenn er reiste, blieb er lieber anonym.

Als er sich, während die Elefanten laut schlürften, in der Aussendusche einseifte, erinnerte er sich an ihre glatte Haut und die übervollen, roten Lippen. Er schloss die Augen und sah sie vor sich, wie sie im Hotelzimmer vor ihm kniete, ihren roten Mund öffnete, um ihn in den Mund zu nehmen und er seine Hand in ihrem dunklen, wallenden Haar vergrub.

»Wie viel willst du, um etwas Besonderes für mich zu tun?«, hatte er gefragt, als er sich von ihr löste und ihr Kinn anhob, damit sie in seine Augen schauen konnte.

»Kommt darauf an, was so Besonderes es ist.«

Peter hatte es ihr erklärt, worauf sie mit den Schultern zuckte und mit dem Kopf nickte und ihm die Summe nannte: einen Bruchteil dessen, was es in einem britischen Etablissement gekostet hätte. Das Mädchen hatte ihm ein langsames, breites Lächeln geschenkt und damit den Deal besiegelt. Bei der Erinnerung an sie wurde er hart und wollte etwas gegen seine Erektion unternehmen, als er Schritte auf den Holzdielen im Zelt und das Geräusch eines sich öffnenden Reissverschlusses hörte.

»Hallo, wer ist da?«, rief er und schaute über seine Schulter.

Ein Dienstmädchen hatte das Badezimmer des Zeltes betreten. Die Frau stand da und hielt sich die Hand vor den Mund. »Oh, Entschuldigung, Entschuldigung«, keuchte sie und eilte ins Schlafzimmer zurück.

Er stellte das Wasser ab, schnappte sich ein Handtuch, wickelte es um die Taille und stürmte vom Deck aus hinein. »Warum haben Sie nicht geklopft?«

»Tut mir leid, Sir, ich habe geklopft. Ich wollte nur das Bett vorbereiten.«

Er sah die Pralinen auf den Kissen und die fein säuberlich gefalteten Laken. »Es tut mir leid, aber Sie haben mich ziemlich erschreckt.«

Sie hielt sich wieder die Hand vor den Mund und verweilte an der Tür. Er war jetzt schlaff, erkannte aber das Grinsen in ihren Augen. Es ärgerte ihn, ertappt worden zu sein. Er griff in seine Hosentasche, holte die beiden losen Dollarscheine heraus, die er darin als Trinkgeld bereithielt, und reichte sie der Frau. Sie bedankte sich und verliess den Raum.

Er überlegte, ob er wieder unter die Dusche gehen solle, aber jetzt war er draussen und sauber genug. Er trocknete sich ab und verdrängte die erotischen Gedanken aus seinem Kopf. Er musste sich wirklich zusammenreissen, dachte er, wenn auch nicht auf diese Weise. Er zog eine saubere Unterhose und eine Cargohose an, fand ein passendes Hemd in seiner Tasche und zog schliesslich frische Socken und Schuhe an. Nachdem er sich die Haare gekämmt hatte, verliess er das Zelt durch die Glasschiebetüren.

Es war dunkel, aber Peter rief einen Wachmann herbei, der einen anderen Gast zum Abendessen begleitete. Brand hatte ihnen gesagt, sie müssten nach Einbruch der Dunkelheit von einem Wachmann begleitet werden, da nachts Elefanten, Büffel und andere gefährliche Tiere durch die nicht eingezäunte Lodge streifen konnten.

Als sie sich dem Hauptgebäude näherten, entdeckte er Anna, die neben Brand auf einem Sofa sass, das wie eine Sitzecke oder eine Bibliothek aussah. Für seinen Geschmack sass sie zu nahe beim Safariführer. Als er den Wachmann verliess und auf sie zuging, hörte er ein mädchenhaftes Kichern. Er bewegte sich langsam und nutzte die Wand der Bibliothek, um sein Kommen zu verbergen. Mit leichtem Schritt betrat er schliesslich das Holzdeck, das die Bar, die Lounge und den Essbereich miteinander verband. Anna lehnte sich jetzt näher zum Amerikaner und legte eine Hand auf sein Knie, als wolle sie eine Aussage unterstreichen. Oder sie flirtete einfach.

Peter zog seine Wangen ein und biss sich auf die Haut, bis es anfing, zu schmerzen. Er atmete tief durch die Nase ein. Dieser verdammte Safariführer hatte sie offensichtlich angemacht. Sie brauchten ihn, denn Peter wusste, dass er selbst nicht in der Lage wäre, die sagenumwobene Linley selbst aufzuspüren und es hätte zu lange gedauert, einen Ersatzführer mit einem Fahrzeug zu finden. Ausserdem hatten sie bereits für ihn bezahlt.

Er hüstelte, als er sich ihnen näherte und konnte das Geräusch seiner Schritte nicht mehr unterdrücken. Anna lehnte sich in ihrem Stuhl zurück und schaute über die Schulter. »Hallo Schatz, wir haben gerade über dich gesprochen.«

»Etwas Amüsantes?«

»Anna hat mir erzählt, dass Ihnen in Ägypten ein Missgeschick passiert ist und Sie von einem Kamel gefallen sind. Das sind wirklich widerspenstige Biester. Ich bin in Mombasa an einem Strand von einem Kamel abgerutscht und hätte mir fast das Bein gebrochen.«

»Nun, ich bin froh, dass ich für einen Lacher gut bin.«

»Sei nicht so aufsässig, Peter. Trink besser einen mit uns«, bemerkte Anna.

»Ich denke, wir sollten zum Nachtessen gehen. Du solltest jetzt etwas essen, denn du hast offensichtlich genug getrunken«, sagte er.

Sie runzelte die Stirn, aber er schaute sie an, bevor sie ihm antworten konnte.

»Geht es Ihnen besser, Peter?«, erkundigte sich Brand, in der Hoffnung, die Situation zu entschärfen.

»Ja, wahrscheinlich spüre ich nur den Wasserwechsel, nehme ich an. Ich habe ein paar Tabletten genommen. Wir Ärzte neigen ja dazu, einen umfassenden Erste-Hilfe-Kasten mitzunehmen.«

»Nun gut, wenn ihr zu Abend esst, gehe ich zurück in mein Zelt, mache mich frisch und lasse euch zwei allein essen«, schlug Brand vor.

»Keineswegs, Hudson«, widersprach Anna. »Sie *müssen* mit uns essen. Ich bin mir sogar ziemlich sicher, dass in unserer Broschüre steht, der Reiseleiter sei bei allen Mahlzeiten dabei.«

»Da stand viel drin«, sagte Peter.

»Das ist freiwillig«, sagte Brand. »Wir werden die nächsten Wochen sehr nahe aneinandergedrängt leben und es ist völlig in Ordnung, wenn ihr etwas Zeit für euch allein braucht. Ich werde mich einfach anpassen.«

»Sie essen mit uns und damit basta.«

Peter hörte die Härte in ihrer Stimme. Er war nicht in der Stimmung für einen Streit, schien aber gerade noch rechtzeitig gekommen zu sein. Der Amerikaner wäre von jetzt an vorsichtiger. Er wusste, dass Anna nach ein paar Drinks gern kokett war. Dieser Mann hatte einen Auftrag von ihnen und das war alles. »Nun gut, ich will kein Spielverderber sein.«

Brand stand auf. »Ich gehe jetzt duschen und ziehe mich um. Wir sehen uns dann in etwa zwanzig Minuten wieder hier. Ist das in Ordnung?«

»Absolut«, gab Peter zurück, obwohl er es lieber gesehen hätte, wenn der Mann allein gegessen hätte. Er ärgerte sich über Anna, die darauf bestand, dass der Fremdenführer sich zu ihnen gesellte. Brand verabschiedete sich und gab dem Barkeeper auf dem Weg nach draussen etwas Bargeld. Peter nahm den Platz des Amerikaners ein. »Ihr beide scheint euch ja prächtig zu verstehen.«

»Oh, Peter, nicht in diesem Ton. Um Himmels willen, jedes Mal, wenn ich mit einem Mann lache, denkst du, er will mich ins Bett kriegen.«

Er schlug die Beine übereinander und verschränkte die Arme. »Nein, das tue ich nicht. Ausserdem, was ist falsch daran, wenn ein Ehemann seine Frau beschützt?«

Sie leerte ihr Getränk, stellte das Glas ab und sah ihn an, als wollte sie etwas sagen, wandte sich dann aber ab und liess den Blick über den Hotelgarten schweifen.

»Wovon spracht ihr gerade?«

Sie sah ihn wieder an. »Über eine Menschenjagd. Oder, genauer gesagt, eine Frauenjagd.«

Er nickte. »Gut. Genau dafür bezahlen wir ihn, Anna. Für nichts anderes.«

17

Sannie van Rensburg und Mavis Sibongile blieben zurück, als der uniformierte Beamte die Tür der Zelle in der Polizeistation von Nelspruit aufschloss, in der sich eine Person im Gewahrsam befand.

Die Gefangene, die sie nun als Lungile Phumla erkannten, sass an einem einfachen Metallschreibtisch und starrte Sannie und Mavis an, als diese eintraten. »*Goeie more*«, sagte Sannie.

Lungile sah sie an und zuckte mit den Schultern.

»*Verstaan jy Afrikaans?*«

Lungile schaute sie an.

»Sie sind keine Tsonga, nicht wahr?«, fragte Mavis und bestätigte damit den Verdacht, den sie schon vor dem Betreten der Zelle mit Sannie geteilt hatte, nämlich Lungile stamme nicht aus einer der lokalen Gemeinschaften.

»Wir überprüfen gerade Ihren südafrikanischen Ausweis, Lungile«, sagte Sannie und nahm ihr gegenüber Platz. Mavis lehnte sich gegen die Tür, die der Uniformierte gerade geschlossen hatte. »Aber meine Kollegin hier, Warrant Officer Sibongile, glaubt, dass er gefälscht sei und Sie eine Illegale sind. Ich bin Captain Sannie Van

Rensburg von der Abteilung für Schwer- und Gewaltverbrechen in Nelspruit, und Sie sind ...?«

»Lungile Phumla.«

»Sie können uns allen etwas Zeit sparen, wenn Sie wollen, und vielleicht läuft es für Sie besser, wenn Sie mit der Polizei kooperieren. Wenn Sie uns an der Nase herumführen wollen, Lungile, können wir das ebenso gut mit Ihnen auch machen, glauben Sie mir.«

Die Frau zuckte mit den Schultern. Sie war hübsch, dachte Sannie, und strahlte trotz ihrer misslichen Lage einen Hauch von Zuversicht aus.

»Ich habe nichts Falsches getan«, bemerkte Lungile.

Sannie lehnte sich in ihrem Stuhl zurück und verschränkte die Arme. »Sie haben eine Polizeibeamtin angegriffen.«

»Ja, mit einer Dose *Fliegenspray*. Ich sass unschuldig zu Hause, als sie hereinkam und eine Waffe auf mich richtete. Ich habe ihre Uniform nicht gesehen.« »Und auch nicht gehört, dass sie sich als Polizistin zu erkennen gegeben hat, nehme ich an?«, warf Mavis ein.

»Es wäre nicht die erste Polizistin, die einen Einbruch begeht.«

Sannie schüttelte den Kopf. »Spielen Sie uns nichts vor, Lungile. Ich habe genug in den Händen, um Sie ins Gefängnis zu bringen, ohne dass Sie noch ein Wort sagen.«

Wieder zuckte Lungile mit den Schultern. »Ich hörte nur meinen Bruder schreien, und dann stürmte diese Frau mit einer Pistole herein. Ich habe in Selbstverteidigung gehandelt.«

»*Eisch*, Sie wollten der Polizei entkommen. Sie hatten Glück, dass die Beamtin nicht auf Sie geschossen hat«, sagte Mavis.

»Mein Bruder und ich haben nichts getan«, beharrte Lungile.

Sannie verschränkte die Arme, stützte die Ellbogen auf den Tisch, lehnte sich nach vorn und verringerte dadurch den Abstand zwischen sich und Lungile, die sich reflexartig zurücklehnte. »Ihr Bruder wird wegen Autodiebstahls angeklagt – zufällig hat eine Patrouille die Nummernschilder seines BMW mit der Marke und dem Modell verglichen und sie stimmten nicht überein. Er ist sehr ungeschickt und die Streife war nur in der Gegend, weil es

Beschwerden darüber gab, dass Ihr an zu vielen Abenden hintereinander zu laut Musik gespielt habt.«

Lungile schüttelte den Kopf. Sannie wusste, dass sie ihren Bruder Fortune, der seinem Namen, ›der Glückliche‹, im Moment nicht gerecht wurde, verfluchte. »Und sobald ich von den Polizisten in Joburg höre, denen ich Ihr Fahndungsfoto geschickt habe, werde ich Sie auch anklagen. Um die Sache abzurunden, stelle ich Sie dem Immobilienmakler gegenüber, der Ihnen und Ihrer Freundin das Haus in Steiltes gezeigt hat, damit er bestätigt, wer Sie sind.«

»Ich habe keine Ahnung, wovon Sie reden«, sagte Lungile mit vor Wut erhobener Stimme. »Ich will einen Anwalt.«

»Oh, Sie bekommen noch früh genug einen und ich bin sicher, dass er oder sie ihr Bestes für Sie tut. Aber die einzige Chance, die Sie haben, um irgendeine Strafminderung zu bekommen oder vielleicht eine Gefängnisstrafe zu vermeiden, ist, mit mir zu kooperieren. Ich bin die Einzige, die etwas zu Ihren Gunsten sagen kann, wenn die Staatsanwaltschaft entscheidet, welche Strafe sie ausspricht. Woher kommen Sie, Lungile? Ihr Englisch ist *lekker*, besser als meins. Aus Simbabwe? Oder Sambia?«

»Ich bin Südafrikanerin.«

»Wie auch immer«, sagte Sannie. »Ich bin sicher, Ihre Gefängnisse sind viel schlimmer als unsere, aber ich kann Ihnen versichern, dass das Frauengefängnis in Südafrika immer noch ein sehr, sehr schlimmer Ort ist, besonders für eine hübsche Frau wie Sie.«

Lungile schluckte. »Ich weiss immer noch nicht, wovon Sie sprechen.«

»Hat Ihnen Ihr Bruder gesagt, dass er nicht alle Sachen, die Sie aus dem Haus in Steiltes gestohlen haben, verkauft hat?«

»Ich habe nichts gestohlen.«

Sannie lächelte und lehnte sich wieder in ihrem Stuhl zurück. »Mavis?«

»Ich habe die Seriennummern eines MacBooks und eines iPhones, die im Kofferraum des Autos Ihres Bruders gefunden wurden, mit denen, die die Eigentümerin des Hauses in Steiltes als entwendet angegebenen hat, abgeglichen«, sagte Mavis. »Sie stimmen überein.

Wenn Ihr Bruder Ihnen erzählt hat, er habe die Geräte bereits verkauft, hat er gelogen. Entweder fand er keinen Käufer dafür oder er wollte sie für sich selbst.«

Lungile setzte sich aufrechter hin und reckte ihr Kinn vor, als sie sich an die Polizeibeamtin wandte. »Also, vielleicht hat mein Bruder gestohlene Waren gekauft. Ich lüge Sie nicht an und sage Ihnen, dass er über so etwas erhaben sei. Aber das hat nichts mit mir zu tun.«

»Sie haben das MacBook oder das iPhone nie gesehen?«, fragte Sannie.

Lungile sah nun zu ihr. »Nein, ich schwöre, das habe ich nicht.«

»Warum sind dann Ihre Fingerabdrücke auf beiden?«, sagte Sannie.

Mavis lachte. »Ein kriminelles Superhirn.«

Sannie legte ihre Hände mit den Handflächen nach oben auf den Tisch. »Hören Sie zu, Lungile. Mavis und ich können Ihnen helfen. Wir wissen, dass Sie bei Ihren Überfällen niemanden verletzt haben, und ich bin sicher, Sie werden voller Reue sein, wenn Sie vor den Richter treten und ihm irgendeine Leidensgeschichte aus Simbabwe oder wo auch immer Sie herkommen, erzählen. Aber glauben Sie mir, es wird viel einfacher für Sie, wenn Sie uns helfen, Ihre Partnerin, die weisse Dame, zu finden.«

Lungile sagte nichts.

»Salz«, mischte sich Mavis ein. »Das ist der Name, den ihr *der Citizen* gegeben hat, nicht wahr? Salz und Pfeffer. Ihr zwei hattet ein nettes Geschäft am Laufen, Schwester. Schade, dass Ihr dummer Bruder Ihnen alles versaut hat. Wo ist sie?«

»Als die uniformierte Beamtin Ihnen zur Hintertür hinaus folgte, sah sie«, erklärte Sannie mit dem gleichen geduldigen, aber missbilligenden Ton, den sie bei ihren Kindern anschlug, wenn sie ihnen erklärte, was sie falsch gemacht hatten und dass sie einer Mutter nichts vormachen könnten, indem sie logen, »dass Sie einer anderen Frau, die Jeans und *Tekkies*, Soprtschuhe, trug, über die Mauer halfen. Mehr hat sie nicht gesehen, aber die Frau, die im Haus hinter Ihnen wohnt, sagte, eine weisse Frau sei durch ihr Haus und auf die Strasse gerannt. Wer ist Ihre Freundin, Lungile? Geben Sie mir einen

Namen und ich werde mein Bestes tun, um Sie vor dem Gefängnis zu bewahren. Dann können Sie Ihre Geschichte an die *Sunday Times* verkaufen und ein paar Kröten verdienen. Wenn Ihre Freundin friedlich mitkommt, werde ich auch für sie tun, was ich kann.«

»Ich weiss nichts ...« Lungile brach ab.

»Sie wissen, wovon wir sprechen. Sagen Sie uns ihren Namen, denn es ist bestimmt besser, wenn wir sie finden, bevor sie aus Verzweiflung etwas tut. Erzählen Sie uns von ihr, Lungile. Hat sie Geld, hat sie eine Bleibe? Sie hat kein Haus, in das sie gehen kann und kein Auto, von dem wir wissen. Warum haben Sie beide gestohlen, sind Sie Junkies? Wie muss es für eine arme junge Frau auf den Strassen Südafrikas sein, wenn sie nirgendwo hingehen kann? Wie soll sie Geld verdienen?«

Lungile hob den Kopf und schaute Sannie mit festem Blick an und plötzlich wurde der Detektivin klar, dass sie etwas Falsches gesagt hatte. Sie dachte, sie hätte Lungile fast davon überzeugt, ihr zu helfen, indem sie ihre Freundin auslieferte, aber irgendein Wort, vielleicht ›Geld‹, hatte den Widerstand der hübschen jungen Frau wieder geweckt.

»Fickt euch doch selbst, und wenn ihr schon dabei seid, ruft meinen Anwalt.«

* * *

»FORTUNE, wir wissen, dass Sie das Auto vor zwei Wochen in Johannesburg gestohlen haben«, sagte Sannie zu dem jungen Mann im nächsten Verhörraum, während sie Platz nahm und einen Aktenordner vor sich öffnete. Mavis schaute wieder zu, denn Sannie wollte sichergehen, dass sie ihren vorherigen Fehler nicht wiederholte.

»Ich habe das Auto von einem Mann in Nelspruit gekauft. Es tut mir leid, ich wusste nicht, dass es gestohlen war.«

Sie hatte angenommen, er wäre arrogant und distanziert oder reagiere zumindest in irgendeiner Weise darauf, von zwei Frauen befragt zu werden, aber er spielte den nervösen Unschuldigen. Seine Stimme war, anders als die seiner Schwester, rau und leidend.

»Es tut mir so leid, ich bin noch nie mit dem Gesetz in Konflikt geraten. Bitte, verstehen Sie mich.«

»Das wissen wir, Fortune«, mischte sich Mavis ein. »Wir haben Ihre Akte geprüft, Sie sind blitzsauber. Also kommen Sie, Bruder, seien Sie nicht so streng mit sich selbst, wir machen alle Fehler.«

Sannie nickte. »Sie müssen uns natürlich helfen, den Mann zu finden, der Ihnen das Auto verkauft hat, aber das wird sicher schwierig.«

Fortune schlug in die gleiche Kerbe und nickte energisch mit dem Kopf. »Ja, er kam mir ein bisschen wie ein *Tsotsi* vor, ein Gauner. Ich hätte wissen müssen, dass der Preis, den er verlangte, zu niedrig war, und fühle ich mich jetzt wie ein Narr.«

»Sie wissen natürlich«, erklärte Sannie mit besorgter Stimme, »dass es eine Straftat ist, ein gestohlenes Auto zu kaufen. Aber es ist natürlich eine Grauzone, denn wie soll ein Mann wissen, ob ein Auto gestohlen ist?«

»Ähm, vielleicht hätte ich das überprüfen sollen.«

»Ja, das hätten Sie tun sollen. Sie bekommen vielleicht eine Busse, Fortune, aber wenigstens haben Sie, im Gegensatz zu Ihrer ungeschickten Schwester, die Polizei nicht angegriffen«, sagte Sannie.

Fortune hob die Hände und zuckte mit den Schultern. »Ja, was soll ich nur mit ihr machen?«

»Nun, der Polizistin, die sie mit Doom bespritzt hat, ist kein wirklicher Schaden zugefügt worden.« Sannie lächelte, klappte ihre Mappe auf dem Schreibtisch zu und tätschelte sie, dann schob sie ihren Stuhl zurück, wie um das Gespräch zu beenden. Sie hielt inne und sah ihn an. »Entschuldigung, nur noch eine Sache. Woher haben Sie das iPhone und das MacBook, die wir im Kofferraum des Wagens gefunden haben? Ich nehme an, sie gehören Ihnen?«

Fortune leckte sich über die Lippen. »Ähm, nein. Sie gehören eigentlich meiner Schwester.«

Sannie zog ihren Stuhl unter den Tisch zurück und schlug die Mappe wieder auf. »Ah, okay. Aber das verwirrt mich, Fortune. Diese Gegenstände wurden als aus einem Haus in Steiltes gestohlen gemeldet. Aus einem Haus, das von zwei Frauen, einer weissen und einer schwarzen, die sich als mögliche Käuferinnen ausgaben, ausgeraubt wurde. Glauben Sie, Ihre Schwester könnte eine Diebin sein?«

Fortunes Augen weiteten sich in gespielter Überraschung und er zuckte theatralisch mit den Schultern. »Nein, das glaube ich nicht. Und wenn sie es wäre, hat sie es mir nie gesagt.«

Sannie nickte. »Ich verstehe. Mavis?«

»*Yebo.*«

»Bitte klagen Sie Fortune wegen Autodiebstahls und Besitzes von Diebesgut an.« Sannie stand auf.

Er sah zu ihr auf. »Hey, warten Sie mal. Sie sagten doch, Sie glaubten, ich hätte das Auto in gutem Glauben gekauft und hätte nicht gewusst, dass es gestohlen war.«

Sannie seufzte. »Fortune, Sie sind ein Krimineller und ein Lügner und verhöhnen den Ausdruck ›Ehre unter Dieben‹. Sie haben Ihre Schwester in einem Wimpernschlag verraten. Ich hoffe, Sie müssen ins Gefängnis.«

»Nein, nein ... warten Sie, Mama.«

»Ich bin nicht Ihre *Mama*, Sie Stück Dreck.«

Mavis sagte in schnellem Zulu etwas zu Fortune, und obwohl Sannie mit ihrer Partnerin, wenn immer möglich, Tsonga sprach, um ihre Sprachkenntnisse aufrechtzuerhalten, verstand sie das Angebot von Mavis im Wesentlichen. Sie hatten die Sache bis fast ins kleinste Detail abgesprochen. Mavis bot an, ein gutes Wort für Fortune einzulegen und räumte ein, es könnte ihnen schwerfallen, ihm den Diebstahl des Wagens nachzuweisen, wenn er ihnen helfe. Ausserdem sagte sie ihm, Sannie sei als leitende Beamtin richtig gemein. Sannie unterdrückte ein Lächeln.

»Warten Sie, bitte«, sagte Fortune, wieder zu Sannie gerichtet. »Bitte, ich kann Ihnen helfen. Ich habe das Auto *nicht* gestohlen, ehrlich.«

Sannie verschränkte die Arme. »Vielleicht haben Sie es gestohlen, vielleicht auch nicht, jedenfalls hätte Sie wissen müssen, dass Sie ein gestohlenes Fahrzeug kaufen.« Sie ging zur Tür und begann, den Griff zu drehen, hielt aber unvermittelt inne. »Wer ist die weisse Frau, die die krummen Geschäfte mit Ihrer Schwester gemacht hat?« Sie sah ihm in die Augen.

»Ihr Name ist Linley Brown.«

Zurück im Detektiv-Büro machten sich Sannie und Mavis an die Arbeit, um alles über Linley Brown herauszufinden.

»Ich habe hier eine Online-Nachricht aus der simbabwischen Zeitung ›Bulawayo Chronicle‹«, sagte Mavis und schaute über ihren Computerbildschirm.

»Bitte erzähl, ich hänge in der Warteschleife.« Sannie hatte die Ermittlungsabteilung des Innenministeriums angerufen. Ihr Kontaktmann dort, Jay Suresh, hatte ihr bereits bei früheren Fällen geholfen, ausländische Besucher in Südafrika ausfindig zu machen, indem er Angaben darüber machte, wann und wo sie ins Land eingereist waren und ob sie es wieder verlassen hatten.

»Hier steht, Brown sei in einen Autounfall verwickelt gewesen, bei der das Fahrzeug von einer Brücke stürzte. Ihre Reisebegleiterin, Kate Munns, die aus Grossbritannien in Simbabwe zu Besuch war, kam dabei ums Leben, sie verbrannte. Es gibt ein Zitat von einer lokalen Polizistin, Sergeant Goodness Khumalo, in dem Bericht.«

»Ruf sie an und frag sie, ob Brown in Simbabwe Familie hat, mit der wir telefonieren können, oder ob diese Sergeant Khumalo uns helfen kann«, wies Sannie Mavis an. Als sie Jay schliesslich am Apparat hatte, erkundigte sie sich nach ihm und seiner Familie und kam dann zur Sache. Er versprach ihr, die Einwanderungsunterlagen zu prüfen und alles über Linley Brown herauszufinden, was er konnte.

Mavis hatte im Internet die Nummer der Polizeistation von Bulawayo gefunden. »Ich habe drei Versuche gebraucht, um durchzukommen, und als ich endlich verbunden wurde, sagte mir die Person am Schalter, Sergeant Khumalo sei nicht da. Ich habe also eine Nachricht für sie hinterlassen. Was sollen wir jetzt tun?«

Sannie klopfte mit dem Ende ihres Stifts auf die Zähne. »Wir können einfach hier rumsitzen und darauf warten, dass man uns zurückruft, oder diese Frau suchen gehen. Lass uns zum Haus zurückgehen, das sie mit den beiden anderen geteilt hat. Mal sehen, was wir dort finden.«

»Brauchen wir dafür nicht einen Durchsuchungsbefehl?«, erkundigte sich Mavis.

»Solange sie nicht zu Hause ist, werden wir niemanden verhaften. Ich möchte aber mehr über diese Linley Brown herausfinden.«

Während Sannie aus Nelspruit hinaus und in die Hügel Richtung White River fuhr, tippte Mavis auf das Display ihres Telefons.

»Das ist Vusi«, sagte sie und lächelte. »Er flirtet immer mit Nachrichten.«

»Und das auch noch während der Polizeizeit.«

»Nein, er ist nicht im Dienst. Wenn du willst, höre ich auf.«

Sannie schüttelte den Kopf. »Nein, das war nur ein Scherz, ist schon in Ordnung.« Sannie war froh über die Zeit, die sie zum Nachdenken hatte. Aber ihre Gedanken drehten sich nicht um Linley Brown. Entweder fanden sie im Haus, das Brown gemietet hatte, etwas, das ihnen half, sie besser zu identifizieren oder aufzuspüren, oder eben nicht. Hier ging es nicht um Leben und Tod, wie im anderen Fall, der sie beschäftigte. Wenn es sich um ein und denselben Mann handelte, der die auffallend ähnlichen Vergewaltigungen und Morde in Hazyview und Kapstadt begangen hatte, war es sehr wahrscheinlich, dass er schon einmal zugeschlagen hatte und seine üblen Verbrechen erneut begehen würde. Da er zur Zeit der Morde an beiden Orten gewesen war, war Brand immer noch sehr verdächtig. Als Detektivin glaubte sie nicht an Zufälle.

Sannie schaltete ihr GPS-Satellitennavigationsgerät ein und Mavis machte eine kurze Pause, um die Adresse des Hauses einzugeben, das Linley Brown, Fortune und Lungile Phumla gemietet hatten. Sannie bog bei NTT-Toyota nach links auf die Umfahrungsstrasse, die nach Hazyview und zum Krügerpark führte und dann nach rechts in eine Seitenstrasse, die zum Haus führte, in dem die drei Verbrecher gewohnt hatten.

Sie hielten davor an. Es war einstöckig, weiss getüncht und unscheinbar. Der Rasen sah aus, als wäre er schon lange nicht mehr gemäht worden und der Garten war von Unkraut überwuchert, alles typisch für ein Haus, das von drei Kriminellen gemietet wurde. »Gut, kein Sicherheitszaun oder Tor«, bemerkte Sannie. Sie stiegen aus, Sannie öffnete den Kofferraum, zog zwei Paar Latexhandschuhe aus einer Schachtel und reichte ein Paar an Mavis weiter. »Zieh die an.« Sie gingen um das Haus herum. Auf der Rückseite bemerkte sie, dass eines der Fenster offenstand. Die Polizisten, die das Trio verhaftete, hatte das Haus offensichtlich nicht sorgfältig geschlossen, was für sie nun ein Vorteil war, denn Sannie wollte keine neugierigen Nachbarn alarmieren, indem sie eine Glasscheibe einschlug. Sie öffnete das Fenster ganz und stemmte sich auf das Fensterbrett. Sie war stolz auf ihre Fitness und ihre Figur. Früher hatte Tom ihr ständig Komplimente über ihren Körper gemacht, aber seit die Streitereien häufiger geworden waren, hatten die Komplimente und anerkennenden Kommentare nachgelassen. Sie dachte an ihn zu Hause auf dem Bauernhof, wo er bestimmt bald die Kinder von der Schule abholte. Sie schämte sich einen Moment, denn so sehr sie ihre Familie auch liebte, musste sie sich doch eingestehen, dass sie hier, bei Mavis und wenn sie illegal ein Haus betrat, glücklicher war.

Sannie kletterte durch das Fenster und rutschte über die Platte einer Küchenbank. Sie schloss die Hintertür des Hauses auf und liess Mavis herein.

»Das macht Spass«, sagte ihre Partnerin.

»Nein, das verstösst gegen das Gesetz und ich möchte nicht, dass du so etwas tust, wenn du nicht mit mir zusammen bist.«

Mavis lachte. »Du bist eine gute Mentorin, Sannie.«

Sie durchsuchten gemeinsam die Küche und das Wohnzimmer, dann teilten sie sich auf, um die Schlafzimmer zu durchsuchen.

»Das muss Fortune's sein, es stinkt nach Schweiss, billigem Rasierwasser und noch viel schlimmerem Zeug«, rief Mavis.

»Pst, wir wollen nicht, dass die Nachbarn uns hören.«

»Okay.«

Sannie befand sich in einem Frauenzimmer, aber die Grösse des lilafarbenen Spitzen-BHs, den sie auf dem Boden fand, verriet ihr, dass es sich wohl um Lungiles Zimmer handelte, ausser wenn Linley ähnlich ausgestattet war.

»Hier drin«, zischte Mavis aus dem Nebenzimmer.

Während die Zimmer von Fortune und seiner Schwester mit schmutzigen Kleidern übersät und die Betten ungemacht waren, war Linleys Zimmer ordentlich und aufgeräumt. Auf der Bettdecke lagen Kissen, die so straffgezogen waren, dass keine einzige Falte zu sehen war.

»Ich wünschte, meine Wohnung wäre so aufgeräumt«, sagte Mavis.

Sannie begann, die Schubladen des Nachttischs aus Kiefernholz zu durchsuchen. Linleys Unterwäsche war gefaltet und nach BHs und Höschen sortiert. Hier gab es nichts Ausgefallenes oder Spitzenbesetztes; alles sah nach vernünftigen, erschwinglichen, praktische Sachen von ›Mr. Price‹ aus.

Mavis hatte den Einbauschrank geöffnet und schob die Kleider auf dem Regal hin und her. »Ein paar schöne Sachen hier. Teuer, stilvoll, konservativ.«

»Ja, es passt zu dem Bild, das sie in ihren früheren Jobs als reiche Hausfrauen, die auf Wohnungssuche sind, vermittelt haben. Linley muss ihren Anteil an den Gewinnen in persönliche Sachen gesteckt haben. Interessant.«

»Im Gegensatz zu Fortune , dessen Zimmer nach Gras stinkt und dessen Klamotten allesamt Fälschungen sind. Ausserdem hat er eine beeindruckende Sammlung von Pornos. Ein echter Aufreisser. Wonach genau suchen wir?«, fragte Mavis.

»Nach Reisepass oder Personalausweis vielleicht. Die Uniformierten sagten, sie sei davongerannt, also hatte sie hoffentlich keine Zeit, ihre wichtigen Dokumente mitzunehmen. Wir wissen nicht, ob sie eine Handtasche bei sich hatte, als sie über die Rückwand sprang.«

»Drei Taschen sind hier drin – von Gucci, Prada und Luis Vuitton. Aber alle leer.«

»Das sind vermutlich Requisiten, Teil ihrer Verkleidungen, und sieh nur, wie gross sie alle sind. Ich wette, da hat sie das Diebesgut hineingestopft.« Sannie zog eine Schublade nach der anderen aus dem Nachttisch und setzte sie auf das perfekt gemachte Bett. Sie hob den Inhalt heraus und legte jede umgedreht auf die Bettdecke. »Hier.«

»Was hast du gefunden?«, wollte Mavis wissen.

Auf dem Boden der mittleren Schublade war mit Klebeband ein Umschlag befestigt. Sannie zog den Klebestreifen ab und öffnete das Couvert. »Ein paar tausend Rand Bargeld und ein Reisepass. Vielleicht hat sie ihren Komplizen nicht getraut.«

»Ich würde Fortune auch nicht trauen.« Mavis schaute Sannie über die Schulter zu, als diese den Pass öffnete. Er war aus Simbabwe. »Linley Brown. Das ist unsere Frau.«

Sannie betrachtete das Bild. Linley war zwar blond und hübsch, sogar sehr hübsch, doch ihre Augen sahen müde und traurig aus. Der Reisepass war neu, erst vor drei Monaten ausgestellt worden und beim Durchblättern fand Sannie nur einen einzigen Stempel, von der Einreise nach Südafrika, die kurz nach der Ausstellung des Reisedokuments erfolgt war.

Es war eine Sache, dachte Sannie, sein Bargeld vor den anderen Kriminellen zu verstecken, mit denen man sich ein Haus teilte, aber der Umstand, dass Linley auch ihren Pass versteckt hatte, sagte der Detektivin, dass Linley schlau war. Wahrscheinlich wusste sie, dass die Polizei eines Tages vorbeikommen würde und wollte ihre Identität so lange wie möglich geheim halten. Ausserdem hatte sie keine Lust, ihre Papiere ständig bei sich zu tragen, falls sie bei einem Einbruch erwischt würden. Aber Linley war nicht schlau genug, sie zu täuschen. Sie wollte diese Frau schnappen und zwar schnell, damit sie sich danach wieder dem ungelösten Fall zuwenden konnte, der immer mehr zum Mittelpunkt ihres Lebens wurde. Sannie war eine gute und leidenschaftliche Detektivin und hatte das Gefühl, Nandi Mnisi, die Frau, die in der Nähe des Krügerparks abgeschlachtet und entsorgt worden war, im Stich gelassen zu haben. Sie war nicht überzeugt, dass Hudson Brand der Täter war, aber wenn er es war, konnte sie den Gedanken kaum ertragen, dass er sie schon einmal überlistet hatte. Falls er schuldig war, entkäme er ihr nicht noch einmal. Je eher sie Linley Brown erwischte, desto eher konnte sie den Mord in Kapstadt aufklären.

Sannies Handy, dessen Klingelton sie ausgeschaltet hatte, vibrierte in ihrem BH. Sie nahm es heraus, klappte es auf und sagte leise: »Van Rensburg.«

»Sannie, hier ist Jay Suresh, wie geht es Ihnen?«

»Gut.« Sie las ihm das Datum vor, an dem Linley das Land betreten hatte.

»Woher wissen Sie das?«, fragte er.

»Ich habe ihren Pass in meiner Hand. Aber ich hoffe, Sie können mir bei etwas anderem helfen.«

»Wobei?«, sagte Jay.

»Ich vermute, Linley Brown versucht, wieder nach Simbabwe zu gelangen. Können Sie ihren Namen bitte auf die Überwachungsliste setzen?«

»Simbabwer dürfen eigentlich keine doppelte Staatsbürgerschaft haben. Sie können nur den von Simbabwe wählen, wenn sie den Anspruch auf eine andere Staatsbürgerschaft aufgeben. Wenn sie Anspruch auf den Reisepass eines anderen Landes haben, erhalten sie keinen Reisepass, ausser sie weisen ein Schreiben der Botschaft des anderen Landes vor, in dem steht, dass sie keinen Reisepass von dort erhalten haben.«

»Ich bin nicht sicher, ob ich Ihnen folgen kann«, sagte Sannie. »Wollen Sie damit sagen, dass es keine Möglichkeit gibt, dass sie einen anderen Pass bekommt?«

»Rechtlich gesehen, nein. Aber ich habe einen weissen simbabwischen Freund, der Anspruch auf die südafrikanische Staatsbürgerschaft hat, da sein Vater hier geboren wurde. Er bekam einen Brief von unseren Leuten, in dem, um seinen simbabwischen Pass zu erhalten, bestätigt wurde, dass er keinen südafrikanischen Pass besitze. Aber unsere Botschaft versicherte ihm, er könne, sobald er seinen simbabwisches Ausweis habe, einfach wieder einen südafrikanischen Pass beantragen und müsse die simbabwische Regierung nicht darüber informieren.«

»Ich verstehe«, sagte Sannie. »Der Pass von Linley Brown wurde vor etwa drei Monaten ausgestellt.«

»Hmmm. Nun, es ist denkbar, dass sie in dieser Zeit einen

anderen Pass ausgestellt bekommen hat. Ich werde überprüfen, ob das so ist und ihren Namen, falls es ihr gelungen ist, einen neuen Pass zu bekommen, auf die Beobachtungsliste setzen. Viele Simbabwer haben britische Wurzeln und davon sind einige in andere Länder gezogen, etwa nach Australien, Neuseeland und Kanada.«

»Danke, Jay.« Sannie beendete das Gespräch und erklärte Mavis die Komplexität der simbabwischen Pässe.

»Sie kann das Land also gar nicht verlassen?«, fragte Mavis.

Sannie zuckte mit den Schultern. »Vielleicht schon, vielleicht auch nicht. Wenn sie Anspruch auf einen anderen Pass hat, kann sie ihn vielleicht hier in Südafrika ausstellen lassen. Wir müssen mehr über diese Frau herausfinden. Versuchen Sie es noch einmal bei der simbabwischen Polizistin mit dem Autounfall.«

»Mach ich. Kein Laptop oder iPad in den Schubladen?«

Sannie schüttelte den Kopf. »Nein.«

»Und auch nicht im Kleiderschrank? In Lungile's Zimmer fand ich einen. Wir sollten ihn überprüfen; wenn Linley keinen eigenen hatte, benutzte sie vielleicht den ihrer Freundin. Heute brauchen doch alle einen E-Mail-Zugang.«

»Ja, vielleicht, aber jetzt ist es an der Zeit, einen Durchsuchungsbefehl zu bekommen und die Sache richtig anzugehen.«

Sannie befestigte das Geldpaket wieder unter der Schublade, aber den Reisepass steckte sie ein. Sie versorgte den Inhalt jeder Schublade und schloss alle drei.

»Du behältst ihren Pass? Ich dachte, du wollest alles korrekt machen?«, schimpfte Mavis.

»Lungile und Fortune könnten auf Kaution freikommen, aber wir hätten nicht genug Leute, um das Haus hier zu überwachen, für den Fall, dass Linley sich wieder einschleicht. Aber jetzt wissen wir, wo ihr Versteck ist. Wenn wir unseren Durchsuchungsbefehl bekommen und den Laptop holen, erkennen wir, ob sie hier war und nach ihrem Pass gesucht hat. Ich will nicht, dass sie Südafrika verlässt. Ausserdem können wir die Ausweisseite ihres Passes einscannen und, wenn wir bekannt geben, dass wir Lungile und Fortune verhaftet und angeklagt haben, ihr Bild an die Medien weitergeben.

»Aha, du willst also damit sagen, dass es ›korrekt‹ und ›schlau‹ gibt«, staunte Mavis.

»Genau. Lass uns, bevor wir gehen, draussen nachsehen und Linleys Schritte nachverfolgen.«

Sie gingen auf den Hof hinaus und Sannie schloss und verriegelte das Fenster, durch das sie eingestiegen war. In den Vororten von White River gab es Affen und sie wusste aus eigener Erfahrung auf der Farm, was für ein kolossales Chaos diese Primaten anrichten konnten, wenn sie in ein Haus einbrachen. Es hatte keinen Sinn, die Lage für die Besitzer des Hauses, die es, nachdem die Räuberbande, die ihre Mieter gewesen waren, ausgezogen war, neu vermieten musste, noch schlimmer zu machen.

Sannie führte Mavis in den Hinterhof. »Am Zaun sind ein paar abgebrochene Schlingpflanzen. Da muss sie hinübergeklettert sein.«

»Gut erkannt«, lobte Mavis.

Mavis prüfte das ungeschnittene Gras und Unkraut am Fuss des Zauns mit der spitzen Spitze eines ihrer Stiefel, welche an diesem Tag einen flachen Absatz hatten und vernünftiger waren als die, die sie getragen hatte, als sie zum ersten Mal mit Sannie zusammenarbeitete. »Hey, sieh mal.« Mavis kniete sich hin und zog ein iPhone aus dem überwucherten Gartenbeet.

»Bingo«, sagte Sannie.

»Können wir es mitnehmen?«, fragte Mavis.

Sannie wusste, dass sie das Telefon ohne Durchsuchungsbefehl eigentlich dort lassen müsste, wo es war, doch Linley Browns Fingerabdrücke wären darauf zu finden, und ihre Anrufliste könnte ihnen wertvolle Hinweise auf den Aufenthaltsort oder die Absichten der Frau geben. »Gib es mir, bitte.«

Sannie versuchte, das Telefon einzuschalten, aber der Akku war leer.

»Es ist ein ähnliches Modell wie meins«, sagte Mavis und schaute über die Schulter. »Ich habe in meiner Handtasche ein Ladegerät für im Auto.«

»Okay, dann fangen wir mal an.«

Die beiden Detektive gingen zurück zum Auto und Mavis begann das Telefon über den Zigarettenanzünder aufzuladen. Bereits nach etwa einer Minute hatte es genügend Strom, um es einzuschalten. Sannie überprüfte die Liste der eingehenden und ausgehenden Anrufe. Es waren nicht viele. Sie nahm ihr Notizbuch heraus und schrieb sie auf.

»Sie hat wahrscheinlich die SIM-Karte gewechselt«, sagte Mavis.

Das iPhone piepte, weil eine Nachricht einging, dass jemand eine Mitteilung auf der Sprachbox hinterlassen habe. Sannie wählte die Nummer und hörte sich die letzte Nachricht an.

»Bliksem!«

18

»**W**arten Sie nur, bis Sie Naomis selbstgemachte Brötchen probiert haben – die sind zum Sterben gut«, versprach Bryce den amerikanischen Gästen. Dann kletterte er auf den Vordersitz des Safarifahrzeugs und strahlte mich mit seinem perfekten Lächeln an. »Die sind bestimmt zusammen mit dem Abendessen fertig, sobald wir von der Nachmittagspirschfahrt zurück sind, nicht wahr, Naomi?«

Als Bryce mich das erste Mal Naomi nannte, musste ich zweimal überlegen, bevor ich mich daran erinnerte, dass es mein falscher Name war, den ich ihm angegeben hatte. Mein Kopf war völlig durcheinander. Was das Kochen anging, konnte ich kaum ein Spiegelei braten, also war die Aussicht darauf, in einem geschwärzten Stahltopf auf einem Lagerfeuer erfolgreich Brot zu backen, etwa so wahrscheinlich wie die Erfindung eines Heilmittels gegen AIDS. Am liebsten hätte ich mein selbstauferlegtes Schiessverbot aufgehoben und ihm eine Kugel verpasst. »Ich hoffe, du magst kalte Böhnchen«, sagte ich aus dem Mundwinkel heraus.

Einer der Touristen auf dem Rücksitz des Land Rovers hörte, was ich sagte, und kicherte über meinen Witz, doch die anderen hatten wohl gemerkt, dass uns beiden nicht zum Lachen zumute war. Bryce fuhr aus dem Balule-Camp heraus und ich dachte über das unwahrscheinliche Vorhaben nach, mitten im Krüger-Nationalpark ohne Strom ein Abendessen für acht Personen – die sechs Touristen, Bryce und mich – zu zaubern. Ich seufzte. Ich hatte mir diese Suppe selbst eingebrockt – nun ja, das Schicksal hatte mich da hineingeworfen – also musste ich sie auch ausessen und das Beste daraus machen.

Vielleicht wünschte sich Bryce, dass ich das Abendessen vermasselte und einer seiner Gäste sich bei seinen Arbeitgebern, Greg und Tracey, meldete und sich über meine entsetzlich schlechten Kochkünste beschwerte. Oder vielleicht wollte er sich, während er unterwegs war, eines der Telefone der Amerikaner leihen und sie selbst anrufen. Möglicherweise rief er auch einfach die Polizei an. Bryces Nokia war immer noch bei mir, aber ich hatte ihm versprochen, ihn über alle Nachrichten, die über Leben und Tod entschieden, zu informieren und ihm gesagt, er könne es in meiner Gegenwart benutzen.

Ich war niedergeschlagen und liess mich in einen Campingstuhl plumpsen. Die Ellbogen auf den Knien und das Kinn auf die Handflächen gestützt, starrte ich auf die Plastikboxen mit Lebensmitteln, Töpfen und Kochutensilien und fragte mich, wo ich anfangen sollte. Mir kam der Gedanke, ein Auto zu stehlen und den Park zu verlassen, aber ich hatte auf dem Weg in den Krügerpark beobachtet, dass die Sicherheitskräfte die Papiere der Leute auch beim Verlassen des Nationalparks kontrollierten. Ausserdem lag Balule am Olifants River im Osten des Reservats, nahe der mosambikanischen Grenze, und ein Fahrzeug würde, lange bevor ich es zum nächsten Ausgangstor schaffen könnte, als vermisst gemeldet.

»Wat doen jy?«

Ich sah mich um. Hinter mir stand eine ältere Dame in einem lindgrünen Hosenanzug und flachen Schuhen. Sie stützte sich auf einen Gehstock und beugte sich nach vorn. »Tut mir leid, ich spreche kein Afrikaans«, sagte ich.

»Ich habe gefragt, was Sie tun.«

Ich zuckte mit den Schultern. »Nichts. Ich müsste der Lagerkoch sein.«

Sie lächelte. »Dann fangen Sie besser sofort an, wenn Sie all diese fetten Touristen füttern wollen.«

Ich hätte lachen sollen, spürte aber stattdessen das heisse Stechen aufsteigender Tränen in meinen Augen. Ich wischte sie mit dem Handrücken weg. Sie humpelte zu mir herüber und legte mir eine knochige Hand auf die Schulter. »Was ist los, junge Frau?«

»Nichts«, log ich, doch ihre Berührung und die Sorge in ihrer Stimme liessen die Tränen fliessen. Ich versuchte, sie mit dem Saum meines T-Shirts zurückzuhalten, aber sie strömten unaufhörlich weiter. Ich verkrampfte mich in ihren dünnen Armen, als sie dastand, mich an sich zog und sich über mich beugte. Sie roch nach Babypuder und einem altmodischen Parfüm.

»Na, na. Es wird alles gut.«

Ich schniefte und schaffte es, das Weinen zu unterdrücken. »Ich kann überhaupt nicht kochen.«

»Das ist kein Grund zum Weinen. Du lässt dir von *Tannie* Rina helfen und alles wird gut. Wir werden ein *leckeres* Essen für deine Leute kochen.«

Ich kam mir albern vor, weil ich vor dieser freundlichen Fremden heulte, aber es war lange her, dass ich so geweint hatte. Ich hatte so viel durchgemacht und war so kurz davor gewesen, nicht mehr da sein zu wollen, dachte aber, ich sei stärker daraus hervorgegangen. Ich hatte zu weinen aufgehört, spürte aber, dass in mir ein Strom von Gefühlen wie Lava hochkochte, der darauf wartete, auszubrechen. Ich war zwar von den Drogen weg, aber die Probleme, die mich in die Abhängigkeit geführt hatten, waren deswegen nicht verschwunden. Jetzt, da sich das chemische Gleichgewicht in meinem Gehirn und meinem Körper wieder ausbalancierte, dämpfte nichts mehr den Schmerz der Erinnerungen und Ängste, die mich von zu Hause weg und ins Leben einer Verbrecherin getrieben hatten. Wenn ich mein Geld bekäme und in ein Flugzeug steigen könnte, wäre alles in Ordnung, aber ich hatte meinen Pass nicht dabei. Diesen hatte ich sorgfältig im Haus in White River versteckt, aber es wäre, selbst wenn die Polizei ihn nicht unter der Schublade in meinem Schlafzimmer fände, unmöglich, dorthin zurückzukehren und ihn zu holen. Ich würde so schnell wie möglich einen neuen beantragen müssen, aber es war Sonntag und alles geschlossen.

Die alte Dame stellte sich als ›Tannie Rina du Toit‹ vor. »Ich bin Linley«, sagte ich zu ihr und merkte im nächsten Moment bestürzt, dass ich meinen Decknamen ›Naomi‹ vergessen hatte. Ich jonglierte zu viele Bälle in meinem verlogenen Leben und hasste es. Attie, Rinas Mann, schlafe im Wohnwagen auf der anderen Seite des Campingplatzes, sagte sie. Während der Fahrt zum Camp hatte Bryce den Amerikanern erklärt, Balule sei eines der kleinsten und ruhigsten Rastlager im Krügerpark. Es war eine gute Pirschfahrt gewesen – wir beobachteten Elefanten, Giraffen, Zebras, Gnus und ein prächtiges Trio männlicher Kudus mit beeindruckenden, spiralförmigen Hörnern, aber wie Bryce es vorhergesehen hatte, verlangten die Touristen lautstark, Katzen sehen zu wollen. Nach unserer Ankunft hatte Bryce der Gruppe gezeigt, wie sie ihre grünen Zelte aufstellen sollten und ich stand nutzlos am Rand, von seiner Professionalität, seinem Organisationstalent und erst recht von seinem Hintern in den kurzen grünen Shorts beeindruckt. Er hatte mir hinter dem Rücken eines übergewichtigen Mannes, der damit kämpfte, sein Zelt an den gebogenen Metallstangen zu befestigen, zugezwinkert. Bryce hatte den anfänglichen Schock über die Entführung überwunden und ich glaube, er war jetzt neugierig, was mein Motiv war. Vielleicht würde er mich ja doch nicht bei der Polizei anzeigen, während er auf seiner Pirschfahrt unterwegs war.

Rina schlurfte zum Anhänger, den Bryce hinter dem Land Rover hergezogen hatte und öffnete die Kühlschränke. »Was haben wir denn hier? Hmmm, Steak, *Wurst, Potjiekos.*« Sie hob eine Packung auf. »Wildschwein?« Sie rümpfte die Nase. »Naja, ich bin sicher, die Touristen mögen es. Weisst du, wie man ein *Potjie* macht?«

Ein *Poikie*, wie es sich für mich anhörte, war, wie ich wusste, ein langsam gekochter Eintopf. Im Anhänger stand ein schwarzer Stahltopf mit drei Beinen und ich wusste, dass darin gekocht wurde. Aber das war auch schon alles, was ich über die südafrikanische Buschküche wusste. »Nein, *Tannie*«, sagte ich und benutzte eines der wenigen Wörter Afrikaans, die ich kannte.

»Schade. Nun, man ist nie zu alt, um Neues zu lernen. Und dieser freche Junge, der gutaussehende mit den gewellten Haaren, sagte etwas von Brötchen. Weisst du auch nicht, wie man Brot backt?«

Ich schüttelte den Kopf.

Sie grinste und ihre wässrigen Augen funkelten. »Meine Kinder sind jetzt alle erwachsen. Die beiden Töchter leben in Australien und mein einziger Junge ist in *England*.« Ihr Mund verzog sich, als hätte sie gerade in eine Zitrone gebissen. »Meine Enkelkinder wollen nicht kochen lernen, sie sind zu sehr mit dem Computer und ihrem iPhone beschäftigt. Willst du es lernen?«

Das tat ich. Ich wollte etwas anderes tun als lügen, stehlen und anderen Menschen Leid zufügen. Ich wünschte mir einen schlafenden Ehemann und einen Wohnwagen und meine Kinder sollten die märchenhafte Kindheit haben, die ich nie hatte.

Rina stöberte in den Materialkisten nach Gewürzen und Grundnahrungsmitteln und erklärte mir, wie man am Grillstand des Campingplatzes ein Feuer entfacht. »Weisst du, dass dieses Camp früher nur für Schwarze war?«, fragte sie mit leiser Stimme.

»Nein, das wusste ich nicht.«

»Doch, während der Apartheid, als jemand beschloss, dass wir vielleicht auch sie in den Krüger lassen sollten, um Tiere zu sehen. Dieses Camp, Balule, war der einzige Ort, an dem sie sein durften. Es gibt nur diese sechs Rondavels, die kleinen Rundhäuser und keines davon hat ein Fenster. Kannst du dir vorstellen, wie heiss es dort im Sommer war? Alle anderen Camps im Park haben Strom, aber dieses nicht, noch nicht. Das Lustige ist, dass es jetzt eines der beliebtesten Camps im Krüger ist.«

Scheinbar wollten die Menschen von den Fallen des modernen Lebens weg und ein Ort, der einst als spartanisch, primitiv und zweitklassig galt, war nun begehrt. Südafrika war Mitte der neunziger Jahre auf den Kopf gestellt worden und hatte sich verändert. Ich fragte mich, ob ich mich selbst auch grundlegend ändern könnte.

»Als Mandela an die Macht kam und später, als er starb, sagten die Leute, es gebe einen Aufstand der Schwarzen und sie würden uns alle umbringen, aber das taten sie nicht. Veränderungen geschehen«, sagte Rina, als läse sie meine Gedanken. Gleichzeitig stellte sie eine Dose Tomaten auf den Tisch, legte ein paar Zwiebeln dazu und öffnete die Packung mit Gnu-Nacken, »und egal, wie schlecht dir das Leben gerade vorkommt, es gibt immer Hoffnung.«

Ich schluckte, spürte, wie die Tränen wieder aufstiegen und flossen, während ich unter Rinas Anleitung und Korrektur die Zwiebeln schnitt. Aber sie rieb mir den Rücken und ich schaffte es, zu lächeln. »Gutes Mädchen. Du bekommst den Dreh raus. Siehst du, es ist gar nicht so schwierig, kein Grund zum Weinen.«

Ich erhitzte das Öl im Stahltopf auf dem Feuer, briet die Zwiebeln an und fügte dann die Nackenstücke hinzu, die wir in Mehl gewendet hatten. Sobald sie gebräunt waren, öffnete ich die Dose mit den Tomaten und schüttete sie hinein. »Scheisse. Oh, tut mir leid, *Tannie*«, fügte ich hastig hinzu, als ich ihren missbilligenden Blick sah. Meine weisse Bluse war mit Tomatenflüssigkeit und Öl bespritzt, und als ich versuchte, den Fleck wegzuwischen, verschlimmerten der Schmutz und der Russ vom Topf an meinen Händen den Fleck nur noch. »Sch ... ande«, sagte ich.

»Darüber machen wir uns später Gedanken. Jetzt fügst du etwas Weisswein hinzu, nicht Rotwein. Der hilft, Fett zu zersetzen und das Fleisch zart zu machen.«

Ich fand eine Flasche, die bereits im Campingkühlschrank kühlte, schraubte sie auf und kippte davon hinein, bis Rina die Hand hob. »Du musst etwas für die Köchin aufheben.«

»Möchten Sie ein Glas?«, fragte ich. Sie warf einen misstrauischen Blick in Richtung des Wohnwagens und zwinkerte mir zu.

»Nur ein Kleines.«

Wir setzten uns an den ausklappbaren Aluminiumtisch und ich schenkte ihr ein halbes Glas ein. Der Sauvignon blanc war kalt und frisch und für einen Moment schaute ich über den niedrigen, nicht elektrifizierten Zaun hinaus und bewunderte zum ersten Mal seit langem die Schönheit des afrikanischen Buschs. Im Inneren des Lagers standen grosse Leberwurstbäume, die ihren Namen wegen ihrer langen, schweren Früchte trugen. Aus dem Dickicht rund um das Lager riefen Vögel. Es war ein schöner Ort.

»Wenn du nicht kochen kannst, was machst du dann auf einer Safari? Bist du eine Safariführerin?«

»Nein, *Tannie*.« Ich schaute auf meine Füsse hinunter. Mit meinen Jeans, Turnschuhen und dem schmuddeligen weissen Hemd war ich komplett falsch angezogen für diese Rolle.

»Läufst du vor etwas weg?«

Ich nickte. Ich wollte sie nicht damit belasten, aber ich konnte diese seltsame, sanfte Frau auch nicht anlügen.

»Du kannst nicht ewig davonlaufen«, erklärte sie.

Ihr Rat war so einfach, so klischeehaft und dennoch so richtig. Die Verbrechen, die ich begangen hatte, taten mir leid, aber ich konnte den Gedanken nicht ertragen, in Südafrika oder einem anderen Land ins Gefängnis zu gehen. Ich musste verschwinden, so wie Kate Munns verschwunden war, wenn auch nicht auf dieselbe Weise. Ich wollte mich nicht mehr umbringen – zumindest war ich mir dessen ziemlich sicher -, aber ich wusste, dass ich in meinem Leben noch etwas zu tun hatte, was auch immer mit mir geschehen würde. Mit Geld könnte ich das alles tun. Ich bedauerte, dass ich Hudson Brand nicht zurückgerufen hatte, als ich die Gelegenheit dazu gehabt hatte. Der ganze Papierkram für den Anspruch war in Ordnung, und auch wenn er eher ein Ermittler als ein Gutachter war, hatte ich nichts zu verbergen. Ich hatte mich so sehr an das Weglaufen und Verstecken gewöhnt, dass ich paranoid geworden war. Aber auf der Flucht aus dem Haus in White River hatte ich mein Handy aus der Tasche verloren, und seine Nummer weder irgendwo aufgeschrieben, noch auswendig gelernt. »Ich weiss, *Tannie*«, sagte ich zu Rina, »glauben Sie mir, ich weiss es.«

Sie beugte sich vor, legte ihre Hand auf mein Knie und drückte es. »Du wirst es schaffen, aber zuerst musst du lernen, wie man Brot backt. Geh und rühre das *Potjie um*.«

Beim Brotbacken wurde mein Hemd noch schmutziger und bald waren auch meine Jeans mit Mehl und klebrigem Teig verkleckert, obwohl Rina versucht hatte, mich davon abzuhalten, meine Hände an meinen Oberschenkeln abzuwischen. Das Mischen und Kneten des Teigs fand ich schwierig, doch nach einigen Versuchen gingen am Ende ein Dutzend kleine Brötchen in einem anderen Topf auf dem Campingtisch in der Nachmittagssonne auf.

»Du solltest dich umziehen, bevor deine Leute von ihrer Pirschfahrt zurückkommen«, forderte Rina mich auf.

Ich schaute an mir herunter und sah, dass meine Kleider voller Flecken war. »Ich habe nichts anderes anzuziehen, *Tannie*.« Ärgerlicherweise spürte ich wieder den Anflug von Tränen. Obwohl ich mir schon vor langer Zeit vorgenommen hatte, mich nicht selbst zu bemitleiden, konnte ich nichts gegen diese Emotionen, die ständig an die Oberfläche sprudelten, tun. Es war schon so lange her, dass ich das letzte Mal geweint hatte und jetzt konnte ich nicht mehr aufhören.

»Hast du Geld?«

Ich kniff die Augen zusammen, schniefte und schüttelte den Kopf.

»Aber du wirst doch für die Arbeit auf dieser Safari bezahlt, oder?«

»Ja«, log ich.

»Dann kann dir der junge Mann einen Vorschuss auf deinen Lohn geben. Noch besser wäre, wenn seine Firma dir eine schicke kleine Uniform wie seine bezahlen würde.« Sie humpelte zurück zu ihrem *Bakkie* und öffnete die Tür. Ich liess mich in einen Campingstuhl sinken und tat mir immer noch selbst leid. Was für eine Diebin war ich eigentlich? *Wenn er zurückkommt, könnte ich von Bryce mit vorgehaltener Waffe etwas Geld verlangen*, dachte ich.

Rina kam mit einer blauen Handtasche zurück. Sie stellte sie neben mir auf den Campingtisch und griff nach ihrer Geldbörse. Sie öffnete das Schloss und holte ein Bündel Hunderterscheine heraus. »Hier. Geh und kaufe dir ein paar schöne Kleider. Du kannst es mir später zurückzahlen.«

Ich sah zu ihr auf, blinzelte und kämpfte gegen den Drang an, wieder zu weinen. »*Tannie*, ich kann nicht ...«

»Du kannst. Und du tust es.«

»Warum sind Sie so nett zu mir, *Tannie*?«

Sie faltete die Noten, legte sie mir in die Hand und schloss diese um sie herum. Ihre trockene, papierene Haut berührte mein Herz. »Ich glaube, das Problem in diesem neuen Südafrika ist, dass wir die einfache Botschaft vergessen, die uns Nelson Mandela hinterlassen hat, nämlich, dass die Menschen gut zueinander sein müssen. Alle hier wollen, wollen, wollen. Entweder weil sie früher nichts hatten und ihnen die Regierung nicht geholfen hat oder weil sie so viel hatten und jetzt wissen, wie es ist, diskriminiert zu werden. Du siehst für mich wie ein gutes Mädchen aus, Linley, aber wie eines, das in Schwierigkeiten steckt. Ob du es glaubst oder nicht, ich weiss noch, wie das war, vor langer Zeit.«

Sie sah aus wie das Abbild grossmütterlicher Ehrlichkeit und Unschuld, aber ich nahm an, dass wir die wahren Geschichten hinter den Fassaden, die wir sehen, nie wirklich kennen. »Danke, *Tannie*. Aber Sie sollten das wirklich zurücknehmen. Ausserdem kommt Bryce, der Safariführer, nicht vor Einbruch der Dunkelheit zurück, so dass ich keine Möglichkeit habe, in einen Laden zu kommen.«

Rina schob meine Hand weg. »Du solltest dich für ihn und seine Gäste hübsch machen, dann beachtet er dich vielleicht etwas mehr. Du kannst unser *Bakkie* nehmen. Das Olifants-Camp ist nicht weit von hier und dort gibt es ein Geschäft. Da kannst du schöne Kleider kaufen – teuer, aber schön.« Sie fischte ihre Schlüssel aus der Handtasche und legte sie vor mir auf den Tisch.

Als ich nach ihnen griff, errötete ich, weil ich mich daran erinnerte, dass ich in Erwägung gezogen hatte, genau dieses Fahrzeug von dieser gutherzigen Frau und ihrem schlafenden Ehemann zu stehlen. »Danke, *Tannie*.«

Ich schaute im Auto in die Karte des Krügerparks und Rina erklärte mir, der kürzeste Weg nach Olifants, der über die niedrige Brücke über den gleichnamigen Fluss in der Nähe des Balule-Camps führe, sei gesperrt. Die Brücke sei bei den Überschwemmungen von 2012 beschädigt worden und immer noch ausser Betrieb. Sie zeigte mir, dass ich in einer Schleife zurück zur Haupt-Nord-Süd-Teerstrasse fahren, dort den Fluss auf der Hochbrücke überqueren und schliesslich rechts zum Camp abbiegen müsse.

Ich bedankte mich noch einmal bei Rina, küsste sie auf beide

Wangen und erwiderte ihre Umarmung. Im Wagen sah ich meine rotgeränderten Augen im Rückspiegel und versuchte, zu ignorieren, von was sie erzählten. Ich fuhr auf einer staubigen, von dicken Mopane-Bäumen gesäumten Strasse.

Auf der Hochbrücke standen ein halbes Dutzend Autos – hier durfte man, anders als auf den Strassen durch den Park, aussteigen. Ich verlangsamte und folgte der Richtung, in die die Ferngläser und riesigen Kameraobjektive zeigten und konnte Flusspferde, Elefanten und, wenn ich den Hals reckte, die furchteinflössende Form eines riesigen Krokodils knapp unter der Wasseroberfläche ausmachten.

Ich fuhr auf der anderen Seite des Flusses weiter, während goldenes Licht das Innere des Toyotas erhellte und bog rechts zum Olifants-Camp ab. Als ich vor dem Laden auf die Uhr schaute, stellte ich fest, dass mir nur etwa zwanzig Minuten blieben, bevor ich wieder zurückfahren musste. Das war natürlich kein Problem, weil ich es gewohnt war, das Beste vom Besten in viel kürzerer Zeit auszusuchen. Der Laden verkaufte Souvenirs – geschnitzte Giraffen, dekorative Tassen, Postkarten und ein paar Bücher, daneben eine Auswahl an Lebensmitteln und Getränken sowie eine Reihe von Kleidungsstücken in Grün- und Brauntönen für Touristen auf Safari.

Ich fand ein paar Oberteile, eines davon ärmellos, das andere ein T-Shirt, dazu ein Paar grüne Shorts und einen khakifarbenen Rock. Damit brauchte ich mein Darlehen von Rina auf. Es gab auch ein paar schöne Perlensandalen, aber dafür hatte ich nicht genug Geld. Der Laden füllte sich mit Kunden. Ich vermutete, es handle sich um Besucher, die von ihren Nachmittagsausflügen zurückkehrten und sich mit Vorräten für das Abendessen eindeckten, das sie in ihren Selbstversorgerhütten kochen wollten. Ich versteckte mich hinter einer Theke, zog meine Laufschuhe und Socken aus und schob sie unter ein Regal. Ich wählte ein Paar Sandalen von einem Gestell, löste sie vom Plastikband, mit dem sie zusammengehalten wurden und schaute nach draussen, um sicherzugehen, dass mich niemand beobachtete. Ich nahm es in Kauf, dass mir die Grösse, die ich gewählt hatte, nicht ganz passte und machte mich schnell, aber nicht im Laufschritt, auf den Weg zur Kasse.

Ich unterhielt mich kurz mit der Kassiererin, während sie meine Einkäufe in die Kasse tippte und übergab ihr Rinas Geld. Als ich am Wachmann an der Tür vorbeiging, der mir beim Stöbern keinen Blick geschenkt hatte, überkam mich eine Welle von Schuldgefühlen. Eigentlich wollte ich direkt zum *Bakkie* zurückgehen, sah aber, dass sich die Leute an einem Weg versammelten, der zu einem steinernen, strohgedeckten Unterstand mit Blick auf den Fluss führte. Ich schloss mich ihnen an und ging hinunter.

Die Aussicht auf den majestätischen Fluss mit den Granitblöcken, die in der tief stehenden Nachmittagssonne rosa leuchteten, war spektakulär. Die Leute riefen durcheinander und ein Mann lieh mir sein Fernglas und zeigte mir eine einsame Löwin, die sich auf einem flachen Felsen am anderen Ufer sonnte.

»Sehen Sie die Jungen auf ihrer rechten Seite?«, fragte er sichtlich entzückt.

Ich konzentrierte mich und sah die winzigen Babys, deren Fell noch gefleckt war, was sich mit dem Älterwerden verlieren würde, auf den Felsen klettern und zu ihrer Mutter rennen. Eines schmiegte sich an ihren Bauch und suchte nach den Zitzen. Ich schluckte. Ich wusste nicht, ob ich Kinder wollte, aber ich wollte wieder so etwas wie ein normales Leben haben. Das Leben dieser wilden Kreatur war einfach – sie kämpfte, um ihre Kinder zu ernähren und zu beschützen. Ich wollte wissen, wie es ist, wieder für jemanden zu sorgen, und wie, wenn jemand für mich sorgt. Plötzlich von meinen Gefühlen überwältigt, gab ich dem Mann sein Fernglas zurück, drehte mich um und lief den Weg zu Rinas Auto hinauf.

* * *

Bryce Duffy riss die Augen weit auf, als er auf den Campingplatz fuhr, und ich bemerkte, dass mehr als einer der Männer im hinteren Teil des Wagens ebenfalls mit offenem Mund dasassen.

»Hallo zusammen, das Abendessen ist in einer halben Stunde fertig, also gerade so, dass ihr euch alle frisch machen könnt.« Ich putzte meine bereits sauberen Hände unnötigerweise, aber theatralisch, an der Vorderseite der karierten Schürze, die Rina mir geliehen hatte, ab.

Ich drehte mich um, bückte mich und hob den Deckel des Topfes ab. Die Männer konnten dabei meine kurzen Shorts, die nackten Beine und meine umwerfenden neuen Perlensandalen sehen. Nun ja, vielleicht war ich an den Sandalen mehr interessiert als sie.

Als sich die Gäste zerstreuten, schlich sich Bryce an meine Seite. »Was hast du denn so gemacht?«

Ich schenkte ihm mein bestes hausfrauliches Göttinnenlächeln und meinen süssesten Blick. »Einfach nur, was mir befohlen wurde, Sir.« Ich senkte meine Stimme und fügte leise hinzu: »Aber wenn du mich noch einmal so in die Scheisse reitest, erschiesse ich dich wirklich.«

Bryce trat einen Schritt zurück. »Das *Potjie* riecht köstlich.« Er sah sich um und erblickte Rina, die vor ihrem Wohnwagen sass und ihr lächelndes Gesicht wieder auf ihre Ausgabe der Zeitschrift *Sarie* richtete. »Du hattest Hilfe.«

»Jemand hat mit jedenfalls mehr geholfen als du.«

»Du hast mich mit einer Waffe bedroht und meinen Wagen entführt«, stellte er richtig. »Du hast Glück, dass ich nicht eines der Telefone meiner Gäste benutzt und die Polizei gerufen habe.«

Ich stemmte meine Hände in die Hüften. »Warum hast du es nicht getan?«

»Ich weiss es nicht. Ich dachte, wenn ich zurückkomme, seist du weg, vielleicht mit jemandem mitgefahren oder du habest den Wagen von jemand anderem gestohlen.«

»Den Gedanken hatte ich tatsächlich.«

»Warum bist du dann geblieben und hast kochen und backen gelernt?«

Ich lächelte. »Ich weiss es nicht.«

»In was für Schwierigkeiten steckst du?«, fragte er mich.

»Ich gehe nur kurz duschen, Bryce, okay?«, rief Herb Lipschitz.

»Sicher, Herb. Keine Eile. Wir warten, bis alle so weit sind.«

Ein gutaussehender älterer Mann, der etwas weiter entfernt im hinteren Teil des Safarifahrzeugs gesessen hatte, kam in unsere Richtung. Ich hatte wenig Lust, Bryce von meinen Sorgen und Verbrechen zu erzählen. »Hallo«, sagte ich also fröhlich zu dem Gast. »Wir haben uns bisher noch gar nicht kennengelernt.«

»Andrew Miles«, stellte er sich vor und reichte mir die Hand. »Die meisten Leute nennen mich ›Tausend‹.«

Er war gross, hatte kurzes, immer noch dichtes graues Haar und einen ordentlich gestutzten Schnurrbart. Normalerweise mag ich bei Männern keine Gesichtsbehaarung, aber sie schien zu ihm zu passen und verlieh ihm eine fast militärische Haltung. Sein khakifarbenes Hemd und seine Shorts waren gestärkt, was das Bild eines Mannes in Uniform noch verstärkte, aber er war, wie ich feststellte, barfuss – ein entspanntes Gegengewicht zu seinem stämmigen Rest. Sein Gesicht und die Arme waren mahagonifarben gebräunt und er hatte stechend blaue Augen.

»Die meisten Leute nennen mich Naomi«, sagte ich. Er hielt sowohl meinen Blick wie auch meine Hand für meinen Geschmack etwas zu lange fest, aber ein nicht ganz unangenehmer Schauer durchfuhr mich. »Warum ›Tausend‹, ist das eine Anspielung auf Ihr Alter?«

Er lachte aus tiefstem Herzen. »Nein, auf die Geschwindigkeit, mit der ich arbeite.«

Flirten, wies ich mich selbst an, obwohl ich es angesichts unseres Altersunterschieds, der sich wohl auf zwanzig Jahre oder mehr belief, schäbig fand.

»Oder gearbeitet habe, sollte ich sagen. Ich bin eine Zeit lang Jets geflogen, und ›Tausend‹ war eine Anspielung auf eine gewisse Vorliebe, die ich früher hatte, wenn es um Geschwindigkeit ging. Das brachte mir zwar ziemlich viel Ärger ein, war es aber meistens wert.«

Ich wusste nicht viel über Flugzeuge, nahm aber nicht an, dass Passagierflugzeuge so schnell fliegen. »Waren Sie ein Pilot von Kampfjets?« Jetzt, wo ich darüber nachdachte, fand ich, er sehe ein bisschen wie der alte Mann im Film *Top Gun* aus, Tom Cruises Boss.

»Ja, das war ich. während des Grenzkrieges, flog ich ›Cheetahs‹, die südafrikanische Version der französischen Mirage, dann in Angola MiGs für eine Söldnerbande und jetzt mache ich Privatflüge.

Herb ist einer meiner Kunden, ich fliege ihn und seine Freunde in meiner Beechcraft auf Safari durch Afrika.«

»Oh, das muss teuer sein?«

»Ja, fast unerschwinglich«, sagte Andrew. »Das können sich nur Leute wie Herb leisten, und von denen gibt es nicht viele.«

Ich fragte mich, was er hier tat. »Sollten Sie und Herb dann nicht in einer schicken, luxuriösen Fünf-Sterne-Herberge sein?«

»Herb wollte es auf die harte Tour und ich war mit Bryces Vater Kim befreundet, der früher ebenfalls ein Söldner bei der Arme war. Ich war gern bereit, Bryces Arbeitgebern die Arbeit unter der Bedingung zu überlassen, dass wir ihn als Führer für die Krüger-Etappe der Reise bekommen.«

Bryce hustete. »Ja, nun, Naomi, ich bin sicher, du musst zurück zum Kochen.«

»Nicht so schnell, mein Junge«, sagte Andrew zu Bryce. »Ich habe eine bessere Idee, da Herb und ich bezahlen. Warum holst du uns nicht einen Drink und schreibst einen für jeden von euch beiden auf meine Rechnung auf, wenn wir schon dabei sind?«

Bryce ärgerte sich darüber, wie ein Kellner behandelt zu werden, respektierte aber den alten Kriegskameraden seines Vaters offensichtlich, denn er nickte und ging zur Kühlbox im Anhänger.

»Es sieht aus, als hätten Sie hier alles unter Kontrolle, Naomi«, sagte Andrew und deutete auf das Feuer und den blubbernden Topf. »Und Ihre neuen Kleider stehen Ihnen sehr gut, möchte ich hinzufügen.«

Ich war überrascht, dass er es bemerkt hatte. »Wie haben Sie ...?«

»Das Preisschild am Kragen.« Er zeigte darauf und ich riss es verlegen ab.

»Bryce hat Recht, ich kümmere mich besser um das Essen.«

»Naomi«, sagte er leise, »ich wollte Sie bestimmt nicht beleidigen.«

»Kein Problem.«

Meine Ohren brannten. Bryce kam zurück, reichte Andrew eine Dose Windhoek Lager und öffnete den Deckel seines Castle. Mir reichte er eine Minidose Cola.

»Was, ohne Brandy?«, scherzte ich.

»Du arbeitest«, gab Bryce kurzangebunden zurück.

»Verdammt, Bryce. Holen Sie der Dame einen anständigen Drink, oder *ich* tue es«, sagte Andrew.

Ich bemerkte, wie sich die Muskeln in Bryce' Kinn spannten. Er mochte diesen alten Luftwaffenoffizier respektieren, dennoch gab es eindeutig Grenzen, wenn er von jemandem Befehle entgegennehmen musste.

Andrew lachte amüsiert und klopfte Bryce auf den Arm. »Kommen Sie. Was möchten Sie, Naomi? Ich bin der Barkeeper. Bryce, setzen Sie sich ans Feuer, Mann. Sie haben sich fünf Minuten Pause verdient. Sie haben den Amerikanern die Wildtiere ihres Lebens geliefert und Ihre einzige Herausforderung ist es jetzt, es in den nächsten zwei Tagen noch besser zu machen!«

Damit entschärfte er die Situation sofort und Bryce grinste verlegen, als er sich in den Campingstuhl sinken liess. Ich hatte ihm eine Menge zugemutet, folgte nun aber Andrew ›Tausend‹ Miles zum Anhänger.

»Zuckerrohrschnaps, wenn es welchen hat«, sagte ich, während Andrew in einem Karton mit Spirituosenflaschen wühlte.

»Damit geht's los. So etwas habe ich seit meinen Tagen in Rhodesien nicht mehr getrunken.« Er schraubte den Deckel ab und schenkte mir einen doppelten Schuss des durchsichtigen Zuckerrohrschnapses ein. »Erlauben Sie.« Er stellte die Flasche ab und nahm mir die Coladose aus der Hand. Ich ertappte mich dabei, wie ich auf meine Sandalen starrte. »Die sind sehr schön und wie es aussieht, sind sie auch noch neu.«

»Was interessieren Sie meine Schuhe?« Ich sah zu ihm auf und versuchte, seinem Blick standzuhalten.

»Eine meiner Ex-Frauen erklärte mir, man solle einer Frau immer Komplimente über ihre Schuhe machen.«

»Wirklich? Funktioniert das als Anmachspruch?«

»Nun«, er leerte die Dose in mein Glas, »ich habe es bei ihrer besten Freundin ausprobiert und sie wurde meine dritte Frau. Aber

Sie sind zu jung für mich und nicht in meiner Liga. Verzeihen Sie mir noch einmal.«

Ich konnte nicht anders, als über seinen karikierten Sexismus zu lachen. »Ich vergebe Ihnen.«

»Als Verpflegungsverantwortliche dieser Expedition sollten Sie eigentlich wissen, was im Getränkeschrank steht.« Er schenkte einen Drink ein und reichte ihn mir. »Ihr erster Tag im Job?«

Er begann mich also auszufragen und so sehr ich mich in seiner Nähe auch entspannte, musste ich doch daran denken, auf der Hut zu sein. Wann immer möglich, ist es am besten, eine Lüge auf die Wahrheit zu stützen. »Wie haben Sie das erraten?«

»Zuerst waren Ihre Kleider ein guter Indikator. Das und die Tatsache, dass Sie scheinbar nicht wissen, wie man die Rolle des Lagerkochs und Flaschenputzers spielt.«

»Wer hat gesagt, dass ich schauspielere?«

Er nahm einen Schluck Bier. Bryce drehte sich um und schaute uns an, und ich erkannte Angst in seinen Augen. »Bryce sagte mir bei der Buchung, dass er selbst koche. Ich habe ein wenig darüber gewitzelt, denn sein Vater war ein schrecklicher Koch, als wir uns in Sierra Leone eine Bude teilten.«

»Sie haben Sierra Leone in Ihrem vorigen Lebenslauf noch gar nicht erwähnt«, sagte ich.

»Sie versuchen, das Thema zu wechseln.«

»Und Sie gehen davon aus, dass ich unbedingt über mich sprechen möchte oder darüber, was ich hier mache, Mister Miles.«

»Tausend.«

Ich drehte mich um und ging zurück zu Bryce und meinem Topf mit offen gesagt köstlich duftendem *Potjie*. Andrew ging zu seinem Zelt und kam eine Minute später mit einem Handtuch über der Schulter wieder heraus. Er grinste und winkte mir zu.

Bryce sah, wie ich Andrew ansah und lächelte. »Er ist alt genug, um dein Vater zu sein.«

Ich zitterte unwillkürlich. »Sag so etwas nicht«, sagte ich schneller und heftiger, als ich es hatte sagen wollen. Ich holte tief Luft und atmete langsam aus. »Sag nichts solches. Er ist witzig, aber ich bin weder an ihm interessiert noch an einem anderen Mann, was das betrifft.«

Er sah aufrichtig verletzt aus. »Hey, es tut mir leid.«

»Ist schon gut.« Ich wollte mich und meine Probleme vor Bryce nicht noch mehr blossstellen, als ich es ohnehin schon getan hatte. Ich hob den Deckel vom Topf, schöpfte mit einer Kelle etwas Sosse heraus, pustete darauf und probierte sie. Gott segne die afrikanischen Grossmütter. »Bist du jetzt neidisch auf meine Kochkünste?«

Bryce entspannte sich und durch meinen erzwungenen Stimmungswechsel wechselten seine Augen den Ausdruck von dem eines traurigen zu dem eines aufgeregten Welpen. »Ja.«

Ich korrigierte mich im Geiste. Ich hatte in absehbarer Zeit an keinem Mann interessiert sein *wollen*, aber dann hatte ich Bryce Duffy überfallen und entführt. Verdammt.

19

———————

Am nächsten Tag fuhr Hudson Brand die Cliffs von der Elephant's Eye Lodge in Richtung Binga, etwa zwei Autostunden vom Hwange-Nationalpark entfernt, am Rande des Kariba-Sees. Die Route führte sie durch hügeliges Land zur Brücke, von der Kate versehentlich heruntergestürzt war.

»Hier passierte es, nicht wahr?« fragte Anna, als Hudson Brand den Wagen langsam zum Stehen brachte. Sie stiegen aus.

»Ja, das ist die Brücke.« Er ging ein paar Meter hin und her und erinnerte sich an das, was er in Sergeant Khumalos Bericht gelesen hatte. »Die Leitplanke wurde ersetzt, sehen Sie hier, wie neu die Farbe ist.«

»Ich hatte keine Gelegenheit, diesen Ort nach der Beerdigung zu besuchen, denn dieser Ort ist zu weit von Bulawayo entfernt und alles war so überstürzt.«

Ein Fischadler stiess einen klagenden Schrei aus und alle blickten auf, um zu sehen, wie der majestätische Vogel tief über dem Fluss schwebte und dann auf einen Baum flog, wo er sich in der Nähe eines zweiten niederliess. »Wahrscheinlich seine Partnerin. Ein Paar bleibt während des ganzen Lebens zusammen«, sagte Brand.

Anna beschattete ihre Augen mit der Hand, um den Vogel besser sehen zu können. »Der Fischadler war Kates Lieblingsvogel. Ich frage mich, ob das ein Zeichen ist.«

»Ja, das habe ich gelesen«, sagte Peter, »dass sie sich fürs Leben paaren.«

Brand bemerkte, dass Anna ihrem Mann einen ärgerlichen Blick zuwarf. Das Essen am Abend zuvor in der Lodge war nicht gerade in guter Stimmung verlaufen. Als Brand von der Dusche zurückkam und sich zu ihnen an den Tisch im Restaurantbereich setzte, hatte sich das Paar über irgendetwas gestritten.

»Wir haben nur versucht, herauszufinden, was mit Kate los war«, hatte Peter bei einem Drink gesagt.

»Mit meiner Schwester war alles *in Ordnung*. Das ist das Problem mit diesem ganzen verdammten Schlamassel.« Anna sprach bereits undeutlich.

Während sie assen, erreichte die Elefantenherde, die die sie vorher schon gesehen hatten, lautlos das Wasserloch im *Vlei* vor der Lodge. Drei grosse Bullen traten in den Lichtkegel des Scheinwerfers und schlürften geräuschvoll frisches Wasser, das in einen Zementtrog gepumpt wurde, während sich der Rest der Herde mit dem schlammigen Wasser des Wasserlochs begnügen musste, das weiter hinten bei der Reihe der erhöhten Zelte lag.

Anna hatte beim Abendessen gesagt, sie habe etwas von Kates Asche aufbewahrt und wolle sie am Karibasee verstreuen, wo Kate und Linley zum Zeitpunkt des Absturzes unterwegs gewesen seien.

»Ich weiss noch, dass sie den See, als wir Kinder waren, liebte«, hatte Anna gesagt.

Jetzt, bei der Brücke, fragte Hudson Brand Anna, ob sie die Asche hier, wo ihre Schwester gestorben war, verstreuen wolle.

»Nein. Auch wenn es eine schöne Schlucht ist, gehört sie für mich irgendwie nicht hierhin. Ich werde es am See tun.« Anna wischte sich über die Augen.

»Komm, wir gehen zum Boot«, sagte Peter und legte seiner Frau eine Hand auf die Schulter. Brand sah, wie sie ihm in die Augen schaute. Vielleicht war da noch etwas Zärtlichkeit, aber Anna löste sich von ihrem Mann und ging vor ihm zum Land Cruiser.

In diesem Teil Simbabwes war das Land rau. Die felsigen Hügel fielen steil ab, sie waren mit spärlichen, blattlosen Bäumen bewachsen, die durch den trockenen Wind und die ofenähnlichen Temperaturen ausgetrocknet waren. Das Volk der Batonka, das hier gelebt hatte, war in den späten fünfziger und frühen sechziger Jahren aus ihrer Heimat im üppigen, fruchtbaren Sambesital vertrieben worden, als bei Kariba, etwa zweihundertvierzig Kilometer flussabwärts, ein Staudamm gebaut wurde, der den gleichnamigen See formte. Sie kamen an einem Strassenstand nach dem anderen vorbei, an denen Äxte verkauft wurden, deren Schäfte aus grob behauenem Mopaneholz bestanden, während die Köpfe aus den Blattfedern der Wracks alter Autos bestanden, die zu schweren, gefährlichen Klingen gehämmert worden waren. Peter forderte Brand auf, anzuhalten, und als sie stehen blieben, kam eine alte Dame mit gebeugtem Rücken und faltiger Haut aus dem dürren Busch hervor und bot ihnen eine solche handgefertigte ›Marihuana-Bong‹ zum Kauf an.

»Was hat es damit auf sich?«, fragte Peter, der mit seinem Daumen die Schneide der Axtklinge berührte.

»Die Menschen hier haben von der Regierung die Erlaubnis, als Teil ihres traditionellen Glaubens *Dagga* zu rauchen.«

»Das dürfte auch so ziemlich das Einzige sein, was sie in einem solchen Land bei Verstand hält«, bemerkte Anna.

Je mehr sie sich dem See in der Nähe der Stadt Binga näherten, desto heisser und schwüler wurde es. Brand fuhr durch die Tore einer Fischerlodge, über einen Hügel, an strohgedeckten Unterkünften vorbei und zum Ufer hinunter, wo die einmotorige, stählerne *Lady Jacqueline* festgemacht war.

»Dies ist das Schiff, auf dem Ihre Schwester und ihre Freundin Plätze gebucht hatten. Ich habe bei der Buchungsstelle des Eigentümers in Kapstadt nachgefragt und erfahren, dass keine anderen Gäste angemeldet waren. Es ist ein schönes Schiff, das in der Kabine Platz für zehn Personen und auf dem Deck für weitere dreizehn Personen, die im Freien schlafen, bietet.

»Ziemlich extravagant für nur zwei Personen«, sagte Anna.

Brand nickte. Es war ähnlich extravagant, dass die Cliffs und er das Boot nahmen, aber nur für eine Nacht. Brand hatte die Plätze reserviert, als er sich nach der Buchung von Kate Munns erkundigte und den Betreibern gesagt, die Cliffs wollten etwas von Kates Asche auf dem See verstreuen.

Es war Sonntag und aus dem Dorf, in dem die Angestellten und die Bootsbesatzung der Fischerhütten und Hausboote in der Gegend wohnten, schwebte Gesang über eine kleine Bucht. Hudson Brand schüttelte dem Kapitän, Steven Mpofu, die Hand und sie tauschten Grüsse aus.

»Ich nehme euch an einen schönen Ort mit, nicht weit weg in Richtung des Sengwe-Flusses. Dort können wir die Nacht über bleiben und morgen früh zurückkommen. Ist das in Ordnung?«

»Ja, das ist prima, danke, Steven.«

Die Mannschaft, ein Koch und ein Deckshelfer, trug das Gepäck von Peter und Anna an Bord. Brand hievte seinen Seesack in die Höhe und kletterte die Stahlleiter hinauf, die vom Bug des Bootes bis zu den Felsen am Ufer reichte.

Auf dem Mitteldeck befand sich das Deckshaus, das auch als kleine Küche diente, sowie ein geschlossener Aufenthaltsbereich mit bequemen Ledersofas, einem Fernseher und einer kleinen Bibliothek. Darunter, auf dem unteren Deck, befanden sich die Kabinen – vorn und achtern je eine Doppelkabine und mittschiffs zwei Kabinen mit Etagenbetten. Brand führte Anna und Peter in die Hauptkabine und quartierte sich in der hinteren Kabine ein.

»Es ist schön«, sagte Anna.

Brand fragte sich, wo Linley Brown und Kate Munns wohl geschlafen hätten, nur sie beide auf einem Boot, das dreiundzwanzig Personen befördern konnte. Es gab kleinere Boote, die sie hätten chartern können, warum also hatten sie sich wohl für dieses entschieden?

»Sie sagten, Ihre Familie sei schon einmal auf dem See gewesen?«, fragte er Anna.

»Ja, mehrmals, aber soweit ich mich erinnern kann, nie auf diesem Schiff.«

Brands Telefon piepte und er zog es aus der Tasche. Während die simbabwischen Mobilfunkanbieter kein Signal hatten, schien der Liegeplatz des Bootes in Reichweite der sambischen Netze, auf der anderen Seite des Sees, zu sein. In einer Nachricht wurde ihm mitgeteilt, er sei im Roaming-Modus und er erhielt eine Nummer zum Abrufen seiner Nachrichten. Das Telefon piepte erneut.

Er las die Nachricht auf dem Bildschirm: Herr Brand, hier ist Kommissarin Sannie Van Rensburg, Polizei Nelspruit. Bitte rufen Sie mich dringend an.

»Irgendetwas Interessantes?«, fragte ihn Anna. Peter hatte die Kabine verlassen und stieg die Treppe zu den oberen Decks hinauf.

Brand zuckte mit den Schultern. »Ich denke nicht. Auf jeden Fall nichts über Kate.«

Sie lehnte sich gegen die Tür zu ihrer Kabine. »Verbringen Sie viel Zeit auf Touren, auf Safari mit Kunden?«

Er nickte. »Ja, das gefällt mir.«

»Wartet zu Hause jemand, eine Frau, Freundin, Partnerin?«

»Meine Privatsphäre ist mir ziemlich wichtig, Anna.«

»Entschuldigung, ich wollte nicht neugierig sein und es geht mich natürlich nichts an.«

Er hob eine Hand, um zu signalisieren, dass es in Ordnung und er nicht beleidigt sei. »Aber um Ihre Frage noch zu beantworten: »Nein. Niemand war so dumm, sich über einen längeren Zeitraum mit meinem Nomadenleben abzufinden.«

Er dachte an Hannah. Sie war seit Jahren, eigentlich seit Angola, das. was einer festen Freundin am nächsten kam, doch als sie für kurze Zeit zusammenlebten, hatte es mit ihnen, nicht geklappt. Auch Dani und er standen sich nahe, aber obwohl sie miteinander geschlafen hatten, bestand ihre Beziehung heutzutage eher aus einer platonischen Geschäftsverbindung.

»Ein gutaussehender, alleinstehender Mann wie Sie wäre in London innerhalb von Minuten vom Markt.«

»Nun, vielleicht bleibe ich lieber auf dem Markt.«

Anna senkte ihre Stimme. »Ist es falsch, wenn ich sage, dass ich Sie beneide?«

Brand ahnte schon, worauf das Gespräch hinauslief. »Ich frage mal beim Kapitän nach, wann das Mittagessen serviert wird.«

Anna streckte den Arm aus und legte ihre Hand auf seinen Unterarm. »Können Sie nicht jemanden in Südafrika anrufen und versuchen, eine Spur zu Linley Brown zu finden?«

»So einfach ist das nicht.« Er war es nicht gewohnt, in Südafrika nach Menschen zu suchen, ob lebend oder tot. Bisher hatte sich seine Arbeit mit Versicherungen auf Simbabwe beschränkt und obwohl er dies Anna nicht verraten wollte, verfügte er nur über beschränkte Erfahrung als Ermittler. »Wenn sie sich noch in Simbabwe aufhielte, wäre es einfacher. Wir könnten sie über Orte, an denen sie gearbeitet hat, oder über das Wählerverzeichnis, Nachbarn und so weiter aufspüren. Aber Linley hat sich in einem anderen Land in Luft aufgelöst und wir müssen bei Null anfangen. Natürlich werde ich aber weiterhin versuchen, ihre Telefonnummer anzurufen, in der Hoffnung, dass sie irgendwann abhebt.«

Anna trat einen Schritt näher zu ihm. Genau wie er schwitzte sie, aber der muffige Geruch ihres Körpers schreckte ihn nicht ab, ganz im Gegenteil. Er musste sich aus der Enge des Unterdecks befreien. »Entschuldigen Sie mich«, sagte er und ging an ihr vorbei in den Korridor.

Während sie zu der geschützten Bucht fuhren, in der sie die Nacht verbringen und wo Anna Kates Asche verstreuen wollte, assen sie zu Mittag. Brand blieb bei einem Softdrink, aber Anna trank drei Gläser Wein. Peter beäugte ihn bei seinem Mineralwasser mit Kohlensäure kühl. Die Unterhaltung verlief schleppend und als sie die gegrillte Kariba-Brasse, die ihnen serviert worden war, beendet hatten, entschuldigte sich Hudson Brand. Er verweilte noch einige Minuten in der Lounge und sah sich das Angebot der Bibliothek an. Er blätterte im Gästebuch und ging dann in seine Kabine. Er blieb eine Stunde lang unter Deck, lag auf seiner Pritsche, dachte über den Fall nach und hoffte, er könne vielleicht ein Nickerchen machen, doch der Schlaf wollte nicht kommen. Durch die Wand hörte er, dass sich die Cliffs unterhielten und irgendwann über etwas stritten.

Um fünf Uhr klopfte Anna an seine Tür. »Wir verstreuen jetzt die Asche, wenn Sie mitkommen wollen.«

Die untergehende Sonne schimmerte rot durch die Staubschicht, die über einer Reihe von violetten Hügeln hing. Anna und Peter standen Seite an Seite an der Reling und Hudson wartete hinter ihnen.

Anna räusperte sich. »Wir wissen nicht, warum du uns verlassen wolltest«, sagte sie und blickte auf, »aber du hast es getan, und ich hoffe einfach, dass du jetzt deinen Frieden gefunden hast.«

Sie sah zu ihrem Mann, der nur den Kopf schüttelte und auf seine Hände auf dem Geländer hinunterblickte. Anna hob den Deckel der Holzkiste an und schüttete die Asche ins Wasser des Sees, welches die Farbe von geschmolzenem Metall hatte. »Auf Wiedersehen, Kate.«

Peter wandte sich vom Geländer ab, murmelte ein »Entschuldigt mich« und schlurfte an ihnen vorbei in den Aufenthaltsraum. Brand blickte über die Schulter und beobachtete, wie der Arzt die Treppe hinunterging. Er war wieder mit Anna allein. Ein Fischadler rief, und beide sahen auf und schauten ihm beim Kreisen zu. »Da ist er wieder, ihr Lieblingsvogel. Es ist etwas unheimlich.«

Brand wusste, dass die Menschen nach Zeichen Ausschau hielten und hoffte für Anna, die Anwesenheit des Vogels deute tatsächlich darauf hin, dass Kate Munns nun ihren Frieden gefunden habe. »Mein Beileid für Ihren Verlust«, sagte er.

Sie schaute ihm in die Augen. »Darf ich Sie darum bitten, mich ein wenig zu halten?«

Er schaute über seine Schulter.

»Machen Sie sich keine Sorgen um Peter«, beschwichtigte ihn Anna. »Ich zweifle daran, dass es ihn interessiert. Ich brauche nur jemanden, der mir sagt, dass sie an einem besseren Ort ist.«

Brand legte einen Arm um ihre Schulter. »Was auch immer sie beunruhigt hat, jetzt ist sie darüber hinweg.«

Anna nickte und wischte sich über die Augen. »Es tut mir leid.« Sie löste sich von ihm. »Ich bin ziemlich müde. Ich glaube, ich lasse das Abendessen heute ausfallen. Aber ich danke Ihnen, Hudson, dass Sie hier sind und uns zu helfen versuchen, dieses Durcheinander zu enträtseln.«

Er wartete, bis Anna gegangen war, dann ging er unter Deck in seine Kabine. Er überprüfte sein Telefon und stellte fest, dass er die Antenne aus Sambia immer noch nutzen konnte. Er schickte eine Mitteilung an Dani und bat sie, ihn anzurufen. Ein paar Minuten später klingelte sein Telefon. »Hallo Hudson, wie geht es den Cliffs?«, fragte sie.

»Warum meinst du?«

»Es muss schrecklich gewesen sein, herauszufinden, dass Kate ihren Tod zuerst vorgetäuscht hat und danach tatsächlich gestorben ist.«

»Meinst du? Das war ein geschickter Schachzug von dir, es mir zu überlassen, ihnen alles zu eröffnen und ...«

»Hudson, hör mir zu«, unterbrach Dani. »Wir haben wichtigere Dinge zu besprechen. Ich wollte dich gerade anrufen, dein Timing ist also perfekt. Es gibt eine neue Entwicklung und du hast zu Recht vorgeschlagen, dass die Versicherungsgesellschaft Kates Akte überprüft.«

»Was haben sie herausgefunden?«, fragte er.

»Nun, nachdem du bestätigt hattest, dass es eine echte Sterbeurkunde gibt und der Polizeibericht stimmt, zeigten sie immer noch Bereitschaft zu zahlen, obwohl du die gefälschte Urkunde gefunden hattest.«

»*Waren?*«

»Ja, denn in der Akte von Kate Munns fand sich ein Vermerk, aus dem hervorgeht, dass Linley Brown am Tag des Autounfalls das britische Callcenter der Versicherungsgesellschaft angerufen hat, um den Tod von Kate zu melden und zu fragen, was sie tun müsse, um die Police in Anspruch zu nehmen.«

»Dann war sie ziemlich hartherzig, so kurz nachdem ihre Freundin ums Leben gekommen war, bereits anzurufen«, bemerkte Hudson.

»Das ist es ja gerade, Hudson. Sie hat nicht *nach* dem Unfall angerufen, sondern *vorher.*«

Brand verdaute die Information. Du willst mir sagen, sie habe an dem Tag, an dem Kate wirklich starb, angerufen, um den vorgetäuschten Tod zu melden?«

»Ja«, sagte Dani. »Als die Versicherung die Akte, nachdem Anna Cliff ihre Bedenken geäussert hatte, zum ersten Mal überprüfte, fiel der Zeitpunkt des Anrufs nicht auf. Linleys Anruf war am auf der Sterbeurkunde vermerkten Todesdatum eingegangen. Nachdem Sie vorgeschlagen hatten, die Akte noch einmal durchzugehen, hörte sich einer der Kontrolleure die aufgezeichnete Sprachdatei des Telefongesprächs an und fand die tatsächliche Uhrzeit des Anrufs. Sie haben mir die Aufnahme vorgespielt, in der man deutlich hören kann, dass Linley Brown sagt, ihre Freundin Kate sei gestorben. Sie klingt bestürzt, aber das ist nur gespielt. Wir haben herausgefunden, dass der Anruf aufgrund des Zeitunterschieds zwischen Grossbritannien und Simbabwe morgens um 9.12 Uhr erfolgte, also zwei Stunden *vor* dem Autounfall. Nach dem tatsächlichen Tod hat Linley Brown nicht mehr angerufen.«

»Weil sie bereits wusste, was sie tun musste, um den Anspruch geltend zu machen. Führt ein Anruf beim Versicherer, um einen vorgetäuschten Todesfall zu melden, zum Verlust des Anspruchs?«, wollte Brand wissen. Er wusste genug über das Versicherungsgeschäft, um sich vorstellen zu können, dass die Police automatisch für ungültig erklärt wurde, falls Linley einen falschen Anspruch geltend gemacht oder Kate angerufen und sich als Linley ausgegeben hatte.«

»Genau mit dieser Frage schlagen wir uns im Moment herum«, gab Dani zu. »Und die Antwort lautet: Ich weiss es noch nicht. Ich berate mich mit einigen meiner Kollegen, und wir treffen uns mit der Schadensabteilung, der Rechtsabteilung und der Abteilung für Unternehmensangelegenheiten der Versicherungsgesellschaft, für den Fall, dass etwas davon an die Öffentlichkeit gelangt. Linley hat kein Online-Schadensformular mit der gefälschten Bescheinigung eingereicht, aber wir haben Beweise dafür, dass sie und Kate im Begriff waren, einen falschen Antrag zu stellen.«

»Und was bedeutet das jetzt für Linley Brown?«, fragte Brand.

»Ich bezweifle immer noch, dass die Versicherung die Polizei einschaltet, doch im schlimmsten Fall muss sie sich von der Hoffnung, Geld zu erhalten, verabschieden. Was auch immer passiert, eine Entscheidung gibt es frühestens in ein paar Tagen.«

»Gut«, sagte Brand. »Das verschafft mir zumindest etwas Zeit. Wenn ich es schaffe, mit Linley Brown in Kontakt zu treten, dann kann ich ihr ganz offiziell sagen, sie solle sich mit mir treffen, weil sie mir etwas erklären müsse. Ich habe die Cliffs im Nacken und keine Ahnung, wie ich in einem Land mit fünfzig Millionen Einwohnern eine vermisste weisse Frau finden soll.«

»Dir fällt ganz bestimmt etwas ein, Hudson. Haben die Cliffs irgendwelche Theorien darüber, warum Kate ihren eigenen Tod vortäuschen wollte?«, wollte Dani wissen.

»Wir haben gestern Abend und heute ein bisschen geredet, aber Anna wirkt sehr verzweifelt und Peter bemüht sich nicht sehr. Keiner von beiden kann sich einen Grund vorstellen, warum sie hätte verschwinden wollen.«

Hudson Brands Telefon piepte und er schaute auf das Display. »Ich habe einen weiteren Anruf, Dani. Er kommt von einem südafrikanischen Festnetzanschluss und ich möchte ihn annehmen, falls es Linley ist.«

»Nun, viel Glück. Ich rufe dich unter dieser Nummer an, wenn ich höre, dass Linley mit den Versicherern in Kontakt getreten ist.«

»Okay, ciao.« Brand legte auf und nahm den eingehenden Anruf entgegen. » Hudson Brand.«

»Hallo Herr Brand, hier ist Kommissarin Sannie Van Rensburg.«

SANNIES MANN, Tom Furey, liess in der Küche ihres Bauernhauses Spaghetti in einen Topf mit kochendem Wasser gleiten. Der kleine Tommy kam zu ihr und zeigte ihr ein Bild, das er in der Schule von ihr gemalt hatte. Die blonde Frau auf dem Bild hatte eine Pistole in der Hand.

Als Hudson Brand ans Telefon ging, kam Tom ihr zu Hilfe und hob seinen Sohn auf die Arme. Die älteren Kinder, Christo und Ilana, machten ihre Hausaufgaben in ihren Zimmern. Sannie stand auf und ging nach draußen auf die Holzterrasse mit Blick auf die Bananenfarm, das Tal und die dahinterliegende Stadt Hazyview. Sie hatte ein schlechtes Gewissen, weil sie ihre Polizeiarbeit zu Tom nach Hause gebracht hatte, doch nun beschleunigte sich ihr Puls.

»Captain Van Rensburg, meine Lieblingsdetektivin. Wie geht es Ihnen?«

»Gut, und Ihnen?«, erkundigte sie sich, den Sarkasmus in seiner Stimme ignorierend.

»Prima, danke.«

»Wo sind Sie, Herr Brand?«

»In Simbabwe.«

»Herr Brand, was für ein Interesse haben Sie an Linley Brown?«

An den Sekunden des Schweigens, die folgten, erkannte sie, dass Brand verblüfft war. »Warum fragen Sie?«

»Im Gegensatz zu Ihnen, der Safariführer ist, bin ich Kommissarin, Herr Brand und es ist mein Job, Fragen zu stellen. Was wollen Sie von Linley Brown?«

»Was wollen *Sie* von Linley Brown, Captain?«

»Das ist Sache der Polizei. Das darf ich Ihnen nicht sagen.« Im Haus rief Tom den älteren Kindern, das Abendessen sei gleich fertig.

»Nun, meine Geschäfte mit Linley Brown fallen ebenfalls in den Bereich der Vertraulichkeit.«

»Sie sind Safariführer, Herr Brand, weder Anwalt noch Priester und haben kein Recht, sich auf eine Schweigepflicht zu berufen und der Polizei nicht zu helfen. Sie suchen nach Linley Brown, und ich auch. Das ist Ihre Gelegenheit, mir zu helfen.« Sannie schaute hinein. Tom stand am Kochherd, wo sie eigentlich hätte stehen sollen und sah verärgert aus. Sie hob eine Hand und bedeutete ihm so, dass sie noch fünf Minuten brauche. Ihre Fixierung auf den kalten Mordfall trieb bereits einen Keil zwischen sie, da er immer mehr von der Zeit, die sie eigentlich mit Tom und ihren Kindern hätte verbringen wollen, in Anspruch nahm. Jetzt war Hudson Brand auch noch Teil ihrer aktuellen Untersuchung und sie unterhielt sich mit ihm, während sie eigentlich mit ihrer Familie zu Abend essen sollte. Das ärgerte sie, nicht zuletzt, weil sie spürte, dass Adrenalin sie durchfuhr, während sie mit ihm sprach. Sie drehte Tom den Rücken zu.

»Sie haben mir auch nicht gerade geholfen, Captain. Sie beschuldigten mich fälschlicherweise der Vergewaltigung und des Mordes, liessen meinen Namen während einer Untersuchung, die zu keiner Anklage führte, an die Presse durchsickern und wollen jetzt, dass ich Ihnen helfe, Ihre Arbeit zu erledigen? Ich glaube nicht, dass wir viel zu besprechen haben.«

Es war nicht Sannie gewesen, die Brands Namen an die Medien weitergegeben hatte, sondern jemand anderes von ihrem Büro, obwohl sie nicht wusste, wer. Sie war schrecklich wütend über die undichte Stelle und war gleichzeitig sicher, dass es nicht Mavis war. Andere Polizisten dagegen waren mit Journalisten befreundet und manchmal bezahlten die Reporter für eine Informationen oder tauschten sie gegen einen Gefallen aus. Durch ihre Nachforschungen wusste sie, dass Brand in der engen Gemeinschaft der Safari-Guides ein Aussenseiter war, ein Einzelgänger mit wenigen Freunden, weder unter den weissen noch unter den schwarzen Guides. Er war forsch, wie die meisten Amerikaner es sind, aber nach allem, was man hörte, war er, obwohl manche dies nur widerwillig zugaben, ein ausgezeichneter Führer. Ausserdem hatte er den Ruf, ein Frauenheld zu sein. »Sie haben mehr als eine Sprach- und SMS-Nachricht auf Linley Browns Telefon hinterlassen, in der Sie sie auffordern, einige Dokumente zu unterschreiben, um einen Versicherungsanspruch im Zusammenhang mit dem Tod einer Frau namens Kate Munns zu beschleunigen. Darüber müssen wir uns unterhalten.«

Wieder die Pause in der Leitung. »Wie konnten Sie auf diese Nachrichten zugreifen?«

»Linley Browns Telefon wurde heute im Rahmen einer Durchsuchung im Zusammenhang mit einer laufenden polizeilichen Untersuchung als Beweismittel sichergestellt. «

»Ich verstehe.«

»Wirklich? Ich verstehe es nicht, Herr Brand. Diese Linley Brown wird im Zusammenhang mit mehreren Verbrechen zur Vernehmung gesucht, und jetzt tauchen Sie wieder auf meinem Radar auf und machen irgendeinen Deal mit dieser Frau.« Sannie spürte, dass sie ihn jetzt hatte. Tom servierte das Essen und Ilana und Christo unterhielten sich am Tisch mit ihrem Stiefvater. Ihr Herz tat weh und deshalb fühlte sie sich ärgerlich, anstatt aufgeregt, weil sie endlich zu Hudson Brand durchgedrungen war.

»Ich mache kein *Geschäft* mit ihr, Captain. Ich arbeite an einem Fall für eine Versicherungsgesellschaft und Linley Brown ist die Begünstigte einer Police über zweihunderttausend britische Pfund.«

»Lebensversicherung, wie in den anderen Fällen, in denen Sie ermittelten?«

»Ja. Irgendwie ähnlich. Eine in Simbabwe geborene Britin, Kate Munns, kam bei einem Autounfall auf dem Weg zum Karibasee ums Leben und Linley Brown ist die Begünstigte ihrer Police.«

»Hmmm«, sagte Sannie. »Und sie wollten überprüfen, ob Linley Brown die ist, für die sie sich ausgibt, und nicht etwa Kate Munns, die ihren eigenen Tod vortäuscht?«

»Ja, aber Linley Brown gibt es wirklich und Kate Munns ist tatsächlich tot«, sagte Brand.

»So sieht es aus. Brauchen Sie Linley Brown wirklich, um Dokumente zu unterschreiben, oder war das nur ein Vorwand für Sie, um sie zu treffen und sich zu vergewissern, dass sie die ist, für die sie sich ausgibt?«

»Sehr scharfsinnig, Captain«, sagte Brand. »Es gibt keine Papiere, die sie unterschreiben muss, aber die Versicherungsgesellschaft wird eine Erklärung von Brown verlangen, wenn sie ihr Geld bekommen will.«

Brand informierte Sannie Van Rensburg über die gefälschte Sterbeurkunde, Linleys ersten Anruf bei der Versicherung und über die Cliffs und die Notwendigkeit, Kontakt mit der letzten Person aufzunehmen, die Kate lebend gesehen hatte. Sannie hatte Mitleid mit dem Paar, das aus London angereist war. Kate Munns' beste Freundin war eine Kriminelle, die für afrikanische Verhältnisse reich werden konnte. Doch sobald Sannie sie in die Finger bekam, würde Linley Brown das Geld brauchen, um einen guten Anwalt zu bezahlen.

»Damit ist klar, dass wir beide mit Linley Brown sprechen

wollen«, sagte Sannie. »Sie wird sich mir nicht stellen, aber wenn Sie es noch einmal nett versuchen, können Sie sie vielleicht dazu bringen, zu Ihnen zu kommen und ich könnte dazustossen, um mit ihr zu reden.«

»Sie möchten also, dass ich Ihnen dabei helfe, eine verdeckte Operation durchzuführen?«, fragte Brand.

»Sie haben zu viel amerikanisches Fernsehen geschaut. Ich will eine Verbrecherin fassen. Aber wenn Sie mir helfen, Linley Brown zu finden, gebe ich Ihrer Klientin eine halbe Stunde mit ihr, bevor ich sie in Gewahrsam nehme.« Wieder herrschte Schweigen und Sannie fragte sich, ob die Verbindung unterbrochen worden sei. »Herr Brand?«

»Ich werde sie darauf ansprechen. Ich muss Sie allerdings warnen, Linley Brown wird wahrscheinlich nicht darauf hereinfallen. Als ich das erste Mal versucht habe, sie zu kontaktieren, hat sie mich offensichtlich überprüft. Sie ist misstrauisch und wird jetzt, wo sie auf der Flucht ist, noch vorsichtiger sein.«

»Ja, aber sie ist bestimmt auch verzweifelter. Wir brauchen uns gegenseitig, Herr Brand«, sagte Sannie. »Ich glaube, zusammen finden wir sie. Ich rufe Sie morgen wieder an. Schreiben Sie Linley Brown keine E-Mail und rufen Sie sie nicht an, bevor wir nicht noch einmal darüber gesprochen haben, wie, wann und wo wir sie treffen würden.«

Sannie beendete das Gespräch und ging hinein. Sie hielt einen Moment inne und betrachtete die Szene, in der ihre drei Kinder und ihr Mann gemeinsam über einen Witz oder eine lustige Tagesgeschichte lachten und fühlte sich wie eine Aussenseiterin.

»Komm, das Essen ist fertig«, sagte Tom schroff.

Impulsiv ging sie zu ihrem Mann und legte ihre Arme um ihn. Er stand steif und aufrecht, wurde aber durch ihren Kuss weich, legte die Kelle ab und umschlang sie mit seinen Armen.

»*Mama*«, stöhnte Ilana. Sie kam gerade in ein schwieriges Alter und Sannie wusste, dass sie eine herausfordernde Zeit vor sich hatten. »Es ist so eklig, wenn alte Leute rumschmusen.«

Sannie zerzauste das Haar ihrer Tochter, als sie sich neben sie setzte. Es waren die kleinen Dinge, die Tom tat, wie zum Beispiel das Abendessen zu machen und sie nicht zu bedrängen, egal wie genervt er war, die sie jeden Tag daran erinnerten, wie sehr sie ihn liebte.

»Ich habe den Kindern gesagt, sie sollen anfangen, bevor es kalt wird«, erklärte er.

Es machte ihr nichts aus, aber sie streckte ihre Hände zu beiden Seiten aus. Ilana nahm ihre linke und Christo ihre rechte, und beide von ihnen reichten Tom und dem kleinen Tommy die andere Hand. »Tommy«, sagte Sannie, »sprich das Gebet, bitte.«

Ihr kleiner Sohn nickte mit konzentriertem Gesichtsausdruck. »Danke, Gott, für das Essen und unsere Familie. Amen.«

»Amen«, sagte Sannie. Tom war nicht religiös, aber ihre Familie hatte immer das Tischgebet gesprochen, als sie aufgewachsen war. Alle küssten die Finger der Hände, die sie in ihren Händen hielten, dann begann Sannie damit, die Spaghetti mit Sosse auf ihre Gabel zu wickeln. Tom war ein guter Koch. Seine erste Frau war an Krebs gestorben und danach hatte er allein gelebt. Als er als Personenschutzbeauftragter der englischen Polizei, Bodyguard, wie sie in Filmen genannt wurden, nach Südafrika gekommen war, hatte er Sannie kennengelernt, die dieselbe Aufgabe für die südafrikanische Seite erfüllte. »Es tut mir leid, dass ich am Telefon war.«

Tom schüttelte den Kopf. »Kein Problem, Liebes. Ich weiss, wie es ist und ich weiss, wie du bist, wenn du jemandem auf die Spur kommst« Sie merkte, dass er es eigentlich anders sah und dass es ein Problem war. Vielleicht weil sie es war und nicht er, der einer Verdächtigen auf der Spur war.

Sie erzählte Tom, weshalb Brand wieder in ihren Fokus geraten war.

»Hast du ihn nach der Sache in Kapstadt gefragt?«, fragte Tom.

Tom stellte seine Fragen bewusst unpräzis, um die Themen Vergewaltigung und Mord nicht vor den Kindern anzusprechen. Sie diskutierte ihre Fälle oft mit ihm, denn bevor er für den Schutzdienst in der Sonderabteilung der Londoner Polizei ausgewählt wurde, hatte er sich als Detektiv qualifizieren müssen. Er hatte einen analytischen Verstand und trotz seiner Beteuerungen, wie sehr er die Landwirtschaft liebte, fragte sie sich, ob ein Teil von ihm die Polizeiarbeit vermisse. »Nein, ich will ihn nicht abschrecken. Ich weiss, dass er in Kapstadt war, als der zweite Vorfall passierte und möchte ihn dazu befragen. Aber zuerst brauche ich seine Hilfe.«

»Ich möchte nicht von dir verfolgt werden«, sagte Tom.

Sannie griff über den Tisch und legte eine Hand auf seine. »Ich bin immer hinter dir her, mein Schatz.«

»*Mama!*«, sagte Ilana und verdrehte die Augen.

»Kinder, bringt eure Teller zur Spüle, danach könnt ihr fernsehen. Eure Mutter und ich haben zu tun«, wies Tom sie an.

Sannie hob die Augenbrauen. »Was für Arbeit wartet auf uns?«

»Ich dachte, ich könnte vielleicht einen Blick in deine Akten über den ungeklärten Fall werfen.«

»Wirklich?« Sie war überrascht. Er hatte in der Vergangenheit nie grosses Interesse an ihrer Arbeit gezeigt. Einen Moment lang hatte sie gedacht, er schlage vor, sie sollten sich schnell ins Schlafzimmer flüchten. Für einen kleinen Moment reagierte ein Teil von ihr etwas beleidigt darüber, dass er ihr zu unterstellen schien, sie habe in den Akten etwas übersehen. Dann wurde ihr klar, dass ihr Ehemann als Detektiv mit einem neuen, distanzierteren Blick ihr möglicherweise dabei helfen konnte, ein winziges Detail zu entdecken, das ihr durch die Lappen gegangen und der Grund war, weshalb sie den Fall nicht lösen konnte. Ihr Groll verflog und sie war froh, dass sie mit jemand anderem als Mavis über den Fall, der sie schon so lange belastete, sprechen und sich vertieft mit Tom darüber austauschen konnte.

»Schon gut, ich verstehe, wenn du nicht willst«, sagte er schnell. » Schliesslich bin ich kein Detektiv mehr und es wäre nicht korrekt.«

»Nein, nein, nein. Ich hole den Aktenordner.«

20

A m nächsten Tag brachte der Kapitän der *Lady Jacqueline* sie zurück zur Anlegestelle in Binga und Hudson Brand fuhr die Cliffs zu den Victoriafällen. Erst am späten Nachmittag erreichten sie ihr Hotel, The Kingdom, das zu einem Kasinokomplex gehörte.

Kurz nachdem er ausgepackt hatte, klingelte in Brands Zimmer das Telefon. »Hudson, wir schaffen es heute Abend nicht zum Abendessen, tut mir leid«, erklärte Anna. »Mir geht es nicht so gut, und Peter ist, nun ja ... ich glaube, wir sind beide nicht ganz auf der Höhe. Er ist zum Blackjack gegangen. Er war schon immer ein Amateurspieler. Ich dachte, ich bestelle den Zimmerservice. Sie könnten gern auf einen Drink vorbeikommen, wenn Sie mögen?«

Brand dachte an die Art von Mann, für die er Peter Cliff hielt. Er erinnerte sich daran, wie Anna auf dem Hausboot mit ihm geflirtet und wie sie ihn gebeten hatte, sie zu halten. Er fand es unnötig, in einen Ehestreit verwickelt zu werden oder bei einer Kundin das ›Khaki-Fieber‹ zu fördern, bei dem Touristen für ihre Safariführer schwärmten. »Klingt, als wäre es das Beste, wenn Sie sich ausruhen, Anna. Danke für das Angebot, aber ich denke, ich werde mich früh hinlegen.«

Brand legte auf und stellte sich eine Nacht vor dem Fernseher vor. Er erhob sich vom Bett, verliess sein Zimmer und ging an der Poolbar vorbei, wo offensichtlich eine Veranstaltung, vielleicht eine Art Konferenz, im Gange war, deren Teilnehmer den Barmann umdrängten.

Er ging ins Innere des Hauptgebäudes des Hotels, in dem sich das Casino befand. Es war noch früh und es waren nicht mehr als eine Handvoll Leute dort, von denen die meisten an Spielautomaten spielten. Aber er sah Peter Cliff mit zwei anderen Männern vor einer hübschen Croupière an einem Blackjack-Tisch sitzen.

Cliff starrte angestrengt auf die Karten, die aus dem Schuh kamen, so dass er Brand nicht bemerkte. Brand liess ihn in Ruhe und ging zu einer anderen Bar, ausserhalb der Sichtweite der Tische, nahm Platz und bestellte ein Zambezi Lager.

Ein Hauch von Parfüm drang ihm in die Nase und er drehte sich um. »Entschuldigen Sie, haben Sie zufällig Feuer?«

Die Frau war gross, attraktiv und trug ein einfaches schwarzes Cocktailkleid und Schuhe mit hohen Absätzen. Zwischen langen, eleganten Fingern mit tödlich scharlachroten Fingernägeln hielt sie ihm die Zigarette entgegen. Brand griff in die Tasche, zog sein Zippo heraus und drehte am Rad. Sie legte ihre Hände um seine, um die Flamme ruhig zu halten.

»Danke.«

»Es ist mir ein Vergnügen.«

»Darf ich mich zu Ihnen setzen?« Sie stellte ihre Tasche auf den Tresen und kletterte auf einen Barhocker.

Es war ein Kasino und er ein Mann, der allein sass. Sie sah gut aus, aber ihre Augen waren kalt wie Obsidian. Er vermutete, sie sei eine Nutte. Selbst wenn er es gewollt hätte, hatte er nicht genug Geld, um sie zu bezahlen. Ausserdem musste er über Van Rensburgs Anruf nachdenken und darüber, wie er mit ihrer Bitte, oder besser gesagt, ihrem Auftrag umgehen sollte.

»Schwester, wenn Sie etwas verkaufen, muss ich Ihnen sagen, dass Sie eine Nummer zu gross für mich sind.«

Sie blies einen Rauchschwall knapp an seinem linken Ohr vorbei.

»Für diese Bemerkung sollte ich Sie ohrfeigen.« Sie griff nach ihrer Handtasche und rutschte vom Hocker.

Er fühlte sich wie ein Idiot. »Hey, tut mir leid. Ich wollte Sie nicht ...«

Sie stand auf und wippte mit dem Kopf hin und her, als ob sie sich frage, ob sie seine Entschuldigung annehmen solle. »Ich bin keine Hure, obwohl ich in der Werbung arbeite, und man also sagen könnte, ich sei nicht meilenweit von diesem Beruf entfernt. Ich lüge, um den Leuten Dinge zu verkaufen, von denen sie glauben, ohne sie nicht leben zu können.«

Sie erwiderte sein Lächeln. »Hudson Brand.«

»Melanie Afrika.«

Ihre Hand war weich. »Möchten Sie etwas trinken?«

»Was nehmen Sie?«, fragte sie.

»Bells's on the Rocks.«

»Dasselbe.« Sie setzte sich wieder auf ihren Hocker, stellte ihre Tasche wieder auf die Theke und schlug die Beine übereinander. »Ich bin bei der Konferenz da draussen.« Sie warf den Kopf verächtlich hin und her. »Zesa, das Elektrizitätswerk. Einerseits können sie das Land nicht mit Strom versorgen, aber andererseits können sie es sich leisten, hier Geld für Schnaps und Essen zu verschwenden.«

»Und für Werbung.«

Melanie grinste. »Sie machen einer Frau viele Komplimente. Was ist das für ein Akzent? Sind Sie Amerikaner? Sie sehen irgendwie, ich weiss nicht, wie ein Latino oder Spanier aus.«

»Ich bin halb Texaner und halb portugiesischer Angolaner.«

»Ah, mein Vater war Schotte und meine Mutter ist Ndebele, aus Bulawayo. Aber ich lebe jetzt in Harare, weit weg von meinen Leuten, wer auch immer die sind. Fällt es Ihnen schwer, nicht zu wissen, welche Hälfte Sie mehr sind und welche Hälfte Sie sein wollen?«

»Manchmal.«

»Wollen Sie eine rauchen, Hudson Brand?« Sie hielt ihm das Päckchen hin.

»Ich versuche aufzuhören.«

»Schön für Sie.« Sie steckte sie zurück in ihre Tasche. »Ich möchte Ihnen natürlich nicht zum Verhängnis werden.«

Er nippte an seinem Scotch. Sie hatte eine Tätowierung, ein Kreuz, auf ihrem Knöchel und ein verlockendes Dekolleté. Sein Blick schweifte zurück zu ihren Augen, die nicht zum Rest von ihr zu passen schienen. Aber das war seiner Erfahrung nach nicht ungewöhnlich. Die Frauen in Simbabwe hatten eine Härte an sich, die den verwöhnten *Kugels* und schwarzen Diamanten in Südafrika fehlte. Hier in Simbabwe lebte niemand mehr, ohne Opfer bringen oder Kompromisse eingehen zu müssen. »Sollten Sie nicht zu Ihrer Konferenz zurückkehren und ein wenig plaudern?«

»Ich bin hierhergekommen, um dem zu entkommen. Bei dieser Konferenz sollte es darum gehen, etwas Spass zu haben.«

»Sie scheinen die Party nicht zu geniessen.«

»Wenn eine Frau aussuchen kann, ob sie sich von überfütterten Sesselfurzern befummeln zu lassen soll, die es nicht einmal schaffen, die Dienstleistungen zu erbringen, für die hungernde Menschen bezahlen, oder mit einem reichen, gutaussehenden Touristen ein Gläschen zu trinken, was sollte sie wählen?«

»Sie haben da eine klitzekleine Sache falsch verstanden. Ich bin weder reich noch ein Tourist, sondern ein Safariführer.«

»Aha, deshalb das khakifarbene Ensemble. Alles, was Sie noch brauchen, ist ein Tropenhelm. Sollten Sie nicht zu Ihren Gästen zurückkehren?«

»Sie streiten sich dauernd. Er spielt und sie ertränkt ihre Sorgen im Zimmer mit Nederburg.«

Ein korpulenter Mann in einem glänzenden Anzug schlängelte sich zur Bar. »Ah, Melanie, da bist du ja, Liebes. Was ist los, du hast doch gesagt, wir sehen uns später?« Er hielt sich die Hand vor den Mund, um einen Rülpser zu verbergen.

»Äh, ja bestimmt, sicher. Ich habe gerade meinen, ähm, Cousin hier getroffen. Er ist geschäftlich hier.«

»Oh«, sagte der Mann und sah verlegen aus. »Entschuldigung, dann vielleicht später?«

»Ja. Wir müssen nur kurz über ein paar Familienangelegenheiten sprechen.«

Melanie rutschte vom Hocker und griff nach ihrer Tasche. Als sie die Bar verlassen wollte, schaute sie über ihre Schulter. »Kommst du, Cousin?«

Brand nickte dem enttäuschten Bürokraten zu und folgte Melanie aus dem Kasino in die Dämmerung. Ihr Kleid hüpfte hypnotisch über den kecken Hügeln ihres Gesässes. »Wohin gehen wir?«, fragte er, als er sie einholte.

Melanie lachte. »Es gibt einen Nachtclub, den ich von früheren Konferenzen her kenne.«

Der hämmernde Bass kündigte den Club, lange bevor sie ihn erreichten, an. Drinnen war es heiss und die Lichter flackerten. Eine bunte Mischung aus Rucksacktouristen und Einheimischen wogte auf der trotz der frühen Stunde bereits gut gefüllten Tanzfläche im Takt. Hudson entdeckte einen River-Rafting-Führer, immer noch in Shorts und Sandalen, mit einer sonnenverbrannten nordischen Blondine, die sich an ihn schmiegte. »Komm, lass uns tanzen«, rief ihm Melanie über den Lärm hinweg zu.

Sie stemmte ihre Hände in die Hüften und er tat es ihr gleich, die spannenderen, neueren Bewegungen der jüngeren Leute um ihn herum ignorierend. Melanie war viel jünger als er, aber sie schien damit zufrieden zu sein, ihm in die Augen zu sehen und sich langsam im Rhythmus zu wiegen. Er zog sie an sich und sie schmiegte ihren Körper an seinen. Sie blickte auf und ihre Augen blitzten voll von gespieltem spöttischem Entsetzen, als sie seine Härte an sich spürte. Sie wollte ihn küssen, doch er hatte sich beim Tanzen so gedreht, dass er den Mann an der Bar erblickte.

»Scheisse.« Brand presste seine Lippen an Melanies Ohr. »Ich brauche einen Drink.«

»Was ist los?«, rief sie, als er ihre Umarmung löste.

Brand bahnte sich einen Weg durch das Gedränge. Der untersetzte, muskulöse Mann in Shorts und Buschhemd drehte sich um, und sagte etwas zu einer jungen Frau hinter ihm in der Schlange an der Bar, was Brand bestätigte, dass er sich nicht geirrt hatte. Patrick de Villiers lachte über etwas, das die Frau sagte.

»Hudson?«, versuchte es Melanie über den Lärm hinweg erneut.

Soweit Brand sehen konnte, war Patrick allein, ohne seinen prügelnden älteren Bruder, der ihm den Rücken stärkte. Brand ging auf die Bar zu, wo Patrick bedient wurde. »Entschuldigen Sie, Ma'am«, sagte er zu der Frau, mit der der Fremdenführer geplaudert hatte.

»Hey, nicht hineindrängen«, gab sie zurück.

Er ignorierte sie und klopfte Patrick auf die Schulter.

Patrick schaute sich um, und sein Gesicht zeigte eine Mischung aus Ärger und Überraschung und, hoffte Brand, einer Spur von Angst. »Was zum Teufel willst du?«

»Dich«, sagte Brand.

»Was machst du hier?«, fragte De Villiers.

»Dank dir, du kleiner Scheisser, bin ich hier auf einer Safari Babysitter für Touristen anstatt auf einer Buschwanderung. Verschwinde.«

De Villiers nahm einen Schluck des Drinks, den er vom Barmann erhielt. »Ja, richtig. Es ist Zeit, zu Ende zu bringen, was ich beim letzten Mal begonnen habe.«

»Was du und dein Bruder angefangen habt, du feiger Zwerg.«

»Hudson!« Er schüttelte Melanies Hand von seinem Arm.

»Wie ich sehe, hast du immer noch eine Vorliebe für farbige Huren. Erinnert dich das an Mama?«

»Komm nach draussen«, verlangte Brand mit zusammengebissenen Zähnen und begann, sich einen Weg durch die Menge zu bahnen. Unvermittelt spürte er einen kurzen, scharfen Schmerz in den Nieren. Er krümmte sich, doch schon schlug eine Flasche auf seinem Kopf auf, so dass Glassplitter wie Schrapnells in die Menge flogen und eine Gruppe Rucksacktouristinnen kreischte.

De Villiers hatte ihn überrumpelt, doch Brand hatte sich, sobald er den Nierenschlag spürte, niedergeduckt und weggedreht, wodurch die Wucht der Flasche abgemildert wurde. Er stiess zwei Mädchen in kurzen Röcken um, die an einem Tisch sassen und als eines der beiden nach hinten kippte, packte Brand ihren Stuhl, schwang ihn in Patricks Richtung und traf ihn in die Brust, was ihn nach hinten fallen liess. Allerdings stürzte De Villiers in die Arme einiger Iren, die zu schreien anfingen: »Kämpft, kämpft, kämpft, tötet den *Fooker*.«

Die Leute johlten und schrien über das ständige Dröhnen der Musik hinweg, als Patrick wieder in Brand's Reichweite katapultiert wurde. Brand schwang seine Faust, die direkt auf Patricks Kiefer landete und hatte die Genugtuung, den jüngeren Mann in die Knie gehen zu sehen.

»Steh auf, du erbärmlicher Mistkerl«, befahl Hudson Brand.

Patrick spuckte Blut auf den Boden des Nachtclubs und schüttelte den Kopf. Er hob seine Hände. »Für mich reichts.« Er hustete.

»Hudson, lass uns gehen, bevor die Polizei kommt«, forderte ihn Melanie auf.

Brand balancierte auf beiden Fussballen, die Fäuste geballt vor De Villiers, der am Boden lag, und so gern er ihn auch fertig gemacht hätte, hatte Melanie Recht. Er brauchte keinen Ärger mit der örtlichen Polizei. Patrick würgte.

»Steh auf, du Stück Scheisse.« Brand streckte eine Hand nach dem anderen Führer aus. Ohne seinen Bruder als Rückendeckung war Patrick De Villiers ein nutzloser Feigling, und wie es aussah, hatte er einen Kiefer aus Glas.

Patrick spuckte noch mehr Blut. »Ich brauche mein Taschentuch.«

Brand packte Patricks Hemd an der Schulter und begann, ihn hochzuziehen, als Patricks rechte Hand aus seiner Tasche blitzte und hochschnellte. Im flackernden Licht des Nachtclubs nahm Brand das Glitzern von Metall wahr.

Er wich zurück, aber die Spitze des Messers schlitzte bereits sein Hemd auf und ritzte die Haut seines Unterleibs. »Du verrückter Wichser.«

De Villiers stürzte sich auf ihn und hieb das Taschenmesser in weiten Bögen von einer Seite zur anderen. Die Menge wich erschrocken zurück, während Brand sich ausser Reichweite begab. Er legte eine Hand auf seinen Bauch und spürte, dass heisses, klebriges Blut durch den Stoff seines Hemdes sickerte. Er brauchte eine Waffe – einen weiteren Stuhl oder etwas, mit dem er Patrick auf Distanz halten konnte, bis er ihn erledigt hatte. Seine Nasenflügel blähten sich vor Wut.

Zu spät bemerkte Brand, dass er auf eine leere Bierflasche getreten war. Sein rechter Knöchel knickte um und er begann zu stürzen. Im selben Moment warf sich Patrick mit hasserfüllt loderndem Blick nach vorn. Brand versuchte, nach der Flasche zu greifen, über die er gestolpert war, aber obwohl sie seine Fingerspitzen berührten, konnte er sie nicht ergreifen.

Über ihm brüllte Patrick, aber dieses Mal nicht vor Wut. Er richtete sich auf und griff hinter sich, um nach etwas zu haschen. Melanie Afrika huschte um Patrick herum und streckte ihre Hand Hudson Brand entgegen. Er ergriff sie und sie half ihm, sich aufzurichten. Ihre Hand war feucht und glitschig, und als er nach unten blickte, sah er Blut.

»Verdammte Schlampe!«, brüllte Patrick gequält.

Als Patrick ihnen den Rücken zuwandte, sah Brand den Grund für seine Empörung: Melanie hatte ihr Taschenmesser in den Muskel unterhalb von Patricks rechter Schulter gestochen.

»Lauf!«, rief Melanie.

Brand brauchte keine weitere Aufforderung. Leute drängten sich um Patrick, dessen Hand sich immer noch verzweifelt an seinen Rücken krallte, während Brand und Melanie sich durch die Masse aufgeregter Körper kämpften und eine Welle solcher erwischten, die nach dem Blutvergiessen zur Tür eilten. Verglichen mit dem Gestank von Schweiss, Parfüm und Tabakrauch im Inneren des Clubs fühlte sich die schwüle Wärme des Abends in Victoria Falls wie frische Alpenluft an. Sie rannten die Strasse in Richtung ›The Kingdom‹ hinunter und verlangsamten erst, als ein Land Rover der Polizei mit Blaulicht in die entgegengesetzte Richtung raste.

Während sie gingen, spürte Brand, dass der Schweiss auf ihm trocknete und Melanie ihre Hand in seine legte. Wortlos gingen sie in sein Zimmer, wo er sie, sobald er die Tür wieder geschlossen hatte, gegen die Wand drückte. Während sie sich an den Knöpfen seines

Buschhemdes zu schaffen machte, liess sie ihre Zunge tief und suchend seinen Mund erforschen.

Er fummelte an seiner Gürtelschnalle herum und löste sich von ihr, um eines der kostenlosen Kondome, die er in Bulawayo mitgenommen hatte, aus seiner offenen Tasche zu fischen. Er öffnete den Reissverschluss, rollte es über, packte sie wieder und hob sie hoch. Sie war dünn und leicht. Er schob einen Finger unter ihren Spitzentanga, zog ihn beiseite und spürte, dass sie für ihn bereit war. Als er sie gegen die Wand drückte und in sie eindrang, biss und küsste Melanie seinen Hals. Er erhob sich auf die Zehenspitzen und drang tiefer in sie ein. Sie wand sich, zog ihn mit den Armen fest an sich, presste ihren wollüstigen Körper an seinen und dämpfte ihre Schreie an seiner Haut, als er kam.

Sie blieben eine Weile so stehen, keuchten und küssten sich abwechselnd, bis er seine Kräfte sammeln und seinen Verstand wieder einschalten konnte und sie zum Bett trug. Sie setzten sich darauf.

»Und dein Bauch?«, fragte sie.

Er öffnete sein Buschhemd. Die Wunde war zwar oberflächlich, blutete aber immer noch. »Das kann warten.« Melanie stand auf, lächelte und zog sich im Licht der Nachttischlampe langsam für ihn aus, während er auf dem Rücken lag und sich genussvoll wiedererregte, bis er bereit war.

Als er soweit war, nahm sie ein neues Kondom aus ihrer Tasche, rollte es ihm über und spreizte sich über ihn. Brand spielte mit ihren dunkelbraunen Brustwarzen, knetete sie und zog sanft daran, während sie sich mit gekrümmtem Rücken und geschlossenen Augen auf ihm bewegte. Als sie an seinem Atem spürte, dass er sich dem Höhepunkt näherte, hörte sie auf, ihn zu reiten.

»Was ist los?«, keuchte er.

Sie rollte sich von ihm herunter. »Nimm das Kondom weg.«
»Warum?«

»Ich will dich richtig und ganz in mir haben.«
Ihre Lust und Anzüglichkeit erregte ihn und er kniete sich über

sie. Als er fertig war, rutschte er das Bett hinunter und brachte sie mit seiner Zunge zum Höhepunkt. Sie schrie seinen Namen dabei.

»Willst du duschen?«, fragte er, als sie nach ihren Zigaretten auf dem Nachttisch griff. Er hatte unendliche Lust auf einen der Glimmstengel, doch noch viel mehr auf sie. Auf dem Bettlaken war Blut, sowohl von seiner Wunde wie auch von ihrer Hand, mit der sie Patrick gestochen hatte. *Was für eine Nacht*, dachte er.

»Später. Bestell bitte zuerst etwas zu essen und zu trinken. Ich bin noch nicht fertig mit dir.«

Brand dachte, vielleicht bekäme er noch vor dem Ende der Nacht einen Herzinfarkt. Er nahm den Hörer ab und wählte den Zimmerservice an. Er brauchte etwas, um bei Kräften zu bleiben.

* * *

Anna Cliff schaltete den Fernseher aus. Der Film, eine Romanze mit Julia Roberts, war rührselig. Dabei war es eine traurige Tatsache, dass im Leben nicht immer alles gut ausgeht, und nur wenige Geschichten ein Happy End hatten. Ihr Mann war beim Glücksspiel und alles, was sie über ihre Schwester erfahren hatte, war, dass sie tot war und bevor sie lebendigen Leibes verbrannte, versucht hatte, einen Betrug zu begehen.

Sie trank den letzten Weisswein aus der Flasche und überlegte, ob sie noch einen bestellen sollte. Sie war gleichzeitig furchtbar traurig und wütend.

Anna hatte geduscht und um den Film zu sehen, ihren Pyjama angezogen, aber noch keine Lust, ins Bett zu gehen. Sie ging zum Kleiderschrank, vor den sie das Sommerkleid aufgehängt hatte, das sie am nächsten Tag tragen wollte, zog es an, ging ins Bad, bürstete sich die Haare und trug frisches Make-up auf. Sie nahm das eine Paar Schuhe mit hohen Absätzen, das sie mitgebracht hatte, aus ihrem Koffer.

Als sie den Korridor, der zu Brands Zimmer führte, hinunterging, spürte sie Panik aufsteigen. *Was, wenn er sie abwies?* Sie waren gleichaltrig, aber Brand war Safariführer und Single. Aus ihrer Jugend in

Simbabwe kannte sie noch genügend Safari-Guides und Berufsjäger, deren Umgang mit Frauen legendär war. Doch Brand hatte die Wahl zwischen alleinstehenden jungen Frauen, was sollte er also mit einer verheirateten Hausfrau mittleren Alters?

Anna spürte, wie ihre Entschlossenheit zu bröckeln begann. Sie sollte sich umdrehen, zurück in ihr Zimmer gehen, die zweite Flasche Wein bestellen und sich in einen Vollrausch versenken.

Vom Steg des gläsernen Korridors aus konnte sie die Gärten und die Poolbar überblicken. Männer in Anzügen mit viel jüngeren Frauen in knapper Nachtclubkleidung lachten und tranken. Ein paar von ihnen tanzten langsam und sinnlich zu einem gedämpften Rhythmus, der irgendwo aus der warmen afrikanischen Nacht hinausflatterte. *Scheiss drauf*, dachte sie. Peter arbeitete immer zu lange, und seine neue Sprechstundenhilfe, diese Sandy Hann, hatte ihr von der Stripperin erzählt, die vier Termine wahrgenommen hatte, um ihre Brustvergrösserung zu besprechen. Sandy hatte über die Patientin gelacht, aber Anna wusste, dass Peter sie regelmässig betrog und war sich sicher, dass hinter den regelmässigen Besuchen der Tänzerin mehr steckte als nur ihre Brüste. Sie dachte, sie würde das Flittchen umbringen, wenn sie jemals herausfände, wer sie war.

Hitzewallungen durchströmten sie, und sie spürte die Rötung, von der sie wusste, dass sie ihre Wangen und die Haut über ihren Brüsten überzog. Sie war frustriert und wütend – auf sich selbst, auf ihren Mann und auf ihre Schwester, die versucht hatte, ihren eigenen Tod vorzutäuschen. Sie hatte auf dem Hausboot einen kostbaren Moment mit Brand geteilt. Er hatte sie nicht geküsst, aber sie war sich sicher, dass er ihr nahe gewesen war. Vielleicht würde der grosse, dunkle, gutaussehende Fremdenführer ihr schenken, was ihr Mann ihr nicht mehr gab.

Die Tür zu Brands Zimmer tauchte gross in ihrem Blickfeld auf und Annas Herz blieb stehen, als sie sich öffnete und eine grosse, schlanke, braunhäutige Frau herauskam. Sie trug ein schwarzes Cocktailkleid und hatte in der einen Hand eine Handtasche und in der anderen ein Paar passende Schuhe mit hohen Absätzen, die im Rhythmus ihres Schrittes an den Riemen hin und her baumelten.

Die Frau schloss die Tür sanft, als wolle sie den Mann darin nicht stören. Sie sah Anna, beachtete sie aber nicht und ging zügig an ihr vorbei.

Brand röche bestimmt nach dem in der Nachtluft hängenden Parfüm, das noch nicht vom feuchten, reichen Duft des Gartens verdrängt worden war.

Sie atmete tief durch, strich sich eine Haarsträhne hinters Ohr, glättete ein paar imaginäre Falten an ihrem Kleid und zog den Bauch ein.

Dann klopfte Anna an die Tür. »Hudson?«

21

Rechts neben mir sass Bryce Duffy, der gutaussehende, junge, vermutlich mittellose Safariführer und zu meiner Linken Andrew Miles, der gutaussehende, ältere ehemalige Kampfpilot und reiche Luftfahrtenthusiast. Wir, diese beiden, drei der Amerikaner, die noch nicht zu Bett gegangen waren, und ich, sassen auf dem Balule-Campingplatz um ein Feuer.

Die beiden Männer holten mir Getränke und ich wurde immer beschwipster. Das war nicht gut für meine Reha-Kur, aber ich fand, ich hätte es mir verdient, mich ein wenig zu entspannen. Ich machte mir Sorgen um Lungile, konnte aber nichts für sie tun. Sie würde mich bestimmt nicht verraten, aber ich war sicher, dass Fortune es tat. Meine grösste Angst war, dass ich, wenn ich wieder in die Zivilisation käme, ein Phantombild von mir auf der Titelseite jeder Zeitung sähe und Linley Brown, die meistgesuchte Frau Südafrikas, wäre.

Okay, vielleicht war ich ein bisschen paranoid. Südafrikas Polizei sollte sich mehr darauf konzentrieren, gewalttätige Bösewichte zu fangen als eine Frau, die Häuser ausraubte, die zum Verkauf standen. Aber ich wusste natürlich, dass die Medien hier, genauso wie überall auf der Welt, ein wankelmütiges Tier sind. ›Salz and Pfeffer‹, wie sie

Lungile und mich genannt hatten, beflügelten die Phantasie der Medien und ich hatte das Gefühl, ich würde es, wenn schon nicht auf die Titelseite, so doch zumindest auf Seite drei oder fünf schaffen.

Ich musste schnellstens aus diesem Land verschwinden und dafür brauchte ich meinen Pass, der im Haus in White River versteckt war. Andrew kam mit einer frischen Flasche Sauvignon blanc aus der Kühlbox im Anhänger zurück und füllte meinen Becher aus Edelstahl nach.

»Fliegen Sie auch ausserhalb Südafrikas?«, fragte ich ihn.

»Ja, oft. Warum, wohin möchten Sie?«

Ich schlug meine Beine übereinander und lehnte mich näher ans Feuer. »Ich wollte schon immer mal Kenia sehen.«

»Die grosse Gnuwanderung in der Masai Mara?«

»Ja, und mehr von Ostafrika«, sagte ich, und das war die Wahrheit. Kenia, Tansania und die Berggorillas in Ruanda standen schon solange ich denken konnte auf meiner Wunschliste, bereits als kleines Mädchen träumte ich immer davon, nach Kenia zu gehen.

»Wann haben Sie das nächste Mal einen freien Tag? Ich muss ein zweimotoriges Flugzeug nach Nairobi überführen. Ein Freund von mir aus Kenia ist mit seinem Flugzeug nach Nelspruit geflogen, um ein paar Spezialarbeiten an der Avionik durchzuführen, und hat dann einen kommerziellen Flug nach Hause genommen. Es ist für den Rückflug bereit, und ich kann es bringen, sobald ich Lust habe. Nach dieser Safari habe ich die Zeit dafür.«

Ich war verblüfft. Herb unterhielt sich mit Bryce über Leoparden, aber ich spürte, dass Bryce dem Kunden nur halb zuhörte und sich gleichzeitig bemühte, das Gespräch zwischen Andrew und mir zu belauschen. Als unvermittelt eine Hyäne ganz in der Nähe des Lagers laut heulte und danach ein gackerndes Gelächter ausstiess, unterbrachen wir beide Gespräche. Bryce entschuldigte sich und stand auf, um der Sache nachzugehen, wobei ihm die Amerikaner interessiert folgten und Andrew und mich allein am Feuer zurückliessen.

»Um ehrlich zu sein«, sagte ich zu Andrew, »glaube ich nicht, dass ich noch lange mit Bryce zusammenarbeite.«

»Warum nicht?«

»Ich glaube, es war ein Fehler, diesen Job anzunehmen. Er ist nichts für mich.« Ich starrte in die Flammen und schluckte schwer, um meine Emotionen, die ärgerlicherweise wieder hochkochten, zurückzuhalten.

»Was ist denn los, Naomi?«

Ich wischte mir eine halbe Träne weg. »Nichts.«

»Warum wollen Sie dann aus Südafrika herauskommen?«

Ich schniefte, sah ihn an und zwang mich, meine Fassung wiederzuerlangen. »Das habe ich nicht gesagt.«

Er starrte mich an. »Sie waren nicht für eine Safari gekleidet, als wir Sie trafen und ausserdem ist Bryce ein ausgezeichneter Buschkoch. Sie sind als Anhalterin in diese Reise hineingekommen und suchen jetzt nach einem Ausweg. Vielleicht sollte ich Bryces Chefs anrufen und fragen, ob sie etwas über ihre neue Köchin wissen.«

Ich legte eine Hand auf seinen Unterarm. »Kein Grund, um diese Zeit Leute zu beunruhigen, Andrew. Sagen wir einfach, ich bin ein bisschen herumgezogen und Bryce war so freundlich, mich mitzunehmen.«

»Ich kann verstehen, warum er angehalten hat, um Sie am Strassenrand aufzulesen.«

Wenn du wüsstest, dachte ich. »Wie sehen die Ausreiseformalitäten an den regionalen Flughäfen in Südafrika aus, wenn man Leute aus dem Land bringt?«

Andrew zuckte mit den Schultern. »Hängt davon ab, wo, und auch vom Zielland. In was für Schwierigkeiten stecken Sie, Naomi?«

Andrew schien ein wirklich netter Kerl zu sein, obwohl ich immer noch etwas misstrauisch war, warum er so grosszügig zu mir war. Auf jeden Fall konnte ich ihm nicht die ganze Wahrheit erzählen, sondern musste ihm eine Geschichte auftischen, die er glaubte, falls er beschloss, seine Hände in Unschuld zu waschen, wenn er einer Verbrecherin bei der Flucht half.

»Da ist ein Typ ...«

»Bryce?«

»Nein, nein. Ein anderer. Ich lebte in Johannesburg mit einem Mann zusammen und er wurde ausfallend. Er verletzte mich und drohte damit, Menschen, die mir nahestehen, zu verletzen oder gar zu töten, wenn ich jemals die Wahrheit über ihn erzähle. Ich blieb zu lange in der Beziehung, weil ich dachte, ich käme niemals mit dem Leben davon, aber schliesslich tat ich es. Ich lief weg. Vor ihm, vor meinem Job und meiner Familie. Ich musste verschwinden, aber nun mache ich mir Sorgen, dass er da draussen nach mir sucht.«

Andrew atmete tief ein und wieder aus. »Waren Sie bei der Polizei?«

»Er *ist* ein Polizist. Ich habe eine einstweilige Verfügung gegen ihn erwirkt, aber er hat mich trotzdem belästigt. Ich habe die Polizei gerufen, aber er hat sie bestochen, glaube ich, damit sie das Verfahren einstellen. Ich habe Angst vor ihm, Andrew, schreckliche Angst.«

Meine Geschichte war zum Teil erfunden, aber die Angst war wirklich da, immer knapp unter der Oberfläche. Wenn ich in Südafrika zu lange auf einen Ersatzpass oder ein Notreisedokument wartete, lief ich Gefahr, dass die südafrikanische Polizei mich erwischte. Ich brauchte mein Geld, war mir aber sicher, dass ich es von überall auf der Welt bekommen könnte, sobald ich Zugang zu einem Computer und einer vernünftigen Internetverbindung hatte.«

»Warum verlassen Sie Südafrika nicht?«, fragte er mich, meine Hand noch immer auf seinem Unterarm.

»Ich habe nicht genug Geld. Ich habe zwar Geld, das mir geschuldet wird, aber bis dieses bei mir ist wird es einige Zeit dauern. Aber ich will weg. Ich fühle mich nur noch ausserhalb Südafrikas sicher.«

»Und warum haben Sie nach den Ausreiseformalitäten gefragt?«

»Ähm«, sagte ich und schaute in seine freundlichen blauen Augen, »ich habe meinen Pass verloren. Oder besser gesagt, er wurde mir gestohlen. Ich glaube, von meinem Ex-Freund.«

»Sie haben wirklich Angst, nicht wahr?«

Ich schniefte erneut und nickte. »Ja.« Jetzt war ich an der Reihe.

»Andrew, warum sind Sie so nett zu mir? Sie kennen mich doch gar nicht.«

Er starrte in die Flammen. Als er nach längerem Schweigen zu sprechen begann, sah er mich nicht an. »Ich hatte eine Tochter, die jetzt etwa in Ihrem Alter wäre. Sie hatte Probleme – einen schlechten Freund, wie Sie – und er hat sie mit Drogen versorgt. Darüber hinaus litt sie unter Depressionen. Sie trennten sich und sie geriet auf die schiefe Bahn. Sie ...« Er hustete, um die Heiserkeit in seiner Stimme zu überdecken. »Sie hat sich umgebracht. Die Ärzte haben meiner Frau und mir gesagt, es sei nicht unsere Schuld, aber ich bin nie über das Gefühl hinweggekommen, dass ich mehr hätte tun, mich mehr hätte anstrengen können, um ihr zu helfen.«

Dieser Kontinent umgab uns auf Schritt und Tritt mit Schönheit, umhüllte uns aber auch bei jedem Atemzug mit Traurigem.

»Das tut mir leid«, sagte ich, spürte aber, wie erbärmlich es klang.

Er setzte sich aufrecht hin und sah mich wieder an. »Sie wissen, dass ich uns beide einem Risiko aussetzen würde, wenn ich Sie ohne Pass aus dem Land fliegen würde.«

»Ich weiss. Verzeihen Sie mir, ich hatte kein Recht, Ihnen so etwas auch nur vorzuschlagen. Es ist nur so, dass ...« Ich spürte, dass die Hilflosigkeit wieder in mir aufstieg und mich aus der Fassung brachte.

»Kommen Sie mit zu mir nach Kapstadt. Bei mir sind Sie sicher, bis Sie Ihren neuen Pass bekommen. Wenn er fertig ist, begleite ich Sie nach Pretoria und bringe Sie zum Flughafen.«

»Ich könnte Ihnen das nicht antun. Und ich will Sie nicht in Gefahr bringen. Er sagte, er würde mich und jeden – jeden Mann – töten, mit dem er mich jemals sieht. Das werde ich Ihnen nicht antun, Andrew.«

Er runzelte die Stirn. Ich wusste, dass er helfen wollte, merkte aber, dass er gleichzeitig das Risiko abwog, sich mit einem verrückten Polizisten anzulegen. Ich stand auf. »Tut mir leid, Andrew. Ich muss nach dem Nachtisch sehen. Und ausserdem brauche ich etwas Zeit zum Nachdenken. Danke«

Ich entfernte mich vom Feuer und ging zum Campinganhänger,

der uns als Küche diente, warf dabei einen Blick zurück und sah, dass Andrew mich anstarrte.

Das Zwitschern der Zwergohreule und die Rufe des Ziegenmelkers wurden durch ein verrücktes Geschnatter und Gejohle ersetzt. »Hier drüben!«, rief Bryce und leuchtete mit dem hellen Strahl seiner Taschenlampen zuerst zum Feuer hinüber, dann wieder zu sich selbst. Er stand am Zaun.

Andrews Aufmerksamkeit verschob sich von mir zu Bryce. »Was gibt es denn?«

»Hyänen«, sagte Bryce und richtete das Licht über den Zaun in den Busch. »Sie haben ein Impala erwischt! Kommt schnell!«

Ich schloss mich der Gruppe an. Andrew stand bereits neben Bryce und spähte in die Dunkelheit. »Da, schau mal, Herb«, sagte Andrew. »Mensch, die nehmen es auseinander.«

Ich folgte dem Licht und sah zwei Hyänen, die sich mit dem Kadaver eines Impalas ein grausiges, blutiges Tauziehen lieferten. Die Schwänze der Hyänen ragten wie Staubwedel in die Höhe, als sie sich hin und her rissen. Eine dritte Hyäne mischte sich ins Gezerre ein, und mit dem ekelerregenden Reissen von Sehnen und dem Knacken von Knochen wurde das Impala plötzlich auseinandergerissen. Eine Hyäne brüllte triumphierend, als sie mit dem Kopf davonlief.

»Mein Gott«, sagte Herb, »es ist so widerlich, aber gleichzeitig faszinierend.«

Er hatte es auf den Punkt gebracht. Touristen kamen mit der Erwartung nach Afrika, Tiere zu sehen, die sich gegenseitig töteten, wie es die Tierdokumentationen im Bezahlfernsehen versprachen. Aber diese zeichneten ein unrealistisches Bild vom Leben im Busch. Die meisten Menschen könnten ihr ganzes Leben lang im Urlaub Nationalparks besuchen, ohne jemals einen tödlichen Kampf zu sehen. Aber Sender wie ›Animal Planet‹ und ›National Geographic‹ erweckten den Anschein, als würde alle fünf Minuten etwas gejagt und gefangen. Es war, als würde man sich pausenlos die Höhepunkte und schönsten Tore der Fussball Champions League ansehen, anstatt ein vollständiges Testspiel zu verfolgen.

Selbst jetzt hatten wir bei all dem Grauen das eigentliche Töten verpasst.

»Haben sie das Impala erlegt?«, fragte Herb Bryce. »Ich dachte, Hyänen sind nur Aasfresser.«

»Ich bin sicher, dass sie es gejagt haben. Sie hätten es allerdings auch von einem Leoparden stehlen können, doch wenn Hyänen eine gute Gelegenheit sehen, sind sie geschickte Jäger.« Drei weitere Hyänen schlängelten sich durch das dornige Gebüsch, bereit, ihren Anteil am schnell schwindenden Impalafleisch zu ergattern. Eine von ihnen hielt an, drehte sich um hundertachtzig Grad und begann zu rennen. »Hier!«

Ich folgte dem Lichtstrahl von Bryce' Taschenlampe, der die laufende Hyäne verfolgte, und sah, dass ein zweites Impala davonzulaufen begonnen hatte. Es hatte sich ins lange goldene Gras geflüchtet, machte sich nun aber auf den Weg zu seiner Herde, weil es dachte, die Hyänen seien beschäftigt. Ohne irgendeinen Ruf drehten sich die Hyänen, die nicht mit dem Fressen des ersten Tieres beschäftigt waren, ebenfalls um und starteten einen Flankenangriff. Das Impala wurde innerhalb von Sekunden vor unseren Augen niedergestreckt.

Mein Herz klopfte mit einer Mischung aus Angst und Aufregung, ich konnte kaum glauben, was ich gesehen hatte. Auf der einen Seite wünschte ich mir, dass die schöne Antilope entkam, auf der anderen Seite bewunderte ich, wie dieses perfekt aufeinander abgestimmte Jagdteam in Aktion zusammenarbeitete. Die Hyänen holten die Antilope ein und warfen sie zu Boden, bevor sie den grausamen Verteilkampf von vorhin wiederholten und das Impala in Stücke rissen.

»Oh, mein Gott«, sagte einer der Amerikaner.

Bryce drehte sich zu mir um und grinste wie ein Wahnsinniger. »Hast du das gesehen?«

»Ja, das war wirklich unglaublich.«

»Ja, nicht wahr! Du scheinst mir Glück zu bringen, Naomi«, sagte er.

Mir dagegen schien, als folge mir das Gemetzel. Dennoch nahm ich seine Worte als ein Kompliment aus dem Busch auf; eine Art blutrünstige Anmache. »Danke.«

»Ich meine, ich wusste, dass Hyänen jagen, weil ich darüber gelesen habe, habe sie aber noch nie beim Jagen *gesehen*. Wow.«

Seine jungenhafte Aufregung war ansteckend. Er stand da und grinste mich an, aber sein Lächeln wurde schwächer, als er sah, dass meine Unterlippe zu zittern begann. Ich kam mir dumm und schwach vor, wie vorhin schon bei Andrew. Ich wollte Bryce nicht noch mehr in meine Sache hineinziehen, als ich es schon getan hatte, aber plötzlich wurde mir klar, dass ich auch nicht mit Andrew in einem Flugzeug abheben wollte, wenn das bedeutete, Bryce nie wieder zu sehen. Verdammt. Ich hatte mich in ihn verliebt.

»Hey, was ist los?«

Meine Stimmung schwappte von traurig zu wütend. Bryce schaute über die Schulter und sah, dass Andrew, Herb und die anderen sich der Zaunlinie entlang von uns wegbewegt hatten und das Hin und Her der doppelten Fressorgie der Hyänen verfolgten. Bryce schaltete seine Taschenlampe aus und legte seine Hände auf meine Schultern. »Sag mir, was los ist.«

Ich schüttelte den Kopf und spürte, wie mir die Tränen über das Gesicht liefen. »Ich will nicht dein Problem sein, Bryce. Ich verschwinde so schnell wie möglich.«

Er zog mich an sich, und ich vergrub mein Gesicht im männlichen, salzigen Geruch seines khakifarbenen Hemdes. Es fühlte sich gut an, von jemandem im Arm gehalten zu werden, von dem ich wusste, dass er mich weder schlagen noch benutzen würde. »Ich stecke in Schwierigkeiten, Bryce, in grossen Schwierigkeiten.« Ich verfluchte mich selbst, als die Worte aus mir heraussprudelten.

»Das habe ich mir gedacht.«

Ich löste mich widerstrebend von ihm. »Ich bin so müde. Ich glaube, ich muss mich einfach hinlegen.«

Er fuhr sich mit der Hand durch seinen schwarzen Lockenschopf. »Verdammt, wir haben nicht einmal ein Zelt für dich.«

»Ich kann im Land Rover schlafen.«

»Nein, nein, du kannst mein Zelt benutzen und ich schlafe draussen, am Feuer.«

»Aber was ist mit den Tieren?«

Er winkte abwiegend mit einer Hand. »Wir sind eingezäunt und ausserdem habe ich schon oft im Freien geschlafen. Du musst dich ausruhen, dann kannst du mir morgen erzählen, worum es eigentlich geht. Ich hole den Nachtisch und bereite das Frühstück vor, wie ich es die ganze Zeit vorhatte.«

Ich streckte eine Hand aus und berührte seine Brust, wobei ich seine harten Brustmuskeln spürte. Er war umwerfend. Ich hatte ein schlechtes Gewissen, weil ich Andrew gebeten hatte, mir bei der Flucht zu helfen, aber jetzt wollte ich mich nur noch hinlegen und schlafen. Es schien, als hätte die Aufregung der Hyänenjagd mir den letzten Rest an Energie geraubt. Ich war zu lange auf der Flucht gewesen, hatte zu viel gestohlen und wollte nun einfach nur noch mit all dem aufhören.

»Komm.«

Ich folgte ihm zu seinem Zelt und er trug seine Ausrüstung, die er noch nicht ausgepackt hatte, hinaus. Er ging zum Anhänger und holte einen Schlafsack. »Ich habe immer einen Ersatz dabei. Ich habe schon Kinder gehabt, die in diesen Dingern ins Bett gemacht haben. Nicht schön.«

Ich lächelte über seine einfache Grosszügigkeit. Ich hatte ihn mit einer Waffe bedroht, und trotzdem war er jetzt einfach nur nett zu mir. »Danke, Bryce.«

Ich lieh mir ein Stück Seife und ein Handtuch von ihm und ging ins Sanitärgebäude der Damen, wo ich im Schein einer Petroleumlampe duschte. Als ich fertig war, machte ich mich auf den Rückweg zum Campingplatz, nahm aber einen Umweg entlang des Zauns und warf einen Blick in den mondbeschienenen Busch, während ich überlegte, was ich als Nächstes tun sollte. Ich schlängelte mich zwischen Zelten und Wohnwagen voller schnarchender Leute hindurch und kam zu unserem Standplatz zurück, mit dem Anhänger zwischen mir und den Überresten des Feuers. Alle Gäste waren zu Bett gegangen, nur Bryce und Andrew standen noch da, jeder mit einem Getränk in der Hand, und starrten in die gleissende Glut. Sie hatten mich nicht bemerkt, aber ich konnte sie hören und wusste sofort, dass sie über mich sprachen.

»Sie fühlt sich nicht wohl. Ich glaube, die Hyänen haben sie ein wenig verunsichert«, sagte Bryce.

»Es geht um mehr als das, Bryce«, antwortete Andrew. »Du musst mit ihr reden.«

»Ich habe es versucht, aber sie will nicht.«

Andrew senkte seine Stimme und ich horchte angestrengt. »Bryce, ich möchte dir eine persönliche Frage stellen. Seid ihr zwei ... nun, bist du in Naomi verliebt?«

Ich wartete schweigend. Ich hatte mich über die Art und Weise geärgert, wie sie über mich sprachen, doch jetzt wartete ich atemlos auf Bryces Antwort, weil ich wie ein dummes, kleines Schulmädchen wissen wollte, ob er mich mochte.

»Ich habe sie gerade erst kennengelernt. Dich dagegen kenne ich schon mein ganzes Leben lang, Tausend. Tu ihr nicht weh, sie steckt in irgendwelchen Schwierigkeiten.«

»Nein, du verstehst das falsch, mein Junge. Sie ist nicht auf diese Weise an mir interessiert und ich nicht an ihr. Aber sie flieht vor etwas, vor jemandem, und da steckt wahrscheinlich mehr dahinter.«

»Ich will ihr helfen«, sagte Bryce.

»Naomi muss aus Südafrika verschwinden, und zwar schnell«, erklärte Andrew. »Ich kann ihr dabei helfen.«

Ich wusste, was Bryce in der darauffolgenden Pause dachte. Ganz gleich, welche Anziehungskraft ich auf ihn ausübte, ein Teil von ihm wäre froh, wenn Andrew mich ihm abnehmen würde. Was waren seine Alternativen – seine Chefs anrufen oder die Polizei rufen? »Naomi ist mein Problem und du brauchst es nicht zu übernehmen, Andrew.«

Scheisse. Ich wollte für niemanden ein Problem sein.

»Aber ich tue das gern«, betonte Andrew. »Sie braucht Hilfe und ich kann sie ihr geben.«

»Was hat sie dir vorhin erzählt, als ich draussen am Zaun beim Tumult mit den Hyänen war?«, fragte Bryce.

»Dass sie auf der Flucht vor einem verrückten Ex-Freund, einem Polizisten, sei, der ihr drohte, sie zu jagen und umzubringen.«

»Hmmm.« Ich wusste, dass die Geschichte nicht zur Art und Weise passte, wie Bryce und ich uns kennengelernt hatten, denn wenn ich auf der Flucht wäre, hätte ich ihn nicht entführt. Bryce wusste bereits, dass ich kriminell verzweifelt war. »Ich bin mir nicht sicher, ob diese Geschichte stimmt.«

»Wie habt ihr euch eigentlich kennen gelernt?«, fragte Andrew.

»Komisch, dass du fragst ...«, begann Bryce.

Es war an der Zeit, dass ich diese kleine Party beendete. »Ist es nicht an der Zeit, ins Bett zu gehen, Jungs?«, fragte ich und trat aus dem Schatten.

Andrew lachte. »Ich darf am Wochenende lange aufbleiben, solange ich es meinem Geriater nicht erzähle.«

»Pst, meine Mutter weiss es nicht. Verrat es ihr nicht«, fügte Bryce hinzu.

»Was muss eine Dame tun, um hier einen Drink zu bekommen?«

»Ich dachte, du wärst müde?«, fragte Bryce.

»Mann, hol ihr was zu trinken, sonst mach ich's.«

Bryce schaute Andrew an und der Pilot schnaubte und ging zum Anhänger.

»Du bist ein guter Safari-Führer«, sagte ich zu Bryce. Ich setzte mich auf einen Campingstuhl und er sich auf den neben mir.

»Für mich noch ein Bier, bitte«, rief er Andrew zu. »Du musst ehrlich zu mir sein, Naomi«. Er schaute über die Schulter zum Anhänger, wo Andrew die nächste Runde Getränke vorbereitete. »Andrew sagt, du läufst vor einem eifersüchtigen Freund davon, aber für mich sahst du eher wie ein *Tsotsi*, eine Gaunerin auf der Flucht aus.«

»Ja, nun, es ist kompliziert. Aber wir können morgen früh weiterreden, wenn du willst.« Ich stand auf. »Ich denke, ich lasse euch zwei erst einmal allein.«

Er streckte eine Hand aus und ergriff meine. Die Berührung elektrisierte mich. »Naomi, warte.«

»Ja?«

»Ich ... Ich weiss, es ist verrückt, aber egal, in welchen Schwierigkeiten du steckst, ich helfe dir gern. Ich weiss, dass du mit Andrew gesprochen hast, aber ich bin auch auf deiner Seite.

»Danke.« Ich wollte seine Hand nicht loslassen, hätte sie am liebsten immer gehalten, aber ich wusste, dass ich es musste. »Gute Nacht, Bryce. Oh, und übrigens, ich habe den Namen Naomi erfunden. Mein richtiger Name ist Linley, Linley Brown.«

Er fragte mich nichts, sondern schaute mir nur in die Augen. »Der Name gefällt mir. Schön, dich kennenzulernen, Linley.«

22

———

»**H**udson? Hudson, hören Sie mich?«

Brand hustete und blinzelte. Sein Kopf hämmerte.

Als er die Augen öffnete, sah er, dass ein Strahl von Tageslicht durch die Lücke zwischen den Vorhängen drang, der seine Augen wie ein Laserstrahl zu versengen drohte und seine Schmerzen verstärkte. Einen Moment lang wusste er nicht, wo er war.

»Hudson, ich bin's, Anna. Sind Sie wach?«

Seine Kehle war trocken, und als er sich aufzusetzen versuchte, zog sich sein Magen zusammen. Er blinzelte erneut und sah den digitalen Wecker auf dem Nachttisch. Er zeigte 10:13 Uhr an. Nein, das konnte nicht stimmen. Um diese Zeit hätte er schon längst mit den Cliffs unterwegs sein sollen, zum Chobe-Nationalpark jenseits der Grenze in Botswana. Aber er war hier im Bett, in einem Hotelzimmer. Nein, das passte gar nicht.

»Hei, Hudson, aufwachen!«

Sie war jetzt wütend. »Scheisse, Scheisse, Scheisse«, sagte er zu sich selbst, schwang seine Beine über den Rand der Matratze und kämpfte gegen eine weitere Welle der Übelkeit an. Er war nackt. Er konnte sie riechen, die Frau... wie war doch ihr Name? »Ich komme«, rief er und hustete erneut.

Er kämpfte sich in die Shorts und schloss den Reissverschluss, während er zur Tür schlurfte. Sein Kopf drehte sich. Brand hielt sich kurz an der Klinke fest, um sich zu beruhigen, bevor er sie öffnete. Anna Cliff stand da, den Ausdruck einer wütenden Ehefrau im Gesicht.

Hinter ihr stand Peter Cliff und schüttelte den Kopf. »Hoffnungslos. Ich gehe wieder nach unten in den Speisesaal und trinke noch eine Tasse Kaffee.« Er drehte sich um und ging.

Anna stemmte die Hände in die Hüften. »Hudson, wir hätten schon vor einer Stunde aufbrechen sollen.«

Er rieb sich das Gesicht. »Tut mir leid, ich weiss nicht, was passiert ist.«

»Ich habe in Ihrem Zimmer angerufen, aber Sie sind nicht rangegangen. Ich habe im Fahrzeug und im ganzen Hotel nach Ihnen gesucht.«

Sie klang verärgert, nicht besorgt und ihm war wieder speiübel. »Tut mir leid, bitte geben Sie mir fünfzehn Minuten, damit ich kurz duschen kann.« Er stolperte zur Seite und blieb am Türrahmen hängen.

Annas finsterer Blick wurde weicher. »Sie sind ein Wrack. Lassen Sie mich Ihnen helfen.«

»Ich bin in Ordnung.«

Sie stiess die Tür weiter auf. »Oh mein Gott, Sie bluten ja!«

Brand folgte ihrem Blick und sah nach unten. Er sah die Wunde, berührte sie und die Erinnerung kam zurück. Er war in einer Bar. Und der verdammte Patrick de Villiers. Die Frau, war es Mandy? Mary? Nein, sie hiess Melanie. Sie hatte Patrick niedergestochen. »Es ist nicht schlimm.«

»Das können Sie nicht sagen«, widersprach Anna. »Lassen Sie mich sehen.« Sie berührte seinen Bauch und er zuckte zusammen. Durch die Berührung öffnete sich der Schnitt und als sie sie wegzog, waren ihre Finger blutverschmiert. »Ich muss mir zuerst die Hände waschen und dann die Wunde säubern und verbinden.«

Brand lenkte ein und trat zur Seite, damit sie sein Zimmer betreten konnte. Er sah den Blick, mit dem sie die zerknitterten

Laken und die Blutflecken darauf betrachtete. Er war über die Menge an Blut, die er verloren hatte überrascht. Er erinnerte sich nicht an Schmerzen, nur an den Sex mit Melanie. Es war ihm peinlich, dass ihr Geruch noch im Raum hing. Brand sah Anna schnüffeln.

Sie schüttelte missbilligend den Kopf. »Haben Sie ein Antiseptikum dabei?«

»In meinem Rucksack ist ein Erste-Hilfe-Kasten. Ich hole ihn.« Er zuckte wieder zusammen und jetzt, da er sich an die Wunde erinnerte, spürte er sie. Er schüttelte seine Hand, deren Knöchel dort, wo er Patrick getroffen hatte, wund und rot war. Er kramte in seiner Tasche, fand das Set und reichte es Anna.

»Kommen Sie mit ins Bad.« Sie ging vor ihm her, ohne zurückzuschauen, um in seine Augen zu sehen, als sie erklärte: »Ich habe die Frau gestern Abend gehen sehen.«

»Ich dachte, Sie wollten in Ihrem Zimmer bleiben und den Zimmerservice bestellen?«. Er wandte sich ihr zu. Was er in seiner Freizeit tat, war seine Sache, dennoch hatte er keine Ahnung, warum er so lange geschlafen hatte. Das tat er sehr selten, er war sonst immer bei Morgengrauen wach, egal wie viel er in der Nacht zuvor getrunken hatte. Es war die Macht der Gewohnheit eines Safari-Führers. Verdammt, dabei hatte er nicht einmal *so* viel Alkohol getrunken.

»Ich habe weiter über Kate nachgedacht und mir sind einige Dinge eingefallen, die ich Ihnen berichten möchte. Informationen, die Ihnen helfen könnten, Linley Brown aufzuspüren.«

Er stand jetzt vor ihr, während sie das Wasser im Waschbecken laufen liess, doch sie konnte seinem Blick nicht standhalten. Sie hatte gelogen. Anna wusch sich die Hände, nahm einen sterilen Tupfer aus der Packung und tränkte ihn mit Dettol. Sie sah zu ihm auf und errötete. »Wegen der Party mit dieser Frau haben Sie sich verschlafen. Peter ist wütend; er wollte den Agenten in London anrufen und Sie verpfeifen.«

Brand zuckte mit den Schultern. »Tut mir leid, dass ich verschlafen habe. Das ist mir auf einer Tour noch nie passiert.« Anna streckte die Hand aus und wischte mit der Gaze über die Stichwunde.

Es fühlte sich kalt an und brannte. Er fand aber, er habe ein wenig Schmerz verdient. »Ich kann einen Ersatzführer für Peter finden oder ihm sein Geld zurückerstatten. Um die Wahrheit zu sagen, wäre ich jetzt froh, wenn ich zurück nach Südafrika gehen könnte.«

»Setzen Sie sich.« Er schloss den Deckel der Toilette und tat wie befohlen. »Wir brauchen Sie, Hudson. Das wissen Sie doch. Ohne Sie finden wir Linley nie und genauso wenig mit einem anderen Safari-Führer.« Sie säuberte die Wunde und die Haut darum herum und suchte dann im Erste-Hilfe-Kasten nach Steri-Strips. »Was ist eigentlich mit Ihnen passiert?«

»Ich habe mich beim Rasieren meiner Bauchhaare geschnitten.«

»Sehr lustig. Hatte es etwas mit der Frau zu tun?«

»Warum interessieren Sie sich so für sie, Anna?«

Sie zuckte mit den Schultern. »Ich weiss es nicht. Sie war sehr hübsch. War sie eine Prostituierte?«

»Nicht, dass es Sie etwas angehen würde, aber nein, das war sie nicht. Sie gehörte zur Konferenzgruppe, die sich hier aufhält.«

»Ich habe sie heute Morgen beim Frühstück nicht gesehen, die anderen waren alle da.«

»Vielleicht fühlt sich ihr Kopf so an wie meiner. Ich weiss nicht, was ich gestern Abend gegessen oder getrunken habe, dass ich mich so fühle.«

Anna zog das Schutzpapier von einem der Pflaster-Streifen ab und drückte die Hautränder des Schnitts, eng aneinander, als sie den Verband darüber klebte. Es schmerzte ein bisschen, als sie den Verband glattstrich, aber ihre Finger waren kühl, weich und beruhigend. Während sie sich über ihn beugte, nahm er den Duft eines Parfums wahr, das blumiger, dezenter und bestimmt teurer war als das von Melanie. Durch die zwei offenen Knöpfe ihres Sommerkleides sah er rote Spitze. Sie war attraktiv, genau wie ihre Schwester, von deren Gesicht er per E-Mail ein eingescanntes Foto erhalten hatte. Er erkannte die Gefahrensignale deutlich: ihre Eifersucht, ihre Berührung, ihren Tonfall. Sie nahm einen zweiten Streifen in die Hand.

»Was wollten Sie mir über Ihre Schwester erzählen? Sie sagten, Sie hätten sich noch an etwas anderes erinnert?«

»Lehnen Sie sich weiter zurück«, wies sie ihn an, worauf Hudson Brand seine Wirbelsäule gegen die kühle Kachelwand lehnte. Anna nahm den nächsten Streifen, wobei sie dieses Mal in die Knie ging, um ihn anzubringen. Als sie ihr Gesicht näher an seine Wunde brachte, strich ihr Haar über seine Brust und er spürte wieder ihre Finger. »Kate hatte vor etwa achtzehn Monaten einen schweren Autounfall; ich glaube, ich habe Ihnen davon erzählt.«

»Ja.«

»Sie lag vier Monate lang mit einem gebrochenen Becken und einem zerschmetterten rechten Bein im Krankenhaus. Wir liessen ihre Post von ihrer Wohnung zu uns umleiten, und ich erinnere mich, dass eine Genesungskarte aus Simbabwe kam, eine einzige, von einer Frau namens Lungile Phumla. Ich erinnerte mich an sie, aus Kates Schulzeit. Ich hatte nie schwarze Freunde, als ich jung war, und ich glaube, meine Eltern hatten, bei aller Toleranz gegenüber meiner lesbischen Tante und so weiter wahrscheinlich kein gutes Gefühl, dass Kate Lungile als Freundin hatte. Kate brachte sie einmal, als ich schon in England war, mit zu Mama und Papa und ich erinnere mich, dass ich meiner Mutter sagte, sie solle nicht so rassistisch sein, weil es ihr nicht gefiel, dass Lungile in meinem Bett schlief.«

»Das hätte auch bis heute Morgen warten können«, sagte er.

Sie blieb auf den Knien und sah ihm jetzt direkt in die Augen. Ihre Hand bedeckte noch immer die Messerwunde an seinem Bauch. »Peter sagt, Sie seien miserabel als Führer.«

»Damit hat er wahrscheinlich recht.«

»Sind Sie ein besserer Privatdetektiv?«

»Auch das ist noch nicht endgültig entschieden. Ich wollte es Ihnen heute sagen, aber die südafrikanische Polizei hat mich gestern angerufen. Linley Brown wird im Zusammenhang mit irgendeinem Verbrechen zur Vernehmung gesucht. Sie versuchen, sie zu finden und wissen, dass ich an dem Fall arbeite, also wollen sie, dass ich ihnen dabei helfe, sie zu kriegen.«

Annas Augen weiteten sich. »Donnerwetter. Tun Sie das? Ich meine, wenn die Polizei dabei ist, haben wir eine viel grössere Chance, sie aufzuspüren.«

Brand nickte. »Ja, aber wenn sie sie erwischen, haben Sie vielleicht keine Chance, mit ihr zu sprechen. Ich versuche, von der zuständigen Polizistin die Zusage zu bekommen, dass Sie etwas Zeit mit Linley verbringen können, aber die Polizistin ist eine harte Nuss. Sie könnte ihre Zusage verweigern. Ausserdem stellt sich die Frage, ob Sie eine Rolle dabei spielen wollen, dass die beste Freundin Ihrer Schwester verhaftet wird?«

»Ich will wissen, was meiner Schwester durch den Kopf ging und was in ihrem Leben vor sich ging, dass sie einen Betrugsversuch unternahm und sich von ihrer Familie abwandte. Was mit Linley Brown passiert, ist mir egal. Sie ist wahrscheinlich sowieso der Kopf hinter diesem ganzen schrecklichen Schlamassel.«

»Man kann hart sein, wenn es sein muss«, sagte Brand.

»Ich habe die letzten zwanzig Jahre damit verbracht, das zu tun, was mir gesagt wurde und was die Gesellschaft und mein Mann von mir erwarteten. Irgendwann habe ich meine Schwester verloren, vielleicht weil ich mich nicht genug angestrengt oder genug um sie gekümmert habe. Mein Mann hat das Interesse an mir verloren, und ich habe weder eine berufliche Qualifikation noch einen Job. Sie wissen gar nicht, wie glücklich Sie sich schätzen können, keine familiären Bindungen zu haben. Wie ich Sie beneide, Hudson.« Sie legte ihre andere Hand auf sein Knie. »Ich wünschte, ich wäre frei und könnte tun, was ich will.«

»Anna ...«

Sie beugte sich näher zu ihm und er konnte die Wärme ihres Atems auf seiner Haut spüren. Brand schloss die Augen. Eine weitere Welle der Übelkeit stieg in ihm auf. Was zum Teufel hatte er gegessen oder getrunken, dass er sich so fühlte? Er hatte seine Kunden im Stich gelassen, und deswegen sollte er sich schlecht fühlen, aber so sehr er Peter Cliff auch verabscheute, dachte er jetzt und hier an nichts anderes als daran, wie leicht es wäre, seine Frau zu vögeln. Verdammt, eigentlich schien es ihm sogar, als hätte der Mann es verdient.

»Hey, ich will dich.«

»Nein.« Er legte seine Hände auf ihre Schultern und schob sie auf Armeslänge von sich.

Anna lächelte und legte eine ihrer Hände auf ihre Brust. Sie begann, die Knöpfe ihres Sommerkleides zu öffnen. »Ich kann diese Frau an dir riechen, Hudson. Eigentlich sollte es mich abstossen, aber das tut es nicht. Es macht mich an. Ist das verrückt?«

Er schaffte das nicht, erst recht nicht nach der Übung, die Melanie ihm verpasst hatte. Sein Magen knurrte. Das Letzte, woran er sich erinnerte, war, dass sie ihnen beiden einen Drink aus der Minibar eingeschenkt hatte. Sie stand dabei mit dem Rücken zu ihm und er erinnerte sich daran, wie herrlich ihr Hintern war. Sie musste ihm etwas hineingemischt haben, da war er sich sicher. Er rechnete damit, seine Brieftasche mit dem wenigen Bargeld, das er besass, sei leer, falls er überhaupt an Anna vorbeikäme, um das zu überprüfen. Gerade als Anna begann, mit einer ihrer Brustwarzen zu spielen, klopfte es an seine Zimmertür.

»Anna? Brand? Seid ihr da drin?«, rief Peter von draussen.

Verärgerung trübte Annas Gesicht. »Scheisse.«

Sie seufzte, stand auf und begann, ihr Kleid zuzuknöpfen. »Ich fühle mich wie eine komplette Idiotin.«

Er hielt inne und legte eine Hand auf ihren Unterarm. »Nicht doch. Sie sind eine schöne Frau, Anna.« Er ging an ihr vorbei aus dem Bad und öffnete die Tür.

Peter starrte ihn an, dann ging er an Brand vorbei zu seiner Frau, die gerade ebenfalls aus dem Badezimmer kam. »Was ist denn hier los?«

Brand blickte auf seinen nackten Oberkörper hinunter. »Anna hat mich nur zusammengeflickt. Ich hatte letzte Nacht einen Unfall.«

»Verdammter Schwachsinn. Ich rieche den Schnaps an Ihnen. Was für ein Reiseführer sind Sie eigentlich? Sie betrinken sich, schlafen aus und verwickeln sich in Messerstechereien. Sind Sie überhaupt fahrtüchtig?«

»Ja, ich kann fahren.«

»Hör auf damit, Peter. Wir machen alle Fehler und Hudson hat eine klare Spur zu Linley. Die südafrikanische Polizei will sie im Zusammenhang mit einem Verbrechen verhören, und hat angefragt, ob Hudson ihr eine Falle stelle, damit sie sie verhaften können. Er hat einen Deal ausgehandelt, der es uns wahrscheinlich ermöglicht, mit ihr zu sprechen.«

»*Was?* Ihr wollt, dass wir Teil einer kriminalistischen Untersuchung werden?«

»Das sind wir doch längst«, sagte Anna.

Brand hob sein Safarihemd vom Boden auf und setzte sich auf das Bett, zog seine Sandalen an und packte seine Tasche, während Anna und Peter neben ihm darüber stritten, ob sie ihre Suche fortsetzen sollten. Sein Kopf pochte und in diesem Moment war es ihm völlig egal, ob sie sich dafür oder dagegen entschieden, Linley Brown zu finden oder sie im Regen stehen zu lassen.

Er überprüfte seine Brieftasche. »Scheisse.«

»Was ist los?«, erkundigte sich Anna und unterbrach ihre hitzige Diskussion mit Peter.

»Mein Bargeld und meine Kreditkarten sind weg. Ich brauche vielleicht einen vorübergehenden Kredit.«

»Sie sind wirklich unglaublich«, sagte Peter.

Brand stand auf und schloss die Lücke zwischen sich und dem Arzt, der einiges kleiner war als er. »Wissen Sie was, Peter? Ja, Sie haben recht. Ich bin als Safariführer ein Versager. Ich arbeite unprofessionell, bin verkatert und jetzt ausserdem pleite. Also, warum steigen Sie und Ihre Frau nicht einfach in ein Flugzeug und fliegen zurück nach England? Ich sorge dafür, dass Sie Ihr Geld von Wayne Hamilton zurückbekommen.«

Peter ballte die Hände zu Fäusten und sein Gesicht verfärbte sich. »Nein. Wir sind so weit gekommen und Sie müssen Linley Brown für uns finden, damit wir herausfinden können, was während Kates letzten Tage passierte und warum sie ihren Tod vortäuschen wollte.«

Brand hatte die Einstellungen des kleinen Mannes satt, doch fehlte ihm sogar das Geld, um den Tank seines geliehenen Land

Cruisers zu füllen. Er wollte nicht schätzen, wie lange es dauerte, bis er eine Ersatzkreditkarte nach Simbabwe geschickt bekam oder bis Dani ihm mehr Geld überwies, obwohl sie ihm natürlich kein Geld schickte, wenn er seinen Deal mit den Cliffs brach. Sie steckten alle miteinander fest.

Brand schulterte seinen Rucksack. »Gut, dann lassen Sie uns gehen.«

Sie gingen zur Rezeption und Peter überprüfte, immer noch wütend, die Rechnung akribisch und bezahlte mit einer Kreditkarte. Brand klappte seinen Laptop, den er im Gegensatz zu seiner Brieftasche vernünftigerweise in den Hotelsafe gelegt hatte, auf, und schrieb eine E-Mail an Linley Brown.

Frau Brown, in Anbetracht neuer Informationen, die mich erreicht haben, dass Frau Kate Munns den Plan hatte, ihren Tod bereits vor ihrem tatsächlichen Ableben vorzutäuschen, gibt es bestimmte Fragen, die Sie der Versicherungsgesellschaft beantworten müssen, bevor eine Zahlung an Sie ausgelöst werden kann. Insbesondere wurde ich beauftragt, Sie zu einem Anruf, den Sie am Morgen des tatsächlichen Todes von Frau Munns bei der Versicherungsgesellschaft getätigt haben, zu befragen.

Er überlegte sich, was er weiter schreiben sollte, denn er wollte weder, dass sie dachte, ihr Anspruch sei bereits verwirkt, noch dass sie einfach weiter davonlief.

Vielleicht ist einfach nur die Uhrzeit auf dem polizeilichen Unfallbericht falsch. Die Tatsache, dass Sie weder einen gefälschten schriftlichen Antrag noch eine falsche Sterbeurkunde eingereicht haben, wird zu Ihren Gunsten gewertet. Nichtsdestotrotz ist eine Erklärung Ihres Handelns erforderlich, damit der Antrag weiterbearbeitet werden kann. Ich bin derzeit in Simbabwe unterwegs, werde aber bald nach Südafrika weiterreisen. Könnten Sie mir bitte Ihren Aufenthaltsort mitteilen, damit wir uns treffen und diese Angelegenheit ein für alle Mal klären können?

Brand rechnete damit, dass sie jetzt, da sie auf der Flucht vor der Polizei war, verzweifelt war. Ihm kam etwas Weiteres in den Sinn:

Ich kann Ihnen versichern, dass ich mir bewusst bin, dass es sich um eine heikle Angelegenheit handelt. Ich habe keine Ahnung, warum Frau

Munns versucht haben sollte, irgendjemanden zu betrügen, aber wenn wir uns bald treffen können, werde ich mein Bestes tun, um sicherzustellen, dass die Angelegenheit privat und vertraulich bleibt und keine Strafverfolgungs-beamten in Afrika oder Grossbritannien darüber informiert werden.

Er sah Peter Cliff an. Manchmal hasste er diesen Job wirklich.

23

Polizei-Sergeant Goodness Khumalo hielt ihren Polizeihut zwischen den Knien, um zu verhindern, dass er weggeweht wurde, als sie zusammen mit sechs weiteren Beamten auf der ungeschützten Ladefläche des weissen Landrover-*Bakkies* der Polizei sass.

Sie waren alle in Bulawayo von anderen Aufgaben abgezogen worden, um für einen grossen Parteitag, der in drei Tagen in Victoria Falls stattfinden sollte, zusätzliche Sicherheit zu gewährleisten. Ihre Aufgaben bestanden darin, die örtliche Wache zu verstärken, zusätzliche Strassensperren auf dem Weg in die Stadt zu errichten und die Route des Konvois des Präsidenten zu sichern, indem sie unter Brücken und Durchlässen nach Bomben und möglichen Scharfschützenstellungen suchten.

Goodness war über diese Aufgabe nicht glücklich. Bestimmt war es langweilig, und ausserdem gefiel es ihr nicht, dass die Polizei dazu benutzt wurde, den Einfluss der Partei sichtbar zu machen. Sie wusste, dass deren Anwesenheit in der Touristenstadt ebenso viel mit politischem Muskelspiel wie mit Sicherheit zu tun hatte. In ihrem Herzen unterstützte sie die Opposition, die Bewegung für Demokratischen Wandel, nicht die Partei des alten Präsidenten, die ZANU-PF.

Sie vermutete, viele ihrer Kolleginnen und Kollegen, vor allem jüngere wie sie, teilten ihre Ansicht, dass es Zeit für einen echten politischen Wandel in ihrem Land war. Es gab allerdings keine Möglichkeit, ihre Zugehörigkeit zum Ausdruck zu bringen oder zu demonstrieren. Die Polizei wurde als Werkzeug der Regierungspartei und nicht als Dienerin des Volkes angesehen. Erst letzte Woche war sie an einem bekannten politischen Organisator der MDC vorbeigefahren, der wegen ›Umsturzes‹ gesucht wurde. Sie wusste, dass die Hardliner der ZANU-PF den Mann, weil er es gewagt hatte, Flugblätter zu verteilen, in denen auf die Defizite der Regierung hingewiesen wurde, auf dem Revier zu Brei schlagen würden, wenn sie ihn festnähmen. Das Bild des Mannes war auf einem Fahndungsplakat am Bahnhof abgebildet und sie hatte das Aufblitzen von Panik in seinen Augen bemerkt, als sie mit ihrem Mercedes um die Ecke gefahren war. Ihr Arbeitspartner hatte den Mann nicht gesehen. Goodness beäugte den Aktivisten, sagte aber nichts. Sie erkannte die Erleichterung und seinen Dank an einem leichten Kopfnicken.

Weil sie aber wirklich unbedingt einen Platz im nächsten Detektivkurs wollte, musste sie ihre politische Meinung noch eine Weile für sich behalten und der Parteilinie folgen. Nach ihrer Rückkehr nach Bulawayo wollte sie die Aufgabe, die sie begonnen hatte, fortsetzen und alle in den letzten zwei Jahren von der kubanischen Ärztin ausgestellten Totenscheine überprüfen. Es war eine herausfordernde Aufgabe, aber sie hatte bereits dreizehn von Dr. Elena Rodriguez ausgestellte Bescheinigungen gefunden, die sie kontrollieren wollte. Ihr Vorgesetzter wusste, wie sehr sie sich auf den Kurs freute, aber als sie ihm vom Hinweis auf die gefälschten Todesurkunden erzählte, erinnerte er sie daran, sie sei Verkehrspolizistin und nicht Detektivin. Gleichzeitig hatte er ihr jedoch gesagt, er habe nichts dagegen, wenn sie den Fall in ihrer Freizeit weiterverfolge. Er hätte sie anweisen können, alle ihre Informationen an die Kriminalbeamten in Bulawayo weiterzugeben, ihr aber diese Chance verschafft, sich zu beweisen. An ihrem letzten freien Tag hatte sie von acht Uhr morgens bis vier Uhr nachmittags Akten durchgehsehen.

Die Blätter der Mopane-Bäume auf beiden Seiten der Strasse

waren rotgolden und durch den langen, trockenen Winter ausge-
dörrt. Der Sommerregen, welcher Erneuerung und frisches Leben
versprach, konnte nicht schnell genug kommen. Durch die Fahrt des
Bakkies wehte ein kühler Wind, aber der Himmel war klar und die
Sonne brannte auf Goodness und ihre Kameraden herab. Sie spürte,
dass ihre Haut sich in Pergament verwandelte. Der Wagen wurde
langsamer und einer der anderen Beamten setzte sich auf die Seiten-
wand der Ladefläche des Pick-ups, um nach vorne zu schauen.

»Was gibt es?«, fragte Goodness ihn.

»*Maningi,* Polizei und Schaulustige. Irgendeine Art von Aufruhr.«

Goodness stand auf und stützte sich mit den Händen auf dem
Dach des Fahrerhauses ab. Wie der Beamte berichtet hatte, befanden
sich viele Menschen auf einem leeren Grundstück bei der weissge-
tünchten Mauer des ›Sprayview Hotels‹, auf der linken Seite der
Strasse am Rande der Stadt Victoria Falls. Ein uniformierter Beamter
hielt ihr Fahrzeug an und grüsste den Fahrer.

»Können Sie ein paar Leute entbehren, die bei der Kontrolle der
Menge hier helfen?«, fragte der Beamte am Boden.

»Wir sind auf dem Weg zu einem wichtigen Auftrag«, sagte der
Wachtmeister, »aber ich kann Ihnen erst einmal drei Leute geben.
Vielleicht muss ich sie allerdings bald wieder abholen.«

»Natürlich, danke«, sagte der andere Beamte und blickte zurück
in die wogende Menge.

»Khumalo, Moyo, Shumba, aussteigen, ihr helft den Jungs.«

Goodness hatte nichts dagegen, den Wagen zu verlassen. Sie war
neugierig, was die ganze Aufregung auf dem leeren Parkplatz verur-
sachte, und ihr Hintern war wund von den letzten vier Stunden, in
denen sie auf dem blanken Metall des Bodens sitzen musste.

Sie kletterte vom Pick-up, setzte ihre Mütze auf und rückte sie
zurecht. Als das *Bakkie* in Richtung Hauptpolizeistation davonfuhr,
fragte sie den Wachtmeister, der sie angehalten hatte, was los sei.

»Ein Strassenhändler hat heute Morgen eine Leiche gefunden.«

»Tatsächlich? Männlich oder weiblich?«, wollte sie wissen.

»Was kümmert dich das? Komm, hilf mir, all diese Geier von ihr
fernzuhalten. Es müssen schon hundert Leute versammelt sein.«

Goodness und die anderen Beamten folgten dem Sergeant und bahnten sich ihren Weg durch die Menge. »Zur Seite, zur Seite«, sagte sie, »treten Sie zurück und lassen Sie die Polizei ihre Arbeit machen.«

Männer, Frauen und Kinder drängten sich, um zu sehen, was vor sich ging. Die drei neuen Beamten gesellten sich zu den beiden Uniformierten am Tatort, stellten sich in eine Reihe mit ihnen und begannen, die Menge zurückzudrängen. Goodness schaute über die Schulter und sah, wie ein Polizist eine Plastikplane zurückzog, die über die Leiche gelegt worden war. Sie erblickte das Gesicht einer jungen, hübschen, farbigen Frau.

Der Detektiv schaute in die Menge und erblickte Goodness' Blick. Er lächelte und zwinkerte ihr zu. »Schön, dass wir Verstärkung bekommen haben.«

»Ich helfe gerne, Sir«, sagte sie. Er sah gut aus und sie wusste, dass ihr ein Lächeln in der von Männern dominierten Welt, in der sie arbeitete, gelegentlich weiterhalf. »Was ist mit ihr passiert?«

»Halten Sie die Leute zurück«, sagte der Detektiv, jetzt ganz geschäftsmässig, zu ihr.

»Ja, Sir.« Goodness richtete ihren Blick wieder auf die Menge. Ein junger Mann in der zweiten Reihe vor ihr hielt sein Handy hoch und versuchte, ein Foto von der Leiche zu machen. »Hey, das dürfen Sie nicht.«

Das Klicken des Auslösers der Handykamera ertönte und der Blitz leuchtete auf. »Ich habe es aber gerade getan.«

Goodness stürzte sich nach vorn in die Menge und ergriff die Hand des jungen Mannes. Er versuchte, sich von ihr loszureissen, doch sie drehte ihm den Arm hinter dem Rücken, wie sie es vor einigen Jahren in der Ausbildung zum unbewaffneten Kampf gelernt hatte. Er zuckte zusammen und schrie vor Schmerz auf.

»Hey, tun Sie ihm nicht weh«, sagte ein anderer Mann.

Goodness sah sich von Menschen bedrängt und jemand stiess sie in den Rücken. Ihre männlichen Kollegen versuchten, zu ihr zu gelangen. »Lassen Sie mich los!«, schrie sie, hielt den Mann mit dem Telefon aber fest, selbst als sie auf die Knie hinunter gedrückt wurde.

»Ihr habt es gehört, lasst die Polizistin in Ruhe!« Der attraktive Detektiv hatte sich durch die Menge gekämpft und schlug und schubste Leute aus dem Weg. Goodness stand auf.

»Entschuldigung, Sir, danke«, sagte sie keuchend, als sich die Schaulustigen zurückzogen und die Polizei die Kontrolle wiedererlangte.

Der Detektiv ergriff die andere Hand des stöhnenden Mannes. »Sie haben gut daran getan, den hier festzuhalten.« Er riss dem Mann das Telefon aus der Hand und steckte es in seine Tasche. »Sie, verschwinden Sie vom Tatort. Sie können Ihr Telefon später auf dem Revier abholen, wenn die Bilder gelöscht und alle Nummern in Ihrem Speicher kopiert sind. Wenn wir herausfinden, dass Sie ein Subversiver sind, bekommen Sie Ärger.«

Sobald Goodness ihn losliess, huschte der junge Mann, sein schmerzendes Handgelenk haltend, davon. Die anderen in der Menge, die das Scharmützel gesehen hatten, wichen noch weiter zurück.

»Nochmals danke«, sagte Goodness.

»Ich helfe einer schönen Frau immer gern«, sagte der Detektiv, »und das war echt gut, wie Sie ihn festgehalten haben, selbst als die Menge auf Sie eindrang.«

Goodness mochte seinen herablassenden Ton nicht, spielte aber mit. »Vielen Dank, Sir. Wir wollen nicht, dass die regierungsfeindlichen Medien Bilder von einem Mordopfer in Victoria Falls in die Hände bekommen, wenn der Präsident zu Besuch kommt.«

»Genau. Aber so gern ich auch mit Ihnen plaudern würde, Schwester, ich muss eine Untersuchung durchführen.«

»Ich habe mich für den nächsten Detektivkurs angemeldet und weiss, dass es gegen die Vorschriften verstösst, aber meinen Sie, ich könnte Ihnen über die Schulter schauen? Ich würde mir gerne ein paar Tipps von einem Experten holen.«

Der Detektiv rieb sich den Kiefer und sah zu seinem Partner hinüber, der lächelte und nickte, als er das Gespräch zwischen den beiden hörte. »Aber sagen Sie ihr, sie solle diese Leute fernhalten, während wir arbeiten«, sagte der andere Mann.

»Okay. Ich bin Isaac und das ist mein Partner, Takeshaw.«

Goodness stellte sich vor und sagte, sie komme aus Bulawayo. »Was ist mit ihr passiert?«

Isaac kniete nieder und zog die Plastikplane weiter zurück. Er sah zu Goodness auf und vermutete vielleicht, sie sei über das Blut, das die Haut der Frau überzogen hatte und über das Cocktailkleid, das ihr bis zu den Oberschenkeln hochgerutscht war, schockiert. Doch Goodness hatte zu viele Verkehrsunfälle bearbeitet, dass Blut und Tod sie noch schrecken konnte. »Wurde sie dort unten, zwischen den Beinen, mit Messerstichen verletzt? Das ist eine Menge Blut, selbst für eine brutale Vergewaltigung.«

»Sieht so aus«, bestätigte Takeshaw.

»Was für ein Ungeheuer tut so etwas?«, fragte Goodness. Ungewöhnliche und scheussliche Todesfälle waren Teil ihres Arbeitslebens, aber dieser Frau schien jemand, der Frauen im Allgemeinen oder diese Frau im speziellen hasste, die Seele genommen zu haben.

»Wenn wir der Zeugin glauben wollen, ist sie gestern Abend mit einem Amerikaner, einem weiteren *Goffel*, im ›Kingdom‹ gesehen worden.« Isaac nickte in Richtung einer Frau, die im ähnlichen Alter wie die Tote war und auf einem Felsen sass, während ein uniformierter Polizist sie bewachte.

Goodness ignorierte die Verwendung des Slangbegriffs für eine simbabwische Person gemischter Rasse durch den Detektiv, obwohl Sie selbst nie rassistisch abwertende Begriffe verwendete.

»Ein farbiger amerikanischer Mann?« Ihr Herz begann schneller zu schlagen.

»Ja, vielleicht ist Barak Obama in unsere Stadt gekommen, um sich die Wasserfälle anzusehen?« Isaac lachte über seinen eigenen Scherz, aber Goodness blieb ernst.

Solche konnte es in Simbabwe im Moment nicht viele geben. »Was weiss die Frau noch über ihn?«

Isaac betrachtete sie leicht verärgert, aber als sie ihn anlächelte und eine Haarsträhne unter ihren Hut schob, schnaubte er nachsichtig. »Wenn Sie es *unbedingt* wissen wollen, Sergeant, die Frau sagte, er trage Safarikleider, aber nicht wie ein Tourist, sondern eher wie ein Führer.«

»Ah, ich glaube, ich weiss, wer er ist«, sagte Goodness, die ihre Aufregung kaum unterdrücken konnte. »Kann ich mit ihr reden?«

»Jetzt wollen Sie meine Zeugin befragen? Es wäre wohl Zeit für Sie, zurück zur Kontrolle der Menge zu gehen, Sergeant Khumalo«, sagte Isaac. Takeshaw schüttelte den Kopf und kniete neben der Leiche nieder, um sie und den Boden um sie herum weiter zu untersuchen. »Aber Sie sagen, Sie kennen einen Amerikaner?«

»Die Menge zerstreut sich«, kommentierte sie und winkte den sich lichtenden Reihen zu. Die zusätzlichen Beamten und die Aufregung um den Mann, der versucht hatte, mit seinem Handy Aufnahmen zu machen, hatten das Interesse der Schaulustigen gedämpft. Unerlaubte öffentliche Versammlungen waren in Simbabwe illegal, und niemand wollte die Polizei weiter provozieren, zumal bald eine Armee von Parteibonzen eintreffen sollte. »Ich nehme an, ich muss jetzt zurück zur Wache und den Rest des Tages an einer langweiligen Strassensperre verbringen.«

»Ja, das ist Ihre Aufgabe, Schwester«, bestätigte Isaac. Gleichzeitig öffnete er jedoch sein Polizeibuch und nahm einen Stift in die Hand. »Und wer, glauben Sie, ist dieser amerikanische Farbige?«

»Wie Sie bereits sagten, muss ich nun meiner eigentlichen Arbeit nachgehen, Autos anhalten und Führerscheine kontrollieren.«

»Seien Sie mir gegenüber nicht zurückhaltend. Wenn Sie Informationen haben, die mir helfen können, einen Mord aufzuklären, müssen Sie sie mir weitergeben. Das Zurückhalten von Beweisen ist, wie Sie sicher wissen, ein Verbrechen.«

Natürlich hatte er Recht, aber dies war auch ihre Chance, an einer richtigen Untersuchung teilzunehmen. »Lassen Sie mich mit der Zeugin sprechen und herausfinden, ob es der Mann ist, an den ich denke.«

»Nein. Sagen Sie mir, was Sie wissen, oder ich lasse Sie anklagen«, sagte Isaac.

»Der Gerichtsmediziner ist hier, Isaac«, sagte Takeshaw, stand auf und streifte seine Gummihandschuhe ab. »Hör auf, deine Zeit mit dieser Frau zu verschwenden, wir haben Wichtigeres zu tun.«

Isaac blickte zu der sitzenden Frau und wieder zu Goodness, die immer noch abwartend dastand. »Zwei Minuten mit der Zeugin, und ich gehe heute Abend mit Ihnen essen«, schlug sie Isaac vor. »Aber Sie zahlen.«

Isaac stemmte die Hände in die Hüften und betrachtete sie mit einem überraschten Ausdruck. »Sie sind ja ganz schön ideenreich, nicht wahr? Woher wissen Sie, dass ich nicht verheiratet bin?«

»Erstens sehe ich keinen Ehering und zweitens sehen Sie wie jemand aus, der gern spielt.«

Takeshaw konnte nicht anders, als zu lachen. »Wer spielt hier mit oder gegen wen?«

»Einverstanden«, schlug Isaac ein. »Eine Minute. Jetzt muss ich zum Gerichtsmediziner. Finden Sie diesen amerikanischen Mörder und ich lade Sie zum Abendessen im Victoria Falls Hotel ein.«

»Ja, Sir«, sagte Goodness und verwendete den Titel honigsüss. Ins Victoria Falls Hotel? Sie betrachtete seine Schuhe; sie sahen genau so neu aus, wie seine Uhr. Niemand bei der Polizei verdiente genug Geld für eine solche Extravaganz wie ein Abendessen in dem Hotel, das ›die grosse alte Dame der Fälle‹ genannt wurde. Isaac war wahrscheinlich ein Gauner, wie die Hälfte der Polizisten, mit denen sie zusammenarbeitete, aber das bedeutete nicht, dass er sich seiner Pflicht entzog, einen Mörder zu fassen.

Goodness eilte zu der Frau hinüber, die immer noch unter dem wachsamen Auge eines uniformierten Beamten mit einem Gewehr sass. Der Mann musterte sie von oben bis unten mit blutunterlaufenen Augen, in denen sie Verachtung las. »Die Ermittler wollen, dass ich mit dieser Frau spreche. Lassen Sie uns bitte allein.«

Der Beamte sah zu Isaac hinüber, der nickte und ihn wegwinkte.

»Hallo, mein Name ist Sergeant Goodness Khumalo und ich bin Polizeibeamtin.«

»Das sehe ich an ihrem Sinn für Kleidung.«

Die Frau war jung und hübsch, aber für Goodness' Geschmack zu dünn. Ihre Handgelenke sahen aus, als zerbrächen sie, wenn man ihre Hand zu fest schüttelte. Sie roch nach Zigarettenrauch, nach dem Alkohol der letzten Nacht und nach irgendetwas anderem, das sie am Abend zuvor getrunken hatte. Goodness Khumalo erkannte eine Prostituierte, wenn sie eine sah, wollte jedoch nicht voreingenommen sein und ignorierte die Stichelei der Frau. »War die verstorbene Frau eine Freundin von Ihnen?«

Die schlanke Frau zuckte mit den Schultern. »Wir haben zusammen gearbeitet.«

»Und wo war das?«

»In Hotels, meistens.«

»Lassen Sie mich raten: Sie sind im *Gastgewerbe* tätig?«

»So ähnlich. Haben Sie eine Zigarette?«

»Ich rauche nicht«, sagte Goodness. »Und Ihnen tut es nicht gut.«

Die Frau stiess ein kleines Lachen aus, das in ein röchelndes Husten überging. »Das Leben tut einem nicht gut.« Sie schaute zu den Männern der Gerichtsmedizin, die die in eine billige Plastikplane eingewickelte Leiche anhoben und zu einem Lieferwagen trugen. »Fragen Sie einfach Melanie.«

»War das ihr Name?«

»Sie sagten, Sie seien eine Polizistin. Ich habe den Jungs das alles erzählt. Ihr Name ist – äh, war – Melanie Afrika.«

Goodness hatte noch nie einen Zeugen in einem Mordfall befragt. Sie schimpfte mit sich selbst, weil sie nicht alle Fakten kannte, aber Isaac und Takeshaw wollten sich nicht die Zeit nehmen, sie aufzuklären. »Sie haben sie gestern Abend mit einem Mann gesehen. Es handelte sich um einen Farbigen, vermutlich einen Amerikaner, der Safarikleidung trug. Ist das richtig?«

Die Frau schlang ihre dürren Arme um sich. »Sie wissen also doch etwas.«

»Ich möchte helfen, den Mann zu fassen, der das getan hat. Er ist immer noch da draussen und könnte eine Gefahr für Sie ... und für andere Mädchen in Ihrem Geschäft sein.«

»Ein Serienmörder? Meinen Sie? In Vic Falls?«

»Ich weiss es nicht«, sagte Goodness Khumalo. »Der Mann, mit dem Sie Ihre Freundin gesehen haben – sind Sie sicher, dass er Amerikaner war?«

Sie zuckte mit den Schultern. »Vielleicht, obwohl der Akzent nicht so stark war. Jedenfalls weniger stark als bei anderen Touristen, die ich ... getroffen habe.«

»Vielleicht amerikanisch mit etwas südafrikanischem Einschlag? Oder möglicherweise portugiesischem?«, schlug Goodness vor. Sie führte die Zeugin an, aber gleichzeitig stieg ihr Erregungspegel.

»Ja, kann sein. Ich habe sie zweimal zusammen gesehen. Das erste Mal in der Bar im ›The Kingdom‹, wo Melanie Stammgast war.«

Die Frau sah Goodness an, als wäre die Polizistin ein Kind. »Oh, ich verstehe. Sie hat dort *gearbeitet*.«

»Ja, ich erinnere mich, ich habe mich geärgert, denn ich hatte ihn zuerst gesehen und er sah gut aus. Als ich an ihnen vorbeiging, ignorierte sie mich, aber ich hörte ihn sprechen und dachte, oh, diese Melanie hat sich einen hübschen braunen Amerikaner geangelt. Er ist bestimmt stinkreich.«

In der Tat, dachte Goodness, konnte man Hudson Brand ohne weiteres als den Jackpot eines arbeitenden Mädchens betrachten, obwohl sie ein wenig überrascht war, dass er sich mit Prostituierten abgab. Sie kannte ihn kaum, aber bei seinem guten Aussehen dachte Goodness, hätte er kaum Probleme, mit jeder Frau zusammen zu sein, auf die er Lust hatte. Sie selbst hatte ihn attraktiv gefunden und dass er ein Fremder war, trug zu seiner Mystik bei, aber sie schauderte angesichts der Richtung, die dieses Gespräch nahm. *Warte einen Moment*, ermahnte sie sich. *Nur keine voreiligen Schlüsse ziehen.*

»Und später haben Sie sie noch einmal gesehen?«

Die Frau nickte. »Ja, in einem Nachtclub in der Stadt. Sie haben getanzt, aber dann gab es Ärger. Der Farbige kämpfte mit einem Weissen, eindeutig einem Südafrikaner, und es kam zum Blutvergiessen. Die Leute schrien etwas wie: »Hey, er hat ein Messer«. Dann sah ich, dass Melanie sich einmischte und rannte, wie fast alle anderen auch, nach draussen. Ein paar andere Touristen drängten sich um sie und beobachteten den Kampf. Eisch, so einen Ärger können wir in

Vic Falls nicht gebrauchen und schon gar nicht, wenn eine Partei in die Stadt kommt. Danach bin ich nach Hause gegangen.«

»Keine Geschäfte mehr gemacht?«

Die Frau runzelte die Stirn. »Wissen Sie, wie schlecht das Geschäft in dieser Stadt läuft? Alle ausländischen Touristen fahren auf die sambische Seite, nach Livingstone, weil sie denken, es sei dort sicherer. Ha!«

Goodness nickte verständnisvoll, denn es war bekannt, dass alle Sambier Kriminelle waren. Trotz des schlechten Rufs, den Simbabwe international aufgrund seiner politischen und wirtschaftlichen Probleme hatte, war es, was die geringe Strassenkriminalität und Gewalt anging, eines der sichersten Länder Afrikas. Aber die Leiche, die in den Lieferwagen hinter ihnen geladen wurde, widersprach diesen Statistiken. Innerhalb einer einzigen Nacht hatte es in der Kleinstadt in einer Bar eine Messerstecherei gegeben und eine Frau war vergewaltigt und zu Tode gefoltert worden.

»Haben Sie den Namen des Mannes nicht gehört?«, fragte Goodness.

Die Frau schüttelte den Kopf. »Ich erinnere mich nur an den Akzent und daran, dass er gut aussah, kurze Haare hatte und etwa 1,90 m gross war. Er trug Khaki-Shorts und ein Buschhemd, ausserdem hatte er tolle Muskeln.«

»Ich habe noch eine Frage. Sind Ihnen irgendwelche besonderen Merkmale aufgefallen, im Gesicht, an den Armen oder Beinen? Denken Sie bitte genau nach.«

»Hm, ich glaube nicht. Sein Gesicht war sehr glatt. Er hatte gutge-formte Beine und, wie ich schon sagte, einen tollen Bizeps. Hey, warten Sie mal …, etwas habe ich dem anderen Polizisten zu sagen vergessen. Er hatte ein Tattoo.«

Bingo, dachte Goodness. »Was für eines?«

»Es zeigt den Kopf eines Büffels, auf seinem rechten Unterarm. Ich erinnere mich, ihn gesehen zu haben, als ich an ihm und Melanie vorbeiging. Er hob die Hand, um sein Bier zu trinken.«

Es war Hudson Brand, ohne jeglichen Zweifel.

24

Hudson Brand sass auf dem Fahrersitz des geliehenen Land Cruiser an der Shell-Tankstelle in Victoria Falls, in der Nähe des OK-Supermarkts. Die Cliffs waren im kleinen Laden, um ein paar Snacks für die Fahrt zu besorgen. Er fühlte sich, als wäre er rückwärts durch die Mangel gedreht worden, kränker und verkaterter als je zuvor in seinem Leben.

Sein Telefon klingelte und er sah auf dem Display, dass es eine simbabwische Handynummer war.

»Brand.«

»Herr Brand, hier ist Sergeant Goodness Khumalo von der Polizei in Bulawayo, wie geht es Ihnen?«

»Schrecklich, und Ihnen?«

»Herr Brand, ich bin nicht in der Stimmung für Witze.«

»Wenn es um Doktor Rodriguez geht, tut es mir leid, ich weiss nicht, wo sie ist, und ich hatte keine Ahnung, dass sie die Stadt so schnell verlassen würde.«

»Es geht nicht um Doktor Rodriguez, es geht um Sie.«

Brand schluckte die Galle herunter. »Was habe ich angestellt?«

»Herr Brand, ich bin nicht in Bulawayo, ich bin in Victoria Falls im Sondereinsatz. Kennen Sie eine Frau mit dem Namen Melanie Afrika?«

»Warum?«

»Ich glaube, an dieser Stelle sollte ich sagen: ›Ich stelle die Fragen‹, Herr Brand. Ja oder nein, kennen Sie sie? Sie arbeitete als Prostituierte und verkehrte im ›Kingdom Hotel‹. Sie haben mir doch gesagt, Sie würden dort übernachten, oder?«

Brand wurde plötzlich nüchtern. »Ich habe gestern Abend eine Frau namens Melanie getroffen, aber sie war keine Prostituierte.«

»Nun, wie dem auch sei, ich muss mich mit Ihnen treffen. Ich habe Kollegen, die Ihnen einige Fragen über Melanie Afrika stellen müssen.«

»Warum? Ich habe sie nicht bezahlt.«

»Aber Sie hatten Sex mit ihr.«

Das war keine Frage, sondern eine Feststellung. »Sergeant Khumalo, ich habe zwei sehr ungeduldige Gäste, die darauf warten, dass ich sie auf eine Safari in den Chobe-Nationalpark mitnehme.«

»Sie müssen sich im Büro der Kriminalpolizei in Victoria Falls melden. Sofort, Herr Brand.«

»Warum sollte ich das tun wollen? Ist die Frau, von der Sie sprechen, in ein Verbrechen verwickelt gewesen?« Sie hatte ihn ausgeraubt und wahrscheinlich unter Drogen gesetzt, aber das brauchte er Goodness Khumalo noch nicht zu sagen.

»Sie ist tot, Herr Brand.«

Er fluchte leise vor sich hin. Peter Cliff hielt sein Handgelenk ans Fenster und tippte auf seine Uhr. Der Tankwart war mit dem Füllen des Tanks fertig und stand erwartungsvoll in der Nähe. Brand drehte den Rücken zum Fenster und senkte seine Stimme. »Was ist passiert?«

»Ich glaube, Sie könnten Informationen haben, die den Tod von Miss Afrika aufklären helfen und die Beamten in Victoria Falls denken das Gleiche. Kommen Sie aufs Revier, dann können wir reden.«

»Sind Sie jetzt also Detektivin?« Er spürte, dass Grauen in ihm aufstieg, als er sich daran erinnerte, was Melanie ihn gebeten hatte, mit ihr zu machen. Seine DNS war an ihr, und bestimmt gab es Leute, die sich an den Krawall im Nachtclub erinnerten.

»Sie haben mir mit der Spur zu Dr. Rodriguez geholfen«, sagte Goodness und füllte damit die Leere, die sein Schweigen hinterliess. »Ich möchte Ihnen auch helfen, Mr. Brand. Kommen Sie zu mir und wir gehen gemeinsam zu den Ermittlern.«

Er erkannte, dass es ihr nur um sich selbst ging. Sie war hübsch, kompetent und ehrgeizig, und er vermutete, bei der afrikanischen Polizei sei es für eine Frau schwierig, weiterzukommen. Das musste er ausnutzen. »In Ordnung. Ich treffe Sie, aber ich brauche mehr Informationen. Sagen Sie mir, hatte sie Stichverletzungen?«

Goodness machte eine Pause, während sie überlegte, wie viel sie ihm sagen sollte. »Ja.«

»Verletzungen im Intimbereich, ja?«

Es kam keine Antwort.

»Ich habe doch recht, oder? Vergewaltigt, schwere Verletzungen von Messerstichen da unten, zu Tode gewürgt und die Hose unter dem Kleid ausgezogen. Ja?«

»Herr Brand, Hudson, bitte, kommen Sie sprechen Sie mit der Polizei. Ich kann Ihnen helfen, glauben Sie mir.«

Sein Verstand, der noch immer stumpf war, verarbeitete die Ereignisse der vergangenen Nacht. »Patrick.«

»Hallo, Herr Brand, sind Sie noch da?«, sagte Goodness. »Wer ist Patrick?«

»Ich rufe Sie zurück, Sergeant Khumalo«

Brand beendete das Gespräch, kurbelte sein Fenster herunter und gab Peter Cliff ein Zeichen. »Könnten Sie bitte den Tankwart bezahlen?«

Nachdem das Benzin bezahlt und die Cliffs wieder im Auto waren, startete Brand den Wagen und fuhr, die Gänge durchschaltend, aus der Garage. Die Sonne blendete durch die Fenster des Land Cruisers und verstärkte seine Kopfschmerzen. Was zum Teufel war letzte Nacht mit ihm passiert? Die Abzweigung zum Grenzposten Kazungula, der Strasse zum Chobe-Nationalpark in Botswana, wo sie eigentlich hinwollten, lag gleich hinter dem ›Sprayview Hotel‹. Brand fuhr daran vorbei.

Peter Cliff lehnte sich in seinem Sitz vor. »Können Sie uns irgendwann einmal sagen, was heute mit Ihnen los ist? Gemäss unserer Reiseroute sollten wir über die Strasse, an der Sie gerade vorbeigefahren sind, nach Botswana fahren.«

Brand holte tief Luft. Er wollte sich gerade eine Geschichte für seine Gäste ausdenken, als er das Aufblitzen von fluoreszierendem Gelb sah. Ein Polizist, der an einer Strassensperre vor ihm stand, winkte ihm zu, er solle anhalten. »Peter, ist auf Ihrem britischen Führerschein ein Foto?«

»Was? Auf meinem Führerschein? Nein. Ich habe immer noch einen der alten Papierführerscheine, weil ich nie dazu gekommen bin, mir einen mit Foto zu besorgen. Warum?«

»Ich brauche ihn. Aber schnell.«

»Was zum Teufel ...?«

»Tu es, Peter«, befahl Anna.

Brand warf einen Blick zurück auf das Paar. Peter war anfangs wie ein herrschsüchtiger Pedant rübergekommen, aber in diesem Moment sah Brand in Anna eine Stärke, die er bisher nicht bemerkt hatte. Ausserdem war gut zu sehen, dass der Ehemann nachgab.

»Gut«, sagte Peter, griff nach seiner Brieftasche und reichte Brand den Führerschein unten, zwischen den beiden Vordersitzen durch zu. Dieser steckte ihn in seine Hemdtasche.

»Guten Morgen, wie geht es Ihnen?«, fragte der Polizist.

»Gut, und Ihnen?«, antwortete Brand mit einem zum Ausweis passenden englischen Akzent.

»Mir auch, aber es ist zu heiss und ich bin hungrig und durstig. Darf ich Ihren Führerschein sehen?«

Brand zog das Stück Papier aus seiner Tasche und reichte es dem Polizisten, der es vorsichtig und langsam entfaltete. Brand klopfte das Herz, als der Polizist das Dokument eine gefühlte Ewigkeit studierte. »Ah, Sie sind aus England. Sind Sie sicher?«

»Sicherlich.«

»Wie ist das Wetter dort jetzt?«

»Kalt, neblig und düster.«

»Ich ginge gern nach England. Vielleicht können Sie mir dort einen Job besorgen?«, sagte der Polizist.

»Es würde Ihnen nicht gefallen. Es regnet die ganze Zeit.«

Der Polizist lachte.

»Aber vielleicht kann ich Ihren Durst stillen. Anna, könnten Sie bitte eine Cola für den guten Officer aus dem Kühlschrank hinten im Wagen holen?«

»Gern«, antwortete sie.

Der Polizist nahm das Getränk mit einem höflichen Klatschen entgegen und bedankte sich, als Brand es ihm überreichte.

»Puh!«, stöhnte Anna, als Brand den Gang einlegte und losfuhr. »Bin ich die Einzige hier, die das aufregend findet?«

»Schrecklich, das ist es schon eher«, sagte Peter. »Was haben Sie angestellt, Brand? Warum verheimlichen Sie Ihre Identität vor der Polizei? Und vor allem, warum sollten wir Ihnen helfen, wenn Sie wegen etwas gesucht werden?«

Brand sah die Strassensperre in seinem Rückspiegel verschwinden und atmete auf. Das Problem war, dass sie, wenn er weiter durch Simbabwe fuhr, auf weitere Strassensperren treffen würden. »Ich habe nichts Falsches getan, Peter, aber die Polizei will mich zu einem Verbrechen befragen, das letzte Nacht begangen wurde.«

»Was für ein Verbrechen?«, wollte Peter wissen.

Brand seufzte. Damit sie entscheiden konnten, ob sie ihn im Stich lassen oder ihm helfen sollten, mussten sie den Ernst der Lage erkennen, »Ein Mord. Eine Frau wurde umgebracht und die Polizei will mich befragen.«

»Mein Gott, Hudson. Warum gehen Sie nicht zur Polizei, wenn Sie unschuldig sind?«, fragte Anna.

»Weil wir hier nicht in England, sondern in Simbabwe sind. Ich könnte auf unbestimmte Zeit eingesperrt werden, während die Ermittlungen weitergehen. Ausserdem habe ich mir durch meine Arbeit einige Feinde in der Regierung gemacht. Wenn sich erst einmal herumgesprochen hat, dass ich zur Befragung verhaftet wurde, komme ich vielleicht nie wieder raus. »Ich denke, das Beste ist, Sie beide jetzt zum Flughafen zu bringen. Wenn Sie nicht sofort einen Flug bekommen, finden Sie dort bestimmt einen Fahrer, der Sie zurück zu den Victoriafällen und weiter nach Chobe bringt, falls Sie nach wie vor dorthin möchten.«

»Nein«, sagte Peter.

Brand war wieder einmal von dem Mann überrascht, denn er dachte, Peter wünsche sich, das erste Flugzeug aus Simbabwe und weg von Afrika zu nehmen.

»Wir haben schon einmal gegen ein Gesetz verstossen«, sagte Brand, nahm den Führerschein heraus und reichte ihn ihm über die Schulter zurück, »ich kann das nicht noch einmal von Ihnen erwarten.«

Peter wischte ihn mit der Hand zurück. »Behalten Sie den Ausweis. Ich mag weder Sie, Brand, noch die Art und Weise, wie Sie sich verhalten, nämlich sich zu betrinken und sich zu verschlafen, aber ich vertraue darauf, dass Sie ein besserer Ermittler als Safariführer sind. Ohne Sie werden wir Linley Brown nie finden. Mir ist egal, ob die südafrikanische Polizei Linley Brown verhaftet oder nicht, aber Anna und ich müssen sie treffen, um die Sache mit Kates Tod ein für alle Mal aus der Welt zu schaffen.«

Brand nickte. Es schien, als wäre Peter in eine neue Rolle geschlüpft und er konnte der Kritik des Mannes an seiner Rolle als Reiseleiter auf dieser Reise wirklich nicht widersprechen. »Und wie sieht es bei Ihnen aus, Anna?«

»Ich sehe es gleich wie Peter. Wir sind schon zu weit gekommen, um jetzt aufzugeben. Ich denke immer noch, dass Sie zur Polizei gehen sollten, aber Sie sind unsere einzige Hoffnung, Hudson.«

»Gut. Wenn wir weiter nach Süden, durch Bulawayo und nach Beitbridge, fahren, wird sich die Polizei organisiert haben und uns aufhalten. Nicht weit von hier, in einem Ort namens Pandamatenga, gibt es einen sehr ruhigen Grenzposten, dort können wir durch den Busch nach Botswana einreisen. Es ist ein Jagdgebiet für Grosswild mit wenigen Menschen und nur einem einzigen Polizisten, der am

Grenzübergang Dienst hat. Von dort aus geht es direkt in den Süden, durch Botswana nach Südafrika.

Als sie die Abzweigung zum Flughafen von Victoria Falls passierten, fragte Brand die beiden noch einmal, ob sie wirklich mit ihm weiterfahren wollten, doch beide bekräftigten ihre Meinung. Hudson Brand hielt an und zog sein Handy heraus. »Ich muss nur kurz eine Nachricht schicken.«

»Gut. Ich gehe mal pinkeln«, sagte Peter und stieg aus.

Brand wählte Goodness Khumalo aus seiner Kontaktliste aus und tippte eine kurze Nachricht an sie. Suchen Sie nach einem südafrikanischen Safariführer namens Patrick de Villiers. Er fährt wahrscheinlich einen Überlandlastwagen und übernachtet möglicherweise auf dem städtischen Campingplatz. Melanie Afrika hat De Villiers letzte Nacht in einem Nachtclub mit einem Messer gestochen. Es gibt bestimmt Zeugen.

Das, dachte Brand, gäbe der Wachtmeisterin und ihren Kameraden etwas, womit sie weitermachen konnten, während sie nach ihm suchten. Um auf Nummer sicher zu gehen, nahm er die SIM-Karte nach dem Senden der Nachricht aus seinem Telefon.

»Die Frau, die getötet wurde«, sagte Anna vom Rücksitz aus und beugte sich vor, »ist die, die ich gestern Abend aus Ihrem Zimmer kommen sah, nicht wahr?«

Brand drehte sich um und sah ihr in die Augen. Peter stand immer noch im goldenen Gras am Strassenrand, obwohl er gerade den Reissverschluss zuzog. »Sie sind doch nicht etwas in mein Zimmer gekommen, um mir mehr über Kate zu erzählen, oder, Anna?« Ihre Wangen färbten sich rosa, und sie sah, unfähig, seinem Blick standzuhalten, weg. Er fand sie attraktiv, sogar sehr attraktiv und ihre mädchenhafte Verlegenheit war liebenswert. »Ich habe diese Frau nicht getötet.«

»Nachdem ich sie gehen sah, klopfte ich an Ihre Tür und rief Ihren Namen, aber Sie haben nicht geantwortet.

»Daran kann ich mich überhaupt nicht erinnern«, sagte er ehrlich. »Ich glaube, sie hat mir ein Betäubungsmittel gegeben.«

»Ich dachte, Sie wollten mir aus dem Weg gehen, oder schämten sich, oder was auch immer...«

Er schüttelte den Kopf. »Nein. Wenn ich wach gewesen wäre, hätte ich Sie bestimmt hereingelassen.« Sprudelte die Wahrheit, bevor er sie zurückhalten konnte, heraus.

»Sie hatten Sex mit ihr.«

»Das geht Sie nichts an, Anna.«

»Nein, das ist jetzt Sache der Polizei.« Anna holte tief Luft und schaute verstohlen zu ihrem Mann, der auf sie zukam, dann direkt in Brands Augen. »Ich bin nicht nur gekommen, um mit Ihnen über Kate zu sprechen. Es mag albern klingen, aber ich fühle mich zu Ihnen hingezogen.«

»Ihr Mann ...«, sagte Brand und schaute aus dem Fenster.

»Liebt mich nicht. Machen Sie sich keine Sorgen, ich bin darüber hinweg. Wir haben schon seit Ewigkeiten keinen Sex mehr gehabt. Er findet mich nicht attraktiv, und als Sie letzte Nacht nicht geantwortet haben, wollte ich in mein Zimmer gehen und mich in einen Vollrausch trinken, was ich auch getan habe.«

»Anna, ich habe Sie nicht ignoriert. Ich weiss nicht, ob ich mit Ihnen geschlafen hätte oder ob das einem von uns beiden geholfen hätte, aber ich bin nicht der Typ, der sich unter seiner Decke verkriecht.«

»Ich komme mir dumm vor. Die Frauen werfen sich Ihnen bestimmt ständig an den Hals. Khaki-Fieber nennt man das, nicht wahr?«

»Das kommt nicht so oft vor«, schwindelte er, »aber ich fühle mich geschmeichelt, wenn es passiert. Ich denke, unser Hauptaugenmerk sollte darauf liegen, Linley zu finden, meinen Sie nicht? Ich möchte mich nicht zwischen Sie und Ihren Mann stellen, und halte mich an die Regel, nie mit verheirateten Frauen zu schlafen.«

Peter öffnete die Tür des Land Cruiser. »Was habt ihr beide denn für Geheimgespräche?«

»Gar keine«, gab Anna zurück.

* * *

Etwa fünfzig Kilometer nach Victoria Falls bog Hudson Brand von der Teerstrasse nach rechts ab und folgte einem Schild zum ›Robins Camp‹ im Hwange-Nationalpark.

Einst blühende Rinderfarmen, die jetzt von Kleinbauern in Lehmhütten bevölkert wurden, wichen dornigem Buschwerk und Akazien, die durch die Hitze, den Staub und den Wind der Trockenzeit einheitlich grau und khakibeige gefärbt waren. Sie passierten ein rot umrandetes dreieckiges Warnschild mit dem Bild eines wilden Elefanten darauf. »Sind wir jetzt im Nationalpark?«, fragte Anna.

»Wir befinden uns im Matetsi-Safari-Gebiet, das an den Hwange-Nationalpark grenzt und sich bis zur Grenze nach Botswana erstreckt, wo wir hinfahren wollen. Dies ist ein Jagdgebiet, das gewissermassen von der Nationalparkbehörde überwacht wird.«

»Ein guter Ort, um sich zu verstecken«, sagte Anna.

Brand nickte. Die Situation war immer noch chaotisch, doch er fühlte sich schon etwas wohler, wenn er im Busch und nicht von Menschen umgeben war. Eine Staubwolke folgte ihnen. Brand verlangsamte, als eine Herde von acht Kudus die Strasse überquerte.

»Ich bin überrascht, hier Tiere zu sehen – ich habe angenommen, sie hätten Angst, abgeschossen zu werden«, sagte Anna.

»Aufgrund des Zustands und durch Simbabwes Wirtschaftslage bedingt, wird hier nicht viel gejagt und ironischerweise sieht man hier im Jagdgebiet manchmal mehr Wild als im Nationalpark.«

Wie um ihm Recht zu geben, fuhren sie an einer Herde von zwanzig oder mehr Säbelantilopen vorbei, einem Harem schöner rostroter Weibchen mit Jungen, die von einem auffälligen Männchen mit glänzendem schwarzem Fell und weissem Unterbauch angeführt wurden. Er hielt seinen Kopf hoch und zeigte seine massiven, gebogenen Hörner. Brand schaltete einen Gang zurück, um seinen Gästen einen besseren Blick auf die Tiere zu ermöglichen. Während Säbelantilopen im gesamten südlichen Afrika selten waren, sah man sie in diesem Teil Simbabwes recht häufig.

»Sieht aus, als hätten sie in diesem Punkt Recht«, sagte Peter.

Während er fuhr, dachte Brand an Melanie Afrika. Ihr Geruch haftete noch immer an ihm, und er fühlte, ganz gleich, was sie ihm getan hatte, grosse Trauer darüber, wie sie gestorben war. Er fragte sich, ob Goodness Khumalo auf seinen Tipp über Patrick de Villiers hin gehandelt hatte. Wenn er Captain Van Rensburg anrief, würde er sie bitten, zu überprüfen, ob Patrick im Februar in Kapstadt gewesen war, als die Prostituierte dort vergewaltigt und getötet wurde. Brand wusste, dass Patrick 2010 am Abend des Spiels zwischen Australien und Serbien in Nelspruit gewesen war, schliesslich war die halbe Provinz dort gewesen. Ausserdem wohnte er in Hazyview, ganz in der Nähe des Ortes, an dem das Mädchen aus dem Nachtclub vor dem Phabeni Gate abgelegt worden war. Wenn er die Polizei auf De Villiers und den Mord in Kapstadt ansetzen könnte, würde sie das vielleicht etwas von ihm ablenken, denn so wie es aussah, wurde er jetzt in zwei Ländern gesucht.

Brand warf einen Blick in den Rückspiegel und sah nach seinen Fahrgästen. Peter döste mit zurückgelegtem Kopf, sein Mund stand halb offen. Annas Augen waren direkt in seine vertieft. Er dachte daran, was sie ihm über die letzte Nacht gesagt hatte.

»Elefanten«, sagte er leise, um Peter nicht zu wecken und zeigte auf ein Trio von Bullen, die ruhig im Schatten eines Baumes standen.

»Wo?« Ihre Stimme war ein Flüstern und ihr Mund, als sie sich nach vorne beugte, nahe an seinem Ohr.

»Da drüben auf der rechten Seite.« Brand schaute Peter noch einmal im Spiegel an, er schlief noch.

Anna schob ihre linke Hand zwischen die Vordersitze und griff mit der rechten Hand an die Rückenlehne von Brands Sitz, um sich aufzustützen. »Jetzt sehe ich sie. Schauen Sie sich den da an, er ist sehr gross.« Ihre Finger wanderten in seinen Schoss und streichelten die Ausbuchtung, wodurch sie wuchs und härter wurde. »Mmmh, sehr gross.«

Er starrte sie an, aber sie lächelte nur. Er wollte ihr nicht sagen, sie solle aufhören, um ihren Mann nicht zu wecken. Er hatte nicht gedacht, dass dieser Tag noch schlimmer werden könne, aber das schien trotzdem möglich zu sein. Es war verrückt, aber ihre Bewegungen zeigten Wirkung. »Anna«, flüsterte er.

»Pst.«

»Es ist gefährlich«, beharrte er.

Sie drückte ihre Lippen jetzt auf sein Ohr. »Ich weiss. Aber die Gefahr törnt mich an und dich hoffentlich auch.«

Sie schob ihre Hand in den Bund seiner Shorts und er spürte, dass die rot lackierten Fingernägel köstlich über die empfindliche Haut an seiner Unterseite streiften und sie sie bis ganz nach oben hochzog. Ihre Hand war glitschig von ihm und sie glitt an seinem Glied auf und ab. Er atmete ein und zog seinen straffen Bauch ein wenig ein, um ihr mehr Platz zu schaffen. Das war Wahnsinn.

Peter schnaubte halb schnarchend auf dem Rücksitz. Anna zog ihre Hand zurück und lehnte sich in ihrem Sitz zurück. Peter öffnete die Augen, rieb sie und schaute aus dem Fenster. »Ich muss eingenickt sein. Wie weit ist es noch bis zur Grenze?«

Brand sah die Abzweigung auf der rechten Seite und nahm sie. Das Schild nach Pandamatenga war so verblasst, dass er es kaum lesen konnte, aber er kannte die Strasse. »Siebenundzwanzig Kilometer von hier.«

Er blickte im Rückspiegel auf die Klippen. Peter schaute auf den Busch hinaus, aber Anna lächelte ihn verschlagen an.

»Führt der Grenze zwischen Simbabwe und Botswana ein Zaun entlang?«, fragte Peter.

Brand räusperte sich. »Nein, auf dieser Seite gibt es nur Busch, Nationalparks und Safarigebiete und auf der botswanischen Seite Waldreservate. Elefanten und andere Wildtiere wandern je nach Jahreszeit und Verfügbarkeit von Wasser frei zwischen den Ländern hin und her.«

»Dann könnte jemand also ganz einfach und ungesehen hinübergehen?«, erkundigte sich Peter.

»Ja, warum fragen Sie?« Er schaute wieder in den Spiegel. Jetzt, da ihr Mann sprach, lehnte sich Anna, den Blick von ihm abgewandt, in ihrem Sitz zurück.

»Dann könnten wir mit dem Auto über die Grenze fahren und Sie könnten zu Fuss gehen.«

Brand schüttelte den Kopf. »Ich möchte nicht, dass Sie das Gefühl haben, so etwas für mich tun zu müssen, Peter.«

»Ich möchte einfach nicht, dass Sie verhaftet werden.«

Brands Blick wanderte von Peter zu Anna. Diese richtete sich wieder auf und sah ihren Mann an, vielleicht in einem neuen Licht. Sein Angebot überraschte Brand jedenfalls. »Warum?«

»Weil Sie unsere einzige Verbindung zu Linley Brown sind. Mir gefällt die Richtung nicht, in die sich die Sache entwickelt, aber wenn Sie in Simbabwe im Gefängnis sitzen, können wir Linley nicht treffen und vermutlich entkommt sie der südafrikanischen Polizei. Wenn diese Frau meine Schwägerin, Annas einzige Schwester, in ein kriminelles Leben hineingezogen hat, dann will ich, um die Wahrheit zu sagen, Brand, dass sie dafür bezahlt. Ich will, dass sie für ihre Verbrechen und für das Leid, das sie dieser Familie zugefügt hat, zur Kasse gebeten wird. Kate könnte heute noch am Leben sein, wenn sie sich nicht – aus welchen Gründen auch immer, ob gut oder schlecht – auf einen Betrug eingelassen hätte, der zumindest teilweise auf die Kappe dieser Linley Brown geht.

Sieh mal einer an, dachte Brand.

»Das ist viel zu gefährlich, hier gibt es doch bestimmt Löwen im Busch?«, fragte Anna.

Das war das geringste seiner Probleme. »Wegen diesen mache ich mir keinerlei Sorgen, vor allem am heiteren Tag nicht. Es ist mein Beruf, dort Wanderungen zu führen, wo gefährliche Wildtiere leben. Ich will nicht wie ein Macho klingen, aber Sie wären einem grösseren Risiko ausgesetzt als ich.«

»Welchem denn?« sagte Peter. »Schreiben Sie mir einen Brief, in dem Sie mir bestätigen, dass Sie mir erlauben, diesen Land Cruiser zu fahren und ihn über internationale Grenzen zu bringen. Wenn die Polizei Verdacht schöpft oder Ihr Name auf einer Fahndungsliste ist, sage ich ihnen die Wahrheit, nämlich dass wir uns getrennt haben und Sie mir die Erlaubnis gegeben haben, das Auto zu fahren. Wir können uns im Laufe des Tages irgendwo treffen und eine Art Signalsystem ausmachen, damit ich Ihnen sagen kann, ob die Polizei nach Ihnen sucht oder ob die Luft rein ist.«

Brand musste zugeben, dass der Plan zwar gewagt, aber gut war. Er schaltete einen Gang herunter und hielt unter einem Feigenbaum

an. Eine Herde Wasserböcke, die im noch grünen Gras eines Sumpf-
gebiets ästen, das von einer ganzjährig gespiesenen Quelle bewässert
wurde, ergriff die Flucht, als er die Autotür öffnete. Er holte seine
Reisemappe und sein Notizbuch heraus. »Gleich hinter der Grenze
gibt es eine 4x4-Strasse, die ›Hunter's Road‹, dort können wir uns
treffen.«

25

Ich habe in Bryces Zelt gut geschlafen und es war seit langem meine erste erholsame Nacht. Nachdem alle anderen ins Bett gegangen waren, lag ich allerdings noch eine Weile wach und fragte mich, ob Bryce sich einschleichen würde.

Ich war halb erleichtert und halb enttäuscht, dass er es nicht tat. Ich spürte, dass ich mich zu ihm hingezogen fühlte, aber gleichzeitig wusste ich nicht, ob ich, nach dem, was ich durchgemacht hatte, bereit war, wieder einen Mann in mein Leben zu lassen. Ich war hin- und hergerissen: Einerseits hatte ich das Bedürfnis, ihm zu vertrauen, andererseits wollte ich ihn nicht hineinziehen. Ich wollte ihn, aber ich wollte ihn nicht brauchen. Andrew, der auf jeden Fall nur ein platonischer Freund bleiben würde, war dagegen eine sicherere Wahl.

Es war noch früh, als ich aufwachte, gerade mal sechs Uhr, aber die Sonne wärmte das Zelt bereits und verströmte den moschusartigen Geruch taufeuchten Zeltstoffs. Ich drehte mich um und öffnete die Zeltklappe. Wenn ich auf der Seite lag, konnte ich Bryce sehen, der am Feuer kniete und mit einer Hand Eier aufschlug, die er in eine schwere, geschwärzte Stahlpfanne fallen liess. Der Geruch von brutzelndem Speck liess meinen Magen knurren. Sogar sein Rücken war wunderschön. Ich seufzte, denn ich konnte nicht zulassen, dass meine Gefühle für ihn die Oberhand über mich gewannen, noch konnte ich ihn hereinlassen.

Herb kam aus dem Waschraum, seine Silhouette zeichnete sich gegen den herrlich rosa beleuchteten Himmel ab. Ich liess meinen Blick zu einem anderen Zelt schweifen und sah Andrew aus dem Zelt treten. Er streckte und reckte sich zum Himmel. »Guten Morgen«, sagte er.

Herb antwortete auf die Begrüssung und Bryce sah vom Feuer auf und sagte: »Frühstück in zehn Minuten.« Andrew nickte und Herb antwortete mit einem »okay-dokey.«

Ich zog meine neuen Shorts an, knöpfte mein ärmelloses Buschhemd zu und hob mein Haar zu einem Pferdeschwanz zurück, den ich mit einem Haargummi zusammenband. Ich schlüpfte aus dem Zelt und ging zum Feuer. Wenn ich noch einmal duschen wollte, musste ich Bryce erneut nach seinem Handtuch fragen, das über dem Aussenspiegel seines Land Rovers hing.

»Hallo«, sagte ich zu seinem Rücken. »Brauchst du Hilfe?«

»Nö.«

»Hey, ich bin der Koch, stimmt's?«

»Linley, wenn das dein richtiger Name ist, sagst du mir jetzt, in was für Schwierigkeiten du steckst? Ich würde lieber nicht von Andrew etwas über dich erfahren.«

Er war ein bisschen bockig, und ich verärgert, aber ich hatte Bryce gestern Abend versprochen, ihm von meinen Problemen zu erzählen – nun ja, von einigen. »Aber Andrew hätte dir gar nichts erzählen sollen. Hat er dir von meinem Ex-Freund erzählt?«

Ich wollte nie wieder von jemandem abhängig sein, und als ich in seine Augen sah, wusste ich, dass sich mein Herz wünschte, was andere Menschen hatten: Sich für den Rest des Lebens auf einen zuverlässigen Mann stützen zu können, für den ich genauso wichtig war. Das hatte ich nie gehabt. Stattdessen war ich Spielzeug und Spielfigur gewesen und hatte gelernt, ohne Rücksicht auf mein eigenes Verlangen und Vergnügen einfach zu gefallen.

»Ja. Aber das kann ja nicht alles sein, denn warum hättest du mich sonst entführen müssen? Wenn du mir gesagt hättest, dass du vor einem Typen auf der Flucht bist, hätte ich dich gerne mitgenommen.«

Ich wandte mich ab. »Das alles hier tut mir leid, Bryce«, sagte ich leise. Gern hätte ich ihm alles erzählt, aber gleichzeitig wollte ich ihn von meinen Problemen abschirmen. Und weil ich wusste, dass ich mich in ihn verliebt hatte, wollte ich auf keinen Fall, dass er schlecht von mir dachte, wenn ich ihm von der kriminellen Seite meines Leben erzählte.

Er wendete die Eier und schnitt mit einem Brotmesser frische Brötchen auf. Ich sah, dass seine Fingerknöchel durch den festen Griff weiss wurden. Für einen kurzen Moment wurde ich bis ins mein Rückenmark eiskalt und starr, denn das Glitzern der geschliffenen Klinge erinnerte mich an ein anderes Messer, welches das Kerzenlicht reflektierte. »Es gibt nichts, was dir leidtun müsste. Ich kann nicht ... ich meine, ich sollte nicht urteilen.«

»Es tut mir leid«, sagte ich erneut.

Sein ganzer Körper seufzte. »Dann *sag es* mir, Linley. Erzähl mir alles.«

Ich hätte es am liebsten auf der Stelle getan, konnte mich aber nicht dazu durchringen, ihm die ganze Geschichte zu erzählen. Ausserdem hatte sich Andrew aus seinem Geplapper mit Herb befreit und war auf dem Weg zu uns. Die Morgensonne stach bereits so heftig, dass sie den Schmerz meines Katers noch verstärkte. Mir war danach, einfach wegzulaufen und der ›Go away‹-Schrei des grauen Lärmvogels, der seinen englischen Namen rief, verhöhnte mich. Wie gern wäre ich weit weg gegangen.

»Guten Morgen, Naomi und Bryce«, sagte Andrew.

»Sie heisst Linley, nicht Naomi«, sagte Bryce mit einem Anflug von Triumph darüber, dass es etwas gab, das er Andrew voraushatte.

»*Howzit*«, antwortete ich.

Andrew hob die Augenbrauen. »Netter Name.«

Bryce stellte für jeden von uns einen Teller mit einem Brötchen hin. »Das Frühstück ist serviert.« Er wischte sich die Hände an den Shorts ab und ging zu seinem Land Rover.

Andrew senkte seine Stimme. »Können wir reden?«

»Nicht hier.«

»Okay. Dann vielleicht in Kenia?«

»Was meinen Sie«, fragte ich ihn.

»Du hast gestern Abend gesagt, du wolltest schon immer die riesige Gnuwanderung in der Masai Mara sehen, also lass uns dorthin fliegen. In ein paar Tagen bin ich mit Herbs Gruppe fertig, dann können wir los. Ich bringe das Flugzeug meines Freundes zurück nach Nairobi und du begleitest mich.«

Ich warf einen Blick auf Bryce, der im Wagen nach etwas suchte und uns nicht beachtete.

»Ich möchte dir helfen. Was du tust, wenn du in Ostafrika bist, ist deine Sache.«

Dies war meine Möglichkeit, Südafrika zu verlassen und in ein neues Leben zu starten. Ich war noch nie in Kenia, aber jeder, der mich kannte, hatte mich sagen hören, die grosse Migration sei das Einzige, was ich vor meinem Tod unbedingt erleben wolle. Und nun bot mir ein freundlicher Fremder an, mich in einem Privatflugzeug dorthin mitzunehmen. Es hätte die perfekte Flucht für mich sein können.

Ich sah Bryce an.

»Linley?«

Ich richtete meine Aufmerksamkeit wieder Andrew zu. »Von wo würden wir fliegen?«

»KMIA, Skukuza, Sabi Sand, wo immer Sie wollen. Wenn Sie keinen tränenreichen Abschied wollen, kann ich auch jemand anderen finden, der uns hinbringt.«

Ich schaute wieder zu Bryce, aber er ignorierte mich weiterhin. Er musste wissen, dass Andrew und ich ein Komplott schmiedeten und ihn absichtlich nicht einweihten. Mein Herz schmerzte für ihn. »Ja, ich komme gern mit, aber vorher muss ich mir einen neuen Pass oder ein vorläufiges Reisedokument besorgen.«

Er nickte. »In Ordnung. Lass es dir am Besten per Kurier zum KMIA, dem internationalen Flughafen von Kruger Mpumalanga schicken und ich kann es dort für dich abholen. Ich fliege vom

Flugplatz in Nelspruit dorthin und hinterlege dort meinen Flugplan.«

Er machte eine kurze Pause. »Ich werde mich gut um dich kümmern, Naomi, äh, ich meine, Linley«, versprach er und versuchte, die Besorgnis, die er zweifellos in meinem Gesicht las, zu beschwichtigen. Er legte mir eine schützende Hand auf die Schulter. »Ich lasse nicht zu, dass dir jemand wehtut. Ich nehme an, deine Namensänderung war Teil deines Versuchs, von deinem verrückten Freund wegzukommen.«

Ich nickte, genau im selben Augenblick, als Bryce mich wieder ansah. Ich erkannte den Schmerz in seinen Augen und hätte am liebsten geweint. »Gut«, sagte ich zu Andrew.

Ich weiss nicht, was ich mir in diesem Moment wünschte – vielleicht, dass Bryce aufstand, von seinem verdammten Kochfeuer und dem Frühstück weg und zu mir lief und mir sagte, er bringe mich irgendwo hin und helfe mir, mein Leben in Ordnung zu bringen. Vielleicht wollte ich, dass er mich am Arm packte, mich zum Land Rover zerrte, damit wegfuhr und Andrew und Herb und die anderen Amerikaner einfach zurückliess.

Stattdessen sagte Bryce: »Tierbeobachtung in einer halben Stunde.«

Andrew bestand darauf, dass ich auf die Fahrt mitkäme und Bryce zuckte nur mit den Schultern.

»Ich würde ja vorschlagen, dass sie hierbleibt und das Mittagessen vorbereitet, aber du weisst ja, dass sie nicht wirklich kochen kann«, sagte Bryce ausser Hörweite der Gäste. In diesem Moment hasste ich ihn.

Wir nahmen die unbefestigte Strasse nach Süden, parallel zu den Lebombo-Hügeln und zur mosambikanischen Grenze, in Richtung Satara. Irgendwann dachte ich, ich könnte aussteigen und zu Fuss abhauen, einfach im Busch verschwinden, wie es die mosambikanischen Illegalen aus der entgegengesetzten Richtung taten, wenn sie durch diese Hügel gingen, um sich in Südafrika ein besseres Leben zu schaffen oder hier Nashörner zu jagen. In jedem Fall wollten sie reich werden und waren bereit, für ihren Traum zu sterben, etwa zu verdursten, zu verhungern oder von einem menschenfressenden Löwen getötet zu werden. Oder versuchten sie, ihrem Albtraum zu entkommen? Die Ähnlichkeiten mit meiner Situation waren allgegenwärtig, und eigentlich war es mir egal, ob ich dabei ums Leben kam. Nach ein paar Stunden, in denen wir Zebras, Giraffen, Kudus und Schakale sahen, bog Bryce links auf eine Zufahrtsstrasse ab, die uns zu einem Damm führte.

»Das ist der Gudzani-Stausee«, erklärte Bryce seinen Kunden, hob sein Fernglas an die Augen und suchte die Mauer und das andere Ufer ab. »Um diese Tageszeit sehe ich hier oft eine Leopardin, die sich sonnt, bevor sie auf die Jagd geht. Sie hat Junge.«

»Ein *Hippo*, ein Flusspferd«, sagte Andrew, der den Busch ebenfalls nach Tieren absuchte. Er senkte sein Fernglas und sagte leise zu mir: »Ich habe ein Telefon und ein iPad, die du in Satara benutzen kannst. Dort hast du Verbindung und kannst die Botschaft anrufen oder E-Mails schreiben.«

Wir verliessen den Damm und fuhren auf einer Strasse namens S100, die laut Bryce für ihre Katzen bekannt war, nach Westen. Auf dieser Strasse sahen wir keine, aber als wir südlich von Satara wieder auf die Teerstrasse fuhren, musste Bryce wegen eines Staus anhalten. Etwa fünfzig Meter von uns entfernt, durch das Gewirr der geparkten Autos gerade noch sichtbar, ruhte ein Löwenpaar, ein Männchen und ein Weibchen, im Schatten eines Baumes. »Die beiden haben das Rudel verlassen, um sich zu paaren«, erklärte er den Gästen. »Sie bleiben vierundzwanzig Stunden lang zusammen und haben etwa jede Viertel- bis halbe Stunde Sex.«

»Beeindruckend«, sagte Herb.

»Schmerzhaft«, warf ich von hinten ein. Herb lachte und Bryce ignorierte mich, während Andrew die Löwen durch sein Fernglas betrachtete.

Die Löwin erhob sich, streckte sich und ging vor dem Männchen her. Sie hob ihren Schwanz, schnippte damit und zeigte sich dem prächtigen schwarzmähnigen Wesen. Die vierundzwanzigstündige Phase war wohl schon fast zu Ende, denn er sah aus, als könne er kaum noch die Augen offenhalten. Sie fletschte ihre Zähne und knurrte.

Hinter uns hörte ich ein metallisches Geräusch und schaute mich um. Ein Mann stieg aus einem mit Dachzelten ausgestatteten HiLux, auf dessen Seiten die Aufkleber einer 4x4-Vermietungsfirma prangten. »Bryce!«

Bevor Bryce auch nur erfassen konnte, was los war, war der Löwe aus seinem postkoitalen Schlummer erwacht und auf den Pfoten. Er stiess ein kehliges Knurren aus und machte ein paar Schritte auf uns zu. Ich hätte am liebsten geschrien, aber Bryce hielt eine Hand hoch und liess den Motor an. Er legte den Rückwärtsgang ein und stellte unseren Wagen zwischen den Löwen und den Idioten, der seine Tür geöffnet hatte.

»Steigen Sie wieder in Ihr Auto!«

Der Löwe drehte sich auf der Stelle um und rannte, von seiner Gefährtin gefolgt, die eine Pause einlegte und knurrte, ins lange, trockene Gras. Um uns herum zischten die Leute ihre Missbilligung über den Mann, der wieder in sein Auto eingestiegen war.

»Was haben Sie sich nur dabei gedacht?«, wollte Bryce von ihm wissen.

»Mein Auto springt nicht an«, erklärte der Mann mit einem italienischen Akzent. Bryce schüttelte verärgert den Kopf. »Ich gebe Ihnen eine Starthilfe.«

»Steigen Sie wieder ein.«

Als sich der Stau aufzulösen begann, fuhr Bryce etwas vorwärts und manövrierte den Land Rover hinter den gemieteten Toyota. Als er seine vordere Stossstange bis zu den Reserverädern am Heck des anderen Fahrzeugs schob, sagte ich zu Andrew: »Danke. Für alles.«

In Satara kletterten wir aus dem Wildbeobachtungsfahrzeug und Bryce informierte alle darüber, dass wir eine halbe Stunde Zeit hätten.

»Komm, dort drüben, hinter dem Parkplatz, gibt es einen Picknickplatz für Tagesgäste«, erklärte mir Andrew und zeigte auf einen Platz, den ich in der Nähe des Eingangstors des Camps gesehen hatte.

»Die meisten Leute gehen einfach in den Laden oder das Café, also können wir uns dort ein ruhiges Plätzchen suchen.«

Bryce ging auf die Toilette und die amerikanischen Gäste stürmten in den kleinen Laden des Camps, der sich der Rezeption gegenüber befand. Andrew und ich spazierten über den Parkplatz zum Picknickplatz, einem schönen Areal im Busch am Rande des Camps, mit schattenspendenden Holzpergolen über Tischen und Sitzgelegenheiten. Wir setzten uns hin und während Andrew sein iPad einschaltete, begann ich meine Flucht zu planen.

26

———

Brand lief durch den ausgetrockneten Busch und seine Schritte knirschten auf dürrem, goldenem Gras und abgebrochenen Zweigen. Hin und wieder schlängelte sich etwas vor ihm durch den vertrockneten Mulch.

Er roch den sauren, muffigen Geruch der Elefanten im Wind, der ihm so vertraut war, wie der Duft des Hotdog-Verkaufsstands an der Strassenecke, den er als Junge gekannt hatte. Obwohl er als Menschenjäger wegen des Kriegs nach Afrika gekommen war, hatten ihn schliesslich die Ruhe, der Friede und die Harmonie des Buschs und seiner wilden Bewohner hier gehalten.

Die Elefantenherde war vom Hwange-Nationalpark in Simbabwe, der hinter ihnen lag, in Richtung Nordwesten, zum Chobe-Fluss in Botswana unterwegs. Jedes Jahr während der Trockenzeit taten Zehntausende der riesigen Tiere das, was Hudson jetzt tat: Sie ignorierten die Grenze zu Botswana und überquerten sie, im Bestreben, zu überleben. Die Dürre war dabei nicht ihre einzige Herausforderung, denn trotz seines Rufs als friedliches Paradies für Wildtiere, barg Botswana immer noch jede Menge Gefahren für Elefanten, Büffel und andere Tiere, die sich zu den glitzernden Gewässern des Chobe hingezogen fühlten. Entlang des Flusses wurde immer mehr Land für die Landwirtschaft genutzt, wodurch der traditionelle Zugang für wandernde Tiere versperrt wurde. Bananen, Mais und andere aromatische Leckereien lockten hungrige und durstige Elefanten an, und um ihre Ernte zu schützen und gleichzeitig einen Berg von Elefantenfleisch für ihre Familien und Freunde zu erbeuten, zögerten die Bauern nicht lange, bevor sie den Abzug betätigten.

Aus der Ferne hörte er einen schrillen Trompetenstoss, der von weiteren verzweifelten Rufen des Rests der Herde widerhallte. Vielleicht waren sie auf einen Löwen oder einen Leoparden getroffen. Brand hatte schon oft gesehen, dass Elefanten Raubtiere, sogar mickrige Geparden, verfolgten. Selbst der König des Busches war ein Angsthase, wenn er von mehrere Tonnen wiegenden, wütenden Dickhäutern verfolgt wurde.

Dies war Waldgebiet, eine Übergangszone zwischen Nationalpark und der grossen weiten Welt, in der der Mensch herrschte. Ein Windwirbel wehte eine Sandhose heran, der in der Ferne tanzte und auf ihn zusteuerte. Die Bäume schluckten den grössten Teil der Böe, liess aber einen Vorhang aus Staub zurück. Brand leckte sich über die Lippen. Seine Kehle war vom Alkohol der letzten Nacht und der Hitze des Tages trocken. Eine Bewegung liess ihn innehalten.

Beinahe hätte er sie übersehen, die dicken, grauen Beine, die eher wie Baumstämme aussahen, doch das Flattern eines riesigen Ohres und die Bewegung eines geschwenkten haarigen Schwanzes hatten einen von ihnen verraten. Jetzt, da er stehenblieb und sich konzentrierte, erkannte er, dass es eine ganze Herde war. Sie bewegten sich langsam, um ihre Kräfte zu schonen und von ihren grossen, schwammigen Füsse hörte man keinen Laut. Brand kauerte hinter einem Bleiholzbaum und beobachtete, wie sich die Dickhäuter, keine hundert Meter von ihm entfernt, von links nach rechts bewegten. Falls sie ihn entdeckt hatten, liessen sie es mit keinem Zeichen erkennen. Die Elefanten zogen auf der Suche nach Wasser und nach Leben weiter.

Genau wie er es erwartet hatte, sah er bald die ›Hunter's Road‹ durch das trockene Laub vor sich. Die gewellte Schotterstrasse verlief an der Grenze zu Botswana in Nord-Süd-Richtung. Ihr Name kam von früher, als Elfenbeinjäger ihre Ware auf ihr transportierten und war heute bei Fahrern von robusten Geländewagen sowie bei modernen Jägern, also Wilderern, die auf der Suche nach Fleisch und Elfenbein waren, beliebt.

Brand setzte sich in den spärlichen Schatten einer blattlosen Akazie und fragte sich, ob und wann Peter und Anna auftauchen würden.

Die Art und Weise, in der Peter Cliff ihm seine Hilfe bei der Ausreise aus Simbabwe anbot, hatte ihn angenehm überrascht, denn das hätte er nicht tun müssen. Er dachte an sein Gespräch mit Anna, während Peter geschlafen hatte. Er fühlte sich um ihretwillen schlecht, falls er ihr unabsichtlich signalisiert hätte, dass er für ihren Wunsch nach einer Affäre offen sei.

Anna beunruhigte Brand, weil er sie tatsächlich äusserst anziehend fand. Das allein war nicht ungewöhnlich, er hatte in der Vergangenheit mit einer ganzen Reihe von Kundinnen geschlafen, aber sie waren immer unverheiratet gewesen. Er fragte sich, ob Peters anfängliche Überheblichkeit es ihm unbewusst erleichtert hatte, bei Anna einen falschen Eindruck zu erwecken. Sie hatte ihm leidgetan und als sie gesagt hatte, sie sei in einer lieblosen Beziehung gefangen, hatte er ihr geglaubt. Aber nun hatte Peter durch seine Lügen eine Verhaftung und möglicherweise sogar eine Gefängnisstrafe riskiert. Brand hoffte inständig, das Paar sei am Grenzübergang Pandamatenga nicht in Schwierigkeiten geraten.

Er spürte, dass er eine Pause brauchte. In zwei afrikanischen Ländern war ihm die Polizei wegen Vergewaltigung und Mord auf den Fersen, und die Person, nach der er suchte, wollte nicht gefunden werden. In solchen Momenten wünschte er sich, er wäre einfach nur ein Safariführer geblieben, aber gleichzeitig war ihm bewusst, dass er damit, ausschliesslich Leute auf der Suche nach Tieren herumzufahren, nie glücklich würde. Auch wenn er keine Tiere zum Spass tötete, lebte der Geist des Jägers in ihm.

Er schaute die lange, gerade Strasse hinauf und sah die Staubwolke, bevor er den Dieselmotor hörte. Brand stand auf, wischte sich den Schmutz von der Hinterseite seiner Shorts und ging auf die Mitte der Fahrbahn. Der Wagen wurde langsamer und Anna kurbelte strahlend das Fenster herunter. »Schön, Sie hier zu treffen«, sagte sie.

»Hattet Ihr irgendwelche Probleme?«

Peter zeigte hinter dem Lenkrad mit dem Daumen nach oben. »Glatt wie Seide. Niemand hat irgendwelche Fragen gestellt. Der diensthabende Polizist auf der simbabwischen Seite hat das Fahrzeug nur halbherzig durchsucht und gefragt, ob wir *Dagga* dabei hätten.«

»Marihuana«, sagte Brand.

Peter nickte. »Das dachte ich mir. Ich versicherte ihm, wir hätten keine Drogen oder gar Zigaretten im Fahrzeug, worauf er sagte: ›Ich rauche keine Zigaretten, nur *Dagga*!‹« Sowohl Anna als auch Peter lachten bei der Erzählung und Brand freute sich, dass sie scherzten.

»Dann übernehme ich jetzt das Steuer wieder«, sagte Brand.«

Peter liess den Motor laufen und sprang vom Beifahrersitz herunter. »Das dürfen Sie gern. Diese Wellblechstrassen sind mörderisch.«

Brand kletterte auf seinen Platz und beschleunigte zügig, um so schnell wie möglich auf siebzig Stundenkilometer zu kommen, damit die Reifen des Land Cruisers über die Kuppen der gewellten Buckel hüpften, anstatt in jede Rille hinein- und wieder herauszuspringen.

Sie trafen wieder auf die Teerstrasse und Brand fuhr weiter nach Süden. Durch den Hitzedunst tauchte die kleine Stadt Nata auf und ein Esel, der mitten auf der Strasse stand, amtete als Begrüssungskomitee.

Brand hielt an der Shell-Tankstelle an, um zu tanken. »Die Strasse rechts führt nach Moremi, ins Okavango-Delta«, erklärte er Anna und Peter. »Aber hier gibt es nicht viel ausser Benzin, Ziegen und Staub.«

Ein junger Mann kam an Annas Fenster und hielt Schmuck aus Perlen in die Höhe. »Ich komme aus Simbabwe, Madam. Ich habe Hunger und auch meine Familie ist hungrig. Bitte kaufen Sie etwas von mir.«

Brand stand neben dem Tankwart und erwartete, dass Peter dem Verkäufer sage, er solle verschwinden.

»Hier, gib ihm hundert Rand«, sagte Peter und reichte Anna einen

Schein. Als der Verkäufer Anna ein Armband aus lackierten Samen-kapseln überreichte, sah er aus, als habe er im Lotto gewonnen.

Peter bezahlte den Tankwart und sie machten sich wieder auf den Weg. Zehn Kilometer weiter bog er links ab, auf eine graue Sand-strasse, die sie zur Nata Lodge führte, vor der er das Auto parkte. Sie stiegen aus und gingen durch den strohgedeckten Empfangsbereich zu einem Innenhof mit einem kleinen Pool, einer Bar und einem Restaurant. Es war eine kleine Oase im trockenen Flachland von Botswana, und auf den Sonnenliegen rund um das Wasser räkelten sich Touristen.

»Mensch, der Pool sieht einladend aus. Haben wir Zeit für eine Runde Schwimmen?«, fragte Anna.

»Sicher«, sagte Brand. »Ich probiere das Wi-Fi aus und checke die E-Mails, um zu sehen, ob es etwas Neues von Linley Brown oder der südafrikanischen Polizei gibt.«

»Ich brauche ein Bier«, sagte Peter. »Möchten Sie auch eins?«

Brand schüttelte den Kopf. »Nur Cola, bitte. Ich habe noch einen weiten Weg vor mir. Können Sie mir bitte ein paar Dollar leihen, damit ich hier das Internet nutzen kann?«

Peter verdrehte die Augen, lächelte aber und fischte einige Scheine aus seiner Brieftasche. Brand mochte den Mann von Minute zu Minute mehr. Er ging zur Rezeption zurück und kaufte einen W-LAN-Gutschein, dann setzte er sich allein in eine Ecke der Bar, weit weg vom Flachbildfernseher, der von den Dachbalken hing und auf dem eine Wiederholung des letzten Spiels der ›Springboks‹, des südafrikanischen RugbyTeams, lief.

Er schaltete seinen Laptop ein und wartete auf die Verbindung, dann rief er sein Webmail-Konto auf. Sein Puls beschleunigte sich, als er eine Nachricht von Linley Brown in seinem Posteingang entdeckte.

Okay, Mr. Brand, treffen wir uns. Ich brauche mein Geld und will die Sache zu Ende bringen. Wir, nur Sie und ich, aber niemand sonst, treffen uns diesen Donnerstag um 10.00 Uhr am Ort, den Sie unten finden. Wenn ich irgendwelche andere Leute in Ihrer Nähe sehe, finden Sie mich nicht. Ich unterschreibe alles, was Sie brauchen, und erzähle Ihnen von Kate. LB.

Diesen Donnerstag. Das war übermorgen. Unter der Nachricht stand eine Reihe von GPS-Koordinaten mit Längen- und Breitengraden, die Brand nun auf Google Earth eingab. Die Verbindung war langsam, doch schliesslich wurde der Ort angezeigt. Er erkannte ihn, es war die Zufahrtsstrasse zum Shaw's Gate, einem der Eingänge zum Sabi Sand Game Reserve, am westlichen Rand des Krüger-Nationalparks. Ironischerweise befand es sich ganz in der Nähe seines Wohnorts Hippo Rock, also fast dort, wo er seine Reise begonnen hatte.

Ein Barmann brachte ihm seine Cola und er stiess über die Distanz mit Peter an, der auf der anderen Seite des Raumes sass und einen Teil seiner Aufmerksamkeit auf das Rugbyspiel, den anderen auf Brand gerichtet hatte. Dieser rieb sich das stoppelige Kinn, als er Linleys Nachricht erneut las. Sie warnte ihn, *keine anderen Leute* mitzubringen. Vermutete sie, dass er wusste, dass sie von der Polizei gesucht wurde? Es war sehr unwahrscheinlich, dass Linley davon wusste, dass er Kate Munns' Schwester und Schwager im Schlepptau hatte. Diese Frau agierte wohl wie eine verwundete Löwin, vorsichtig und gefährlich.

Brand schaute auf den Pool hinaus, wo Anna in ihrem Bikini stand. Sie war etwas füllig wenn auch gut trainiert, doch man sah ihr ihr Alter an. Ihre Haut war cremefarben und von ihrer Zeit in Grossbritannien blass, aber sie tauchte mit der Geschicklichkeit und dem Selbstvertrauen eines Kindes der Sonne ein und zog ihre Bahnen. Am anderen Ende des Beckens wendete sie geschickt mit einem Purzelbaum und schwamm zurück. Als sie die Oberfläche durchbrach, grinste sie ihn an. Er erwiderte ihr Lächeln, unsicher, wie er mit der bevorstehenden Begegnung mit Linley Brown umgehen solle. Sie zwinkerte ihm zu und begann eine Runde Rückenschwimmen, während der sie ihn die ganze Zeit über beobachtete. Brand warf einen Blick auf Peter und sah, dass dieser jetzt in den Fernseher vertieft war.

Brand schaltete den Computer aus und ging zu Peter hinüber. »Wir müssen weiterfahren. Ich habe eine Nachricht von Linley Brown erhalten und sie will mich übermorgen treffen. Wir haben einen weiten Weg zu ihr.«

»In Ordnung. Ich hole Anna.«

Brand ging, ohne einen weiteren Blick zum Pool zurückzuwerfen, zum Land Cruiser hinaus.

Sie überquerten die Grenze von Botswana nach Südafrika bei Pont Drift am Limpopo-Fluss und fuhren durch das trockene, sandige Flussbett.

Der Weg ab der Grenze führte sie parallel zum Limpopo, an den hohen Elektrozäunen von Wildfarmen vorbei, von denen viele Jagden veranstalteten. Schilder warnten vor gefährlichen Tieren und noch gefährlicheren Besitzern, die mit automatischen Gewehren bewaffnet waren. Brand erhaschte einen flüchtigen Blick auf ein Spitzmaulnashorn, das ihnen den Rücken zudrehte und in die Dornenbüsche flüchtete, bevor Peter oder Anna es entdecken konnten. Das schwindende Licht färbte die hoch aufragenden Felsformationen entlang des Flusses blutrot. Es war ein wildes, hartes Land, und die Temperatur ausserhalb des Land Cruisers sank mit dem Untergehen der Sonne kaum. Sie passierten den Mapungubwe-Nationalpark zu ihrer Linken und erreichten einige Kilometer vor der Abzweigung nach Musina die Lodge, in der sie untergebracht waren.

Es handelte sich um eine saubere, ruhige Unterkunft für Selbstversorger, vor allem für Leute, die den Grenzposten Beitbridge für die Ein- oder Ausreise von und nach Simbabwe benutzten. Brand meldete sie an und die diensthabende Frau führte Peter und Anna zu einem, und ihn zu einem zweiten Chalet.

Brand nahm Dosen mit Thunfisch und Tomaten, eine Packung vorgefertigte Käsesosse und eine Tüte Nudeln aus der Proviantkiste im Kofferraum des Land Cruiser und kochte ihnen einen Thunfisch-Nudeleintopf. »Es ist nichts Grossartiges, aber immerhin ist es ein Essen.«

»Es schmeckt köstlich«, sagte Anna. Sie hatte eine Flasche zollfreien Gin geöffnet und konnte an der Rezeption etwas Tonic Water und Eis besorgen.

»Ich gehe früh zu Bett«», sagte Peter. »Es war ein anstrengender Tag.«

»Ja, das tue ich auch«, sagte Brand und holte die Teller vom Tisch vor dem Chalet der Cliffs ab. Peter verschwand im Chalet und Brand machte sich auf den Weg zu seinem eigenen Chalet, doch Anna wandte sich an ihn.

»Hudson ...«, begann sie.

Er drehte sich an der Tür zu seiner Hütte um. »Ja?«

»Können wir miteinander reden?«

»Ich muss mich jetzt duschen und rasieren. Wir haben morgen eine lange Fahrt vor uns.«

Irgendwo in der Nähe quietschte eine Fledermaus und aus dem Wasser einer Vogeltränke quakte ein Frosch. Am Himmel über ihnen zeigten sich Sterne. Anna trat einen Schritt näher und senkte ihre Stimme. »Ich möchte mit Ihnen über Peter sprechen.«

»Anna ...«

»Nein, warten Sie. Lassen Sie mich rein, nur für eine Minute.«

»Ihr Mann ist gleich nebenan.«

»Er duscht gerade und dafür braucht er bestimmt zwanzig Minuten. Er ist sehr pingelig.«

Brand seufzte und stiess die Tür zu seinem Chalet auf. Anna folgte ihm hinein. Er stellte die schmutzigen Teller auf die Anrichte neben dem Waschbecken, damit eine Hausangestellte sie am nächsten Tag abräumen konnte »Ich würde Ihnen ja einen Kaffee anbieten, aber ich versuche immer, keine abgedroschenen Einladungen zu verwenden.«

Sie lehnte sich gegen die Kante der kleinen Küchenzeile. »Er hat das heute gut gelöst, diese ganze Sache mit der Grenze. Ich glaube, er mag ein wenig Aufregung in seinem Leben, so geht es uns doch allen. Aber ich bin ihm trotzdem absolut gleichgültig, Hudson, jedenfalls in *dieser Art und Weise*.« Sie schniefte und wischte sich über die Augen.

Brand wusste nicht, was er von ihr oder von dieser Beziehung halten sollte. Sein Kopf sagte ihm, er sollte ihr sagen, sie solle das Chalet sofort verlassen, aber ihre Augen sahen ihn wirklich traurig an. »Anna, ich bin keine Lösung für Ihre Eheprobleme.«

Sie atmete aus. Ihre Brüste waren betont, so wie sie dastand, mit den Armen auf dem Rücken und den Handflächen auf der Küchenplatte zu beiden Seiten. Sie hatte vor dem Abendessen geduscht, und ihr noch feuchtes, glänzendes Haar war zu einem Pferdeschwanz hochgebunden. Sie roch süss und sauber und ihre Brustwarzen pressten sich gegen den Stoff ihres einfachen weissen T-Shirts. »Nein, das weiss ich. Aber ich frage mich, ob ich überhaupt noch eine Ehe habe. Ich denke darüber nach, ihn um die Scheidung zu bitten.«

»Ist es so schlimm?«

Sie zuckte mit den Schultern. »Ich weiss es selbst nicht genau. Was ich aber mit Bestimmtheit weiss, ist, dass mein Mann mir fremd geworden ist. Kates Tod ... war nicht der Grund dafür, aber seitdem ist es zwischen uns auch nicht besser geworden.«

»Glauben Sie nicht, dass die gemeinsame Suche nach Linley Brown Ihnen beiden hilft, sich wieder zu versöhnen?«, fragte er.

Anna dachte ein paar Sekunden lang über die Frage nach. »Ich hatte es gehofft, aber jetzt bin ich mir nicht mehr so sicher. Ich glaube, Peter tut das alles nur für mich. Er hat Ihnen über die Grenze geholfen und versucht, fröhlich zu sein, aber es ist, als wäre das für ihn alles nur eine Ablenkung. Und mir hilft es nicht, Hudson. Ich bin eine Frau und habe Bedürfnisse.«

Er wollte das Gespräch vom Sex ablenken. »Ich habe es Ihnen noch nicht gesagt, aber Linley hat in ihrer E-Mail ausdrücklich gefordert, dass ich mich allein mit ihr treffe, ohne dass jemand anderes dabei ist. Sie hat gedroht, das Treffen seinzulassen, wenn sie mich mit jemandem im Schlepptau sieht.«

Anna schien seine Worte nicht zu hören oder zu registrieren, denn sie schob sich von der Bank nach vorne und schloss die Lücke zwischen ihnen. Brand wusste, dass er zurücktreten und sich abwenden sollte, aber seine Füsse schienen wie angewurzelt. Die Häuschen waren nahe genug beieinander, dass er in der Dusche nebenan das Wasser laufen hören konnte. Anna war jetzt nur noch ein paar Zentimeter von ihm entfernt.

»Ich käme gern nach Afrika zurück.« Anna blinzelte ein paar Mal, und er sah Tränen in ihren Augen glitzern. »England ist so kalt. Ich vermisse die Hitze und den Busch.«

»Anna, ich bin nicht Ihre Fahrkarte nach Hause.« Er ballte die Fäuste an seiner Seite und versuchte, stark zu bleiben.

»Manchmal möchte ich einfach nur weglaufen und verschwinden, so wie meine Schwester es versucht hat...« Ihr Körper begann zu zittern und Schluchzer schüttelten sie.

Instinktiv legte er seine Hände um ihre Arme, zog sie an sich und versuchte, sie zu trösten. Er spürte, wie ihre Tränen in den staubigen Stoff seines Buschhemdes drangen, und atmete den Duft ihres Shampoos ein. Er spürte, wie ihr Herz gegen seine Brust hämmerte und obwohl er sich einredete, er wolle nur eine verlorene und einsame Seele trösten, verriet sein Körper seine niederen Gefühle und Triebe. Nebenan hörte das Zischen der Dusche auf und er hörte Husten.

»Halt mich, Hudson.«

Er zog sie an sich und küsste den Scheitel in ihrem nassen Haar. Sie sah flehend zu ihm auf. Brand spürte, wie sich sein Herz in Gelee verwandelte. Er hatte schon immer eine Schwäche für hübsche Mädchen gehabt, und ihre Tränen brachten seinen Widerstand zum Schmelzen.

Er hielt sie auf Armeslänge von sich. »Du musst jetzt zu ihm zurückgehen.« Sie schüttelte den Kopf, senkte aber den Blick. »Ja.« Er schob einen Finger unter ihr Kinn und hob ihr Gesicht an. »Er tut dir doch nicht weh, oder, Anna?«

»Er zeigt weder Wut, Glück, Liebe, noch Lachen. Nichts. Es ist, als lebe man mit einem Roboter. Ich halte es nicht mehr aus. Er schläft lieber mit Huren und Fremden als mit mir.«

Das ist doch nicht zu fassen, dachte Brand. Schon oft hatten ihm Frauen von Kunden Avancen gemacht, aber er hatte ihre Annäherungsversuche immer abgewiesen und nie eine in den Arm genommen und geküsst oder zugelassen, dass sie ihm so nahe kam wie Anna im Wagen. Er hatte sich von ihr in ihr risikofreudiges Verhalten hineinziehen lassen, doch das war gefährlich. Obwohl ihr Mann ihm heute möglicherweise den Hintern gerettet hatte, mochte er Peter Cliff immer noch nicht besonders. Trotzdem wollte er nicht dazu beitragen, dass seine Ehe zerbrach. Er versuchte, den Blick von ihren Augen abzuwenden, aber es gelang ihm nicht.

»Verdammt noch mal.«

»Es ist nicht deine Schuld, Hudson«, schniefte sie. »Ich bin einfach unwiderstehlich.«

Er lachte und sie lächelte, dann löste er seine Umarmung und sie ging zur Tür und verschwand.

27

———

Sannie van Rensburg beendete das Telefongespräch mit Simbabwe und drehte sich auf ihrem Stuhl zu Mavis.

»Was hat Sergeant Goodness zu ihrer Verteidigung gesagt?«

Sannie legte ihre Hände wie zum Gebet zusammen und berührte mit den Fingern ihr Kinn. »Sie hatte sehr interessante Neuigkeiten. Unser Hudson Brand wird jetzt in Victoria Falls wegen Mordes gesucht. Er scheint aus dem Land geflohen zu sein. Die Gäste, die er begleitete, sind an einem kleinen Grenzübergang, Pandamatenga, nach Botswana eingereist, aber es gibt keine Aufzeichnungen darüber, dass Brand Simbabwe verlassen hat. Entweder ist er untergetaucht oder er ist unbemerkt über die Grenze geschlüpft.«

»So, wie sich ein schuldiger Mann verhält?«

Sannie wiegte ihren Kopf hin und her. »Oder ein Unschuldiger. Wenn ich zu Unrecht eines Verbrechens beschuldigt würde, würde ich ungern in einem simbabwischen Gefängnis sitzen und darauf hoffen, meinen Namen reinwaschen zu können. Aber das Beunruhigende ist, dass die Vorgehensweise genau die gleiche ist, wie bei den beiden Morden, für die wir ihn in Südafrika suchen.«

»Eine erwürgte Prostituierte mit diesen schrecklichen Stichverletzungen in der Intimgegend?«, fragte Mavis.

»Genau. Die Simbabwer befragen noch jemanden, einen anderen unserer Einheimischen, Patrick de Villiers.«

»Das ist doch der, den wir zu dem Vorfall mit den Wilderern im Krüger befragt haben?« erkundigte sich Mavis.

»Genau. Sowohl er wie sein Bruder, der Bauer, haben beide schon mehrfach das Innere der Zellen von Hazyview gesehen«, erklärte Sannie.

»Dann müssen wir prüfen, ob er zu den Zeiten, in denen die anderen Morde geschahen, in Nelspruit und Kapstadt war«, schlug Mavis vor.

»Das ist unsere nächste Aufgabe. Wie es scheint, ist De Villiers in der Mordnacht in eine Schlägerei mit Brand und der Prostituierten geraten.«

»Praktisch für Brand«, kommentierte Mavis.

Sannie nickte. »Genau das habe ich auch gedacht. Ich weiss nicht, was zwischen Goodness Khumalo und Brand abgelaufen ist, aber er hat ihr in einer Nachricht den Hinweis auf De Villiers gegeben. Es ist also ebenso gut möglich, dass er den anderen Mann als Sündenbock hinstellen will.«

»Wir brauchen Brand immer noch, um uns bei der Suche nach ...« Sannies Handy begann zu klingeln und sie ging ran. »Hallo? Ah, Herr Brand; wir haben gerade über Sie gesprochen.« Sannie lächelte Mavis an, während diese zuhörte. »Donnerstag, Herr Brand? Ja, ich werde diese Koordinaten überprüfen, aber ich kenne die Gegend, die Sie meinen. An der R536 auf der Strasse zum Paul-Krüger-Tor, gleich bei der Abzweigung zum ›Shaw's Gate‹ im Sabi Sand Game Reserve. Sind Sie in Simbabwe, Mr. Brand?« Sie zwinkerte Mavis zu.

»Warum wollen Sie mir nicht sagen, wo Sie sind?«

Mavis schrieb eine Notiz auf ein Stück Papier, das sie Sannie vor die Nase hielt. *Weil er schuldig ist?* Sannie zuckte mit den Schultern. »In Ordnung, Mr. Brand, dann sehen wir uns morgen früh um zehn Uhr am Eingang des privaten Naturreservats ›Sabiepark‹, in der Nähe des Paul-Krüger-Tors.«

* * *

TOM FUREY LIESS seine drei Kinder am nächsten Morgen vor ihrer Schule am Rande von Hazyview aussteigen. Auf den Strassen der kleinen Stadt, die hauptsächlich vom Safarigeschäft lebte, waren offene Wildbeobachtungsfahrzeuge keine Seltenheit, aber dass Tom einen solchen Wagen fuhr, löste am Schultor eine Menge bewundernder Kinderblicke aus.

Während der Fahrt von der Farm zur Schule hatten seine drei Kinder aufgeregt geplaudert, während Tom an diesem warmen Frühlingsmorgen das Gefühl des Windes in seinem Haar genoss. Er gab dem kleinen Tommy und Ilana einen Abschiedskuss und zerzauste Christos Haar. Sein Ältester, Sannies Sohn aus ihrer ersten Ehe, hatte deutlich gemacht, dass er zu alt sei, um in der Öffentlichkeit von seinen Eltern geküsst zu werden. Er wuchs zu einem guten jungen Mann heran, auf den sein leiblicher Vater stolz gewesen wäre, dachte Tom. Während er die Kinder mit ihren Freunden auf dem Spielplatz beobachtete, winkte Tom dem Schulleiter zu.

Tom trug eine khakifarbene Baseballkappe, grüne Shorts und ein Hemd mit dem Logo eines örtlichen Reiseunternehmens über der linken Brusttasche, aber er war kein Safari-Führer. Er fragte sich oft, ob er, wenn er statt in England in Südafrika geboren worden wäre, vielleicht Führer geworden wäre oder ob es ihn hier ebenfalls in den Polizeidienst gezogen hätte, wie in seinem Heimatland. Er hatte Sannie vor sechs Jahren kennen gelernt, als sie beide als Personenschutzbeamte für Politiker aus Grossbritannien und Südafrika arbeiteten. Er redete sich fast täglich ein, dass er weder den englischen Winter noch seinen Job als Polizist vermisse, konnte aber nicht leugnen, dass er es aufregend fand, seiner Frau heute zu helfen, indem er verdeckt für sie arbeitet.

In Wirklichkeit war er nicht verdeckt unterwegs, sondern begleitete ein Überwachungsteam in Zivil. Er hatte sich den grünen Land Rover von Greg Mahoney, der an diesem Tag keine Bücher dabeihatte, geliehen. Sannie war knapp an Personal, aber anstatt einen echten Führer und sein Fahrzeug einzusetzen, hatte sie zu Tom gesagt, sie wolle jemanden, der defensiv fahren könne, falls der Verdächtige in einem Fahrzeug zu fliehen versuche, oder im schlimmsten Fall sogar Kugeln fliegen sollten.

Tom sorgte sich an jedem einzelnen Tag, an dem Sannie zur Arbeit ging, um sie. Einerseits, wenn sie sich zwischen den endlosen Konvois von Minen-LKWs auf der R40 durch die Hügel auf dem Weg zu und von ihrer Arbeit in Nelspruit schlängelte und andererseits wegen der alarmierenden Anzahl Polizisten, die in Südafrika durchschnittlich jeden Tag im Dienst getötet wurden. Auch Sannies erster Ehemann, der Vater von Christo und Ilana, war im Zusammenhang mit seiner Arbeit von einem Entführer erschossen worden. Tom stiess jeden Tag einen stillen, heimlichen Seufzer der Erleichterung aus, wenn er Sannies Auto die rote, schmutzige Zufahrtsstrasse zu ihrem Haus auf der Bananenfarm hochfahren sah.

Wenn jemand in der Stadt oder seine alten Kollegen in Grossbritannien ihn danach fragten, erzählte er ihnen, er liebe das Leben in der Landwirtschaft. In Wirklichkeit war es harte Arbeit und die Erträge wurden immer geringer, da andere Anbieter in Südafrika und in der ganzen Welt hart daran arbeiteten, sich gegenseitig im Preis zu unterbieten. Ausserdem erhoben erneut Einheimische Anspruche auf Land auf der Farm, und der Anwalt konnte ihnen nicht versichern, dass es dieses Mal gut ausgehe. Sannie und er sprachen bereits darüber, wo sie ein Haus kaufen könnten, falls die Regierung ihnen die Farm abkaufte, um sie Angehörigen eines afrikanischen Volks zu überlassen. Auch wenn sie darüber verbittert war, hatte sich Sannie mit ihrem wahrscheinlichen Schicksal abgefunden. Ihre Eltern hatten die Farm niemandem gestohlen, sondern sie in den sechziger Jahren rechtmässig von einer anderen Familie gekauft und daraufhin wurde die Farm zu ihrem Lebenswerk. Obwohl Sannie in ihrer Jugend die Farm gern verlassen und während sie für die Polizeischutzeinheit in Pretoria arbeitete, in Johannesburg gelebt hatte, war sie, nachdem sie Tom geheiratet hatte, froh gewesen, auf die Farm zurückkehren zu können.

Doch dann hatte sich Sannie wieder der Polizeiarbeit zugewandt und so sehr er sich auch um sie sorgte, war Tom dennoch stolz auf seine Frau und darauf, dass sie ihrem Land durch ihr Fachwissen und den Dienst, den sie immer noch liebte, etwas zurückgab.

Und Tom erkannte, dass er, trotz seiner gegenteiligen Beteuerungen, insgeheim neidisch auf sie war. Er liebte seine Kinder – Sannies zwei und ihren gemeinsamen Sohn, den kleinen Tommy – und wusste, dass er weitaus mehr Glück hatte als die meisten Väter, so viel von ihnen zu sehen und so eng in ihre Schulausbildung eingebunden zu sein. Er kannte die Namen all ihrer Lehrer und half manchmal in der Schule, indem er handwerkliche Arbeiten erledigte oder sprang als Lehrerassistent ein, wenn er nicht gerade mit der Aussaat oder Ernte beschäftigt war. Aber an diesem Morgen, als er zum ersten Mal seit langer Zeit die Mechanik seiner SIG Sauer Neun-Millimeter-Pistole überprüfte, bevor er ein Magazin mit frisch geladenen Kugeln hineinschob, und das Pfannkuchenholster an seinen Büffelledergürtel schnallte, spürte er den kurzen, heftigen Adrenalinstoss, der in seinem Leben so lange, seit er unbewaffnet war, gefehlt hatte. Als Sannie ihm die Akten der Mordfälle zeigte, versetzte ihn das in seine Zeit als Polizist zurück, und trotz der schockierenden Art der Verbrechen, die seine Frau untersuchte, hatte es sie wieder näher zusammengebracht.

»Du brauchst keine Waffe«, hatte Sannie zu ihm gesagt, als sie sich in der Dunkelheit vor der Dämmerung anzogen. Sie war früh nach Nelspruit aufgebrochen, um sich dort mit ihrer Partnerin Mavis und dem Rest des Teams zu treffen.

»Nein«, gab er zurück, »da hast du sicher Recht, aber denk daran, dass diese Linley Brown bewaffnet sein könnte, und wenn Brand der Morde schuldig ist, die du ihm vorwirfst, könnte er zu fliehen versuchen. Ich bin zwar Zivilist, habe aber eine Waffenlizenz und wenn ich sehe, dass du in Schwierigkeiten bist, möchte ich bewaffnet sein.«

»*Liefie*, mein Liebling, ich bitte dich nicht, uns zu helfen, weil ich deinen Schutz benötige. Ich brauche einen guten Fahrer und, unter uns gesagt, bist du besser ausgebildet und erfahrener als jeder, den mir die Station zur Verfügung stellt.«

»Und was steckt sonst dahinter?«, hatte er sie gefragt, während er die Pistole lud.

»Was meinst du?«

»Ich bin nur der Fahrer, der das Überwachungsteam fährt. Wir wissen beide, dass die Wahrscheinlichkeit, dass ich auch nur in die Nähe eines der Verdächtigen komme, sehr gering ist.«

Sie legte eine Hand auf seinen Arm. »Ich weiss, Schatz. Aber ich dachte auch, na ja, dass du so etwas vielleicht brauchst.«

»Brauche?«

Als er an der Perry's Bridge und dem Simunye Centre vorbeifuhr und an der Ampel wartete, um nach links auf die R536 abzubiegen, die zum Paul Krüger Gate, dem Eingang zum Nationalpark, und zum Sabiepark führte, wo er seine Frau treffen würde, dachte er über ihre Aussage und seine Frage nach. *Brauchen?*

Sie hatte ihn abgewimmelt und gesagt, sie sei der Meinung, jeder Mann, nein, jeder Mensch, brauche ein bisschen Aufregung in seinem Leben. Das bedeutete, dass sie dachte, er langweile sich, worauf er ihr gegenüber bekräftigte, er sei mit ihrem Leben auf der Farm glücklich. Er wartete darauf, dass sich bei der Ampelschaltung der Kohlelaster vor ihm langsam vorwärtsbewegte und ignorierte das Kleinbustaxi, das links neben ihm über den Kiesstreifen schoss.

»Ist dir das an mir aufgefallen oder habe ich mich verhalten, als langweile ich mich?«

»Nein, nein, natürlich nicht«, hatte sie ihm versichert. »Ich habe mich einfach gefragt, ob du es vermisst, deinen Job und die Aufregung.«

»Hast du mir deine Akten gezeigt, weil ich dir leidgetan habe?«, hatte er sie gefragt.

»Nein, weil ich einen neuen Blickwinkel auf sie brauchte und deine Meinung und Erfahrung schätze. Aber dennoch, vermisst du die Arbeit nicht?«

»Nein«, hatte er seine Frau angelogen, »aber ich tue das gern, um dir zu helfen.«

»Dann danke ich dir.« Sie hatte ihn geküsst. Aus irgendeinem Grund hatte er sich geärgert, aber jetzt wusste er, dass sie recht hatte und ihn durchschaute, vielleicht kannte sie ihn sogar besser als er sich selbst. Er freute sich darauf, sie zu sehen, sogar noch mehr als sonst, wenn sie nach Hause kam und die Kinder küsste. Jetzt freute er sich darauf, ihr als ebenbürtiger Partner gegenüberzustehen und nicht als Hausmann, der zu Hause bleibt. Sie kannte ihn so gut, was einer der vielen Gründe war, warum er sie so sehr liebte.

Tom bremste wegen einer Kuhherde, die mitten in der weitläufigen Gemeinde Mkhuhlu die Strasse überquerte und dann noch einmal wegen der Radarfalle, von der er wusste, dass sie hinter der nächsten Kurve lauerte. Das Letzte, was er brauchte, war, auf dem Weg zu einer polizeilichen Untersuchung, bei der er Unterstützung bot, von einem korrupten Verkehrspolizisten aufgehalten zu werden. Er winkte dem Verkehrspolizisten zu, als er den Blitzer passierte, und beschleunigte, als er die Häuser und Stände am Strassenrand hinter sich liess und wieder von Buschwerk umgeben war, auf achtzig Stundenkilometer.

Er fuhr an Elephant Point und Hippo Rock vorbei, anderen Siedlungen, die dem Sabiepark ähnelten und in denen Einheimische und Ausländer Ferienhäuser im Busch am Rande des Krügerparks besassen. Er dachte, für ihn und Sannie wäre es vielleicht schön, in einem dieser Orte ein Haus zu kaufen, falls sie die Farm hergeben müssten. Doch auf einigen dieser Buschveld-Grundstücke durften die Besitzer nur sechs Monate oder noch weniger in ihren Häusern verbringen, damit die Grundstücke als friedliche Rückzugsorte für die Tiere erhalten blieben. Vielleicht konnten sie den Rest des Jahres in White River in einem Stadthaus der neueren Siedlungen verbringen oder, sobald die Kinder älter waren, zusammen die Welt bereisen.

Er erinnerte sich an Sannie während ihrer Hochzeitsreise, im Bikini am Strand von Pomene in Mosambik, während die Kinder bei ihrer Mutter in Johannesburg wohnten. Er stellte sich sie beide auf einer griechischen Insel vor, ganz allein. Es war schon ein paar Wochen her, dass sie miteinander geschlafen hatten und er fragte sich, ob der Stress durch die parallel laufenden Ermittlungen, an denen Sannie arbeitete, einerseits der ungeklärte Mord und andererseits die Frauen, die Häuser ausraubten, der Grund dafür war. Er hatte es nie forciert oder die Initiative ergriffen, aber vielleicht hatte sie darauf gewartet, dass er den ersten Schritt machte? Als sie geheiratet hatten, konnten sie die Finger nicht voneinander lassen, da sie sich beide nach dem Tod ihrer Partner nach körperlicher Intimität gesehnt hatten. Toms Frau war etwa ein Jahr bevor er Sannie kennengelernt hatte, an Krebs gestorben. Nun, heute war er wie ein Safariführer gekleidet und hatte seinen eigenen offenen Land Rover. Sollte er heute Abend keine heisse Braut abbekommen, wäre er eine Schande für die Spezies der in Khaki gekleideten. Er lächelte und seine Stimmung hellte sich auf. Der Himmel war von einem perfekten, klaren Blau und der trockene Busch dünn genug, um zu seiner Rechten den Sabie und den Krügerpark zu sehen.

Tom näherte sich der Abzweigung der Zufahrtsstrasse, die auf der linken Seite zum ›Shaw's Gate‹, dem Eingang zum Sabi Sand Game Reserve, führte. Er suchte den Busch ab, doch weder lungerte jemand in der Gegend herum, noch sah er geparkte Fahrzeuge. Es dauerte noch eine halbe Stunde bis zum vereinbarten Treffen zwischen Hudson Brand und Linley Brown, das genau an der Ecke stattfinden sollte, an der er soeben vorbei gefahren war.

Ausser einem Harem von einem Dutzend oder mehr weiblichen Impalas, die von ihrem Bock begleitet wurden, sah er im Wildreservat keine Tiere. Zu seiner Rechten sah Tom die strohgedeckten Häuser von Sabiepark. Nach zwei Kilometern bog er rechts in die Einfahrt dieses Anwesens ein. Sannie stand am Empfangsgebäude und neben ihr waren ihre weisse Mercedes-Limousine und ein Polizei-*Bakkie* geparkt.

Als Tom in die Siedlung einbog, sah er im Rückspiegel einen hellbraunen Land Cruiser mit simbabwischen Kennzeichen, der ihm folgte. Sannie stand in einem Halbkreis von Leuten, darunter Mavis, ein weisses Paar in khakifarbener und grüner Safarikleidung und zwei Polizisten in blau-grauen Uniformen. Ein paar grün gekleidete Sicherheitsbeamte schauten vom Gartentor des Anwesens aus zu.

Sannie drehte sich um, als sie hörte, dass er eintraf. Tom stellte den Motor ab und kletterte herunter. Sie lächelte ihn an. Sie trug Jeans, braune Lederstiefel mit flachen Sohlen, die ihr bis zu den Knien reichten, und ein langärmeliges T-Shirt, obwohl es bestimmt an die achtundzwanzig Grad Celsius war. Tom wusste allerdings, dass für die Bewohnenden des *Lowvelds*, des Tieflands, alles unter dreissig Grad als tiefster Winter galt. Trotz der Hitze sah Sannie kühl und sexy aus.

»Für alle, die ihn nicht kennen: Das ist mein Mann, Tom Furey. Tom hat in Grossbritannien als Detektiv gearbeitet und wird Jaapie und Elmarie heute fahren.« Tom schüttelte Sergeant Jaapie de Beer die Hand und begrüsste Warrant Officer Elmarie de Bruin, die er schon ein paar Mal privat getroffen hatte. Sannie stellte ihm die Sergeants Ngwenya und Valoyi von der Polizeistation in Skukuza vor, die die Verdächtige nach der Verhaftung in ihrem *Bakkie* nach Nelspruit bringen sollten.

Ein grosser, dunkelhäutiger Mann, der ähnlich wie Tom in Shorts und Buschhemd gekleidet war, kam aus dem dahinter geparkten Land Cruiser auf sie zu.

»Leute, das ist Mr. Hudson Brand. Er ist unser Kontaktmann bei Linley Brown und hat sich freundlicherweise bereit erklärt, uns zu helfen.«

Brand neigte die Krempe seiner Mütze und begrüsste die Runde mit einem: »Hallo.«

Tom war sich nicht sicher, was er von dem Mann halten sollte. Er wusste, dass Sannie ihn zweimal wegen des Mordes an der Prostituierten, deren Leiche in der Nähe des Phabeni-Tors am Eingang zum Krüger gefunden worden war, befragt hatte. Sannie hatte manchmal Albträume, von denen Tom glaubte, dass sie mit diesem Fall zu tun hatten, denn unter solchen hatte sie vorher noch nie gelitten. Es war ihr erster Mordfall gewesen, nachdem sie wieder Vollzeit zu arbeiten begonnen hatte, und obwohl sie schon mit anderen, ähnlich schrecklichen Verbrechen zu tun gehabt hatte, wusste er, dass sie es hasste, dass ihr erster Fall nach wie vor ungelöst war. Brand wurde von den Simbabwern wegen eines anderen Mordes in Victoria Falls zur Vernehmung gesucht, und Tom wusste, dass Sannie auch wegen eines dritten Mordes in Kapstadt mit ihm sprechen wollte. Brand war gross und sah auf eine schroffe, raue Art gut aus.

»Ma'am«, sagte Brand zur Begrüssung zu Toms Frau.

Sannie fragte: »Sind Ihre Kunden irgendwo sicher versorgt?«

Brand nickte. »Im Protea Hotel, ein Stück die Strasse runter. Ich habe ihnen gesagt, dass ich Sie vor dem Termin mit Linley Brown treffe. Ich vergass zu erwähnen, dass ich Linley in einer halben Stunde treffe. Sie sind damit einverstanden, dass meine Gäste mit Miss Brown sprechen, sobald sie in Gewahrsam ist?«

»Wie wir am Telefon besprochen haben, kann Linley Brown, Besuch empfangen und Mister und Misses Cliff sehen, wenn sie das möchte. Aber es liegt klar bei Miss Brown.«

»Damit werden sie leben müssen«, sagte Brand.

Sannie stellte Brand den Rest des Teams vor und erläuterte den Plan, wobei sie auf eine Kartenskizze verwies, die sie mit einem Stock in den Staub zu ihren Füssen gezeichnet hatte. Fünf Minuten vor Hudson Brands Treffen mit Linley Brown würde Tom mit seinem Safarifahrzeug die Zufahrtsstrasse zum Shaw's Gate entlangfahren, wobei Elmarie und Jaapie hinten sitzen, sich als Touristen ausgeben und nach Linley Brown Ausschau halten würden und sie, falls sie sie entdeckten, auf der Stelle zu verhaften versuchten. Wahrscheinlicher war jedoch, dass Linley sich irgendwo versteckt hielt, vielleicht im Busch des gemeinschaftlichen Weidelands, das an das Sabi-Sand-Reservat grenzte. Die Zufahrtsstrasse verlief parallel zu einem etwa acht Kilometer langen Zaun, bevor sie auf das ›Shaw's Gate‹, den Eingang zum Reservat, traf.

»Wenn Linley Brown in ihrem Versteck bleibt, bis Mister Brand dort eintrifft, werden Tom, Elmarie und Jaapie zum Tor fahren und dort warten. Die einzigen Strassen, die vom Treffpunkt weggehen, führen zum ›Shaw's Gate‹«, Sannie tippte auf einen Stein im Norden der Karte, der das Tor markierte, »zum Paul-Krüger-Tor, dem Eingang zum Nationalpark, hier im Osten, und zur R536, die nach Hazyview im Westen führt.«

Sie erklärte, die beiden uniformierten Beamten stellten fünf Kilometer westlich, in Richtung Hazyview, eine Radarfalle auf und fungierten, für den Fall, dass Linley Brown ein Fluchtfahrzeug bereithielt, um sie nach ihrem Treffen mit Brand zu entführen, als Blockierer. »Wenn sie zum Krüger-Tor gelangen und im Nationalpark verschwinden will, muss sie hier in der Basis im Sabiepark an mir und an den Sicherheitsbeamten beim Tor, die über unsere Operation informiert sind, vorbeikommen. Falls sie versucht, ins Sabi-Sand-Reservat zu verschwinden, werden Tom, Jaapie und Elmarie sie aufhalten und wenn sie in den Busch verschwinden will, können sie sie abseits der Strasse verfolgen. Noch Fragen?«

»Wissen wir, ob sie Freunde oder Bekannte hat?«, fragte Tom.

Sannie schüttelte den Kopf. »Nein, aber sie musste von White River, wo die Polizei sie zuletzt gesehen hat, irgendwie in diese Gegend kommen. Wenn sie sich nicht mit dem örtlichen Taxisystem arrangiert hat, könnte sie ein Auto gestohlen, sich eine Mitfahrgelegenheit organisiert haben oder sogar einen ansässigen Safariveranstalter dafür bezahlt haben, sie hierher zu bringen. Sie ist Simbabwerin und hat hier in Südafrika, während sie Häuser ausraubte, um ihren Lebensunterhalt zu bestreiten, einen ziemlich nomadischen Lebensstil geführt. Deshalb gehen wir davon aus, dass sie über ein begrenztes Unterstützungsnetz verfügt. Aber sie ist klug, hübsch und hat es schon mehrmals geschafft, sich der Polizei zu entziehen. Es ist also durchaus möglich, dass sie jemanden dazu gebracht hat, ihr zu helfen.«

Sannie verteilte Farbkopien des Porträtfotos aus dem Reisepass, den sie im Haus in White River gefunden hatten. »Dieser Pass wurde vor kurzem ausgestellt, aber da Linley auf der Flucht ist, ist es möglich, dass sie ihr Aussehen verändert hat. Vielleicht hat sie sich die Haare abgeschnitten und wahrscheinlich gefärbt. Sie ist etwa 1 Meter 60 gross.«

Während alle im Team das Bild studierten, fragte Sannie Hudson Brand, ob sie mit ihm unter vier Augen sprechen könne. Sie entfernten sich einige Meter von der Gruppe, stellten sich unter einen Euphorbienbaum und Sannie winkte auch Tom zu sich. »Sie haben sich bereit erklärt, nach der Operation auf die Polizeiwache in Nelspruit zu kommen, was ich sehr zu schätzen weiss«, sagte Sannie.

»Und Sie haben zugestimmt, meine Aussage für die simbabwische Polizei aufzunehmen.«

»Ja, Herr Brand, widerwillig. Man ist noch nicht dazu gekommen, einen Haftbefehl gegen Sie auszustellen, also kann ich Sie nicht in

Gewahrsam nehmen, weil man Sie zu etwas befragen will. Aber wie Sie sich bestimmt vorstellen können, bin ich daran interessiert, Ihre Version der Ereignisse zu hören.«

»Ich verstehe. Ich habe Patrick de Villiers heute gesehen.«

Sannie hob die Augenbrauen. »Wirklich?«

Brand erklärte, als er in der Lobby des Protea Hotel Krüger Gate gewesen sei, sei De Villiers mit einem Toyota Quantum Minibus vorgefahren, um den Transfer für einige Hotelgäste zu einer Lodge im Sabi Sand durchzuführen.

»Er erzählte mir, die simbabwische Polizei habe ihn freigelassen und irgendetwas von einem wasserdichten Alibi, das ein schwedischer Rucksacktourist abgegeben habe. Ich glaube, er war nicht sehr glücklich darüber, dass ich Sergeant Goodness Khumalo seinen Namen genannt hatte. Er drohte, mich zu töten und hätte das wahrscheinlich auch sofort getan, wenn der Concierge nicht da gewesen wäre.«

»Ich verstehe«, sagte Sannie. »Ich habe heute mit der simbabwischen Wachtmeisterin gesprochen und sie hat mir dieselbe Geschichte erzählt, nämlich dass Sie ihr einen Tipp zu Patrick gegeben und sie ihn deshalb befragt habe. Sie ist keine Kriminalbeamtin und kämpft intern mit ihren Kollegen, um am Fall bleiben zu können. Der zuständige Detektiv hat mich danach nicht mehr zurückgerufen. De Villiers wurde freigelassen und flog gestern zurück – er hatte eine Überführungsfahrt von Johannesburg nach Victoria Falls gemacht.«

»Befragen Sie ihn ebenfalls?«, fragte Brand.

Sie starrte ihm in die Augen. »Das ist meine Sache.«

»Er war an denselben Orten wie ich, und ich weiss, dass ich diese Frauen nicht vergewaltigt und getötet habe«, sagte Brand. »Wenn ich Sie wäre, würde ich ihn mir genauer anschauen, denn wir wissen beide, dass Alibis gefälscht werden können.«

»Das können wir alles später besprechen«, sagte Sannie. »Meine erste Priorität ist, Linley Brown zu verhaften. Nachdem ich sie angeklagt habe, können Ihre Mandanten, vorausgesetzt, Brown gibt das Einverständnis, sie zu sehen, in der Zelle mit ihr sprechen. Dann können wir Ihre Theorie über De Villiers besprechen. Und noch etwas: Ich möchte Sie heute verkabeln, damit wir schon vor ihrer Verhaftung Beweise gegen Brown sammeln können.«

Brand schüttelte den Kopf. »Da ist nichts zu machen, denn als Erstes wird Linley Brown mich bestimmt auf eine Wanze untersuchen. Wie Sie sagen, ist sie schlau und vermutet bereits jetzt halbwegs eine Falle. Aber ich habe ein Ersatzhandy gekauft und es gestern Abend im Gras unter einem markanten Baum in der Nähe des Wohnmobilstellplatzes versteckt, für den Fall, dass sie mich, wie ich es erwarte, durchsucht und von mir verlangt, ihr mein Telefon auszuhändigen. Wenn ihr Plan darin besteht, mich am Strassenrand sitzen zu lassen und meinen Wagen mitzunehmen, rufe ich Sie, sobald sie weg ist, an.«

»Und wenn sie Sie als Geisel nimmt?«, fragte Tom.

»Dann hat sie nur drei Möglichkeiten, wegzufahren und die haben wir alle abgedeckt. Sie wird wissen, dass sie nicht weit kommt, wenn sie so eine Nummer abzieht«, sagte Brand. »Ich vermute aber, dass sie sich mir anvertraut, weil sie glaubt, keine andere Wahl zu haben, wenn sie ihr Geld bekommen will. Sie hat keinen Grund zu vermuten, dass ich von ihrer kriminellen Vergangenheit weiss, oder dass ich mit Ihnen zusammenarbeite.«

Autos rauschten vorbei, meist Urlauber auf dem Weg in den Krüger-Nationalpark. Hier gab es genug Wildnis, in der eine Person verschwinden konnte, dachte Tom, aber wenn Linley Brown etwas Dummes versuchte, etwa ein Auto zu entführen, konnte Sannie die Polizei und die Hubschrauber des Nationalparks anfordern, um sie zu verfolgen. Doch er erinnerte sich daran, dass sie nicht einer Mörderin auf der Spur waren, sondern einer jungen Frau, die Handys und Laptops aus Häusern geklaut hatte.

»Okay, es wird Zeit, dass wir in Position gehen.«

»Ja, Ma'am«, stimmte Brand. zu

Tom hielt sich zurück, als Brand zu seinem Land Cruiser zurückging und Jaapie und Elmarie auf den Rücksitz von Toms geliehenem Safarifahrzeug kletterten. »Glaubst du, Brand hält sich an seinen Teil der Abmachung und kommt freiwillig mit aufs

Revier? Vielleicht beschliesst er ja, es sei besser, mit Linley Brown abzuhauen.«

Sannie stemmte die Hände in die Hüften und sah zu, wie Brand sein Fahrzeug in der Einfahrt des Anwesens wendete. »Der Gedanke ging mir auch schon durch den Kopf. Wenn er schuldig *ist*, stimme ich zu, dass er versuchen könnte, uns durch die Finger zu schlüpfen. Doch ich denke, das können wir erst entscheiden, wenn es so weit ist.«

Tom lächelte. »Du hast an alles gedacht, nicht wahr? Heute entkommt keiner von ihnen, ja?«

»Es gibt einen weiteren Weg hier raus, aber weder Hudson Brand noch Linley Brown nehmen ihn.«

»Darf ich dich heute Abend zum Essen einladen?«, fragte Tom spontan.

»Warum, glaubst du, habe ich dich zur Teilnahme an dieser Operation eingeladen?«

»Gegenfrage. Warum, glaubst du, habe ich die Oberholzers gebeten, die Kinder heute Nachmittag in der Schule abzuholen und sie bis morgen Mittag zu behalten?«

Jetzt war sie an der Reihe zu lächeln. Sie lehnte sich dicht an ihn heran und flüsterte: »Hey, komm, wir buchen ein Hotelzimmer.«

»Gut, aber nur, wenn ich mein Safarikostüm tragen darf.«

* * *

BRAND ÜBERPRÜFTE das Garmin-Navi auf dem Armaturenbrett des Land Cruiser und vergewisserte sich, dass er an der richtigen Stelle war. An einer scharfen Kurve der unbefestigten Zufahrtsstrasse nach Shaw's Gate, direkt neben der R536, aber ausserhalb Sichtweite von dort. Er schaltete den Motor aus und öffnete die Fahrertür, um die warme Brise hereinzulassen, die das trockene Gras durchwehte.

Einige Minuten später bremste Tom Furey pünktlich sein Land Rover-Safarifahrzeug und winkte Brand zu. Auf ein vorher vereinbartes Signal hin zeigte Brand Tom den Daumen nach oben, als wolle er ihm bedeuten, dass er keine Panne habe und keine Hilfe benötigte. Jaapie hatte den Arm um seine Detektivkollegin Elmarie gelegt, die die beiden Fahrer wie zwei richtige Touristen ignorierten. Brand fragte sich unwillkürlich, ob das alles nur gespielt sei oder ob zwischen den beiden Polizisten tatsächlich etwas vor sich gehe. Tom beschleunigte sein Fahrzeug und hinterliess eine Staubwolke, die sich über Brands Wagen senkte.

Hudson stieg aus dem Fahrzeug und sah sich um. Der trockene Busch schien menschenleer. Er ging zum hohen Zaun aus Stacheldraht und elektrifiziertem Draht, der die Grenze zwischen dem Sabi-Sand-Wildreservat und dem grösseren Krüger-Nationalpark markierte. Dann hörte er Stimmen und Motoren.

Er ging um die Kurve und sah sofort, dass sich entlang der Zaunlinie ein etwa zweihundert Meter langer Stau gebildet hatte. Er ging zum Land Cruiser zurück und holte sein Fernglas. Tom Furey steckte hinter einem halben Dutzend anderer Fahrzeuge fest, Pick-ups, Minivans und ein paar Kleinautos. Schliesslich entdeckte Hudson Brand, was der Grund für die Aufregung war, nämlich Löwen, die sich auf der anderen Seite des Zauns um den Kadaver eines frisch erlegten Büffels balgten. Im Gegensatz zu den dunkleren Farbtönen des restlichen Reservats, verlief entlang des Zauns ein Streifen hellgrünen, kurzen Grases, der anzeigte, wo kontrolliert abgebrannt worden war. Die frischen Triebe, die durch unterirdisch vorhandenes Wasser genährt wurden, hatten den Büffel angelockt, und die Löwen hatten das unglückliche Tier wahrscheinlich in den Zaun getrieben und es dort getötet.

Der Plan drohte bereits zu scheitern, denn es war gut möglich, dass Linley Brown beim Anblick so vieler Menschen in der Nähe ihres gewählten Treffpunkts in Panik geriet. Sie könnte zu Recht annehmen, dass sich ein paar verdeckte Polizeibeamte in der Schar von Fahrern und Gästen versteckten, die sich das Spektakel anschauten.

Andererseits war Linley Brown ein Kind Afrikas und wusste, dass solche Dinge im Busch geschehen. Niemand konnte vorhersagen, wo Löwen Beute machten. Vielleicht war Linley Brown in diesem Moment im Gedränge und beobachtete die Löwen von dieser Seite des Zauns aus. Er sah mehrere junge Frauen, die auf ihre allgemeine Beschreibung passen konnten, konnte sie aber aus dieser Entfernung nicht eindeutig ausmachen.

Auf der anderen Seite des Zauns standen drei grün gestrichene Landrover von Lodges im Sabi-Sand-Gebiet in einem Halbkreis um das Rudel herum, jeder etwa fünf Meter vom nächsten Löwen entfernt, um ihren Gästen an Bord die bestmögliche Sicht zu ermöglichen. Einer der Führer winkte und rief den Leuten draussen etwas zu, wahrscheinlich forderte er sie auf, weiterzufahren. Die Zufahrtsstrasse war jedoch öffentlich und es gab keine Anzeichen dafür, dass die Gaffer in nächster Zeit weiterfuhren. Brand schwenkte erneut sein Fernglas und sah, dass Tom Furey mit einem Handy telefonierte, vermutlich mit seiner Frau.

»Hey!«, rief eine Stimme. »Hudson?«

Brand senkte das Fernglas und drehte sich in die Richtung, aus der er die Männerstimme gehört hatte. Ein junger Mann in khakifarbenen Shorts, gleichfarbigem Hemd, einem Fernglas in der einen und einem Funkgerät in der anderen Hand, trat etwa zwanzig Meter auf der anderen Seite des Zauns innerhalb des Reservats hinter einem grauen Termitenhügel hervor und winkte ihm zu.

»Komm hier rüber, an den Zaun.«

»Sie wissen schon, dass nur ein Stück weiter die Strasse hinauf ein Löwenrudel ist?«, fragte Brand. Als er näher an den Zaun kam, erkannte er den Mann. »Bryce Duffy? Wie zum Teufel bist du da hineingeraten?«

Bryce liess sich auf der von den Löwen am weitersten entfernten Seite des Hügels nieder. »Ja, Hudson, die Löwen habe ich bemerkt und es ist eine lange Geschichte.«

Brand blieb am Zaun stehen und beobachtete das entfernte Geschehen. Linley Brown hatte sich also an den jungen Duffy geheftet. Er konnte verstehen, warum sie sich attraktiv fanden, doch hatte er Bryce bisher immer für einen ehrlichen Menschen gehalten. Es überraschte ihn, dass Duffy sich mit einer Kriminellen einliess. »Du weisst bestimmt, was Linley Brown vorhat und warum ich hier bin?«

Er nickte. »Ja, sie ist vor einem verrückten Freund auf der Flucht, einem Polizisten, der ihr eine Reihe von Verbrechen angehängt hat, die sie nicht begangen hat. Sie muss dich treffen und einige Papiere über einen Versicherungsanspruch in Bezug auf ihre tote Freundin unterschreiben, befürchtet aber, du könntest mit der Polizei zusammenarbeiten.«

Brand atmete aus. Er fragte sich, welche Lügen sie noch erzählt hatte. »Bryce, mein Freund, sie verarscht dich. Die Bullen sind hinter ihr her, weil sie eine Diebin ist, aber ich bin allein hergekommen und von einem verrückten Freund weiss ich nichts. Wo ist sie?«

»In der Nähe.« Bryce sah aus, als ringe er mit der neuen Information.

»Das reicht weder mir noch der Versicherungsgesellschaft. Bevor die ihren Anspruch anerkennt, muss ich sie visuell identifizieren und dazu bringen, eine eidesstattliche Erklärung zu unterschreiben. Ruf Sie sie über dein Funkgerät oder hol sie, Bryce. Du hast deine Arbeit getan, die Luft ist rein.«

»Nicht so schnell.« Bryce spähte um den Hügel herum, um sich zu vergewissern, dass die Löwen ihn nicht beobachteten, dann kam er langsam zum Zaun. »Du kannst über mein Walkie-Talkie mit ihr sprechen.«

»Das geht nicht, Bryce«, sagte Brand. »Sie hat es dir wahrscheinlich nicht gesagt, aber Linleys Freundin Kate, die beim Autounfall, den die beiden hatten, ums Leben kam, hat ein paar Tage bevor sie wirklich starb, versucht, ihren Tod vorzutäuschen. Linley war in einen Versicherungsbetrug verwickelt, obwohl ihr Anspruch legitim zu sein scheint. Bevor die Versicherer zahlen, muss ich sie befragen und einige Antworten zu Protokoll nehmen.«

Brand sah die Verwirrung auf dem Gesicht des jungen Mannes. Offensichtlich hatte Linley Brown ihm nur so viel von ihrer Geschichte erzählt, wie sie musste, um ihn dazu zu bringen, ihr zu helfen.

»Warum ist Linley nicht selbst gekommen?«, drängte Brand Bryce.

Dieser zuckte mit den Schultern. »Sie ist weder eine gute Kriminelle noch eine gute Betrügerin. Wie du selbst gesagt hast, verdächtigst du sie und ihre Freundin, jemanden betrügen zu wollen.« Er hob sein Fernglas an die Augen und betrachtete die Fahrzeuge ausserhalb des Reservats, die immer noch dastanden und die Löwenjagd beobachteten. »Findest du es nicht seltsam, dass die Frau des hintersten Safarifahrzeugs dich durch ein Fernglas beobachtet?«

»Ich weiss nicht, wovon du sprichst«, sagte Brand, im Stillen vor sich hin fluchend.

»Wir wissen beide, dass das da hinten Greg Mahoneys Land Rover ist, aber er ihn nicht selbst fährt. Ich habe Greg vor einer Weile angerufen und die Geschichte erfunden, ich hätte eine Panne gehabt und wolle seinen Landy ausleihen. Er sagte mir darauf, dieser sei in Nelspruit in der Garage.«

»Vielleicht wollte er dich nicht verärgern?«

Bryce schüttelte den Kopf. »Ruf oder funk deine verdeckt arbeitenden Polizeifreunde da hinten in Gregs Safarifahrzeug an und sag ihnen, Linley sei weg. Wenn du das Richtige tun willst, gibst du mir ihre Papiere zum Unterschreiben.«

»Sie ist vor dem Gesetz auf der Flucht, mein Freund. Ihre Komplizin hat eine Polizeibeamtin angegriffen, während Linley entkam. Sie wollte ihrer Freundin helfen, den eigenen Tod vorzutäuschen und diese Freundin ist gestorben. Vielleicht solltest du sie und dich selbst fragen, was das *Richtige* ist, wenn du schon davon sprichst.«

Während Bryce nachdenklich dastand, nahm Brand sein eigenes Fernglas hoch und konzentrierte sich auf das Safarifahrzeug. Möglicherweise hatte Elmarie, die Detektivin, ihren Fehler erkannt, denn sie starrte nun entschlossen auf die Löwen. Der Stau löste sich auf, und er sah, warum: Drei der Löwinnen, die vielleicht von ihrem Anteil am Büffel gesättigt waren, gingen von der Beute weg und liefen eine leichte Anhöhe hinauf, zurück zu den Bäumen und weg von der gerodeten Fläche am Zaun. Er schwenkte das Fernglas nach rechts, um die Safarifahrzeuge im Reservat im Blick zu haben. Zwei davon setzten sich in Bewegung, um den wandernden Löwinnen zu folgen, aber das dritte stand noch immer still. Seltsamerweise befand sich darin nur eine einzige Rangerin und die blickte in seine Richtung. Obwohl sie nicht blond war, sah sie der Frau auf dem Foto, das er von Dani per E-Mail erhalten hatte, und dem Passfoto, das Van Rensburg verteilt hatte, sehr ähnlich.

»Rufen Sie Linley doch über Funk und lassen Sie sie das Fahrzeug hierherfahren, dann können wir uns unterhalten.«

»Welches Fahrzeug?«

»Versuch nicht, mich zu verarschen, Bryce. Ich habe die Brünette gesehen, die das Safarifahrzeug allein fährt. Eine Führerin, die mitten in der Hauptwildbeobachtungszeit allein unterwegs ist? Das ergibt keinen Sinn. Wir wissen beide, dass die Lodges manchmal Ranger als Späher losschicken, um Wild zu finden, oder sie in ihrer Freizeit nach interessanten Sichtungen Ausschau halten lassen, was jedoch mitten am Tag wäre, aber sicher nicht jetzt. Ruf sie über dein Funkgerät an und sag ihr, sie soll die Perücke abnehmen und zu mir kommen.«

»Gib mir die Papiere und lass mich für sie unterschreiben.« Bryce verlor die Fassung. Er blickte zu dem Fahrzeug, von dem Brand jetzt sicher war, dass es von Linley Brown gefahren wurde.

»Nein. Aber lass mich doch mal sehen, was für ein Führer *du* bist, Bryce.« Brand senkte das Fernglas und begann zu rennen.

28

—————

»Verrückte Scheisse«, sagte ich zu mir selbst. Hudson Brand, falls er es war, was ich annahm, rannte dem Zaun entlang, fuchtelte mit den Armen durch die Luft und schrie aus voller Kehle etwas Unverständliches. Es hörte sich fast an, als schreie er: »Kommt, Kätzchen, Kätzchen, Kätzchen«, aber das wäre verrückt.

Die anderen Führer und die Leute, die die Löwen von ausserhalb des Reservats beobachteten, reagierten verärgert und die meisten von ihnen beschimpften Brand und schrien ihm zu, er solle aufhören.

Mein erster Gedanke galt Bryce. Brand war fünfzig Meter in unsere Richtung gelaufen und hatte nun umgedreht, so dass er am Zaun entlang zurück zum Termitenhügel rannte, bei dem sich Bryce versteckte. Beim Geschrei des Verrückten hatte das Löwenrudel seine Aufmerksamkeit sofort auf ihn gerichtet. Die beiden Löwinnen und die vier Jungtiere mit ihren fetten Bäuchen, die sich noch bei der Beute befanden, erhoben sich und starrten Brand an. Wie auf ein stummes Signal hin setzten sich die Weibchen in Bewegung, und die Kleinen trotteten auf ihren kurzen Beinchen hinter ihnen her. Die drei anderen, die von der Beute weg und in Richtung Wasserloch an der Landebahn gelaufen waren, kauerten sich weniger als einen Kilometer entfernt auf der Anhöhe ins lange gelbe Gras.

»Scheisse.« Ich legte den Gang ein und fuhr zu Bryce. Brand verlangsamte nun seinen Schritt, und ich bemerkte die schwarzen Rückseiten dreier Ohrenpaare, als die Löwinnen ihre Köpfe hoben, um ihm zu folgen. Die oberste Regel im Busch lautet, niemals zu rennen, und Brand erteilte gerade eine Lektion darüber, weshalb das so ist. Langsam begann sich das Tötungsteam an ihn heranzupirschen, die Schwänze ausgestreckt und deren flauschige Spitzen zuckend. Brand war ausserhalb des Zauns in Sicherheit, aber Bryce befand sich auf der gleichen Seite wie die Löwen. Dieser Bastard wollte ihn den Löwen zum Frass vorwerfen. Ich trat das Gaspedal durch.

»Ich komme«, sagte ich ins Funkgerät, das im Armaturenbrett des Land Rovers eingebaut war.

»Dieser Verrückte will mich umbringen«, antwortete Bryce.

In diesem Moment sah ich Bryce. Er stand auf dem Termitenhügel, kletterte nun aber auf einen kleinen Baum, der aus diesem herauswuchs. Er hievte sich in die unteren Äste, als Brand in seiner Nähe, auf der anderen Seite des Zauns, stehen blieb. Die Löwinnen hielten inne und Bryce blieb nicht mehr viel Platz, um in dem niedrigen Baum höher zu klettern. Nur wenige Schritte fehlten, bis sie den Hügel erreichten und ihre Pranken in seine Füsse krallen konnten.

»Hah!«, brüllte ich und winkte, während ich auf die Löwen zuhielt, mit einem Arm. Das Trio sah mich an und entfernte sich ein wenig, aber nicht weit. Sie ärgerten sich über den Lärm, liefen aber nicht weg. Ich wusste, dass wir drei, Brand, Bryce und ich, uns jetzt in ihrer ›Angriffs-Zone‹ befanden, da sie nicht die Option ›Flucht‹ gewählt hatten. »Geht weg!«

Ich fuhr auf den Hang des Hügels und hielt an.

»Weggehen? Hast du das als Kind in Simbabwe gelernt, Linley?«, fragte ein verärgerter Bryce.

Er kletterte vom Baum und sprang neben mir auf den Beifahrersitz des Wildbeobachtungswagens. Eine der Löwinnen knurrte das

Fahrzeug an und machte drei Schritte auf uns zu. »Ich denke, nun wäre ein Dankeschön angebracht«, sagte ich.

»Wir müssen schleunigst von hier verschwinden. Ich habe ein paar zivile-Polizisten in einem Safarifahrzeug gesehen. Sie sind auf dem Weg zum Shaw's Gate«, sagte er.

»Scheisse«, sagte ich. Bestimmt wussten die Polizisten, dass wir das Sabi Sand Game Reserve nur verlassen konnten, wenn wir eines der Tore benutzten oder mit unserem Land Rover einen stark elektrifizierten Zaun zu durchbrechen versuchten. Das Fahrzeug war zwar robust, aber ich bezweifelte, dass es – oder wir – eine Berührung mit Stacheldraht und mehreren tausend Volt ohne ernsthafte Schäden überstand. Doch der Eingang zum Shaw's Gate lag immer noch etwa acht Kilometer entfernt, und sobald sie dort eintraf, müsste die Polizei noch einmal fast genauso weit fahren, um zur Landebahn zu gelangen. Wir hatten also höchstens zwanzig Minuten Zeit, falls sie errieten, wohin wir fuhren.

»Linley, wie schlimm ist das, was du getan hast?«, fragte mich Bryce, als wir uns ruckartig auf den Weg zurück zur Parkstrasse machten. »Brand sagt, du seist eine Diebin.«

»Links oder rechts?«, fragte ich, als wir an eine T-Kreuzung kamen.

Er seufzte. »Rechts. Antworte mir.«

»Ziemlich schlimm.«

»Wir können einen guten Anwalt nehmen. Meine Eltern haben Geld, und ...« »Bryce, ich bin eine Verbrecherin, okay? Meine Freundin und ich haben bei unschuldigen Leuten eingebrochen. Sie ist von der Polizei erwischt und eingesperrt worden. Ich bin eine kaum geläuterte Drogensüchtige, die immer noch ein ständiges Verlangen nach Stoff hat. Scheisse – so wie mein Leben verläuft, kehre ich wahrscheinlich wieder zu verschreibungspflichtigen Schmerzmitteln zurück. Zusammengefasst: Ich muss aus diesem Land verschwinden und untertauchen.« Ein Impala setzte dazu an, vor mir die Strasse zu überqueren und ich wich heftig aus, um es nicht zu erwischen. Ich fuhr viel schneller als es im Reservat erlaubt war.

»Brand, der Mann, der hinter dir her ist, hat gesagt, du und deine Freundin – ich glaube, er sagte, ihr Name sei Kate – hätten eine Art Versicherungsbetrug geplant. Stimmt das, Linley? Ist das ein weiterer Grund, warum die Polizei dich sucht?«

Brand hatte seine wenige Zeit mit Bryce offensichtlich nicht vergeudet. »Ja, das ist wahr. Kate wollte ihren Tod vortäuschen und mich als Begünstigte einsetzen. Wir beabsichtigten den Erlös zu teilen und sie plante, danach zu verschwinden. Sie hatte ihren eigenen Scheiss, den sie hinter sich lassen wollte. Traurigerweise ist Kate daraufhin wirklich gestorben. Hudson Brand ist ein Ermittler der Versicherungsgesellschaft, deshalb ist er mir auf den Fersen ...«

Ich begann zu schniefen. Obwohl ich tief einatmete, traten mir Tränen in die Augen, die ich mit dem Handrücken abwischte. Ich fühlte mich so gottverdammt müde und die kleinste Sache brachte mich aus der Fassung. Ich dachte, ich hätte den Unfall überwunden, aber da waren sie wieder, die Flammen, die das Auto verschlangen und meine Hände, die ich beim Versuch, sie zu retten, an der Fensterscheibe verbrannte. Der schreckliche Geruch erfüllte mich erneut und brachte mich zum Würgen.

Bryce beugte sich vor und legte mir eine Hand auf die Schulter. »Hey, ich will dir helfen.«

Ich hustete, schluckte und wischte mir die Tränen weg. Ich musste fahren und mich konzentrieren. »Nein, Bryce, du musst ein nettes südafrikanisches Mädchen oder eine hübsche Touristin finden und irgendwo im Busch eine Luxuslodge leiten.«

Der Land Rover holperte durch eine Spurrille und Bryce griff zum Armaturenbrett. »Nein, ich will keine Touristin, ich will dich.«

Ich zwang mich zu einem Lachen, doch als ich den verletzten Ausdruck auf seinem Gesicht sah, tat es mir leid. Er machte keine Witze, sondern schaute mich mit diesen dunklen Augen wie ein treuer Welpe an und ich hatte das Gefühl, nie gut genug für ihn zu sein oder seine Liebe zu verdienen. Nicht einmal wenn wir den Rest unseres Lebens zusammenlebten und wunderbare Kinder bekämen, könnte ich ihm je die Unterstützung und Fürsorge zurückzahlen, die er mir erwiesen hatte. »Es tut mir leid, Bryce, du bist wirklich grossartig! Aber wie man so klassisch sagt, bin ich nicht gut für dich.«

Ich schaute auf meine Uhr. Vor uns lag der lange Streifen schwarzen Asphalts der Landebahn, auf der Leichtflugzeuge und regelmässige Charterflüge Gäste für die luxuriösen Safarilodges in diesem Teil des Sabi Sand Game Reserve absetzten und abholten. Ein Schild wies darauf hin, dass das Befahren der Landebahn verboten war, was mich aber nicht davon abhielt, auf die Piste einzubiegen. Ich legte einen höheren Gang ein, trat das Gaspedal durch und überquerte die Mittellinie.

Wir rasten am Abfertigungsgebäude vorbei, das kaum mehr als Hülle war, in der Leute im Schatten warten konnten, in welchem jetzt aber niemand zu sehen war. Ich brauste zum anderen Ende der Landebahn, um dort zu warten. Ich wollte nicht riskieren, dass ein Fahrzeug der Lodge zum Gebäude fuhr und Bryce jemanden traf, den er kannte und der ihn mit unangenehmen Fragen darüber konfrontierte, wer ich sei und was wir hier täten. Ausserdem nahm ich an, die Polizei fordere über das lokale Funknetz des Reservats alle Ranger, die zuhörten, auf, nach uns Ausschau zu halten.

Ich schaute auf die Uhr und betrachtete den leeren blauen Himmel.

»Ich habe meinen Pass nicht dabei, also kann ich mich nicht in Andrews Flugzeug zwängen und mit dir kommen, Linley. Aber sag mir wenigstens, wohin du gehst, damit ich dich später suchen kann.«

Er war tatsächlich verliebt. »Nach Mosambik.«

»Ich sage der Polizei nichts, ehrlich.«

»Das weiss ich.« Ich beugte mich vor und küsste ihn auf die Lippen, zog mich aber schnell zurück, als er seinen Mund öffnete und mich in den Arm nehmen wollte. Ich war noch nicht aus der Sache heraus und erst recht noch längst nicht ausserhalb Südafrikas. Ich strich ihm über die Wange. »Ich weiss, dass du nichts verraten willst, Bryce, aber lass dich meinetwegen nicht einsperren.«

Er zuckte die Schultern und mühte sich ein Lächeln ab. »Ich erzähle einfach die Wahrheit, nämlich dass du mich mit vorgehaltener Waffe überfallen hast und ich nichts anderes tun konnte, als deine Befehle auszuführen.«

»Guter Junge.«

»Bitte, Linley, sprich nicht wie mit einem kleinen Jungen mit mir.«

»Entschuldige. Es tut mir alles so leid, Bryce.« Und das tat es tatsächlich. Ich spürte den Schmerz so heftig wie einen Herzinfarkt. »Ich ...«

Aus der Ferne hörte ich das Brummen eines Flugzeugmotors, nahm Bryces' Fernglas aus dem Kasten in der Mittelkonsole, suchte damit den Himmel über uns ab und sah den kleinen Fleck auf uns zukommen.

»Was ist?«, fragte Bryce.

»Nichts. Da kommt das Flugzeug.«

Bryce lehnte sich in seinem Sitz zurück. Er hatte bestimmt langsam satt, wie ich mit ihm umsprang. Er sagte der Polizei bestimmt, wohin ich ging, wahrscheinlich, weil er dachte, das sei korrekt und vermutete, ich sei in Gewahrsam in grösserer Sicherheit als auf der Flucht. Vielleicht hatte er sogar recht damit, aber ich wollte das Risiko nicht eingehen. Ich legte meine Handfläche auf seine Brust und spürte seine Wärme und den Herzschlag. »Gut. Ich fahre nach Vilanculos und nehme dann ein Boot zur *Ilha dos Sonhos*, zur Insel der Träume. Kennst du sie?«

Seine Welpenaugen leuchteten wieder. »Ja. Sie haben das alte Hotel dort renoviert und wiedereröffnet. Sobald sich hier alles beruhigt hat, komme ich zu dir.«

»Das wäre wunderbar.« Trotz all der erniedrigenden Dinge, die ich getan hatte und die mir angetan worden waren, glaube ich nicht, dass ich mich jemals so vor mir selbst geekelt habe, wie in diesem Moment, in dem ich ihn anlog.

Er streckte seine Hand aus und nahm meine Hand. »Linley, das klingt vielleicht verrückt. Ich kenne dich erst seit kurzer Zeit und wie wir uns kennengelernt haben, war ziemlich schräg. Aber ich glaube ... ich meine, ich mag dich wirklich. Ich glaube, ich ...«

Ich hob meine andere Hand und legte meinen Zeigefinger an

seine Lippen. »Pst.« Ich konnte es nicht ertragen zu hören, was er wohl gleich sagen wollte. Es war das letzte Mal, dass ich diesen guten, grossartigen, sensiblen Mann sah, denn er durfte mir nicht folgen. »Bryce, ich danke dir für alles, was du für mich getan hast. Ich bin dir für immer dankbar, aber ich liebe dich nicht. Es tut mir so leid.«

Er schaute von mir weg, in den Busch hinaus.

29

Sannie sass mit offener Tür auf dem Fahrersitz ihres Wagens an der Einfahrt zum Sabiepark und lauschte dem Verkehrsfunk.

Sannie, hier ist Mavis, over.

Sannie betätigte das Mikrofon. »Schiess los, Mavis.«

Ich befinde mich im Terminalgebäude. Linley Brown und ein unbekannter weisser Mann sind gerade in einem Land Rover Safarifahrzeug an mir vorbeigefahren. Sie parken am Ende der Startbahn. Soll ich versuchen, sie zu verhaften?

Sannie dachte über Mavis' Vorschlag nach. Sie hatte Tom und die zivilen Ermittler bereits angewiesen, so schnell wie möglich zur Landebahn zu fahren. Allerdings mussten sie, um zur Landebahn zu gelangen den Umweg über das Tor des Reservats nehmen. Als sie und Tom die Karten des Sabi Sand Game Reserve studiert hatten, war ihr die private Landebahn ins Auge gesprungen. Sie wäre die perfekte Möglichkeit für Linley, zu entkommen, und deshalb hatte Sannie Mavis dorthin geschickt. »Die anderen sind auf dem Weg zu dir, Mavis. Sie sollten nicht länger als zwanzig Minuten brauchen. Behalte Brown und den Mann im Auge. Wenn du versuchtest, zu Fuss oder mit dem Auto zu ihnen zu gelangen, könnte sie dies

405

erschrecken und sie würden vielleicht in den Busch fahren. Sie warten bestimmt auf ein Flugzeug. Wenn dieses kommt, lässt du es keinesfalls abheben. Hast du verstanden, Mavis?«

Jawohl. Und damit das klar ist: Ich gehe nirgendwo hin, nicht bei all den Löwen, die hier herumstreunen.

Sannie lächelte. Mavis hatte ihr anvertraut, sie sei nur einmal in ihrem Leben im Krügerpark gewesen, und zwar auf einem Kirchenausflug, als sie noch jünger war. Das Sabi Sand Game Reserve hatte sie noch nie besucht und sie machte keinen Hehl daraus, dass sie Angst vor wilden Tieren hatte.

Sannie funkte Tom an und teilte ihm mit, Linley und der Mann warteten auf der Landebahn. »Beeil dich, Tom«, fügte sie hinzu. »Mavis hat Angst, dass sie aufgefressen wird, bevor du ankommst.«

Roger, bestätigte Tom.

Sannie, hier ist Mavis, over.

Sannie bestätigte den Anruf.

Sannie, gerade ist beim Terminal ein Wagen vorgefahren. Es sieht aus, als wäre es ein Safariführer. Ich dachte, für die nächsten paar Stunden seien keine Flüge geplant?

»Das ist richtig«, sagte Sannie. Sie hatte beim Kontrollbüro von Sabi Sand nachgefragt. Der reguläre Flug der Federal Air aus Johannesburg sollte erst in ein paar Stunden starten, und vorher waren keine privaten Flüge ins Reservat angekündigt. Das Letzte, was sie gebrauchen konnte, war, dass Zivilisten eine Verhaftung mitverfolgten, vor allem, wenn Mavis oder Tom versuchen mussten, ein Flugzeug gewaltsam am Abheben zu hindern. Das wäre unschön. »Finde heraus, wer es ist, Mavis und ich frage noch einmal beim Büro des Direktors nach. Vielleicht ist es nur ein Reiseführer, der sich umschaut. Versuch, ihn wegzuschicken. Ausserdem wollen wir Linley Brown nicht erschrecken.«

Positiv, antwortete Mavis. Wird gemacht.

Sannie rief mit ihrem Mobiltelefon im Büro der Direktion an und übermittelte die Nachricht von Mavis. Der diensthabende stellvertretende Direktor des Reservats bestätigte, es seien keine Ankünfte geplant und Sannie fragte sich, ob der Wagen vielleicht Teil von

Linley Browns Fluchtplan sei. Sie nahm das Funkmikrofon in die Hand und betätigte es. »Mavis, hier ist Sannie, Ende.«

Sie wartete, aber es kam keine Antwort. »Mavis, hier ist Sannie, over.«

Sannie versuchte es ein drittes Mal, erhielt aber immer noch keine Antwort. Vielleicht hatte Mavis ihr Walkie-Talkie versehentlich im Terminalgebäude vergessen, als sie zum Fahrer des Safarifahrzeugs ging, um mit ihm zu sprechen.

Obwohl sie sich fragte, wo Hudson Brand, nachdem er sich auf der falschen Seite des Zauns befunden hatte, mittlerweile sei, waren sie Linley Brown immer noch einen Schritt voraus. Sannie wollte ihn gerade auf seinem Mobiltelefon anrufen, als sie das leise Dröhnen von Flugzeugtriebwerken hörte. Sie stieg aus dem Auto und sah ein zweimotoriges Leichtflugzeug im Tiefflug über ihren Kopf hinweg rasen.

»Mavis, hier ist Sannie, bitte kommen. Ein Flugzeug ist im Landeanflug, over.«

Wieder gab es keine Antwort. Sie rief Tom an und fragte ihn, wo er sei.

Im Reservat, aber noch etwa fünfzehn Minuten entfernt, schätze ich, erklärte Tom. Ich habe gehört, dass du versucht hast, Mavis anzufunken. Ich habe es auch bei ihr versucht, für den Fall, dass es ein Problem mit ihrem Funkgerät gibt, habe aber ebenfalls keine Antwort gekriegt.

»Ich mache mir langsam Sorgen, Tom. Fahr so schnell du dich traust. Ein Flugzeug ist im Landeanflug und wir dürfen es keinesfalls abheben lassen.«

Verstanden.

Sie hörte über das Funkgerät das Aufheulen seines Motors und das Rauschen des Windes im offenen Fahrzeug. Sie bedauerte, ihm gesagt zu haben, er solle sich beeilen. Wenn er eine Kollision mit einem Kudu oder einem Impala hätte, würde sie sich das nie verzeihen. Wildreservate sind keine Orte, an denen man zu schnell fährt. Sannie spürte, wie Hilflosigkeit von ihr Besitz nahm. Sie setzte sich wieder auf den Fahrersitz, schloss die Tür und liess den Motor an. Sie schaltete das Blinklicht ein. Ausserhalb des Reservats konnte sie nichts mehr tun, also musste sie schnellstmöglich dorthin, wo die Suppe gekocht wurde.

* * *

»HUDSON BRAND«, sagte Bryce zu mir und brach zum ersten Mal das Schweigen, seit ich ihm gesagt hatte, dass ich ihn nicht liebe. »Schau, er kommt aus dem Terminalgebäude. Dieser Wahnsinnige muss über den Zaun geklettert und uns zu Fuss gefolgt sein.«

Ich nahm Bryce' Fernglas. Er sah so verdammt gut aus, dachte ich und war so nett und rücksichtsvoll. Ich hasste es, mich dazu zwingen zu müssen, gefühllos und grausam zu ihm zu sein. Und jetzt war ich dabei, ihn für immer zu verlassen. Es war eine Qual gewesen, auf Andrew Miles' Flugzeug zu warten, aber nun war er gelandet, befand sich am anderen Ende der Landebahn und wendete. Als das Flugzeug uns gegenüberstand, hielt es mit laufenden Treibwerken an und Andrew schaltete die Landescheinwerfer ein und sofort wieder aus, womit er uns ein Signal gab. Er forderte uns eindeutig auf, an sein Ende der Landebahn zu kommen.

»Scheisse, dann muss ich an Brand vorbeifahren«, fluchte ich.

Ich legte den ersten Gang ein und beschleunigte den Land Rover stark und schnell. Hudson Brand stand in der Mitte der Startbahn und hob die Hand.

»Achtung, er hat eine Waffe!«, warnte Bryce.

»Er schiesst sicher nicht.«

»Um Gottes willen, Linley, halt an!«

»Das ist eine Falle. Brand arbeitet mit der Polizei zusammen. Es ging bei ihm nie darum, mir mein Geld zu beschaffen. Ich muss hier weg.«

Brands Hand zuckte zweimal von den Rückstössen der Pistole und ich hörte das Krachen der Schüsse. Das Lenkrad drehte sich in meinen Händen, als der Land Rover wie verrückt die Landebahn hinunterschlitterte. Er musste einen Reifen zerschossen haben.

Ich erlangte die Kontrolle über das Fahrzeug wieder und hörte, den platten Reifen auf den Asphalt klatschen. Brand feuerte erneut und auch der zweite Vorderreifen platzte. Bryce schlug meine Hand vom Schaltknüppel weg, griff hinüber und zog die Handbremse an. »Du bringst uns noch um.«

Brand rannte zu uns und Bryce stieg aus dem Wagen. Er stellte sich zwischen den Amerikaner und mich. »Du nimmst sie nicht mit.«

»Ich habe die Waffe, Bryce«, sagte Brand. »Also sage ich was gespielt wird.«

Frustriert zog ich die dunkelhaarige Perücke ab, die ich mir von einem der Zimmermädchen der Lodge geliehen hatte. Ich starrte Brand an. »Was glauben Sie, wer Sie sind, eine Art Cowboy? Ich will nur das Geld, das mir zusteht.«

In der Ferne hörte ich über dem Geräusch des Triebwerks ein weiteres Flugzeug im Anflug.

Bryce hörte es auch. »Wir haben keine Zeit zu verlieren.«

»Da drüben liegt eine tote Polizistin«, sagte Brand. »Sie hat ein gebrochenes Genick. Und Patrick de Villiers liegt mit ihr da drin, erschossen.«

»Wer?«, fragte ich.

»Ein Schläger aus dem Ort«, erklärte Bryce. »Kein netter Kerl. Aber wer hat sie getötet?«

Die Nachricht schockierte mich. »Mein Gott. Wie kann das sein? Und warum?«

»Ich bin mir nicht sicher, aber Sie werden mir helfen, diese und andere Fragen zu beantworten.« Brand liess seine Pistole sinken.

»Aber die Bullen kommen jeden Moment«, sagte Bryce.

Ich schluckte heftig und versuchte, mich nicht von der sofort aufkeimenden Angst lähmen zu lassen. Ich meinte zu wissen, wer hinter den Morden stecken könnte. Ich blickte von Bryce zurück zum Privatdetektiv. »Das Geld ist mir jetzt egal, aber ich werde mich nicht der Polizei stellen. Hier geht es nicht nur um ein paar Einbrüche.«

»Ich weiss«, antwortete Brand. »Deshalb werden wir beide uns unterhalten. Im Flugzeug.«

»Was?«, sagte Bryce. »Du willst ihr zu entkommen helfen? Ich dachte, du arbeitest für die Bullen?«

Brand steckte seine Pistole in den Gürtel seiner Shorts. »Ich werde mir auch helfen, zu entkommen, fürs Erste. Wenn die Polizei auftaucht, wird sie versuchen, mir einen oder beide Morde anzuhängen. Lassen Sie uns gehen, Linley.«

Andrew Miles, des Wartens müde, hatte die Bremsen des Flugzeugs gelöst und bewegte sich langsam die Startbahn hinunter auf uns zu. Wir drei rannten auf die Maschine zu. Ich dachte an Bryce, den wir am Tatort eines Doppelmordes zurückliessen. Er hatte kein Verbrechen begangen und konnte der Polizei die Wahrheit sagen, nämlich, dass ich ihn entführt und gezwungen hatte, mir zu helfen. Andrew hielt neben uns an und verliess den Pilotensitz. Ein paar Sekunden später öffnete sich eine Seitentür.

»Was zum Teufel ist hier los?«, fragte er.

»Keine Zeit für Erklärungen, Andrew«, sagte ich. »Und wir haben einen zusätzlichen Passagier. Das ist Hudson Brand.«

Bryce trug immer noch sein Fernglas um den Hals. Er hob es an die Augen und verfolgte eine Staubwolke. »Das ist ein Safarifahrzeug. Wahrscheinlich diese verdeckten Polizisten.«

»Polizei?«, wollte Andrew wissen.

»Ich würde mich an Ihrer Stelle wieder auf den Pilotensitz setzen«, schlug Brand vor. Er hob sein Hemd an und zeigte den Griff seiner Pistole.

»So etwas ist nicht nötig.« Andrew lehnte sich aus der Tür, nahm meine Hand und half mir die Treppe hinauf. Als ich an Bord war, kletterte Andrew wieder nach vorne auf den Pilotensitz.

»Bryce ...«, sagte ich und sah zu ihm hinunter, als Hudson Brand ins Flugzeug stieg. Ich hatte das dringende Bedürfnis, aus dem Flugzeug zu springen und mich in seine Arme zu werfen, aber das ging nicht, denn sonst würde man mich ins Gefängnis stecken und das würde keinem von uns helfen.

»Auf Wiedersehen, Linley«, sagte er.

Brand griff hinter mich und zog an der Luke. »Gut, das Boarding ist jetzt geschlossen.«

Brand verriegelte die Tür und ich liess mich in einen Sitz fallen, während Andrew bereits die Triebwerke auf vollen Schub brachte und die Bremsen löste. Das wendige Flugzeug raste wie ein Gepard auf der Jagd nach einem Impala vorwärts. Ich schaute aus dem kleinen Plexiglasfenster und sah, wie das Safarifahrzeug mit drei Personen an Bord auf die Landebahn brauste.

Die Beechcraft hob ab und Andrew flog eine enge, niedrige Kurve über dem Sabiepark auf der anderen Strassenseite. Ich konnte Bryce sehen, der immer noch zusah, wie wir verschwanden, während das Safarifahrzeug eine Kehrtwende machte und zu ihm zurückfuhr.

* * *

Sannie fuhr mit ihrem Blaulicht die R536 entlang und dann auf die unbefestigte Zufahrtsstrasse zum Shaw's Gate. Ein paar erfahrene Mitarbeiter der Sabi-Sand-Sicherheitsfirma standen am Tor und liessen sie schnell durch. Sie fuhr so schnell, wie sie sich traute, durch das Reservat und kehrte auf der Zufahrtsstrasse zur Landebahn um. Im Nachhinein wusste man immer alles besser und sie wünschte sich jetzt, sie hätte ihren Kommandoposten innerhalb des Sabi-Sand-Wildreservats eingerichtet, näher an der Landebahn. Dass Linley Brown versuchen würde, auf dem Luftweg zu entkommen, war ein ferner Gedanke gewesen und wenn Hudson Brand seine Zielperson ausserhalb des Reservats getroffen hätte, wäre Sannie im Reservat gefangen gewesen.

Dass Mavis sich trotz der wiederholten Versuche, sie anzufunken, nicht meldete beunruhigte sie tief. Obwohl es sich bei der fehlgeschlagenen Kommunikation um etwas so Einfaches wie eine leere Batterie oder ein defektes Funkgerät handeln konnte, wusste sie im Grunde ihres Herzens, dass etwas Schreckliches passiert war, noch bevor Elmarie sich meldete. Sannies letzter grosser Einsatz bei der Polizei hatte beinahe mit dem Tod zweier ihrer Kinder geendet und sie hatte insgeheim befürchtet, ihre Rückkehr zur Polizei verlaufe ähnlich traumatisch.

Als sie anhielt, stand Tom vor dem Terminalgebäude und kam zum Auto hinüber. Er war das einzig Gute, das aus ihrem früheren Leben als Polizistin hervorgegangen war. Sie erkannte, dass er sie jetzt am liebsten in den Arm genommen hätte, um sie zu trösten, doch wusste er genauso gut wie sie, dass es ihre Pflicht war, zu Mavis zu gehen. Sie öffnete den Kofferraum des Autos, nahm ein Paar Latexhandschuhe aus einer Schachtel und zog sie an. Sannie erinnerte sich daran, wie schlecht es Mavis gegangen war, als sie ihre erste Leiche gesehen hatte, nämlich die der toten Prostituierten. War der Mörder dieser Frau auch für Mavis' Tod verantwortlich? Sannie zwang sich, keine voreiligen Schlüsse zu ziehen.

Sie atmete tief durch und ging zum Terminal, musste sich aber mit einer Hand am Türrahmen abstützen, damit sich ihre Augen an das Dämmerlicht gewöhnen konnten. Sie zwang sich, nicht an die Seite ihres Partners zu eilen, denn dies war ein Tatort. Tom, Elmarie und Jaapie warteten draussen.

Patrick de Villiers lag mit weit aufgerissenen Augen auf dem Rücken in einer Lache aus klebrigem, trocknendem Blut. Auf dem Boden neben seiner rechten Hand lag ein grausam aussehendes Klappmesser mit einem Knochengriff. Er wies zwei Schusswunden auf, eine im Bauch und eine im Herz. *Gut geschossen, Mavis.*

Sie kniete neben der Leiche ihrer Partnerin nieder, dieser so klugen, vielversprechenden jungen Frau. Sannie fuhr mit den Fingern leicht über die Fesselungsspuren an Mavis' Hals, wobei sie den Blick ihrer leblosen Augen vermied. Es war noch zu früh, um das zu sagen, aber sie fragte sich, ob die Spurensicherung Reste der gleichen Seilfasern finden würde, wie sie sie bei den anderen Opfern entdeckt hatten. *Hatte der Mörder das Seil speziell eingepackt?*

Patrick konnte Mavis unmöglich von hinten mit einem Seil erwürgt haben und das Messer genau dort, wo seine tote Hand später lag, auf den Boden fallen lassen können. Wäre er aber hinter ihr gestanden, hätte Mavis auf keinen Fall ihre Waffe ziehen, nach hinten zielen und ihm ins Herz schiessen können. Hatte sie sich vielleicht, nachdem er sich von hinten an sie herangeschlichen und sie zu erwürgen begonnen hatte, gegen ihn gewehrt und sich dann auf ihn gestürzt? Vielleicht hatte De Villiers dann sein Messer gezogen, war auf sie losgegangen, und sie hatte ihn erschossen.

Sannie schüttelte den Kopf. Keines dieser Szenarien ergab einen Sinn. Patrick war vielleicht doppelt so schwer wie Mavis und hatte den Körperbau eines Bodybuilders, während sie zierlich und schlank war. Wenn er ihr einen Strick um den Hals gelegt hätte, hätte sie sich auf keinen Fall wehren können. Wenn sie in der Lage gewesen wäre, ihre Waffe zu ziehen, hätte sie ihm vielleicht in den Fuss oder von hinten in den Kopf schiessen können, aber es lagen nur die beiden Patronenhülsen auf dem Betonboden. Am Tatort war nirgends ein Seil zu sehen, also hatte es jemand mitgenommen, stellte sie fest.

Sannie spürte, dass jemand anderes hier war. Sie schaute sich nach der Stimme um und sah ihren Mann als Silhouette in der Tür stehen. »Entschuldigung«, fügte er hinzu. »Ich wollte dich nicht stören.«

»Schon in Ordnung«, sagte sie. »Ich bin gerade zum selben Schluss gekommen. Patrick de Villiers war an allen drei Orten anwesend, an denen Prostituierte ermordet wurden – in Nelspruit, in Kapstadt und letzte Woche in Victoria Falls.«

»Und das gilt auch für Hudson Brand«, sagte Tom.

»Ja.« Sie schaute wieder zu Mavis hinunter und dieses Mal konnte sie den einst schönen dunklen Augen nicht ausweichen, die jetzt im Blick des ewigen Schreckens verharrten. »Ich hätte nie gedacht, dass es zwei Mörder sein könnten.«

»Du hast gesagt, es habe böses Blut zwischen ihnen gegeben«, erinnerte Tom sie, »und dass sie sich, nachdem Brand den Wilderer im Park erschossen hatte, gestritten hätten.«

»Sie wären nicht die ersten Partner, die sich streiten.«

»Stimmt«, sagte Tom. »Aber Brand hat De Villiers an die simbabwische Polizei verkauft. Ergibt das einen Sinn?«

Sannie zuckte mit den Schultern. Sie hatten es mit einem oder sogar zwei Psychopathen zu tun, nicht mit einem ›Superhirn‹, wie die Presse Wiederholungstäter gern nannten. »Brand wollte vielleicht nur, dass Patrick verhaftet wird. Vielleicht hat er genug Kontakte in Simbabwe, um im Gefängnis einen Anschlag auf Patrick zu verüben. Wie dem auch sei, Patrick entkam dank eines möglicherweise erfundenen Alibis und Brand tötete ihn bei der ersten Gelegenheit, die er bekam. Patrick dürfte nicht gewusst haben, dass hier eine Polizeiaktion im Gange war.«

»Vielleicht, aber wir glauben doch nicht an Zufälle. Wie dem auch sei, Brand hat sich keinen Gefallen damit getan, mit einer gesuchten Frau ins Flugzeug zu springen. Als wir hier ankamen, sahen wir ihn an Bord gehen.«

»Nein, er hat sich keinen Gefallen getan.« Sannie legte den Rücken ihrer Finger an Mavis' kalte Wange. *Ich habe dich im Stich gelassen, meine Freundin. Ich hätte es kommen sehen müssen. Es steckt mehr dahinter, als Tom und ich im Moment erkennen können, aber wir werden herausfinden, wer dir das angetan hat. ›Hamba kahle, Mavis, geh in Frieden.‹*

»*Was willst du jetzt tun?*«, fragte Tom seine Frau.

»Wir gehen an die Arbeit und finden heraus, wer das getan hat und warum.«

»*Wir?*«, fragte Tom.

»Mavis ist tot, Tom. Ich brauche Hilfe. Ich brauche meinen Partner.«

30

Das Flugzeug schwang sich über die Lebombo-Hügel und in den mosambikanischen Luftraum. Andrew drehte nach Backbord und flog nach Norden. Brand öffnete sein E-Mail-Programm auf dem Handy und blätterte zu den E-Mails zurück, die er von Dani zu Beginn des Falles erhalten hatte. Es schien viel länger her zu sein, als es tatsächlich war. Er fand die Nachricht, von Peter Cliff, die Dani ihm weitergeleitet hatte, in deren Anhang ein Foto von Linley Brown und Kate Munns steckte.

Er hatte sich das Bild, das zwei junge Frauen, beide blond und lächelnd, zeigte, seit er in Skukuza am Sabie gesessen hatte, nicht mehr angesehen. Peter Cliff gab in der E-Mail an, Linley Brown sei die Frau auf der linken und Kate Munns die auf der rechten Seite.

Er blickte vom Foto zur Frau, die neben ihm im Flugzeug sass. Er hielt das Telefon hoch, damit sie sehen konnte, was er angeschaut hatte. »Sie sind wirklich Linley Brown«, sagte er. Auch das Passbild, das Sannie Van Rensburg allen ausgehändigt hatte, zeigte ein echtes Bild.

Linley und Kate sahen sich zwar ein wenig ähnlich, aber es bestand kein Zweifel daran, dass er die Frau auf der linken Seite vor sich hatte. »Haben Sie Kate erwartet?«

Brand vergrösserte das Bild auf dem Touchscreen mit Daumen und Zeigefinger, weil er in die Augen der beiden Frauen und derjenigen, die ihm gegenübersass, schauen wollte. Solche Funktionen auf dem Telefon zu nutzen, bereitete ihm immer Mühe, denn seine Finger waren zu gross und bevor er die beiden Gesichter vergrössern konnte, fror das Bild ein. Er zoomte weiter nach unten und auf die Hände, die Linley vor sich gefaltet hatte. Brand blickte vom Telefon zu seiner Sitznachbarin und wieder zurück und suchte den Blick in ihre echten Augen. »Ich weiss nicht, was in diesem Fall zu erwarten ist. Ich weiss nur, dass Kate versucht hat, ihren Tod vorzutäuschen, bevor sie wirklich starb. Ich habe Doktor Rodriguez gefunden.«

Sie nickte. »Aha. Es überrascht mich nicht, dass sie uns verraten hat. Sie schien mir nicht sehr vertrauenswürdig.«

Brand steckte sein Telefon wieder in die Tasche. »Warum wollte Kate ihren Tod vortäuschen? Wovor ist sie weggelaufen?«, fragte Brand ins Motorengeräusch hinein.

»Helfen Sie mir, zu meinem Geld zu kommen und ich sage es Ihnen.«

»Das scheint mir äusserst geldgierig, Linley. Was ist mit Ihrer verstorbenen Freundin?«

»Sie wollte, dass ich es bekomme, oder zumindest meinen Anteil.«

»Und was wollte sie mit ihrem machen?« Brand blickte aus dem Fenster des Flugzeugs. Weit rechts von ihnen lag das dunstige Blau des Indischen Ozeans. Andrew hatte ihnen gesagt, sie würden der Küste entlang nach Norden fliegen, nach Pemba und dort auftanken. Der Flug nach Kenia würde acht Stunden dauern, so dass er genug Zeit hatte, um die Wahrheit zu erfahren.

»Kate hatte Probleme. Sie gab sich nach aussen hin als Mustermädchen, hatte aber Dinge getan, für die sie sich schämte. Sachen, die ihre Familie, wenn sie davon gewusst hätte, geschmerzt hätten. Sie wollte raus und irgendwo neu anfangen. So, und jetzt geben Sie mir die Papiere, die ich unterschreiben soll.«

Brand sah in diese Augen und erkannte die Wahrheit. »Es gibt keine Papiere, die waren eine Notlüge. Aber die Versicherungsgesellschaft beschäftigt sich mit dem Anruf, den Sie oder Kate an dem Tag getätigt haben, an dem Kate wirklich gestorben ist.«

Sie nickte. »Dieser verdammte Anruf. Wir haben ihn aufgeschoben. Elena hatte die Sterbeurkunde auf unsere Bitte hin nachdatiert, aber wir konnten den Anruf nicht mehr aufschieben. Wir versuchten, herauszufinden, was ich Anna sagen sollte, um ihr die Nachricht zu überbringen, aber gleichzeitig mussten wir auch wissen, wie das mit den Ansprüchen abliefe, denn natürlich hatte keine von uns je so etwas getan. Aber ich habe nichts unterschrieben und ausserdem weiss die Versicherungsgesellschaft, dass wir sie betrügen wollten. Nun bin ich am Ende, nicht wahr? Das war alles nur eine Lüge, um mich der Polizei ans Messer zu liefern.«

Brand zuckte mit den Schultern. »Ich weiss ehrlich gesagt nicht, ob Sie das Geld bekommen werden oder nicht. Ja, Sie wollten eine Straftat begehen, aber die Versicherung wird Sie wahrscheinlich nicht belangen. Die Anwälte und die Geschäftsleitung diskutieren in London darüber, ob Ihr Telefonanruf eine betrügerische Forderung darstellte.«

»Rufen Sie sie an und sagen Sie ihnen, dass ich Ihnen gestanden habe, mir einen kranken Scherz erlaubt zu haben.«

Er schüttelte den Kopf. »Nein, bevor ich in Ihrem Namen telefoniere, will ich mehr von Ihnen.«

»Sie spielen ein doppeltes Spiel, stimmt's? Sie arbeiten sowohl für die Cliffs wie auch für die Versicherungsleute.«

Brand sagte nichts.

Sie schlug eine Hand vor den Mund, als ob ihr plötzlich etwas klar geworden sei. »Peter und Anna – sie sind hier in Afrika, nicht wahr? Er ist hier ...«

Brand nickte.

»Wollten Sie sie zu mir ins Gefängnis kommen lassen, nachdem die südafrikanische Polizei mich im Rahmen Ihrer lächerlichen Aktion verhaftete?«

»Ja.«

»Ich hätte sie nicht treffen wollen. Ich habe ihnen nichts zu sagen, vor allem nicht ihr.«

»Anna? Was hat sie falsch gemacht?«

»Rufen Sie an.«

»Helfen Sie mir, das alles zu verstehen, Linley. Ich will aus diesem Schlamassel genauso raus wie Sie, aber die Cliffs müssen mit der ganzen Sache abschliessen können.«

Sie spottete. »Abschliessen können? Welch lächerliche amerikanische Idee. Wie kann man eine offene Wunde schliessen, von der man weiss, dass sie ein Leben lang infiziert sein wird? Wie kann es einen ›Abschluss‹ geben, wenn man etwas herausfindet, das die Ehe zweier Menschen ruiniert, weil es aufzeigt, dass die Beziehung am Ende ist?«

Brand wusste nicht, wovon sie sprach, er wollte sie aber nicht drängen. Er schwieg und hoffte, sie fülle das Schweigen. Sie starrte eine Weile aus dem Fenster des Flugzeugs, wandte sich ihm aber schliesslich wieder zu. »Kates Probleme begannen schon vor langer Zeit, als sie noch ein junges Mädchen war.«

Brand wartete, und schliesslich seufzte Linley und fuhr fort. »Sie und ihre Schwester wurden beide von ihrem Vater missbraucht. Er drohte, sie zu töten, wenn eine von ihnen jemandem etwas verrate. Kate wollte es ihrer Mutter erzählen, aber Anna liess es nicht zu, denn sie hatte zu viel Angst vor ihrem alten Herrn. Er schlug sie und ... na ja, auch die schlimmsten Dinge. Einmal musste Kate wegen einer schlimmen Mandelentzündung zu Doktor Fleming gehen. Dieser sah die blauen Flecken an ihren Armen und fragte sie, was los sei. Kate sagte nichts, aber Doktor Fleming, ein guter Mann, kam zu ihnen nach Hause und begann, Fragen zu stellen. Die Eltern schickten ihn weg, aber Kate fiel sein Blick auf und sie wusste, dass er sich zwar Sorgen machte, aber nichts unternehmen konnte.

Obwohl der Vater dafür plädierte, dass sie zu Hause wohnen sollten, bestand die Mutter der Mädchen darauf, dass sie in ein Internat geschickt wurden. Ihr Vater war jähzornig; betrank sich manchmal und schlug die Mutter. Kate und Anna waren sich nicht sicher, wie viel ihre Mutter über seine Taten wusste, doch sie setzte sich für die Mädchen ein und erzwang, dass sie auf ein Internat gingen. Kate hörte ihre Mutter einmal sagen, wenn er ihnen nicht erlaubte, wegzugehen, rufe sie die Polizei und Kate war sich nicht sicher, ob ihre Mutter damit drohte, ihn anzuzeigen, weil er sie schlug oder weil er den Mädchen wehtat.

Wenn Lungile und ich in den Ferien zusammen mit Kate zu Besuch kamen, war es für ihren Vater schwieriger, an sie heranzukommen, und sobald sie konnte, zog sie von zu Hause aus. Ein paar Jahre später wurde der Vater der Mädchen in seinem Haus ermordet und der Mörder nie gefasst. Bald darauf beging ihre Mutter Selbstmord, sie vergaste sich im Auto der Familie. Kate litt natürlich unter dem, was ihr als Kind widerfahren war. Sie hatte Mühe damit, dauerhafte Beziehungen einzugehen. Als sie versuchte, mit ihrer Schwester über die Geschehnisse in ihrer Kindheit zu sprechen, weigerte sich Anna. Es war, als ob sie es verleugnete.

Das deckte sich mit Annas Reaktion, als er sie nach ihrem Familienleben gefragt hatte, dachte Brand. Er nickte einfach und liess Linley fortfahren.

»Vor ein paar Jahren hat Kate endlich einen netten Freund gefunden. Sein Name war George und sie dachte, er sei die Liebe ihres Lebens. Anna und ihr Mann Peter hatten sich auseinandergelebt und ihre Ehe war an einem toten Punkt. Und Anna war einsam. Ihre kleine Schwester dagegen, die sich immer der Arbeit gewidmet hatte und nur selten ausging, hatte plötzlich diesen fabelhaften, lustigen, intelligenten Anwalt kennen gelernt. Er war zwar ein paar Jahre älter als sie, aber Kate war wahnsinnig glücklich.«

Brand wartete, um herauszufinden, was dann passierte.

»Eines Abends gingen sie alle zusammen essen, Kate und George, sowie Anna und Peter. Kate und Peter waren die designierten Fahrer, tranken also keinen Alkohol, aber Anna und George amüsierten sich prächtig und waren schliesslich mehr als beschwipst. Kate wusste es damals nicht, aber in dieser Nacht machte sich Anna, während die beiden draussen heimlich eine Zigarette rauchten, an George heran und später am Abend vögelte George Anna auf der Restauranttoilette.«

Brand dachte an Annas aufdringliche Annäherungsversuche bei ihm und daran, wie einsam sie gewirkt hatte und dass er ihr fast erlegen wäre. Sie war eine gutaussehende Frau mit einem hohen, unerfüllten Sexualtrieb. Er konnte sich die Szene im Restaurant vorstellen. Eine Sache, die er als Privatdetektiv gelernt hatte, war, dass Menschen einander aus den dümmsten Gründen betrügen und ohne sich darum zu scheren, wie sehr sie die ihnen Nahestehenden damit verletzen.

»George hat die Beziehung mit Kate beendet und sie war verzweifelt. Zuerst wollte er ihr nicht sagen, warum, sondern begründete es einfach mit der üblichen ›Du bist zu gut für mich‹-Scheisse, die aber in ihrem Fall stimmte. Kate lief ihm nach, sass im Regen vor seiner Haustür, tauchte bei seiner Arbeit auf, bis er wütend wurde und ihr schliesslich erzählte, was passiert war. Er schämte sich und sah Anna nie wieder. Kate war eine Zeit lang ausser sich, sah dann aber eine Chance, sich zu rächen.«

Brand konnte sich nicht zurückhalten. »Was für eine?«

»Nicht was – *mit wem*. Ihrem Schwager, den sie immer als kalt und unnahbar empfunden hatte.«

Andrew hatte das Flugzeug mit aufgesetztem Headset geflogen und mit den Fluglotsen gesprochen. Nun nahm er den Kopfhörer von seinem rechten Ohr und drehte sich zu seinen Passagieren um. »Hier ist dein neuer Reisepass, Linley. Ich habe ihn heute Morgen in der FedEx-Niederlassung in Nelspruit abgeholt. Ich hoffe, Sie, Herr Brand, haben einen Pass, sonst werden die Mosambikaner Sie wahrscheinlich einsperren und die Kenianer Sie nicht ins Land lassen.«

»Ich habe ihn dabei. Ich gehe nicht nach Südafrika zurück.«

Andrew sah zu Linley. »Kommt er mit uns?«

»Vielleicht. Ich brauche immer noch mein Geld und er muss dafür sorgen, dass ich es kriege.«

Andrew wedelte mit einer Hand in der Luft und setzte seine Kopfhörer wieder auf.

»Was ist zwischen Peter und Kate passiert?«, fragte Brand.

»In einer Stunde der Verzweiflung näherte sich der gute Doktor in seiner Praxis seiner Schwägerin und Kate erkannte plötzlich die perfekte Möglichkeit, um sich an Anna zu rächen.«

Brand nickte. »Okay, Kate hat sich also an ihrer Schwester

gerächt, indem sie eine Affäre mit Peter begann. Aber ich verstehe immer noch nicht, warum sie versucht hat, ihren Tod vorzutäuschen.«

Linley holte tief Luft. »Peter betrog Anna nicht nur, er war pervers. Die beiden hatten seit Jahren keinen Sex mehr, weil sie sich weigerte, Dinge zu tun, die er von ihr verlangte. Anna hatte sich Peter als eine Art Retter ausgesucht – eine Vaterfigur auf eine gute Art, nicht wie ihr richtiger Vater. Sie hatte seine Dominanz und Arroganz mit Charakterstärke verwechselt. Stattdessen stellte sich heraus, dass er ein Perverser war, der nur herumschlafen wollte und noch mehr. Anna kam mit der Tatsache nicht klar, dass Peter mit anderen Frauen schlafen wollte, aber Peter nahm Kate zu Swingerpartys, in Fesselungs- und Disziplinierungssalons mit und befahl ihr, mit anderen Männern und sogar mit Mädchen zu schlafen. Meistens mit Nutten.«

»Aber Kate war doch, nach allem, was ich gehört habe, eine reife, selbstbewusste Frau«, gab Brand zu bedenken. »Stimmte sie dem allem zu?«

Anstatt zu antworten, sagte Linley: »Kate hatte vor Jahren einen Autounfall.«

Brand nickte, er erinnerte sich, dass Anna ihm dies erzählt hatte.

»Nun, als ihr Arzt verschrieb ihr Peter OxyContin, ein starkes Schmerzmittel, und zwar über viel zu lange Zeit. Der Spezialist, der sie nach dem Unfall behandelte, versuchte, sie von den Medikamenten wegzubringen, aber sie wurde süchtig und wenn Peter zu ihr kam, gab er ihr immer, was sie brauchte. Sie erzählte, dass sie die Hälfte der Zeit, wenn er sie benutzte oder an andere auslieh, verladen gewesen sei.« Linley schaute aus dem Fenster.

Brand hatte Peter Cliff von Anfang an nicht gemocht, zwang sich aber, distanziert über das nachzudenken, was Linley berichtete. Sie erzählte ihm eine Geschichte, aber er war sich nicht sicher, ob es die Wahrheit war oder nur ihre Version der Wahrheit und eine Rechtfertigung für sie selbst.

Er glaubt nicht, dass dies ein Grund für Kates Ausstieg gewesen wäre. »Dann ist sie nach Simbabwe geflogen, angeblich, um Urlaub zu machen. Vermutlich hat sie Ihnen das alles damals erzählt.«

»Wir tauschten uns per E-Mail aus.«, sagte Linley, »Aber ja, erst als sie nach Simbabwe kam, wurde mir das ganze Ausmass dessen klar, was Peter mit ihr tat und wie sehr er sie manipulierte.«

»Warum liess sie sich dann nicht einfach in Südafrika in eine Reha-Klinik einweisen?«

Linley leckte sich zögernd über die Lippen, als überlege sie, ob sie fortfahren solle oder nicht. »Sie war sehr verängstigt und hatte Angst vor Peter.«

»Warum? Hat er sie verletzt? Körperlich?«

»Es war nicht nur das Körperliche. Kate konnte ein gewisses Mass an Schmerz während ihrer rauen Spiele ertragen und die Drogen hielten sie die meiste Zeit über betäubt. Nein, es war nicht, was er ihr antat, sondern was sie ihm zutraute.«

Brand sah wieder auf das Foto hinunter. Einige Dinge passten nicht zusammen, während andere sich zu einem Ganzen fügten. Immerhin sprach diese Frau, wenn auch in Rätseln. »Was zum Beispiel?«

»Er machte diese Sache mit einem Messer, die man ›Edge play‹, Spiele am Abgrund, nennt. Dabei zog er ein scharfes Tranchiermesser oder manchmal auch ein Skalpell über ihre Haut und setzte deren Spitze an ihre ... na ja, ihre intimen Stellen. Er vergoss kein Blut, ritzte sie aber gelegentlich. Er war von Messern fasziniert, ich nehme an, das hing mit seiner Ausbildung als Chirurg zusammen. Sie hatte furchtbare Angst, er gehe eines Tages zu weit, oder habe es vielleicht schon getan.«

»Schon getan?«

»Manchmal, wenn sie gefesselt war, tat er, als wolle er das Messer von unten in sie hineinstechen.«

Brand dachte an die ermordete Prostituierte am Phabeni-Tor und an Melanie Afrika in Victoria Falls. Jetzt war er an der Reihe, zu zittern. »Peter war schon einmal in Afrika, nicht wahr?«

Linley nickte. »Ja, zweimal, erzählte mir Kate. Einmal während der Fussballweltmeisterschaft im Jahr 2010 und ein zweites Mal Anfang dieses Jahres, bei einer internationalen medizinischen Konferenz in Kapstadt.«

Brand spürte, dass sich ein Adrenalinstoss von seinem Herzen bis in die Fingerspitzen ausbreitete. »Im Februar.«

Linley schürzte die Lippen und dachte nach. »Ähm, da bin ich nicht sicher. Doch, warten Sie einen Moment. Das stimmt. Kates Geburtstag war im Februar, am vierzehnten und ich erinnere mich, dass sie mir per E-Mail mitteilte, sie sei froh, dass er ausser Landes sei, so dass sie allein sein könne. Ungefähr zu dieser Zeit, als er weg war, fing sie an, mit mir über einen Ausstieg zu reden und darüber, ihren Tod vorzutäuschen.«

»Hatte sie solche Angst vor ihm, dass sie dachte, sie müsse ganz verschwinden?«, fragte Brand.

»Ja. Sie konnte nicht zur Polizei gehen, da sie nichts gegen ihn in der Hand hatte, ausser ihrem Verdacht, wozu er fähig sein könnte. Er drohte ihr bei vielen Gelegenheiten, er bringe sie um, wenn sie versuche, mit Anna darüber zu sprechen, oder ihn verlasse. Er war in sie verliebt, glaube ich, auf seine eigene verdrehte Art, und ertrug es nicht, ohne sie zu sein.«

Brand dachte über die neuen Informationen nach. Dass Kate ihren eigenen Tod vortäuschte, fand er immer noch extrem, hatte jedoch das Gefühl, Kate habe sich zu Recht Sorgen wegen Peter gemacht. Brand überprüfte sein Telefon, das ein Roaming-Signal aus Mosambik auffing. Er wählte seine Safariarbeitgeberin, Tracey Mahoney, in ihrem Büro zu Hause an.

»*Howzit*, wo bist du?«, fragte sie ohne Vorrede.

»Das willst du nicht wissen. Die Verbindung ist schlecht, weil ich in einem Flugzeug sitze. Du musst etwas für mich überprüfen: Du hast Patrick de Villiers im Februar zur gleichen Zeit, als ich dort war, nach Kapstadt geschickt, richtig?«

»Du klingst wie Sannie Van Rensburg. Sie hat sich auch gerade nach ihm erkundigt. Warum das Interesse an Patrick?«

Brand beschloss, ihr nichts von Patricks Tod zu erzählen, da Van Rensburg dies offensichtlich auch nicht getan hatte. »Es ist wichtig, Tracey.«

»Schon gut, schon gut. Kein Grund, sich aufzuregen. Ich sage dir dasselbe, was ich Van Rensburg gesagt habe: Ja, Patrick war zur gleichen Zeit wie du in Kapstadt und begleitete einen Ausländer, der Cliff heisst und aus England kommt.«

»Und während der Fussballweltmeisterschaft, war er ...«

»Ja, ja, ja. Dieselbe Antwort. Patrick hat sich auch während der Weltmeisterschaft um denselben Herrn Cliff gekümmert, der Name steht noch in meinem Buchungskalender. Was soll das eigentlich alles?«

»Du fällst raus«, log Brand. »Tschüss, Tracey, danke.« Er beendete das Gespräch.

Linley sah ihn an. »Was sollte das alles?«

»Ich denke, Kates Angst wegen Peter Cliff war berechtigt. Ich habe das Gefühl, dass er und Patrick de Villiers, der Mann, der zusammen mit der Polizistin auf der Landebahn getötet wurde, Prostituierte ermordet haben.«

Sie holte scharf Luft und hielt sich die Hand vor den Mund. »Oh mein Gott.« Linley schwieg ein paar Sekunden lang, um die Information zu verarbeiten. »Ich glaube, Peter ist immer noch auf der Suche nach Kate«, sagte sie. »Er glaubt nicht, dass sie tatsächlich tot ist, bis er mich findet. Ich befürchte, er hat erraten, dass Kate mir alles über ihn erzählt hat, als sie beschloss, zu verschwinden. Er braucht Ihre Hilfe, um mich zu finden und wenn Ihre Vermutung stimmt, bin ich die Nächste auf seiner Liste. Ich habe Angst, Hudson, enorme Angst.«

Er betrachtete sie. Das morgendliche Sonnenlicht, das durch das Flugzeugfenster fiel, umgab sie wie ein Heiligenschein, aber er wusste, dass dieses Mädchen alles andere als eine Heilige war. »Die sollten Sie auch haben, Kate.«

31

Ein Teil von mir war auf eine seltsame Art und Weise erleichtert, dass nun jemand mein Geheimnis kannte. »Wie sind Sie darauf gekommen?«

»Zu vieles passte nicht zusammen«, sagte Brand.

Der Indische Ozean leuchtete türkisfarben unter uns und so sehr ich mir auch wünschte, wegzulaufen, wusste ich doch, dass mir meine Vergangenheit dicht auf den Fersen war. »Was zum Beispiel? Ich dachte, ich hätte meine Spuren ziemlich gut verwischt.«

»Zunächst einmal«, sagte Hudson Brand, »stand im Polizeibericht, dass Sie auf den Rücksitz von Linleys Auto geklettert waren, um etwas zu trinken zu holen, als das Fahrzeug von der Brücke stürzte. Sie hatten vor einiger Zeit einen schweren Unfall und lebten in Grossbritannien. Aber ausserhalb Afrikas tragen alle Leute Sicherheitsgurte und ich glaube, Sie hatten Angst davor, erneut in einen Unfall verwickelt zu werden, weshalb Sie auf dem Rücksitz sassen. Ein Austin A40 ist nach heutigen Massstäben winzig, so dass man vom Beifahrersitz aus überall etwas von hinten nach vorne ziehen könnte. Wo ist Linley?«

»Tot«, sagte ich. »Sie wurde an meiner Stelle eingeäschert.«

»Und Sie sind zu Dr. Geoffrey Fleming gegangen, um sich eine zweite Sterbeurkunde ausstellen zu lassen, weil Sie wussten, dass die Versicherung vom Unfall erfahren würde und die ursprüngliche Bescheinigung von Elena Rodriguez nicht passte.«

Ich nickte. »Doc Fleming hat sich wirklich um Anna und mich gekümmert, aber er zögerte zuerst, zu unterschreiben. Ich muss gestehen, dass ich seine Schuldgefühle schliesslich ausgenutzt und ihn unter Druck gesetzt habe. Er wusste, dass in unserer Familie etwas nicht stimmte, hat das Thema aber nicht weiterverfolgt. Er ist ein guter Mann, Hudson, und ich möchte ihm keinen Schaden zufügen. Er hat mir einen Entzug in Südafrika ermöglicht. Linley hatte nie ein Drogenproblem, sondern war, wie so viele Menschen in Simbabwe, einfach nur bitterarm. Als Gegenleistung dafür, dass sie mir half, aus meinem kaputten Leben herauszukommen, versprach ich ihr die Hälfte des Versicherungsgelds und als wir einmal online chatteten, erzählte sie mir von ihrer Idee, meinen Tod vorzutäuschen. Mein Leben war aus den Fugen und ich wurde Peter gegenüber immer misstrauischer und hatte Angst. In meinem dauerbetäubten Zustand dachte ich, wenn ich einfach für eine Weile von der Bildfläche verschwinde, werde alles besser. Linley gab also vor, ihren Pass verloren zu haben und besorgte sich einen neuen, aber mit meinem Foto. Der Plan war, dass ich Simbabwe als Linley Brown verliesse, so dass es unmöglich wäre, Spuren zu Kate Munns zurückzuverfolgen und ich mich in Südafrika reinwaschen könnte. Ich erzählte Doc Fleming vom Nagel in meinem Becken und er erklärte sich bereit, jedem, der fragte, also Peter, Anna oder einem Ermittler wie Ihnen, zu sagen, er habe dadurch meine Identität nach einer Autopsie zweifelsfrei bestätigen können.«

»Dann gibt es also seither und weiterhin zwei Linley Browns«, sagte Brand.

»Ja. Zumindest für ein paar Jahre.«

Er nickte. »Das Einzige, was meine Theorie, dass Sie tatsächlich Kate sind, widerlegte, war das Foto.«

Ich schluckte. Es war der einzige Beweis, der mir bestätigte, dass ich immer noch in Gefahr schwebte und die Sache längst noch nicht ausgestanden war. Ich dachte sofort, dass er mir auf die Schliche gekommen war. Doch als mir klar wurde, was da vor sich ging, wurde mir kalt ums Herz.

»Peter hat es geschickt, nicht wahr?«

Brand nickte. »Er hat das Bild gespiegelt, was mit jedem digitalen Fotoprogramm ganz einfach ist. Als ich es zu Beginn auf meinem Laptop anschaute, warf ich nur einen flüchtigen Blick darauf, aber nun habe ich es mir gerade auf meinem Handy genauer angesehen. Mein Bauchgefühl sagte mir, Sie seien in Wirklichkeit Kate, aber das Foto schien zu beweisen, dass Sie es nicht sind.«

Ich nickte. »Mir blieb fast das Herz stehen, als Sie es zeigten.«

»Sie sind eine gute Blufferin«, sagte er. »Sie hätten mich vielleicht weiterhin täuschen können, aber ich habe das Bild vergrössert, und als ich den Touchscreen benutzte, um Ihr Gesicht als Nahaufnahme zu betrachten, blieb ich bei einer Vergrösserung Ihrer Hand hängen. Erst da habe ich gesehen, dass das Zifferblatt Ihrer Uhr verdreht war.«

»Peter muss darauf vertraut haben, dass Sie mich irgendwann treffen und ihm berichten würden, Sie hätten Linley Brown getroffen. Das wäre sein privates Signal gewesen, dass ich, Kate, wirklich am Leben bin. Wenn Sie sich dagegen bei ihm gemeldet und gesagt hätten: ›Hey, wow, ich habe Kate gefunden‹, hätte er gewusst, dass ich wirklich tot bin.«

»Und was hätte er Anna gesagt?«

Ich zuckte mit den Schultern. »Nichts. Er ist ein Kontrollfreak.«

»Aber wie würde er die Nachricht, unabhängig davon, ob er Sie für Linley oder Kate hielt, vor ihr geheim halten?«, fragte Brand.

»Ich glaube, Sie kennen die Antwort darauf. Er würde Sie umbringen.«

Ich nickte. »Ich hatte gehofft, schlauer als Peter zu sein, aber tief in meinem Herzen wusste ich, dass er mir nach Afrika folgen und mich wahrscheinlich durchschauen würde. Das war immer so und würde es bleiben.«

»Das, was Sie mir erzählt haben«, sagte Brand, »wie Peter Sie behandelt hat, Kate ... Ist das alles wahr?«

»Alles und noch viel mehr.« Ich schaute eine Weile aus dem Fenster, dann auf meine zwischen den Knien verschränkten Hände. Es fiel mir schwer, ihm in die Augen zu sehen.

»Was werden Sie nun tun?«, fragte er mich.

»Woher zum Teufel soll ich das wissen? Ich hatte bezüglich der Frauen, die in Kapstadt und in der Nähe des Krügerparks ermordet worden waren, einen Verdacht. Er hatte in London eine Wohnung, in der wir uns oft trafen. Dort fand ich eines Tages ein paar Ausdrucke aus dem Internet über die Morde an diesen Frauen und wusste, dass er in Afrika war, als diese geschahen. Das Wenige, was in den Geschichten über ihre Ermordung enthüllt wurde, passte zu Sachen, die Peter gerne mit mir im Schlafzimmer machte – oder zu tun vorgab.

»Hat ihn Anna auf diesen Reisen begleitet?«, fragte Brand.

»Nein, doch sie benutzte sie als Vorwand, um selbst ins Ausland zu reisen. Einmal schickte sie mir eine Postkarten aus Singapur, ein andermal aus Thailand – so altmodisch war sie.« Ich dachte daran, wie sie mir die Hand gereicht hatte, als ob wir in einer anderen Zeit lebten. »Ich ging ihr wann immer möglich aus dem Weg, beantwortete ihre Anrufe nicht und ignorierte die meisten ihrer E-Mails, so gross waren meine Schuldgefühle über das, was Peter und ich getan hatten, aber auch meine Angst, dass ich ihr alles gestehen oder ihr versehentlich etwas verraten könnte.«

»Warum haben Sie sich in Südafrika nicht an die Polizei gewandt, wenn Sie doch wegen der ermordeten Frauen einen Verdacht gegen Peter hatten?«

»Ich hatte Angst vor ihm. Ausserdem wusste ich nicht, wie man es hätte beweisen können oder wie eine Untersuchung abliefe, ohne dass Anna es erfahren würde. Ich fühlte mich ihr gegenüber so schlecht, weil ich Angst hatte, sie würde herausfinden, was ich mit Peter gemacht hatte. Meine Schuldgefühle waren nicht nur tief, sondern gingen, wie Blut, das durch ein endloses Netz von winzigen Äderchen fliesst, in alle Richtungen.«

»Obwohl sie zuerst mit Ihrem Freund geschlafen hat?«

Ich zuckte mit den Schultern. »Ich bin darüber hinweggekommen. Ein Teil von dem, was zwischen Peter und mir passiert ist, mag als Rache begonnen haben. Aber es ging weiter, weil ich einem Mann verfallen war, der Drogen einsetzte, um mich bei sich zu halten. Was ich Anna zufügte, war viel schlimmer als was sie mir angetan hatte. Ausserdem hatte ich Angst, Peter könnte ihr auch etwas antun. Besonders nachdem das Mädchen in Kapstadt getötet worden war, war ich sehr besorgt. Dann unterhielt ich mich online mit Linley und sie schlug diesen Betrug vor. Übrigens googelte ich Sie, nachdem Sie mich das erste Mal angerufen hatten, und sah, dass Sie mit dem Mord an dem Mädchen während der Fussballweltmeisterschaft in Verbindung gebracht wurden.«

Hudson Brand sah mich an und einen schrecklichen Moment lang fragte ich mich, ob Peter in Wirklichkeit unschuldig sei – jedenfalls des Mordes, wenn auch nicht als Schürzenjäger und Sadist – und dieser Mann hier neben mir in Wirklichkeit ein Serienmörder sei. »Es gibt noch zwei Dinge, die Sie wissen sollten«, sagte er.

Das kann nicht gut sein, dachte ich. »Was?«

»In Victoria Falls wurde eine weitere Frau, ebenfalls eine Prostituierte, ermordet. Wer auch immer es getan hat – Peter, Patrick de Villiers oder beide – versuchten, mir das anzuhängen. Das Verwirrende daran ist, dass Peter mir half, über die Grenze nach Botswana zu entkommen.«

Ich dachte über seine Enthüllung nach. »Peter ist schlau. Vielleicht hat er die Frau getötet, sich aber einen Weg ausgedacht, Sie mit dem Fall in Verbindung zu bringen, damit er Sie später, nachdem Sie mich gefunden haben, kaufen kann.«

Brand nickte. »Das würde passen. Er muss Melanie, die Prostituierte, dafür bezahlt haben, bestimmte Dinge mit mir zu tun, die sicherstellten, dass es Beweise gegen mich gäbe.«

Das waren zu viele Informationen, aber ich hatte Recht. Peter war nicht nur brillant, sondern auch niederträchtig. Indem er vorgab, ihm zu helfen, führte er Brand an der Nase herum, und benutzte ihn gleichzeitig, um mich aufzuspüren. Brand hatte mir bereits von der toten Polizistin auf der Landebahn von Sabi Sand und dem erschossenen Safariführer erzählt. »Denken Sie, Peter hat die Polizistin und Patrick de Villiers getötet, um sie zum Schweigen zu bringen?«

»Das würde passen. Peter fühlte sich vielleicht in den Seilen, und die Tötung seines Partners schützt ihn. Eine Sache macht mir allerdings Sorgen, und die könnte Sie betreffen.«

»Was denn?«, fragte ich.

»Als ich im Gebäude bei der Sabi Sand Landebahn war, habe ich der Frau in England, die mich angeheuert hat, eine kurze SMS geschickt, in der ich ihr von den Leichen berichtete. Ausserdem bestätigte ich ihr, dass ich Sie als Linley Brown erkannt hätte, wenn auch aus der Ferne und mit der Perücke. Meine Kontaktperson musste mir bei früheren Fällen den Hintern retten und ist ausserdem eine Freundin Ihrer Schwester.«

Ich bemerkte seine Besorgnis. »Wenn Anna ihre Freundin anriefe, würde sie Peter die Nachricht, Sie hätten Linley gesehen, weitererzählen und Peter sofort wissen, dass ich am Leben bin. Er kommt auf jeden Fall, um mich zu finden.« »Und woher soll er wissen, wohin wir gegangen sind?«, fragte Brand.

Ich dachte darüber nach. »Er wird sich Andrews Flugplan besorgen – und dafür, wenn es sein muss, jemanden bestechen. Ausserdem weiss er, wie alle, die mich kennen, dass der einzige Ort in Afrika, den ich schon immer besuchen wollte, in Kenia liegt, nämlich die Masai Mara. Dieser Ort stand schon immer ganz oben auf meiner Wunschliste.«

Brand schaute zweifelnd. »Peter könnte seine Verluste in Grenzen halten und nach England zurückkehren.«

»Auf keinen Fall«, sagte ich. »Nicht einmal, wenn Ihre Auftraggeberin versehentlich bestätigt, dass ich lebe. Er ist zwanghaft. Er wird mich finden und vor allem sorge ich mich mehr denn je um Annas Sicherheit.« Ich holte tief Luft. »Ich möchte, dass er mich findet, und zwar so schnell wie nur möglich.«

»Aber *warum*?«, fragte er.

»Damit ich ihn umbringen kann.«

32

Auf der mosambikanischen Insel Pemba, nahe der tansanischen Grenze, machten sie einen Zwischenstopp zum Auftanken und flogen von dort zum Wilson Airport, dem Drehkreuz der allgemeinen Luftfahrt in Nairobi.

Die Durchsuchung durch den Zoll war oberflächlich, so dass der Beamte weder Brands oder Kates Pistolen fand, noch Andrews Neun-Millimeter-Glock die der Pilot hinter einer falschen Verkleidung versteckt hatte.

Nachdem sie von Bord gegangen waren, zwang Brand Kate, Andrew alles zu erzählen, was sie ihm während des Fluges gesagt hatte, während er nach draussen ging, um ein paar Anrufe zu tätigen.

»Mit wem haben Sie gesprochen?«, fragte ihn Kate, als er in den Aufenthaltsraum zurückkehrte, wo sie alle auf einen Minibus warteten, den Brand bereits aus der Luft organisiert hatte, um sie nach Nairobi zu bringen. Ein Freund von ihm, Minaz, betrieb in Nairobi ein Safariunternehmen. Dieser schickte den Bus und buchte ihnen eine Unterkunft in der Masai Mara.

»Mit ein paar Leuten, von denen ich hoffe, dass sie helfen können, diesen Schlamassel zu klären. Ich habe mit Van Rensburg gesprochen, einer Detektivin in Nelspruit, die sowohl die Morde untersucht wie auch Ihren Fall.«

»Sie hat meine beste Freundin bereits in der Zelle und will auch mich fassen«, sagte Kate.

»Nun, Sie *sind* eine Verbrecherin«, erinnerte Brand sie.

Sie schmollte. »Sagen Sie mal, was ist nun mit meiner Versicherungspolice? Ich hatte die Absicht, wenn ich meine Auszahlung erhalte, all den Leuten, die wir ausgeraubt haben, Geld zu schicken. Ich nehme an, das kommt jetzt nicht mehr in Frage?«

Brand starrte sie an. »Was meinen Sie?«

»Was ist schon dabei, Hudson? Es ist niemand verletzt worden, also gebt der Frau ihr Geld«, sagte Andrew.

Brand antwortete Andrew nicht. Er wollte weg aus Kenia und aus diesem verrückten Szenario. Doch die einzige Möglichkeit, nach Hazyview zurückzukehren und dort als freier Mann zu leben, war, Van Rensburg dabei zu helfen, die Frage, wer für den Mord an den Frauen in Südafrika und Simbabwe verantwortlich war, ein für alle Mal zu klären.

»Kate, sagen Sie uns, was Ihr Plan ist, wenn Ihre Schwester und Ihr Schwager nach Kenia kommen?«, wollte Andrew wissen.

»Ich habe ernst gemeint, was ich gesagt habe«, sagte Kate. »Wenn ich die Gelegenheit dazu habe, bringe ich ihn um.«

Brand hob die Hand. »Es ist unmöglich, dass Van Rensburg herkommt und Peter verhaftet und ausliefert. Sie hatte keine Zeit, einen Haftbefehl zu erwirken und ausserdem bin ich für sie der Hauptverdächtige für die Morde. Wir haben keine stichhaltigen Beweise gegen Peter und unser Verdacht gegen ihn beruht nur auf Indizien und Informationen vom Hörensagen. Falls wir allerdings irgendwie ein Geständnis aus Peter herausbekommen, können wir der Polizei helfen, ihn zu verhaften.«

Ein Mitarbeiter des Bodenpersonals kam an die Tür des Terminals und winkte Andrew zu sich. Hudson Brand war dankbar, dass er für fünf Minuten aus dem Gespräch heraus war.

Auf dem Weg nach draussen hielt Andrew an der Tür inne. »Kate, ich kann nicht so tun, als wäre ich nicht beunruhigt darüber, wie sich das alles entwickelt hat. Ich dachte, du wärst einfach eine junge Frau in Not und wusste nicht, dass die Polizei hinter dir her ist, weil du Straftaten begangen hast.«

»Es tut mir leid, Andrew, ich war so verzweifelt. Ich kann dir nicht genug dafür danken, was du getan hast, und ich bin sicher, dass ich auch für Hudson spreche, wenn ich sage, dass wir es vollkommen verstehen würden, wenn du einfach umkehren und nach Südafrika zurückkehren möchtest. Ich will dich nicht in Schwierigkeiten bringen.«

Andrew bemerkte entschuldigend: »Ich hatte schon immer eine Schwäche für junge Frauen«, und ging hinaus.

Kate holte tief Luft und drehte sich wieder zu Hudson Brand um. »Sie haben natürlich recht. Ich kann ihn nicht einfach kaltblütig erschiessen. Sie müssen mir aber glauben, dass er, falls er entkommt, entweder mich, Anna oder uns beide umbringt, erst recht, wenn sie erfahren hat, was er getan hat. Und Sie selbst sind auch in Gefahr. Verdammt noch mal, Hudson, er hat eine Polizistin getötet und auch diesen De Villiers, mit dem er offenbar zusammengearbeitet hat.«

Andrew kam wieder herein.

»Ich habe eine Waffe, Sie haben eine Waffe und Andrew hat auch eine«, sagte Hudson. »Wir müssen Peter nur irgendwohin bringen, wo wir ihn überwältigen können, und ihm, um fair zu sein, eine Chance geben, sich zu erklären. Vielleicht hat er ein stichhaltiges Alibi für die Morde, und vielleicht hat De Villiers diese allein oder mit jemand anderem begangen. Sein Bruder Koos ist ein total kranker Scheisskerl.«

Andrew räusperte sich. »Gut, ihr zwei. Das Flugzeug ist für morgen startklar und unser Wagen wartet draussen.«

Sie verliessen den Terminal und stiegen in den Bus. Der Fahrer, der nicht wusste, wer sie waren und weshalb sie hier waren, hielt sie für Touristen und kommentierte sporadisch Nairobis Sehenswürdigkeiten.

Die Dämmerung brach herein, und sie kamen nur noch langsam voran, da sie im abendlichen Berufsverkehr stecken blieben. Im Stadtzentrum hockten Marabu-Störche, hässliche Vögel mit eckigen, kahlen Köpfen und hängenden, haarigen rosa Kröpfen auf Laternenmasten und Reklametafeln. Büroangestellte schlängelten sich zu Fuss durch den Verkehr, und Frauen in *Kikois* mähten am Strassenrand Gras. Johannesburg, so überlegte Hudson, war schnell und hektisch, während die Hauptstadt Kenias, wie die Gedanken, die in seinem Kopf herumschwirrten, unübersichtlich und chaotisch war.

Kate sah ihn an. »Glauben Sie wirklich, dass er ein Alibi hat?«

Brand zuckte mit den Schultern. »Das kann ich überprüfen.« Er zog sein Handy heraus und fand in seinen Kontakten die Nummer des Protea Hotel Krüger Gate, wo er im Rahmen seiner Tätigkeit als Reiseleiter regelmässig Gäste abholte und ablieferte. Er rief das Hotel an und bat darum, mit dem Schalter des Empfangs verbunden zu werden. »Thabo, *howzit*, hier ist Hudson Brand.«

Kate hörte zu, als Brand Thabo fragte, was er über die Bewegungen der beiden Gäste wisse, die er ins Hotel gebracht habe. Hudson hörte zu, nickte, stellte ein paar weitere Fragen und legte dann auf.

»Der Concierge sagte, Peter – er kannte ihn nicht beim Namen – sei heute Morgen, nachdem ich gegangen sei, zu ihm gekommen und habe gefragt, ob er irgendwo spazieren gehen könne. Thabo riet ihm, beim Eingangstor des Krüger-Parks und über die Brücke über den Sabie-Fluss zu gehen, wobei er aber gut aufpassen solle, wegen der Löwen.«

»Dann könnte er sich also unterwegs mit Patrick de Villiers getroffen haben?«, wollte Kate wissen. Brand nickte. »Denkst du, Patrick könnte ihn ins Sabi-Sand-Wildreservat gefahren haben, wo sie zur Landebahn gingen und die Detektivin töteten?«

Brand seufzte. »Ja.«

* * *

AM NÄCHSTEN TAG fuhren sie zurück zum Wilson Airport und flogen in die Masai Mara und stiegen nach der Landung mitten auf der offenen Grasebene der Musiara-Landebahn an Bord eines Safarifahrzeugs. Brand brütete darüber, wie man einen Serienmörder am besten fassen könne.

»Andrew, ich möchte mich gern bei dafür bedanken, dass du uns hierher geflogen und die Kosten für unsere Unterkunft übernommen hast«, sagte Kate, während der offene Land Cruiser über eine schwarze Erdstrasse durch die Masai Mara rollte.

»Das habe ich doch gern gemacht«, antwortete Andrew. »Ich habe viele Freunde in der Reisebranche und du weisst, warum ich dir helfen will, Kate. Ausserdem bin ich sicher, dass mir Hudson seinen Anteil der Ausgaben zurückzahlen wird.«

»Ich kann gar nicht glauben, dass ich wirklich hier bin«, sagte Kate, womit sie Brand in die Gegenwart zurückholte. »Ich wollte schon mein ganzes Leben lang hierherkommen und die Migration sehen. Ich hatte nur nicht erwartet, dabei auf der Flucht vor der Polizei und meinem Schwager zu sein.«

»Die Migration ist fast vorbei«, erklärte Godwin, ihr Führer, der sie von der Landebahn abgeholt hatte.

»Keine Tiere?«, fragte Kate erschrocken.

»Doch, doch, es gibt immer noch viele Tiere«, versicherte ihr Godwin, »aber die meisten Gnus haben die Mara durchquert und sind zurück nach Tansania gezogen, obwohl einige zurückkehren werden.«

»Ich verstehe das nicht«, sagte sie.

Brand, der schon früher Touren nach Kenia geleitet hatte, erklärte: »Die Migration ist immer im Fluss«, erklärte er. »Manchmal überqueren die Gnus und Zebras den Mara und kehren später wieder auf diese Seite zurück.«

»Warum?«

»Es ist wie gerade jetzt«, erklärte Godwin. »Auf dieser Seite des Mara-Flusses gab es zuerst einen Steppenbrand und danach für die Jahreszeit untypische Regenfälle, so dass das Gras zu spriessen begann. Die frischen Grashalme sind gutes Weideland, also kehrten einige der Gnus, die nach Tansania gezogen waren, dort aber nur totes, trockenes Gras vorfanden, auf diese Seite zurück. Wie Hudson sagt: Es ist alles immer in Bewegung.«

»Das ist wie im Leben«, bemerkte Kate. »Manchmal trifft man eine Entscheidung, von der man glaubt, sie sei richtig und möchte dann doch wieder zurück.«

»Bedauerst Du, dass du deinen Tod vorgetäuscht hast?«, wollte Andrew von ihr wissen.

Sie zuckte mit den Schultern. »Damals schien es der einzige Ausweg für mich, aber Peter hatte mich mit Drogen vollgepumpt. Jetzt frage ich mich, ob ich nicht einfach zu Anna hätte gehen, ihr alles beichten und sie um Hilfe bitten sollen.«

»Sie hat kein Geheimnis daraus gemacht, dass sie und Peter nicht miteinander zurechtkommen«, berichtete Brand. »Selbst wenn sie von Ihnen und Peter erführe, würde sie vielleicht nicht so reagieren, wie Sie es sich vorstellen. Sie haben selbst gesagt, ihr sei klar, dass Peter nicht der weisse Ritter sei, für den sie ihn einst hielt. Was ich nicht verstehe, ist, warum sie so lange bei ihm geblieben ist – sie haben keine Kinder.«

Kate zuckte mit den Schultern. »Peter sorgte gut für Anna und meine Schwester hätte wohl nicht damit umgehen können, weniger zu haben. Falls sie so ist wie ich, hat sie auch Angst davor, sich zu öffnen und einem anderen Mann zu vertrauen und eine richtige Beziehung aufzubauen. Sie ist mit George fremdgegangen und soweit ich weiss, hat sie mit jedem Mann, den sie kennengelernt hat, eine Affäre gehabt.

Brand dachte, dass Kate ihre Schwester vielleicht besser verstehe, als ihr bewusst war, beschloss aber, nichts darüber zu sagen, dass Anna auch ihn in ihre Fänge zu kriegen versucht hatte. Durch einen blechern klingenden Lautsprecher ertönte ein stakkatoartiges Masai, worauf Godwin den Hörer des Funkgeräts im Armaturenbrett seines Land Cruisers in die Hand nahm. Er sprach schnell ins Mikrofon.

»Was ist los?«, fragte Kate.

»Vielleicht nichts, aber wir werden es herausfinden. Bis dahin gibt es da vorne einige Löwen zu sehen.«

»Wo?«, fragte sie.

»Vermutlich da, wo all diese Fahrzeuge sind«, schmunzelte Brand. Die Landschaft war völlig anders als das dichte Buschland

Südafrikas und Simbabwes, wo Brand die meisten seiner Safaris durchführte. Die sanft geschwungenen Hügel und offenen Ebenen der Masai Mara und des angrenzenden Serengeti-Nationalparks jenseits der Grenze in Tansania waren mit kurzem Gras überzogen. Die Landschaft hier ähnelte eher einem Golfplatz als dem Busch, obwohl die Raubtiere dort, wo die Ebenen von Flüssen und Bächen durchschnitten wurden, in den Linien dichter Flussvegetation, Schutz fanden.

Godwin führte sie ein kurzes Stück von der Strasse weg, wo sich eine Schlange aus rund einem Dutzend Wildbeobachtungsfahrzeugen langsam in einer Linie entlang eines schmalen Baches bewegte.

»Da!«, sagte Kate, als sie die gelbbraune Gestalt, die sich vom dunkelgrünen Gras abhob, entdeckte. Eine Löwin lag mit geblähtem Bauch und allen Vieren in der Luft auf dem Rücken. »Sieht aus, als hätte sie gerade gefressen.«

Godwin nickte. »Letzte Nacht haben sie ein Gnu gerissen. Der Rest des Rudels, einschliesslich der Babys, ist dort im Schatten am Fuss der Bäume.«

Sie spähten durch das Laub und Brand zeigte auf die winzigen Jungtiere, deren Fell noch die Flecken der Jugend zeigten. Eines spielte mit der buschigen Schwanzspitze des Männchens des Rudels, bis der Vater des Jungen überdrüssig wurde und es mit einem kurzen, scharfen Brüllen in die Flucht schlug. Kate lächelte über den Anblick, aber Brand konnte sich nicht entspannen. Mehr denn je wollte er die Cliffs, Kate Munns und den Geist von Linley Brown loswerden, aber seine eigene Freiheit hing von der Wiedervereinigung dieses verdrehten und tödlichen menschlichen Rudels ab. Falls er Peter Cliff zu fassen kriegte, könnte Hudson sowohl seinen eigenen Namen in den Augen der Polizei reinwaschen wie auch einen Serienmörder hinter Gitter bringen.

Drei weitere Löwinnen kamen zum Vorschein und Kate stützte sich mit den Ellbogen auf die Knie und starrte die grossen Katzen, in ihre Unschuld verloren, an. »Sie töten, aber das ist die natürlichste Sache der Welt«, stellte sie fest. »Ich verstehe die Touristen nicht, die

Mitleid mit den Gnus oder anderen Beutetieren haben. Die Katzen müssen überleben und die Menschen halten sie für grausam, weil sie in dem, was sie tun, gut sind: Ohne Reue zu töten, nur weil man es muss, um zu überleben ...«

Brand gefiel die Richtung nicht, in die ihre Gedanken gingen. »Glauben Sie, dass Sie hier vor Peter und vor dem Gesetz sicher sind? Ich kenne Sannie Van Rensburg. Wenn sie Andrews Flugplan überprüft und herausfindet, dass Sie in Kenia sind, wird sie Sie irgendwann finden. Wohin wollen Sie denn von hier aus fliehen?«

Kate sagte nichts und starrte weiter auf die grossen Katzen.

»Oder haben Sie vor, hier in Kenia zu bleiben?«, fragte er weiter.

Kate wandte sich von den Löwen ab. »Ich weiss, dass ich das Ende der Fahnenstange erreicht habe und dass es keinen Sinn mehr hat, wegzulaufen. Ich will nicht ausgeliefert werden, um mich in Südafrika vor Gericht zu verantworten, obwohl ich es weiss Gott verdient habe. Aber ich will, dass die Sache ein Ende hat, und Sie auch. Sie können sich nur reinwaschen, indem Sie Peter auf die eine oder andere Weise aus dem Spiel nehmen«, sagte sie. »Anna hat ihre Freundin in England, für die Sie arbeiten, bestimmt angerufen und dabei Ihre frühere Information, dass ich Linley bin, bestätigt. Peter wird also wissen, dass ich in Wirklichkeit Kate bin, und nichts kann ihn oder Anna davon abhalten, hierher zu kommen.«

Brand biss die Zähne zusammen. Sie hatte Recht. Die einzige Möglichkeit, sich von jeglichem Verdacht zu befreien, war, die Sache zu Ende zu bringen und einen Schuldigen zu finden. Er war Kate jedoch einen Schritt voraus, weil er einen eigenen Plan ausgearbeitet hatte, um die Bewegungen der Cliffs zu überwachen. Er würde erfahren, ob und wann sie in die Masai Mara kamen. »Und was ist mit Anna?«

»Sie ist auch in Gefahr. Ich nehme an, Sie haben Ihren Polizeifreunden meine Theorie über Peter erzählt?«

Er hatte Kate nichts gesagt, aber ihre Vermutung war richtig. Er hatte Sannie Van Rensburg am Vortag vom Wilson Airport aus angerufen und ihr gesagt, es gäbe starke Indizien dafür, dass Peter der Mörder sei. Er hatte ihr vorgeschlagen, sich bei Tracey Mahoney zu vergewissern, ob De Villiers beide Male, wenn Peter in Südafrika gewesen war, dessen Reiseführer gewesen sei. »Möglicherweise ist Peter bereits in Nelspruit im Polizeigewahrsam«, sagte er, obwohl er bestimmt davon gehört hätte, wenn dies der Fall gewesen wäre.

Kate zuckte mit den Schultern. »Wenn er es ist, wunderbar. Wenn nicht, wird er hierherkommen und es liegt an uns, ihn aufzuhalten.«

»Ich bin kein Auftragskiller, Kate.«

»Ich habe nichts zu verlieren«, antwortete sie. »Ich bin bereits tot und so sehr ich es auch hasse, was Anna mir angetan hat, es ist an der Zeit, mich mit ihr zu versöhnen und sie, wenn ich kann, zu beschützen.«

* * *

Sannie Van Rensburg und Tom Furey sassen im Protea Hotel in der Nähe des Paul-Krüger-Tors zum Krügerpark an der Deckbar der erhöhten *Lapa* aus Holz und Stroh, einem offenen Unterstand mit Blick auf den Sabie.

»Uns fehlt etwas«, sagte Tom, während er das letzte Stück seines Prego-Burgers mit Steak verschlang. Nachdem sie alle befragt hatten, die im Hotel Kontakt mit Anna und Peter Cliff gehabt haben könnten, legten sie eine kurze Mittagspause ein. Die Cliffs hatten sich nach der fehlgeschlagenen verdeckten Operation, bei der Mavis und Patrick de Villiers getötet worden waren, aus dem Staub gemacht, bevor die Polizei sie zum Verhör anhalten konnte und waren von Nelspruit nach Johannesburg und von dort weiter nach Nairobi in Kenia geflogen.

»Ja, da stimme ich dir zu.« Sannie leerte ihre Cola Light. Ihr Telefon piepte und als sie ihre E-Mails überprüfte, sah sie, dass eine Nachricht von Hudson Brand eingetroffen war.

»Irgendetwas Interessantes?«, erkundigte sich Tom.

»Nicht wirklich. Hudson Brand berichtet uns, wovon wir schon Kenntnis haben, nämlich dass die Cliffs wissen, dass Linley Brown in Kenia ist. Er vermutet, dass sie versuchen, ihr dorthin zu folgen. Das hilft uns nicht weiter.« Sie tippte eine Antwort an Brand, in der sie ihm mitteilte, was sie von den Fluggesellschaften erfahren hatte, nämlich dass die Cliffs den Mitternachtsflug der Kenya Airways nach Nairobi genommen hatten. Während sie den letzten Hinweis tippte, las sie Tom vor: »*Versuchen Sie nicht, jemanden festzunehmen, aber halten Sie uns über den Aufenthaltsort von Peter Cliff auf dem Laufenden. Ich habe bei meinen Vorgesetzten die Genehmigung für einen Auslieferungsbefehl beantragt.*« Sie drückte auf Senden.

»Meinst du, du bekommst die Erlaubnis, Cliff zu holen?«, fragte Tom.

Sannie zuckte mit den Schultern. »Du weisst ja, wie es ist, wenn man versucht, von irgendeiner Polizeidienststelle Geld für einen Flug zu bekommen. Wir müssen wohl zuerst die Verbindung zwischen Patrick de Villiers und Peter Cliff genauer anschauen und die gerichtsmedizinischen Beweise aus den Todesfällen der Frauen in Hazyview und Kapstadt überprüfen. Wenn wir die DNA Patrick de Villiers zuordnen können, haben wir einen Anfang, aber das braucht Zeit. Der Mörder ging äusserst vorsichtig zu Werk – ich wage es, zu sagen, chirurgisch. Cliff hätte gewusst, wie er die Übertragung von Beweisen minimieren kann. Und die arme Mavis! Wir müssen abwarten, bis der Gerichtsmediziner sie untersucht hat, um zu sehen, ob er DNA oder andere physische Beweise findet, die uns helfen, die Person, die sie getötet hat, zu identifizieren.«

»Ich wünschte, wir hätten bei den Zeugen mehr Glück gehabt«, sagte Tom. Sie waren die Sache schon mehrmals durchgegangen. Der Wachmann am Shaw's Gate, dem Eingang zum Reservat, erinnerte sich an Patricks Ankunft – er war ein regelmässiger Besucher, der Kunden in das Reservat brachte und wieder abholte – und aus den Unterlagen ging hervor, dass er für sich und eine weitere Person bezahlt hatte. Der Wachmann hatte sich nicht die Mühe gemacht, das Innere von Patricks Wagen zu überprüfen und da die Scheiben dunkel getönt waren, konnte er Cliff, der, wenn Brands Theorie stimmte, vermutlich sein Beifahrer war, nicht sehen

»Wir wissen immer noch nicht, wie Peter, nachdem er Mavis getötet hat, aus dem Reservat entkommen ist,« stellte Sannie fest, »sofern er es war.«

Tom nickte. Das hatten sie auch schon diskutiert. »Die beste Theorie ist, dass er zu Fuss durch das Reservat zurück zum Zaun des Hotels gegangen und irgendwie darüber geklettert ist. Das Hotel, in dem sie jetzt sassen, befand sich in der äussersten südöstlichen Ecke des Sabi Sand Reservats und hatte einen gemeinsamen Zaun mit dem Reservat. Sie hatten die Umgebung abgesucht, aber keine Lücken im Zaun gefunden. Sie stellten die Hypothese auf, Peter sei möglicherweise zum Sabie-Fluss hinunter und am Ufer entlanggelaufen und dort, wo der Zaun von Warzenschweinen, die sich darunter durchwühlt hatten, beschädigt war, zurück in den Hotelkomplex gelangt.

»Alles am helllichten Tag?«, fragte Tom. Ein Flusspferd prustete aus dem Wasser vor ihnen.

»Nicht einfach, aber möglich.« Sannie schob ihren Teller in die Mitte des niedrigen Tisches und forderte den Kellner auf, ihnen die Rechnung zu bringen. »Peter hatte noch etwas zu erledigen: Er musste Patrick loswerden.«

»Schliesst du Brand als Verdächtigen ganz aus?«, fragte Tom.

»Was ihn betrifft, bin ich immer noch unvoreingenommen, für den Fall, dass das alles eine ausgeklügelte Geschichte ist, um uns von ihm als Hauptverdächtigen abzulenken.«

Tom sah nicht überzeugt aus. »Er ruft uns aus Kenia an und verrät seinen Aufenthaltsort, um uns zu helfen, etwas über Peter Cliff herauszufinden. Wir müssen weiter ermitteln, denn uns fehlt immer noch eine wichtige Information, um Peters Verbindung zum Tod der Frauen nachzuweisen«, wiederholte Tom.

Sannie wusste, dass ihr Mann recht hatte. Sie mussten noch einmal zum Anfang zurückgehen. »Die einzige Person, die uns im Detail hätte sagen können, was Peter während der Weltmeisterschaft, in Kapstadt und an den Victoriafällen gemacht hat, war Patrick de Villiers, und der ist praktischerweise tot. Wir müssen uns noch einmal an Tracey, Patricks Chefin, wenden und alle weiteren Informationen einholen, um die von ihr gebuchten Reisen nachzuvollziehen. Wir brauchen mehr Details, alle Hotelbuchungen, Quittungen für den Kauf von Fussballspielticket, viel mehr als nur ihren Agendaeintrag, in dem steht, dass De Villiers für Cliffs Begleitung gebucht war.

Tom stand auf. »Okay, dann lass uns weitermachen, Liebes.«

»Gute altmodische Detailermittlung.« Sie bemerkte das Lächeln auf seinem Gesicht. »Du siehst aus, als geniessest es beinahe«, sagte sie, als sie die Treppe von der *Lapa* hinunter zum erhöhten Holzsteg über dem Flussufer gingen.

»Wenn es nicht um Mavis ginge, würde ich das, ja, aber ich könnte deine Arbeit den ganzen Tag verfolgen.«

* * *

»Möglicherweise überqueren die Tiere bald den Fluss«, sagte Godwin zu Brand, Kate und Andrew.

»Ist es weit dahin?« fragte Kate.

Brand studierte ihr Gesicht. Sie sah so unschuldig aus und war so aufgeregt. Es fiel ihm schwer, sie mit dem in Verbindung zu bringen, was er von ihr wusste, mit ihrer bewegten Vergangenheit und dem kriminellen Leben, das sie erst vor Kurzem noch führte. Afrika und die Wildnis hatten eine Art, das Kind in jedem Menschen hervorzubringen.

»Wenn die Gnus nicht zu lange für die Überquerung brauchen, schaffen wir es vielleicht früh genug dorthin«, sagte Godwin.

»Ich kann warten«, sagte Kate.

Godwin verliess die Löwen und sie fuhren in Richtung Süden, zum Mara. Wie bei den Löwen sahen sie die Ansammlung von Fahrzeugen, bevor sie die Tiere selbst sahen, doch diesmal war die Zahl noch grösser. Dutzende von Fahrzeugen, vielleicht sechzig oder mehr, säumten das Flussufer auf ihrer Seite

»Da sind sie»«, sagte Kate. Auf der anderen Seite des Flusses sahen Sie die Prozession schwarzer Punkte, die sich hin und her bewegten und hörten das unsichere Blöken der Gnus, das etwas lauter war als das Geschnatter der atemlos wartenden Menschen.

»Das ist ein Chaos, nicht was ich erwartet habe«, bemerkte Kate.

Brand hatte das Drängeln und den Kampf der Reiseleiter schon mehrmals erlebt, die, von ihren Kunden angestachelt, um die vermeintlich beste Position am Steilufer des Flusses buhlten und dafür Schlange standen.

»Jedes Mal, wenn die Gnus auf dieser Seite des Flusses eine Lücke ausmachen, fährt irgendein Idiot seinen Wagen dorthin«, ärgerte sich Kate.

»Sie haben es erfasst«, nickte Godwin. Er hatte an einem Hang etwas abseits des Flusses geparkt, von wo sie den Fluss überblicken konnten. Nun suchte er die Ufer ab, um abzuschätzen, wann und wo die Tiere den Fluss überqueren würden und von welcher Stelle aus sie sie am besten beobachten konnten.

Ein einzelner Ranger des Kenya Wildlife Service fuhr in einem grünen Land Rover zwischen den wartenden Wildbeobachtungsfahrzeugen auf und ab und versuchte, sie einigermassen in Ordnung zu halten und dafür zu sorgen, dass entlang des Ufers freie Durchgänge für die Gnus blieben, damit sie den Fluss verlassen konnten, wenn sie ihn sicher überquert hatten. Sobald der Ranger einen Ausstiegspunkt festgelegt hatte und von dort weiterfuhr, füllten die Safarifahrzeuge die Lücke allerdings wie eine unaufhaltbare Flut.

Godwin fuhr den Fluss entlang, bis er auf der anderen Seite eine Gruppe von Gnus entdeckte, die sich zusammenrotteten. Sie sahen aus, als wären sie bereit, den Mara zu überqueren und die meisten anderen Fahrzeuge warten weiter flussaufwärts auf die andere Gruppe.

»Gut gemacht, Godwin«, lobte ihn Kate.

Brand schlug eine Fliege weg. Es war ein Geduldspiel und er wunderte sich über Kates Begeisterung für die Flussquerung. Da war ein Mann, möglicherweise mit der Absicht, sie zu töten, auf dem Weg hierher und alles, was sie wollte, war, zu sehen, wie ein paar Tiere einen Fluss überquerten.

»Kommt schon, kommt schon«, drängte sie.

»Sehen Sie!« Andrew zeigte auf den Berghang. Das Leittier einer Herde von etwa dreissig Gnus stürzte sich von einem Felsen und sprang etwa zehn Meter tief ins braune Wasser. »Es schafft es.«

Es bedurfte nur eines einzigen Tieres, das den Sprung wagte und kaum hatten seine Hufe das Wasser berührt, sprangen die nächsten hinterher. Das Leittier schwamm nun, seinen zottligen, bärtigen Kopf nach vorn gestreckt, gegen die Strömung an.

Brand hob sein Fernglas. »Direkt hinter dem vordersten Gnu kommt ein Krokodil.«

»Nein!« Kate hielt sich die Hand vor den Mund. »Es erwischt es.«

Der massive Kopf des Reptils brach durch das aufgewühlte Wasser, als das Krokodil versuchte, seine Schnauze um den Nacken des Gnus zu legen. Das Gnu jedoch stürmte weiter und schüttelte seinen Kopf, um sich die Riesenechse vom Leib zu halten.

»Es hat es geschafft!«, jubelte Kate. Das Gnu hatte die Böschung auf ihrer Seite erreicht und kämpfte auf dem roten lehmigen Untergrund um Halt. Der Aufstieg war steil, aber es kämpfte sich Schritt für Schritt hoch. Das Krokodil trieb hinter ihm flussabwärts und die nachfolgenden Tiere kämpften sich an Land, wo sie einen blökenden schwarzen Stau bildeten.

Godwin schüttelte den Kopf. »Diese Typen sind Idioten!« Er meinte damit nicht die Gnus, sondern mehrere andere Safari-Führer, die mit ihren Fahrzeugen zur neuen Überquerungsstelle gerast waren und nun oberhalb des Flussufers anhielten. »Lasst ihnen genügend Platz«, rief Godwin den anderen Safariführern zu, die ihn allerdings ignorierten.

»Das arme Gnu kann nicht mehr aufstehen«, kommentierte Kate verzweifelt.

Brand, der die Tiere durch das Fernglas beobachtete, sah ihre Panik und Verwirrung. »Sie haben recht. Sehen Sie, das Leittier geht wieder ins Wasser!«

»Nein!«, rief sie.

Das Gnu schwamm den Weg, den es gekommen war, wieder zurück. Brand sah, dass der knubbelige Kopf des Krokodils für einen Augenblick die Oberfläche durchbrach, wie um sich zu vergewissern, dass es auf dem richtigen Weg war. Als es den Fluss halb durchquert hatte, wurde der Kopf des Gnus unter Wasser gezogen. Das Wasser spritzte wie ein Geysir und während ein paar Sekunden tobte ein wildes Schlagen und Stossen, bis das Gnu zur Ruhe kam.

Das Krokodil kam wieder an die Oberfläche und als es mit seiner leblosen Beute ans andere Ufer steuerte, trennte sein vier Meter langer Rücken die Wasseroberfläche sichtbar. Kate, die eben noch über Touristen gewitzelt hatte, die sich über den Tod von Tieren in freier Wildbahn ärgerten, begann zu weinen.

33

Tracey Mahoneys Dienstmädchen erklärte, ihre Arbeitgeberin sei nach Hazyview gefahren, wo sie mit einem Freund zu Mittag essen wolle, und so beschloss Sannie, sie und Tom sollten Koos de Villiers' Hof einen Besuch abstatten, auf dem Patrick zwischen seinen Aufträgen als Fremdenführer wohnte.

Sannie fuhr auf der R40 von Hazyview in Richtung White River, in die Berge, wobei der Weg sie an ihrer eigenen Farm vorbeiführte. »Wärst du jetzt lieber dort, auf dem Hof und würdest die Ernte überwachen?«, fragte sie Tom.

»Nein.«

»Warum nicht? Ich weiss, dass du mich immer unterstützt, Schatz, obwohl ich glaube, dass du nicht damit zufrieden bist, dass ich wieder auswärts arbeite.«

Tom griff zu ihr hinüber, legte seine Hand auf ihren Oberschenkel und drückte sie ein wenig. »Ja, ich bin nicht begeistert darüber, allerdings nicht, weil ich denke, du solltest nicht auswärts arbeiten, oder weil ich dem Job den Rücken gekehrt habe, sondern weil ich mir Sorgen um dich mache. Aber jetzt spüre ich es, es ist mir wieder alles klar und ich wäre nirgendwo lieber als hier.«

Sie nickte und obwohl sie lächelte, war sie ein wenig verlegen. »Ich liebe dich, Tom.«

»Ich liebe dich auch, mein Schatz, von ganzem Herzen. Aber jetzt komm, wir treten diesem Arschloch die Tür ein.«

»Ich glaube nicht, dass es dazu kommt.« Sie nahm die Abzweigung nach Kiepersol und folgte der schmaleren, kurvenreichen Strasse durch weitere Plantagen, bis sie zur De Villiers-Hof kamen. Sannie hielt vor dem elektrifizierten Stacheldrahttor und drückte auf den Knopf einer Gegensprechanlage an einem Pfosten

»Hallo?«, sagte eine Stimme.

»Captain Van Rensburg, ich möchte zu Koos de Villiers.«

»Einen Moment.«

Nach einer kurzen Pause sagte eine tiefe schroffe Stimme durch den blechernen Lautsprecher: »*Voetsek*, verschwinden Sie.«

»Nein, ich gehe nirgendwo hin, Koos. Der Verlust Ihres Bruders tut mir leid, aber ich muss mit Ihnen über seinen Tod sprechen.«

Koos schwieg und sie warteten ein paar Minuten. Schliesslich kam der grosse, bärtige Bauer aus dem baufälligen einstöckigen Bauernhaus die Einfahrt hinuntergeschlendert. In seinen riesigen Händen erschien die Schrotflinte, die er trug, klein. Sannie und Tom stiegen aus dem Auto.

»Was wollen Sie?«, brummte Koos, als er sich dem Tor näherte.

Sannie hatte ihre Hand auf den Griff ihrer Z88 Dienstpistole gelegt. »Wir müssen reinkommen und mit Ihnen über Patrick sprechen.«

»Sie können ebenso gut durch das Tor mit mir reden, Madam.«

»Zeigen Sie etwas Respekt«, forderte Tom.

»Wer zum Teufel sind Sie, dass Sie mir vorschreiben, wie ich zu sprechen habe, Engländer?« Koos spuckte auf den Boden.

Tom griff hinter seinem Rücken nach seiner Pistole, aber Sannie hielt ihn mit einer Hand auf. »Koos, ich weiss, dass dies ein schlechter Zeitpunkt für Sie ist«, sagte sie auf Afrikaans. »Der Verlust Ihres Bruders tut mir leid, aber wir müssen mit Ihnen reden. Wir haben ein paar Fragen über andere Gäste, die Patrick in der Vergangenheit begleitet hat.«

»Ich habe euch nichts zu sagen.«

»Sannie«, sagte Tom.

»Was?« Sie wollte ihren Blick nicht von Koos abwenden. Der grosse Mann hatte den Ruf, ein gewalttätiger Tyrann zu sein und seine Augen waren rot vom Weinen, vermutlich wegen des Verlusts seines ebenso verabscheuungswürdigen Bruders.

»Aus dem Schornstein des Hauses kommt Rauch, aber es ist noch lange nicht kalt genug für ein Feuer«, murmelte Tom.

»Was verbrennen Sie, Koos?«, fragte sie den Bauern.

»Das geht Sie nichts an. Holz.«

»Das glaube ich nicht. Sind es Teile von Patricks Sachen?«

Koos zuckte mit den Schultern.

Er war nicht der klügste Mann der Stadt, bei weitem nicht. »Sie wollen ein paar seiner Sachen verbrennen, damit sie Sie nicht an den Verlust erinnern, stimmt's?«

Koos runzelte die Stirn. »Ja, so ist es.«

»Gut«, lenkte sie ein, »und wir kommen jetzt rein.«

Sannie hatte bemerkt, dass das Tor zwar geschlossen, aber nicht mit einem Vorhängeschloss versehen war. Sie griff nach dem Rahmen und begann, diesen zur Seite zu schieben. Koos kam auf sie zu, doch sie war schon durchgeschlüpft und Tom direkt hinter ihr. Koos war klug genug, die Schrotflinte nicht auf sie zu richten, aber er nahm die Waffe in die linke Hand und stiess ihr die enorme Handfläche seiner rechten Hand vor die Brust. »Runter von meinem Land, Schlampe.«

Sannie taumelte einen Schritt zurück, aber bevor sie ihre Waffe ziehen konnte, war Tom zwischen ihnen. Sein erster Schlag traf Koos am Kinn und schleuderte seinen Kopf nach hinten. Als Koos auf den Hintern fiel, setzte er an, die Schrotflinte in den Anschlag zu bringen.

»Waffe fallen lassen!« Tom setzte seinen Fuss auf den Bauch des grösseren Mannes und richtete seine SIG Sauer, die er in beiden Händen hielt, auf Koos' Augen.

»Dreh ihn um«, wies ihn Sannie an. Tom schnappte sich die Schrotflinte, die Koos nun gesenkt hielt und ermunterte ihn mit einem Tritt in die Rippen zum Gehorsam. Sannie zog ihre Handschellen heraus und legte sie Koos um die Handgelenke. »Nimm ihn bitte mit, Tom.«

Sie begann zu rennen und stiess die Tür des Bauernhauses auf, ihre Z88 den Weg vor sich haltend: »Polizei!«, rief sie, doch das Haus war leer. Vor dem Feuer lag ein Stapel Papiere, Briefe und Zeitschriften. Als sie den Kamin erreichte, verschlangen die Flammen eben eine Hochglanzzeitschrift, auf der Sannie verzerrte Gesichter ausmachen konnte. Tom schob Koos hinter ihr ins Wohnzimmer. Sannie bückte sich und hob die nächste Zeitschrift auf, die verbrannt werden sollte. Sie blätterte sie durch. »Ausländisches brutales Zeug, in dem Frauen gefoltert, geschnitten, geschlagen werden. WStand Ihr Bruder auf so einen kranken Scheiss, Koos?«

»Das ist nicht illegal«, gab der Landwirt trotzig zurück.

»Warum verbrennen Sie es dann?«, fragte Tom.

Sannie stiess einen Schuhkarton auf und eine Plastiktüte voll mit etwas, das wie *Dagga*, also Marihuana, aussah, fiel heraus. Unter dem Karton befand sich aber etwas, was sie viel mehr interessierte: Ein älterer Laptop. »Gehörte der Patrick?«

»Ich habe Ihnen nichts zu sagen«, sagte Koos.

Sannie sagte zu Tom: »Setz ihn hin, aber ausser Reichweite, bitte.« Sie setzte sich auf ein altes Vinylsofa, von dem das ranzige Kunstleder abblätterte, öffnete den Computer und startete ihn. »Wie ich sehe, ist kein Passwort erforderlich. Er war wohl also ungefähr so schlau wie Sie, Koos.«

Koos zappelte auf einem ramponierten Sessel und wollte aufstehen, aber Tom drückte ihn gegen die Brust und hielt ihn auf seinem Platz. »Sie haben kein Recht, seine Sachen zu durchwühlen.«

Ob Koos sich sicher war oder nicht, Sannie wusste, dass er Recht hatte. Allerdings zeigte ihr die Dringlichkeit, mit der Koos die Besitztümer seines Bruders verbrannte, dass der ältere Bruder wusste, dass hier Informationen lagerten, die Patrick belasteten. Sannie öffnete das E-Mail-Programm auf dem Computer und zuckte zusammen, als sie die Absenderadresse der letzten Nachricht sah.

»Was ist los?« fragte Tom.

Sie öffnete die Nachricht und begann zu lesen. »Mein Gott.«

* * *

AUF KLAPPBAREN CAMPINGSTÜHLEN ASSEN BRAND, Andrew und Kate im Schatten eines einsamen Baumes in der kurzen Grasebene der Masai Mara gekochte Eier und Hühnchen aus den Lunchpaketen, die in Godwins Fahrzeug für sie bereit waren.

Sie hatten den Hauptteil der grossen Tierwanderung am Mara-Fluss hinter sich gelassen. Eine Herde von einem Dutzend oder mehr Topi-Antilopen beobachtete sie misstrauisch von einer nahen Anhöhe aus. Godwin sass im Land Cruiser und sprach in Suaheli über das Funkgerät. Er beendete das Gespräch, kam zu Hudson und sagte leise: »Sir, Sie haben die Lodge darum gebeten, Ihnen mitzuteilen, wann die anderen Gäste landen. Sie sind jetzt da.«

Da Hudson Brand klar war, dass es in vielen Gegenden der Masai Mara keinen Telefonempfang gab, hatte er diese Anweisungen bereits bevor sie weggefahren waren hinterlassen. »Nun, Peter und Anna sind angekommen«, verkündete Hudson den anderen. »Sie bekommen also, was Sie sich gewünscht haben, Kate.«

Sie legte ihr Brot, das sie kaum angerührt hatte, nieder. »Ich bin bereit. Wo treffen wir sie, im Camp?«

Hudson Brand sah zu Andrew hinüber. Der Pilot rieb sich das stoppelige Kinn. »Das könnte unangenehm werden, wenn dieser Peter etwas versucht. Es wäre wohl das Beste, vor Unbeteiligten kein Aufsehen zu erregen.«

»Vielleicht hier draussen?«, schlug Brand vor.

Andrew nickte. »Er wird weder eine Feuerwaffe noch eine andere nennenswerte Waffe in ein ziviles Verkehrsflugzeug gebracht haben und wir sind alle drei bewaffnet. Wir können ihn also in Schach halten. Oder wollen Sie zuerst die kenianische Polizei einschalten?«

»Wir haben keine Ahnung, wie lange es dauern würde, bis sie hier wären. Ausserdem gäbe es im Vorfeld eine Menge zu erklären. Vor allem aber müssen wir zuerst einmal hören, was Peter selbst zu sagen hat, denn im Moment sind alles nur Mutmassungen.«

Kate schaute auf ihre Fingernägel hinunter. »Er ist schuldig. Ich weiss es.«

»Godwin«, sagte Brand, »können Sie uns an einen Ort bringen, an dem wir uns mit den anderen Gästen, die angekommen sind, privat treffen können? Nicht wie hier, wo alle Fahrzeuge halten.«

»*Ndiyo*. Ja. Ich finde einen ruhigen Platz am Fluss, aber nicht dort, wo die Querungen stattfinden. Einen, an dem niemand sonst ist. Gibt es Ärger?«

»Ich hoffe nicht. Funken Sie bitte den Standort ans Camp und bitten Sie sie, die Koordinaten an den Fahrer, der den Doktor und Frau Cliff von der Landebahn abholt, weiterzugeben. Sagen Sie den Gästen, dass dort Leute, die sie treffen wollen, auf sie warten. Sie werden das verstehen.«

»Geht in Ordnung«, stimmte Godwin zu.

Andrew und Brand halfen Godwin beim Einpacken der Stühle und bald rüttelten sie wieder über die zerfurchte Strasse. Sie bahnten sich ihren Weg durch eine Herde von mehreren hundert Gnus und folgten dem Lauf des Mara. Sie entfernten sich von der wachsenden Schar von Touristenfahrzeugen und nervösen Tieren auf der anderen Seite des Flusses, die sich darauf vorbereiteten, den Fluss zu durchqueren.

»Geben Sie mir Ihre Waffe«, verlangte Hudson Brand von Kate.

»Nein.«

»Geben Sie sie mir, oder Godwin bringt uns auf meine Anweisung hin zurück ins Lager. Dann können Sie sich selbst um Ihre Verwandten kümmern.«

Kate starrte ihn einige Sekunden lang widerstrebend an, bevor sie schliesslich in ihren Rucksack griff, ihre Halbautomatik des Kalibers 32 herauszog und sie ihm reichte. »Sie wissen, dass ich ihn töten will, nicht wahr?«

»Ja«, bestätigte Brand, »und genau deshalb nehme ich die hier zu mir.« Er steckte die kleine Pistole in seine Hosentasche. Er nahm seine eigene Neun-Millimeter-Pistole heraus, warf das Magazin aus, entfernte die Kugeln und lud sie erneut. Er schob das Magazin zurück in den Kolben, schloss es und entsicherte die Pistole, bevor er sie zurück in den Bund seiner Hose steckte.

Andrew holte seine Waffe ebenfalls aus der Tasche und überprüfte sie. »Wir lassen nicht zu, dass dir etwas zustösst, Kate«, sagte der Pilot zu ihr.

Godwin warf einen Blick über die Schulter und seine Augen weiteten sich beim Anblick der Waffen. »Also sind wir wenigstens vor den Löwen sicher.«

Sie hielten in einer Biegung des Mara an einer Steilküste an, wo das Ufer auf ihrer Seite bei Hochwasser vom Fluss abgebrochen war, so dass nun ein senkrechter Abhang aus hellem Sand unter ihnen lag. Eine Reihe von Bäumen spendete Schatten. Auf der gegenüberliegenden Seite des schnell fliessenden braunen Wassers war die Biegung mit vom Wasser glatt geschliffenen Felsbrocken und Steinen übersät.

»Ist dieser Platz gut?«, erkundigte sich Godwin.

»Ja, der ist in Ordnung«, bestätigte Hudson Brand.

»Der ist auf jeden Fall besser«, nickte Andrew.

Sie sassen wartend im Schatten, blickten zum Fluss und entdeckten gelegentlich ein Flusspferd oder ein anderes Tier am Ufer. »Wenn Peter nach Südafrika ausgeliefert wird, müssen Sie vielleicht aussagen«, sagte Brand zu Kate.

»Wenn ich bei dieser Brücke ankomme, gehe ich darüber«, sagte sie, hob einen Stein auf und warf ihn über die Uferkante ins etwa fünf Meter tiefer liegende Wasser. »Ich hoffe nur, die südafrikanische Polizei findet einen Zusammenhang zwischen Peter, Patrick De Villiers und den anderen Morden. Ich möchte nicht ins Gefängnis, aber die Leute, die ich bestohlen habe, entschädigen ...«

»Sie wissen, dass ich Ihnen nicht empfehle, das Geld aus dem Lebensversicherungsanspruch zu erstreiten«, sagte Brand.

Kate nickte. »Ja, ich weiss. Ich muss richtige Arbeit finden, entweder hier in Kenia oder irgendwo anders auf der Welt. Dann spare ich und versuche, das Unrecht, das ich verursacht habe, wieder gut zu machen.«

Andrew stand vom Stuhl, auf dem er gesessen hatte, auf und holte ein Fernglas aus dem Land Cruiser. »Eine Staubwolke, da kommt ein Fahrzeug!«

Godwin stellte eine kurze Frag ins Funkgerät. »Ja, Sie sind es«, berichtete er.

Kate stand auf und Brand bemerkte ihre zu Fäusten geballten Hände. In ihrem Kiefer pulsierte ein Muskel, weil sie die Zähne fest zusammenbiss. Hudson Brand tastete nach der Pistole in seinem Rücken. Sie war einsatzbereit, falls er sie brauchte. Er vermutete, Peter Cliff versuche, sich durchzubluffen, mahnte sich aber daran, dass er wohl ein gewalttätiger Serienmörder war, der seine Spuren seit mehreren Jahren geschickt verwischte.

Das Fahrzeug wurde grösser und seine Form klarer ersichtlich und schliesslich konnte Brand ein Land Rover Safarifahrzeug mit einer Plane auf dem Dach, die zwischen den Stangen eines Überrollkäfigs gespannt war, ausmachen. Anna und Peter sassen auf den Sitzen hinter dem Fahrer, der im Gegensatz zu Godwin, der eine Khakihose trug, in ein traditionelles Masai-Tuch gewickelt war. Das Fahrzeug hielt etwa zehn Meter entfernt und die beiden Führer winkten sich zur Begrüssung zu, als wäre dies eine ganz normale Begegnung im Busch.

»Kate, mein Gott! Du bist es!« sagte Peter, als er aus dem Fahrzeug sprang.

»Er tut gut daran, überrascht in die Welt zu schauen«, sagte Andrew zu Hudson Brand und verzog den Mund. Kate neben ihm schwieg und bewegte sich nicht.

Anna kletterte herunter und kam auf sie zu. »Ich kann es nicht glauben. Oh mein Gott, Kate!«

Diese blieb, die Arme an der Seite hängend, ruhig stehen, bis Peter einen Meter von ihr entfernt stehen blieb. »Warum bist du davongelaufen?«

Brand hörte ihre leise Antwort durch das Rauschen des Flusses hinter und unter ihnen. »Gerade du solltest das wissen.«

Peter holte tief Luft und fuhr sich, sprachlos und wie Brand annahm, überwältigt, sie zu sehen, mit der Hand durch die Haare. Obwohl er durch die Spiegelung des Fotos von Kate und Linley, das er Dani geschickt hatte, gewusst haben musste, dass er Kate, und nicht Linley Brown treffen würde.

»Warum?«, war alles, was Anna zu ihrer Schwester sagte.

»Hallo, Anna«, sagte Kate. »Es tut mir leid.«

Anna schaute Kate an, ohne nach ihr zu greifen, sie zu umarmen oder zu weinen. Brand beobachtete die beiden Frauen genau. »Was tut dir leid?«

»Wir können doch später darüber reden, oder?«, warf Peter schnell ein. »Es ist doch einfach wunderbar, dass wir Kate zurückhaben, nicht wahr?«

Brand fragte sich, an wen er diese Frage richtete. Kate warf ihm einen kalten Blick zu und Anna ignorierte ihren Mann. »Was tut dir leid?«, fragte sie noch einmal.

Peter streckte eine Hand aus, wie um sich zu vergewissern, dass Kate kein Geist sei, worauf diese einen Schritt zurückwich und förmlich erschauderte. Aus dem Bauch heraus verhöhnte ein Nilpferd sie alle mit seinem Lachen.

»Fass mich nicht an, du Mistkerl«, zischte Kate Peter an, der seinen Arm fallen liess.

Er sah traurig aus, dachte Brand, als hätte man ihm einen Preis gegeben und ihn ihm dann wieder weggenommen. »Es tut mir leid«, murmelte er leise.

»Und was tut dir leid?« fragte Anna verwirrt. »Kann mir jemand verraten, was hier vor sich geht?«

Kate holte tief Luft. »Ich bin vor Peter weggelaufen, Anna. Wir hatten eine Affäre und ich hatte solche Angst.«

»Angst?«, echote Peter.

Anna blickte von ihrer Schwester zu ihrem Mann, sagte aber nichts. Brand bemerkte, dass sich der Brustkorb der älteren der Schwestern schneller hob und senkte, ihr die Farbe in die Wangen stieg und sie ihre Wut kaum unter Kontrolle zu haben schien. Brand fühlte mit ihr.

»Du hattest keinen Grund, Angst zu haben«, sagte Peter zu Kate. »Ich hätte dir nie wirklich wehgetan, Kate. Du musst doch gemerkt haben, dass ich dir nie etwas antun wollte.«

»Die Hälfte der Zeit war ich zu betäubt, um irgendetwas mitzukriegen. Ich erinnere mich nur daran, dass du mich wie eine Hure benutzt hast, und an diese *spezielle Sachen,* die du gerne mit dem Skalpell gemacht hast.«

Er blickte zu Boden und sein Gesicht verfärbte sich, so dass er wie ein beschämtes Kind aussah, dachte Brand. »Ich dachte ... ich habe angenommen, es gefällt dir ... Ich gefalle dir.«

Anna drehte sich zu ihrem Mann um, schloss die Lücke zwischen ihnen und verpasste ihm eine harte Ohrfeige. »Du bist so ein Mistkerl.«

»Anna ... es war nicht nur er«, sagte Kate.

»Halt die Klappe!« Sie stürzte sich auf ihre Schwester, doch Andrew Miles stellte sich zwischen die beiden Frauen.

»Wer zum Teufel ist das denn?«, fragte Anna.

»Ein Freund«, sagte Andrew. »Aber vielleicht benehmen wir uns wie Erwachsene.«

Sie sahen ihn alle an und Anna bemerkte: »Ich kann nicht glauben, dass das passiert.«

»Ich habe mich entsetzlich verhalten«, sagte Peter. »Kate, ich liebe dich und ich wollte nur das Beste für dich und mich.« Dann sah er seine Frau an. »Anna, es tut mir so leid, aber du hast mich nie verstanden und nie akzeptiert.«

»Du hast also meine Schwester unter Drogen gesetzt und deine kranken, perversen Spielchen mit ihr getrieben, weil ich dein Swingen und Betrügen nicht dulden wollte! Gott, Peter, ich wusste ja, dass du eine Art Sexsüchtiger bist, aber *meine Schwester?*« Anna drehte sich zu Kate um. »Und wie konntest du nur?«

»Das fragst du *mich?* Nach dem, was du mit George gemacht hast?«, spuckte Kate.

»Was ist mit George?«, fragte Peter.

Annas Wangen röteten sich. »George hat *mich* verfolgt, Kate.«

Hudson Brand war sich nicht sicher, wo seine Loyalität jetzt lag. Er hatte Kate Munns für die Cliffs gefunden, war jetzt scheinbar aber auch hier, um Kate vor ihrem Schwager zu schützen, dem Mann, der sie dazu gebracht hatte, ihren Tod vorzutäuschen und den sie für einen Mörder hielt. Ausserdem litt er mit Anna, die ihre Schwester und ihren Mann kalt ansah. Brand erinnerte sich an ihre Berührung und es tat ihm ein wenig leid, sie verletzt zu sehen. Aber vielleicht half ihr die Wahrheit. Sie musste genauso von Peter loskommen, wie Kate dies gebraucht hatte, um der zerstörerischen Affäre zu entfliehen. Beide mussten versuchen, mit dem Trauma ihrer Kindheit fertig zu werden, was wohl aber erst möglich war, wenn das aktuelle Chaos hinter ihnen lag.

»Anna, was wollen Sie tun?«, fragte Brand sie.

Sie sah ihn an und schien einige Sekunden zu brauchen, um die Frage zu verstehen.

»Peter?«, sagte Brand.

Er sah Brand an und blinzelte. »Ich weiss nicht, was ich sagen soll.«

»Es gibt ein paar Dinge, über die wir beide reden müssen. Das können wir hier tun oder wenn wir ins Camp zurückkehren, zusammen mit der Polizei. Es liegt ganz bei Ihnen.«

»Was habe ich mit *Ihnen* zu besprechen?«, fragte er und kehrte damit zu seiner normalen überheblichen Art zurück, dachte Brand.

»Wir können damit beginnen, was Sie im Juni 2010 in Nelspruit, im Februar in Kapstadt und vor ein paar Tagen in Victoria Falls getan haben.«

»Sie wissen ganz genau, was ich in Victoria Falls gemacht habe. Was die anderen Reisen betrifft, so habe ich mir die Fussballweltmeisterschaft angesehen und an einer medizinischen Konferenz teilgenommen.« Er sah entrüstet aus. »Was soll denn das jetzt alles?«

»Diese Frage solltest du beantworten können«, giftete Anna.

Brand beobachtete die Menschen um ihn herum und versuchte, sie zu lesen. Anders als Tiere waren sie unberechenbar. Löwen, Elefanten, Büffel und andere gefährliche Tiere gaben immer einen Hinweis auf eine bevorstehende Entscheidung, sei es anzugreifen oder sich zu verteidigen, auch wenn es oft anders schien. Menschen dagegen explodierten aus dem Nichts.

Während Peter von den Ereignissen um ihn herum geistig umgeworfen zu sein schien, zeigte Annas Gesicht pure, kalte Wut.

»Kate«, sagte Brand mit fester Stimme, »wollen Sie, dass Peter von der Polizei angeklagt wird, weil er Ihnen illegal Drogen geliefert hat?«

Das war ein Anfang, überlegte Brand und bezog sich auf einen Vorwurf, mit dem Peter bereits konfrontiert worden war und den er nicht abgestritten hatte.

»Sprecht nicht über mich, als wäre ich nicht hier«, sagte Peter von Andrews anderer Seite.

»Das bist du auch nicht, soweit es mich betrifft«, sagte Kate. »Was du mir angetan hast, war verwerflich, aber natürlich weiss ich, dass ich in gewisser Weise mitschuldig bin. Ich hätte in Grossbritannien zur Reha oder zur Polizei gehen können, aber ich hatte Angst vor dir und ...«

»Und was?«, fragte Peter herausfordernd. »Hat es dir gefallen?«

»Du bist ekelhaft. Nein, du hast mich nach dem Unfall *drogenabhängig* gemacht. Und du, ein Arzt, solltest deine Zulassung verlieren oder was auch immer sie mit solchen verantwortungslosen Ärzten machen. Nein, Hudson, ich glaube nicht, dass die Polizei ihn wegen irgendetwas anklagen kann, aber ich will sichergehen, dass ich nicht so ende wie diese anderen Frauen.«

»Welche anderen Frauen?«, wollte Peter wissen.

Anna ergriff den Arm ihres Mannes und zwang ihn, sich zu ihr umzudrehen und sie anzuschauen. »Diese Frauen, die du vergewaltigt und ermordet hast, Peter. Schau nicht so überrascht und leugne es nicht. Ich habe die internationalen Nachrichten verfolgt, als du in Südafrika bei der Fussballweltmeisterschaft warst. Aus irgendeinem dummen Grund habe ich mir Sorgen um dich gemacht, bei all den Gewaltverbrechen, über die man liest. Dann habe ich von der jungen Frau gelesen, die in der Nähe deines Aufenthaltsortes getötet wurde, und die gefesselt, gewürgt und im Intimbereich mit einem Messer schwerstverletzt worden war. Ich erinnerte mich an all die kranken Spiele mit Klingen, die du gern gespielt hast. Ich dachte nicht daran, dass du es getan haben könntest, bis ich die Zeitungen von Kapstadt online von der Zeit überprüfte, als du dort warst. Dort gab es eine zweite Frau, die auf dieselbe Weise umgebracht wurde.«

Peter sah aus, als sei er in die Enge getrieben, dachte Brand, doch dann sah der Arzt ihn an. »Ja, schon gut, ich weiss sowohl von der Frau, die während der Fussballweltmeisterschaft ermordet wurde, wie auch von der, die auf die gleiche Weise in Kapstadt umgebracht wurde. Aber ihr vergesst beide, dass die Polizei bereits einen Verdächtigen hat und dieser steht genau hier, neben euch beiden.«

»Sie haben also über mich gelesen«, sagte Brand.

»Ich habe Sie gegoogelt, als Dani Sie als den von ihr beauftragten Ermittler nannte«, sagte Peter, »und ich erinnere mich gut daran, wie beängstigend ich es fand, dass eine der Frauen in Hazyview getötet wurde, während ich in der Nähe untergebracht war. Nach dem Tod des Mädchens in Victoria Falls und Ihrem dringenden Bedürfnis, der Polizei zu entkommen, wurde ich Ihnen gegenüber misstrauisch, aber wir brauchten Sie, um Linley oder besser Kate, wie sich herausstellte, zu finden.« Er blickte zu Kate. »Ich bin so froh, dass du lebst. Glaub mir, ich habe niemandem etwas getan. Ich habe meine Probleme, ich weiss, und es war falsch, so mit dir umzuspringen, aber ich habe nie jemanden verletzt. Ich *liebe* dich, Kate.«

»Du Mistkerl!« Anna stürzte sich auf Peter und wollte mit ihren Fäusten auf ihn einschlagen, aber er machte einen Schritt zurück, auf den Rand der Böschung zu, auf der sie alle standen und packte sie an den Handgelenken. Brand versuchte, die beiden zu trennen, aber mit einer Bewegung, die sie aus der Selbstverteidigung kannte, hob Anna beide Hände, streckte sie dann schnell nach unten und zu beiden Seiten aus. Womit es ihr gelang, Peters Griff aufzubrechen und ihn mit beiden Händen kräftig in die Brust zu stossen.

»Hilfe!«, schrie Peter auf, als er den Halt verlor und rückwärts über die Kante in den Fluss kippte.

»Scheisse«, sagte Brand, rannte auf den Abgrund zu und sprang hinunter.

»Ich hole ein Seil«, rief Andrew, während Brand auf Peter zu schwamm, der zappelte und flussabwärts trieb, als die Strömung ihn im schnell fliessenden Wasser erfasste. Er war eindeutig ein schlechter Schwimmer.

Brand schaute zur Bank über sich und sah, dass Anna Andrew, als dieser versuchte, das Seil zu holen, packte. Dann löste sie sich von ihm und Brand sah, dass sie Andrews Pistole aus dessen Hosenbund gezogen hatte. »Anna, nein!«, schrie Hudson, während er einen Mundvoll schmutziges Flusswasser erwischte.

Anna richtete die Waffe nicht auf ihn, sondern auf Peter und begann zu schiessen. Sie war offensichtlich kein gute Schützin. Die Kugeln liessen Wassergeysire aufspritzen und verstärkten Peters panisches Schreien, verfehlten aber ihr Ziel. Mehr Sorgen bereitete Brand das V-förmige Kielwasser, das auf der braunen Oberfläche des Flusses hinter Peter auftauchte und direkt auf ihn zusteuerte.

Wenn er im Wasser herumfuchtelte, nützte Hudson Brand Peter nichts, also strebte er dem Ufer zu und zog sich, als er den schlammigen Boden berührte, auf die Füsse. Er bewegte sich dem schmalen Sandstreifen am Fuss der Böschung entlang und zog seine Waffe. Er richtete sie auf den Scheitelpunkt des Kielwassers und feuerte darauf, wobei sein Schuss gefährlich nahe bei Peter landete. Der Arzt geriet noch mehr in Panik und schrie, sie sollen mit schiessen aufhören, doch Brand feuerte erneut. Anna hatte zu feuern aufgehört, vermutlich, weil Andrew seine Waffe zurückerobert hatte.

Ein riesiger, gründgelbgefleckter, knubbeliger Kopf, so gross wie die Hälfte von Peters Körper, tauchte auf. Brand feuerte zwei weitere Schüsse ab, doch falls sie das Krokodil trafen, zeigten sie keine Wirkung. Die hässlichen Kiefer schlossen sich um Peters Rücken und Schultern und das Krokodil tauchte, Peter mit sich reissend, unter.

34

Ein Team von Rangern des Kenya Wildlife Service suchte die Ufer auf beiden Seiten des Flusses ab, fand aber keine Spur von Peter. Nachdem der leitende Ranger unsere Aussagen vor Ort aufgenommen hatte, fuhren wir ins Tipilikwani Camp am Rande des Masai Mara Reservats.

Anna und ich fuhren in getrennten Fahrzeugen. Sie war immer noch nicht bereit, mit mir zu reden und ich glaubte, zu verstehen, wie sie sich fühlte, obwohl ich das Gefühl hatte, sie habe mich genauso verletzt wie ich sie. Wir mussten uns miteinander versöhnen, und dafür weit in die Zeit vor Peter oder George zurückgehen.

Ich fragte mich, wie es für sie gewesen war, damals bei uns zu Hause, als wir Kinder waren. Obwohl sie sich weigerte, darüber zu sprechen, stellte ich mir vor, dass sie noch mehr missbraucht worden war, vielleicht jahrelang, bevor mein Vater mit mir anfing. Hatte sie versucht, ihn zu stoppen? Hatte sie sogar mehr ertragen, um mich zu retten? Ich wollte ihr die Hand reichen, wusste aber nicht wie.

Als wir im Lager ankamen, sah ich einen weissen Mann neben dem kenianischen Manager im Eingangsbereich stehen und erkannte beim Näherkommen den Schopf mit den lockigen schwarzen Haaren und das schiefe Grinsen.

»Bryce!«

Er kam zu mir und schloss mich in die Arme. Ich drückte mein Gesicht in sein Hemd und atmete seinen Geruch ein. »Ist mit dir alles in Ordnung?«

Ich sah zu ihm auf. »Den Umständen entsprechend. Hast du schon gehört, was passiert ist?«

»Ja, über den Funk.«

»Aber wie bist du hergekommen? Wann?«

»Hudson bat mich, deine Schwester und deinen Schwager im Auge zu behalten. Ich bin mit denselben Flügen wie sie aus Joburg und Nairobi gekommen, was kein Problem war, da sie mich noch nie gesehen hatten und nicht wussten, wer ich bin. Hudson sagte mir, ich solle direkt zur Lodge kommen, für den Fall, dass sie beschlössen, hierher zu kommen, anstatt euch draussen am Fluss zu treffen. Ich habe mich hier natürlich völlig hilflos und überflüssig gefühlt, aber umso schöner ist es, dich wiederzusehen.«

Dabei war ich so grausam zu ihm gewesen. »Ich habe dir doch gesagt, du sollest mir nicht folgen.«

Er grinste. »Ja, aber du lernst sicher noch, dass ich nicht gut darin bin, Befehle zu befolgen.«

»Bryce, ich habe keine Zukunft, kein Leben, keinen Job, kein Geld, ja sogar nicht einmal meine wahre Identität.«

»Ich weiss, Kate, aber ich habe Freunde hier in Kenia. Wir werden schon etwas finden.«

Ich glaubte kaum, was ich hörte. »Wir?«

»Sicher.« Er sah mir zaghaft, unsicher, vielleicht nervös in die Augen. »Jedenfalls wenn du mir einen Platz in deinem Leben zugestehen willst.«

Ich nickte und presste mein Gesicht wieder an ihn, damit er meine Tränen nicht sah. Ich musste es einfach langsam angehen.

Er strich mir über den Hinterkopf. »Bei mir bist du sicher.«

Das Gepäck wurde ausgeladen und Hudson teilte seinen Gästen Ihre Zimmer zu – feste Zelte auf Holzplattformen mit Blick auf einen schmalen Bach – aber es gab, obwohl es schon fast dunkel war, keine Pläne, sich zum Abendessen zu treffen. Es war nicht die Zeit für ein geselliges Beisammensein. Ich machte mich auf den Weg zu Anna und nahm ihre Hand. Ihre Augen sahen mich ausdruckslos an, und mir wurde klar, dass sie einen Schock erlitten hatte. »Können wir bitte miteinander reden? Vielleicht später?«, fragte ich sie.

»Ja«, war alles, was sie antwortete. Ein Träger kam zu ihr und sie folgte ihm in ihr Zimmer.

In meinem Zelt duschte ich – es kam mir vor, als hätte ich mich seit einer Woche nicht mehr gewaschen – und zog wieder die Kleidung an, für die Rina bezahlt hatte und die jetzt genauso schmutzig war wie die, die ich ersetzt hatte. Ich fühlte mich, als ginge ich im Leben rückwärts und vermisste Bryce schon jetzt. Ich verliess das Zelt und ging den Weg hinunter zur Bar und zum Speisesaal, einem offenen Gebäude mit Blick auf eine grosse gepflegte Rasenfläche. Draussen brannte in einer gemauerten Grube ein Feuer und ich ging dorthin und zog mir einen hölzernen Campingstuhl heran. Ein Schatten verriet mir eine Bewegung hinter mir und Andrew trat in den Lichtkegel. »Hast du etwas dagegen, wenn ich mich zu dir setze?«

»Nein, natürlich nicht«, sagte ich. »Ich habe Ihnen nie richtig für alles gedankt, was Sie für mich getan haben.«

«Es war mir ein Vergnügen. Ich kann mir gar nicht vorstellen, wie schrecklich das alles für dich war.«

Nein, das konnte er nicht. Das konnte niemand.

Andrew räusperte sich. »Ich habe einen Freund, der hier in der Nähe arbeitet. Er veranstaltet Ballon-Safaris. Ich habe ihn von meinem Zimmer aus angerufen und wir treffen uns bald zum Abendessen.«

»Das ist schön«, sagte ich, ohne mich wirklich für Andrews gesellschaftliche Pläne zu interessieren.

»Ich fragte ihn, ob er auf einem seiner Flüge noch Plätze frei hätte und er antwortete, er habe morgen früh noch zwei Plätze. Der Start ist vor der Morgendämmerung, aber es ist einer der beeindruckendsten Flüge, die man in seinem Leben machen kann.«

Er war zwar nett, aber ich hatte keine Lust, mit ihm und seinem alten Kumpel einen Ausflug zu machen. »Danke, Andrew, nicht für mich, aber vielleicht möchte Hudson Sie begleiten.«

Er lachte. »Nein, nein. Ich habe meinem Freund gesagt, dass ich ein paar junge Freunde habe, einen Mann und eine Frau, die vielleicht gerne mitkämen. Er sagt, es kostet nichts – er ist mir einen Gefallen schuldig. Ich dachte, du und Bryce würdet vielleicht, na ja ...«

Seine unkomplizierte Freundlichkeit erweichte mein Herz. Ich streckte meine Hand aus und legte sie auf die Armlehne seines Stuhls. »Oh, Andrew, ich danke Ihnen so sehr.«

»Gut, dann sage ich ihm, dass ihr interessiert seid. Eigentlich sollte ich zurück in die Bar, denn er sollte bald kommen.«

Ich dankte ihm erneut und war im Stillen froh, dass er gehen musste. So sehr ich sein Angebot schätzte, war ich doch nicht in der Stimmung, Smalltalk zu machen. Es war schon nach acht und ich war hundemüde, richtig erschöpft von allem, was wir durchgemacht hatten. Trotz meines Hasses auf Peter quälten mich die Bilder davon, wie er unter Wasser gezogen wurde. Ich verdrängte sie, stand auf und ging zu meinem Zelt zurück.

Als ich dort ankam, bemerkte ich, dass die Tür mit dem Moskitonetz offen war und hörte das Knarren der Dielen von drinnen. »Hallo?«, rief ich.

Eine Gestalt erschien an der Tür und trat dann durch den geöffneten Reissverschluss ins Licht des Balkons. »Anna«, sagte ich. »Hast Du mich erschreckt.«

»Entschuldigung.«

»Schon in Ordnung. Ich freue mich, dich zu sehen. Möchtest du reden?«

»Ich weiss es nicht.« Ihr Gesicht wirkte gezeichnet und müde. Unvermittelt fragte ich mich, ob es das Spiegelbild des meinen war. »Ich weiss nicht, ob ich jemals wieder ein Wort sagen will.«

»Anna, du musst«, flehte ich.

»Muss ich? Ich weiss gar nicht, was ich noch sagen soll. Wir haben uns gegenseitig verletzt, und der Mann, den ich einmal geliebt habe und von dem ich dachte, er bringe alles in Ordnung, ist tot. Ich denke, ich sollte einfach verschwinden«.

Ich streckte die Hände aus und nahm ihre beiden Hände in

meine. »Komm, setz dich. Niemand verschwindet. Wir können nicht zulassen, dass uns das hier oder das, was uns in der Vergangenheit passiert ist, besiegt. Das weiss ich jetzt. Wegzulaufen zu versuchen war falsch. Ich hätte mit meiner Angst vor Peter zur Polizei gehen und mutiger sein sollen, wie du.«

Sie schaute mich an, als ob ich eine fremde Sprache spräche und sie kein Wort von dem, was ich sagte, verstehe. »Ja, lass uns reingehen«, sagte sie und ging ins Zelt zurück. Ich kam bis zur Schwelle, sah sie aber nicht. Das Licht war aus und ich wusste nicht mehr, wo der Schalter war. Vielleicht war sie im Badezimmer im hinteren Teil des Zeltes verschwunden. In der Nähe brüllte ein Löwe, es klang tief und sehnsüchtig.

»Hah, ich finde den Lichtschalter nicht«, sagte ich und versuchte, einen Witz daraus zu machen, was mir nicht gelang.

»Das ist gut«, sagte meine Schwester. »Lass das Licht aus. Ich will deine Augen nicht sehen.«

Sie war eine Gestalt in der Dunkelheit. Ich hatte gesehen, dass sie heute aus dem Gleichgewicht geraten war und Peter zu töten versucht hatte. Wir hatten den Rangern alle dasselbe gesagt, dass sie und Peter einen Streit gehabt hätten, dass sie aber nicht versucht habe, ihn zu töten, indem sie ihn über den Rand des Flussufers stiess. Ich wusste, dass das nicht stimmte, aber so schrecklich das auch klang, fühlte ich tief in mir, dass Peter das, was ihm passiert war, verdiente.

»Hudson empfiehlt mir, morgen früh abzureisen«, sagte Anna. »Er muss zurück nach Simbabwe fliegen, um seinen Wagen abzuholen. Er will mit der Polizei in Südafrika und Simbabwe über Peter sprechen, damit er selbst aus dem Schneider ist.«

Es ging also um mehr als nur um Brands Land Rover, den er, wie erwähnt, in Simbabwe zurückliess, als er das grössere Reisefahrzeug für Anna und Peter abgeholt hatte. Aber der Schritt kam zur rechten Zeit, denn Anna wollte keine langwierigen Ermittlungen der kenianischen Polizei riskieren und die Ranger vor Ort hatten nicht die Befugnis, ihren Reisepass zu konfiszieren. »Anna, jetzt zünden wir das Licht an, ich bestelle uns etwas zu trinken, und dann reden wir über alles.«

»Nein«, sagte sie energisch. »Ich habe zu reden versucht, aber es funktioniert nicht.«

»Papa hat schreckliche Dinge mit dir getan, Anna, nicht wahr? Mehr als nur die Schläge, die er uns beiden verpasste und die Art, wie er mich angefasst hat.«

Anna schürzte die Lippen und schlang ihre Arme um sich. »Er hat den Tod verdient.«

Sie bewegte sich aus der Dunkelheit auf mich zu. Ich wollte zu ihr eilen, sie umarmen und ihr dafür danken, meine Schwester zu sein und ihr sagen, dass alles gut werde und wir es zusammen überstehen würden.

»Kate?«, rief in diesem Moment eine Stimme an der Aussentreppe hinter mir.

»Bryce. Nur eine Minute,« antwortete ich. Ich konnte den Gedanken, ihn jetzt, wo er mich gefunden hatte, wieder wegzuschicken, fast nicht ertragen. Dennoch musste ich zuerst versuchen, die Dinge mit meiner Schwester wieder in Ordnung zu bringen oder den Prozess zumindest anzustossen.

Bevor ich jedoch etwas sagen konnte, stürmte Anna durch das Zelt und schob sich an mir vorbei nach draussen. »Anna, warte!«

»Nein«, rief sie, bereits die Treppe hinunterlaufend. »Wir sehen uns morgen, bevor ich fliege.«

Ich ging nach draussen und sah sie, ohne dass sie sich umdrehte, den Weg hinunterlaufen. Bryce stand da und sah verwirrt aus. »Entschuldigung, ich wollte nicht stören.«

»Nein, nein, es ist in Ordnung«, sagte ich. »Es ist wahrscheinlich noch zu früh, die Zeit noch nicht reif.«

»Wenn du willst, lasse ich dich allein und gehe wieder. Eigentlich wollte ich gar nicht kommen, und suche auch nichts. Ich musste mich nur vergewissern, dass bei dir alles in Ordnung ist, bevor ich ins Bett gehe.«

Ich schaute auf ihn herab, auf die Ehrlichkeit und Güte, die ich in seinem Gesicht las. Er wusste nichts von so schrecklichen Dingen, wie sie Anna und ich durchgemacht hatten, sondern kannte nur eine liebevolle Familie und ein sorgenfreies Leben im afrikanischen Busch. Ich wünschte mir dieses Leben ebenfalls, und dachte, es sei vielleicht, nur vielleicht, immer noch möglich. Ich streckte meine Hand aus und er nahm sie. Ich führte ihn in mein Zelt, und als er drinnen war, nahm er mich sanft in seine Arme und küsste mich.

* * *

BRAND WAR auf der Suche nach Anna und stiess buchstäblich mit ihr zusammen, als sie den Weg hinunterlief. Damit sie nicht stürzte, fing er sie in seinen Armen auf, hielt sie dann aber von sich weg. »Hey, hey, alles in Ordnung?«

Sie sah zu ihm auf. »Ich weiss es nicht. Ich glaube nicht, dass ich das jemals sein werde.« »Und wie geht es Kate?«

»Es geht ihr gut«, sagte Anna schnell. »Sie ist mit Bryce zusammen und er ist ein guter Mann. Ich habe ihn zwar gerade erst kennengelernt, kann es aber sagen.«

Brand nickte. Er stimmte ihrer Einschätzung von Bryce auf jeden Fall zu. »Gut. Gehen Sie jetzt zu Ihrem Zelt?«

Anna schniefte und sah ihm in die Augen. »Ja, dahin bin ich unterwegs. Bitte verstehen Sie mich nicht falsch, aber ich möchte heute Nacht nicht allein sein. Ich habe solche Angst.«

»Wovor?«, fragte Brand. »Vor der Vergangenheit.«

»Ich bleibe bei Ihnen.«

»Danke.« Anna löste sich sanft von ihm, ging voraus und führte ihn zu ihrem Zelt. Brand folgte ihr die Treppe hinauf und hinein. Während sie im Bad war, sah er sich im Inneren um. Sie kam heraus und öffnete ihre Bluse und den Reissverschluss ihres Rocks. In der Unterwäsche kletterte sie ins Bett. »Ich bin so furchtbar müde.«

Er ging zu ihr und zog ihr die Decke bis zum Kinn hoch, beugte sich hinunter und küsste sie auf die Stirn. »Ich bleibe hier.«

Anna schloss die Augen, während Hudson Brand zum Stuhl in der Ecke ging und sich hinsetzte. Er beobachtete sie und hörte dem

Brüllen des Löwen in der Ferne zu, bis er sicher war, dass sie schlief. Dann ging Hudson Brand leise zum Frisiertisch, wo er einen Stift und ein Blatt Papier holte. Er setzte sich wieder auf den Stuhl und begann zu schreiben, wobei er ab und zu einen Blick auf Anna warf, um sich zu vergewissern, dass sie noch schlief.

35

Dank den geübten Augen eines Safari-Führers zeigte Bryce schneller auf Tiere, als es der Ballonpilot konnte. Aber es war nicht die Tierwelt, die mich am meisten beeindruckte, sondern das unglaubliche Gefühl von Frieden und Freiheit, das ich empfand. Ich glaube, das war ein Gefühl, das ich noch nie wirklich erlebt hatte.

Es war die Art und Weise, wie die aufgehende Sonne Bryces Wangen mit einem wunderschönen Rotgold übergoss und die zauberhaften Muster, die die Zebraherden ins Gras unter uns zeichneten. Es war dieses völlige Fehlen irgendwelcher Geräusche, als wir über die endlosen Ebenen der Masai Mara schwebten sowie die Wärme der Brenner auf meinem Rücken, wenn der Pilot sie anwarf. All das gab mir das Gefühl, in einem schwerelosen Kokon zu schweben, was umso beruhigender war, als Bryce alle paar Sekunden seinen Arm um mich legte und mich drückte.

Ich hatte Anna sehen und einen letzten Versuch unternehmen wollen, ihren Heilungsprozess einzuleiten, bevor sie abreiste und ausserdem war es mir wichtig, Hudson Brand und Andrew Miles noch einmal zu danken. Als ich aber, nachdem Bryce und ich uns für die Ballonfahrt angezogen hatten, in der Dunkelheit vor der Dämmerung zu Annas Zelt kam, fand ich sie nicht mehr vor. Ich wusste, dass Andrew sie zurück nach Nairobi flog, von wo aus sie und Hudson Brand den Flug nach Simbabwe nehmen wollten. Von dort würde Anna anschliessend nach Grossbritannien zurückkehren.

Kurz bevor der Pilot uns das Kommando gab, uns hinzusetzen und uns auf die Landung vorzubereiten, küsste mich Bryce. Ich erinnerte mich an seine Berührungen in den wenigen Stunden, die wir zuvor miteinander verbracht hatten: Sie waren zärtlich, fürsorglich, aber auch kraftvoll und leidenschaftlich. Während des Sektfrühstücks in der Fläche unterhielten wir uns kaum mit den anderen Passagieren. Stattdessen schauten wir uns meistens in die Augen.

Als wir ins Camp zurückkehrten, fühlte ich mich angenehm entspannt und freute mich darauf, meine Safarikleidung auszuziehen und mit Bryce ein Bad zu nehmen. Ich betrat mein Zelt und sah auf dem frisch gemachten Bett einen Umschlag.

»Ich muss auf die Toilette«, sagte Bryce.

Ich nahm den Umschlag, auf dem mein Name stand, in die Hand und öffnete ihn. Der Brief darin war handgeschrieben und mein Blick wanderte zuerst nach unten. Er war mit ›Hudson Brand‹ unterzeichnet. Ich begann zu lesen.

Liebe Kate, wenn Sie das lesen, sind wir in Nairobi, doch ich muss Ihnen etwas berichten. Es wird nicht einfach für Sie sein, es zu lesen ...

»Hey«, rief Bryce über das Geräusch der Toilettenspülung hinweg, als ich schnell weiterlas. »Ist das deins? Ich habe es gerade auf dem Boden im Bad gefunden.«

Ich sah vom Brief auf. Meine Sicht begann zu verschwimmen und mein Herz heftig zu klopfen. Bryce hielt ein zusammenklappbares Jagdmesser mit einer gezackten Klinge hoch, die im Morgenlicht, das durchs offene Zeltfenster hereinströmte, glitzerte.

* * *

ANDREW ROLLTE die Beechcraft zu einem Hangar am Wilson Airport. »Dort wartet unser Wagen«, sagte er in sein Mikrofon.

Brand schaute hinaus und sah das schwarze Auto mit den

getönten Scheiben. Er löste seinen Sicherheitsgurt und öffnete die Tür. Anna, die während des Fluges still gewesen war, stand auf und führte sie, sobald Andrew den Motor abgestellt hatte, die Treppe hinunter. Das Auto fuhr ihnen entgegen.

»Ein wahrhaft königlicher Empfang«, sagte Anna, als sich die Autotür öffnete.

Brand stellte sich hinter Anna, als Sannie Van Rensburg aus dem Fahrzeug stieg und sich mit Rang, Namen und Angabe der Dienststelle vorstellte. »Anna Cliff, Sie sind wegen der Morde an Nandi Mnisi und Juliette February in der Republik Südafrika sowie an Melanie Afrika in Victoria Falls, Simbabwe, verhaftet. Ausserdem werden Sie wegen des Mordes an der Polizeibeamtin Mavis Sibongile befragt.« Als Sannie begann, Anna ihre Rechte vorzulesen, versuchte Anna, sie zu übertönen.

»Das ist ungeheuerlich. Ich habe nichts getan ... mein Mann, mein verstorbener Mann, Peter, er ist es, den Sie...«

»Misses Cliff«, fiel ihr Sannie, die keine weitere Unterbrechung duldete, ins Wort«, wir haben gestern Nachmittag Patrick de Villiers' Wohnung durchsucht. Dabei haben wir den gesamten E-Mailverkehr zwischen Ihnen und ihm gefunden. Für uns waren vor allem die Nachrichten sehr wichtig, in denen Sie die Planung und Ausführung dieser Morde und der Vergewaltigungen in allen Einzelheiten besprachen. Und natürlich die Nachrichten, in denen Sie Ihren Wunsch, die Geliebten Ihres Mannes umzubringen und ihn irgendwann in der Zukunft reinzulegen, ausdrückten. Am Tatort des Mordes an Warrant Officer Sibongile haben wir einige lange Haare gefunden, die sehr danach aussahen, als stammten sie von Ihnen. Ich glaube, Sie waren bei De Villiers, als Sibongile ihn erschoss und haben meine Kollegin daraufhin getötet. Ausserdem haben Sie mit De Villiers einen Plan ausgearbeitet, um diesen Mann hier, Hudson Brand, zu belasten.«

Anna schaute zuerst zu ihm, dann um sich herum, aber zwei uniformierte kenianische Polizisten kamen zügig aus dem Hangar. Tom Furey, Sannies Ehemann, war ebenfalls aus dem schwarzen

Auto gestiegen und stand bereit, um Anna festzunehmen. Diese schaute ganz verdutzt, als Sannie ihr die Handschellen anlegte.

Anna wandte sich an Brand. »Sie wussten es.«

»Captain Van Rensburg hat mich gestern angerufen. Mein Telefon war leer, ich hatte erst als wir zum Camp zurückkamen wieder Strom und Empfang. Als ich davon hörte, bin ich sofort zu Ihnen gekommen.«

Sie schaute ihn an und erkannte, dass er schon die ganze Nacht von ihr und ihren Verbrechen gewusst hatte. Es war seine Aufgabe gewesen, dafür zu sorgen, dass sie weder sich selbst noch anderen etwas antat. Doch nachdem er von ihrer Kindheit und ihrer Ehe gehört hatte, empfand er etwas für sie, obwohl er sich nicht sicher war, was. Nichts davon entschuldigte die schrecklichen Verbrechen, die sie und De Villiers begangen hatten, aber er war überzeugt, es mit einer gestörten, beschädigten Seele zu tun zu haben. Brand hatte überlegt, ob er Kate informieren solle, war aber der Meinung, sie und Bryce bräuchten ein paar Stunden Frieden und Glück, bevor sie die Wahrheit über ihre Schwester erfuhren. So hatte er sich stattdessen für den Brief entschieden. Ausserdem würde Sannie Van Rensburg, wenn sie Kate fand, ihr Bestes tun, um auch sie an Südafrika ausliefern zu lassen.

Van Rensburg und ihr Ehemann hatten gut daran getan, die Auslieferung und den Haftbefehl sowie den Nachtflug von Johannesburg nach Kenia zu organisieren, denn so mussten sie Anna nicht nach Südafrika ausliefern.

Tom und die kenianische Polizei geleiteten Anna auf den Rücksitz der gemieteten Limousine, die sie alle zum Jomo Kenyatta International Airport bringen sollte, von wo aus sie später am Tag nach Südafrika zurückfliegen würden. Sannie ging zu Brand hinüber und reichte ihm die Hand.

»Danke für Ihre Unterstützung, Herr Brand. Ich hoffe, Sie sind mir nicht böse?«

»Nein.« Er schüttelte ihre Hand.

»Ich nehme an, Sie können mir nicht sagen, wo Linley Brown ist?«

»Linley Brown?«, fragte Brand. »Ich denke, Sie werden feststellen, dass sie verstorben ist.«

Van Rensburg lächelte. »Kann ich Sie zum Flughafen mitnehmen?«

Andrew Miles stand neben seinem Flugzeug. »Wann holt der Besitzer diese Kiste ab?« fragte ihn Brand.

»Erst in etwa einer Woche«, antwortete Andrew. »Er sagte, ich könne das Flugzeug hier oben benutzen, bis er zurückkommt.«

»Irgendwie mag ich den Klang des Namens ›Sansibar‹«, sagte Brand. »Also, danke für Ihr Angebot, Captain, aber ich glaube, ich verzichte. Ich kann meinen Land Rover später abholen.«

»Sansibar ist wirklich schön«, sagte Sannie. »Mein Mann und ich haben gerade gestern Abend während des Flugs eine Reise dorthin geplant. Ich hoffe, Sie sind längst weg, bevor wir dort ankommen.«

Brand lächelte: »Ich auch.«

Van Rensburg stieg ins Auto und sie fuhren weg.

* * *

Ich las Bryce den Rest des Briefes laut vor. Brand erläuterte die Beweise gegen meine Schwester und beschrieb die Aktion, die er mit Van Rensburg geplant hatte, um Anna in Nairobi zu verhaften. Er entschuldigte sich dafür, dass er mich gestern Abend im Ungewissen gelassen hatte, aber ich verstand, warum er es getan hatte. Ich würde einen Weg finden müssen, um mit Anna im Gefängnis zu kommunizieren, aber das würde Zeit brauchen. Ausserdem musste ich mich um Lungile kümmern. Sie hatte mein Geheimnis bewahrt, sogar vor ihrem Bruder. Während wir darauf gewartet hatten, in den Ballon zu steigen, hatte ich Bryce von ihr erzählt,

»Brand sagte, auf De Villiers Computer hätten sie anhand ihrer E-Mails gesehen, wie er und meine Schwester als teuflisches Team agierten. Anna täuschte vor, während Peters Abwesenheit Auslandsreisen nach Thailand und Singapur zu unternehmen und schickte mir von den Flughäfen dieser Länder sogar Postkarten, bevor sie einen Anschlussflug nach Südafrika nahm. Dort verfolgten sie und ihr Liebhaber Patrick De Villiers, ein Safari-Führer, den sie in einem Internet-Chatroom kennen gelernt hatte, Peter und die Frauen, mit denen er geschlafen hatte. Sie stalkten und ermordeten sie. Anna schien von Rache und einem grossen Plan beseelt zu sein, mit dem Ziel, das Peter für die Morde verantwortlich gemacht und inhaftiert würde. De Villiers seinerseits hasste Brand und als die Cliffs nach dem Vorfall mit den Nashornwilderern beschlossen, ihn als Führer zu engagieren, heckten Patrick und Anna einen weiteren Plan aus. Falls er die Wahrheit über Anna herausfände, wollten sie den Amerikaner als Sündenbock benutzen. De Villiers und Anna hatten sich auch über die Suche nach Linley oder Kate ausgetauscht und Anna hatte damit geprahlt, dass sie in Peters Namen ein gefälschtes E-Mail-Konto eingerichtet und es benutzt hatte, um das spiegelverkehrte Bild von Kate und ihrer Freundin an Dani Russo zu schicken. Anna hatte Peter beschattet und so von unserer Affäre erfahren. Sie dachten, sie seien schlau, aber Patrick de Villiers' mangelnde Sicherheit bei seinem Computer hatte ihnen einen Strich durch die Rechnung gemacht.

»Das Messer«, sagte ich und betrachtete die schreckliche Waffe, die Bryce immer noch in der Hand hielt. »Ich frage mich, ob sie letzte Nacht hergekommen ist, um mich zu töten, so wie sie die anderen Frauen, mit denen Peter schlief, ermordet hat. Mir ist noch etwas anderes in den Sinn gekommen, Bryce. Unser Vater war ein Monster und er hat Anna zu dem gemacht, was sie ist. Er wurde damals erstochen und niemand wurde je für das Verbrechen angeklagt. Nun frage ich mich, ob sie es war. Sie sagte, er habe den Tod verdient.«

»Vielleicht kommt es heraus, wenn sie im Gefängnis eine Behandlung oder Therapie erhält. Das könnte ihr helfen.« Bryce legte das Messer auf dem Beistelltisch ab. »Sie hätte Zeit gehabt, dich niederzustechen, bevor ich kam, also hat sie es sich vielleicht anders überlegt.«

Dieser liebe Bryce, dachte ich. Er war gar nicht fähig, etwas anderes als das Beste von Anna zu denken. Falls sie mich tatsächlich umbringen wollte, hatte er mir das Leben gerettet.

»Es gibt etwas, das du noch nicht über mich weisst«, sagte Bryce.

Ich spürte einen Moment des Grauens und hoffte, hinter seinem sanften, liebenswerten Äusseren laure kein Ungeheuer. »Dann erzähl schon.«

»Meine Familie ist ziemlich vermögend. Ich möchte hier in Kenia zwar Arbeit finden, aber wir verhungern auf keinen Fall, Kate. Und im Ernst: Wenn du rechtliche Hilfe für deine Freundin Lungile brauchst, finde ich einen Weg, dir zu helfen. Dasselbe gilt für deine Schwester, falls sie Beratung oder etwas ähnliches braucht.«

Ich küsste ihn und las dann den letzten Absatz von Hudsons Brief.

Noch eine Sache. Ich habe beschlossen, der Versicherungsgesellschaft keinen Abschlussbericht vorzulegen. Vielleicht zahlt sie, aber Versicherungen sind berüchtigt dafür, Wege zu finden, um Ansprüche nicht bezahlen zu müssen und wenn jemand anruft, wie Sie es getan haben, könnte die Police für ungültig erklärt werden. Ich denke, nach diesem Fall höre ich mit der Menschenjagd auf. Bis sie die Wahrheit herausgefunden haben, liege ich längst irgendwo an einem Strand und habe keine Verbindung mehr. Wenn Sie Ihr Geld bekommen, hoffe ich, dass Sie Ihr Wort halten, den Leuten, die Sie bestohlen haben, etwas zurückgeben und sich mit ihnen versöhnen. Aber ich bin sicher, wenn Bryce das hier liest, wird er dafür sorgen, dass Sie auf dem rechten Weg bleiben.

Ich sah zu Bryce hinüber und er grinste.

Ich wünsche Ihnen viel Glück, Kate. Mit Bryce Duffy haben Sie einen guten Mann und einen zuverlässigen Führer. Er wird Ihnen den richtigen Weg zeigen.

DANKSAGUNG

Ein Gespräch bei einem Bier mit einem Mann in Simbabwe, dem verstorbenen John Woodward, brachte mich auf die Idee für ›Menschenjagd‹. John, der Geschäftsführer für Spezialdienste bei der Safeguard Security Group, erzählte mir, er habe viele Fälle untersucht, in denen Menschen ihren Tod vorgetäuscht hätten.

John, ein ehemaliger Polizeibeamter und Mitglied der World Association of Detectives und der Association of British Investigators, erläuterte mir später die Feinheiten dieser speziellen Art von Verbrechen und erklärte sich bereit, das Manuskript zu lesen, das aus dieser ersten Diskussion hervorging. Ich möchte John an dieser Stelle meinen Dank aussprechen und mich für etwaige Ausschmückungen, die ich hinzugefügt habe, oder für die schlampige Arbeit meiner fiktiven Ermittler, entschuldigen. Ruhe in Frieden, Shamwari.

Ebenso danke ich der ehemaligen südafrikanischen Polizeibeamtin Sonnett Scholtz dafür, dass sie meine Geschichte freundlicherweise durchgelesen und mir Anregungen und Korrekturen gegeben hat. Dank auch an Adrian Kitchin von Insurance Advisernet Australia für die Beantwortung meiner Fragen zu Versicherungsansprüchen.

Ich bin auch einem sehr hilfreichen Team von Afrika-Experten zu Dank verpflichtet, die das Manuskript mit Blick auf kulturelle, sprachliche und geografische Fehler überprüft haben. Mein grosser Dank gilt Annelien Oberholzer, Sue Fletcher, Hilary Hann und Ayesha Cantor.

Während der Arbeit an diesem Roman hatte ich, wie bei meinen früheren Büchern, das Glück, einige wirklich schöne Orte zu besuchen, und ich möchte den folgenden Personen und Organisationen für ihre Gastfreundschaft danken: Garth Jenman von Jenman Safaris und der Elephant's Eye Lodge in Simbabwe; Duncan Rodgers von Leopard Hills im Sabi Sand Game Reserve (der das Manuskript auch gelesen hat); Don und Nina Scott vom Tanda Tula Safari Camp im Timbavati Game Reserve; Chris Harvie vom Rissington Inn in Hazyview; und Brett McDonald, Geschäftsführer von Flame of Africa holidays und Besitzer des Hausbootes *Lady Jacqueline* auf dem Karibasee.

Wie bei vielen meiner früheren Romane habe ich die (oft knifflige) Aufgabe, mir Namen für die Charaktere auszudenken, einer Reihe von verdienstvollen Wohltätigkeits- und Nichtregierungsorganisationen übertragen. Die folgenden grossherzigen Menschen haben gutes Geld an ihre jeweiligen Organisationen bezahlt, damit Charakteren in ›Menschenjagd‹ ihren Namen tragen: Linley Brown, Peter Cliff, Vanessa Fleming (für Geoffrey Fleming) und Bev Poor (für Andrew Miles Poor) spendeten an Painted Dog Conservation Inc, eine in Australien ansässige Wohltätigkeitsorganisation, die Projekte zur Erhaltung von Wildtieren in Afrika unterstützt. Kate Munns, die für die Nichtregierungsorganisation Worldshare arbeitet, leistete eine grosszügige persönliche Spende an Heal Africa, die ein Krankenhaus in der von Unruhen zerrissenen Demokratischen Republik Kongo finanziert; und Kevin Gillett (für Daniela Russo) unterstützte grosszügig ZANE, Simbabwe, eine nationale Notfall-Organisation. Ich wünsche Ihnen allen viel Spass mit Ihren fiktiven Identitäten.

Die Figur von Bryce Duffy ist nach einer weiteren realen Person benannt, nach Captain Bryce Duffy, Royal Australian Artillery, der 2011 im Dienste seines Landes in Afghanistan starb. Bryce war, wie seine Mutter und sein Vater, Kerry und Kim, und seine Schwestern, Cassie und Samantha, in Afrika gewesen und hatte ein paar meiner Bücher gelesen. Als ich Bryce' Geschichte für das Buch *Walking Wounded* schrieb, das Brian Freeman und ich verfasst haben, freundete ich mich mit den Duffys an. Sie sind sehr engagiert, andere Familien, die Angehörige in Afghanistan verloren haben zu unterstützen, sowie Soldaten, die unter den physischen und psychischen Verletzungen des Krieges leiden, zu helfen. Ich habe Bryce nie gekannt, hätte ihn aber gerne kennengelernt und es war mir eine Ehre, im Namen seiner Familie eine Figur nach ihm zu benennen.

Eine Reihe anderer Menschen haben mir und meiner Frau Nicola während unseren Reisen in Afrika auf vielfältige Weise geholfen. Besonderer Dank gilt Dennis und Liz in Simbabwe, die mich mit John Woodward bekannt gemacht haben; unseren Freunden und Nachbarn in Hippo Rock (mein fiktiver Name für den Ort, den Nicola und ich jetzt für einen Grossteil unserer Zeit in Afrika als Zuhause bezeichnen); Greg und Tracey Meaker (nicht Mahoney); und Wayne Hamilton von swagmantours.com.au, der mir hilft, neue Orte zu erkunden und ausserdem für meine Leser Safaris (in meiner Begleitung) organisiert.

Wenn Ihnen dieses Buch gefallen hat, dann verdanken Sie das zu einem grossen Teil meinen treuen unbezahlten Lektoren: Nicola, meiner Mutter Kathy, und meiner Schwiegermutter Sheila. Mein Dank gilt auch allen Mitarbeitenden von Pan Macmillan Australia für ihre Arbeit an der ersten Ausgabe von ›Menschenjagd‹ und Joel Naoum von Critical Mass Consulting dafür, dass Sie diese Version in Händen halten.

Diese deutsche Ausgabe des Buches ist dank der Initiative und der sorgfältigen Arbeit meiner Übersetzerin, Maya von Dach und ihres Teams von Korrekturlesenden (Manfred Suter, Luzia Wyss-Gassner und Res Gisler) entstanden. Wir sind durch unsere gemeinsame Leidenschaft für das Reisen in Afrika verbunden und den Artenschutz und es ist schön, zu wissen, dass meine Bücher im Busch übersetzt werden. Mayas Anteil am Erlös jedes verkauften Buchs in deutscher Sprache bringt einen Beitrag für die Artenschutz- und Freiwilligenorganisation WildlifeACT in Südafrika ein.

Und schliesslich, wer und wo auch immer Sie sind, wenn Sie es bis hierher geschafft haben, danke ich Ihnen: Sie zählen am allermeisten!

www.tonypark.net